KB058916

던전에서 만남을 추구하면 안 되는 걸까

오모리 후지노
OMORI FUJINO

일러스트 야스다 스즈히토
YASUDA SUZUHITO

김민재 옮김

14

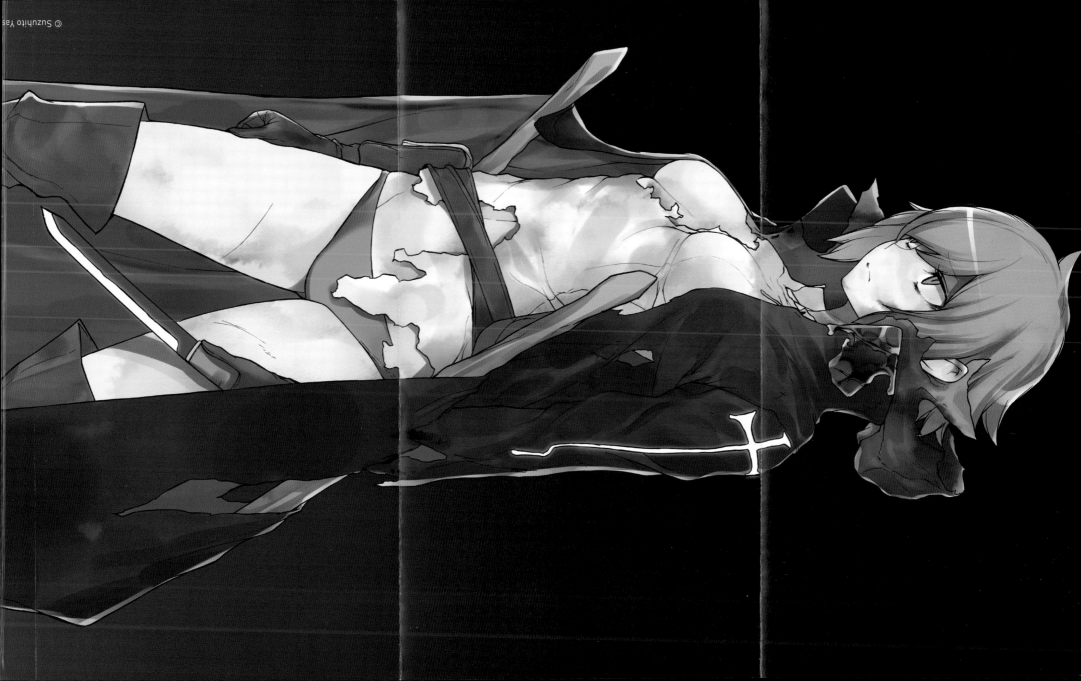

던전에서 만남을 추구하면 안 되는 걸까

14

오모리 후지노 지음 | **야스다 스즈히토** 일러스트 | **김민재** 옮김

카시마 오우카   KASIMA OUKA
【타케미카즈치 파밀리아】 소속. 단장을 맡아 동료들을 지키기 위해 솔선해 방패를 들고 전열을 맡는다. 벨프와는 견원지간.

타케미카즈치   TAKEMIKAZUCHI
【타케미카즈치 파밀리아】의 주신. 가공할 무예를 자랑하는 무신이며, 미코토, 오우카와 같은 아이들에게 다양한 「기술」을 전수했다.

나자 에리스이스   NAZA ERSUISU
【미아흐 파밀리아】 단원. 미아흐에게 접근하는 여성들에게 질투심을 품는다.

카산드라 일리온   CASSANDRA ILION
다프네와 같은 경력을 거쳐 현재는 【미아흐 파밀리아】에 속한 모험자. 자신을 이모저모로 챙겨주는 다프네를 잘 따른다.

아냐 프로멜   ANYA FROMEL
【풍요의 여주인】 점원. 조금 바보스러운 캣 피플. 시르와 류의 동료.

루노아 파우스트   LUNOR FAUST
【풍요의 여주인】 점원. 상식적인 것 같으면서도 무서운 일면을 가진 휴먼.

펠즈   FELS
우라노스를 따르는 수수께끼의 메이거스.

츠바키 콜브랜드   TSUBAKI COLLBRANDE
하프드워프 스미스. 【헤파이스토스 파밀리아】 소속. 전투능력도 높아 Lv.5를 자랑한다.

터크   TURK
리빌라 마을 주민. 웨어울프. 쥬라를 도와 제25계층의 대폭발을 일으켰다.

에이나 튤   EINA TULE
던전을 운영하고 관리하는 「길드」 소속 접수원. 벨과 함께 모험자 장비를 구입하는 등 공사 양면에서 도와준다.

히타치 치구사   HITACHI CHIGUSA
【타케미카즈치 파밀리아】 소속. 미코토, 오우카와는 소꿉친구인 마음 착한 소녀. 원래 전투에는 적합하지 않은 성격.

미아흐   MIACH
【미아흐 파밀리아】의 주신. 주로 포션 등의 회복계 아이템을 판매한다.

다프네 라우로스   DAPHNE LAUROS
한때 카산드라와 함께 【아폴론 파밀리아】에 속했던 모험자. 『워 게임』을 거쳐 현재는 【미아흐 파밀리아】 소속.

시르 플로버   SYR FLOVER
주점 【풍요의 여주인】의 점원. 우연한 만남으로 벨과 친해졌다.

클로에 로로   CHLOE LOLO
【풍요의 여주인】 점원. 신들의 언동을 따르는 캣 피플. 벨의 엉덩이를 노린다.

우라노스   OURANOS
던전을 관리하는 길드의 주신.

아이샤 벨카   AISHA BELKA
【이슈타르 파밀리아】에 속했던 아마조네스. 성격은 대담무쌍하며 색을 밝힌다. 현재는 【헤르메스 파밀리아】로 컨버전됐다.

쥬라 할마   JURA HARMER
【루드라 파밀리아】에서 살아남았던 간부. 테이머. 류에게 강한 원한을 품고 있다. 『재앙』을 소환한 장본인.

헤스티아

HESTIA

인간과 아인을 넘어선 초월존재인, 천계에서 내려온 신. 벨이 속한【헤스티아 파밀리아】의 주신. 벨이 너무 좋아!

벨 크라넬

BELL CRANEL

본 작품의 주인공. 할아버지의 가르침 때문에 던전에서 멋진 히로인과 만날 날을 꿈꾸는 신출내기 모험자.【헤스티아 파밀리아】소속.

릴리루카 아데

LILIRUCA ARDE

'서포터'로 벨의 파티에 들어온 파룸(소인족) 소녀. 보기보다 힘이 장사.【헤스티아 파밀리아】소속.

아이즈 발렌슈타인

AIS WALLENSTEIN

아름다움과 강함을 겸비한 오라리오 최강의 여성모험자. 별명은【검희】. 벨에게는 동경의 존재. 현재 Lv.6.【로키 파밀리아】소속.

야마토 미코토

YAMATO MIKOTO

극동 출신 휴먼. 한번 미끼로 삼았던 벨에게 용서를 받은 데에 은혜를 느끼고 있다.【헤스티아 파밀리아】소속.

벨프 크로조

WELF CROZZO

벨의 파티에 들어온 스미스 청년. 벨의 장비《강총이 Mk-II》의 제작자.【헤스티아 파밀리아】소속.

류 리온

RYU LION

원래는 뛰어난 모험자였다. 현재는 주점【풍요의 여주인】에서 점원으로 일한다.

산죠노 하루히메

SANJONO HARUHIME

벨과 환락가에서 마주친 극동·출신 르나르(여우 수인).【헤스티아 파밀리아】소속.

CHARACTER & STORY

미궁도시 오라리오—— 통칭『던전』이라 불리는 장대한 지하미궁을 보유한 거대도시. 모험자가 되려는 소년 벨 크라넬은 이 도시에서 여신 헤스티아와 만나【헤스티아 파밀리아】에 입단한다. 동경하는【검희】아이즈 발렌슈타인에게 인정받고자 던전 탐색에 매진하는 가운데 서포터 릴리, 스미스 벨프, 극동 출신 미코토, 르나르 하루히메도 같은【파밀리아】의 일원이 되었다.

역참 마을에서 들려온 살인의 흉보. 그 범인은 검은 옷을 입은 현상수배범【질풍】이라고 한다. 벨 일행은 류의 혐의를 벗기기 위해 그녀의 행방을 좇기 시작했다. 그러나 그런 가운데 카산드라는『최악』의 예지몽을 꾸는데——.

커버 그림, 본문 일러스트 | **야스다 스즈히토**

막간
움직이기 시작하는 자들

"움직였다."

어둠 속에서 노신이 중얼거리는 목소리가 울려 퍼졌다.

우라노스의 크게 뜨인 눈은 자신의 발밑에 펼쳐진 던전에 못 박혀 있었다.

『움직였다고? 설마 저거노트가?』

그의 목소리에 반응한 것은 주먹만한 수정이다.

매직 아이템 『오쿨루스』 너머에서 놀라 숨을 멈춘 펠즈였다.

장소는 길드 본부 지하에 자리 잡은 『기도의 방』. 던전에 『기도』를 올리는 우라노스는 완벽하지는 않아도 미궁 내부의 상황을 어느 정도 파악하고 있었다. 정확하게 말하자면 한 『괴물』의 존재를 감지하고 있었다.

5년의 세월이 흘러 되살아난 재앙, 『저거노트』.

당시 【질풍】이 속한 【아스트레아 파밀리아】를 학살했던 『말살의 사도』는 오라리오의 창설신 우라노스가 가장 경계할 만한 존재였다.

"그래…… 출현한 층역에서 크게 벗어나, 계층을 내려가고 있다."

재앙이라 불려 마땅한 『저거노트』가, 이동을 개시했다.

단순한 동일 계층 내에서의 움직임이 아니었다. 지상의 우라노스가 뚜렷이 판별할 수 있을 만큼, 계층을 넘어서는 대이동을 시작한 것이다.

출현지대로 예측되는 『물의 미로도시』에서 가공할 속도

로 아래를 향해 움직인다.

『그럴 리가 없어……. 저거노트의 기원을 생각해보면, 태어난 계층에서 멀어질 리가 없는데……!』

현재는 『제노스』와 함께 공략전에 참가하기 위해 크노소스에 있는 펠즈가 곤혹스러운 목소리로 말했다.

『저거노트』의 출현조건은 던전에 심각한 파괴행위가 일어나는 것.

살아있는 던전이 과도한 손상에 대한 방어반응을 총동원해, 면역의 존재를 소환하는 것이다. 다시 말해 저거노트의 존재의의는 자신이 태어난 계층 내에 있을 병원균 —— 모든 모험자를 몰살시키는 것.

설령 표적이 도망쳤다 해도, 몇 개의 계층을 건너 이동할 리가 없다.

"……무슨 일이 일어났기에."

진실은 한 테이머의 망집에서 비롯된, 『소년』과 『요정』의 추적.

하지만 아무리 전지의 신, 나아가서는 오라리오의 창설신이라 해도 『미지』의 던전에서 일어나는 일은 상세히 내다볼 수 없었다.

지상에 있는 우라노스는 그저 『이상사태』임을 파악하는 것이 고작이다.

"게다가 이 반응은…… 『물의 미로도시』에서 『몬스터렉스』가 출현하다니. 던전이 인터벌을 무시해……?"

우라노스는 저거노트 외에도 간과할 수 없는 던전의『동향』을 지각했다.

다른 신들에게는『부동』이라 야유를 들을 정도로 의연한 노신이 눈에 띄게 얼굴을 일그러뜨렸다.

『어떻게 하지, 우라노스?』

"……『물의 미궁도시』에 원군을 보내겠네. 사태를 수습하지는 못하더라도 파악은 할 필요가 있네."

『하지만 지금 우리는 크노소스를 공략하는 중이야.【로키 파밀리아】는 물론이고 움직일 수 있는 전력은 얼마 되지 않아. 미션을 발령하려 해도 지금 정규 수순을 밟고 있을 시간은 없어!』

손에 든 수정에서 들려오는 목소리는 초조함으로 가득했다.

시간이 없다는 펠즈의 말이【헤스티아 파밀리아】의 안부를 의미한다는 것을 우라노스도 잘 안다.『제노스』사건을 거치면서 펠즈는 벨 크라넬에게 모든 것을 걸어보기로 했기 때문이다.

그리고 우라노스 자신도.

"쓸 수 있는 방법은 모두 쓰겠네……. 설령 헛수고로 끝나더라도."

제단을 에워싼 네 자루의 횃불에 결단의 신의가 빨려 들어갔다.

신좌에 앉은 우라노스는 푸른 두 눈을 어둠에 싸인 머리 위로 향했다.

"나머지는, 우리 이외에 움직일 자가 있을지 아닐지에 달렸지——."

쨍그랑!

컵이 요란한 소리와 함께 좌대 위에서 미끄러져 떨어졌다.

"얘, 시르! 괜찮아?!"

"⋯⋯."

회색 머리카락의 소녀 옆에 흩어진 도자기 파편을 보고 점원 루노아가 달려왔다.

떨어뜨린 컵은 가게 물건이 아니라 어떤 동료가 애용하던 것이었다.

지금 이 주점에는 없는 엘프의 것이다.

산산이 부서진 파편을 내려다보던 시르는 자신의 손가락에 시선을 떨구었다.

가느다란 손가락에는 붉은 물방울이 맺혀 있었다.

"⋯⋯미안해, 다들. 잠깐 나갔다 올게."

"아, 시르! 어디가냐~?!"

캣 피플 아냐의 목소리를 뿌리치고 시르는 가게 뒷문 쪽으로 모습을 감추었다.

아직 가게 문을 열지 않아 한산한 가게 내에는 동료들만

이 남았다.

"류 찾아간 거냐옹?"

"그렇다고 생각할 수밖에 없잖아……. 어디 있는진 몰라도."

아냐와 같은 캣 피플인 클로에가 주워든 컵의 파편을 손가락으로 굴리는 가운데, 휴먼 루노아가 입을 꾹 다물고 대꾸했다.

그녀들의 목소리에는 패기가 없었다. 주방에서 일하는 다른 점원들도 마찬가지였다.

일에 집중하지 못하는 그녀들에게 안주인 미아는 아무 말도 하지 않고, 그저 한숨과 함께 모른 척했다.

"냐아~…… 솔직히 류 때문이다냐! 시르가 이상한 것도, 가게 분위기가 꿀꿀한 것도, 우리가 걱정하는 것도!"

아냐가 천장에 대고 고함을 질렀다.

주점에서 자취를 감추기 전, 나날이 표정이 딱딱해지던 류를 아는 점원들은 무언가 성가신 일에 말려든 것이 아닐까 생각했다. 오랫동안 알고 지낸 사이이기에 『감』이 작동한 것이다.

모두가 이유도 설명할 수 없는 『조짐』을 느끼고 있었다.

"미안하다! 누구 없느냐?!"

그때.

마치 자리를 떠난 시르와 교대하듯 그녀가 뛰어들어왔다.

"냐냐?"

"여신님? 손님?"

"아니다옹, 저건 소년의 주신님…… 헤스티아 님이다옹."

가게 입구에서 나타난 것은 어린 소녀 같은 여신, 헤스티아였다.

아마도 뛰어왔는지, 숨을 헐떡이며 양쪽으로 묶은 흑발을 찰랑거린다.

헤스티아는 제대로 숨도 고르지 않고 아냐, 루노아, 클로에에게 달려갔다.

"너희들 엘프 군과 친구지?! 그녀의 속사정에 대해 알 정도로!"

"엘프라면…… 류 말야냐?"

"그래! 그리고 이게 가장 중요한 사항이다만! 너희도 그 엘프 군처럼 엄청나게 강한 게냐?!"

"자, 잠깐 기다려봐, 여신님. 갑자기 쳐들어와서 무슨 소리야?"

"맞다옹. 일단 왜 그런 걸 물어보는지 설명을 해라옹."

아냐가 고개를 갸웃하고, 루노아가 당황하고, 클로에가 혼자 냉정하게 호소했다.

몸을 앞으로 내밀던 헤스티아는 입을 다물었다.

"……여기."

대답 대신 그녀가 내민 것은 한 통의 편지였다.

아냐가 받아들고, 양 옆에서 루노아와 클로에가 들여다보았다.

"우리 서포터 군이 18계층에서 보낸 편지다만……."

편지에 적혀 있던 내용은 【질풍】에 관한 상황, 그리고 『원군』의 요청.

단순히 주점의 점원이어야 할 세 사람은 역전의 전사처럼 표정을 날카롭게 바꾸었다.

쩌적.

소리를 내며 망치에 균열이 일어났다.

"음……?"

그곳은 【헤스티아 파밀리아】의 홈, 『아궁이관』의 뒤뜰에 마련된 벨프의 공방이었다.

주인도 아니면서 제 작업장인 양 도검을 벼리던 그녀는 금이 간 망치를 뚫어져라 바라보았다.

"너무 열이 들어갔나? 아니아니, 이건 스미스의 영혼인 도구를 제대로 정비하지 않았던 벨식이의 과실! 그게 틀림없지! 결코 이 몸의 탓은…… 아니, 역시 이 몸의 탓인지도……. 어떡하지, 난리 났군…… 혼나겠는데."

상반신에 걸친 거라고는 풍만한 두 개의 융기에 감긴 가느다란 천 한 장.

머리를 감싸쥐며 중얼거리기 시작하는 그녀의 모습은 그저 정신이 이상한 사람 같았다.

망가진 망치에 눈을 돌린 그녀는 문득 중얼거렸다.

"아니면 혹시……『홍보』일까?"

조용해진 공방에서 망치를 바라보고 있으려니, 그녀의 등 뒤에서 문이 열렸다.

"웃. 뭔가, 그대들은? 설마 【헤스티아 파밀리아】에 들어온 도둑……"

"오해하지 말게. 헤파이스토스의 심부름을 받은 그대와 마찬가지로 이곳을 봐달라고 부탁을 받은 몸이니."

"오, 그랬나. 이거 미안하이. 듣고 보니 어디서 본 적이 있는데…… 신 미아흐와 권속이었던가?"

여성은 공방에 나타난 미아흐와 그의 등 뒤에 있던 나자에게 경계심을 풀었다.

활달하게 웃은 그녀는 잡담이라도 나눌까 했지만, 눈앞의 두 사람이 심상찮은 분위기인 것을 알고 즉시 표정을 다잡았다.

저택의 주인이 『풍요의 여주인』에 나가 자리를 비운 가운데, 나자가 입을 열었다.

"조금…… 귀찮은 의뢰, 맡아주지 않을래? 【키클롭스】."

실내에 울려 퍼지는 여성의 별명과, 『의뢰』라는 단어.

【헤파이스토스 파밀리아】의 단장이자 마스터 스미스인 츠바키 콜브랜드는 안대에 가려지지 않은 오른쪽 눈을 가늘게 떴다.

7장. 절망의 노래 초월의 노래

© Suzuhito Yasuda

무엇을 해도 그랬다.

무슨 말을 해도 들어주는 이가 없었다.

무엇을 호소해도 전해지지 않았다.

언제나 그랬다.

언제나 세계는 나의 노력을 짓밟았다.

언제나 세계는 나의 비극을 비웃었다.

용기를 쥐어짜내 발버둥 쳐도, 마음을 쥐어짜내 외쳐도, 부조리한 현상을 들이댄다.

필사의 경고가 허사로 끝나는 순간.

결의가 모래성처럼 무너지는 순간.

그것을 몇 번이고 맛보았다.

몇 번이고, 낭떠러지에서 어두운 어둠 밑바닥으로 떠밀렸다.

분명 나는 저주받았을 테니, 어쩔 수 없지.

그래, 어쩔 수 없어. 어쩔 수 없어…… 어쩔 수 없어.

그 말이 마음속에 스며들게 되었던 것은 언제부터였을까.

미래를 바꾸려 해도 마음속 어디선가 체념을 품게 되었던 것은, 언제부터.

하지만 아무도 믿어주지 않으니까.

아무도 믿으려고조차 하지 않으니까.

같은 권속도.

절친이라 할 수 있는 그녀조차도.

그러니 나도 포기했다.

미래를 바꾸려고 진심으로 혈안이 되지는 않았다.

한번은 기적처럼 내 목소리를 믿어준 사내아이가 나타나.

잃고 싶지 않은 사람들이 생겨서.

이번만큼은 한 걸음 더 나아가 봤지만.

역시 세계는 나를 비웃었다.

아아, 결국―― 허사였구나.

그렇게 생각하게 된 나를 누가 책망할 수 있을까.

그【절망】을 눈앞에 두고 마음이 꺾여버린 나를 대체 누가 벌할 수 있을까.

비극의 예언자는 그저 홀로 탄식에 잠겼다.

그것은『백색』을 두르고 있었다.

그것은『두 개의 머리』를 가졌다.

『환룡(幻龍)』이라는 말을 방불케 하는 아름다운 거구를 가졌으나, 실체는 압도적인『폭력』과『파괴』의 화신이었다.

"27계층의,『몬스터렉스』――."

이중으로 울려 퍼지는 용의 울음소리.

꿈틀거리는 두 개의 의지가 혼연일체를 이루며 적의와 살의를 뿜어냈다.

"——『암피스바에나』!"

망연자실 올려다보는 파룸 소녀의 곁에서, 아마조네스가 그 이름을 토해냈다.

『워어어어어어어어어어어어어어어어어어어어어어어어어어!!』

특대의 포효가 제25계층, 아니, 3개 계층으로 이루어진 『물의 미로도시』 전체에 쩌렁쩌렁 울려 퍼졌다.

계층과 계층 사이를 꿰뚫는 『그레이트 폴』을 타고 출현한 계층 터주 『암피스바에나』의 포효에 『파벌연합』의 모험자들은 흠칫 몸을 젖혔다.

——『원정』을 목적으로 【헤스티아 파밀리아】가 중심이 되어 결성한 『파벌연합』은 【질풍】이 저질렀다는 살인사건의 진상을 밝히기 위해 이곳 『하층』에 찾아왔다.

정예 파티와 함께 제27계층으로 향한 벨과 헤어진 것이 몇 시간 전. 『물의 미로도시』 전체를 파괴하려는가 싶은 『폭발』의 연쇄를 거쳐 던전에 『이변』이—— 그들이 알지 못하는 곳에서 『살육의 연회』가 일어났던 것이 겨우 10분 전.

그리고 지금, 새로운 『이상사태』와 함께 그것이 릴리 일행의 앞에 나타났다.

"저게……『하층』의 『계층 터주』."

제17계층의 『골라이아스』에 이어 두 번째로 만난 『몬스터렉스』.

제25계층의 용소, 거대한 호수 한복판에서 고개를 든 몬스터를 보며 【타케미카즈치 파밀리아】의 치구사가 망연자실 중얼거렸다.

고개를 한참 들고 올려다봐야 할 정도의 위용은 무려 20M에 넘었다.

온몸이 새하얗다. 백색 대리석 같은 비늘에 싸인 몸은 크기와 맞물려 모종의 장엄함마저 느껴졌다.

그러나 머리에서 뿜어져나오는 것은 틀림없는 몬스터의 안광이었다. 이성 따위 내팽개치고 본능에 사로잡혀 파괴를 원하는 흉악한 괴물의 것이다.

"쌍두룡……."

특징은 각각 독립된 것처럼 움직이는 두 개의 머리였다.

몸통 부분에서 두 갈래로 갈라져 올라온 긴 목. 그 끝에 달린 것은 분명 용의 얼굴. 한 장 한 장이 플레이트라 해도 손색이 없는 거대한 비늘에 뒤덮였으며, 왼쪽 머리에는 푸른 두 눈이, 오른쪽 머리에는 붉은 두 눈이 달려 있다.

미코토의 입술에서 흘러나온 목소리가 조용히 퍼지는 가운데 릴리, 벨프, 하루히메, 오우카, 치구사, 다프네, 아이샤. 파티의 모두가 충격을 감추지 못했다.

"……아아."

그런 가운데 카산드라는 얼굴을 짙은 푸른색으로 물들였다.

꽉 쥐었던 주먹이 풀리는 소리를 들었다.

막대한 희생을 치르면서까지 동료들을 구했다는 면죄부가 부서지는 소리를 들었다.

그 정도로, 눈앞에서 대치중인 존재는 【절망】을 상징하고 있었다.

"——."

미궁 최대의 폭포 『그레이트 폴』의 합창에도 뒤지지 않는 용의 포효는 끊어지고, 규환의 잔재가 던전 구석구석까지 메아리쳤다.

『물의 미로도시』가 희미하게 뿜어내는 수정의 광채를 백색 대리석 같은 몸으로 반사시키며, 천천히.

쌍두 백룡은 어머니 던전을 위협하는 이물질—— 모험자들을 노려보고.

『——워어어어어어어어어!!』

힘차게 포효하더니.

푸른 눈의 머리가 입에서 무시무시한 숨결을 방출했다.

대기를 불태우며 밀려드는 푸른 불꽃.

한기마저 느껴질 정도로 아름다운 화염은 가공스럽게도 용소의 수면에 닿자마자 어마어마한 양의 수증기를 발생시켰다.

물을 증발시키며 밀려드는 작열의 행군에 일동은 눈을 크게 떴다.

"흩어져!!"

여유라고는 조금도 없는 아이샤의 고함이 파티 멤버들의 몸을 걷어찼다.

　일제히 땅을 박차는 모험자들. 벨프가 백팩을 쥐고 억지로 릴리를 끌어당겼으며, 아이샤가 하루히메를 안고, 미코토와 치구사는 온 힘을 다해 뒤로 물러났다.

　"카산드라?!"

　그 중에서 혼자 대피가 늦어진 것은, 카산드라.

　망연자실하던 힐러 소녀는 움직이지 않았다. 움직일 수 없었다.

　회피행동에 들어갔던 다프네는 창졸간에 몸을 돌려, 뻣뻣이 선 카산드라의 팔을 잡아당겼지만 한 발 늦었다.

　소녀들의 얼굴을 시퍼렇게 비추는 흉악한 불줄기.

　그런 필살의 브레스로부터 다프네와 카산드라를 감싼 것은, 거대 방패를 든『전열수비수』였다.

　"크ㅇㅇㅇㅇㅇㅇㅇㅇㅇㅇㅇㅇㅇㅇㅇㅇㅇㅇㅇㅇ윽?!"

　"오우카!"

　"오우카 공?!"

　벽의 역할을 다하겠노라며 오우카는 거대 방패를 앞으로 내민다.

　이곳『하층』을 탐색하면서 몇 번이나 사선을 넘나들었던 제3급 모험자는, 방어의 임기응변이라고 해야 할 만한『심안』을 발동시켰다. 불을 정면에서 받아내는 것이 아니라 거대 방패를 비스듬히 든 것이다.

눈을 크게 뜬 다프네와 카산드라를 자신의 등으로 밀어내고 뛰어 물러나면서, 브레스의 포격을 받아 흘려냈다. 그것은 이번 『원정』 중에 익힌 분명한 『기술』이었으며, 경험을 쌓은 『성장』의 증거였다.

하지만.

"웃……?! 『램톤』의 공격도 막아냈던 방패가……?!"

표면이 밀랍처럼 녹아버린 백강석 방패를 내려다보며 오우카는 놀라 숨을 멈추었다.

『방어구 파괴』. 공격을 받아 흘려내 난관을 모면했다고는 하지만, 적의 브레스를 막아낼 수는 없었다.

사선에 있던 바닥, 불꽃이 충돌했던 벽도 크게 도려져나간 듯 녹아 흘러 떨어졌다. 푸른 열기를 띤 수정 기둥도 그야말로 양초처럼 용해되어 소리를 내며 무너졌다.

오우카는 푸른 불꽃이 달라붙어 타오르는 방패를 황급히 던져버렸다.

"저 화력은 대체 뭐야……?!"

수정 지면에 무릎을 꿇은 벨프는 그 브레스를 보고 모골이 송연해졌다. 할 말을 잃은 오우카와 마찬가지로, 방패를 직접 만들었던 스미스 청년 또한 전율하고 있었다.

물가이기도 해 한기마저 느껴졌던 계층의 온도는 이제 땀이 솟아날 정도로 올라갔다.

청량한 공기는 사라지고, 달궈진 불가마와도 같은 열기에 싸였다.

"암피스바에나의 브레스…… 불이 수면에서 타오르고 있어……."

그 불꽃은 육지만이 아니라 물 위에서도 타고 있었다.

수정 물가에도, 증기를 뿜는 수면에도. 브레스가 지나간 길에는 예외 없이 푸른 유령 같은 불꽃이 일렁였다. 벨프의 옆에서 바닥에 엎드렸던 릴리는—— 사전에『길드』에서 암피스바에나의 정보를 입수했던 그녀는 현실의 위력과 광경을 직접 목격하고 입술을 떨었다.

『암피스바에나』의 브레스는『용담(龍膽)』에서 생성되는 특수한 소이체액과 혼합되어 뿜어져 나온다. 수분과의 친화성이 극도로 낮은 체액은 물의 내성을 띠어 모순을 머금은 불줄기로 변하는 것이다. 물이 풍부한 계층에서 태어났으면서도 불을 무기로 삼는『암피스바에나』가 가진 특수속성이었다.

아름다운 블루 네이팜.

물 위가 됐든 가차 없이 타오르는 초고온의 열화.

환상적인 광경과는 달리, 한번 표적에 옮겨 붙으면 재도 남기지 않고 모조리 태우는 암피스바에나의 필살 브레스다.

직격은 죽음으로 이어진다.

"저걸 맞으면 안 돼! 한 번 받았다간 몸을 타고 기어올라 한동안 계속 타올라! 회복마법도 소용이 없어!"

푸른 불똥이 흩날리는 가운데, 하루히메를 내려놓고 대

형 박도를 겨눈 아이샤가 경고성을 터뜨렸다.

그녀의 갈색 피부에는 몇 줄기나 되는 땀이 흘러내렸다.

갑자기 솟아오른 계층의 기온과 초조함 때문이었다.

'이 상황에서 계층 터주라니?! 최악이야! 저 망할 용과 맞붙기에는 이쪽의 머릿수가 너무 적다고!'

Lv.4인 제2급 모험자라 해도 이 상황에는 우려를 품지 않을 수 없었다.

【이슈타르 파밀리아】에 속했을 당시, 아이샤는 『암피스바에나』와 몇 번 교전하고 물리친 적이 있다. 하지만 그것은 Lv.3 이상의 바벨라들과 연계했고, 무엇보다 Lv.5의 제1급 모험자 프뤼네가 있어 가능했던 것이었다.

스무 명도 넘는 바벨라가 힘을 합쳐야 겨우 쓰러뜨릴 수 있었던 존재. 【이슈타르 파밀리아】보다도 전투력에서 훨씬 떨어지는 현재의 파티로 어떻게 저런 괴물을 공략할 수 있을까.

순수하게 전력이 부족했다.

"쳇, 위쪽 놈들은 냉큼 도망쳤구만……!"

까마득한 머리 위, 대공동 남쪽 끝에 위치한 절벽에는 이미 사람 한 명 보이지 않았다.

【질풍】 탐색을 위해 제24계층의 연결통로 앞에 자리를 잡고 있던 보르스의 부하들은 꼬리를 말고 위쪽 계층으로 피난한 듯했다. 잇달아 일어나는 이변에, 결정타로 계층 터주까지 출현했으니 어쩔 수 없다는 것처럼.

모험자는 무엇보다도 자기 몸을 아낀다. 원망할 이유는 없다 해도, 머리 위를 올려다본 아이샤는 푸념을 금할 수 없었다. 남은 모험자들과 연계해 양쪽에서 공격을 거듭하면 그나마 돌파구를 열 수 있을지도 모르는데.

'어떻게 된 거야!『길드』의 보고가 확실하다면 암피스바에나는 앞으로 보름은 출현하지 않아야 하는데!'

참모인 릴리가 길드에서 공식 정보를 모았듯, 아이샤 또한 던전의 정보수집을 게을리 하지 않았다. 『원정』을 떠날 때는 계층 터주의 유무와 출산 간격은 반드시 확인해야 하는 기본 중의 기본이다. 예정 루트에 위험한 존재는 없는지, 각 계층에서 무언가 『이상사태』는 발생하지 않았는지, 철저히 정보를 정리해 최대한 위험요소를 배제해야만 한다.

『하층』의 계층 터주 출현은 당분간 없을 거라고 확인했기에 【헤스티아 파밀리아】의 원정 날짜를 이 시기로 결정했는데.

『강화종』모스 휴지에, 『심층종』램톤에. 온통 『이상사태』뿐이잖아!'

빌어먹을!

아마조네스 여걸은 미모를 한껏 구겼다.

"아이샤 님! 지금은 도망치는 수밖에는……!"

"당연하지. 저런 거랑 어떻게 싸우라고!"

등 뒤에서 들려오는 릴리의 비명 같은 목소리에, 아이샤는 암피스바에나를 노려본 채 고함을 질러 대답했다.

'25계층 미궁구역에는 돌아갈 수 없어. 아까의 대폭발로 온 미궁이 무너졌으니까. 불리하지만 26계층으로 도망칠 수밖에……'

『화염석』에 의해 대규모 파괴가 벌어진 절벽 안쪽은 이미 인간과 몬스터가 지나다닐 수 있는 상태가 아니었다. 아이샤가 쳐다본 것은 등 뒤, 대공동 남동쪽에 입을 벌리고 있는, 다음 층으로 이어지는 동굴이었다.

문제는 『이동형』 계층 터주인 『암피스바에나』가 『그레이터 폴』과 이어진 큰 물줄기를 따라 대공동 이외의 미궁지역으로도 진출할 때였다. 궁지에 몰린 끝에 통로 일대를 블루 네이팜으로 태워버렸다간 반드시 전멸——

아이샤가 여기까지 생각했을 때였다.

후둑후둑.

"……?"

『비』가 내렸다.

단단하고, 지면에 떨어진 순간 부서져버리는, 푸른 광채.

조용히 울려 퍼지는 소리는 우박과도 비슷했다.

후드며 로브, 배틀클로스 위에서 튀어 떨어지는 미세한 빛의 입자에 일동은 주위를 둘러보았다.

"천장에서, 수정이……?"

릴리는 시선을 까마득한 저편, 계층 천장으로 향했다.

그곳에는 푸른 수정에 덮인 천장과 거대한 뿌리가 있었다.

이 계층에 처음 발을 디뎠을 때, 벨이 올려다보았던 폭 5

미터는 됨직한 굵디굵은 나무뿌리—— 방사형으로 천장을 메운『거목미궁』의 일부가.

『워어어어어어어오오오오오오!!』

『암피스바에나』가 울부짖었다.

아이샤 일행이 귀를 막거나 말거나, 다시 고개를 들고 포효를 터뜨렸다.

쩌렁쩌렁 떨리는 대공동. 가속하는 수정의 비. 용소에 퍼지는 무수한 파문.

그것은 마치 무언가를 호소하는 듯했다.

마치 던전에게 간청하는 듯했다.

진상은 확실치 않다.

그러나 계층 터주가 울부짖은 직후.

제25계층의 천장이, 삐걱거렸다.

"————."

릴리가, 벨프가, 미코토가, 하루히메가, 오우카가, 치구사가, 다프네가, 아이샤가.

신음하는 듯한 소리와 함께, 조용히 무너져가는 천장을 보며, 얼어붙었다.

서서히, 천천히, 이윽고 돌이킬 수 없을 정도의 기세로, 수정의 폭우가 쏟아지기 시작했다.

부서진 천장의 파편이 떨어졌다.

그리고.

"거목이——."

지지점을 잃은 식물이.

천장에 달라붙어 있던 방사형의 나무뿌리가.

끝나지 않는【절망】을 알리듯, 낙하했다.

　"【절망의 우리】── ."

　비극의 예언자는 창백해진 얼굴로 깨달았다는 듯 중얼
거렸다.

　"으, 으아아아아아아아아아아아아아아아아아아아아아아
아아아아아아아아아아아아아아아아아아아아아아아아아아
아아아아아아아아아아아아아아아아아아아?!"

　공기를 찢는 소리를 내며, 대공동으로 추락하는 거목의
뿌리.

　천장 전역을 뒤덮었던 나무뿌리는 대공동 벽을, 나아가
서는 『그레이트 폴』까지도 깎으며 떨어졌다. 마치 거룡이
발톱을 내리찍은 것처럼 절벽과 폭포를 드드드드드드드드
드득!! 도려냈고, 폭포 뒤에 숨어있던 제비 몬스터 『이구아
수』가 여기에 휘말렸다. 붉은색 제비들은 도망칠 틈도 없이
짓이겨져 폭포에 떨어지고 무수한 깃털의 잔해를 뿌렸다.

　일행도 도망칠 곳은 없어, 두 눈을 크게 뜨면서도 대비
조차 하지 못했다.

　추락한 거목의 뿌리는 그대로 지면에 격돌했다.

"〜〜〜〜〜〜〜〜〜〜〜〜〜〜〜〜〜〜〜〜〜〜〜〜〜
〜〜〜〜〜〜〜〜〜〜〜〜〜〜〜?!"

　무시무시한 수직진동에 일동은 계층 그 자체가 가라앉
아버리는 것 아닐까 하는 착각을 맛보았다.
　벽과 지면에서 어마어마한 양의 수정 파편이 솟아오르
고, 용소를 뒤흔들고, 그때까지도 타오르던 푸른 불꽃이
파도에 휩쓸렸다.
　충격을 이기지 못하고 자세가 흐트러지거나 땅에 무릎
을 꿇는 자가 속출했지만, 일동은 어떻게든 새하얗게 물든
머릿속에 의식을 복귀시켰다.
　아직 살아있음을 확인하는 데에 몇 초.
　그리고 『뒤바뀐 공간』을 인식하는 데에는 다시 몇 초가
걸렸다.
　"이럴——."
　용소—— 호수를 중심으로 거대한 『돔』이 생겨난 것이다.
　정체는 나무뿌리. 일동이 선 물가와 벽의 경계에 거대한
나무뿌리를 처박고, 마치 위아래로 눌린 『새장』 같은 모습
을 띠고 있었다.
　계층의 천장에 펼쳐져 있던 뿌리가 추락하면서 제25계
층의 대공동을 통째로 덮어버린 것이다.
　"24계층의 거목이, 떨어진 거야?"
　아직도 충격에서 헤어나지 못한 다프네의 말을 받아 오

우카가 중얼거렸다.

"파괴되었던 25계층이 더 이상 상층을 지탱하지 못했던 건가……?"

제24계층 그 자체가 추락한 것은 아니었다. 『거목미궁』의 뿌리 일부가 무너졌던 것이다.

그야말로 최하부의 뿌리만이.

"웃……?! 연결통로가 차단됐어!!"

튕겨지듯 돌아본 아이샤는 남동쪽 기슭을 보고 경악했다.

온통 생채기가 난 길고 가느다란 나무뿌리가 벽면을 뚫으며 연결통로를 무참히 파괴해버렸다.

그것은 모험자들의 퇴로가 차단되었음을 뜻했다.

『오오오오오오…….』

그때까지도 호수 중심에 있던 쌍두룡은 당황하는 기색 따위 보이지 않고 두 개의 머리를 번갈아 움직였다.

그물눈처럼 교차하는 나무뿌리. 도망칠 수 없는 뿌리의 방벽.

용소── 호수를 중심으로 돔을 이룬 거목의 뚜껑은, 그렇다. 마치 【우리】 같았다.

"이젠, 도망칠 수 없어……."

"그럴 수가……."

낯빛을 잃어버린 미코토와 치구사가 거목의 우리에 갇힌 모험자들의 속마음을 대변했다.

『물의 미로도시』에서 탈출하기란 불가능해졌으며, 제26계층으로 피난할 수도 없다.

남겨진 선택지는【절망】을 상징하는 용과의 대치 뿐.

던전이 명령한 『강제전투』였다.

『오오오오오!』

"윽?!"

무대는 갖춰졌다는 양, 『암피스바에나』가 푸른 불꽃을 토해냈다.

물도, 수정도 태우는 지옥의 불꽃과도 같은 브레스. 일동은 반사적으로 몸을 날려 회피했다. 그들이 있던 대공동 북동쪽 기슭에 몇 줄기나 되는 불꽃의 길이 내달렸다.

다시 상승하는 계층온도.

마치 지옥의 뚜껑과도 같이 푸른 불똥이 미친 듯이 흩날렸다.

"무기 들어! 이젠 싸울 수밖에 없어!"

충격에서 가장 먼저 회복된 사람은 역시 아이샤였다.

하루히메를 등 뒤로 감싸며 대형 박도를 들었다.

"아이샤 님…… 하지만……."

"각오들 해! ……나는 이미 했어."

퇴로를 차단당했다. 그렇다면 싸울 수밖에 없다.

모험자라면.

고함을 질러 릴리와 다른 모험자들에게 그렇게 호소한 아이샤는 이내 두 눈을 일그러뜨렸다.

'무리겠지…….'

계층 터주를 올려다보는 나머지 일행의 옆얼굴이 당장이라도 절망에 삼켜져버릴 것 같았다.

『강화종』모스 휴지 때와는 다르다. 그것보다도 훨씬 치명적이다.

그들은 피아간의 전력 차이를 모를 정도로 얼간이가 아니다. 쌍두룡의 퍼텐셜은 Lv.5. 아이샤는 모르는 일이지만 숫자만 본다면 『칠흑의 골라이아스』와 맞먹는다. 그때는 합계 백 명 정도의 상급 모험자가 있었다. 아스피도 류도, 벨도 있었다. 그러나 지금 그들은 겨우 아홉. 말도 안 되는 자기재생능력을 가졌던 거인이 더 버겁다 쳐도, 절망에 잠식당하기에는 충분했다.

결정타는 이 상황.

마치 『죽이려고 작정한』것처럼 온갖 부조리를 들이대는 이 상황이다.

이래서는 꺾일 수밖에 없다. 의지가. 마음이.

지금도 던전이 속삭이는 듯하다. 『절대 놓치지 않겠다』고.

체념에 지배당해 얼어붙은 카산드라를 중심으로, 전의가 바람 앞의 등불처럼 흔들렸다.

'전력이 부족해. 화력이 부족해. 사기가 부족해――『기둥』이 없어.'

계층 터주 전투에 임하기에는 믿을 수 없을 정도로 부족 요소가 많았다.

아이샤조차 못 해먹겠다고 모든 것을 내팽개치고 싶을

지경이었다.

『심층』에서도 본 적이 없었던 온갖 『이상사태』에, 오늘은 액운이 낀 날이라고 내뱉었다.

──하다못해 벨 크라넬이라도 있었다면.

문득 입술에서 새어나올 뻔했던 그 말에.

아이샤는 얼굴이 시뻘겋게 물들 정도로 분개했다.

'웃기지 마, 아이샤 벨카! 언제부터 네가 수컷한테 기대는 나약한 여자가 됐어?!'

한순간이라도 품었던 마음을 있는 힘껏 욕하며 수치로 생각했다.

타고난 아마조네스로서 그런 약한 소리는 용납할 수 없다.

그저 홀로, 무릎 꿇지 않겠노라 외치며 기합을 다시 넣었다.

'하지만 저놈들은······.'

아이샤는 같은 적과 싸웠던 『경험』이 있다. 처참한 부조리와 몇 번이나 조우하고 넘어섰던 『체험』이 있다. 그것은 절망에 맞서는 데에 더할 나위 없는 무기가 된다.

하지만 그녀의 뒤에 있는 그들은 다르다.

아이샤와는 실력도, 헤쳐나온 사선의 숫자도 다른 그들은 이 절망에 저항할 수 없다.

며칠 전, 『신세계』라 불리는 『하층』에 막 발을 들이기 직전, 아이샤는 소년에게 말했다.

『네가 넘어지면 파티도 넘어져. 이 파티는 그런 파티야.』

그것은 아이샤의 착각이었다.

『파벌연합』은, 【헤스티아 파밀리아】는 강했다.

소년이 없어져도 역경을 물리칠 정도로 다부졌다.

하지만 지금.

진정한 사지에 직면해, 『그릇』의 강도를 시험받는 이 순간.

그들은 『기둥』이 될 존재가 얼마나 컸는지를 뇌리에 단단히 새기고 말았다.

'이놈들에게…… 벨 크라넬은 『영웅』이나 마찬가지였어.'

적어도 그에 가까운 존재였다.

약골에, 우직하고, 그래도 없는 용기를 쥐어짜내, 절망에 맞서려는 그의 뒷모습은, 그를 아는 이들을 움직이게 만드는 빛이 되었다.

그의 눈물은 릴리의 마음을 옥죈다.

그가 터뜨리는 목소리는 미코토의 가슴을 떨리게 한다.

그의 등은 하루히메의 발을 움직인다.

하지만 그런 소년은 지금 이곳에 없다.

『영웅』을 잃은 십만 대군은 어떻게 되는가.

동화에서는 괴물에게 유린당하고 이야기의 제물이, 희생자가 되었다.

── 벨이 있다면.

── 벨만 있다면.

그런 말이 일동의 목에서 비집고 나오려 한다는 것을 언뜻 봐도 알 수 있었다.

아이샤는 그 자리를 대신할 수 없을 정도로.

벨 크라넬의 존재는 그만큼 컸다.

『기둥』이 필요하다.

소년을 대신할 『기둥』이.

한 걸음을 내딛게 만들 목소리가.

그리고 지금 이 자리에, 『기둥』을 대신할 만한 존재는 없었다.

그러나.

그들에게는 『불꽃』이 있었다.

그 직후──

쿠웅!

"!!"

수정 지면에 내리꽂히는 강철의 굉음에 일동은 흠칫 돌아보았다.

파티의 가장 뒷열, 키나가시 작업복을 출렁이는 붉은 머리의 청년이 두 손에 든 대도를 땅에 꽂고 있었다.

돌아본 동료들의 시선을 모으며.

쌍두룡도 우뚝 움직임을 멈추고, 가만히 주시했다.

고개를 숙이고 있던 청년은, 후우우, 크게 숨을 토해냈다.

온 얼굴에 땀을 뻘뻘 흘리며, 그래도 활달하게, 곁에 있던 파룸 소녀에게 입을 연다.

"릴리돌이, 처음이지?"

"네……?"

"벨이 없는『모험』은."

그 말에.

릴리의 밤색 눈이 한껏 크게 뜨였다.

"강한 놈이 없으면 못 싸운다.『영웅』이 없으면 일어나지 못한다── 아니잖아? 그렇지 않잖아? 모험자란 건."

미코토와 오우카가 든 무기가 떨렸다.

"슬슬 벨이 우리를 돌아보게 만들어야지! 우리끼리만 계층 터주를 잡아서!"

하루히메와 치구사가 숨을 멈추었다.

"벨이 없으면 아무것도 못한다…… 그런 식으로 생각하게 만들면 우리 체면이 뭐가 되냐! 안 그래!"

지금의 그들에게『기둥』은 없었다.

하지만, 함께 싸우고, 계속 곁에서 그들을 지켜봤던『스미스』가 있었다.

어떤 때에도 망치 소리를 울리며, 싸우기 위한『무기』를 모험자들에게 맡기는 화로 속의『불꽃』이.

벨프는 꿋꿋하게, 대담하게, 뻔뻔하게 입가를 틀어올리며 웃었다.

"……당연하죠! 릴리네는 짐이 아니에요!!"

그 말에 대들듯 릴리도 외쳤다.

"릴리는 그분 곁에 서서, 앞으로도 함께『모험』을 할 거예요!"

조그만 가슴에 한손을 가져다대며 크나큰 결의를 부르짖었다.

"소녀도…… 소녀도, 그분의 뒤만 따르고 싶지는 않사옵니다. 그분의 도움을 기다리는 창부로 돌아가고 싶지는 않사옵니다!"

하루히메도 여우 꼬리를 떨었다.

"……가자, 미코토. 타케미카즈치 님의 이름에 부끄럽지 않도록!"

"예!"

"치구사, 나는 벨 크라넬에게도 지고 싶지 않다!"

"응!"

오우카도, 미코토도, 치구사도 포효를 올렸다.

"너희들 말야…… 너무 단순한 거 아냐?"

혼자 외야로 밀려난 듯한 다프네는 진심으로 어이없다는 목소리를 내며, 오히려 지금 당장이라도 울 것 같은 표정으로 그들을 그렇게 평가했다.

하지만 이내 웃음을 지었다.

"나도 알아, 안다고……. 모험자니까. 최후의 최후까지 궁지에 몰렸으면, 싸워야지."

드높아진 사기는 객관적으로 판단하려 애쓰는 다프네에게도 『조짐』으로 비쳤다.

"다프네……."

아연실색한 카산드라의 시선 너머에서, 다프네도 전열에 가담했다.

지휘봉처럼 생긴 단검을 뽑아, 결의를 다졌다.

"……아주 잘 했어, 【이그니스】."

그 광경을 보며 눈을 크게 떴던 아이샤는 【헤스티아 파밀리아】의 맏형에게 에누리 없는 칭찬을 보냈다.

무기에 『불』을 피우는 것이 스미스의 일이다.

그렇다면 그 무기로 괴물을 치는 것은 『모험자』의 일이다.

저마다 다른 표정이 불꽃을 띠었다.

스미스가 피운 불꽃을 계기로 타올랐던 모험자들은, 시선을 앞으로 돌리고, 괴물을 노려보았다.

기다려주었던 쌍두룡을.

『워어어어어어어어어어어어어어어어어어어어어어어!!』

"간다!!"

벨프가 용에게 지지 않을 포효를 지르고, 나머지 동료들이 이에 따랐다.

시작되었다.

【절망】에 저항하는 『모험』이.

⚜

"【구중구천】!"

개전을 알린 것은 계층 터주도 모험자들도 아니었다.

한 『요술사』였다.

"【사랑스러운 눈. 사랑스러운 심홍. 사랑스러운 백광】──."

누구보다도 빠르게 움직인 하루히메가 취한 행동은, 영창.

VS. 계층 터주── 하루히메는 이 경치를 몇 번이고 본 적이 있었다.

그렇다. 【이슈타르 파밀리아】에서의 전투풍경이었다.

모험자가 총력을 기울여 몬스터들의 두목에게 맞서려는 상황 속에서, 『요술사』인 자신에게 요구되는 것은 한시라도 빠르게 『마법』을 발동시키는 것이었다.

『요술』의 콤보.

『전체 레벨 부스트』에 의한 파티의 저력 상승.

누구에게 『레벨 부스트』를 부여할지. 지시는 릴리나 아이샤가 내려준다.

그러므로 하루히메는 무엇보다도 영창을 우선시했다.

초장문영창에 필적하는 주문을 자아내며, 온 힘을 다해 금색 꼬리를 소환하려 했다.

"히요우!!"

이어서 움직인 것은 벨프.

시퍼런 색의 장검을 높은 상단으로 들고 내리친다.

그가 『마검』의 얼음 대포를 쏜 곳은, 벽면.

『?!』

순식간에 호수가 얼어붙으며 온통 『빙원』으로 변한 광경에 용의 네 눈이 크게 뜨였다.

동료들도 마찬가지였다.

사전에 짰던 것도 아니었으며, 누가 지시를 내린 것도 아니다. 다만 저 계층 터주에게 다가가 검으로 후려치려면 『발판』이 필요하다. 벨프는 단순히 그렇게 생각했을 뿐이었다.

그렇기에 쏘았다. 모든 것을 얼려버리는 특대 『마검』을.

그리고 그것은 쌍두룡을 상대할 때에는 더할 나위 없는 정답이었다.

보통 『암피스바에나』 토벌은 물줄기 사이에 무수히 떠 있는 『섬』── 『발판』이 존재하는 특정한 룸에서 이뤄진다. 제25, 26, 27계층에 각각 존재하는 좋은 조건의 전장을 선택해, 많은 모험자들이 매복한 채 계층 터주를 유인하는 것이다.

"제법인데!"

아이샤가 갈채의 웃음을 지었다.

그녀가 계층 터주를 토벌할 때 우려했던 『섬』의 존재가 해결되었다.

『워어어어어!!』

세 번째로 움직인 것은 몬스터렉스, 『암피스바에나』.

모험자들 마음대로 굴게 두지는 않겠노라고, 두 개의 머리를 구불텅거리더니 환상의 불길, 블루 네이팜을 토해냈다.

얼음에 뒤덮인 수면은 균열을 일으키고, 옮겨 붙은 푸른 불꽃에 녹기 시작했다.

그러나 그것은 하나의 『빙원』이 여러 개의 『섬』으로 바뀐 것을 뜻했다.

제2급 모험자 아이샤가 바랐던, 쌍두룡 토벌의 이상적인 지형조건.

"【오너라 만용의 패자】!

하루히메의 『레벨 부스트』가 완료될 때까지 표적을 자신에게 돌리겠다는 심산.

길고 긴 영창 때문에 르나르 소녀는 움직이지 못한다. 그녀에게 가려는 공격을 무조건 막기 위해 아이샤는 가장 먼저 얼음으로 된 『섬』에 뛰어오르며 계층 터주에게 접근했다.

『오오오, 오오오!』

『━━━━━━━━━━━!!』

무시할 수 없는 『마력』을 발산하며 『미끼』를 자청하고 나서는 아마조네스에게 용의 눈이 조준을 맞추었다.

오른쪽 머리가 조바심을 내듯 부르짖고, 왼쪽 머리가 대답하듯 푸른 불꽃을 토해냈다.

아슬아슬하게 회피한 아이샤는 살인적인 온도에 낯을 찡그리며 계층 터주를 중심으로 큰 호를 그리듯 선회했다.

적의 불줄기를 피하면서 흐트러짐 없이 주문을 자아내고, 인사 대신 『마법』을 선보였다.

"【헬 카이오스】!"

빙하에 내리꽂히는 대형 박도. 상어의 등지느러미처럼 돌진하는 참격파.

그 일격에 계층 터주의 반대쪽 머리가 재빨리 움직였다.

『하아아아아아아아아!!』

푸른 불꽃을 뿜는 왼쪽 머리와는 달리, 오른쪽 머리가 토해낸 것은『붉은 안개』.

수평으로 훑듯 방출한 짙은 안개는 마치 용의 몸을 지키듯 주위를 에워쌌다. 그 직후『마법』의 칼날이 밀려왔다.

그리고 접촉한 순간, 분명히『마법』의 기세가 감퇴되었다.

아지랑이처럼 참격파가 일렁이고, 규모가 작아지면서도, 마침내 안개를 돌파했다.

충돌한 계층 터주의 몸통에서 울리는 터엉, 하는 맑은 소리.

용의 비늘에는 흠집 하나 나지 않았다.

"아니······!"

"『마법』의 위력이 떨어졌어?!"

그 광경에 미코토와 오우카가 경악했다.

당황하는 그녀들에게 아이샤가 즉시 대답했다.

"『암피스바에나』의『미스트』야! 안개에 닿은『마법』을 확산시켜버려!"

그것은 두 개의 머리를 가진 용의 또 다른『브레스』.

푸른 불꽃이 사냥감을 소탕하는『이빨』이라면, 이 붉은

안개는 적의 포효를 막아내는 『방패』였다.

효과는 보다시피. 『하층』의 어떤 몬스터도 해치울 수 있었던 제2급 모험자의 필살기마저 무효화한다.

아이샤는 진저리가 난다는 듯 고함을 질렀다.

"『암피스바에나』를 해치울 때는 다가가서 팰 수밖에 없어!"

쌍두룡을 공략할 때 무수한 『섬』이 있는 룸을 선택하는 이유도 여기에 있다.

원래 같으면 거대하기 그지없는 수룡을 상대로 수상전은 자살행위다. 그러나 계층 터주 공략의 열쇠가 되는 『마법』을 미스트에 봉쇄당하는 모험자들은 싫어도 접근전을 펼쳐야만 한다.

용의 거대한 몸 중심에 있는 『마석』에도 무기가 닿지 않아 일격필살은 노릴 수 없다.

"『마법』을 계속 쏘면 안개에 구멍을 뚫거나 날려버릴 수도 있지만 수지가 맞질 않아요! 적어도 릴리네한테는 불가능해요!"

실물의 무시무시함에 전전긍긍하며, 계층 터주의 정보를 가진 릴리가 보충설명했다.

『미스트』도 무적은 아니다. 『마법』을 상쇄할 때마다 밀도가 엷어진다.

그러나 엷어질 때마다 용의 오른쪽 머리가 안개의 방벽을 보급해준다.

압도적인 거구를 자랑하는 『암피스바에나』의 안개는 무

진장하다고 해도 과언이 아니다. 마주 쏘아대면 마도사들의 마인드가 먼저 바닥이 난다. 혹은 푸른 불꽃에 목숨을 잃거나.

이처럼 『암피스바에나』의 브레스는 그야말로 공수일체여서 두 줄기의 숨결——『듀얼레스』라 불렸다.

"이래선 마검도 별로 효과가 없겠어……!"

아이샤와 릴리의 설명을 듣고 벨프는 오른손에 쥔 『크로조의 마검』을 내려다보며 얄궂다는 듯한 웃음을 지었다.

"【——커져라 뚝딱】——【도깨비 방망이】!"

그때 하루히메의 준비가 종료되었다.

『영창연결』을 거쳐 발현시킨 다섯 개의 여우꼬리에 『레벨 부스트』의 『마법』이 장전되었다. 즉시 릴리의 목소리가 날아들었다.

"벨프 님, 오우카 님, 미코토 님, 치구사 님, 다프네 님에게!"

암피스바에나의 퍼텐셜은 Lv.5. 공격이 직격하면 Lv.2 모험자 정도는 일격에 목숨을 잃는다. 전열과 중견의 『강화』는 필수적이다. 대신 Lv.4인 아이샤, 후열에 속하는 서포터인 자신과 힐러 카산드라는 제외한다. 파룸 소녀의 판단은 재빨랐다.

최전선으로 올라간 아이샤를 대신해 지시를 내리는 지휘관 릴리의 말에 하루히메가 따랐다.

"【춤을 추어라】!"

허리께에서 돋아난 빛의 꼬리가 하루히메에게서 떨어져

빛의 구슬로 바뀌었다.

【도깨비 방망이】가 장전된 부여마법 【구중구천】은 전선으로 달려가는 동료들에게 날아가, 빙의하듯 몸에 깃들었다.

『레벨 부스트』의 빛이 연쇄적으로 터졌다.

그 숫자는 넷.

하나의 꼬리를 남긴 하루히메는 가슴을 손으로 억누르며 숨을 몰아쉰 다음, 매직 포션을 꺼냈다.

'다섯 개를 한꺼번에 소비하면 나는 쓰러지고 말아. 하지만 하나만 남겨놓으면……!'

『강화종』 모스 휴지와 교전을 거치면서 하루히메는 이 사실을 깨달았다.

【구중구천】을 모두 써버리면 마인드다운 때문에 쓰러져 짐짝이 되고 만다.

이를 막기 위한 대처. 【구중구천】 하나만을 발동하지 않은 채 『마법』을 『대기상태』로 놓아두면, 꼬리 하나 분량의 마인드가 유지되어 기절하지 않는다. 그 사이를 이용해 회복하면 다시 『레벨 부스트』를 걸 수 있는 것이다. 남겨둔 꼬리도 여차하면 긴급시의 예비로 쓸 수 있다.

지금 자신이 쓰러져서는 안 된다.

하루히메에게는 그런 자각이 있었다.

겸허나 겸손은 버렸다. 지금 이 자리에서 가장 필요한 것은 자신의 힘이다. 월등히 강력한 계층 터주를 공략하려면 끊임없이 『레벨 부스트』의 빛을 내려 동료들을 지탱해주어야만 한다.

　그러므로.

　──미안해.

　승화의 빛을 받지 못한 단 한 사람, 치구사와 눈빛을 얽으며 사과했다.

　──미안해. 미안해, 치구사.

　──괜찮아.

　난 싸울 수 있으니까.

　흔들리는 앞머리 속에서 오른쪽 눈을 드러내며 부드럽게 웃음 짓는 소꿉친구 소녀를 보며, 하루히메는 눈시울을 적셨다.

　치구사의 손에 들린 것은 활. 그녀의 포지션은 중견이다.

　꼬리를 찰랑거리는 르나르 소녀는 한시라도 시선을 떼지 않겠노라고 전장을 바라본 채 회복에 전념했다.

　하루히메가 마법을 발동할 동안, 날뛰는 암피스바에나를 바라보며 옆에서 허탈하게 웃던 소녀가 있었다. 다프네였다.

　"쓰고 싶지 않았지만…… 아끼고 있을 때가 아니니까."

　그녀는 매우 진저리가 난다는 양, 어쩔 수 없다는 양 『영창』을 시작했다.

　"【추종하는 하늘의 태양. 모든 것은 그대에게서 벗어나기 위함이니── 피어라, 월계수의 갑옷】."

　단문영창.

지휘봉처럼 생긴 단검을 휘릭 돌리며 다프네는 그『마법』을 시전했다.

"【라우뮈르】."

소녀의 온몸을 덮는 진녹색 빛의 막. 부여마법과도 비슷한『방호마법』이었다.

효과는『내구』를 약간, 그리고『민첩』을 대폭 올려주는 것이다.

어떤 신을 떠올리게 하는 영창 내용 때문에 쓰고 싶지 않았던 ——파벌의 존속이 걸렸던 워 게임에서도 쓰지 않았던—— 다프네의 유일한 마법.

"아아아아아아아아아아아아아아아아!!"

그리고『레벨 부스트』를 거쳐 유사 Lv.3이 된 모험자들은, 달려나갔다.

큰 폭의 스테이터스 업. 다프네의『마법』도 포함해 모든 버프가 완료되었다.

이로써 준비는 갖추어졌다.

전초전에서 드디어 메인 전투로 이행하는 것이다.

일동은 고함을 지르며, 물가에서『섬』으로 뛰어올라 계층 터주에게 돌진했다.

얼음 표면을 밟는 부츠가 힘을 해방시키며 뛰었다.

Lv.3의 가속력으로 도약한 벨프, 미코토, 오우카는『섬』에서『섬』으로 이동하며, 밀려드는 계층 터주 앞에서 세 방향으로 갈라졌다.

이미 적의 후방으로 돌아갔던 아이샤와 함께 적을 포위해 표적을 분산시키려는 생각이었다.

그러나.

『워어어어어어어어어어어어어!』

『하아아아아아아아아아아아!』

"웃?!"

이중의 포효를 지른 두 개의 머리에 세 사람은 하마터면 동시에 격파당할 뻔했다.

힘차게 내리꽂힌 오른쪽 머리를 벨프가 아슬아슬하게 회피하고, 바닥을 휩쓰는 머리에게서 미코토와 오우카가 도약으로 벗어났다. 발바닥 바로 아래를 스치고 지나간 수평 일격은 여파로 모험자들의 태세를 무너뜨리고, 수직 일격은 거대한 얼음섬을 V 자로 쪼갰다.

무수한 물방울이 솟아나고, 거센 물보라가 간신히 다른 『섬』에 착지한 세 사람의 몸을 두드렸다.

"빠르다!!"

"아니, 그보다도⋯⋯"

"빈틈이 없어!"

벨프, 미코토, 오우카는 입을 모아 전율의 감정을 외쳤다.

빠르게 꿈틀거리는 두 개의 머리는 서로 다른 의지를 가졌다. 협공당하든 포위당하든, 두 개의 시점이 사각을 서로 보완하는 것이다. 용의 근력이 자아내는 강인하면서도 거대한 머리 또한 공격속도가 보통이 아니라 사방에서 몰려오는 적에게 모두 대처할 수 있었다.

"——?!"

쉴 틈도 주지 않고 힘차게 뻗어나온 용의 오른쪽 머리가 미코토에게 육박했다.

허점을 보인 시간은 찰나에 불과했지만, Lv.3의 스테이터스로도 도저히 피할 수 없는 위협적인 질량이 날아들었다.

그런 철퇴 같은 머리 공격은 미코토를 재기불능으로 만들기에 충분했다. 그러나.

"조심해!"

"……! 다프네 공!"

다프네가 아슬아슬하게 미코토를 붙잡고 몸을 날렸다.

뛰어난 통찰력으로 미코토의 위기를 사전에 감지한 다프네는『레벨 부스트』에 자신의 마법까지 더해진 높은『민첩』을 살려 중견 위치에서 단숨에 뛰어나왔던 것이다.

빗나간 적의 공격이 얼음덩어리를 산산이 터뜨려버리는 가운데, 다른『섬』에 착지했던 그녀는 옆으로 안았던 미코토를 내려놓았다.

"막무가내란 건 알지만 빨리 적응해. 나도 몇 번씩 구해줄 수는 없어."

"네, 네엣!"

다프네는 땀을 흘리면서도 즉시 전선으로 돌아갔다.

일어난 미코토는, 까딱 방심했다가는 정말로 순식간에

재기불능에 빠질 이 계층 터주 전투에서 공포를 느꼈다.

한층 신경을 곤두세우도록 자기암시를 거는 것과 동시에, 시선 너머의 용을 보았다.

"용종 계층 터주……. 코앞에서 보지 않아도 잘 알고 있었다고 생각했지만, 이렇게나 강적일 줄은!"

붉은 안개를 두른 백룡의 위용은 그것만으로도 적대하는 자들을 위압했다.

노려보는 용의 눈에 주눅이 들 것 같으면서도 일동은 다시 달려들었다. 이번에는 앞과 좌우, 세 방향에서 동시에 공격했다.

아이샤도 엄호에 나서, 적의 주의로부터 벗어난 오우카가 겨우 공격에 성공했지만.

"크윽?!"

상급 광물 『백강석』으로 만든 대형 전투도끼 《코고우》에서 요란하게 불꽃이 튀었다.

『암피스바에나』의 강인한 용린이 공격을 막아낸 것이다.

용의 비늘은 드롭 아이템 중에서도 최상급의 강도를 자랑한다. 그런 용의 비늘을 관통한다는 것은, 『용종』을 상대하는 모험자들에게는 가장 중요한 명제였다. 강력한 공격과 철벽의 방어는 용이 최강의 몬스터라 불리는 이유 중하나다.

공격은 통하지 않고, 폭풍처럼 몰아치는 두 개의 머리에 방어구까지 크게 손상당해 견디지 못한 일행은 적의 공격

범위에서 벗어났다.

그러자 금세 용의 입이 푸른 아지랑이에 휩싸였다.

"브레스다!"

『섬』하나에 올라타 단검형『마검』을 든 다프네가 중견 위치에서 외쳤다.

그 반대쪽에서 달리던 치구사가 주의를 끌기 위해 활을 쏘았지만, 백룡은 멈추지 않았다.

"～～～～～～～～～～～～～～～～～～～～～～～～～～～?!"

전장에 새로운 블루 네이팜의 불길이 솟아났다.

폭이 10M은 되는 거대한『섬』이 순식간에 녹아 사라지고 호수를 푸르게 불태웠다. 『용담』의 소이액체가 만들어내는 블루 네이팜에『마력』은 쓰이지 않으므로, 순수한 화력으로 이루어진 브레스는 벨프의 안티 매직 파이어로도 막을 수 없었다.

푸른 불꽃이 뿜어져 나가자마자 솟아나는 수증기로 이제는 계층 전체가 푹푹 찌는 듯했다.

물가의 계층답지 않은 찜통── 아니, 숫제『푸른 불가마』로 변했다.

"숨이 답답해…….."

"목이 타들어간다……!"

코앞에서 공기를 탐식하며 타오르는 푸른 불꽃에 미코토와 오우카가 신음했다.

『암피스바에나』와 교전할 때마다『물의 미로도시』에서는

이 상황이 발생한다.

아이샤는 익숙했지만, 벨프를 비롯한 다른 동료들은 그렇지 않았다.

화산 계층이 아님에도 온몸에 쏟아지는 증기의 세례는 상급 모험자에게 불쾌감을 주고 집중력도 깎아냈다. 그리고 체력을 크게 잃은 후에야 자각하게 되는 것이다.

한편 전열 팀보다도 거리를 벌리고 있던 다프네는 『암피스바에나』를 면밀히 관찰하고 있었다.

'적의 붉은 안개…… 저건 『마법』만 막아내는 게 아니야. 시야를 차단하고 공격을 방해하기도 해. 이 증기와 맞물리면, 그야말로 최악인걸.'

접근전을 감행할 때 적이 몸에 두른 『미스트』는 시야를 차단하는 커튼 역할도 했다. 오우카의 첫 공격이 불발로 그쳤던 것은 용린의 방어력도 있지만, 타이밍을 맞추지 못해서이기도 했다.

'발판은 있다지만 맨땅과는 달리 불안정하고…….'

부서져서 무수한 『섬』이 된 빙하는 대공동 북쪽의 『그레이터 폴』에서 공급되는 폭포수에 출렁거리며 흘러간다. 불안정한 부유섬인 셈이다. 간격 계산이 자꾸만 엇나갔으며, 원하는 대로 움직이기도 힘들었다.

'애초에 저놈의 머리는 계층 터주 주제에 너무 빠르다고!'

골라이아스는 정면에만 신경을 쓰면 치명적인 피해는 막을 수 있으며 품으로 파고들 수 있다.

하지만 이 쌍두룡은 다르다.

초대형급에 어울리지 않는 기민함으로 탐지와 반격을 펼친다.

모든 것을 불태우는 푸른 불꽃의 포격과 『마법』을 막는 안개 결계는 덤이다.

"역시 도망치고 싶어…… 도망칠 수도 없지만."

【아폴론 파밀리아】시절부터 떠맡았던 역할 때문에 자기도 모르게 적의 정보를 분석하던 다프네는 그렇게 중얼거렸다.

『크아아아아아아아아아?!』

"쳇, 얕았어."

그리고 다시 전열에서는.

날카로운 적의 송곳니를 피하며, 아이샤가 Lv.4다운 관록으로 『암피스바에나』를 베었다. 하지만 용린의 틈을 노린 참격은 살짝 출혈을 일으키는 데에서 그쳤다.

계층 터주는 자신을 상처 입힌 아마조네스에게 분노의 눈길을 돌렸다.

두 개의 머리가 교대로 울부짖는가 싶더니, 그 자리에서 힘차게 물속으로 들어갔다.

"아차?!"

다프네의 눈빛이 바뀌었다.

물속 깊이 모습을 감춘 계층 터주에게 큰 의구심을 품었다.

호수 밑바닥까지 잠수한 백룡은 네 개의 눈으로 일렁이

는 수면을 노려보다가, 단숨에 부상했다.

『━━━━워어어어어어어어어어어어어어어어어어!!』

"으아아아아아아아아아아아아아아아아아아아아아아아아아?!"

물속에서 두 개의 머리가 나타나고 마지막에는 용의 거구가 모험자들을 습격했다.

반격도 방어도 불가능했다. 수면에 급속도로 떠오르는 그림자에게서 황급히 벗어난 일동은 그 직후에 발생한 해일에 휩쓸렸다.

물속에서 최대의 잠재능력을 발휘하는 『수룡』의 돌격. 수중에서 가속한 그 공격은 위력도 범위도 차원이 달랐다. 공격의 충격은 다프네나 치구사에게까지 미쳐 소녀들을 움츠러들게 만들었다.

"쿨럭, 쿨럭…… 큭?!"

『운디네 클로스』를 흠뻑 적시며 섬에 한쪽 무릎을 꿇은 벨프는 이쪽을 내려다보는 계층 터주를 올려다보았다.

『길드의 추정 Lv.은 물 위라는 지형도 가미해서 6으로 잡혔다.』

그들은 전에 아이샤가 했던 이 말의 의미를 몸으로 깨닫게 되었다.

얼음 한 장을 끼고 펼쳐진 물의 세계 그 자체가 적의 가장 큰 무기.

물론 그 물의 세계에 끌려 들어갔다간 눈 깜짝할 사이에 죽고 만다.

"강해…… 이제까지 싸웠던 어떤 몬스터보다도 강해!"

"하지만 해치우고 말겠어! 안 그런가!"

"당연하지! 가자!"

용을 마주 노려보고, 무기를 어깨에 걸머진 벨프와 오우카는 다시 접근하기 위해 질주했다.

"자, 자, 잠……! 잠깐만 기다려 보세요……?!"

한편.

후방의 물가에 서 있던 릴리는 아무것도 못하고 있었다.

하루히메에게 『레벨 부스트』 지시를 내린 것을 마지막으로, 길을 잃은 아이처럼 갈피를 잡지 못했던 것이다.

'이런 건 어떻게 하면 좋단 말이에요……?!'

계층 터주와의 전투는 통상 전투와는 차원이 다르다.

정보량이 너무나도 많다. 미궁 지역의 통로라면 릴리의 지휘로도 충분하다. 하지만 이곳은 대공동. 다른 곳과 비할 데 없이 광대한 공간이 존재하며, 『물가』라는 성가신 지형까지 있다. 여기에 초대형급의 용이 제멋대로 잠수했다가는 물속에서 덤벼들다니, 스케일이 이상하다는 생각밖에 들지 않는다.

심지어 헤아릴 수 없는 얼음섬에, 타오르는 푸른 불꽃, 결정타로 머리 위와 주위를 뒤덮는 나무뿌리 감옥. 무슨 옛날이야기의 세계냐고 따지고 싶을 정도였다.

아직 『초보』 지휘관인 릴리가 감당할 범주를 넘어섰다.

'릴리는 어떻게 하면 좋나요……!'

머릿속의 막막한 황야에 펼쳐진 무한한 선택지.

어떻게 당장 정확한 취사선택을 내릴 수 있겠는가.

여울 저편에서는 푸른 벚꽃 『아주라』가 푸른 불길에 휩싸여 덧없이 타들어가며 꽃잎을 뿌리고 있었다. 두 무릎을 바닥에 대고 가슴을 꽉 누른 채 필사적으로 회복에 전념하는 하루히메의 모습이 번뇌하는 지금의 자신과 겹쳐졌다.

시야 구석에 펼쳐진 몽환적인 광경을 보며 뺨에 땀을 흘리고 있으려니.

"릴리루카! 망설이지 마!"

"!!"

지휘란 무엇인가를 주입시켜준 스승 다프네의 목소리가 들렸다.

"후열, 그리고 지휘하는 사람에게 중요한 건 통찰력과 판단력이야! 그리고 평상심! 지금 파티에서 제일 냉정해야 할 사람은 너라고!"

"아, 알아요! 하지만!"

빙하 끝에 있던 다프네는 릴리의 말을 가로막으며 외쳤다.

"최고의 지휘는 국면을 『어떻게 해야 좋을까』가 아니야! 상황을 『어떻게 움직일까』지!"

"!!"

"이걸 할 수 있으면 졸업!!"

그렇게 말한 다프네는 달려나갔다.

"손이 부족해! 나도 전열로 올라간다!"

그러므로 지휘는 모두 맡기겠다.

암묵적인 『신뢰』에 릴리는 한순간 움직임을 멈추었다가—— 밤색 눈을 치켜세웠다.

머리에서 망설임은 사라지고, 대신 가슴에 투지가 피어났다.

책임에서 오는 중압도 사라졌다.

대신 생겨난 것은, 기대를 배신하고 싶지 않다, 아무도 죽게 하고 싶지 않다, 함께 싸우고 싶다는, 그런 맹세의 불길이었다.

조언이라는 이름의 격려를 받아, 조그만 머리가 최대 회전을 시작했다.

'얼어붙은 용소, 그리고 머리 위의 거목……!'

우선은 지형부터 관찰했다.

『마검』의 수는 쓰이고 있는 것도 포함해 4자루, 응용할 수 있는 파티의 【스테이터스】는……!

다음으로는 현재 쓸 수 있는 카드를 확실하게 파악했다.

다행히, 라고 해도 좋을지는 모르겠지만 미궁구역에서 큰 파괴가 일어났을 때 이 물가에 출현했던 몬스터는 없었다. 블루 네이팜의 사정거리 내라는 점에는 변함이 없지만, 동료들이 계층 터주와 싸우고 있는 지금은 생각에 시간을 들일 수 있었다.

이윽고 릴리의 『작전』이 정해졌다.

"미코토 님, 영창하세요!"

크게 울려 퍼진 파룸의 목소리에 모험자들이 돌아보았다.

"배치도 교대! 올라간 다프네 님 대신 중견으로! 전열은 적을 최대한 막아주세요! 치구사 님은 계속 지원!"

잇달아 지시를 내려 자신이 짜낸 작전을 실행에 옮겼다.

한 점의 망설임도 없는 지휘관의 목소리는 전사들을 이끄는 호령이 되기에 충분하다.

동시에 그것은 어둠 속에 비치는 한 줄기 빛과도 같았다.

힘찬 릴리의 목소리를 파티 전원이 의심 없이 믿었다.

미코토가 고개를 끄덕이고, 벨프가 웃고, 아이샤가 입술을 핥았다.

"【입에 담기조차 황송하여라――】."

미코토는 치구사가 있는 중견 위치까지 후퇴해 지시대로 영창에 들어갔다.

한편 원래의 【스테이터스】 수치에서 미코토를 웃도는 다프네는 별 어려움 없이 그녀의 구멍을 메우고, 전체를 내려다보는 시야로 벨프 일행과 능숙한 연계를 이어나갔다.

"네가 맞춰주는 게 제일 편하지!"

"고마운 말씀!"

『워어어어어어어어어어어어어어어어어어!』

워 게임에서도 싸웠던 자들끼리 농담을 주고받으며 벨

프와 다프네가 나란히 달렸다. 다프네는 대각선 위에서 짓쳐든 용의 오른쪽 머리를 최대한 끌어들이며 회피했다. 그틈에 벨프가 대도로 적의 몸통을 베었다.

아이샤와 오우카는 푸른 불꽃을 뚫으며 왼쪽 머리를 붙들어놓았다.

"【휘둘러라 평정의 태도, 정벌의 영검(靈劍). 지금 이 자리에 나의 이름으로 초래하라】――."

그 사이에 『마법』의 포대는 착착 완성되고 있었다.

일정한 장소에 머무는 것은 위험하다는 판단에 미코토는 『병행영창』으로 섬과 섬 사이를 끊임없이 이동했다. 유사 Lv.3의 도약력과 주행. 그녀를 호위하는 치구사도 필사적으로 따라갔다.

『!』

『암피스바에나』 또한 모험자들이 불온한 기척을 보인다는 사실을 깨달았다.

블루 네이팜으로 미코토를 노리려 하지만 아이샤와 오우카가 이를 가로막았다.

빈틈을 보이면 베어버리겠다는 양 달라붙는 작은 자들에게 백룡이 거추장스럽다는 듯 두 개의 머리를 휘둘렀다.

『워어어어어어어어어어!』

『아아아아아아아아아!』

이대로는 안 되겠다고 생각했는지, 두 개의 머리가 크게 울부짖고는 물속으로 잠수했다.

"젠장!"

벨프는 빙하를 깨부수는 용의 거구에 어쩔 수 없이 후퇴하면서 욕설을 내뱉었다.

목표가 시야에서 사라졌다. 어디서 나올지도 알 수 없다.

영창 중인 미코토를 노릴까? 아니면 벨프를 비롯한 전열을 없앨까?

파티 전원에게 극도의 긴장감이 내달렸던 그때, 다시 릴리가 지시를 내렸다.

"미코토 님, 【스킬】!"

"!"

하늘의 계시와도 같은 그 지시에 미코토는 반사적으로 따랐다.

조우 경험이 있는 몬스터를 감지하는 스킬 【야타노 쿠로가라스】. 물속으로 들어가든, 『레벨 부스트』도 받은 미코토의 탐색 범위를 벗어날 수는 없었다.

뇌리에 펼쳐지는 까만 탐색지도 속에서 고속으로 이동하는 하나의 붉은 점.

『병행영창』을 이어나가며 『스킬』을 사용한 미코토는 손가락으로 공격지점을 가리켰다. 릴리가 즉시 외쳤다.

"북서쪽! 아이샤 님 밑이에요!"

"!!"

사방 구석구석 울려 퍼지는 목소리에 일동은 재빨리 이탈했다.

그 직후, 계층 터주의 급습.

얼음덩어리가 부서지고 대량의 물보라가 피어나는 가운데, 모험자들은 수중에서 펼쳐진 공격을 완벽히 회피했다.

"【──신무투정(神武鬪征)】!!"

거의 때를 같이 해 영창이 완성되었다.

잠수 공격이 허사로 끝나 적은 빈틈투성이. 절호의 기회.

그러나 경이로운 반응속도를 보인 오른쪽 머리가 미스트를 뿜어냈다. 근소한 차이로 『갑옷』을 두른 쌍두룡을 보며 동료들은 이를 갈았으나── 릴리는 조용히 마무리 명령을 내렸다.

"사정거리를 최대로, 가장 높이."

미코토는 네? 중얼거렸으나, 파룸이 지시한 곳을 보고 머리가 번쩍 뜨이는 듯했다.

그곳은 계층 터주의 바로 위.

우리처럼 머리 위를 뒤덮은 『나무뿌리의 감옥』.

릴리의 노림수를 정확하게 깨달은 미코토는 마법명을 선언했다.

"【후츠노미타마】!"

짙은 보라색을 띤 빛의 검이 출현하고, 『암피스바에나』를 중심으로 여러 개의 동심원이 수면에 퍼졌다.

미코토의 『중압마법』이 발동했다.

『우우우우우우…….』

머리 위에서 내려오는 부하는 『암피스바에나』를 에워쌌

으나, 역시 『갑옷』인 『미스트』가 효력을 감쇄시켰다. 기껏해야 머리가 수면에 닿을락말락 억눌리는 정도. 중력의 결계가 『미스트』의 밀도를 깎아내고는 있지만 용은 금세 새로운 안개를 토해냈다. 치명타는 될 수 없었다.

계층 터주가 번잡하다는 듯 고개를 꿈틀거렸던 그때.

『——커억?!』

가공할 충격이 용의 두 머리를 엄습했다.

충격의 비는 그치지 않고 지속적으로 『암피스바에나』에게 쏟아졌다.

생각에 공백이 발생한 계층 터주는 상황도 제대로 파악하지 못했다.

"거목의 뿌리를……"

"중력 『마법』으로 떨어뜨렸어!"

반면 모험자들은 바깥에서 그 광경을 보았다.

오우카와 다프네가 나란히 경탄했다.

최대 사정거리까지 뻗어나간 【후츠노미타마】—— 중력을 뿜어내는 지표가 되는 빛의 검은 계층 터주의 머리 위, 나무뿌리 돔 위에 출현했다. 다시 말해 릴리 일행의 머리 위를 뒤덮었던 거대한 거목의 우리도 효과 범위에 들어간 것이다.

초중력을 띤 거목의 돔이 그대로 뻥 뚫려 떨어졌다. 계층 터주의 머리 위로만.

『미스트』는 『마법』을 감쇄시키기만 할뿐 우박 같은 나무뿌리를 막아주지는 못한다. 중력파까지 가산되어 낙하하는 직경 5m이나 되는 나무뿌리의 산이 『암피스바에나』에게 쏟아졌다.

『……, ……?!』

그것은 거구를 자랑하는 계층 터주라 해도 머리를 둔기로 얻어맞는 것과 다름이 없었다.

그야말로 순간적인 『스턴(기절)』 상태.

"잘 했어, 릴리돌이!"

"제법인데, 너희들!!"

그리고 모험자들은 이 기회를 놓치지 않았다.

거대한 나무뿌리에 얻어맞아 머리가 몽롱해진 계층 터주는 마침 정지한 채로 수면에 떠 있었다.

커다랗기만 할 뿐 저항하지도 못하는 표적. 전열공격수가 입맛을 다시는 극상의 먹이다.

『다리를 노려 땅에 쓰러뜨린다』. 이것은 계층 터주 및 대형급에 대처하는 정석 전법.

릴리가 했던 것은 그 반대. 『머리를 노려 수면에 쓰러뜨렸다』.

지휘관을 맡은 파룸 소녀에게 벨프와 아이샤가 환호하고, 오우카도, 다프네도 뒤처질 세라 달려나갔다.

"와아아아아아아아아아아아아아아아아아아아아아아아!!"

중력파가 해제된 것과 동시에 벨프가 가르고, 오우카가

부수고, 다프네가 찌르고, 아이샤가 쪼갰다.

대도와 전투도끼의 난타가 용린을 깎아냈다. 단검이 비늘의 틈새로 파고들어 용의 육체에 출혈을 일으켰다. 그리고 대형 박도의 날카로운 일격이 목의 일부를 깊이 도려냈다. 달려온 미코토의 카타나와 치구사의 화살도 여기에 가세했다.

몇 장이나 되는 거대한 지느러미를 가진 몸통에 상처가 나고, 두 개의 머리도 손상을 입었다.

기회를 놓치지 않겠다는 모험자들의 총공격에, 일시적인 『스턴』에서 회복된 『암피스바에나』는 비명을 질렀다.

『~~~~~~~~~~~~~~~~~~~~~~~~~~~~~~~~
~~~~아아아?!』

그것은 동시에 몬스터를 『소환』하는 포효이기도 했다.

미친 듯이 날뛰는 용에게서 모험자들이 떨어진 직후, 여러 마리의 뱀이 수면에서 튀어나왔다.

"『아쿠아 서펜트』!"

"『하피』까지?!"

"한패를 불렀구나!"

얼음으로 된 『섬』의 틈새, 수중에서 길다란 몸을 드러내는 『아쿠아 서펜트』. 그리고 상공에서 내려온 『하피』의 무리에 일동은 혀를 찼다.

출현한 몬스터의 수는 여섯.

귀찮은 적이 늘어났다. 그러나 결코 감당하지 못할 수는 아니었다.

"먼저 몬스터를 소탕하세요! 계층 터주는 아이샤 님과 다프네 님이 유인해주시고요!"

망설임을 용납하지 않는 릴리의 재빠른 지시에 전장의 방침이 정해졌다.

벨프, 오우카, 미코토, 치구사는 부하들을.

아이샤와 다프네는 소탕이 끝날 때까지 두목의 주의를 끌었다.

"【훨훨 추어라】!"

다시 절묘한 타이밍에 치구사에게도『레벨 부스트』가 부여되었다.

눈을 돌려보니, 하루히메는 굵은 눈물을 흘리면서도 다음【구중구천】의 영창에 들어가고 있었다.『요술사』의 지원에 동료들은 감동을 받으면서 몬스터에게 달려들었다.

"밀어붙여―――――――――!!"

요란한 검격 소리가 울려 퍼지고, 전장의 노래가 솟아났다.

모험자들은 힘을 다해 무기를 휘둘렀다.

🔥

이 사람들은 어떻게 이리 강할까.

시야에 펼쳐진 광경을 보며 카산드라는 그렇게 생각했다.

'저런【절망】에도 굴하지 않고…… 싸우다니.'

숱한 상처를 입고, 뺨을 피로 적시면서도, 저 옆얼굴은 어떻게 저리 늠름할까.

아무도 겁을 먹지 않고 몬스터와 열심히 싸운다.

'나는 이제……'

카산드라는 그럴 수 없었다.

아직도 그녀의 마음은 【절망】에 잠식당하고 있었다. 공포가 가슴 깊은 곳에 도사리고 있었다.

어차피 또. 어차피 또.

그런 말이 귀에서 떠나질 않았다.

『악몽』을 넘어서지 못하는 무력한 자신에게 시달렸다.

여기서 발버둥쳐봤자, 어차피 세상은 카산드라를 희망의 언덕에서 나락의 밑바닥으로 떠밀 것이다. 그때의 절망과 슬픔이 두렵고 무서워, 팔다리가 꼼짝도 하지 않았다.

'이게 【절망의 우리】……. 그럼 계층 터주가 나타난 이 대공동은 이미 【관】으로 바뀐 걸까……? 죽음을 회피하기에는 이미 늦었나……? 안 돼, 아무 생각도 나지 않아…….'

마음속 어디선가 호소한다. 여기서 모든 것을 내팽개쳐도 되겠냐고.

하지만 의식과 연결이 끊어진 것처럼 몸은 말을 듣지 않았다. 마치 객석에서 비극의 희곡을 바라보는 것처럼.

카산드라는 수많은 모험자를 죽게 만들었다. 【재앙】의 제물로 바치고 말았다.

그것도 그녀의 체념을 조장케 하는 『암』이었다. 죄는 죽음으로 갚아야 하지 않을까. 그녀의 약한 마음이 그렇게 속삭였다.

기력도, 전의도 잃어버렸다.

카산드라는 일어설 수 없었다.

카산드라는 맞설 수 없었다.

"——그만 좀 해!!"

"——아얏?!"

그때였다.

옆머리를 힘껏 얻어맞아 시야에 별이 튀었다.

"다, 다프네?!"

곁에 서 있던 것은, 주먹을 꽉 쥔 채 숨을 헐떡거리던 절친한 소녀였다.

눈물을 머금으면서도 왜 여기 있느냐고 물으려던 카산드라에게 그녀는.

"얼른! 회복이나! 해에에에에에에에에에에에에에에에에에에에에에!!"

진심으로 화를 냈다.

카산드라가 들었던 것 중에서 가장 큰 목소리로.

카산드라는 자기도 모르게 히익 비명을 질렀다.

"힐러인 네가 멍하니 서 있으면 어떡해! 계층 터주랑 붙을 때 제일 중요한 건 너희 후열이잖아! 그래가지고 전선이 유지되겠어?! 안 그래도 전열은 머릿수가 부족한데!"

한껏 몸을 움츠린 카산드라에게 다프네가 핏발 선 눈으

로 퍼부어댔다.

보아하니 일을 전혀 하지 않는 힐러에게 화가 나 전선에서 잠시 이탈해 여기까지 뛰어왔던 모양이었다. 그리고 분노의 철퇴를 내린 것이다.

"여기서 또 저기까지 돌아가야 하잖아! 웬 쓸데없는 고생이람! 가뜩이나 시간도 없는데!"

여전히 화를 내는 다프네를 올려다보던 카산드라는 문득 깨달았다.

다프네는 상처투성이였다.

팔이며 어깨를 베여 붉은 흉터를 드러내고 있었다.

다른 동료들도 마찬가지였다.

『운디네 클로스』곳곳이 찢겨, 어깨로 숨을 쉬며 싸운다.

"다프네…… 나 때문에……?"

"지금 내가 말한 거 못 들었어? 빨랑 일 해!"

낯을 창백하게 물들인 카산드라는 고개를 숙인 채 자신의 몸에 걸친 『운디네 클로스』를 꽉 쥐었다. 시선을 들지 못한 채 입술을 열었다.

"어떻게 다프네는, 다른 사람들은【절망】에 저항할 수 있는 거야……?"

"뭐?"

"우리를 집어삼킬【절망】이, 무섭지도 않아……?"

한껏 눈꼬리를 치켜세운 다프네에게, 진의는 통하지 않으리란 것을 잘 알면서도 묻고 말았다.

이곳은 던전. 무한한 미궁. 그녀들의 저항 따위 티끌만도 못하다.

희망을 절망으로 반전시킬 저 용이, 던전의 상징이 무섭지도 않냐고 물었다.

그 말에 다프네는 치켜세웠던 눈을 더욱 날카롭게 떴다.

"보면 몰라?! 난 무서워!"

"뭐?"

그렇게 말하며, 지금도 떨리는 팔을 보여주었다.

당황해버린 카산드라에게 다프네가 말을 쏟아냈다.

"그래도 싸워야지! 살아남으려면!"

몸을 내밀며, 결의를 담은 목소리로.

"절망이란 거 참 편리한 말이지! 발버둥 치면 더 힘든 꼴을 본다는 걸 알고! 그러니까 거기서 체념해버릴 수 있는 최고의 변명이지!"

"윽?!"

"나도 아까까진 그랬어! 하지만 어쩔 수 없잖아! 릴리루카도 다른 녀석들도 일어났고, 나도 아직은 포기하고 싶지 않으니까!"

어떤 고생을 해서라도 살아 돌아가고 싶다.

마음에 든 동료가 죽는 꼴은 보고 싶지 않다. 그런 단순한 동기라고, 다프네는 잘라 말했다.

"너도 저 착해빠진 놈들이 좋아졌잖아?!"

"!!"

"그럼 힘을 보태줘! 치유하고 지켜줘! 너도 우리도 아직 살아있어! 절망 같은 말에 지지 마!"

다프네의 말이 카산드라의 뺨을 후려쳤다.

현실에서 눈을 돌리지 말라고. 아직 아무것도 끝나지 않았다고.

아직 찾아오지 않은 미래에── 성취되지도 않은 『예언』에 굴하지 말라고.

카산드라에게는 그렇게 들렸다.

괴로워도, 힘들어도, 마지막까지 발버둥쳐라.

도전하고 또 도전하는 모험자라면.

그렇다, 【절망】이 기다리고 있다 하더라도──

"──앞을 봐! 맞서 싸워!"

언제나.

언제나 다프네는 카산드라의 등을 있는 힘껏 후려치곤 했다.

그녀도 『예언』을 믿어주지는 않지만, 탄식하며 고개를 숙이는 카산드라를 질타하고 손을 잡아 끌어주었다.

자신과 정반대인 그녀를 부럽다고 여기면서, 관심을 가지고, 동경했다.

그렇기에 카산드라는 다프네를 따랐다.

그렇기에 카산드라는 다프네의 『가장 친한 친구』가 되고 싶었다.

"……나는."

느긋하게 굴 시간은 없다. 다프네의 등이 그렇게 말하며 달려나갔다.

하지만 전장으로 돌아가는 그 뒷모습은 카산드라를 믿고 있었다.

뻣뻣하게 서 있던 카산드라는 수정 로드(rod)를 두 손으로 쥐고 이마에 가져다댔다.

조금만 더.

【절망】에 맞서보자.

수많은 목숨을 구하지 못했다. 하지만 카산드라의 소중한 사람들은 아직 남아있다.

그러니 한 번만 더.

비극의 『예언』에 맞서보자.

"――【한 번은 거부하였던 하늘의 빛. 왜소한 나의 몸을 구하는 자비의 팔】."

로드에서 빛이 솟아났다.

발산되는 『마력』은 현란한 광채를 뿜으며 어둠을 걷어내고 온기를 채웠다.

"카산드라 님……!"

같은 물가에서 계속 지켜보던 하루히메가 그 광경에 자기도 모르게 활짝 웃었다.

"【닿지 않는 나의 말을 대신하여 가엾은 중생을 구할지니. 햇살이여, 바라옵건대 파멸을 물리쳐주소서】."

눈을 감고 주문을 자아내는 그 모습은 기도사와도 같았다.

세상에게서 튕겨져나왔던 비극의 예언자는 다시 한 번 저항의 노래를 부르고, 다음으로는 눈을 부릅떴다.

표적은 가장 격전지로 변한 중앙지대.

마인드를 쥐어짜내, 사정거리를 최대로 늘린 『마법』을 발동시켰다.

"【솔 라이트】!"

그 햇살의 조짐을 누구보다도 일찍 느꼈던 다프네는 얼른 외쳤다.

"회복이 온다! 【이그니스】한테 모여!"

허공에서 얼음 섬을 향해 내리쪼이는 따뜻한 마력광. 반경 5M의 범위로 전개된 원형의 영역. 오우카 일행은 전투를 중단하고 그 속으로 뛰어들었다.

눈 깜짝할 사이에 모험자들의 몸이 쾌유되었다.

"좋았어!"

"이제 다시 싸울 수 있습니다!"

쾌재를 부르는 벨프와 미코토는 달려드는 몬스터를 힘차게 쓸어버렸다.

피폐해졌던 상태에서 벗어나, 모험자들의 움직임에 활력이 돌아왔다.

"죄송해요…… 죄송해요! 저도, 다시 싸울게요!"

가슴을 손으로 누르며 카산드라는 힘껏 외쳤다.

한층 격렬해진 전장은 사죄의 말을 지워버렸다. 그들에게 대답할 여유는 없었다.

하지만 스쳐 지나가며 몬스터를 베어 쓰러뜨리는 찰나, 이쪽으로 옆얼굴을 돌린 다프네가 웃어주었다. 그런 것 같았다.

"이제야 복귀하셨나요! 왜 이리 늦었어요, 카산드라 님!"

"미, 미안해!"

"하루히메 님과 함께 짐말처럼 일해주셔야겠어요! 두 분이 없으면 진짜로 못 이긴다고요!"

"아, 알겠사옵니다!"

릴리는 여느 때와 다름없었다. 아니, 여느 때보다도 버럭버럭 화를 내며 카산드라와 하루히메가 억지로 대답하게 만들었다.

그것이 어쩐지 기뻐, 카산드라는 하루히메와 나란히 웃고 말았다.

"웃을 때가 아니에요! 이동할게요! 몬스터가 이쪽을 봤어요!"

"네!"

후열 세 사람이 한데 모여 움직였다.

전투에 참가한 멤버는 원래대로, 최대 전력이 되었다.

"그게 무슨 소리야? 설명을 해 봐!"

【마그니 파밀리아】 소속 드워프, 도르무르 볼스타는 목

소리를 높였다.

장소는 제18계층, 『언더 리조트』였다.

【파밀리아】의 구성원들과 함께 세이프티 포인트에서 대기했던 도르무르는 눈앞에 주저앉은 모험자들에게 바짝 다가섰다.

"그, 그러니까! 『물의 미로도시』에 『암피스바에나』가 나타났다고!"

"그 녀석이 태어나려면 아직 보름은 더 남았을 텐데?! 왜 계층 터주가 지금 나와?!"

"몰라! 우리도 아래 계층에서 도망쳐서 올라오던 놈들한테 듣고 내뺀 거야!"

조금 전에 미궁의 역참 『리빌라 마을』로 뛰어든 그는 【질풍】토벌대의 일원이었다. 두목 보르스의 지시로 【질풍】을 놓치지 않도록 각 계층의 연결통로를 막고 있었던 부하였다.

제25계층에서 무슨 일이 일어났냐고 물은 그들은 마치 계주 경주처럼 전력질주해 이곳 세이프티 포인트에 정보를 전한 것이다.

"25계층에서 도망쳐온 놈들도 혼란에 빠져서……! 던전이 『울었다』느니, 『그레이터 폴』이 새빨갛게 물들었다느니 뜬금없는 소리만 하고……. 하지만 엄청난 『폭발』이 몇 번씩 일어나서 미궁구역이 붕괴됐던 건 사실 같아."

"붕괴?! 그 큰 미로가?!"

낮이 파랗게 질려 목소리가 점점 줄어드는 그의 말에 도르무르도 아연실색했다.

그들도 짚이는 구석이 있었다. 몇 시간 전, 지면의『진동』을 느꼈던 것이다.

지진이 아닌, 마치 아래 계층에서 전해져오는 듯한 상하의 진동이었다.

"계층 터주가 인터벌 무시하고 나타난 건『폭발』때문이라 치고……『폭발』의 원인은 뭐지? 【질풍】과 토벌대 본대가 마법전이라도 벌였나?"

말을 잃은 도르무르의 곁에서, 텅 빈 오른쪽 소매를 출렁이는 엘프, 【모디 파밀리아】의 루비스가 심각한 표정으로 낯을 일그러뜨렸다.

『물의 미로도시』로 향한 토벌대 본대에는 가담하지 않아, 테이머 쥬라와 소악당 터크의 행위를 알지 못한 보르스의 부하들은 전모를 파악할 방법이 없었다. 물론 제18계층에 대기했던 루비스와 도르무르의 일행도 마찬가지다.

살육을 저지르는 【재앙】이 출현했다는 것조차 알 도리가 없었다.

"도망쳐온 놈들 말로는, 【헤스티아 파밀리아】가 대공동에 남아있다고 해. 계층 터주하고, 같이……."

"뭐……?! 그걸 버려두고 왔단 말이냐?!"

"그럼 어떡하라고! 장비도 없고 머릿수도 모자라는데 계층 터주가 나타나면 누구라도 도망칠걸!"

"게다가 몬스터들이 이상해! 여기저기서 소리를 지르기

시작하더니, 아까는 종족도 다 다른 녀석들이 떼거지로, 우리가 있던 19계층 연결통로를 억지로 돌파했다니깐!"

마치『물의 미로도시』로 향하듯.

무법자들의 그런 정보를 들은 도르무르와 루비스는 말문이 막혔다.

정보가 혼란에 빠졌다. 루비스와 도르무르도 이해할 수 없었다. 꽥꽥 고함을 질러대는 무법자들조차 내용을 절반도 이해하지 못했을 것이다.

그러나 그 자리에 있던 이들은 모두 뇌리에 하나의 단어를 공유하고 있었다.

——『이상사태』.

【질풍】토벌 따위 이제는 사소하게 보일 만한『심상찮은 일』이 던전에서 일어나고 있다.

미궁에서 경험을 쌓았던 상급 모험자들은 하나같이 그런 예감을 품었다.

"어떻게 하지, 루비스……? 원군을 보낼까? 아니면 일단 지상으로 돌아가서『길드』에 보고해야 하나?"

"……둘 다 해야지. 현장에서 무슨 일이 일어났는지 파악할 사람도 있어야 하고, 이『이상사태』는 리빌라에서만 다룰 만한 안건이 아니야."

갈팡질팡하는 도르무르와는 달리 루비스는 냉철한 표정으로 상황을 판단했다.

현재 리빌라 주민 중 많은 수가【질풍】토벌을 위해 자리를 비웠다. 지금 이 자리에서 Lv.도 모험자의 지위도 높은 것은 도르무르의 【마그니 파밀리아】와 루비스의 【모디 파밀리아】였다.

전례가 없는 사태에 머리가 마비된 보르스의 부하들도 그들에게 의지하듯 판단을 기다렸다.

"무엇보다 【헤스티아 파밀리아】를 내버려둘 수는 없어! 셜리오, 알렉, 무기를 들어!"

"잠깐, 루비스! 너희 그런 몸으로 뭘 할 수 있다고! 벨 크라넬한테는 우리가 갈 테니까 너희는 여기서 가만히 있어!"

"엘프인 우리가 은인을 죽게 내버려둘 수 있겠나! 아니면 뭐지? 지금 우리는 방해만 된다는 소리인가? 발이 느린 드워프야말로 짐짝일 뿐이야!"

"으어—! 사람이 배려해주는데 왜 엘프란 것들은 이렇게 비딱하게만 생각해?! 천성이 비딱하니 그렇지!"

그럴 때가 아닌데도 싸움을 시작하는 루비스의 엘프 일행과 도르무르의 드워프 일행을 보고 주위 사람들이 황급히 말리려 했으나.

"——지금 【헤스티아 파밀리아】가 어쩌고 하였던가? 나도 이야기 좀 들어보세."

한 자루의 도검처럼 심지가 단단한 목소리에 그들은 우뚝 움직임을 멈추었다.

"키, 【키클롭스】?!"

"【헤파이스토스 파밀리아】의 단장이 여긴 웬일로?!"

"뭣고. 대장장이가 던전에 있으면 안 되나? 그런 것보다, 어서. 됐으니 말이나 해보시게."

그들이 돌아본 곳에는 갈색 피부에 안대를 한 하프드워프가 있었다.

지금 막 『리빌라 마을』에 도착한 것으로 보이는 츠바키는 웃음을 지었다. 게다가 그녀의 등 뒤에는 여성 모험자로 보이는 이가 세 명 있었다.

캣 피플이 둘, 휴먼이 하나.

루비스와 도르무르는 그쪽도 궁금했지만, 제1급 모험자인 Lv.5의 마스터 스미스가 채근하는 바람에 사정을 설명할 수밖에 없었다.

"계층 터주우~? 25계층이 폭발해에? 게다가 몬스터들이 이상하다고오오~?"

"그런 표정 짓지 마라. 우리도 모르는 것은 모르니!"

이야기를 듣고 수상쩍다는 태도를 보이는 츠바키에게 루비스가 목소리를 높이고 있으려니.

"【질풍】이 어쨌다고냐?"

불쑥, 캣 피플 하나가 분위기도 파악하지 않고 끼어들었다.

"너, 넌 뭐야?"

"아, 이 몸의 동행이라네. 호기심 왕성한 고양이니 질문에 대답해주게나."

당황한 루비스와 도르무르는 츠바키의 파티라고 하는

그 자들을 다시금 보았다.

경장으로 분류되는 방어구, 후디드 로브, 글러브 등등 저마다 무장을 갖추었다.

던전이니 딱히 이상하지는 않지만…… 묘하게 모험자와는 무언가가 다른 것 같았다. 특히 까만 털을 가진 캣 피플과 휴먼은. 적어도 중층 영역의 탐색 거점인 『리빌라 마을』에서는 보지 못했던 얼굴이었다.

모험자로서 이런 표현을 쓰는 것도 좀 이상하지만, 『건실한 사람은 아닌』 것 같았다.

'게다가 지금 끼어든 이 캣 피플…… 어디선가…….'

붉은색과 흰색 배틀클로스, 그리고 금제 도안이 새겨진 장창.

또 한 사람, 어엿한 모험자의 장비를 갖춘 캣 피플을 보며 루비스는 혼자 기시감을 느끼고 있었다.

그러나 "빨리 가르쳐줘라냐!" 하고 채근하니 어쩔 수 없이 생각을 중단했다.

"【질풍】은 아직 잡히지 않았어. 27계층에 있을 가능성이 높아서 토벌대의 정예가 그쪽으로 갔다는데…… 솔직히 지금은 그럴 상황이 아니야."

"던전의 『이상사태』 때문에?"

"이렇다니깐, 몬스터의 소굴은. 하아. 빨리 해님 밑으로 돌아가고 싶다옹~."

루비스의 설명을 듣고 휴먼과 또 다른 캣 피플이 남의

일처럼 말했다.

정말로 이 여자들은 뭐 하는 자들일까. 일동이 의아하게 생각하고 있으려니 츠바키가 한 차례 고개를 끄덕이고 입을 열었다.

"좋아. 25계층은 우리에게 맡기시게. 보고 올 터이니."

"뭐?! 뭘 하려고?!"

"우리가 발이 빠르니 적임 아니겠나. 시간이 없으니 더더욱. 게다가…… 【헤스티아 파밀리아】에는 귀여운 옛 동료가 있거든!"

"자, 잠깐만?! 이봐~?!"

루비스와 도르무르의 제지가 울려 퍼졌을 때 츠바키 일행은 이미 시야 저편에서 점이 되려 하고 있었다.

눈 깜짝할 사이에 사라져, 『리빌라 마을』을 떠나버렸다.

모험자들은 멍하니 네 명의 뒷모습을 지켜보았다.

"아차. 우리 류처럼 변장을 안 했는데. 주점 점원이란 거 들키지 않았을까."

"그럴 땐 존재감을 감추는 게 제일이다옹. 눈하고 목소리만 기억 못하면 어떻게든 된다옹."

"난 암살자 흉내 같은 건 못 내. 다들 너 같은 줄 알아?"

제18계층의 호수 지대를 벗어나 초원을 가로지른다.

한데 뭉쳐 이동하는 4인조 속에서, 후디드 로브를 입었던 캣 피플 클로에와 글러브를 장비한 휴먼 루노아가 말을 나누었다.

태평한 목소리와는 달리 그녀들의 속도는 초인적이었다.

대초원을 어슬렁거리는 몬스터가 느끼지 못할 정도였으며, 알아차렸다 해도 전혀 다가갈 수 없을 만큼 바람처럼 제18계층 중앙지대를 횡단했다.

"이럴 수가. 그대들은 주점 점원이었나? 요즘 술집은 참으로 무서워졌구먼."

"우리도 그렇지만, 정체도 모를 놈하고 참 쉽게도 파티를 짠다옹……."

츠바키는 그 말에 아이처럼 웃었다. 그러면서도 속도는 전혀 느려지지 않았다. 클로에는 나란히 달리는 그녀의 옆얼굴에 어이없다는 시선을 보냈다.

"『풍요의 여주인』몰라? 꽤 유명하다고 생각했는데."

"분명 미아가 경영하는 가게 아니었던가? 나는『공방』에만 틀어박혀 있어 세속 물정에는 둔하다네. 그대들 같은 아낙이 있는 줄은 몰랐지! 용서하게, 하하하하!"

"이 녀석하고 얘기하고 있으려니 영 지친다옹……."

그녀들은 헤스티아가 보낸『원군』이었다.

【질풍】을 구해내고, 나아가서는 【헤스티아 파밀리아】를 돕기 위해 급조된 파티다. 주점 점원인 아냐, 클로에, 루노아, 그리고 츠바키의 4인조.

눈썰미 있는 이가 봤다면 제1급 모험자 파티에 육박하는 구성에 눈을 크게 떴을 것이다.

"근데 아까 얘기, 어떻게 생각하냐옹?"

"어떻게고 자시고, 들었던 것과는 상당히 다르다고 할 수밖에. 【질풍】이 누명을 쓰고 잡혔다면 도망치도록 돕는 것이 우리의 일 아니었나?"

표정을 다잡으며 묻는 클로에에게 츠바키가 대답했다.

클로에와 루노아와 아냐는 위기에 처한 동료 류를 구하기 위해, 츠바키는 위험한 줄타기를 하려는 벨프와 그의 동료들을 돕기 위해, 자기소개도 제대로 하지 않고 던전으로 달려왔다.

그런데 사태는 그녀들의 예상과는 전혀 다른 방향으로 움직이고 있었다.

별로 좋지 못한 『냄새』를 맡은 츠바키가 눈살을 찡그렸다.

"그런 건 상관없다냐! 몬스터가 있든 모험자가 방해하든, 전부 날려버리고 류를 구할거다냐! 덤으로 백발네도!"

목소리를 높인 것은 파티의 선두에서 달려가던 아냐였다.

배틀클로스를 나부끼며 금색 장창을 한손으로 붕붕 휘둘러대는 폭주 고양이에게 그녀의 동료들은 눈을 흘겼다.

"바보는 마음 편해서 좋겠네~."

"생각 없이 뛰어들었다가 뒷감당해야 하는 건 늘 우리다옹."

"하하하하하! 이 몸은 저 말에 찬성일세. 매사는 단순한 게 딱 좋지!"

"【키클롭스】하고는 얘기가 잘 통한다냐―!"

루노아, 클로에, 츠바키, 아냐의 목소리가 울려 퍼진다.

　서로 허튼 소리를 나누며, 엇갈려 지나가는 모험자들이 놀랄 만한 속도로, 그들은 다음 층으로 이어지는 중앙 거목에 뛰어들었다.

🐾

　계층 터주와의 전투는 『인내』와의 싸움이다.

　가벼운 공격에는 꿈쩍도 하지 않는 초대형의 거구, 저력을 알 수 없는 생명력. 마도사의 화력이 있어도 쉽게는 격파할 수 없다. 모험자들의 Lv.이 어지간히 웃돌지 않는 이상은 어떻게 해도 지구전이 되기 십상이다.

　원래 열 명도 안 되는 『파벌연합』이 열세에 몰리는 것도 당연했다.

　그러나 그들은 역경을 이겨내려 하고 있었다.

　승패의 천칭을 기울이고자 사력을 다했다.

　"히요우!"

　얼음의 파도로 이루어진 매가 드높이 울었다.

　왼손에 대도, 오른손에 『마검』을 든 벨프가 쏘는 포격. 어떤 드워프 제1급 모험자도 신음하게 만들었던 푸른 유빙의 무리는 발판이 줄어든 호수를 다시 얼음의 평원으로 변모시켰다.

　나아가 사선 위에 있던 계층 터주에게도 얼음의 날개를

돌렸다.

『하아아아아아아아아아아!!』

당연히 『암피스바에나』는 『미스트』를 방출해 상쇄시킨다.

몸에 두르는 『갑옷』이 아니라 『방패』로서 전면에 방사하지 않고서는 막지 못할 위력. 대량의 『미스트』를 방출할 수밖에 없었던 오른쪽 머리는 짜증을 감추지 못하는 기색으로 스미스 청년에게 노성을 터뜨렸다.

그 하얀 몸의 일부가 동상을 입고 있었다.

"벨프 님! 수룡인 『암피스바에나』에게는 얼음 『마검』은 효과가 약해요! 공격은 삼가 주세요!"

"나도 알아! ……이제 이것도 한계거든."

벨프는 오른손으로 시선을 내렸다.

쩌적, 소리를 내며 마검 『히요우』가 균열을 일으켰다.

그것을 본 릴리는 이제 여유가 없음을 깨닫고 공격을 가속시켰다.

"하루히메 님, 지원하세요! 카산드라 님은 일단 아이샤 님 쪽을, 다음에는 미코토 님 쪽을 순서대로 회복시켜주세요!"

"【그 힘에 그 그릇. 수많은 재물에 수많은 바람――】."

"【닿지 않는 나의 말을 대신하여 가엾은 중생을 구할지니――】."

릴리의 바로 뒤에서 두 개의 『영창』이 얽혔다.

후열인 하루히메와 카산드라는 끊임없이 주문을 외우며 전열을 지탱했다. 포대가 되는 마도사가 없는 현재의 파티에서는 분명 그녀들이 전황의 행방을 쥐고 있었다.

특히 파티를 부스트하는 하루히메의 활약은 눈부셨다.

이미 『레벨 부스트』의 사용은 세 번째에 들어섰다. 통상 전투에서는 짐만 되기 일쑤인 소녀의 진가가 발휘되고 있었다. 그와 함께 마인드 포션을 바닥 낼 기세로 소비하고 있지만, 릴리는 이대로 간다면 이길 수 있다는 가망을 품었다.

'『검은 골라이아스』 같은 짓을 한다면…… 정말 울며불며 화를 내겠지만요.'

예전에 맞닥뜨렸던 『이상사태』와 현재의 상황을 자꾸만 비교하게 되었다.

『몬스터렉스』가 재생하는 악몽은 마음이 꺾이기에 충분했다. 열심히 명령을 내려 대미지를 입혀나가는 지휘관의 입장이 된 릴리는 그것을 톡톡히 이해했다. 18계층에서의 그 싸움이 얼마나 절망적이었는지도.

그러나 시선 너머의 수룡에게는 그런 히든카드는 없다. 없을 것이다. 있으면 안 돼. 릴리는 지휘를 이어나가며 저주하듯 중얼거렸다.

'『암피스바에나』에게는 히든카드라 할 만한 능력은 없어. 그렇다면 무서운 것은 역시 블루 네이팜. 거기에 휩쓸렸다간 형세는 단숨에 뒤집히지.'

──한편, 릴리 외에도 머리를 열심히 굴리는 사람이 있었다. 아이샤였다.

쌍두룡의 가장 무시무시한 포격은 한번 뒤집어쓰면 끌 수 없는 지옥의 불길로 변해 치명상이 된다. 손에 약간 옮겨 붙기만 해도 대참사다.

동료들에게는 블루 네이팜만은 최대한 경계하고 회피하도록 철저하게 지시를 내려두고 있지만, 지금 한 사람이라도 전선을 이탈했다간 전체가 무너져버릴 것이다.

'혹시 몰라 꿍쳐두었던 아스피의 해염제(解炎劑)가 몇 개 있긴 한데…….'

블루 네이팜을 끌 방법은 몇 가지 존재한다.

대표적인 것이 오라리오 최고의 힐러, 【디안 케흐트 파밀리아】의 【데아 세인트】 아미드 테아사날레가 만들어낸 안티 네이팜 힐. 『하층』을 공략할 때 간절히 찾게 되는 아이템으로, 불을 끄는 동시에 불탄 피부까지도 치료해준다. 상급 모험자들에게 『암피스바에나』를 공략할 실마리를 준 위대한 공적이다.

그리고 이것은 알려지지 않은 사실이지만, 【페르세우스】도 같은 종류의 매직 아이템을 개발했다.

공식 Lv.과 도달 계층을 속이는 【헤르메스 파밀리아】의 아스피가 『암피스바에나』를 처음 보았을 때 있는 대로 겁을 집어먹고 개발에 착수했던 산물이었다.

파벌 내의 사람들에게만 사용이 허락된 비장의 매직 아이템에는 회복 효과까지는 없지만, 불을 끄는 작용은 매우 탁월했다. 앞서 말한 안티 네이팜 힐과는 달리 블루 네이팜

이외의 화염공격에도 대처할 수 있어 범용성이 뛰어나다.

"에잇!!"

『우우우……!』

일렁이는 푸른 불꽃에 찜통이 되어버린 대공동 내에서, 땀을 뻘뻘 흘리던 아이샤는 『암피스바에나』에게 달려들어 베었다. 깎여나간 체력을 감추지 못하는 계층 터주는 고개만 뒤틀어 방어했으나 용린을 파괴하는 대형 박도의 일격에 고통스러운 신음을 흘렸다.

이제 조금만 더 밀어붙이면 균형을 무너뜨릴 수 있다. 아이샤는 그렇게 판단했다.

'하루히메의 【도깨비 방망이】 지속시간은 최대 15분. 그리고 다음 『마법』을 발동할 수 있는 인터벌은 10분 정도……. 그 10분만 버티면 『레벨 부스트』의 수가 늘어나지!'

창부 시절부터 애를 먹였으며, 전투에서도 콤비를 짰던 아이샤는 하루히메의 『마법』이 가진 특성을 잘 안다. 효과 지속시간과 인터벌의 오차를 이용해, 약 5분 동안 【랭크 업】시킬 수 있는 사람의 수를 하나 늘리는 꼼수였다. 하루히메의 부담은 커지지만 견디라고 할 수밖에 없었다.

후방의 물가를 흘끔 보았다.

거리가 크게 떨어져 있음에도, 하루히메는 아이샤의 시선을 받고 마치 의도를 이해한 것처럼 고개를 끄덕였다.

──정말 표정 많이 좋아졌어.

소녀의 의연한 얼굴에 아이샤는 씨익 웃었다.

이제 세상을 탄식하던 소녀는 어디에도 없었다.

'무엇보다 이쪽에는——'

그때 오우카가 고함을 질렀다.

"잠수했다!"

파도를 일으키며『암피스바에나』가 물속으로 들어갔다.

평소 같으면 모험자들을 두려움에 빠뜨릴 강력한 수중 공격. 그것도 이제는,

"미코토!"

"네, 서쪽으로 이동합니다! 남쪽…… 아니, 동쪽! 릴리 공, 물러나십시오!"

미코토의【스킬】로 완전히 막아낼 수 있었다.

한 치의 어긋남도 없이 얼음을 부수고 나타난『암피스바에나』. 그러나 그보다 먼저 피난을 시작했던 후열 팀은 아슬아슬하게 피해를 면할 수 있었다. 반대로 졸개 몬스터들이 극심한 충격에 휩쓸리고 말았다.

이와 연동해 계층 터주가 고개를 내민 순간을 노려 질주하는 그림자.

탐색능력으로 예지에 가까운 움직임을 보인 미코토 본인이었다.

그녀가 뽑아든 것은 장도《슌잔》.

사정거리가 길어 기동성이 떨어지는 만큼, 대형급 적을 상대할 때에는 더할 나위 없는 장비.『필살』의 공격을 펼치기에는 최적의 무기였다.

『레벨 부스트』의 빛을 뿌리는 무신의 제자는 도약과 함께 허리를 한껏 틀며 발도했다.

"절화(絶華)』!!"

칼집에서 달려나간 심기일체의 참격이 용린을 양단하며, 마침내 오른쪽 목을 깊이 도려냈다.

『ㅇㅇㅇㅇㅇㅇㅇㅇㅇㅇㅇㅇㅇㅇㅇㅇㅇㅇㅇㅇㅇㅇㅇㅇ?!』

목 안쪽에서 힘차게 선혈의 비를 분출하는 『암피스바에나』가 절규했다.

틀림없는 치명타. 그 광경에 모두가 환호성을 질렀다.

'그래. 【절†영】이 있으면 성가신 수중공격도 막을 수 있지!'

전열도 탐색도 모두 맡을 수 있는 다기능 모험자인 미코토가 진가를 발휘하고 있었다.

순간적인 포격이 가능하며, 발판까지 만들어낼 수 있는 말도 안 되는 성능의 『마검』.

그리고 적을 탐지할 수 있는 미코토의 『스킬』.

이러한 것들이 잘 맞물려, 열 명도 되지 않는 파티임에도 『암피스바에나』와의 수상전은 호각 이상의 양상을 보이고 있었다.

이번 전투에서는 하루히메와 함께 미코토가 『열쇠』였다.

'다른 몬스터도 별 어려움 없이 없애버릴 정도고!'

『화염석』으로 크게 파괴된 미궁구역이 붕괴되어 잔챙이 몬스터들이 대공동까지 밀려오지 못하는 것도 그들에게는 순풍을 가져다주었다. 원래 같으면 『몬스터렉스』 외의 몬스터를 처리할 인원을 할애해야만 하는데, 이번에는 그럴 필요가 없었다.

아이샤의 대형 박도가 『아쿠아 서펜트』의 몸통을 가르고 나니, 눈에 뜨이는 몬스터는 이제 손으로 꼽을 정도밖에 없었다.

"저기, 이거 혹시…… 잡을 수 있는 거 아냐?"

"그래. 저 말도 안 되는 『마검』이 있다면 대공동에서도 싸울 수 있겠어."

이쪽에 착지해 등을 마주대며 묻는 다프네에게 아이샤는 고개를 끄덕였다.

상처 입은 『암피스바에나』는 분명히 많은 힘을 소모했다. 그 증거로 초반에는 그렇게나 힘차게 뿜어대던 블루 네이팜도 『숨이 끊어진』 상태였다.

원래 같으면 수룡 계층 터주는 그들과 전투를 중지하고 호수 밑바닥으로 숨어 체력회복을 기다려도 될 것이다. 모험자들에게는 그것이 가장 치명적인 전법이었다.

하지만 그 사이에 사냥감이 달아나버리기라도 한다면?

모험자들은 여차하면 절벽을 오르거나 내려가 제24계층으로든 제26계층으로든 가버릴 수 있다. 원래의 출현 시기를 무시하고 나타난 계층 터주는 평소의 행동원리를 무시하고 모험자들의 『말살』을 우선시했다. 적어도 아이샤에게는 그렇게 보였다. 그 우려가 있는 한 적은 느긋하게 몸을 쉴 수는 없을 것이다.

릴리가 있는 후열 팀은 몬스터에게 공격당하지 않도록 항상 물가에서 이동하면서 벨프를 비롯한 전열이 빙하 위에서 싸우도록 지원했다. 여차하면 릴리 자신이 가진 단검형 『마법』으로 적에게 대처할 수도 있다.

전열 팀도 빙하의 『섬』을 이동하며 계층 터주를 지속적으로 몰아붙였다.

모든 것이 잘 맞물려 돌아간다.

흐름은 이쪽에 있다.

이 인원으로, 암피스바에나를 쓰러뜨릴 수 있다.

'이길 수 있어.'

아이샤는 그렇게 확신했다.

확신하고 말았다.

이곳은 던전. 무한의 미궁.

예측을 불허한다는 사실을, 그녀는 완전히 잊고 있었다.

『———————.』

용의 네 눈에 핏발이 섰다.

쌓여가는 대미지, 잃어가는 선혈, 무엇보다도 작은 몸이면서 『용』인 자신을 위협하려 드는 열등한 모험자들.

모든 사항이 분노를 환기시켰으며 『암피스바에나』의 거구를 지글지글 태워댔다.

주위를 에워싼 만상이 수룡의 역린을 건드렸다.

『아아아아아아아아아아아아아아아!!』

『워어어어어어어어어어어어어어어!!』

두 개의 머리가 동시에 울부짖으며 힘차게 물속으로 들어갔다.

물을 헤치는 거대한 지느러미가 물보라를 일으키는 가운데, 벨프와 오우카는 자세를 잡았다.

"또야?!"

"미코토, 부탁한다!"

"예!"

【스킬】발동.【스테이터스】의 지각망은 발밑으로 잠수하는 거대한 반응을 놓치지 않았다.

몬스터의 행방을 좇아 동료에게 지시를 내리려던──그 직후.

미코토는 경직했다.

"──────."

아이샤도 동시에 굳어버렸다.

모험자로서 함양된 그녀의 본능이 경종을 울려댔던 것이다.

계층 터주와 교전하면서 항상 유리한 지형으로 유인했던 아이샤는 알지 못했다.

아니, 이제까지 『암피스바에나』를 토벌했던 역전의 모험자들조차 그 사실은 파악하지 못했다.

『그레이트 폴』이 떨어지는 『대공동』에서 싸우면 궁지에 몰린 수룡이 어떤 행동을 취하는지를.

어떤 『이상사태』를 동원해 적을 섬멸하고자 하는지를.

'폭포를 향해──.'

미코토의 지각망이 포착한 수룡의 궤적.

모험자들에게는 눈길도 주지 않고 일직선으로, 북쪽의 폭포를 향해 약진했다.

그 가공할 기세는 제27계층에서 이곳 제25계층으로 솟구쳐 올라왔을 때와 같았다.

다음 순간, 빙하를 부수며 막대한 물기둥과 함께『그레이터 폴』로 돌입했다.

벨프가, 릴리가, 하루히메가, 오우카가, 치구사가, 다프네가, 카산드라가, 거대한 폭포 속을 역행하는 흰 그림자를 보았다.

미코토와 아이샤만이 적의 노림수를 깨달았다.

하지만 이미 때가 늦었다.

『그레이터 폴』을 거슬러 올라간『암피스바에나』는 폭포 꼭대기에서, 그 거구를, 허공으로 날렸다.

"────────────────────────."

소리가 사라졌다.

폭포에서 들려오는 굉음조차도.

청각에서 모든 소리를 잃은 모험자들은, 정지된 세계 속에서, 까마득히 머리 위를 춤추는 그 그림자를 보았다.

날개 없는 수룡이면서 그 괴물은 하늘에서 춤을 추고 있었다.

멈춰버린 시간의 흐름을 때려부수며, 대폭포가 공포의

노래를 합창했다.

그 직후——『암피스바에나』는 낙하했다.

"——으아아아아아아아아아아아아아아아아아아아아아
아아아아아아아아아아아아아아아아아아아아아아아아아
아아아아아아아아아아아아아아아아아아아아아아아아아
아아아아아아아아아?!"

벨프가 터뜨린 절규에 이어, 계층 터주가 호수 한복판에
격돌했다.

세계가 균열을 일으키는 듯한 충격음, 터져나가는 나무
뿌리 돔.

조금 전 거목이 낙하했을 때와는 비교도 안 되는 질량의
덩어리가 계층 전체를, 아니, 『물의 미로도시』그 자체에
거대한 진동을 일으켰다.

눈 깜짝할 사이에 거대한 파도가 발생해 모든 얼음섬이
뒤집어졌다.

낙하의 중심지에서 아슬아슬하게 벗어났던 모험자들도
충격에 날아가 물속에 잠겼다.

물가에 있던 후열 팀은 파도에 떠밀려 벽에 처박혔다.

기슭과 수면에서 일렁이던 푸른 불꽃마저 노도에 휩쓸
려 그 흐름 앞에서 사라지고 말았다.

마치 유리에서 넘쳐난 와인과도 같이 제26계층으로 흘

러 들어가는 녹옥색 탁류는 그칠 줄을 몰랐다.

그 심대한 충격을 받은 대공동 전체에 깊은 균열이 일어났다.

"큭, 아————."

계층 터주의 『낙하공격』에 가장 가까웠던 사람은 미코토였다.

『암피스바에나』에게 명확한 표적이 되었던 것이다. 그 충격의 여파와 얼음덩어리에 얻어맞아, 수면을 뚫고 푸른 물의 세계로 가라앉았다.

물속에서 붉게 퍼져가는 머리 부분의 상처. 출혈이 그치질 않았다.

미코토의 의식이 몽롱하게 흔들렸다.

여기에 추가타를 가하듯 시야에 들어오는 광경이 흉보를 들이댔다.

이쪽을 향해 급속도로 접근하는 수많은 거대 물고기.

——『레이더 피시』!

아쿠아 서펜트와는 달리 물 위로는 올라오지 못하는 물고기 몬스터. 수중에 떨어진 사냥감을 고대했다는 듯 미코토에게 힘차게 달려들었다.

날카롭고 커다란 이빨을 드러내고 오른쪽 어깻죽지를 짓씹었다.

'윽—— 아아아아아아아아아아아아아아아아?!'

또 한 마리, 다시 한 마리.

왼팔, 오른쪽 다리, 어깨에 합계 세 곳을 물어뜯겼다.

추악한 몬스터의 무리에게 표적이 된 모습은 숫제 괴물에게 희롱을 당하는 것처럼 보이기까지 했다. 나긋나긋한 팔다리가 피를 토하고, 몸에 걸쳤던 『운디네 클로스』도 비명을 지르듯 찢겨나갔다.

울리지 못하는 비명을 무수한 기포로 바꾸며, 미코토의 몸은 몬스터들과 함께 물 밑바닥으로 가라앉았다.

그녀의 눈에 마지막으로 비친 것.

그것은 머리 위에 존재하는 커다란 그림자, 수면으로 떠오르려 하는 수룡의 배였다.

"쿨럭, 콜록?! ……젠장!!"

간신히 남아있던 『섬』에 손을 걸친 벨프가 힘차게 수면을 박찼다.

한껏 공기를 들이마신 후, 목에서 역류하는 물과 함께 욕설을 토해냈다.

대공동은 끔찍한 양상이었다.

수면은 마치 폭풍이 몰아치는 바다처럼 흔들리며 가라앉을 줄 모른다. 수량은 확실하게 줄어들었다. 얼음섬은 산산이 부서져 조금 전까지 자신들이 싸우던 전장과는 완전히 달라져버렸다. 바로 머리 위를 올려다보니 나무뿌리 돔에는 거대한 천장이 뚫려 무참한 잔해로 변했다.

마치 운석 같은 위력 때문에 대공동의 사방 벽면에까지

균열이 일어났다.

원래 상처 입었던 던전의 붕괴가 더욱 진행돼, 천장에서는 연신 수정의 파편이 떨어져 수면에 무수한 파문을 일으켰다.

"허억, 허억……!"

"뭐 저런 놈이……!"

물에 뜬 얼음덩어리며 나무뿌리 파편을 잡고 다프네와 치구사, 오우카도 수면에서 얼굴을 드러냈다.

타박상과 열상 등등, 모두가 예외 없이 부상을 입었다.

대도와 활 등 무기를 놓친 자도 있었다.

"카산드라 님……!"

"읏……!"

피해를 입은 것은 기슭에 있던 사람들도 마찬가지였다.

릴리와 하루히메를 감싸느라 얼음덩어리를 등에 고스란이 얻어맞은 카산드라가 쓰러져 있었다. 주위가 온통 물에 가라앉았지만 그나마 릴리의 백팩만이 수정 클러스터 위에 걸려 있었다.

모험자들이 펼쳤던 승리를 위한 포진은 완벽하게 분쇄되고 말았다.

"미코토……? 미코토는?!"

모자라는 동료의 수를 가장 먼저 알아차린 사람은 치구사.

얼마 안 되는 얼음 발판—— 위아래가 뒤집힌 커다란 『섬』에 그들이 간신히 상륙한 후, 활을 잃은 그녀는 열심히 눈을 좌우로 돌렸다.

"어떡해…… 미코토?!"

천을 찢는 듯한 소녀의 외침에 돌아오는 대답은 없었다.

한편, 다프네는 보고 말았다. 시선 너머에서, 수면을 물들인 무수한 붉은색 기포를.

얼굴을 굳히고 얼어붙은 채, 소녀가 따라간 결말을 깨닫고 말았다.

『워어어어어어어어어어어어어어어어어!!』

"이 빌어먹을 용이……!"

때마침, 호수에 떨어졌던 쌍두룡도 수면으로 떠올랐다.

아직도 눈에 핏발이 선 계층 터주에게, 얼음덩어리로 올라온 아이샤는 온 힘을 다해 욕설을 퍼부었다.

전선이 와해된 모험자들에게 용의 두 머리는 가차 없이 공격을 가했다.

왼쪽 머리가 네이팜 블루를 방사했다.

"윽?!"

"피해에에에!"

도약해 회피하는 모험자들을 쫓아, 이제는 무턱대고 푸른 불꽃이 쏟아졌다.

제대로 조준도 하지 않고 뿜어져 나오는 몇 줄기나 되는 브레스. 아이샤는 얼음에서 얼음으로 뛰어 이동했고, 다프네는 체면 가릴 것 없이 물속으로 뛰어들었다.

이성을 잃은 수룡은 모든 것을 태우겠노라는 양 불꽃을

주위 일대에 계속 방출했다.

수정이 녹아내리고, 열파가 충만하고, 남아있던 공기마저 희박해지기 시작했다.

날개 달린 몬스터들이 울부짖었다. 사방으로 흩날리는 불똥을 피하고자 미궁구역으로 도망쳐 들어가려 했지만 천장에서 떨어진 수정 덩어리에 짓눌려 그대로 푸른 불바다에 떨어졌다.

모험자들은 입을 막으며 전율했다.

돔의 잔해에 옮겨 붙은 불길 때문에 이제는 『불의 우리』가 생겨나고 말았다.

『물의 미로도시』 최상층에 위치한 제25계층이 푸른 광채를 뿜어냈다.

그리고.

푸른 불줄기가 릴리 일행이 있는 북동쪽 기슭으로 날아갔다.

"———."

힐러 소녀를 일으키던 릴리는 밀려드는 그 불길을 보았다.

카산드라와 함께 얼굴에 열파를 받으며 얼어붙었다.

피할 수 없다.

끝났다.

릴리와 카산드라가 푸른 죽음의 광경에 굴복하려던 때.

"우읏!"

소녀들의 등에 충격이 느껴졌다.

"앗——"

"하루히메 님……?!"

이쪽을 바라보는 녹색 눈동자와 릴리의 시선이 교차했다.

미력한 몸으로 힘껏 떠미는 가느다란 손을 보고 카산드라는 비명을 질렀다.

한순간 후, 눈앞을 통과하는 푸른 불꽃에 가로막혀 여우 소녀의 모습은 사라져버렸다.

무자비하게 푸른 탁류 속으로 빨려 들어갔다.

"하루히메 니이이이이이이이이이이임?!"

물가에서 생겨난 불꽃의 지옥.

릴리의 비명은 이글거리는 업화에 지워져버렸다.

"——하루히메."

그 광경을 보고 만 아이샤는 아연실색 중얼거렸다.

북동쪽 기슭으로 빨려 들어가듯 다가가, 그 불바다 앞에 멍하니 서 있었다.

무릎이 풀려버린 릴리와 주저앉은 카산드라조차 눈에 들어오지 않았다.

제2급 모험자인 그녀가 처음으로 허점을 드러냈다.

하지만 이제는 그것도 상관이 없었다.

쌍두룡은 대공동에 있는 모든 존재를 없애기로 결정했으니까.

『워어어어어어어어어어어어어어어어어어어어어어어어어어어어어어어어어!!』

날뛰는 화염의 분류는 가라앉을 줄을 몰랐다.

마치 천재지변과도 같은 맹위를 떨쳤다.

남은 모험자들은 두 겹의 포효를 올리는 수룡 계층 터주를 올려다보았다.

"이젠 다 끝난 건가……?!"

불꽃을 피해 여울에 선 오우카는 자신의 손에 든 《코고우》를 꽉 쥐었다.

물속에서 물가로 올라간 다프네는 주먹을 땅에 내려치며 감정을 드러냈다. 그녀에게서는 보기 드문 모습이었다.

땀을 뻘뻘 흘리는 벨프도 미간에 씁쓸한 감정을 맺은 채 맹렬한 푸른색 불길을 등 뒤에 짊어진 용을 노려보았다.

치구사는 이제 보이지 않는 두 친구의 모습에 눈가를 가린 앞머리 사이에서 몇 줄기나 되는 눈물을 흘렸다.

"큭…… 미코토오오오오오오오! 하루히메에에에에에에에에!!"

오우카는 가슴을 휘저어대는 감정을 목소리로 바꾸어 분노를 불태웠다.

포악의 극을 달하는 계층 터주에게. 아무것도 지키지 못했던 무력한 자신에게.

고향 친구를 빼앗긴 사내는 밀려드는 【절망】 속에서 분노를 품었다.

"하루히메…… 빌어처먹을!"

아이샤 또한 마찬가지였다.

곁에서 릴리와 카산드라가 일어나지 못하고 있는 가운데, 이를 악물고 쌍두룡을 돌아보았다.

그녀의 주먹은 떨렸다. 하지만 아마조네스의 본능이 슬픔에 젖는 것을 거부했다. 눈물을 흘리는 약한 모습 따위 절대 용납되지 않았다. 그것은 모종의 자포자기라 해도 과언이 아니었다.

가슴을 도려내는 상실감을 분노로 덧씌운 여걸은 혼자 계층 터주를 노려보았다.

오우카와, 아이샤.

【절망】에서 눈을 돌린 채 승산을 잃어버린 싸움에 몸을 던지려 하는 두 사람은, 차이는 있을지언정 잃어버린 소녀들을 생각하고 있었다.

그것은 자신의 몸을 돌보지 않는 투지로 바뀌어, 목숨과 맞바꾸어 용의 목을 베어버리겠노라고 푸른 불꽃에 뒤지지 않는 업화로 몸을 불태우고 있었다.

그것은 이글거리는 의지의 불꽃이었다.

그러므로.

"——【하늘로부터 내려와 지상에 임하라——】."

그 『노래』는.

"——【커져라 뚝딱】."

그들만이 들을 수 있었다.

""────────────.""

투지를 잃지 않았던 사내와 여걸만이, 업화의 포효 너머에서 울려 퍼진 소녀들의 『노랫소리』를 들었다.

🔥

'저건──.'

오우카는 보았다.

모두가 움직임을 멈추고 얼어붙은 가운데.

마지막까지 전의를 놓지 않았던 그만은 『그것』을 포착했다.

온 계층을 비추는 푸른 불꽃 속에 숨어, 수면을 희미하게 비추는 『빛의 띠』를.

불똥이 춤추는 허공에 윤곽을 만들어내는 그 『광휘』를.

'검이다──.'

그 직후.

오우카는 질주했다.

"──대장장이! 당장 쏴아아아아아아아아아아아아아아아아!!"

분기를 촉구하는 외침이 벨프의 손을 흔들었다.

시야 구석에서 맹렬히 달려나가는 오우카의 모습에 등을 떠밀린 것처럼, 화를 내듯, 맞서 대항하듯 두 손이 칼자루를 쥐었다.

──시끄러. 명령하지 마. 난 믿었다고.

오우카와 서로 험담을 퍼부으며 반발하던 벨프이기에 움직일 수 있었다.

절대로 인정하지는 않겠지만, 오우카의 『악우(惡友)』인 그이기에 『마검』을 내리칠 수 있었다.

"히요우!!"

뿜어져 나가는 물거품.

『마검』의 포효는 호수에 수많은 얼음기둥을 만들어내고 푸른 불꽃조차 밀어내며 약진했다.

『하아아아아아아아아아아아아아!!』

이를 위협으로 간주한 『암피스바에나』의 오른쪽 머리는 최대 출력의 『미스트』를 정면으로 방출했다.

눈보라와 안개가 충돌하고, 푸른색과 붉은색이 맞버텼다.

균열이 일어나는 『마검』을 보고 벨프는 눈을 가늘게 떴다.

돌파해 몸의 일부를 얼리는 얼음의 포격에 용이 눈을 가늘게 뜨고 나머지 머리로 반격의 불꽃을 쏘려던,

바로 그 순간.

"【신무투정】."

그 『주문』이 또렷이 울려 퍼졌다.

"─────."

『 ―――― .』

그것은 들려올 리 없는 노래.

물속에서 울려, 물거품이 되어 사라져, 도달할 리 없었던 초래의 목소리.

그러나 분명히 들렸다.

모험자들도, 용도 그 사실을 깨달았다.

수면을 비추는 『빛의 띠』가 『동심원』으로 변하더니 용을 가두었다.

허공에 발생한 『광휘』가 『짙은 보라색 빛의 검』이 되어 머리 위에 군림했다.

『마검』을 경계한 나머지 쌍두룡은 안개 브레스를 『방패』로 삼아 정면에만 전개했다.

지금, 용의 몸에 안개의 『갑옷』은 존재하지 않았다.

소리를 내며 『마검』이 깨져나가고 『미스트』가 소실된 순간.

그녀는 포효했다.

"【후츠노미타마】!!"

❦

일렁이는 물의 세계가 환상의 파편과도 같이 몇 분 전의 광경을 비추었다.

"【입에 담기조차…… 황송하여라……】."

몬스터의 이빨이 박힌 소녀의 어깨가 비명을 지른다.

살점이 도려져나간 소녀의 왼팔이 통곡한다.

당장이라도 뜯겨져 나갈 것 같은 소녀의 오른쪽 다리가 절규한다.

부상이 깊다. 피도 그치질 않는다. 의식이 멀어지려 한다.

몬스터에게 먹히며 물 밑바닥으로 가라앉아가는 미코토는, 이제 싸울 수 없었다.

그러므로 그녀는 『축사(祝詞)』를 자아냈다.

"【그 어떤 것도, 깨뜨리는…… 나의 신이여…… 존엄한, 하늘의 인도여…… 왜소한, 이 몸에…… 외연한, 그대의 신력을……】."

몸과 함께 어둠으로 가라앉아가는 의식 속에서, 더듬더듬, 띄엄띄엄 목소리를 쥐어짜냈다.

단 한 명, 뇌리에 깃든 동료를 그리며.

"【구하라, 정화의 빛…… 파사의, 칼, 날……】."

삿된 것을 물리치고 빛을 부르는 파마(破魔)의 노래를.

"【휘둘러라, 평정의 태도…… 정벌의 영검(靈劍)……】."

【절망】이라는 이름의 독을 물리치고 승리로 이끌 무신의 검을.

동료에게 가져다주기 위해, 노래했다.

"【지금 이 자리에…… 나의 이름으로, 초래하라……】."

그때였다.

『미코토오오오오오오오!』

수면을 뒤흔드는 외침이—— 자신의 이름을 부르는 오우카의 목소리가 들린 것 같았다.

그 직후, 시야가 희뿌옇게 타올랐다.

포기하지 않았어!

아직 포기하지 않았어!!

자신도, 저 사람도 아직 포기하지 않았어!

언제고 용감하게 싸우는 저 무사가!

어떤 순간에도 동료를 지키고 강하게 싸워왔던 대장부가!

아직, 아직 멀었어!!

이를 악물었다.

유일하게 자유로운 오른팔이 없는 힘을 쥐어짜내 주먹을 쥐었다.

"【하늘로부터 내려와, 지상에 임하라……】!"

눈꼬리를 치켜세우고, 눈에 다시 한 번 빛을 머금으며 미코토는 거칠게 거품을 토했다.

수중에서는 적을 눈으로 볼 수 없다.

그러나 시선 너머에 떠 있는 저 거대한 그림자, 자신의 바로 위라면.

그렇다면 범위 내에 끌어들일 수 있다.

"【신무투정】——."

물 밑바닥에 발생한『동심원』.

거대 몬스터 물고기들을 동요케 하는『마력』의 범람.

수면 너머에서 생겨난『빛의 검』을 향해 미코토는 포효

했다.

"【후츠노미타마】!!"

칙명을 받은 보라색 검이 계층 터주를 꿰뚫으며 『중력의
결계』를 만들어냈다.

　『~~~~~~~~~~~~~~~~~~~~~~~~~~~~~
~~~~~~아아아?!』

가공할 힘이 『암피스바에나』의 머리 위를 짓눌렀다.

『물속의 영창』을 감지하지 못했던 시점에서 직격을 회피
할 도리는 없었다. 그리고 안개의 『갑옷』을 잃어버린 용에
게 중압마법을 막을 방법 따위는 존재하지 않았다.

용린을 으스러뜨릴 정도의 중력이 머리 위에서 밀려 내
려와 두 개의 머리가 수면까지 콱 다가왔다.

무시무시하게도, 이상중력에 사로잡힌 호수의 중심까지
기묘한 모양으로 움푹 들어가 있었다.

"크으으으으으으으아아아아아아아아아아아아아아아
아아?!"

계층 터주의 바로 아래에서 『마법』을 발동한 미코토 또
한 중력을 받아 몸이 짓눌리고 있었다.

악다문 이 틈으로 기포의 범람이 멈추질 않았다.

거대한 괴물보다 먼저 작은 인간의 몸이 망가져간다.

'——이길 수 없어.'

시야가 짓이겨진 것처럼 일그러지기 시작한다.

우득, 가느다란 손가락이 둔중한 소리를 내며 부러졌다.

체내의 장기가 뒤틀려 피안개가 입에서 넘쳐났다.

그러나 미코토는 결코『마법』을 해제하려 들지 않았다.

'목숨을 걸지 않으면—— 이길 수 없어!'

각오를 부르짖으며 소녀는 자신의 목숨을 불태웠다.

가공할 중압에 짓눌린 호수 밑바닥은 사방팔방으로 갈라졌다.

여기에 말려들었던『레이더 피시』들은 압력을 이기지 못하고 눈구멍에서 안구가 튀어나온 채 기분 나쁜 소리를 내며 짓이겨져갔다.

거대 물고기 한 마리가 오른쪽 어깨에서 떨어져나간 순간, 미코토는 중력에 저항하며 승리를 움켜쥐려는 듯 손을 수면으로 뻗었다.

『워어어어어어어어어어어어어어어어어어어어어어?!』

——놓칠 줄 알고. 절대 놓치지 않는다!

미코토는 핏발이 선 두 눈으로 적의 몸을, 일렁이는 수면 너머를 노려보았다.

물의 세계 너머에 있는 동료를 믿으며.

자신을 불러주었던 무신의 형제 제자들을 마음속에 떠올리며.

"이야아아아아아아아아아아아아아아아아아아아아아아아

아아아아아아아아!!"

질주한다.

수정을 박차 부수며, 오우카는 대공동의 중심에 펼쳐진 보라색 결계로 달려갔다.

"미코토, 놓지 마라아아아아아아아아아아아아아아아아 아앗!"

도약한 오우카가 착지한 곳은 뿌리의 잔해 위.

거듭되는 공격으로 거목의 돔은 너덜너덜해졌다. 여기에 푸른 불꽃이 옮겨붙어 이제는 불의 미로가 펼쳐져 있었다. 밀려드는 불길이 몇 겹으로 교차하는 굵은 나무뿌리를 태우고 있었다.

그러나 오우카는 멈추지 않고, 망설이지 않고 수많은 불똥에 휩싸이며 대공동의 공중복도를 달려나갔다.

하나 남은 나무뿌리를, 단 하나뿐인 길을 질주해——도약했다.

다른 동료들이 눈을 크게 뜨는 가운데, 대형 전투도끼를 머리 위로 들고, 미코토가 전개한 『중력결계』 속으로 뛰어들었다.

"윽── 우오오오오오오오오오오오오오오오오오!!"

휘청 흔들리는 시야. 오우카의 등을 후려치는 무시무시한 중압.

결계에 갇혀있는 용의 머리 위에서, 같은 중력을 받아 급강하한다.

『레벨 부스트』를 거치고서도 오우카의 공격으로는 『암피스바에나』의 목을 베지 못한다.

그렇다면 ──── 소녀의 『중압마법』까지 빌려, 자기 자신을 『단두대』로 만든다면.

"아아아!!"

그 『일격』을 펼치기 직전.

오우카의 의식은 과거로 날아갔다.

원정을 떠나기 전, 타케미카즈치로부터 『기술』을 배운 것은 미코토와 치구사만이 아니었다.

오우카 또한 빚까지 지며 스미스 벨프에게 사들인 《코고우》에 어울릴 만한 『필살』의 기술을 바랐던 것이다.

날이 새기 직전, 큰 대 자로 널브러졌던 넓은 안뜰.

너덜너덜해진 오우카의 눈앞에서 『기술』을 그의 몸에 새겨주었던 무신은 말했다.

그것은 단순하면서도 극치.

우락부락한 거구를 남김없이 던져야만 하는, 오우카가 아니고서는 사용할 수 없는 기술.

정확한 순간, 정확한 호흡과 함께 펼치면 『용마저도 죽일 수 있는 송곳니』가 되리라고.

무신은 분명히 그렇게 말했다.

소용돌이를 만들어내듯 상체를 반회전시켜.

중력에 압박당하면서도 폐 속에서 불똥 대신 기염을 토해냈다.

밀려드는 용의 머리를 앞에 두고, 모든 것을 집어삼키는 송곳니와도 같이, 오우카는 그 필살의 기술을 해방시켰다.

"『코쿠우(虎喰)』!!"

절단.
『―――― 커어억?!』
포효를 지르는 은색 광채가 계층 터주에게서 번뜩이고, 용린을 꿰뚫고, 살점을 갈랐다.
흐드러지게 피어나는 피보라의 꽃.
목에서 떨어져나가는 붉은 눈의 오른쪽 머리.
그와 거의 동시에, 힘이 다한 것처럼 중력의 결계가 해제되었다.
『워어어어어어어어어어어어어어어어어어어어어어어어어어어어어?!』
낙하하는 모험자, 그리고 흰 눈을 부릅뜬 용의 머리. 솟구치는 거대한 물기둥.
반려의 머리를 잃은 왼쪽 머리가 처절한 고함을 질렀다.

🕯

'이건――.'
아이샤는 들었다.

"【그 힘에 그 그릇. 수많은 재물에 수많은 바람】——."

푸른 열화가 이글이글 고함을 질러대는 그 속에서.

누구보다도 소녀의 『노래』를 오래도록 들었던 그녀만이, 그 영롱한 옥음을 알아들었다.

"【종소리가 알릴 그 순간까지, 부디 영화와 환상을】."

무시무시한 불바다의 중심지.

모든 것을 재로 바꿔버릴 푸른 불꽃에 휩싸였으면서도—— 그 속에 앉아 하루히메는 노래하고 있었다.

『골라이아스 로브』.

릴리와 카산드라를 밀쳐낸 후, 하루히메는 블루 네이팜에 휩싸이기 직전에 이것을 뒤집어쓰고 땅에 엎드렸던 것이다.

싸울 수 없는 『요술사』의 처음이자 마지막 임기응변. 순수한 타격이나 참격을 비롯해 뇌격이나 눈보라까지도 막아주는 철벽의 방어구는 계층 터주의 불줄기로도 태울 수 없었다.

'——몸이, 타들어갈 것 같아.'

그러나 살인적인 초열은 건재했다. 인간도 몬스터도 불태워버리는 불꽃의 세계는 지옥과도 같았다.

아무리 안쪽의 장비자를 불길로부터 막아준다 해도 이 세상의 것이라고는 여겨지지 않는 열기가 가차 없이 밀려들어 하루히메의 의식을 납처럼 녹여버리려 했다.

로브 표면을 뒤덮고 훑는 불꽃의 혀, 아름다운 흰 피부를 온통 뒤덮은 폭포수 같은 땀.

당장이라도 가녀린 목에서 불이 넘쳐날 것만 같았다.

'──아니야, 아니야! 타버려도 괜찮아! 재가 되어도 괜찮아!'

그래도.

머리끝부터 로브를 뒤집어쓰고 정좌한 소녀는 눈을 감으며 노래했다.

'재 속에서── 이『노래』를 보낼 수만 있다면!'

자신에게 남은 모든 마인드를 쏟아부어 영창을 자아냈다.

분명 하루히메의『노래』를 기다리고 있을『그녀』의 얼굴을 떠올리며.

──너는 노래만 하면 돼.

몇 년 전, 【이슈타르 파밀리아】의 원정 당시『그녀』에게 그런 말을 들었다.

『심층』에까지 이르렀던 경험이 있기는 하지만 하루히메는 던전의 풍경을 거의 모른다. 그녀는 튼튼한 카고 안에 갇힌 채 아마조네스들에게 운반되기만 했으니까.

그것은 무장이나 아이템과 마찬가지였다.

필요할 때 꺼내, 바벨라들을 위해 사용하는.

사실상 하루히메에게 아무도 도구 이상을 바라지 않았다. 바랄 리가 없었다.

──다른 건 하나도 기대하지 않으니까. 노래하는 것만 생각해.

피와 살이 튀는 전장을 보았을 때는 눈에 눈물을 머금고 얼어붙었을 뿐이었다. 의식을 잃지 않도록 견디는 것이 고작이었다.

규방에 틀어박힌 귀인 따위, 잔혹하고 악랄하기 그지없는 던전에서는 아무런 도움도 되지 않는다.

그렇기에 노래할 수밖에 없었다. 자신의 몸에 담긴 최강의 신비를 사용하도록 채근을 받아, 착란을 일으키면서도, 몇 번이나 구역질을 해가면서도, 떨리는 입으로 노래할 수밖에 없었다.

──네 노래가 1초 늦어지면 우리 중에 누군가가 죽어. 여기, 심층에서는.

가혹했다.

몇 명이나 되는 굴강한 아마조네스가 팔다리를 잃어가며 번갈아 쓰러지고, 제1급 모험자 프뤼네조차 피를 토하는 중상을 입었다.

무력한 몸으로 전투에 차출되어, 아무것도 바라지 않았음에도, 목숨의 책임을 짊어져야만 했다.

이 세상의 폭력성과 잔혹성을 제대로 알지도 못하던 숫처녀에게는 악몽일 뿐이었다.

그녀들을 원망하지 않았다고 하면 아마 거짓말이리라.

──뭐, 넌 우리를 미워할 테니까.

——죽게 내버려둬도 돼.

마지막으로『그녀』는.

아이샤는, 몸의 절반을 피로 더럽힌 채, 눈을 돌리고, 자포자기하듯 그렇게 말했다.

『아아아?!』

오우카가 펼친 필살의 기술에 오른쪽 머리가 날아가버린『암피스바에나』가 미친 듯이 분노했다.

머리가 하나 남아있는 한 쌍두룡의 활동은 멈추지 않는다. 그리고 중력결계가 해제된 지금, 계층 터주를 구속할 것은 없었다. 푸른 두 눈 구석구석까지 핏발을 세운 채 용의 왼쪽 머리는 입이 찢어질 정도로 턱을 벌렸다.

입 속에 수렴되어가는, 전에 없을 정도의 푸른 광채.

『용담』의 소이액체를 모조리 쏟아부은, 그야말로 최후이자 최대 출력의 블루 네이팜.

남은 머리까지 떨구고자 오우카의 뒤를 따랐던 벨프와 다프네의 추격타가 미치기도 전에 대공동 전체를 불사르는 용의 포격이 시작될 것이다.

얼어붙은 릴리와 카산드라는 파멸의 광채를 보았다.

모든 것을 태우려 하는 멸망의 상징이 모험자들의 눈을 태웠다.

그리고.

그때, 단 한 사람, 아이샤는.

달려가든 노래하든 용의 극대 화염을 막을 방법은 없는 극한상태 속에서, 반쯤 무의식적으로, 혹은 누군가에게 이끌리듯, 몸을 앞으로 기울이는 자세를 취하고 있었다.

땅에 엎드려 한껏 힘을 모으는 흑표와도 같이 『돌격』의 태세를 선택했다.

──죽게 내버려둘 수는, 없어요.

아이샤에에게 대답하는 하루히메의 목소리는, 눈물에 젖고 갈라져 제대로 들리지도 않았다.

그것은 약골이며 오기도 없는 소녀가 각오를 가지기 않았기에. 목숨의 중압에 견딜 수 없었기에.

조금도, 단 한 사람도, 구하고 싶었던 사람이 그 전장에 없었기에.

──이 몸이 사라져버릴 때까지, 노래하겠어요.

그러므로 하루히메는 맹세했다.

그러므로 하루히메는 몇 번이고 노래했다.

"【──커져라 뚝딱】."

그러므로 그 영창은 하루하루 가속하고 또 가속했다.

"?!"

그 『마력』의 고양은 파룸 소녀를 놀라게 만들었다.

그 노랫소리는 『마법』을 몇 번이고 구사했던 힐러를 전율케 했다.

불바다 한복판에서 솟아난 금색 빛의 망치는 용의 두 눈을 충격으로 물들였다.

가속하는 주문이, 푸른 불꽃의 충전을 웃돌았다.

『고속영창』.

마도사의 기초이자 극의.

바람을 능가할 정도의 주문구축은 동료의 위기를 구하고 승리의 축복을 가져다준다.

그것은 노래할 수 없는 하루히메가 함양해왔던.

누구보다도 오랫동안 도구가 되었던 『요술사』가 갈고 닦았던 유일하고도 확실한 『기술』이었다.

수백, 수천 번을 자아냈던 하루히메의 영창속도는——그 한 점에서만은 『상급마도사』의 속도를 능가했다.

"【신찬을 먹어치운 이 몸. 신들께 바친 이 빛——】."

하루히메의 노래는 달려나갔다.

평소 주의를 기울이던 안전성을 깡그리 내팽개친 채, 속도를 최우선시해, 당장이라도 도화선에 불이 붙어 이그니스 파투스를 일으키려 해도 돌아보지 않고.

그렇다. 하루히메는 노래할 수밖에 없다.

그렇다면 전심전력을 다해, 무엇보다도 빠르게, 용감한 모험자들에게 노래를 보내자.

"【메에 이르러 뫼로 돌아가, 부디 그대에게 축복을】!"

힘차게 두 눈을 뜬 하루히메는 푸른 불바다 너머에 선

그 아마조네스의 등을 노려보았다.

"【——커져라 뚝딱】!"

그 순간.

몸을 앞으로 기울였던 아이샤는 돌아보지도 않고 발진했다.

"이리 내놔, 하루히메에에에에에에에에에에에에에에에에에에에에에에에에에에!!"

포효와 동시에 자루 없는 빛의 망치가 아마조네스에게 떨어졌다.

"【도깨비 방망이】!"

달려나가는 스파크. 솟구치는 눈부신 빛의 입자.

레벨 부스트의 빛을 얻은 갈색 몸이 포효하며, 한계를 찢어버리는 가속을 단행했다.

금색 빛의 화살이 되어.

수정 바닥을 자갈처럼 짓이겨 부수며, 불똥이 피어나는 공간에 바람구멍을 뚫으며, 푸른 불덩어리를 머금은 거룡을 향해 돌진했다.

『＿＿＿＿＿＿＿＿＿.』

분노에 이성을 잃었던 쌍두룡은 자신의 오판을 깨달았다.

포격을 준비할 동안, 원래는 적에게 맞서줄 두 개의 머리 중 하나는 사라졌다. 남은 머리를 지켜줄 존재는 이미 없었다.

　무엇보다도 저 아마조네스의 무시무시한 주행.

　Lv.4로는 한 발 늦을 만한 시간과 거리를, Lv.5의 약진이 뒤엎었다.

　『길』은 있다.

　호수에 만들어진, 용에게 다가가는 외길이.

　마지막 일격과 맞바꾸어 깨져나간 마검 『히요우』가 만들어낸 빙원의 다리가.

　"오오오오오오오오오오오오오오오오오오오오!!"

　『아아아아아아아아아아아아아아아아아?!』

　겹쳐지는 모험자의 포효와 용의 포성.

　질주한 아마조네스와 함께 대공동을 불태우고자, 임계점에 달한 브레스가 해방되려 했다.

　그러나 아이샤와 하루히메의 빛이 더 빨랐다.

　섬광.

　도약한 아이샤의 잔상이 비스듬히 검광을 그리며 계층터주의 목 한복판을 가로질렀다.

　부서져 솟아나는 거대한 용린, 깊이 도려져나간 굵은 목.

　그 직후, 목을 경유해 체내에서 입으로 모여들었던 푸른 불꽃이 그 상처를 통해 힘차게 솟구쳤다.

　『~~~~~~~~~~~~~~~~~~~~~~~~~~~~~~~~
아아아아아?!』

　손상된 수도관과도 같이, 솟구쳐 나온 블루 네이팜에 의

해 타들어간다.

자신의 불꽃에 불타버리는『암피스바에나』는 연옥에 떨어진 것처럼 고통에 몸부림쳤다. 특대 브레스가 불발로 그쳤을 뿐만 아니라『폭발』에 이용되어, 흘러나오는 혈액조차 타들어가며 절규했다.

"【오너라 만용의 패자】!"

아이샤는 멈추지 않았다.

"【웅대한 전사여, 다부진 호걸이여, 탐욕스러운 외도의 영걸이여】!"

호수에 뜬 얼음덩어리에 착지한 것과 동시에, 질주해,『암피스바에나』에게 다시 달려들었다.

드높은『병행영창』을 울리며, 물속으로 도망치지도 못하도록 노도의 고속 난타를 감행했다.

"【여제의 허리띠를 탐하려거든 증명하라. 나의 몸에 충만하여 나의 몸을 꿰뚫어 나의 몸을 죽여 증명하라】!"

『히요우』의 여파가 만들어낸 장대한 얼음기둥을 박차며 연속으로 이동해, 계층 터주만이 아니라 동료들마저 눈으로 따라가지 못할 정도의 속도로 종횡무진 뛰었다.

잔상을 남기는 가속, 궤적을 그리는 레벨 부스트의 입자,【안티아네이라】의 이름에 걸맞는 투지의 춤.

수룡의 비명과 맞바꾸어 나머지 영창이 완결되었다.

"【굶주린 나의 칼날은 히폴뤼테】!"

대도약.

그녀가 뛰어오른 곳은 불타오르는 용의 몸통 바로 위.

적의『핵』이 담긴 거대한 몸을 향해, 급강하와 함께 대형 박도를 내리꽂았다.

그리고 자신과 하루히메의『힘』을 쏟아부은 일격을 해방했다.

"【헬 카이오스】!!"

용의 몸에 꽂힌 대형 박도, 그곳에서 뿜어져 나가는『마법』의 광휘.

몸속에 직접 꽂힌 붉은 참격파가 용의 육체를 갈가리 찢고 걸신들린 듯이 먹어치우며 피의 강물을 만들어내더니, 몸속에 묻혀있던 진남색 대형 결정을 박살냈다.

『———————————————————————

—————————————!!?!』

『마석』을 잃은『암피스바에나』의 몸이 윤곽을 잃고, 다음 순간에는 미친 듯이 날뛰는 푸른 불길의 꽃이 피어났다.

막대한 재의 분화와 블루 네이팜의 폭발이 일어났다.

가공할 폭음을 쩌렁쩌렁 울리며 대공동이 한순간 시퍼런 빛에 잠식당했다.

그 광경을 불바다 속에서 지켜보았던 르나르 소녀는 희미한 웃음을 지은 채 천천히 쓰러졌다.

"아이샤 님?!"

폭풍에 날아가버리지 않기 위해 몸을 숙이고 가녀린 팔로 얼굴을 가렸던 릴리는 빛이 사라진 것과 동시에 외쳤다.

재가 눈처럼 쏟아지고, 산산이 부서진 드롭 아이템【용린】과 진남색 결정, 그리고 포물선을 그리는 무수한 불덩어리 속에서, 호수에 떨어지는 아이샤의 그림자를 포착했다.

지근거리에서 펼친 필살의 기술. 말려들지 않을 수 없다. 낯이 창백하게 질린 동료들이 말을 잃은 가운데……

잠시 후 수면을 가르고 젖은 장발과 아름다운 팔다리가 드러났다.

"………."

옷 속에서 드러난 갈색 피부는 여기저기 화상을 입어 너덜너덜했다.

그러나 그 정도의 폭발에 말려들었으면서도 눈빛은 전혀 쇠하지 않았다. 온몸을 감싼 『빛의 입자』에 보호를 받으며 천천히 여울을 향해 걸어왔다.

한쪽 팔에 달라붙은 블루 네이팜이 아직도 미미하게 타올랐으며, 손바닥과 칼자루가 녹아 달라붙어버린 대형 박도가 수면을 가르며 질질 끌려왔다.

멍하니 서 있던 동료들은 흠칫 놀라 달려갔지만, 아이샤는 이를 제지하고 기슭에 펼쳐진 불바다까지 나아갔다.

"하루히메……."

왼손에 든【페르세우스】의 특제 『소염제』를 머리부터 뒤집어써 한쪽 팔에 달라붙은 불을 껐다.

아이템의 소화 작용으로 막대한 연기를 뿜어내는 그녀는 남은 소화제를 써서 눈앞의 불길을 없애고 그 속으로 나아갔다.

위에서 보면 그것은 미친 듯이 날뛰는 불바다 속에 그어진 한 줄기 궤적처럼 보였을 것이다.

로브에 덮여 쓰러져 있던 르나르 소녀에게 도달한 아이샤는 그녀의 가녀린 몸을 안아들었다.

"……아이샤, 씨……."

"제법 하던데…… 못난이 여우 주제에."

품속에서 살짝 눈을 뜬 소녀에게, 눈을 가늘게 뜨며 웃었다.

기쁨을 드러낸 하루히메는 희미한 미소를 짓고는 아이샤의 몸에 힘없이 고개를 기댔다.

옆으로 안아든 자세로 왔던 길을 돌아나오는 아마조네스를 릴리와 카산드라가 울며 웃으며 맞아주었다. 불꽃에 달궈진 골라이아스 로브는 아이샤의 두 팔을 태웠지만 지금 그녀에게는 아무런 고통도 주지 못했다.

"덕분에 살았다, 하루히메……."

여동생의 성장을 기뻐하는 언니처럼, 눈을 감은 여우귀에 조용히 속삭였다.

"미코토! 오우카!"

한편 치구사는 얼음강을 달려가 『암피스바에나』의 폭심지로 향해 산더미처럼 재가 쌓인 수면으로 뛰어들었다.

『중압마법』의 발생원을 찾아 구출하기 위해.

이내, 오우카와 함께 만신창이가 된 미코토를 안고 뭍으로 올라왔다.

"이봐, 이봐! 대단하던데! 대단했지만! 무사한 거야?!"

"이거 잡아, 떡대!"

미코토에게는 다프네가 달려가고, 오우카에게는 벨프가 손을 빌려주었다.

아직도 곳곳에서 푸른 불길이 일렁이는 대공동 내에서, 모험자들은 불길이 미치지 않는 호수 중앙의 얼음덩어리에 모였다.

"다들, 살아있어……."

"릴리네끼리만 계층 터주를 잡았어요!"

남은 아이템도 써서 즉시 파티를 치료하던 카산드라와 릴리는 동료의 생존에 환호성을 질렀다.

어깨, 팔, 다리의 심각한 부상을 비롯해 『중압마법』에 의한 전신골절. 의식을 잃은 채 눈을 감고 있는 미코토가 가장 중태였으나, 숨은 쉰다. 하루히메도 마인드 다운을 일으켰지만 간신히 의식을 유지했다. 아이샤는 소염제와 포션을 쓰기는 했지만 자력으로 일어나 Lv.4의 강인함을 보여주었다.

"기뻐하기는 이르지만…… 정말 잘 했다, 너희들."

계층 터주에게 고전 끝에 이겼다. 아이샤는 진심으로 칭찬했다.

마치 모험자들의 위업을 증명하듯 드롭 아이템『암피스바에나의 용린』일부가 얼음섬에 떠내려왔다. 수면에 뜬 그것을 재빠르게 건져 챙기는 릴리를 보고 동료들이 웃었다.

대공동의 중심에서 승리의 환호성을 지르려던 모험자들── 하지만 그때, 콰앙! 소리와 함께.

"!!"

승리의 여운에 젖을 틈도 주지 않고 던전이 포효했다.

"뭐야?!"

"계층이 흔들렸어……?!"

벨프와 치구사가 눈을 크게 뜨는가운데, 귀를 막고 싶어질 정도의 소리를 내며 계층이 무너져갔다.

미궁구역이 무너질 정도의 대폭파, 천장에서 떨어진 거목의 돔, 『암피스바에나』의 강하공격, 결정타로 사방에 뿌려진 블루 네이팜. 잇달아 펼쳐졌던 격전의 반동에 견디다 못해 대공동이 마침내 본격적으로 붕괴를 일으킨 것이다.

"이봐, 이거 위험하게 됐는데?!"

던전의 노성인지 혹은 비명인지. 무시무시한 파괴의 소리를 연주하며 천장에서 커다란 수정 덩어리가 낙하했다. 용소에 떨어져 파도를 일으키는 흉악한 비를 무기로 쳐내며 오우카가 얼굴을 조바심으로 물들이고 있으려니.

"히이이이이이이이이이이이익?!"

파티의 것이 아닌 누군가의 비명이 들렸다.

돌아보니 절벽 안의 미궁구역으로 이어지는 북서쪽,『그

레이트 폴』을 지나는 수정다리에 4인조 모험자의 모습이 보였다.

한 사람은 웨어울프. 리빌라 마을에서 【질풍】 토벌을 선동하던 터크였다.

제25계층을 폭파한 장본인들이다.

"얘기가 다르잖아, 얘기가 다르잖아, 쥬라아아아아?! 이렇게 될 거란 말은 못 들었어!"

미궁구역을 포함한 계층 붕괴에서 벗어나 이곳 대공동까지 온 걸까. 현재의 참상을 초래해놓고는 지리멸렬하게 고함을 질러대는 그들의 모습은 아이샤에게 짜증을 불러일으키기에 충분했다.

"저 멍청한 놈들……!"

그들은 공황상태에 빠지면서 이리저리 도망치다 수정다리에서 뛰어내렸다.

착지한 곳은 아이샤 일행의 머리 위, 아직도 대공동의 허공을 뒤덮은 『나무뿌리 돔』 위였다. 블루 네이팜이 옮겨붙었음에도 터크를 선두로 정신없이 달려나간다. 백팩을 장비한 한 사람은 불길이 옮겨 붙는 바람에 단말마의 비명을 지르며 불덩어리가 되었다.

"죽고 싶지 않아, 죽고 싶지 않다고오?! 죽을 수는 없어어어어?!"

이제는 땀인지 눈물인지도 모를 폭포를 줄줄 흘리는 소악당들은 불길과 연기에 휩싸인 채, 그래도 삶에 대한 집착 덕인지 대공동 서쪽의 절벽에 도착해 기어오르기 시작했다.

"거목의 뿌리를 타고……! 지금이라면 연결통로로 갈 수 있는 건가?!"

원래 같으면 너무나도 높은 수정 절벽을 오르내리기란 상급 모험자라 해도 현실적인 생각이 아니다. 하지만 지금은『나무뿌리 돔』이 펼쳐져 있어 머리 위로 대피하는 것이 비교적 수월해졌다. 절벽을 기어올라 절벽길로만 나간다면 그 후에는 계층 남쪽에 있는 연결통로로 탈출할 수 있다.

"수단을 가릴 때가 아니지……! 여기 있다간 수정에 묻혀버릴 거야!"

부상자를 짊어진 상태로는 등반 성공률은 높게 잡아야 반반일 것이다.

게다가 불타는 돔 위에서, 그나마 루트가 약간 남아있는 곳은 서쪽뿐.

지금도 시시각각 퇴로가 불에 타 사라져가는 가운데, 아이샤는 소리 높여 철수를 명령했다.

"튀자! 서쪽 절벽을 기어올라서!"

"잠깐만요!! 벨 님이 아직 아래 계층에 남아있어요!"

이를 만류한 것은 릴리였다.

그녀의 조그만 손가락이 가리킨 곳은 남동쪽 단애절벽. 다시 말해『그레이트 폴』과 나란히 제26계층으로 이어지는 낭떠러지였다. 수직 낭떠러지를 내려가 미궁구역으로 침입하는 방법이 남아있다고, 그렇게 주장한 것이다.

"나도 반대야. 도망칠 거라면 벨을 구한 다음에 도망치겠어!"

"마음은 이해해. 이해하지만…… 하지만……!"

"이대로는, 미코토도, 하루히메도……!"

릴리와 함께 벨프가 목소리를 높였다. 하지만 오우카와 치구사가 신음하듯 말했다.

게다가 미코토를 부축하는 치구사는 죽은 사람처럼 힘없이 눈을 감은 소꿉친구에게 눈물을 참지 못하고 있었다.

"이…… 멍청한 것들아, 상황을 보고 말해!"

입장상 파티 내에서 가장 발언력이 있는 아이샤는 릴리와 벨프에게 고함을 질렀지만 얼굴은 고뇌로 일그러졌다.

오우카와 치구사나 마찬가지로 그녀 또한 벨을 버리고 싶지는 않았다. 오히려 마음에 든 수컷을 어떻게든 구하고 싶었다. 하지만 계층 터주와 사투를 펼쳤던 지금의 파티 상태에서 릴리와 벨프의 선택은 치명적이다. 미코토와 하루히메는 이제 싸울 수 없다. 무장과 아이템도 대부분 소모했다. 도저히 행방불명된 동료를 찾아 갈 상황이 아니었다.

무엇보다 지금도 자신이 안고 있는 르나르 소녀의 존재.

동생 같은 존재와 소년을 저울에 올려, 그녀 쪽으로 기울이려 했으나 —— 가슴속에서 힘없이 뻗어나온 손이 이를 말렸다.

"아이샤, 씨…… 부탁이니…… 소녀는 됐으니, 그분을……!"

"큭……!"

"벨 님을, 부디……!"

몽롱한 의식을 붙들어매면서까지 쥐어짜낸 하루히메의
애원에 아이샤는 입술을 깨물었다.

"벨 님을 두고 갈 수는 없어요!"

"하지만 이 층역에 남아있으면……!"

릴리와 벨프, 하루히메는 잔류를.

아이샤와 오우카, 치구사는 후퇴를.

파티 사이에서 의견이 갈라졌다.

'다들 냉정함을 잃었어……! 릴리루카도, 【안티아네이라】도!'

그런 극한상황 속에서 양측 사이에 선 사람은 다프네였다.

쿵쾅거리는 심장 고동 속에서 땀을 흘리며, 그녀는 최대
한 객관적인 시선을 유지하고자 했다.

비교적 아직 벨 일행과의 교류가 적었던 그녀만이 그 입
장에 설 수 있었다.

'남는다는 건 말도 안 돼! 무모 무대책 무리! 지금 당장이
라도 탈출해야 해!'

다프네의 판단은 당연히 후퇴. 생각할 것도 없었다.

층역 그 자체가 붕괴되려 하는 이상사태 속에서 잔류는
말도 안 된다.

'붕괴 범위는 분명 25계층만. 이곳보다 아래인 27계층은
무너지지 않아! 벨 크라넬도 살아남았을 가능성이……!'

그렇게 생각하지도 않는 명분을 내세워 파티의 안전을

우선시한다.

그것이 지휘하는 자의 책무다. 그것이 지금, 취사선택을 부과받은 다프네 라우로스의 책임이다.

'의견은 3대 3. 여기서 내가 『후퇴』에 한 표를 던지면 흐름은 기울어질 수밖에 없어!'

다프네는 긴박한 상황에 직면했을 때 다수결의 무게는 결단을 촉구한다는 사실을 잘 안다.

릴리와 벨프와 하루히메가 동료를 생각하는 마음에 선을 긋는다.

씁쓸함이 따르는 의지를 동원해, 다프네는 입을 열려 했다.

"【절망의 우리】…… 【관으로 바뀌어】…… 【그대를 잠식하리라】……."

그때.

곁에서 툭 떨어진 말의 단편에 다프네는 얼어붙었다.

"타오르는 거목, 무너지는 계층…… 【절망의 우리】는 지금 【관】으로 바뀌었어……. 이 장소, 이 상황이 【그대를 잠식하는】 것?"

시선이 모였다.

쏟아지는 수정 파편을 받으며, 푸른 불꽃의 빛을 옆얼굴로 받으며 그 소녀는 독백처럼 거듭 중얼거렸다.

"……카산, 드라?"

허공으로 향한 소녀의 눈은 이곳을 보지 않았다.

이곳이 아닌 어딘가를, 지금은 아닌 무언가를 바라보며, 이끌려 가려 했다.

"지금이 예언의 순간. 여기가 기로, 여기가 갈림길, 여기가 운명의 분기점――."

마치 신탁이 내려진 오라클과도 같은 트랜스 상태에 빠진 소녀의 모습에서 다프네는 눈길을 뗄 수가 없었다.

'【관】은 죽음의 암시. 하지만 【잠식당할】 여지가 있다면, 죽음의 미래는 확정되지 않은 것과 마찬가지. 뒤집어서 생각해보면 잠식당한 후에 판단을 그르쳤을 때 비로소 『예언』이 내 목숨을 잡아먹으려 한다는 소리.'

――카산드라는 자신의 내면에 잠겨들고 있었다.

마음 밑바닥의 바다에 뜬 열일곱 줄의 『예언』. 『악몽』이라는 이름의 싯구가 어지러이 오가는 가운데, 체감시간이 극도로 늘어났다.

주위와 단절된 세계에서, 비극의 예언자는 노래의 바다에 빠진 채 『계시』의 진의를 파악하고자 했다.

'그러니까 지금, 이 【관】 속에서 【그대】…… 【나】를 잠식하는 건――『결단』그 자체?'

그것은 카산드라가 취해야 할 행동이자 파티가 갈 길이었다.

그야말로 파티 사이에서 갈라진 『잔류』와 『후퇴』, 그 『두 가지 선택』이었다.

이『선택』이자『결단』이 자신들의 운명을 가를 것임을 카산드라는 깨달았다.

──【잊지 말지어다. 원하던 빛은 되살아난 태양 아래 달리 없을지니】.

──【파편을 모아, 불을 바치고, 해의 화톳불을 구하라】.

──【명심하라. 이는 참혹한 재난의 연회──】.

상황을 돌이켜봐도【관】을 암시하는 제14행의 구절에 돌입했음은 명백했다.

따라서 남은『예언』은 이 3행.

'마지막 17행은 예언의 내용을 마무리 짓는 귀결일 뿐이야. 그러니 제외. 남은 15, 16행은 틀림없이 파멸의 미래를 회피할『경고』!'

【파편을 모아】로 시작되는 구절은 분명히 이 양자택일의 장면에 어울리지 않는다. 따라서 이것도 제외.

'【원하던 빛】은── 희망? 내가 골라야 할『선택』은【되살아난 태양】에 관한 것 말고는 있을 수 없는 걸까? 하지만【태양】이란 뭐지?【태양】을 암시하는 건 어디 있어?【태양】같은 건 던전에 존재하지 않아!!'

모르겠어, 모르겠어, 모르겠어!

무엇을 선택해야 좋을지, 무엇에 이끌려가야 할지.

자신은 무엇을 하고 싶은지.

나는 이 사람들을 죽게 하고 싶지 않아.

나는 그에게 가고 싶어.

아무도 죽게 놔두지 않은 그에게. 홀로『가혹』을 짊어져 버린 소년에게.

감정이라는 노이즈가 생각에 개입되는 가운데, 눈앞의 선택지 앞에 얼어붙어 있었다.

『후퇴』냐,『잔류』냐.

제24계층이냐, 제26계층이냐.

위냐, 아래냐.

서쪽 절벽길이냐, 동쪽 낭떠러지냐——.

"—————————."

그 순간.

카산드라의 온몸에 전류가 내달렸다.

【원하던 빛】—— 예언자 일행이 살아남을 수 있는 유일한 선택지?

【되살아난 태양】—— 물가의 계층인 이곳에 태양을 암시하는 존재는 없다?

다시 말해 눈에 보이는 것이 아니야? 인물이 아니고? 물질도 아니고?

암시, 추상.

비유.

'【되살아난 태양】—— 태양이 사라졌다가 다시 떠오르는,『일출』——.'

벌떡 튕겨지듯 돌아본 카산드라는, 보았다.

계층 동쪽, 제26계층으로 이어지는 연결통로를.

나무뿌리의 감옥에 파괴되었어야 할 동굴.

그곳은 거듭되는 충격으로 지반이 일그러지면서, 뿌리와 지면 사이에 사람이 간신히 지나갈 만한 새로운 공간을 만들어내고 있었다——.

"——아."

빛이 번뜩였다.

시야가 격렬하게 스파크를 일으켰다.

『예언』이라는 이름의 조각이 이어지고 맞춰지는 소리가 울려 퍼졌다.

【절망】과 【파멸】을 회피할, 『희망』의 빛이 손 안에 들어왔다.

"——동쪽으로!!"

그 직후 카산드라는 외치고 있었다.

"뭐……?!"

"여러분, 동쪽으로!! 26계층으로요, 어서!!"

경악하는 파티에게 촉구했다.

앞뒤 가리지 않고 큰 목소리로 외치는 소녀의 호소에 일행은 갈팡질팡했다.

"카산드라?! 너 무슨 소릴——."

다프네는 낯빛을 바꾸며 소녀의 폭주를 저지하려 했지만.

"그게 아니야, 다프네! 아니었어!! 『예언』이 가리키던 건 『인물』도 『시간』도 아니었어!"

"?!"

"【되살아난 태양】이 가리켰던 건 『방향』! 계속 착각했던 거야!"

『예지몽』의 내용을 언급하는 비극의 예언자가 다프네의 목소리를 억눌렀다.

카산드라는 제21계층에서 한번 추리했다.

경고와 관련이 있는 것은 태양신 아폴론에 관한 물건 내지는 사람. 혹은 【태양】이 암시하는 것은 한낮의 『시간』이 아닐까하고.

하지만 그것이 아니었다.

【되살아난 태양】이란 곧―― 밤에는 사라지고 아침이 시작되면서 다시 나타나는 『일출』의 비유 표현. 『예언』이 진정으로 가리키는 것은 『해가 떠오르는 방향』이다.

"이 계층은 이미 【절망의 우리】에서 【관】으로 바뀌었어! 죽음의 암시에서 벗어나려면 【되살아난 태양 아래】, 『동쪽』으로 갈 수밖에 없어!"

뚜껑을 열어보니 간단한 일이었다.

옛 터전이었던 만큼 카산드라는 태양신 아폴론에 관한 내용을 연상하고 생각의 범위를 좁혀버렸다. 더 단순하게 생각하면 됐을 텐데.

다만 이 『계층붕괴』라는 상황에 몰리지 않았다면 깨달을 수도 없었을 것이다.

서쪽과 동쪽의 경로, 두 개의 『선택지』가 제시되고서야 비로소 이해할 수 있었다.

"【해의 화톳불】은 아직 모르겠어! 모아야 할 【파편】도, 바쳐야 할 【불】도, 남은 암시가 뭘 가리키는지는 몰라! 하지만 『동쪽』으로 갈 수밖에 없어! 얼른 26계층으로!!"

겨우 답을 얻은 카산드라의 말을.

"──넌 이럴 때 무슨 소리를 하고 있어!"

다프네는 노성으로 대답하며, 믿지 않았다.

"뚱딴지같은 소리 좀 하지 마! 이런 상황에서까지! 그만 좀 하라고!!"

자신의 얼굴을 노려보는 친구의 눈빛에 카산드라의 마음이 찢어졌다.

카산드라의 호소는 모두 다프네나 동료들에게는 영문 모를 언어의 나열.

지리멸렬하며 의미를 알 수 없는 망언. 누구도 믿어주지 않는 『저주』.

숙명처럼 정해진 『비극의 예언자』가 가야 할 말로.

자신을 에워싼 동료들의 눈이 의심으로 가득 찼다.

세상이 소리를 내며 뒤틀리고 일그러졌으며, 목소리를 내 카산드라를 비웃는다.

눈물을 흘리며 주저앉아버릴 것만 같았다.

'──언제나.'

무엇을 해도 그랬다.

무슨 말을 해도 들어주는 이가 없었다.

무엇을 호소해도 전해지지 않았다.

언제나 그랬다.

언제나 세계는 나의 노력을 짓밟았다.

언제나 세계는 나의 비극을 비웃었다.

용기를 쥐어짜내 발버둥 쳐도, 마음을 쥐어짜내 외쳐도, 부조리한 현상을 들이댄다.

필사의 경고가 허사로 끝나는 순간.

결의가 모래성처럼 무너지는 순간.

그것을 몇 번이고 맛보았다.

몇 번이고, 낭떠러지에서 어두운 어둠 밑바닥으로 떠밀렸다.

분명 나는 저주받았을 테니, 어쩔 수 없지.

그래, 어쩔 수 없어. 어쩔 수 없어…… 어쩔 수 없어.

……정말로?

그 말이 마음에 스며들어 좌절하고 말았던 것은 언제부터였을까.

마음속 어디선가 체념을 품었다고, 거짓말을 하게 되었던 것은 언제부터였지?

언제부터 싸움을 그만두었지?

언제부터 모든 것을, 자신조차도 믿지 않은 채, 절망하게 되고 말았지?

눈앞에 있는, 내가 그렇게 좋아하는 소녀의 눈에서 얼굴을 돌리게 되었지?

'──언제나, 내 마음을 꺾는 건 다프네였어.'

그리고.

『절망 같은 말에 지지 마!』

『앞을 봐! 맞서 싸워!』

'──언제나, 나에게 용기를 주었던 건 다프네의 말이었어!'

가슴 속의 제단에 불이 붙었다.

자신을 노려보는 친구의 눈빛에서 눈을 돌리지 않은 채, 마음에 되살아난 그녀의 말을 담고, 비웃는 세계에 맞선다.

카산드라는 주먹을 쥐며 외치고 있었다.

"들어줘, 다프네!"

"!!"

눈을 크게 뜬 다프네에게 몸을 내밀었다.

그녀만을 바라보며, 카산드라는 떨리는 목소리로 외쳤다.

"난 계속 포기했어! 아무도 믿어주질 않아서, 앞으로도 믿어주지 않을 거라고, 그렇게 단정하면서!"

가슴에 오른손을 가져다대며 온 힘을 다해 마음을 토로

했다.

이제까지 거절당하고 낭떠러지 밑바닥으로 떠밀렸던 충격과 실망, 왔다가 사라지는 과거의 기억은 고통뿐이었다.

"계속 무서웠어! 아팠어! 슬퍼서, 더는 상처 입고 싶지 않았어!"

그래도 카산드라는 말을 멈추지 않았다.

"난 무서워할 뿐이었고, 늘 중요한 말은 하지 않았어!"

벨이 나타나 구원을 받은 것 같았다.

계속 그의 곁에서 말을 속삭이고, 자신을 받아들여줄 거라고 몽상했다.

하지만 그것은 애초에 어리광이었다.

카산드라는 아무것도 하지 않았다.

비극을 강요하는 세계에, 자신의 몸에 깃든 『예언의 저주』에, 한 번도 진심으로 맞서려고는 하지 않았다.

진심으로 그 『말』을 입에 담으려고는 하지 않았다.

"내 『예지몽』에 앞으로는 귀를 기울이지 않아도 좋아! 그러니까!!"

절망에 굴하지 마라.

자신들을 갈라놓으려 하는 『저주』에 맞서라.

남의 거절에 겁을 먹고 절망을 두려워하는 약한 자기 자신에게—— 지지 마라.

"다프네, 날 믿어줘!"

붕괴되는 대공동에 강한 언령이 울려 퍼졌다.

두 손이 다프네의 오른손을 잡고 감싸듯 꽉 붙들었다.

교차하는 시선과 눈빛.

카산드라의 눈이 애절한 애원을 머금고, 다프네의 눈이 수면에 드리워진 파문처럼 떨렸다.

서로를 바라보는 두 사람의 시간과 마음이 한순간 한데 녹아들었다.

이윽고.

"……그딴『꿈』을 어떻게 믿어!"

다프네는 강하게 카산드라의 손을 뿌리쳤다.

눈물에 젖은 카산드라의 눈이 크게 뜨이고, 이번에야말로 절망에 물들려 했다.

그리고.

"──다들! 동쪽으로!!"

다프네는『결단』을 내렸다.

경악하는 릴리와 벨프를 돌아보며『잔류』라는 선택지를 내던졌다.

"……어?"

아연실색한 카산드라를 돌아보며 다프네는 말했다.

"난 네『꿈』같은 거 안 믿어!"

입술을 비죽거리고, 뺨을 새빨갛게 붉히고.

검지를 불쑥 내밀며 힘껏 외쳤다.

"내가 믿은 건 카산드라 일리온이거든?!"

다프네는『예지몽』을 믿은 것은 아니다.

다프네는 친구를,『카산드라』를 믿은 것이다.

그 사실을 이해하는 데에는 짧고도 아주 긴 한순간이 필요했다.

카산드라의 두 눈에서 물이 넘쳐났다.

얼굴을 붉게 물들인 다프네는 소녀의 오른손을 다시 잡고는 달려나갔다.

카산드라도 뜨거운 그녀의 손바닥을 꽉 마주잡았다.

"서둘러! 어서!!"

소리를 지르며 카산드라와 함께『동쪽』으로 진로를 잡은 다프네를 보며, 나머지 동료들은 모두가 조건반사처럼 따라갔다.

다수결의 저울을 기울인 소녀의 선택을 받아들였다.

"뛰어, 뛰어어어어어어어어어어어어어어어어어어어어어어어!!"

제일 뒤에서 따라오는 아이샤의 고함이 계층 붕괴의 절규에 지워졌다.

얼음섬을 뛰어 건너며 달려나가는 모험자들의 등 뒤를 거대한 수정 덩어리의 폭우가 따라왔다. 비명을 지르는 거목의 돔 또한 불타 쓰러지며 호수를 뒤흔들었다.

거친 파도가 노래하고 푸른 불꽃이 춤을 추는 종말의 대합창. 던전이 내는 죽음의 반주를 떨쳐내며, 다프네 일행은 대공동을 가로질러 깎아지른 동쪽 절벽을 질주했다.

제26계층으로 이어지는 연결통로로.

떨어져 박힌 나무뿌리와 지면 사이에 발생한 얼마 안 되는 틈을 향해—— 뛰어들었다.

"~~~~~~~~~~~~~~~~~~~~~~~~~~~~~
~~~~~~~~~~~?!"

다음 순간, 거대한 포효를 지르며 대공동이 마침내 무너져내렸다.

용소가 요란하게 수정의 잔해에 파묻히고, 동굴로 뛰어든 다프네 일행을 폭풍으로 날려버렸다.

"끄아아아아아아아아아아아아아아아아아아아아아악?!"

그런 와중에.

『서쪽』으로 경로를 선택했던 터크 일당은 붕괴에 휩쓸려 무너지는 벽면과 함께 추락했다.

최후를 지켜봐줄 이는 아무도 없었다. 그들은 수정의 산사태에 처참하게 짓이겨져, 던전을 파괴했던 대가를 치렀다.

"사……살았다…….."

"만약 24계층으로 돌아가려 했다면…….."

몸을 일으키고 어깨로 숨을 헐떡이는 릴리와 치구사가 창백해진 얼굴로 중얼거렸다.

그녀들이 고개를 들어보니, 제25계층과 직결된 동굴은

마치 짓밟힌 것처럼 완전히 매몰된 상태였다.

"다프네에에~~~~~~~~~~~~~~~~~~~~!!"

"끌어안지 마! 아직 해결된 거 하나도 없어!"

목숨을 건진 파티 속에서 카산드라가 오열하며 다프네를 부둥켜안았다.

나란히 주저앉은 채 부비부비 뺨을 비벼대는 소녀를 억지로 떼어놓기 위해 다프네는 얼굴을 새빨갛게 물들이며 씨름했다.

"고마워, 고마워……! 날 믿어줘서……!"

아기처럼 목에 두 팔을 감고 오열하는 카산드라는, 그러면서도 웃고 있었다.

자신을 믿어준 친구에게 보내는 환희의 눈물이었다.

떼어놓으려던 다프네도, 마치 멋쩍음을 감추려는 거처럼 다시 한 번 입술을 내밀었다.

"소란 그만 피우고! 너희도 일어나! 온다!"

아이샤의 목소리가 날카롭게 터져나왔다.

쳐다보니 눈앞에서 갈라지는 제26층 루트를 따라 수많은 몬스터들이 밀려왔다.

마치 살아남은 너희를 놓치지 않겠노라고 말하듯.

"하나 넘어갔다 싶었더니 또……!"

"이러쿵저러쿵 떠들지 마, 떡대! 여기까지 왔으면 무조건 벨이 있는 곳까지 가야지!!"

오우카가 너덜너덜해진 《코고우》를 들고, 벨프는 예비

『마검』을 장비하며 그의 옆에 섰다.

　다프네와 카산드라도 재빨리 일어났다.

　구사일생으로 위기를 모면한 모험자들은 삶을 곱씹으며 안도하지도 못한 채 임전태세에 들어갔다.

　정신을 잃은 미코토와 하루히메를 후열에 남겨놓고 전열이 달려나간다.

　아마조네스의 대형 박도가 선봉에 나서, 몬스터의 피보라를 일으키는 가운데, 모험자들의 싸움은 이어졌다.

8장 망치의 목소리

© Suzuhito Yasuda

이미 늦었구나.

머리가 모자란다고 자타가 공인하는 아냐조차, 시야에 펼쳐진 광경을 보고 그 사실만을 이해했다.

"이게 뭐야?!"

"……『물의 미로도시』란 데는 늘 이런 지옥 같은 광경이 펼쳐진 곳이야옹?"

루노아가 동요하고, 클로에가 무거운 목소리를 냈다.

그들의 눈 아래, 대공동에는 무시무시한 광경이 펼쳐져 있었다.

타오르는 푸른 불꽃의 바다에, 불타 떨어진 거목의 뿌리로 여겨지는 잔해. 광대한 용소를 가득 메울 정도의 수정 잔해는 대공동에 있던 모든 존재를 생매장시켰어도 이상하지 않을 만한 양이었다. 꺼질 기미도 보이지 않는 블루 네이팜이 만들어낸 열파와 대량의 수증기가 그녀들에게까지 밀려오는 광경은 클로에의 말대로 『지옥』이라 부르기에 전혀 위화감이 없었다.

계층 천장과 벽도 용에게 물어뜯긴 것처럼 허물어졌다.

아름다운 물의 낙원은 온데 간데 없었다.

"계층 터주가 이 대공동에서 날뛰었던 거겠지만…… 나도 이러한 광경은 처음 보았네."

Lv.5인 츠바키조차 안대를 하지 않은 오른쪽 눈을 가늘게 뜨며 낯을 찡그렸다.

결코 자연 발생한 현상이 아니라, 격전의 여파가 대공동을 붕괴로 몰아넣은 것이라며.

"우리가 오기 전에 누군가가 싸웠던 거야냐……?"

이 대공동에서 전투가 발발한 지 얼마나 지났을까.

몇 시간? 혹은 한나절?

계층 터주는 격파됐을까?

모든 것이 석연찮은 상황 속에서, 한 가지만은 알 수 있었다.

그녀들의 도착은 이곳에서 『싸웠던 자들』에게는 너무나도 늦었다는 사실.

"우…… 류는 27계층에 있을 거다냐! 얼른 내려가자냐!"

생각이 빙글빙글 맴을 돌기만 하는 가운데, 아냐는 힘차게 고개를 가로저으며 외쳤다.

바보 같은 자신이 아무리 가만히 서서 생각만 해봤자 시간낭비라는 사실을 깨달은 것이다.

『지옥』으로 변한 눈 아래의 대공동에 생존자는 없을 것이다. 아직도 타오르는 푸른 불길 탓에 육지에 있든 물속에 있든 숨도 제대로 쉴 수 없다. 생존자를 찾아봤자 시간낭비라고 단언할 수 있다.

【질풍】토벌대 본대가 제27계층으로 향했다는 말은『리빌라 마을』에서 들었다. 이『이상사태』의 광경을 앞에 두고 마음이 조급해진 아냐는 엘프 동료의 얼굴을 떠올리며 진행을 촉구했다.

"하지만…… 여기저기 다 무너져서 제대로 발 디딜 데도 없잖아! 어떻게 하라고!"

"뭐, 이 절벽을 따라 내려갈 수밖에 없지 않겠나."

"으엑~ 진심으로 하는 소리냐옹……?"

"지금 이 대공동에는 몬스터가 없다냥! 방해만 안 받으면 분명 할 수 있을 거다냥! 게다가…… 우리 오라버니는, 그 사람은 혼자서도 곧잘 이런 벽을 뛰어내려갔다냥! 그러니까 갈 수 있다냥! 아, 아마도!"

루노아가 낯을 찡그리고 츠바키가 칼등으로 자신의 어깨를 두드리며 말하자, 클로에가 살려달라는 듯 혀를 내밀었다.

아냐의 격려도 되지 않는 말이 허무하게 대공동에 울려 퍼지고, 잠시 후.

"아~ 젠장—— 가자!"

루노아를 선두로, 일행은 결심을 하고 낭떠러지로 낙하했다.

손을 쓰지 않고 절벽을 뛰어 내려가다가, 발 디딘 곳이 소리를 내며 무너지면 무기를 벽에 깊이 꽂아 버렸다.

몇 번이나 떨어질 뻔하면서도, 서로 힘을 합쳐가며 일행은 아래쪽 계층으로 향했다.

"젠장!!"

예비 장검이『머맨』의 몸을 갈랐다.

양단된 반어인 몬스터는 숨이 끊어졌지만, 새로운『머맨』이 시체를 밟고 넘어오며 공격했다. 그 광경에 벨프는 끊임없이 욕설을 내뱉었다.

"장난하냐! 암만 잡아도 끝이 없네!"

"숫자가 보통이 아니야!"

"여, 옆, 그리고 뒤에서도 와!"

이어진 비명은 오우카와 치구사의 것이었다.

현재 위치 제26계층. 대공동의 붕괴를 간신히 모면한『파벌연합』을 맞이한 것은 연속전투에 이은 연속전투였다. 제25계층의 더할 나위 없는 대파괴로 인해 혼란에 빠진 미궁 내에서, 마치 침입자의 존재에 민감해진 것처럼 몬스터와의 조우가 끊이질 않았다.

밀려드는 수생 몬스터의 무리에 그들의 호흡은 흐트러질 대로 흐트러졌다.

"일일이 상대하지 마세요! 체력 낭비예요!"

고함과 함께 날아간 릴리의 화살이 서로를 밀치던『머맨』사이를 누비고 날아가『머맨 리더』의 한쪽 눈을 꿰뚫었다.

전력이라고 할 수도 없는 서포터의 화살, 혹은 전장을 부감하는 지휘관의 절묘한 일격. 무리의 중심에 있던 머맨 리더는 비명을 지르고, 부하들의 통제가 한순간 흐트러졌다.

그 틈을 놓치지 않고 일행은 몬스터의 무리를 내버려둔 채 도망쳤다.

"장난이 아니잖아!!! 이래서야 【래빗 풋】을 찾을 여유
는……!"

제2급 모험자 아이샤가 측면의 적을 곁눈질하며 도주 경
로를 확보하던 도중, 머리 위에서 날아오는 거대 모기『데
블 모스키토』를 지휘봉처럼 생긴 단검이 갈라버렸다. 체액
을 뿌리며 땅바닥에 나뒹구는 추악한 몬스터에게는 눈길
도 주지 않고 다프네는 앞으로 달려나갔다.

식은땀인지 비지땀인지 모를 물방울이 그녀의 가녀린
턱을 따라 흘렀다.

"아직도 그 소리예요?! 26계층에 온 시점에서, 벨 님과
는 무조건 합류해야 해요!"

"나도 알아! 25계층이 그 꼬락서니면 돌아갈 수도 없잖
아! 너희가 동료를 버리지 않는다는 것도 잘 알겠고! 이젠
포기했어! 하지만, 그래도, 이건……!"

릴리의 고함에 다프네가 노성을 지르듯 대답했다. 주위
의 상황에 시선을 돌리는 그녀의 눈에서는 지금도 씁쓸한
신음이 새어나오는 것 같았다.

붕괴된 제25계층의 여파가 미친 제26계층에도 확실하게
대미지가 오고 있었다.

마치 위에서 내려온 중압을 견디지 못한 것처럼 균열을
일으키는 벽면과 육지. 통로 중앙을 흐르는 물줄기가 범람
해 발밑이 물에 잠겼다. 후둑후둑 수정 파편이 쏟아지는
천장은 금방이라도 뻥 뚫려 떨어지는 것 아닐까 하는 불길

한 상상을 자극했다. 미궁은 언제 무너져도 이상하지 않은 양상을 띠었다.

몬스터도 혼란 때문인지, 혹은 흥분 때문인지 격렬한 울음소리를 내며 위기감을 자극했다.

"단서도 없이, 지금 이 파티 상태로 사람을 찾는 건 불가능하잖아?!"

"⋯⋯큭!"

벨을 최우선으로 생각하는 릴리에게 다프네는 항상 현실적인 의견을 제시했다.

대전제로, 계층 터주 전투를 마친 후의 파티 상태는 최악이었다.

무엇보다, 광대한 계층에서 모험자 하나를 어떻게 찾아낸단 말인가.

"애초에, 처음 와보는 계층이란 시점에서 안전제일로 나아가야 하는데⋯⋯!"

같은 『물의 미로도시』라고는 하지만 이 제26계층은 그들에게는 어엿한 첫 진출 계층이다.

그런 가운데 계층 공략의 정석을 무시하고 쑥쑥 앞으로 나아가고 있는 파티.

『견실, 신중, 소극』을 미궁 탐색의 신조로 내건 다프네에게는 졸도할 일이었다. 던전이라는 마물의 입에 뛰어드는, 완전한 자살행위나 다를 바 없었다.

하지만 다프네는 릴리와 옥신각신하면서도 뛰는 것을

멈추지는 않았다.

멈췄다간 그 순간 몬스터의 물량에 눌려버릴 것이 자명하기 때문이다.

"나아갈 수밖에 없어! 미궁의 수복이 끝날 때까지는 24계층으로 돌아갈 수도 없고, 애초에 수복될지 어떨지도 모르니까! 그럼 벨 크라넬을 찾아서 『하층』의 세이프티 포인트까지 갈 수밖에!"

필사적으로 나아가는 것 외에 자신들에게 남은 선택지는 없다고 암묵적으로 말하며, 아이샤는 파티에 달라붙으려 하는 『블루 크랩』의 무리를 대형 박도로 해체했다. 우등생인 다프네와는 달리 『대담, 돌파, 투쟁』을 신조로 삼는 아마조네스의 의견은 『속공』이었다.

"이런 상황이니, 제대로 된 판단력이 남아있는 모험자라면 정규 루트를 따라 돌아올 거야! 딱 맞닥뜨리기를 기도하자고!"

지금 행군하는 곳이 바로 정규 루트였다.

파티의 사기를 의식한 아이샤는 다프네와 릴리의 우려를 불식시키고자 노력했다.

나아가 다른 의도도 있었다. 리빌라 마을에서 살인 혐의를 받은 【질풍】의 존재였다.

'남에게 의지하는 건 아니꼽지만, 27계층에는 벨 크라넬 말고 【질풍】도 있을 테니까……!'

아이샤의 마음속에서 류가 정말로 살인을 저질렀는지는

이미 사소한 일이었다. 힘으로라도 협력하게 만들어 소년과 함께 합류할 수 있다면 무모한 결사행에도 활로가 트인다. 이 생각이 있었기에 아이샤는 생각을 바꾸어 이 막무가내의 행군에 목숨을 걸 수 있었다.

——애석하게도, 목적지인 제27계층에서는 아이샤의 예상을 갈가리 찢어버릴 만한 『이상사태』가 발발하고 있었지만.

"또 몬스터가……!"

"아무리 『이상사태』라고 해도 너무 많잖아!"

정신을 잃은 미코토는 치구사가, 하루히메는 카산드라가 업고 이동하는 가운데, 몬스터의 무리가 나타난 것을 보고 오우카와 벨프가 낯을 찡그렸다.

전열을 맡은 두 사람은 방향을 바꿀 수밖에 없었다.

"마치 몬스터들이 전부 우리를 노리는 것 같아……!"

미코토의 무게에 숨을 헐떡이는 치구사의 의구심은 결코 과장이 아니었다.

오히려 정곡을 찌르고 있었다.

온 계층, 아니, 온 층역의 몬스터가 『사냥감』을 찾아 쇄도하고 있었다.

소녀의 의구심을 긍정하듯, 거대한 그림자가 힘차게 수면을 가르고 나타났다.

『르어어어어어어어어어어어어어어!!』

"뭐야—— 켈피?!"

"그럴 수가, 27계층 몬스터잖아요?!"

아이샤가 눈을 크게 뜨고, 릴리가 경악했다.

『켈피』. 푸른 털과 푸른 갈기를 가진 말 몬스터이며, 지느러미가 달린 몸은 물속을 마치 육지처럼 달려다닌다.

릴리의 말대로, 출현 계층은 제27계층.

아름다운 외견과는 달리 『물의 미로도시』에서도 톱클래스에 속하는 잠재능력을 가진 강력한 종족이다.

"계층을 올라오다니, 어떻게, 이런 때에……?!"

적의 위용과 박력에 압도당한 릴리의 외침은 중간에 끊어졌다.

켈피로만 그치지 않는 괴물들의 합창이 미궁 안쪽에서 울려 퍼졌기 때문이다.

『아아아아아아아아아아아아아아아!!』

『오오오, 오오오!』

『크아아아아아아아아아아!』

라미아가, 아방크가, 도도라가 자신의 존재를 소리 높여 주장했다.

모두 제27계층에서 처음으로 등장하는 몬스터였다.

"몬스터의 대군, 아니, 대이동……?! 장난하는 거지?!"

계층을 넘어 출현한 몬스터를 보고 다프네가 비명을 질렀다.

몬스터의 모습은 하나같이 붉다. 이빨이며 발톱에는 선홍색의 살점이 묻어 있었다.

그 선혈과 살점은 모두 한때 모험자였던 것들이다.

【질풍】의 토벌에 참가해【재앙】에게 유린당했던 상급 모험자들이다.

『파벌연합』은 알지 못했던 참극──【질풍】토벌대 본대의 시체를 먹어치운 몬스터는 대량의 혈육이라는 달콤한 이슬에 취해 유례를 찾아보기 힘들 정도로 흉포해졌다.

피를 더. 고기를 더. 질주를 더.

새로운 『공물』을 찾듯, 몬스터의 대군은 모험자가 전멸한 제27계층을 떠나 이곳 제26계층으로 진출했던 것이다.

물론 그들이 그런 사실을 알 리 없었다.

릴리가 고함을 질렀다.

"대체 무슨 일이 일어났던 거예요?!"

"던전한테 물어봐! 대체 우리를 얼마나 휘둘러야 직성이 풀리겠냐고……!"

세이프티 포인트로 피난하려 했던 아이샤도 오산이라는 듯 내뱉었다.

그나마 다행인 점은 던전이 제25계층의 수복을 우선시해, 3개 계층이 이어진 『물의 미로도시』에서는 새로운 몬스터가 태어나지 않았다는 점이다. 하지만 어쨌거나 남은 몬스터는 그들이 상대할 만한 수가 아니었다.

주위에서 몰려드는 파멸의 기척을 감지한 모험자들은 얼굴에서 핏기가 가시는 소리를 들으며, 당장 『켈피』와 맞서 싸워야만 했다.

『━━━━━━━━━━━━━━━━━━!!』

"으으윽?!"

지느러미를 휘저으며 날뛰는 켈피에게 부딪쳐 벨프의
무릎이 꺾였다.

강하다. 벨프나 오우카의【스테이터스】보다도 뛰어난 것
아닌가 싶을 정도의 퍼텐셜이다.

그들에게 몇 번이나 승리의 가호를 부여했던『레벨 부스
트』도 지금은 없다.

제27계층의 적을 앞에 두고, 이제 Lv.2 정도로는 어찌
해볼 수 없는 능력의 벽이 드러나기 시작했다.

"크억?!"

몬스터의 공격에 맞은 벨프가 뒤로 날아가버렸다.

장검을 들고 어떻게든 막아내긴 했지만 등이 벽에 충돌
했다.

균열이 일어났던 수정벽이 신음소리를 내듯 파편을 뿌
리며 일그러졌다.

"망할……!"

계층 터주 전투 때부터 체력의 소모가 극심했던 벨프는
이를 악물며 일어나려 했으나.

"━━?"

후두둑.

소리를 내며 굴러나온 덩어리에 의식이 쏠리고 말았다.

"……『하층』의 광물?"

강철색의 광택은 『물의 미로도시』에서 지긋지긋할 정도로 보았던 수정과는 달랐다.

레어메탈의 광채를 띤, 자연산 정제금속.

수정 파편이 달라붙은 우툴두툴한 주먹 크기의 금속 덩어리는 석류석과도 비슷했다. 계층 붕괴의 반동으로 손상이 진행되었기 때문인지 벽 안쪽에서 떨어져 나온 듯했다.

코앞에 굴러 떨어진 광물을, 스미스의 본능 때문에 자기도 모르게 빤히 들여다보고 말았다.

"아니, 설마, 이건…… 『아다만타이트』?"

그리고 도달한 레어메탈의 정체에 벨프는 숨을 멈추었다.

"뭐 하고 있어, 【이그니스】! 냉큼 일어나!"

"어, 응!"

정면에서 『켈피』를 베어버린 아이샤가 노성을 터뜨렸다. 그 목소리에서는 여유가 느껴지지 않았다. 흠칫한 벨프는 일어나면서 발밑의 금속을 반사적으로 집어들고, 뛰어나가는 동료들의 뒤를 따랐다.

"으아아아아아아아아아아아아아아아아아아아?!"

"!!"

그때, 비명이 솟았다.

파티 내에서 들려온 동료의 비명, 은 아니었다.

벨프 일행이 나아가는 정규 루트 저편, 몬스터에게 쫓기는 사람이 터뜨린 소리였다.

"저건…… 27계층으로 갔던 모험자?!"

아이샤가 조금 전에 했던 말이 현실이 되었다.

일행은 달려가 몬스터의 무리를 재빨리 물리치고 모험자를 구출했다.

"넌 『리빌라 마을』의……"

"보르스 님!"

벨프와 릴리의 말대로, 온몸으로 숨을 헐떡이는 거한 모험자는 보르스 엘더 본인이었다.

그의 몰골은 말이 아니었다.

근골이 우락부락한 온몸은 상처투성이. 배틀클로스도 새빨갛게 물들어 이제는 자신의 피인지 몬스터의 피인지도 알 수 없었다. 왼쪽 눈에 했던 안대도 사라지고 없었다.

무기는 잃어버렸는지 맨손이었다. 믿을 수 없게도 맨손으로 여기까지 온 것이다.

팔을 마구잡이로 휘둘러, 몬스터의 강인한 껍질이며 비늘을 몇 번이나 구타했음을 증명하듯 손등의 피부가 글러브와 함께 터져 검붉게 물들어 있었다.

"너, 너희는…… 【헤스티아 파밀리아】……? 사, 살았다……. 살았, 나…………?"

보르스는 망연자실 릴리와 벨프를 바라보았다.

늘 거만하게 으스대던 리빌라 마을 두목의 모습은 찾아볼 수 없었다.

마치 악몽에서 현실로 돌아온 것처럼 헛소리 같은 말을

늘어놓았다.

"너 혼자야?! 다른 토벌대는!"

끔찍한 위화감을 느끼며 아이샤가 제27계층에서 돌아온 사내를 힐문했다.

보르스는 평소에는 절대 보이지 않을 암담한 표정으로 간신히 중얼거렸다.

"……나, 뿐이야. 나 말고 다른 놈들은…… 다, 죽어버렸어."

"뭐?"

"무슨, 소리야……? 상급 모험자가 얼마나 많이 있었는데?!"

"전멸이라니, 말이 안 되지 않나?!"

"【질풍】한테 당했어?!"

치구사의 반문을 시작으로, 다프네와 오우카, 아이샤가 잇달아 질문을 퍼부었다.

그러나 말이 안 된다고 단언하면서도 그들의 얼굴은 설마 하는 의구심으로 딱딱하게 굳어 있었다.

몇 시간 전, 그들도 보았기 때문이다. 붉게 물든 제27계층의 『용소』를.

엄청난 양의 물이 핏빛으로 변색되었던 【나락의 하류】를.

"『이상사태』야……. 본 적도 없는 신종 몬스터가, 내 부하들을, 죄다……."

"······【크나큰 재앙】."

이 세상의 것이 아닌 존재와 만났던 것처럼 음울함을 띤 보르스를 보며 카산드라의 낯빛이 창백해졌다.

『예언』속의 【재앙】이 나타났음을 그녀만이 이해했다.

"──벨 님은요?!"

그리고 릴리가 귀를 찢을 듯한 목소리로 외쳤다.

"벨 님은 어떻게 됐어요?!"

"【래빗 풋】도, 당했어······. 한쪽 팔이 날아가고, 목뼈가············. 분명, 이제는."

"?!"

그가 들려주는 비극에 릴리의 어깨는 검에 베인 것처럼 떨렸다.

"【질풍】도 그래······. 나를 감싸줬던 게 그 엘프였는데······ 젠장! 전부 다 당했어! 그 괴물한테 당해버렸어!!"

보르스의 어조는 말을 이어나감에 따라 감정을 되찾은 것처럼 더욱 강해졌다.

자포자기한 것처럼, 절망한 것처럼.

"거짓말······ 거짓말이에요, 거짓말이에요, 거짓말이에요! 벨 님이 죽긴 왜 죽어요! 그 사람이 릴리 앞에서 사라질 리가 없어요!!"

"진정해, 릴리돌이!"

주먹질을 하려는 것처럼 보르스의 옷을 붙잡는 릴리를 벨프가 말렸다.

그런 벨프도 침착할 수는 없었다.

상급 모험자의 전멸, 소년의 죽음. 갑자기 날아든 소식은 파티의 발을 묶는 족쇄가 되었다.

모두가 움직임을 멈춘 채, 릴리의 고함만이 울려 퍼졌다.

『오오오오오오오오오오오오오오오오오오!!』

"——?!"

그런 그들의 심중을 괴물들이 헤아려줄 리 없었다.

상황을 잊고 말다툼을 벌이던 파티에게 거친 포효가 들려왔다.

통로 모퉁이를 돌아 나타난 몬스터의 무리가 이쪽으로 육박하려 했다.

"뛰어!!"

아이샤만이 창졸간에 고함을 지를 수 있었다. 모험자들은 충격을 떨치고 움직였다.

비명을 지르는 생존본능에 따라, 죽음에 저항하는 행진을 재개했다.

『워어어어어어어어어어어어어어어어!!』

몬스터의 포효는 모험자들에게 흉악한 조소처럼 들렸다.

퇴로는 없다. 유일한 길인 전진에도 희망은 없다.

이곳 너머의 계층에는 헤아릴 수 없는 동종업자들의 죽음이 놓여 있다.

【관】을 벗어나 【절망】을 넘어선 모험자들을 기다리는 것

은 【참혹한 재난의 연회】.

괴물들이 쫓아오는 진동이 형태를 바꾸어 환영처럼 속삭인다. 『그만 포기해』라고.

인광 밑에서, 왔다가는 사라지는 수많은 이형의 그림자가 미친 듯이 기뻐 날뛰며 춤추었다.

모험자들의 약한 마음을 무너뜨리려 한다.

"빌어먹을!!"

마침내 전방에서 밀려온 몬스터들을 보며, 벨프가 얼마 남지 않은 『마검』을 휘둘렀다.

물로 넘쳐나는 계층이라 해도 모조리 태워버리는 맹렬한 불길로 단말마와 함께 연소시켰다.

그리고 균열이 일어나는 소리가 울려 퍼졌다.

"……!!"

마지막 『크로조의 마검』 한 자루에 금이 갔다.

자괴를 눈앞에 둔 단검형 『마검』을 본 벨프의 얼굴이 초조함으로 물들었다. 다른 동료들의 얼굴도 마찬가지였다. 이 마지막 『마검』을 잃어버리는 순간이 그야말로 파티가 와해될 순간이다.

모험자들은 이내 여러 개의 통로가 만나는 교차지점에 도달했다.

요란한 포효가 울려 퍼지는가 싶더니, 사방의 길에서 몬스터의 대군이 나타났다.

밀려오는 절체절명. 그들이 당황하고 있을 때.

"꼬마돌이, 『냄새 자루』 꺼내!!"

"네……?! 『몰불』 말인가요?! 하지만 물가에 사는 몬스터에게는 효과가……!"

"코를 못 쓰게 하는 게 아니야, 『눈』이지!"

"!"

아이샤의 의도를 이해한 릴리는 백팩의 사이드포켓에 손을 집어넣었다.

그녀가 꺼낸 것은 다섯 개의 냄새 자루. 던전에 가져온 모든 『몰불』을 몬스터가 밀려오는 통로마다 던졌다.

『우우우우?!』

일부 코가 예민한 개체가 괴로워하는 가운데, 대부분의 몬스터는 눈앞에 발생한 녹색 입자── 막대한 양의 『연막』에 당황하며 고함을 질렀다.

기분 나쁜 꽃가루와도 같은 냄새가 교차로에 충만해 모험자들의 모습을 가려버렸다.

기세를 완벽하게 늦추지는 못해 교차로에 돌입한 몬스터들의 말로는 연쇄충돌이었다. 어느 샌가 사라진 모험자들의 존재도 잊고, 분노에 사로잡혀 서로를 공격하는 일마저 벌어졌다.

아이샤의 노림수는 『몰불』로 몬스터를 다가오지 못하게 만드는 것이 아니라, 자루를 터뜨려 발생시킨 냄새의 안개, 즉 『연막작전』이었다.

"이때다!!"

냄새의 안개가 작렬하기 직전, 몸을 날리고 있던 모험자들은 몬스터가 없는 통로 중 하나로 뛰어들었다. 사람에게도 유해한『몰불』의 악취에서 필사적으로 벗어나, 혼란에 빠진 몬스터들의 교차로에서 멀어졌다.

정규 루트에서도 벗어나면서, 목숨을 건 도주를 이어나갔다.

어찌어찌 몬스터에게서 거리를 벌리는 데 성공한 그들은 넓은『룸』으로 들어섰다.

"……!! 막다른 길……."

그곳은 빠져나갈 통로가 보이지 않는『룸』이었다.

물줄기도 없고, 한 변의 길이는 30M 정도. 계층 붕괴의 충격으로 여기저기 무너졌는지 원래는 수정의 밭이었던 것이 펼쳐져 있었다. 출입구는 하나뿐. 도망칠 곳은 없다.

"어……."

어서 여기서 나가자.

모두가 말해야만 한다고 생각했던 그 말을 거칠어진 호흡 소리가 방해했다.

계층 터주와의 전투에 이어, 여기까지 오며 몬스터의 위협에 시달려왔던 몸이 휴식을 바라고 있었다. 그들에게는 어떻게든 숨을 쉴 시간이 필요했다.

무엇보다『벨의 사망』이라는 가능성이 구체성을 띠면서 육체와 의지 사이에 고랑이 생겨나기 시작했다.

'아직도 절망적인 상태야…….【파멸】에서 벗어나지 못했어. 『예언』은 아직도 이어지는 걸까? 아니면 우리는 이미 『예언』에서 벗어났을까? 내가 선택을 잘못 내린 걸까?'

카산드라도 대답 없는 미궁을 방황하고 있었다.

지금이 『예지몽』의 궤적을 따라가고 있는지, 아니면 『예언』의 내용에서 벗어나버렸는지. 암담한 생각이 끊임없이 솟아나, 고개를 들 기력을 앗아갔다.

아무도 행동하지 못하고, 움직이지 못했다.

사고정지와도 비슷한 시간이 파티 사이에 흐르는 가운데, 아이샤가 침묵을 깼다.

"——보르스. 댁이 봤던 걸 정확하게 말해봐. 벨 크라넬을 습격했다는 괴물에 대해 처음부터 끝까지…… 비관적인 추측이 아니라, 사실을 있는 그대로 말해."

아이샤의 날카로운 눈빛 앞에, 보르스는 자신이 보았던 광경을 거짓 없이 말했다.

"……【래빗 풋】은, 한쪽 팔을 잃고, 목에 일격을 받아. 틀림없는 치명상이었지. 하지만 【질풍】이 회복마법을 쓰는 것도, 봤어. 살아났을 가능성이…… 있을지도 몰라."

"……!"

그 설명에 어깨를 씨근덕거리던 릴리와 다른 모험자들의 눈에도 빛이 깃들었다.

카산드라는 주위의 변화에 흠칫했다.

"이봐, 너희도 들었지? 방침은 전혀 바뀌지 않았어. 이대로 세이프티 포인트까지 가는 거야. 그 도중에 반송장이 됐든 뭐가 됐든 벨 크라넬을 구할 거야. 죽어도 이 결사행에 협조하도록 해.”

“뭐? 이봐! 27계층에는 엄청난 괴물이 있다고 했잖아!!”

“알 게 뭐야. 지금은 돌아갈 퇴로도 없다고.”

“나……나는 안 가! 그 괴물이 있는 곳에는, 그 지옥에는 절대 안 가!”

아이샤는 고함을 질러대는 보르스의 배틀클로스 멱살을 움켜쥐고 으름장을 놓았다.

“벨 크라넬에게, 【질풍】에게 조금이라도 켕기는 게 있다면…… 남자답게 굴어.”

아마조네스의 그 말은 조용하고도 무거웠다.

보르스는 잠시 아연실색했다가, 눈을 일그러뜨리면서 시야를 발치로 떨구었다.

고개를 끄덕이지도 않았으나 그 이상의 반론도 하지 않았다.

‘강해…… 이 사람은 정말 강해. 【스테이터스】에 뒷받침된 힘만이 아니라, 『정신력』……. 이런 상황에서도 생환을 포기하지 않는구나.’

카산드라는 피와 땀에 얼룩졌으면서도 여전히 아름다운 흑발의 여걸을 바라보았다.

아이샤가 보여준 일련의 언동은 보르스의 반론을 차단했을 뿐만 아니라 파티 전체의 의지도 통일시켰다. 그 증거로 릴리와 벨프의 얼굴에서는 절망의 그림자가 사라졌다. 소년의 죽음이라는 소식에 굴할 뻔했던 사기를 아이샤가 다시 높여준 것이다.

그것은 지휘관의 포지션에 있는 릴리나 다프네에게도 불가능한 일이었다.

이 자리의 누구보다도 강하며, 누구보다도 많은 아수라장을 겪어왔던 아이샤 말고는.

동시에 그 강한 모습은 카산드라에게 자신도 이렇게 되고 싶다는 마음을 불러 일으켰다.

"……움직인다 해도, 얼른 돌아가야 할걸."

다프네가 천천히 입을 열었다.

무거운 입술로, 현실을 들이대듯.

"몬스터 떼를 따돌렸다고는 하지만 이 룸에 올 때까지 거의 외길이었어. 얼른 여기서 나가지 않으면, 몬스터들에게 정면에서 압박당할 거야……."

하지만── 그 다음은?

몬스터의 무리를 넘어가면 그 다음에는?

까마득한 제27계층까지 앞으로 얼마나 많은 전투가 기다리고 있을까?

지금의 파티로 그 연속전투를 넘어설 수 있을까?

언어를 이루지 못하는 물음이 파티의 시선 사이를 오갔다. 말을 꺼낸 다프네에게도 답은 없었다.

의지는 통일되었다 해도 사태는 전혀 호전되지 않았다.

폭주하는 몬스터의 물량을 밀어내고 뿌리칠 구체적인

안이 없었다.

다시 침묵의 장막이 드리워진 룸에, 멀리서 울린 몬스터의 포효가 들렸다.

확실하게 다가오고 있는 『죽음』의 순간에, 시큰거리는 듯한 초조감이 파티원들을 잠식했다.

릴리와 다프네는 타개책을 찾고자 필사적으로 머리를 굴렸다.

오우카와 치구사는 의식이 없는 미코토와 하루히메를 눕히고 씁쓸한 표정으로 그녀들의 손을 잡았다.

아이샤와 보르스는 험악한 눈빛으로 출입구 너머를 노려보며 적의 기척을 경계했다.

카산드라는 남은 『예언』을 해독하고자 혈안이 되었다.

'──어떡하면 좋지?'

마지막으로.

벨프 또한 고민의 틈바구니에 끼어 있었다.

'어떡하면 벨이 있는 곳까지 갈 수 있지? 어떡하면 이 상황을 넘어설 수 있지?'

릴리네와 마찬가지로, 이 궁지를 넘어설 방법을 찾고 있었다.

타개가 불가능한 상황에 몇 번이나 도전하면서 방법을 모색했다.

'하다못해 『마검』이라도 있으면……!'

아무리 생각해도 나오지 않는 답 대신에 떠오른 것은,

그런 원망과도 같은 말이었으며.

『오기와 동료를 저울질하는 짓은 그만둬』…… 그래, 그만뒀어, 그만뒀다고! 근데 정작 중요한『마검』이 없잖아!'

모든『마검』을 소비해버린 자신의 경솔함을 저주할까.

금방 부서져버리는, 강도가 따라주지 못하는『마검』을 벼리는 자신의 실력을 부끄러워할까.

과거의 소행을 아무리 돌이켜봐도 후회밖에는 생겨나지 않았다.

'내가 이 녀석들에게 뭘 해줄 수 있지? 스미스는 모험자들에게 뭘 돌려줄 수 있지?!'

눈을 질끈 감으며 자문했다.

주먹을 부르쥐고 세상을 향해 자신의 존재 가치를 부딪쳐보았다.

'헤파이스토스 님, 난…… 어떻게 하면 좋겠습니까?'

좀스럽다. 이렇게 좀스러울 수가.

하지만 묻지 않을 수 없었다.

벨프가 정말로, 정말로 난처해하고 있을 때.

언제나 필요한 답을 들려주었던 것은 한 여신이었다.

지금의 못난 자신을 보며, 아무것도 못하는 스미스 벨프 크로조를 보며 그녀는 뭐라고 말할까?

여신에게 의존하려 드는 자신에게 구역질이 났다.

하지만 체면도 모두 버리고, 벨프는 동료들을 위해 마음속에 있는 지고의 존재에게 묻고 또 물었다.

'이런 곳에서 내가 할 수 있는 일은……!'

그리고.

『메와 쇠, 그리고 불타는 열정만 있으면 무기는 어디서
든 만들 수 있지──.』

경애하는 여신의 목소리가.

자신이 추구해야 할 지고의 빛이.

계시가 되어 벨프의 뇌리를 후려쳤다.

"─────────."

눈을 크게 떴다.

팔이 떨려왔다.

과거에 헤파이스토스가 들려주었던 말이 선명하게 되살
아났다.

뻣뻣하게 서 있던 벨프는 튕겨지듯 고개를 들고 시선을
돌렸다.

출입구가 하나밖에 없는 룸.

온갖 도구가 담긴 릴리의 백팩.

마지막으로, 부서져가는 불꽃의 『마검』과, 자신의 손에
지금도 들려 있는 『정제금속』.

금이 간 검신 속에서 불꽃의 잔광이 일렁이고 금속덩어
리가 강철색으로 번뜩였다.

벨프는 자신의 두 손을 내려다보며 숨을 멈추었다.

한순간 후——— 결심했다.

으스러질 듯이 이를 악물고, 의지의 힘으로 눈꼬리를 틀어올리며, 온 힘을 다해『마검』과『정제금속』을 쥐고.

한 걸음, 동료들 앞으로 나섰다.

"야, 너희들."

조용해진 룸에 울려 퍼지는 결연한 목소리.

동료들의 시선을 한 몸에 받은 벨프가 물었다.

"나한테 목숨 맡겨줄 수 있겠냐?"

모두 움직임을 멈춘 채, 멍하니 그를 돌아보았다.

모두 벨프의 말을 이해하지 못하고, 의도를 헤아리지 못하고 당황했다.

"……대장장이, 너, 설마."

그 중에서 오우카만이 청년의『해답』을 직감하고 떨리는 목소리를 냈다.

벨프는 동료들을 돌아보며 대답했다.

"여기서『마검』을 벼리겠어."

그 말에 일동의 시간이 얼어붙었다.

"……네?"

"여기서『단련』을 하겠다고, 그렇게 말한 거야. 새『마검』을 만들겠어."

생각이 정지되어버린 카산드라에게, 감정을 억누른 목

소리로 말한다.

　이 던전에서『마검』을 만들어내겠다고.

　언제 습격을 당할지도 알 수 없는 괴물의 도가니 속에서,『대장간』을 만들고, 쇠를 치겠다고.

　온 얼굴로 땀을 뻘뻘 흘리면서도 티 한 점 없는 눈빛으로 선언했다.

　"――무리예요!!"

　목소리를 폭발시키며 부정한 사람은 릴리였다.

　"멍청한 소리 좀 하지 마세요!! 대체 무슨 생각이에요?! 세이프티 포인트도 아닌 위험지대 한복판에서 단련이라뇨!"

　다른 동료들은 반응을 보이지 못하는 가운데, 오랫동안 알고 지낸 릴리조차 매도와도 같은 말을 이어나갔다.

　"애초에 도구는요? 화로는?『마검』을 칠 재료는 어떡하고요?!"

　릴리가 망언이라는 양 단언하자 벨프는 나직한 목소리로 담담히 대답했다.

　"정비용으로 가져온 도구 중에 망치가 있어. 화로도. 불은 이『마검』으로 공급할 수 있고."

　그 대답에 말을 잃은 릴리는 자신이 짊어진 백팩을 흘끔 보았다.

　벨프의 말대로, 짐 속에는 모든 것이 담겨 있었다.

　『원정』을 위해 벨프 자신이 준비했던『스미스용 도구 일습』이.

다른 동료들의 무기를 정비하고 《골라이아스 머플러》도 만들어냈던 스미스의『공방』이.

"『재료』도 아까 입수했지."

벨프가 쥐고 있는 우툴두툴한 아다만타이트가 둔중하게 빛나며 경악하는 동료들의 눈을 찔렀다.

"이 상황에서 혈로를 열 수 있는 건 이제『마검』밖에 없어. 몬스터들을 날려버리고 27계층까지 가려면, 저주 받은 피의 힘에 기댈 수밖에……!"

고뇌의 감정을 내뱉으며 벨프는 자신의 생각을 들려주었다.

"『단련』을 시작하면 나는 움직이지 못해. 그러니까『마검』이 완성될 때까지 나를 지켜줘. ……나한테, 너희의 목숨을 맡겨줘."

세상에서 단절된 것처럼, 룸에 부자연스러운 정적이 흘렀다.

바닥에 널브러진 수정의 파편이 푸르게 일렁거렸다.

릴리와 치구사, 다프네와 카산드라가 떨리는 시선으로 서로를 쳐다보고, 아이샤와 오우카는 입을 다물었다.

"너 이 자식, 【이그니스】…… 제정신이야?"

그 말을 쥐어짜낸 사람은 눈가를 실룩거리는 보르스였다.

너 같은 미친 스미스는 처음이다.

리빌라의 두목이 그렇게 말하자, 벨프가 고함을 질렀다.

"내가 미쳤든 제정신이든 그건 상관없어! 달리 방법이 있어? 없다면 날 믿을 거야 말 거야?! 대답해!"

동료들을 둘러본 벨프는 마지막으로 아마조네스에게 눈을 돌렸다.

이 파티에서 사실상의 결정권을 가진 제2급 모험자를.

벨프와 정면으로 마주 선 아이샤는 천천히 입을 열었다.

"……할 수 있냐?"

그녀가 물은 것은 그뿐이었다.

대답하기 전에, 벨프는 눈을 감았다. 다시 한 번 자신의 마음에 눈을 돌렸다.

메는 있다.

쇠는 있다.

그렇다면 너의 『불꽃』은 타오르고 있는가?

"──당연하지!"

타오르고 있다.

벨프의 정열은 전에 없을 정도로 이글거렸다.

눈을 크게 뜨고 온 힘을 다해 외쳤다.

"메와 쇠, 그리고 불타는 열정만 있으면 무기는 어디서든 만들 수 있어! 그게 우리 스미스다!!"

주위를 뒤흔드는 결의와 맹세의 목소리.

숨을 멈춘 소녀들과는 달리, 아이샤는 웃었다.

"좋아. 해봐."

그리고 그때까지 침묵하던 오우카도 웃었다.

"그래. 쳐봐라."

그들의 말을 시작으로, 릴리는 천장을 우러러보고, 다프네는 기절하려는 의식을 열심히 붙잡고, 치구사는 어떻게든 믿어보려는 듯 가슴을 손으로 움켜쥐었다. 보르스는 욕설을 내뱉으며 무릎을 있는 힘껏 후려치더니 밉살맞는 웃음을 지었다.

카산드라는, 결단을 내린 벨프에게 경의를 표하듯 용기를 쥐어짜내며 고개를 끄덕였다.

"우리의 목숨을——."

달관. 체념. 각오.

저마다의 감정을 품은 파티를 대표해, 오우카가 말했다.

"——맡겼다."

신뢰와 함께 돌아보는 동료들에게, 벨프는 대담한 웃음으로 대답했다.

목에 둘렀던 반다나를 풀어 머리에 감았다.

그것은 단순히 벨프가 『스미스』가 되기 위한 공정이자 의식이었다.

『마검』을 휘두른다.

거친 홍련의 불꽃이 『화로』에 불을 붙이고 가공할 열기와 함께 형형히 타오르기 시작했다.

연료재 같은 세련된 물건은 없다. 대신 릴리가 주워온 『암피스바에나의 용담』을 연료로 사용했다. 마검의 불꽃을 받아 작은 폭발을 일으키기는 했지만 『화로』는 견뎌내며 거친 불꽃을 유지했다.

『원정』의 미션 보고용으로 챙겨두었던 『블루 크랩의 강 각』을 비롯한 드롭 아이템으로 보강한 휴대용 화로는 우툴 두툴한 돔 형태를 띠기는 했지만 결코 열을 밖으로 내보내 지 않는다. 이것이라면 거의 최상급의 경도를 가진 아다만 타이트를 녹이기에 충분하다.

마지막 힘을 토해낸 붉은 단검은 산산이 부서져 무수한 파편을 쏟아냈다.

손바닥에 남은 『마검』의 잔해를 꽉 움켜쥔 벨프는 주저 앉아 이글이글 타오르는 화로 앞에 자리를 잡았다.

"시작한다."

벨프는 부집게로 쥔 금속 덩어리를 신중하게, 그러면서 도 빠르게 화로 안에 집어넣었다.

"진형을 짜! 【이그니스】에게 몬스터가 접근하게 해선 안 돼!"

맹렬한 불길이 나직하게 으르렁거리는 소리가 울려 퍼 지는 가운데, 아이샤를 비롯한 동료들은 룸의 유일한 출입 구를 반원형으로 포위했다.

아이샤, 오우카, 다프네, 보르스가 전열을 맡고 후방에 지휘관일 릴리와 지원 담당 치구사, 그리고 거리를 둔 채 부상자인 미코토와 하루히메, 힐러 카산드라가 배치되었다. 그리고 그녀들의 등 뒤, 룸 중심지에는 벨프가 있었다.

기사회생의 작전을 맡은 하이 스미스는 싸울 수 없다. 작전에 집중시키기 위해서라도 나머지 동료들끼리 몬스터의 진격을 막아내야 한다.

"헉…… 헉……."

울려 퍼지는 얕은 숨소리. 아직도 몬스터는 나타나지 않았음에도 모험자들은 거칠게 숨을 몰아쉬었다.

뺨을 타고 흐르는 땀은 타오르는 『화로』가 높여준 실내 온도에서만 비롯된 것은 아니었다. 그들은 마른침을 삼키며 불꽃을 노려보는 벨프를 지켜보았다.

막대한 화력이 짧은 시간 동안 화로 속의 금속을 녹여나갔다.

시기를 정확히 가늠한 스미스는 충분히 달궈진 금속 덩어리를 천천히 꺼냈다.

붉은 물엿처럼 변한 아다만타이트.

마그마 속에서 추출된 것처럼 보이는 시뻘건 덩어리.

그것은 강한 열과 광채를 뿜어내, 모험자들이 파괴한 벽면—— 짙은 푸른색으로 물든 수정의 룸 전체를 붉은색으로 물들였다. 모험자들의 그림자가 지면에 길게 드리워져 불안정하게 흔들렸다.

즉석 작업대 위에 아다만타이트를 놓은 벨프는 망치를 들고, 부집게를 쥐고, 숨을 멈추었다.

모든 소리가 사라지고.

모든 시간의 흐름이 멈추고.

——그 직후. 스미스는 눈꼬리를 틀어올리며 힘차게 망치를 내리쳤다.

"흡!!"

까앙! 까아앙!! 강렬한 금속음이 울려 퍼지기 시작했다.

"던전에서 단련이라니…… 제정신이 아니야."

정말로 시작된 『단조』에 다프네가 입을 한 손으로 막았다.

눈을 의심할 만한 광경에 신음하며.

그것은 아무도 이른 적이 없는 영역이었다.

어쩌면 모든 모험자에게서, 모든 스미스에게서 『멍청이』라고 욕을 먹을 행위일지도 모른다.

신들이라면 배를 움켜쥐고 웃으며 눈을 빛낼 『미지』이자 『모험』.

이룬다면 『위업』.

실패하면 더할 나위 없는 『우행』.

이곳에 비참한 주검을 묻고, 영원히, 모든 이들에게 비웃음을 살 『수치』.

마스터 스미스 츠바키 콜브랜드조차 저지른 적이 없었던 만행에, 벨프는 도전했다.

던전 내에서의 『무기 단련』.

미궁 깊은 곳에서 치러지는 『마검』의 정제.

"흐읍!!"

짧고도 격렬한 기합을 울리며, 시뻘겋게 타오르는 아다만타이트에 망치를 내리친다.

요란한 불똥이 솟고, 타격음이 울려 퍼진다. 망치와 소재 사이에서 비명이 솟을 때마다 치구사와 카산드라는 어깨를 흠칫거렸으며 숨길 수 없는 심장 고동의 충격에 시야가 흔들렸다.

던전에 울려 퍼지는 어리석은 금속음은 의심할 여지도 없이 괴물들을 끌어들였다.

잇따른 망치질 소리가 시시각각 파멸의 카운트다운을 읽었다.

그리고.

『워어어어어어어어어어어어어어어어어어어어어어!!』

몇 겹으로 겹쳐진 포효와 무수한 발소리를 거느리고, 이형의 대군이 통로 저편에 나타났다.

"【헬 카이오스】!!"

눈에 보인 것과 동시에 다짜고짜 날아가는 아이샤의 『마법』.

기다리면서 사전에 완성해놓았던 영창이 좁은 통로에 앞을 다투어 쇄도하던 몬스터들을 참격파의 제물로 바꿔놓았다.

"방패 들고 출입구 앞으로! 이 룸에 몬스터를 들여놓아선 안 돼요!"

즉시 떨어지는 릴리의 지휘에 오우카와 보르스가 룸과 통로의 경계에 서서 몬스터를 가로막는 『벽』이 되었다.

하나밖에 없는 통로는 몬스터의 수와 돌격의 규모를 축소시켰다. 던전 내에서 대군을 상대할 때의 정석 전법. 뒤집어 말하자면 한 마리라도 룸에 침입시켜 난전으로 들어갔다간 끝장이다. 그들에게 승산은 없다.

벨프의 단련을 성공시키려면 『문』으로 변한 통로 입구를 반드시 사수해야만 했다.

"으아아아아아아아아아아?!"

"빌어먹을!"

예비 방패를 든 오우카가 몬스터들의 가공할 육탄돌격을 버텨냈다. 온몸을 써서 방어태세를 갖추고 있음에도 자꾸만 밀려나는 그의 곁에서, 마찬가지로 방패를 든 Lv.3의 보르스는 자포자기하듯 서포터에게 받은 신축식 실버 랜스를 마구잡이로 찔러댔다.

"해치울 필요는 없어! 다리를 노리라고!"

"노릴 여유도 없어!!"

"지원을……!"

오우카와 보르스의 옆을 지탱하는 아이샤와 다프네가 접근하는 몬스터를 베어버리고, 치구사가 미코토의 투척 무기 《샤쿠야》로, 릴리가 《리틀 발리스타》로 지원에 나섰다.

미코토와 하루히메가 누워 있는 진형 최후방에서, 카산

드라는 압도당하지 않겠노라고 전선에 균열이 발생하려 할 때마다 즉시 회복마법을 발동시켜 동료들을 치유했다.

힐러가 노래하는 강철의 선율을 들으며 모험자들은 괴물의 군단과 맞섰다.

"……큭!"

친다. 친다. 친다.

조바심을 내는 마음을 비추듯, 내리치는 망치가 몇 번이나 잔상을 그렸다.

피부를 태우는 살인적인 온도. 『마검』과 『용담』 때문에 평소의 작업을 훨씬 웃도는 열량이 운디네 클로스마저 시커멓게 그슬렸다. 온몸에서 땀이 솟아나, 턱에서 흘러 떨어진 땀방울은 망치에 떨어진 순간 소리를 내며 증발했다.

원래 같으면 앞메를 들 조수가 있어야 하지만, 사방으로 튀는 무수한 불똥은 그런 것 따위 필요하지 않다는 『힘』 어빌리티의 증거였다.

금속을 한 치의 오차도 없이 두드리는 정확함은 『기교』 어빌리티의 성과였다.

온몸을 불에 그슬리면서도, 벨프는 눈앞에 있는 금속 덩어리에 온 힘과 기술과 담력을 쏟아냈다.

그러나. 그러나. 그러나.

"망할……?!"

생각처럼 형상이 바뀌질 않았다.

그뿐이랴. 벨프의 의지를 무시하고 금속의 표면이 우툴

두툴한 요철을 그렸다.

　마치 생물처럼, 의지를 가지고 날뛰듯.

　초경도강『아다만타이트』는 수많은 레어메탈 중에서도 최고위에 속하는 소재. 경도는 문자 그대로『초경도』의 영역에 속하며, 가공도 단련도 지극히 어렵다. 이름난 하이스미스가 애를 먹을 정도이니, 벨프가 제어하기란 불가능했다.

　인공적으로 경량화한『딜 아다만타이트』는 벨의 갑옷을 작성하며 이미 벼려본 적이 있다. 그러나 이 순수한 오리지널은 경험이 불충분했다.

　이리저리 날뛰는 불똥이, 금속의 단단한 반항이 모두 벨프에게 지배당하지 않음을 말해주었다.

　"장난하냐⋯⋯?!"

　불평은 아무런 성과도 낳지 못한다.

　아다만타이트가 대들듯 망치를 튕겨내 손에 강한 충격을 주었다.

　불순물이 무수한 불똥으로 바뀌어 안면까지 날아들었지만 아다만타이트를 다시 달구어서는 타격한다.

　'시간이 없어. 여기서 머뭇거려선 안 돼. 최단시간 내에 끝내야만 해.'

　그런데도.

　'심장이 시끄러워.'

　소리가 느리다. 언제까지고 귀에 달라붙어 있다.

'망치를 세 번 내리칠 동안 심장이 한 번밖에 뛰질 않아——.'

벨프는 전에 느껴보지 못한 시간의 도가니 속에 있었다.

망치를 내리칠 때마다 시간이 녹아내리고, 붉게 타오르는 금속에 자아가 빨려 들어간다.

'단련을 시작하고 얼마나 지났지?'

'몇 시간? 한나절? 아니면 1분?'

'나는 지금 어디 있지?'

일반적인 도검과 『마검』은 공정이 다르다고는 하지만, 과정을 극적으로 압축시킬 수 있는 것은 아니다. 현재의 상황을 파개할 한 자루를 만들려면 한정된 시간 속에서 『지고』의 경지에 도전해야만 한다.

그 강박관념과도 같은 조바심이 벨프를 『단조의 어둠』으로 떠밀었다.

——힘도 기술도 쏟아붓고 있다.

——기술자의 자긍심도, 긍지도, 의지까지도.

——그런데, 왜 마음먹은 대로 되지 않지?!

『크어어어어어어어어어어어어어어어어어어어어!!』

"으으으윽?!"

몬스터의 포효가 늘어났다. 동료들이 반격하는 소리가 약하다. 저 녀석들 괜찮을까. 하지만 고개를 들 여유는 없었다. 애초에 눈앞의 단련에서 한 번이라도 눈을 떼었다간 그것은 실패를 의미한다. 그리고 실패는 『죽음』으로 직결

된다.

잡념이 잡념을 불러 벨프의 심신을 좀먹는 최악의 악순환.

악전고투로 인해 팔다리와 몸은 미적지근한 심연의 늪으로 잠겨든다.

한 번의 오차도 없이 정확하게 망치질을 이어나가고 있다는 것 자체가 이미 기적이었다.

"허억, 허억, 허억……!"

굵은 땀을 흘리며, 호흡조차 타들어가며, 세상이 심장 고동의 충격에 묻혀간다.

이제는 좌우도 분간이 되지 않았다.

앞도 뒤도, 위도 아래도.

암흑으로 변한 시야 속에 떠오르는, 시뻘건 금속과 자신의 망치.

그것이 지금 그의 전부였다.

그것이 벨프가 처음으로 도달하는『극한』의 경치였다.

'──『목소리』가 들린다.'

어둠에 싸인 세계.

절망과 초조함, 그리고 그에 저항하는 의지의 틈바구니.

벨프는『쇠』에서 태어난『목소리』를 들었다.

『쇠의 목소리를 들어라. 쇠의 울림에 귀를 기울여라. 메에 마음을 담아라.』

어린 시절에 들었던 크로조 가문의 가르침.

한때는 증오했던 아버지와 할아버지가 남긴 영혼의 말.

되살아나는 벨프 크로조의 원점이, 그의 초석이 『쇠의 목소리』를——『메의 물음』을 그에게 전해주었다.

——대답해줘.

뭘 대답하라고.

——너는 무엇을 위해 나를 휘두르지?

무기를 벼리기 위해.

——넌 왜 무기를 벼리지?

살아남기 위해.

——아니야.

내가 묻고 싶었던 건, 네게 필요한 건, 그런 대답이 아니야. 들려줘.

너는 무엇을 위해 무기를 벼리고 있지?

"_____."

『메의 물음』은 벨프 자신의 『목소리』로 바뀌어 마음 밑바닥을 두드리는 자문으로 바뀌었다.

"벨프 니임!!"

어둠 저편에서 파룸의 필사적인 호소가 들려온다.

"대장장이……!"

어둠 저편에서 남자의 신음이 울려 퍼진다.

"크로조 씨!"

바로 곁에서, 그렇게나 명가의 이름으로 부르지 말라고

했는데도 자신을 부르는 소녀의 목소리가 들려온다.

모험자들의 고함이, 동료의 목소리가 벨프의 몸을 흔들었다.

나는.

나는

나는!

"——친구를 위해."

소년을 위해.

이 녀석들을—— 동료를 위해.

"나를 믿어주는 저 녀석들을 구하기 위해서다!!"

누군가를 위해 벼리는 무구는 특별한 위력을, 무엇보다도 강한 광채를 뿜어낸다.

그렇다. 진리다. 당연한 일이다. 왜 잊고 있었지.

동료를 위해.

그 소년을 구하러 가기 위해——

"나는!!"

무시무시한 타격음. 솟구치는 메의 함성. 선율이 바뀌었다.

단련의 음조가 이제까지보다도 낭랑하게, 힘차게.

몬스터의 공격을 견뎌내던 동료들도 그 음색이 바뀌었음을 알 수 있었다. 흠칫 놀란 그들이 쳐다보니, 벨프의 눈이 불꽃과 하나가 된 것처럼 붉게 타오르고 있었다.

변한다. 변한다. 변한다.

아다만타이트가, 고개를 숙이지 않던 고위의 금속 덩어리가, 형태를 바꿔나간다.

마치 한 사내의 의지에 굴복한 것처럼, 포효를 지르며 공명하듯, 결정의 구조를 바꾸어 검의 윤곽을 이뤄나갔다.

"흐으읍!!"

체내의 혈액이 끓어오른다.

피의 연소가 마음의 포효에 동조되어 새로운 『문』을 열려 했다.

——기존의 『마검』으로는 안 돼.

——이별을 약속했던 『마검』으로는 위기를 넘어설 수 없어.

——반드시 부서지는 『마검』으로는 이 사지의 연속을 헤쳐나가지 못해.

그렇다면 어떻게 하지?

뻔하다.

넘어선다.

『마검』을, 지금, 이 자리에서.

『마검』을 넘는 무기를, 『마검』에 버금가는 무기를, 『영구적인 마검』을.

『마검』의 운명을 왜곡시켜 모순된 무기를 만들어낸다.

그날, 자신의 할아버지에게, 츠바키에게, 헤파이스토스

에게 자신의 의지를 선언했듯.

『크로조의 마검』이 아닌 『나의 무기』를 만들고 말겠노라고 했던 그 맹세를 이룬다.

벨프는 지금 이 자리에서 『벨프 크로조』를 넘어서야만 한다.

"좋다 이거야!!"

이론은 없다.

그러나 구상은 있다.

보일 듯 말 듯한 비전이 존재했다.

아니, 그게 아니다. 언제나 힌트는 벨프의 곁에 있었다.

신의 칼날.

대장장이 신이 만들어냈던 걸작이, 『사도』라 여겨지면서도 벨프의 『이상』이 될 수 있는 『희망』이── 그 소년의 손 안에서 계속 존재했다.

'기다려라, 벨!'

그 소년은.

사람들도 신들도 놀라게 만들 정도로 빠르게, 높이 달려 나가니까.

그리고 벨프는.

소년과의 사이에 생겨난 잔혹한 거리를 바라보기만 하는 것은 죽어도 싫었으므로.

'나는 널 혼자 놔두지 않아!'

놓고 가게 내버려둘 줄 알고. 나는 반드시 곁에서 걸을 거다.

아니, 그게 아니다.

한 걸음이든 두 걸음이든, 네 앞에서 걸어주마.

'나는 너도, 헤파이스토스 님조차 추월하고 말겠어!!'

그러니까——!!

더 높은 경지로. 저주받은 핏줄의 너머로.

가증스러운 저주를 넘어선 『지고』의 경지로.

망치를 부르쥔 손의 껍질이 터져 피가 솟고 불에 그슬렸다.

그러나 그 『크로조의 피』는 증발해서 사라지는 것이 아니라 아지랑이가 되어 작은 소용돌이를 그리더니 아다만타이트에 깃들었다.

저주받은 피가—— 대대로 전해져 내려온 『정령의 혈맥』이 청년의 의지에 보답하듯 새하얗게 타올랐다.

미친 듯이 들끓던 의지는 그대로 무아지경이자 무의식의 경지에서, 구조를 그리며, 법칙을 인정하며, 섭리에 따라, 이치를 초월했다.

쇠와 목소리를 나누며 자신이 그려낸 『설계도』를 눈앞의 아다만타이트에 주입했다.

"안 되겠어…… 못 버텨!!"

그때, 붕괴의 소리가 울려 퍼졌다.

"크아아아아아아아아아아아아아아아아아아아?!"

다프네의 비명을 시작으로 파괴된 방패와 함께 보르스

의 몸이 날아갔다.

『————————————————————!!!』

승리의 함성으로 착각할 만한 환희의 포효와 함께 몬스터의 대군이 룸으로 밀려들어왔다.

그리고 시작되는 지옥의 양상.

전선이 무너진 모험자들을 유린하고자 몬스터들이 사방팔방에서 덤벼들었다.

"원진을 짜! 몬스터에게 등을 보이지 마라!"

체면 차리지 않고 고함을 질러대는 아이샤의 명령에 모험자들은 간신히 원진을 구축했으나, 그 진형에 수명은 없는 거나 마찬가지였다. 금세 밀려나 침식당하듯 좁아졌다.

힐러와 부상자가 있는 곳까지 후퇴하는 모험자들.

중앙지대를 남기고, 룸이 몬스터의 그림자로 뒤덮였다.

"아, 아아아아……?!"

켜켜이 겹쳐진 몬스터들의 포위망. 이를 앞에 두고 카산드라의 몸에서 힘이 빠져나가려 했다.

지금도 어떻게든 몬스터의 발톱과 이빨을 튕겨내는 오우카와 보르스의 저항은 너무나도 약했다.

룸을 사수하지 못했던 시점에서 그들의 마음은 이미 꺾였다.

모두가 얼굴에 피와 땀을 흘리며 사멸을 받아들이고자 했다.

몇 번인지 모를 【절망】의 숨결에 몸을 굳히며, 카산드라는 질끈 눈을 감으려 했다.

'——?'

그러나, 감으려던 순간, 깨달았다.

'소리가——.'

망치 소리가, 끊어졌다.

아무리 몬스터들의 포효가 극심하다 해도, 결코 뒤지지 않고 울려 퍼지던 『단련의 선율』이 그쳤다.

그것이 의미하는 바를 이해하지 못한 채 카산드라는 뒤를 돌아보았다.

"————."

그리고 그 『광채』를 보았다.

"으윽——?!"

"오우카!"

그때.

날카로운 발톱에 어깨를 찢긴 오우카가 마침내 밀려 쓰러졌다.

치구사가 비명을 지르거나 말거나 피에 굶주린 여러 마리의 『머맨』이 달려들었다.

경악에 숨을 멈춘 오우카의 몸을 집어삼키는 시커먼 그림자.

쓰러진 그의 눈에 추악한 이빨이 밀려들고—— 타올랐다.

"……아니."

『끼야아아아아아아아아아악?!』

불꽃의 턱이『머맨』의 무리를 집어삼키는 광경에, 오우카도, 릴리도, 다프네도, 몬스터조차도 시간이 얼어붙은 것처럼 몸을 멈추었다.

불꽃이 펼쳐진 곳은 룸의 중심.

모험자들이 끝까지 지켜냈던, 한 사내가 있던 방향.

모두가 돌아보았다.

눈을 크게 뜨고, 시선을 떼지 못하고 있던 카산드라와 마찬가지로, 그『광경』을 시인했다.

"――――――."

스미스가 서 있었다.

끄트머리가 그슬린 운디네 클로스를 열풍에 나부끼며, 조용히, 유유히.

왼손이 쥔 것은 이마에서 풀린 반다나.

그리고 오른손이 쥔 것은, 붉고 웅혼한 한 자루의 장검.

『――워어어어어어어어어어어어어어어어어어어어어어어!!』

그 직후, 몬스터들이 파괴의 본능을 되찾았다.

동요를 떨치고 모험자들을 제물로 삼고자 일제히 달려들었다.

"이봐, 좀 도와주지 않겠어?"

"네?"

룸에 있는 모든 몬스터. 전방위에서의 동시공격.

막을 도리도 없는 상황 속에서 벨프는 카산드라의 곁에 나란히 섰다.

"나 혼자서는 부족하거든── 그러니까 같이 잡아줘."

청년의 시선을 받은 카산드라는 그가 내민 『마검』의 자루를 함께 잡았다.

몬스터들의 이빨과 발톱이 밀려든다.

모험자들의 몸이 긴장에 사로잡혔다.

소녀와 함께 자루를 쥔 벨프는, 칼끝을 지면에 겨누었다.

"시작한다. 지금."

이것은 벨프에게는 『시작』이었다.

대장장이 신에게, 『지고』에 이르기 위한 발판에 지나지 않았다.

그러니 가슴을 펴고 선고했다.

동료들을 구하기 위해, 자신의 오기를 새기기 위해, 던전을 향해 쩌렁쩌렁 목소리를 터뜨린다.

그 무기의 『검명』을.

"《시코우 카즈키(始高煌月)》."

마검의 칼날을 땅에 꽂았다.

다음 순간── 지면에서 거대한 홍염이 솟아났다.

『워어어

어어어어어어어억?!』

오우카, 치구사, 릴리, 다프네, 아이샤가 보는 가운데, 달려들려 하던 몬스터들의 바로 아래에서 솟구치는 홍련의 분출.

모험자들만을 깔끔하게 피하는 것처럼―― 아니, 모험자들을 지키는 벽처럼 지면에서 솟아오른 불꽃의 고리가 커다란 꽃과도 같이 몇 겹으로 흐드러지게 피어났다. 벨프의 발밑에 꽂힌『마검』의 칼날은 지면을 타고 불꽃의 도선이 몬스터의 발치에 도달한 순간 폭염의 꽃을 피웠던 것이다.

모험자들은 그 광경, 그 위력, 그 열파에 눈을 크게 떴다.

머맨이, 켈피가, 블루 크랩이, 라미아가, 홍련 속에 뿌옇게 잠긴 채 불에 타오르며 곡성을 터뜨렸다.

불에 내성이 있는 수생 몬스터마저 깡그리 태워버리는 가공할 화력.

모험자들의 전방위를 태우는 그 불꽃의 광경은 그야말로『태양』이 미궁에 강림한 것과도 같았다.

"――아."

그리고 카산드라의 뇌리에 섬광이 내달렸다.

머릿속에서 재생되는 것은 카산드라를 괴롭히던 최악의 악몽과『예언』의 시.

『예지몽』속에서 릴리는 내장을 뿌리며 숨이 끊어졌고, 갈기갈기 찢긴 하루히메는 피바다에 잠겼고, 미코토와 치구사와 오우카는 켜켜이 쌓인 주검이 되었으며, 하루히메의 시신을 끌어안은 아이샤는 괴물들에게 잡아먹히고, 피에 젖은 다프네는 공허한 눈으로 숨을 거두었다.

명확한 죽음의 『예언』과 전멸의 광경이 발생했지만, 벨프만은 달랐다.

분명히 『꿈』의 광경에서 그의 팔다리는 끊어져 있었다.

하지만 그뿐이었다.

『예언』의 시에서도, 벨프에게만은 【살점의 꽃】, 【부서진다】 따위 결정적인 죽음의 암시가 붙지 않았다.

만약 팔다리를 잃고서도 벨프가 살아있었다면.

마지막까지 남아있던 『예언』 제16행의 경고가 모두 이어진다.

【파편을 모아】── 파편이란 벨프의 『팔다리』. 카산드라가 팔다리를 원래대로 붙여준다는 암시.

【불을 바치고】── 마검 정제를 위한 『화로』에 불을 피운다는 비유.

그리고 【해의 화톳불을 구하라】── 그 답은 눈앞에 펼쳐지고 있다.

"불꽃의 수레바퀴…… 아니, 홍련의 고리."

원진을 짜고 있던 동료들을 지키려는 것처럼 형성된, 몇 겹이나 되는 『화륜(火輪)』.

수많은 몬스터를 태우는, 그야말로 【해의 화톳불】이었다.

한 명의 대장장이를 치유하고, 단련을 지켜보고, 그의 『마검』에 타개를 바라는 것.

그것이 제16행의 전모.

카산드라의 행동이 미래를 바꾸어, 벨프가 팔다리를 잃지 않게 되었다. 물론 다른 동료들도 죽지 않았다.

카산드라는 아무도 잃지 않고『운명』에게 승리한 것이다.

——여기서『예언』의 성취는 회피되었다.

모든 것을 깨달은 비극의 예언자는 불꽃의 광채를 얼굴로 받으며 그 자리에 가만히 서 있었다.

땅에 꽂았던『마검』의 자루를 여전히 움켜쥔 채, 곁에 선 청년의 옆얼굴을 보았다.

벨프는 타오르는 불꽃을 바라보며 천천히 입을 열었다.

"그래…… 시작이지.『지고』의 경지로 도전하는 첫걸음."

이것은 벨프에게는『시작』이었다.

대장장이 신에게,『지고』에 이르기 위한 발판에 지나지 않았다.

지금도 손에 쥐고 있는 그 검은 헤파이스토스가 만들어낸『작품』을 흉내 내고 모방해 만들어낸,『지고의 위작』일 뿐이었다.

그렇기에 검명은『지고』가 아닌《시고(始高)》

이제 막 시작된, 높은 경지로 오르기 위한 등정. 앞으로 벨프가 만들어낼 연작 시리즈의 기념비적인 첫 작품.

이 새로운『마검』의 위력은 장비한 이의『마력』에 의존한다.

그렇기에 마검 본래의 힘은 고갈되지 않고 자기 붕괴의

한계도 존재하지 않는다.

반드시 부서질 운명에서 벗어난, 지금은 세계에 단 한 자루뿐인『벨프의 마검』이었다.

장비한 자의 역량에 맞춰, 아니, 사용자가『성장』함에 따라, 이 마검은 사용자에게 항상 어울리는 검으로 존재한다. 이번에는 힐러인 카산드라의 마력을 함께 실어 위력을 더 높였던 것이다.

이제 벨프의『마검』은 부서지지 않는다.

사용자의 긍지도, 대장장이의 자긍심도 해치지 않는다.

사용자와 함께 걸어가며, 함께 자라나며, 죽음이 두 사람을 갈라놓을 때까지 반신이 되어 존재할 것이다.

"⋯⋯야, 너희."

불꽃의 울음소리가 수그러들고 룸에 정적이 돌아왔을 무렵.

믿을 수 없다는 눈으로 쳐다보는 다프네를 필두로, 천천히 이쪽을 돌아보는 동료들에게 벨프가 말했다.

"맡았던 목숨, 돌려주마."

《카즈키》를 뽑아 어깨에 걸머졌다.

마침 눈이 마주쳤던 다프네가 자기도 모르게 얼굴을 붉혔다.

너덜너덜해졌으면서도 의연한 스미스의 모습에 카산드라도 활짝 웃음을 지었다.

그리고 아연실색했던 오우카 또한 입가를 틀어올렸다.

"" 잘 했어!!""

오우카가, 아이샤가, 보르스가, 릴리까지도 목소리를 모아 그의 『위업』에 갈채를 보냈다.

슬쩍 웃어 대답했던 벨프는, 이내 표정을 다잡고 동료들에게 채근했다.

불타버린 수많은 괴물들의 재를 남기고, 모험자들은 룸에서 달려나갔다.

🔥

"——?"

그때.

츠바키는 문득 고개를 들었다.

"왜그래옹?!"

"아닐세…… 지금, 뭔가…….."

클로에의 고함에 츠바키는 말문이 막혔다. 그녀에게서는 보기 드문 일이었다.

정체 모를 조짐, 아니, 『대장장이의 육감』이라고 해야 할까.

예감 같은 것을 어떻게든 말로 표현해보려던 츠바키는 이내 고개를 가로젓고 포기했다.

지금은 눈앞의 사태에 집중해야 한다. 그렇지 않으면 당한다.

『워어어어어어어어어어어어어!』

시야에 펼쳐진 것은 통로를 가득 메운 몬스터의 대군.
피에 굶주린 괴물들의 포효가 이리저리 부딪친다.

현재 위치 제26계층.

아슬아슬하게 절벽을 내려가던 츠바키 일행은 제26계층
을 지나쳤을 때쯤 나타난 『하피』며 『세이렌』 같은 날개 달
린 몬스터를 경계해 하강을 포기하고, 『그레이트 폴』에 부
딪치기 전에 제26계층 미궁구역으로 들어갔다.

"타앗!"

쇄도하는 이형의 파도에 츠바키는 날카롭게, 과감하게
무기를 휘둘렀다.

소리도 없이, 마치 마술처럼 수많은 몬스터의 목이 허공
에 솟았다. 처절하게 내달린 검광이 『아쿠아 서펜트』의 긴
몸을 둘로 가르고, 칼날은 그대로 돌아와 『크리스탈 터틀』
의 머리를 양단했다.

그녀의 손에 들린 것은 날에 흠집 하나 나지 않은 명품,
장도 《베니시구레(紅時雨)》.

그녀가 벼리고 그녀가 단련한 그것은 현존하는 카타나
의 부류에서도 틀림없이 최상위에 군림하는 제1등급 무장
이었다. 흩날리는 꽃잎처럼 번뜩이는 칼날이 이름 그대로
선혈의 비를 뿌렸다.

【키클롭스】 앞을 가로막는 몬스터는 예외 없이 붉게 물
들어 시체의 산을 쌓았다.

"거치적거린다냐아~~~~~~~~~~~~~~~~~~~!!"

그런 츠바키보다도 앞에 나서 날뛰는 아냐를 비롯한 3인조의 활약도 대단했다.

【질풍】의 동료—— 사연 없는 점원이 없다는 『풍요의 여주인』에서 일하는 만큼, 그녀들의 전투능력은 보통이 아니었다.

『머맨』의 무리를 아냐의 금창이 한꺼번에 휩쓸며 몸을 둘로 가르고, 고속회전하는 『크리스탈로스 어친』을 클로에의 암검이 수많은 살점으로 분해한다. 두 발로 곧추선 『켈피』가 흉흉한 포효를 지르면 루노아의 가차 없는 철권이 내장과 함께 가슴을 관통해 잿더미로 바꿔놓았다.

하층영역의 몬스터들을 아무런 어려움도 없이 물리친다.

그러나 아무리 없애도 적의 그림자는 끊이질 않았다.

"우리, 던전에 대해선 잘 모르지만 말야!"

"여기 늘 이렇게 축제 분위기야옹?!"

끝이 보이지 않는 전투를 이어나가며 루노아와 클로에가 잇달아 말했다.

검과 창을 휘두르는 츠바키와 아냐는 맹렬히 부정했다.

"24시간 이런 꼬락서니라면 모험자의 시체가 곳곳에 굴러다닐 걸세!"

"이거 분명 『이상사태』다냐! 이런 던전 냐도 모른다냐!!"

대군의 쇄도를 막아내고는 밀어내지만 그래도 그녀들의 낯빛은 조바심에 물들었다.

이 계층 영역에 존재할 것으로 여겨지는 【헤스티아 파밀리아】와 【질풍】의 존재가 자꾸만 뇌리에 어른거린다. Lv.5인 츠바키가 있는 이 파티로도 상황은 쉽게 헤쳐나갈 수 없었다.

그녀들보다 실력이 떨어지는 모험자가 이 장소에 떨어진다면 어떻게 될까.

"몬스터가 마구 울어대고 있어⋯⋯!"

온 계층에서 울려 퍼지는 포효의 연쇄에, 미궁의 지식이 없는 루노아도 이상성을 느꼈다.

수습이 되지 않는 사태에, 마치 던전 자체가 『폭주』를 시작한 것 같았다.

"⋯⋯위험한 몬스터가 있는 것 같다냥."

"뭐? 그게 무슨 말인가?"

"감이다옹. 감이지만⋯⋯ 내 꼬리가 스멀거린다옹. 이 계층인지, 아니면 위인지 아래인지⋯⋯. 아무튼 위험한 『뭔가』가 있다옹."

돌아본 츠바키에게 클로에는 혀를 차고 싶은 심정을 참듯 눈을 가늘게 떴다.

그녀 자신의 경험이 뒷받침해주듯 귀는 끊임없이 흔들렸으며 가느다란 꼬리가 털을 곤두세우고 있었다. 위기에 민감한 들고양이와도 같이. 오랫동안 알고 지낸 클로에의 감을 믿을 수밖에 없는 아냐와 루노아는 얼굴에 긴박감을 띠었다.

그녀들은 깨닫지 못했다.

자신들이 제26계층에 발을 들이면서 몬스터의 주의가 둘로 갈라지고, 공교롭게도 같은 층역에 있던 『또 다른 파티』의 부담을 줄여주었음을.

그녀들은 깨닫지 못했다.

자신들이 분투했기에 『또 다른 파티』는 몬스터의 벽을 돌파해 제27계층으로 발을 들여놓고 말았음을.

한층 더 가혹한 곳으로 보내버리고 말았음을, 깨달을 도리가 없었다.

"웃……! 비명?!"

그리고.

쫑긋 솟아난 아냐의 귀는 몬스터의 포효 속에 섞인 인간의 비명을 포착하고 말았다.

"27계층!"

"도착했어요!"

연결통로를 뛰어내려가 수정의 평지에 발을 디딘 순간 벨프와 릴리가 외쳤다.

제25, 26계층과 비교해 미궁의 풍경에 큰 변화는 없다. 다만 수정기둥이나 통로의 폭 같은 전체적인 사이즈가 커졌다.

"멍하니 있지 말고 앞으로 가자!"

릴리와 벨프가 숨을 돌릴 틈조차 주지 않고 아이샤가 외쳤다.

한시라도 빨리 『하층』의 세이프티 포인트로 피난하겠다는 목적을 관철하며 파티를 움직였다.

"몬스터가 온다!"

"비켜어!"

안에서 밀려나오는 엄청난 수의 몬스터에, 오우카를 밀어내며 벨프가 나섰다.

"카즈키이이이이이이이이이이이이이이이이!!"

그가 마검을 내리친 순간, 마검 《시코우 카즈키》가 어마어마한 화염을 토해내며 모든 몬스터를 태워버렸다.

"또 몬스터를······!"

"예전 마검보다도 위력이 올라간 거 아냐?!"

그 광경에 카산드라와 다프네가 경탄했다. 전방의 적을 모조리 소멸시키는 『마검』의 포효는 그만큼 유례를 찾아보기 힘든 것이었다. 정면은 벨프에게 맡기고 옆길에서 나타난 몬스터에게 집중한 아이샤는 혼자 대량의 불똥을 뒤집어쓰며 입가를 틀어올렸다.

'부서지지 않는 『마검』······! 터무니없는 걸 만들어냈구만!'

선홍색과 붉은색으로 물든 장검은 이 곤경 속에서 선명한 광채를 뿜어냈다.

이곳 제27계층에 도달하기 전까지 벌어졌던 연속전투도 벨프의『마검』이 대부분을 짊어졌다. 공간이 한정된 통로에 몬스터들을 유인해 한꺼번에 태워버렸다. 포격과 포격의 틈을 누비고 몬스터들이 접근해도『마검』에는 영창이 필요 없다. 쏠 타이밍만 제대로 잡으면 적은 다가오지 못하고, 어쩌다 놓친 소수의 적은 다른 동료들이 처리해주면 그만이었다. 게다가 이제까지 썼던『크로조의 마검』과는 달리 언제 사용불능에 빠질지 모른다는 불안감도 없었다.

모두가 만신창이에 한 발을 디딘 듯한 이 상황에 벨프의『마검』이 등장하면서 전투의 부담은 현저히 줄어, 절망적으로만 보였던 제27계층 도달도 달성했다.

궁지 속에서 이루어낸 스미스의 공적을 가슴속에서 크게 평가했다.

그러나 우려가 없는 것은 아니었다.

'부서지지 않는 대신……『마법』처럼 마인드를 소비한다는 점이겠지.'

지금도『마검』을 사용했던 벨프의 옆얼굴에 그동안 축적된 피로의 그림자가 보였다. 압도적인 화력을 무진장 구사할 수 있는 것은 아니라는 뜻이다.

이 정도의 위력을 가진 포격이니, 마인드의 소비량은 안티 매직 파이어와 비교가 되지 않을 것이다.

"【이그니스】, 잘 버텨라!"

"나도 알아!!"

땀을 뻘뻘 흘리는 벨프를 질타하면서, 남자에게 업혀가는 건 사양하겠다는 양 아이샤는 이제까지보다도 더욱 분전했다.

대형 박도를 몇 번이나 휘둘러 『마검』과 함께 파티의 앞길을 열어주었다.

다층구조의 미궁을 오르내리며 어느 정도 통로를 나아갔을 때.

"──히익?!"

"이건, 설마 토벌대 본대의……?!"

시야에 들어온 광경── 수정벽에 튄 선혈의 흔적, 아직 굳지 않은 피웅덩이, 아무렇게나 먹고 남긴 사람의 팔이며 안구를 본 치구사가 낯을 창백하게 물들이고, 오우카가 신음했다.

아마도 보르스가 말했던 『괴물』에게 살해당한 모험자들. 숨이 끊어진 주검은 모두 몬스터가 먹어치운 후일 것이다. 시체가 물속으로도 끌려 들어갔는지 물줄기 또한 살짝 붉은색을 띠었다.

잔학한 연회가 있었음을 보여주는 광경에, 아이샤는 하루히메가 정신을 잃어 다행이라는 약간 뜬금없는 생각을 하고 말았다.

"대체, 뭐가 나타났던 거야……!"

모험자들의 살해 흔적이 발자국처럼 계층 안쪽으로 이어지는 가운데, 파티는 모두 멈춰선 채 토벌대를 학살했다는『괴물』에 대해 생각했다.

정말로 이만한 모험자를 유린했을까?

지금도 그 괴물이 이 계층에 있을까?

벨과 류는 그런【재앙】과 맞닥뜨리고도 무사했을까?

새삼스레 별 도움도 안 되는 생각에 희롱당한 아이샤는 예의『괴물』을 직접 본 유일한 인물인 보르스에게 시선을 돌렸다. 그가 다시 공포에 지배당한 것은 아닐까 의심해서 쳐다본 것이었는데.

"……안 들리잖아."

보르스는 그저 넋을 놓고 있었다.

"뭐라고?"

"그 껑충껑충 뛰어다니는 소리가…… 괴물이 이동하는 소리가, 안 들려……."

그것은【재앙】이 울리는 죽음의 선율이었다.

벽이며 바닥, 천장을 난반사하듯 뛰어다니는 고속의 접근음. 어디에 있더라도 즉시 찾아내고 즉시 달려오던【재앙】의 기척이 없다는 것 자체가, 지옥을 경험했던 보르스에게는 믿을 수 없는 일이었다.

"설마…… 정말 없어진 건가?【질풍】하고【래빗 풋】이 해치웠나?"

멍하니 중얼거리는 보르스의 말을 어떻게 해석해야 좋을지 알 수 없었다.

희망으로 받아들여야 할지, 낙관적인 관측으로 받아들

여야 할지 판단이 서질 않았다.

　그러므로 아이샤는 움직이기로 했다.

　"보르스, 【질풍】이랑 【래빗 풋】하고 헤어진 장소까지 안
내해!"

　"그, 그래!"

　『괴물』이 있든 없는 지금 상황에서는 1분 1초가 아쉽다.
가만히 서 있느니 아이샤는 행동을 택했다.

　보르스를 대열 선두로 이동시키고, 마지막으로 벨과 류
를 보았다는 장소까지 안내를 받았다.

　『──돼── 안 돼!』

　그때였다.

　어디서랄 것도 없이 이상한 『목소리』가 들려왔다.

　『그쪽으로, 가면…… 안 돼!』

　"……?"

　지금도 열심히 달리던 파티의 발소리 틈으로 들려온 소
리의 파편. 더듬거리는 인류어 발음.

　고개를 좌우로 돌려봤지만 아무것도 없었다.

　뿌옇게 빛나는 수정, 바닥에 굴러다니는 피투성이 무기,
그 외에는 육지 바로 곁을 흐르는 물줄기가 있을 뿐이다.

　아이샤만이 지각할 수 있었던 그 『목소리』는 절박해서
눈물에 젖은 것처럼 느껴졌다. 마치 자신들을 필사적으로
만류하려는 것처럼.

　하지만 그렇게 느꼈다고 해도 아이샤는 그 목소리를 무

시할 수밖에 없었다.

　벨과 류를 찾을 때까지 이 파티는 멈추어서는 안 되니까.

　"여기가……!"

　드디어 도달한 거대한 룸.

　육지의 면적이 넓기는 하지만 많은 물줄기가 흘러드는 커다란 공간이었다.

　그런 공간 곳곳에『격전』을 말해주는 상흔이 펼쳐져 있었다.

　"뭐, 뭐야, 이게……?!"

　가공할 속도로『무언가』가 격돌한 것처럼 균열이 일어난 채 쓰러진 거대한 수정, 마찬가지로 깊은 균열이 새겨진 천장, 벽이며 지면에 동굴처럼 입을 벌린 커다란 구멍. 그리고 플레어의 초열에 녹아버린 듯한 수정기둥.

　파괴의 흔적이 룸 곳곳에 새겨져 있었다.

　"뭐가 날뛰면 이렇게 되는 거야……."

　뻣뻣이 선 다프네의 곁에서 오우카도 경악해 주위를 둘러보았다.

　말하지 않아도, 모험자라면 이곳에서 큰 전투가 있었음을 이해할 수 있었다. 그야말로 자신들은 상대도 되지 않는『괴물』과 맞서는『사투』가 펼쳐졌음을.

　문제는 이 장소에 승자도 패자도 존재하지 않는다는 점이었다.

　불타버린 몬스터의 재도 없거니와, 무참한 최후를 맞은

모험자의 주검도 없다. 파괴된 전장을 남긴 채, 물줄기가 격렬하게 교차하는 소리만이 그저 울릴 뿐이었다.

일행이 룸 중앙까지 나아가도 단서라 할 만한 것은 보이지 않았다.

물의 흐름이 바뀔 정도로 철저히 파괴된 육지 위에서, 릴리는 끌려가듯 '그것'의 앞으로 다가갔다.

몇 개씩 뚫린 구멍 중에서도 한층 크고 깊은 수직굴.

회전하며 도려낸 듯한 구멍은 아래쪽 계층에까지 이어지는 것 같았다. 말없이 들여다보는 릴리의 눈에는 그것이 심연의 바닥까지 이어지는 것처럼 느껴졌다.

다른 손상된 곳과 마찬가지로 천천히 수복이 진행되어, 지금도 닫히려 하고 있었다.

'——설마.'

갑자기 릴리의 머릿속을 자극하는 기억이 있었다. 이곳 물가의 층역에서는 만날 리 없는『홍조』, 램톤이라는 이름을 가진 심층종 몬스터였다.

도저히 받아들일 수 없는『가능성』이 머리 한구석에서 경종을 울려댔다.

"내 눈앞에서 죽었던 놈들의 시체도 사라졌잖아……. 여기서도 몬스터들이 다 먹어치웠나……?"

『괴물』의 그림자에 겁을 먹으면서 주위를 두리번두리번 살피던 보르스가 대량의 혈흔을 남기고 사라진 모험자들에 대해 언급했다.

이 넓은 룸에서 있었던 살육을 아는 유일한 증인인 그의 말에, 일행은 다시 한 번 주위를 둘러보았다.

──승자도 패자도 존재하지 않는 전장에, 싸우던 자들이 떠나간 곳에 무언가가 있다면 그것은 전사자의 존엄을 짓밟는 약탈자다. 높다랗게 쌓였던 시체를 먹어치워 자신의 욕망을 채우는 비적이다.

파괴된 전장의 흔적에는 대지를 달리는 하이에나도, 하늘을 나는 대머리독수리도 없다.

다만 물속에 숨은『시체고기』가 있었다.

"?!"

촤악, 촤악.

소리를 내며 수면을 가르고, 수많은 그림자가 물줄기 속에서 나타났다.

그것은 그대로 공중을 향해 떠올랐다.

"물고기 몬스터……? 공중에 떠 있다니……?!"

오우카의 시선 너머에서, 물고기의 형태를 가진 체구가 허공을 헤엄쳤다.

그 몬스터의 온몸은 돌로 이루어져 있었다. 색은 검보라색이며 개체의 차이가 있어 길이는 1M에서 2M 정도. 지느러미로 보이는 8개의 기관이 달려 있고, 있어야 할 곳에는 두 눈이 없었으며, 이마의 위치에 뒤룩뒤룩 꿈틀거리는 외눈이 있었다.

날카로운 이빨 틈새에서 삐져나온 인간의 살점은 모험

자들의 시체가 어디로 사라졌는지를 말해주고 있었다.

"『볼티메리아』!"

계층 답파 경험이 있는 아이샤가 낯을 한껏 찡그렸다.

제27계층에서만 출현하는 레어 몬스터『볼티메리아』.

퍼텐셜은『켈피』와 함께『물의 미로도시』톱클래스. 돌로 이루어진 온몸의『내구』는 탁월하며, 날카로운 이빨로 모험자의 중무장을 짓씹어 부수는『힘』은 강렬하다.

다른 수생 몬스터와 다른 큰 특징은, 『허공에 뜰 수 있다』는 점.

같은 층역에 출현하는『라이트 쿼츠』와 구조 조직이 비슷해 부유 고도는 기껏해야 3M 정도. 하지만 속도는 라이트 쿼츠와 비교도 되지 않아『수중전』을 방불케 하는 모습으로 허공을 헤엄치고 육박하는 위협적인 존재다. 모험자들에게서는『살아있는 화석』이 아닌『비행하는 화석』이라 불릴 정도다.

원래는 제27계층의 특정한 지대—— 수심이 깊은 수류 교차 지역에서만 출현하는데, 살해당한 모험자들의 피 냄새에 이끌려 오기라도 했는지.

룸 내부를 흐르는 물줄기 속에서 끊임없이 출현했다.

"수, 숫자가……!"

"포위당했어……!"

처벅, 처벅 소리를 몇 겹으로 울리며 허공에 떠오르는 『볼티메리아』를 보며 카산드라와 치구사가 동요했다. 그녀들의 눈에 비친 부유 물고기의 수는 거뜬히 서른을 넘었다.

'——위험해.'

그 광경에 다프네는 낯이 창백하게 질렸다.

이판사판으로 『단련』을 행했던 제26계층의 전투는 말하자면 『농성전』이었다. 몬스터의 돌격을 출입구로만 한정지어 어떻게든 버틸 수 있었다.

하지만 지금의 상황은 『포위전』 그 자체였다. 마치 매복했던 것처럼 잇달아 물줄기 속에서 떠오르는 몬스터들은 룸의 광대한 공간을 이용해 어디서도, 그야말로 머리 위에서도 물속에서도 달려들 수 있다. 이 자리의 모험자들만으로는 도저히 물리칠 수 없다.

게다가 적은 물과 허공을 이동할 수 있다.

아무리 벨프의 『마검』이 있다 해도, 물줄기 속에서 몰래 다가오는 적과 공중에서 육박하는 적을 모두 한번에 섬멸할 수는 없다.

"……다 태울 수 있겠어, 【이그니스】?"

"다 태워버릴 수밖에 없잖아!"

조용히 뺨에 땀을 흘리던 아이샤의 말에, 벨프가 투덜거리듯 대답했다.

마인드 다운이 다가왔다. 여유가 없는 청년의 옆얼굴을 흘끔 본 아이샤는 그 사실을 깨닫고 말았다.

모험자들은 이것이 세 번째의 『사지』임을 깨달았다.

그리고 벨과 류의 소식을 완전히 놓쳐버린 지금, 매달려야 할 지침을 잃고, 기력과 체력이 풍전등화에 접어들려 한다는 것도.

『……』

돌로 된 몸을 가진『볼티메리아』들은 울음소리를 내지 않았다.

그저 이마의 외눈을 끊임없이 뒤룩거리며, 사냥감을 결코 놓치지 않겠다고 선언하는 듯했다.

모험자들의 주위를 에워싼 화석 물고기의 무리는 마치 똬리를 트는 한 마리의 거대한 뱀과도 같았다. 혹은 모험자들을 집어삼키고자 날뛰는 칠흑의 해일처럼 보이기도 했다.

룸과 이어진 통로 방향에서는 다른 몬스터들의 격렬한 포효가 뒤섞여 울려 퍼진다.

던전이 자랑하는 무한한 물량을 앞에 두고, 모험자들의 무릎이 꺾이려 했다.

『─────!!』

그 직후, 팽팽해졌던 긴장의 실이 끊어지면서 몬스터들이 일제히 달려들었다.

무자비한 포위전이 막을 열었다.

『몬스터 파티』를 방불케 하는 규모로 밀려드는『볼티메리아』를 처음으로 막아낸 것은 역시 벨프의『마검』이었다. 불을 뿜은《카즈키》가 열 마리의『볼티메리아』를 섬멸했으나 다른 방향에서 밀려드는 서른 마리도 넘는 개체가 파티에게 달라붙었다.

모험자들은 미친 듯이 응전했다. 베고, 가르고, 찌르고, 부수고, 원진의 중앙에 둔 부상자와 후열을 지키고자 분투했다.

그러나 그것도 궁지에 몰린 쥐의 발버둥에 불과했다.

"빌어처먹으ㅇㅇㅇㅇㅇㅇㅇㅇㅇㅇ을!"

릴리의 아이템은 이미 떨어졌다. 힐러인 카산드라의 마인드는 고갈 직전이었다. 『마검』을 쥔 벨프의 손가락이 벗겨져 피가 맺혔다. 오우카의 체력이, 다프네의 준민함이, 치구사의 무기가, 보르스의 삶에 대한 집착이 바닥나려 했다. 아이샤의 입에서 솟아나는 욕설마저도.

해치워도 해치워도 적은 계속해서 솟아났다. 반대로 다프네의 어깨를 몬스터가 물어뜯었다. 소녀는 피를 토했다. 오우카가 이를 억지로 떼어냈다. 다음은 그의 팔에 이빨이 박힐 차례였다. 카산드라가, 치구사가 비명을 질렀다. 릴리는 더 이상 의미가 없는 자신의 지휘에 절망했다.

시야가 온통 검은색으로 물들려 했다.

주위를 가득 메운 부유 물고기의 무리에.

모험자들은 『볼티메리아』에게 짓눌리려 했다. 검보라색 파도에 당장이라도 삼켜질 것 같았다. 그것은 마치 비극의 예언자가 회피한 줄로만 알았던 【절망의 우리】 같았다.

여기에 결정타를 가하겠다는 양, 모험자들의 마음을 꺾는 광경이 시야 가장자리에서 날아들었다.

"이런, 수가……."

룸 밖에서, 라미아를 선두로 물 밀 듯이 쳐들어오는 몬스터의 무리.

종족에 통일감이 없는 괴물들의 가공할 포효.

밀려오는 그 숫자에 모두가 숨을 멈추었다.

"이제, 여기서 끝나는 거야……?"

누군가의 입에서 그런 말이 흘러나오고 말았다.

모두가 그 말을 듣고 말았다.

의지가 완전히 꺾인 모험자들에게 『볼티메리아』의 무리가 일제히 달려들었다.

"──!! 하루히메?!"

"카산드라!!"

죽음의 이빨이 향한 곳은, 후열.

전열을 돌파한 몬스터들이 마침내 의식을 잃은 미토코와 하루히메를 감싸던 릴리와 카산드라에게 육박했다. 『볼티메리아』의 육탄돌격에, 카산드라는 몸으로 감싸려 했던 하루히메와 함께 튕겨져 날아갔다.

르나르 소녀가 멀리 떨어진 지면에 내팽개쳐지고, 고개를 든 카산드라의 눈 속에는 크게 벌어진 추악한 입이 비쳤다.

수축되는 동공.

죽을 때를 깨달은 소녀의 눈.

울려 퍼지는 다프네와 동료들의 비명.

피할 수 없는 죽음 그 자체에, 카산드라는 눈을 감았다.

그리고.

옆에서 달려온 라미아 한 마리가 『볼티메리아』를 갈라버렸다.

"――――어?"

피에 젖은 발톱이 원호를 그리며 부유 물고기를 갈기갈기 찢어놓았다.

굳어버린 카산드라의 눈앞에서, 라미아는 잇달아 뱀의 하반신을 휘둘러 주위의 『볼티메리아』를 한꺼번에 휩쓸어버렸다.

『아아아아아아아아아아아아아아아아아아아아아!!』

찢어지는 고함을 지르며 라미아가 날뛴다.

그 뒤를 따르는 다른 몬스터들. 놀랍게도, 조금 전에 룸으로 밀려들었던 몬스터의 무리가 『볼티메리아』 떼에게 덤벼든 것이다.

시간이 얼어붙은 것처럼 움직임을 멈춘 모험자들의 눈앞에서, 괴물들간의 살육이 시작되었다.

"자, 자기들끼리?!"

"무슨 일이 일어난 거야?!"

몇 번이고 고개를 좌우로 돌리며 다프네가, 오우카가 혼란에 빠진 목소리로 외쳤다.

주위에서 일어난 몬스터간의 교전. 눈 깜짝할 사이에 난전으로 변한 광경에 모험자들은 상황도 파악하지 못한 채 멍하니 서 있기만 했다.

"대, 대체, 무슨 일이……."

"……."

꼼짝도 못하던 카산드라의 대각선 뒤에서 릴리는 아연실색한 채『볼티메리아』에게 덤벼드는 몬스터들을 바라보았다.

그 몬스터들은 무시무시할 정도로 강했다.

그 몬스터들은 피로 화장을 한 것처럼 얼굴을 붉게 물들이고 있었다.

그 몬스터들은, 무장을 하고 있었다.

"＿＿＿＿＿＿＿."

릴리의 밤색 눈이 한껏 크게 뜨였다.

시선을 느낀 라미아가―― 조금 전 카산드라를 구해준『그녀』가 릴리만이 알아볼 수 있는 귀여운 윙크를 보냈다.

그것은 단순히『괴물』의 눈깜빡임이 아니라『우애』의 마음이 담긴, 인간과 다를 바 없는 것이었다.

숨을 쉬지 못할 정도의 감정이 릴리의 가슴을 흔들었다.

"――『제노스』!"

눈물이 넘쳐날 것처럼 북받치는 가슴으로 릴리가 외쳤다.

"오랜만이에요, 지상 분들!"

그 직후, 마치 하늘을 춤추듯 머리 위에서 날아온 한 그림자가 릴리의 곁에 착지했다.

몸을 감춘 후디드 로브. 모험자를 가장한 『변장』을 릴리는 알고 있다.

『괴물』이면서도 따뜻하고 다정한 그 눈을 릴리는 기억했다.

"여러분을 구하러 왔어요!"

눈물을 머금은 릴리에게, 후드 안에서 다홍색 머리카락을 찰랑이는 소녀—— 하피 피아는 만면의 미소를 보냈다.

"무사하십니까, 미스 릴리루카!"

자기의 몸집보다 큰 대형 도끼로 『볼티메리아』의 무리를 갈라버린 조그만 그림자도 릴리의 곁에 다가왔다. 신사적인 레드 캡, 고블린 레트였다.

피아와 마찬가지로 로브를 깊이 눌러써 변장한 그에게 릴리는 놀라움을 미처 소화시키지 못한 채 물었다.

"어떻게, 여러분이 여기에……."

"펠즈의 지시였지요! 레이 쪽은 지금 미션 때문에 따로 행동 중입니다만 리드가 이끄는 저희는 서둘러 이곳으로 달려온 겁니다!"

던전의 이변을 감지한 우라노스의 『신의』.

노신의 신명을 받들어, 크노소스를 공략 중이었던 제노스는 무리를 둘로 나누었다.

크노소스 측에 남는 제노스를 세이렌 레이에게 맡기고, 제18계층의 비밀통로를 통해 던전으로 나간 레트 일행은 우라노스의 정보대로 이『물의 미로도시』까지 직행. 최단 거리로, 수단을 가리지 않고, 모험자들의 벽마저 가차 없이 돌파했다.

리빌라 마을에서 소란을 떨었던『폭주한 몬스터들』의 정체는 바로 그들이었다.

모든 것은【재앙】의 재래, 나아가서는 그 한복판에 있을 가능성이 높은【헤스티아 파밀리아】를 구하기 위해.

제삼자가 보더라도 의심을 사지 않도록 변장을 했던 레트와 피아의 설명에 릴리는 아무 말도 이을 수가 없었다.

"미스터 벨과 약속했습니다! 여러분이 곤경에 빠졌을 때는 저희가 달려오겠다고!"

『제노스』인 그들이기에 늦지 않고 도착할 수 있었다.

릴리가 요청했던 또 다른『원군』조차 아직 나타나지 못한 이 참극의 무대에.

악수를 나누고, 신뢰를 나누고,【헤스티아 파밀리아】에게 구원을 받았던『괴물』이었기에, 이번에는 위험에 빠졌을 때 늦지 않게 달려올 수 있었다.

"무엇과도 바꿀 수 없는『친구』에게 은혜를 갚을 수 있었군요!"

여기에도 하나.

벨이 이어준『인연』이 있었다.

릴리가 그랬듯 소년에게 구원을 받았던 『제노스』 또한,
그에게서 받은 것을 돌려주러 왔다.

릴리는 이번에야말로 밤색 눈으로 눈물을 흘렸다.

"하, 하지만, 어떻게 여기까지 올 수 있었나요? 광대한
던전에서, 릴리네를 찾기란……."

황급히 눈가를 닦는 릴리의 질문에.

하피 피아가 활짝 웃으며 대답했다.

"알루하고 헬가 덕이죠!"

『뀨──!』

지면에 주저앉아 있던 카산드라의 눈앞에 헬하운드를
탄 알미라지가 나타났다.

깜짝 놀라 굳어버린 그녀에게는 아랑곳 않고 하얗고 북
슬북슬한 덩어리는 척! 하고 ──『오랜만!』이라고 말하
듯── 한쪽 손을 들었다.

"너, 너희는……."

눈을 크게 뜬 카산드라도 그들을 기억했다.

『무장한 몬스터』가 지상에 출현해 오라리오가 혼란에 휩
싸였던 바로 그날.

『예지몽』에 따라 카산드라가 몰래 보호해주었던 알미라
지와 헬하운드였다.

『뀨우──! 뀨뀨──!』

『와후, 와후!』

"엑── 흐아아아아아아아아아아아아아악?!"

폴짝! 뛰어오른 알미라지가 카산드라의 품에 안기고 헬하운드도 그녀의 얼굴을 핥아댔다. 카산드라는 상황도 잊고 비명을 질렀다.

알미라지는 그녀에게 안긴 것만이 아니라 가슴 사이에 얼굴을 묻듯 파고들어 옷 속으로 들어가기까지 했으므로 카산드라는 정신줄을 놓아버릴 뻔했으나.

가슴 속에서 빤히 올려다보는 알미라지의 빨간 눈동자에 흠칫 무언가를 깨달았다.

"혹시………… 나를 찾아준 거니?"

동글동글한 눈이 연신 깜빡거리더니 카산드라의 가슴에 꼬옥 얼굴을 비며댔다.

그것을 긍정으로 받아들인 순간── 카산드라의 숨이 멎어버렸다.

가슴을 휩쓰는 충격에.

"전에 꾸었던 『예지몽』…… 【칠흑의 파도】와, 【토끼 부적】……."

그것은 약 20일 전── 다이달로스 공방전 직전의 일.

알미라지와 헬하운드를 보호하는 원인이 되었던 『예지몽』이었다.

카산드라가 【칠흑의 파도】에 휩쓸려 죽을 뻔했지만, 그전에 얻은 【토끼 부적】을 이용해 화를 면한다는 내용.

당시 카산드라는 『검은 미노타우로스』를 【칠흑의 파도】

라 생각했다. 알미라지와 헬하운드를 보호한 덕에 그 무시무시한 맹우에게 공격을 당하지 않았다고.

하지만 지금 생각해보면 이상했다.

『계시』대로 【토끼】를 보호해 지정장소에 가지 않았다면 애초에 미노타우로스와 만날 일은 없었다. 그야말로 당시 다프네가 화를 내며 지적했듯, 우스꽝스러운 『자작극』이 되고 말았다.

다시 말해 회피할 【파멸】은 그날이 아니었다.

카산드라는 아연실색한 눈빛으로 주위를 둘러보았다.

『볼티메리아』의 가죽은 검보라색.

수많은 개체가 한데 모인 그 모습은 그야말로 『칠흑의 파도』 같아서.

──나를 집어삼킨 【칠흑의 파도】는 사실 검은 미노타우로스가 아니라, 검은 볼티메리아의 대군?

보호해 며칠이나 돌봐주었던 소녀의 냄새, 아니, 『몸에 밴 자신의 냄새』를 따라 【토끼 부적】, 즉 알미라지와 헬하운드는 던전 속에서 카산드라를 발견해준 것일까.

하얗고 북슬북슬한 덩어리가 지금도 파닥파닥 만져대는 가슴 틈새 언저리를 오른손으로 꼭 쥐며, 카산드라는 지금 막 과거의 『예지몽』을 피했음을 깨달았다.

"『예지몽』의 중복…… 그날의 『계시』는, 오늘의 파멸을 회피하기 위한 『경고』?"

넋이 나간 카산드라는 재회를 기뻐하는 것처럼 보이는

알미라지와 헬하운드를 응시했다.

너무나 황망한 사태를 겪어 사고정지에 빠진 다프네는 이쪽을 전혀 보지 않고 있었다.

그 모습을 곁눈질로 확인한 카산드라는 크게 결심하고, 몬스터들을 가만히 안아보려 했다.

"……역시 안 되겠어~."

『뀨?』

하지만 결국 무리였다.

"너희는……."

마인드다운에 빠지기 직전이었던 벨프가 중얼거렸다.

그의 시선 너머에서 트롤이, 라미아가, 데들리 호넷이 『볼티메리아』의 대군만을 노려 없애고 있었다.

"이……이게 어떻게 된 거야……."

"게다가 이 몬스터는…… 혹시『무장한 몬스터』?"

"【로키 파밀리아】가 다이달로스 거리에서 토벌했던 거 아니었나?!"

보르스와 치구사, 오우카는 그저 당혹스러울 뿐이었다.

다프네는 상황을 이해하지 못한 채 여전히 굳어 있었다.

몬스터가 모험자들을 지켜주는 것처럼 보였다. 아니, 억지로 해석하면 몬스터와의 전투를 우선시해 모험자들을 방치해두었다고도 할 수 있는 모습이었다. 세 사람은 어떻게 대처해야 좋을지 우왕좌왕하지도 못하는 상태에 빠져버렸다.

그런 가운데, 『제노스』의 정체를 아는 벨프는 보았다.

머리 위를 나는 가고일. 시선을 느끼고 쳐다보더니 무뚝뚝한 인간처럼 콧방귀를 뀌며 고개를 돌려버렸다. 금세 시작되는 치열한 공중전. 견고하면서도 강인한 돌 날개를 가진 제노스에게 『볼티메리아』의 무리는 속절없이 유린당했다.

비할 데 없는 지상전 실력을 자랑하는 리저드맨 전사. 분노의 거동을 보이는 부유 물고기를 왼손의 시미터로 단숨에 가르고 오른손의 롱 소드로 호쾌하게 쪼갠다.

벨프의 앞을 한순간 스쳐 지나간 리저드맨은 씨익, 하고. 마치 웃음을 짓듯 송곳니가 늘어선 입가를 틀어올렸다.

──그 녀석도 왔어.

가늘게 뜬 누런색의 눈이 그렇게 말한 기분이 들었다.

리저드맨이 어떤 방향으로 시선을 돌려, 벨프는 눈을 크게 떴다가 흠칫 그쪽을 돌아보았다.

시야에 비친 것은, 전장을 가로지르며 달려가는 검은 로브──.

"……우."

뺨에서 전해지는 진동에 하루히메는 눈꺼풀을 떨었다.

머리가 몽롱했다.

귀는 막을 씌워놓은 것처럼 소리를 제대로 포착하지 못

했다.

그러나 이곳이 『전장』임은 또렷이 인식했다.

마인드다운의 영향인지, 무거운 피로감과 권태감이 아직도 팔다리를 좀먹고 있다. 그러나 노래해야만 한다. 요술사인 자신의 역할은 알고 있다. 쓰러져 있을 수는 없었다.

하루히메는 몸에 의지의 채찍질을 가했다. 팔다리에 힘을. 입술에 노래를. 동료를 위해 빛의 기적을.

언젠가 보았던 소년처럼, 일어나, 어서 일어나, 어서. 하루히메가 자신에게 호소하고 있으려니── 그녀의 몸을 누군가가 감싸주었다.

"······?"

누군가가 두 팔로 자신의 몸을 지탱해주고 있음을 이해한 하루히메는 희미하게 눈을 떴다.

뿌연 시야에 비친 것은 호박색 두 눈이었다.

이마에는 따뜻한 붉은색의 광채가 맺혀 있었다.

그것은 누구보다도 애타게 그리워했던 『소녀』의 분위기를 쏙 빼닮았다.

크게 뜨인 눈이 상을 맺은 순간. 하루히메는 입술을 떨었다.

"비네, 님······?"

가늘게 속삭인 그 이름에, 용종 소녀는 꽃처럼 활짝 웃었다.

"응, 하루히메!"

은청색 머리카락을 출렁이는 부이브르── 비네의 목소리에 하루히메의 녹색 눈에서는 눈물이 넘쳐났다.

"구하러 왔어!"

"아, 아아아아아……!"

땅에 두 무릎을 꿇은 자세 그대로 자신을 안는 소녀의 가느다란 팔에, 하루히메는 치밀어 오르는 것을 억누를 수가 없었다.

동생 같은 소녀를 줄곧 그리워했다.

동생 같기도, 딸 같기도 한 그녀를 그리지 않은 날이 없었다.

재회가 가져다준 사랑스러운 마음이 모든 피로를 씻어내, 하루히메는 자신의 팔을 비네의 몸에 감았다. 눈물을 맺으면서 뺨을 비비는 용종 소녀를 끌어안았다.

"보고 싶었어, 하루히메!"

"소녀도…… 나도!"

"나 있지, 한 번도 안 울었다? 하루히메랑 벨이 걱정하지 않게, 한 번도!"

피아와 마찬가지로 로브를 머리에 뒤집어쓴 비네는 작은 새가 지저귀듯 부드러운 목소리로 여우 귀에 속삭였다.

"근데…… 지금은, 울어버렸네."

투명한 눈물을 흘리며 무구하게 활짝 웃는 용종 소녀를 보고, 하루히메는 가슴에서 넘쳐나는 감정을 막을 수가 없었다.

하루히메와 비네는 다시 한 번 포옹을 나누었다.

"비네 님……!"

"저희와 함께 행동했습니다. 여러분의 위기를 알렸더니, 꼭 이쪽으로 와야겠다고 하더군요."

그 광경을 본 릴리의 얼굴에도 경악과 기쁨이 떠올랐다.

레트의 말을 들으며, 어울리지도 않는다는 것을 알지만, 『또 한 사람의 가족』과 지상에서 지냈던 나날을 떠올리고 두 눈을 뜨겁게 적시고 말았다.

"어떻게 된 거야냐, 이게에~~~~~~~~?!"

그리고 그때.

몬스터를 호쾌하게 걷어차 날려버리는 폭음과 함께, 분위기 파악할 줄 모르는 고함이 룸의 통로 쪽에서 터져나왔다.

『제노스』보다 한 발 늦게 도착한, 아냐를 비롯한 『구원대』였다.

"모험자 군의 동료들은 찾았는데……."

"몬스터끼리 싸움났다웅?!"

어깨로 숨을 쉬며 넋이 나가버린 아냐 외에도 루노아와 클로에가 몬스터의 격렬한 동족상잔──『제노스』와 『볼티메리아』의 교전에 눈을 크게 뜨고 있었다.

릴리 일행의 고함을 들은 후, 클로에의 『감』을 믿고 제27계층까지 달려온 그녀들이 본 것은 무섭도록 강한 『무장한 몬스터』의 퍼레이드가 저 멀리 달려가는 모습이었다. 이끌려가듯 계층 안쪽으로 향하는 그 무리를 보고 무언가 있다고 파악한 아냐 일행은 추적을 개시해, 한번은 놓치기도 했지만 몬스터들이 중간에 일으킨 전투의 소리를 따라 이 룸까지 도착했던 것이었다.

"아냐 님······! 다른 분들도! 헤스티아 님이 잘 수배해주셨군요!"

그녀들의 등장한 이유를 가장 먼저 알아차린 사람은 역시 릴리였다.

지상으로 『원군』을 요청했던 【헤스티아 파밀리아】의 참모는 가슴속으로 갈채를 보냈다.

그런 가운데, 한 하프드워프는 마치 빨려 들어가듯 한 청년에게 다가갔다.

"벨식이······."

"츠바키?! 네가 여긴 어떻게······."

츠바키는 당황하는 벨프의 앞에서 발을 멈추었다.

옛 동료인 청년은 몰골이 말이 아니었다. 숨을 헐떡이고, 크고 작은 상처를 입어, 손으로 가볍게 밀기만 해도 어이없이 쓰러져버릴 것 같았다.

그러나 지금 그녀에게 그런 것은 아무래도 상관이 없었다.

츠바키의 하나 남은 눈을 빼앗은 것은, 그가 든 한 자루의 검이었다.

"그 『마검』······."

붉은 장검. 『크로조의 마검』이 아닌 『벨프의 마검』.

한 자루의 작품에 빨려 들어간 츠바키의 오른쪽 눈은 크게 뜨였으며, 벨프가 지금까지 본 적도 없는 감정을 드러내고 있었다.

그게 대체 뭔가?

그런 멋없는 질문은 하지 않았다.

아니, 한 마디의 말조차 꺼내지 않았다.

마스터 스미스의 『눈』은 무기에 깃든 빛을 본 것만으로도 『무엇을 이루었는지』를 이해했다.

"……큭큭큭, 하하하하하하하하하하하하하하!! 해냈구나, 이 애송이가!!"

전장에 어울리지 않는 가가대소.

보르스가 무슨 일인가 싶어 돌아보는 가운데, 벨프만은 티 없는 눈빛으로 츠바키를 보고 있었다.

"『지고』의 경지가 얼마나 되는지 알지도 못했던 주제에! 이젠 신의 봉우리 꼭대기에 손을 걸쳤구먼!"

"……."

"『바보놈』이라고는 했지만 이 정도로 『바보 천치』였을 줄이야! 쓸데없는 충고나 했던 내가 어리석었네! 아아, 얄미워라! 그리고 이 얼마나 통쾌한지!"

그녀의 말은 욕설도 비난도 질투도 아닌, 환희였다.

자신의 가늠을 초월해버린 청년에 대한 투쟁심.

한 청년을 자신의 『동족』이라 인정했다는 증거였다.

"——축하하네, 벨프 크로조. 그대도『이쪽』으로 왔군."

그리고 지옥에 온 것을 환영한다고.

거짓 없는 찬사를 보내는 마스터 스미스는 진심으로 한 스미스의『도달』을 환영했다.

"기분이 좋아. 남은 몬스터는 이 몸이 싹 정리해주지."

"……! 야, 츠바키. 저 몬스터들은……!"

"나도 아네. 무장하지 않은 몬스터들만 벨 것이야."

물줄기를 따라 새로이 출현하는『볼티메리아』의 무리를 보며 벨프에게 등을 돌린 츠바키는 입맛을 다셨다. 솟구치는 감정을 감추지 못하는 그녀는 웃음을 지으며 악귀와도 같은 싸움을 시작했다.

멈춰 있던 주점 3인조도 흠칫하고는, 움직이지 못하는 『파벌연합』일동을 대신해 일단은『볼티메리아』를 섬멸하기 시작했다.

그리고 시작된 것은 모험자들과 몬스터, 그리고『제노스』의 대혼전.

"리드! 리드으————————!!"

전장의 격렬한 소리가 끊어지지 않는 가운데, 높은 소프라노 목소리가 터져나왔다.

물줄기 속에서 고개를 내밀고 부르는 머메이드—— 마리의 존재를 알아차리고 리드는 재빨리 달려왔다.

"마리, 너 이런 데 있었어?! 그럼 여기서 무슨 일이 있었는지——."

"벨이! 벨이 아래로 가버렸어!"

리저드맨의 인류어를 가로막고 마리는 눈물을 흘리며 말을 이었다.

"벨찡?! 마리, 너 벨찡이랑 만난 적 있어?!"

경악한 리드는 말이 서툰 마리의 설명을 빠르게, 정확하게 해석했다.

『웜 웰』에게 먹힌 벨과 한 엘프가 아래 계층으로 끌려가고, 던전에서 태어난 『말살의 사도』 또한 그 뒤를 따라갔음을.

펠즈를 경유해 들었던 노신의 정보, 【재앙】의 동향과도 일치했다.

상황을 파악한 리드는 숨을 멈추고, 다음으로는 눈꼬리를 틀어올리며 힘차게 목을 떨었다.

『우워어어어어어어어어어어어어어어어어어!!』

갑자기 터져나온 리저드맨의 포효에 『제노스』들이 흠칫 튕겨지듯 돌아보았다.

그 포효는 인간은 알아들을 수 없는, 그들에게만 전해지는 『괴물』의 메시지.

리드에게서 정보를 들은 『제노스』는 고함을 질러 대답하고 그 자리에서 힘차게 달려나갔다.

"무장한 몬스터가⋯⋯!"

"내분을 일으킨 줄 알았더니 이번에는 뛰쳐나가다니, 대체 뭐가 어떻게 된 거야옹?! 이젠 뭐가 뭔지 모르겠다옹!"

『볼티메리아』를 모조리 물리치자마자 일제히 룸을 뛰쳐

나가는 『제노스』를 보고, 놀라는 치구사의 곁에서 클로에가 고함을 질렀다.

"리드 님이 뭐라 하셨나요?!"

"미스터 벨과 엘프 모험자가 몬스터에게 아래 계층으로 끌려갔다고 합니다!"

한편 모험자로 변장한 레트 일행은 릴리의 곁에 남아 정보를 공유했다.

"출현한 마더(던전)의 『사도』…… 강대한 몬스터도 미스터 벨과 엘프 모험자를 따라갔다는군요!"

"……! 벨 님이 있는 계층은요?!"

"모르겠습니다! 그러나 갓 우라노스의 관측이 옳다면……『심층』일 가능성도."

레트의 말에 경악하는 릴리.

상상도 못했던 최악의 가능성에 머리가 새하얗게 물들었으나.

"그리고 리드의 전언입니다…….『올 거면 와. 데려가줄게.』"

"!!"

그 『부름』에 흠칫했다.

리드가 무슨 말을 하려는지 한 치의 오차도 없이 이해했다.

"아냐 님!"

"냐, 냐냐? 너는 백발네 서포터……?"

릴리는 돌아보며 고함을 지르고, 멍하니 서 있던 아냐에게 달려갔다.

"아냐 님의 Lv.은 얼마인가요?!"

"무, 무슨 소릴 하는 거야?! 그보다 류는 대체 어디에——."

"됐! 으! 니! 까!! 얼른 대답이나 하세요!!"

"냐아?! 레, Lv.4다냐?! 냐도 클로에도 루노아도, 류랑 같다냐!"

아냐는 눈에 핏발을 세운 파룸의 얼굴에 겁을 먹고 반사적으로 대답해버렸다.

그리고 그녀의 대답에 릴리는 심장이 두근거리는 것을 느꼈다.

"——이대로『물의 미로도시』를 빠져나가겠어요!"

직후.

릴리는 목소리를 높여 파티에게 지시를 내렸다.

"벨 님과 류 님은『웜 웰』에게 아래 층역으로 끌려갔을 가능성이 높아요! 지금 있는 멤버로 세이프티 포인트까지 달려가 파티를 재편하고! 그대로 벨 님과 류 님을 구출하겠어요!"

"뭐……!"

잇달아 주워섬기는 릴리의 말에 나머지 일행은 아연실색했으나.

"이의는 접수하지 않겠어요!!"

작은 지휘관은 폭군과도 같은 말로 결정사항을 만들어

버렸다.

'정체를 몰랐던 『풍요의 여주인』의 전력, 아냐 님 일행은 Lv.4! 【헤파이스토스 파밀리아】 단장 츠바키 님은 Lv.5! 이 거라면 『제노스』와 협력해 28계층 아래로 진출하는 것도 가능해……!'

아냐 일행의 전투력을 머릿속의 계획서에 휘갈겨 쓴 릴 리는 『작전』의 가부를 자신에게 물었다.

릴리는 리드의 『전언』이 어떤 의도를 가졌는지 정확하게 이해했다.

『제노스』는 릴리 일행과 함께 벨을 구조하러 갈 생각이 다. 아마 릴리 일행과 적당한 거리를 유지한 채, 레트나 비 네를 경유해 포효로 정보를 교환하며 벨과 류의 행방을 좇 을 것이다. 이것은 『제노스』의 원정대와 동행하는 것과 마 찬가지다.

Lv.5 수준의 퍼텐셜을 자랑하는 제노스 리드와 가고일 그로스를 비롯해 『제노스』의 전투능력은 매우 높다. 여기 에 츠바키와 아냐 일행이 가담하면 전력은 남아돌 정도다. 그야말로 『하층』을 돌파할 정도로. Lv.1이나 Lv.2인 릴리 일행은 보조에 전념하면 그만이다.

애초에 돌발적인 『작전』인 만큼 구멍이 있는 것도 잘 안다.

하지만 『완수』가 가능할까, 불가능할까?

──가능해.

──아니, 그게 아니야. 이루고 말겠어!

던전과 맞서 이기고, 소년과 요정을 맞이하러 가기 위해.

『웜 웰』을 따라간다고? 아니, 애초에 【래빗 풋】과 【질풍】이 끌려갔다는 증거도, 살아있다는 보장도 없는데…….”

“가, 가자, 다프네!! 벨 씨랑 류 씨를 구하러!”

“……아우 진짜! 알았어, 가면 될 거 아냐! 여기까지 왔으면 논리가 통할 상황도 아니고!”

릴리의 작전에 의문을 품었던 다프네는 몸을 불쑥 내미는 카산드라에게 체념과 달관의 말로 대답하고,

“내, 내가 끝까지 따라갈 이유는……!”

“무슨 소릴 하고 앉았어. 귀중한 Lv.3이니 마지막 기력 한 방울까지 쥐어짜서 일해!”

“우, 웃기지 마아아아앗?!”

흉흉한 웃음을 머금은 아이샤는 자기 보신을 내세우려는 보스르의 퇴로를 완전히 차단했으며,

“뭔진 잘 모르겠지만…… 류가 아래 계층에 있다면 갈거다냐!”

“던전은 내려가면 내려갈수록 위험한 거 아냐? 피곤하네~ 정말.”

“이거 퀘스트 보수 못 받으면 손해다옹……. 냐는 모험자도 아닌데.”

“하하하하하! 이렇게 되면 일심동체지!”

아냐, 루노아, 클로에가 동료 구출의 의지를 새로이 다

지고, 츠바키는 비관을 날려버리는 큰 웃음소리를 냈으며,

"……무장한 몬스터들…… 우리를 구해준 것 같은데……"

"……그리고 모험자인 양 로브로 몸을 감춘 저 친구들…… 나중에 설명해라, 대장장이."

"글쎄다. 잘 설명할 수 있을지 모르겠다만."

다이달로스 공방전 당시 한 『부이브르』가 어린이를 구했던 순간을 목격했던 치구사와 오우카는 의문이 솟아났지만 지금 당장은 묻지 않았으며, 벨프는 그런 그들에게 뻔뻔하게 웃었다.

"가자, 하루히메! 벨 구하러!"

"네, 비네 님!"

마지막으로, 눈앞에 불쑥 내민 용종 소녀의 손을 하루히메가 힘차게 잡았다.

높아지는 사기와 모험자들의 강한 눈빛을 보고, 릴리의 조그만 가슴에 뜨거운 감정이 솟아났다.

'할 수 있어……! 이 파티라면, 『심층』에도 갈 수 있어!!'

그러니 남은 문제는──

"이제부터는 시간과의 싸움이군요. 미스터 벨이 무사할 동안 그를 찾을 수 있을지 어떨지!"

"……!"

"아래 계층을 나아갈 때는 아무래도 시간이 걸리지요. 『심층』까지 간다면 하루나 이틀은 걸릴 수도……!"

곁에 있던 레트의 속삭임에 릴리는 목을 꼴깍 울렸다.

제대로 된 장비도 없는 모험자가 『하층』 이하에서 활동할 수 있는 시간은 얼마 되지 않는다. 이제부터는 일각의 유예도 없다. 최대 속도로, 벨과 류를 구하러 가야 한다.

솟아나는 불안, 초조함과 공포. 그것을 지금만은 뿌리치고, 릴리는 호령을 울렸다.

"출발해요!"

달려나가는 모험자들.

룸을 벗어나, 다음 층으로 이어지는 정규 루트에 뛰어들었다.

던전은 더 이상 그들을 막을 방법이 없었다.

이단의 괴물들이 지르는 포효가 용기 있는 전진을 환영하듯 쩌렁쩌렁 울려 퍼졌다.

스테이터스

Lv.2

힘: D505 내구: E478 기교: B707 민첩: C698 마력: F370

내성: I

《마법》

【라우뮈르】
· 방호마법.
· 「내구」강화 및 「민첩」고강화.
· 효력은 술자의 「마력」에 비례.

《스킬》

【엘리오스 바스시온】
· 「민첩」소보정.
· 추적당할 시 발전 어빌리티 「도주」일시발현.

【라우루스 리스】
· 소모시 및 빈사시 「내구」초고보정.
· 발동 위치는 임의. 효과영역은 피부 변이.

《펜서 로리어트》
· 지휘봉처럼 생긴 가늘고 긴 단검. 검신의 길이는 60C.
· 아폴론이 다프네를 위해 주문한 특수제작품. 사실은 극동제라 원래의 검명은
『계관검인(桂冠劍人)』.
· 소재는 『월성수액(月聖樹液)』과 『벽강주(碧鋼柱)』. 강인하면서도 가벼우며 장
비한 사람의 마법구사를 보조한다.
· 다프네 본인은 진저리를 치지만 쓸데없이 성능이 좋아 아직까지 애용한다.
· 억지로 【파밀리아】에 끌어들인 아폴론에게 충성심은 없었으나, 입단 후 무엇
하나 불편하지 않게 잘 대해준 그에게는 복잡한 심경을 품고 있다. 본인의 표현
을 빌자면 "감사도 하긴 하지만 그 이상의 원한이 있지."

【다프네 라우로스】
소속: 【미아흐 파밀리아】
종족: 휴먼
직업: 모험자
도달계층: 제27계층
무기: 단검, 세검, 채찍
소지금: 570,000발리스

© Suzuhito Yasuda

스테이터스

Lv.**2**

힘: H101 내구: H189 기교: G248 민첩: F341 마력: D588

치유: I

《마법》

【솔 라이트】 · 범위회복마법.

· 마인드에 비례해 효과영역 확대.

【큐어 에피알티스】 · 해로운 효과를 제거하는 마법.

《스킬》

【파이브 디멘전 트로이아】 ※해독불가능.

※스킬명조차 신성문자로 표시되지 않아 주신

미아흐가 「아마도 이럴 것이다」라고 해석한 것.

《토끼 부적》

· 『알미라지』의 털로 만든 부적. 생긴 것은 토끼발 그 자체. 카산드라가 직접 만들었었다.

· 다이달로스 공방전 직전에 꾼 불길한 예지몽을 극도로 두려워해, 예언의 시에 나왔던 『토끼 부적』을 진짜로 만들었다. 재료는 물론 제노스 알루에게서 빌린 것.

· 알루와 헬가는 끈에 꿰어 가슴에 걸고 있었던 이 부적과 카산드라의 잔향을 따라왔다. 말 그대로 운명의 아이템.

· 참고로 벨의 별명이 【래빗 풋】으로 정해진 후 비극의 예언자가 새콤달콤한 운명을 느끼고 들떠버렸다는 사실은 비밀.

절대 비밀이다.

【카산드라 일리온】

소속: 【미아흐 파밀리아】
종족: 휴먼
직업: 힐러
도달계층: 제27계층
무기: 로드, 단궁
소지금: 111,111발리스

《신성의 크리스탈 로드》

· 마도사 및 힐러의 「마력」을 끌어올려주는 마장. 가격은 1,200,000발리스.
· 아폴론이 준 《양광의 퀸 메이스》가 형용하기 힘들 정도로 하이센스였으므로 다 프네와는 달리 울며 겨자 먹기로 자비를 털어 구입했다. 대출금은 완납. 마장은 원래 전열의 무장보다 비싸다.
· 컨버전을 계기로 【미아흐 파밀리아】의 엠블럼을 새겨넣었다. 여담이지만 카산드라는 자신의 마법 【큐어 에피알티스】는 해독마법이라고 지레짐작하고 있어, 저주를 해제하는 효과도 포함되어 있다는 사실을 아직 모른다.

스테이터스

Lv.2

힘: H118 내구: H123 기교: H143 민첩: I71 마력: I72

스미스: I

《마법》

【윌 오 위스프】
- 안티 매직 파이어.
- 영창식【불타버려라, 외법의 업】

《스킬》

【크로조 블러드】
- 마검제작 가능.
- 제작시 마검 능력 강화.

《시코우 카즈키》
- 장검형 마검. 속성은 불.
- 이후 벨프가 만들게 될 연작 시리즈《시코우》의 기념비적인 첫 작품.
- 사용자의 『마력』에 의존하기 때문에 사용한계가 없으며, 스스로 부서지는 마검 의 운명에서 벗어났다. 위력 또한 사용자에 맞춰 변동한다. 벨프가 창조한, 기존 의 무장에는 없었던 새로운 마검.
- 사용자와 함께 성장하는《헤스티아 나이프》를 헤파이스토스가 스미스로서 『사도의 무기』라 칭했던 반면, 벨프는 마검 대장장이로서《지고》를 『정도』라 긍정했다.
- 벨프가 사용할 때만 『정령의 피』와 공명해, 그가 벼렸던 다른 『크로조의 마검』 과 동등하거나 그 이상의 위력이 가산된다.

【벨프 크로조】
소속: 【헤스티아 파밀리아】
종족: 휴먼
직업: 스미스
도달계층: 제27계층
무기: 대도
소지금: 4,000발리스

《휴대용 화로 및 스미스 도구 일습》
·벨프가 마련한 정비 및 수리용 작업도구. 같은 【파밀리아】 동료들도
마찬가지지만, 이번 원정을 위해 많은 자금이 날아가 버렸다.

© Suzuhito Yasuda

9장 헬로우 심층

『심층? ……무서운 곳, 이려나?』

전에 물어본 적이 있다.

너무나도 높은 곳에 있는 그녀에게.

동경하는 그 사람에게.

제1급 모험자라는 자리에 있는 검사가 보는 경치는 어떤 것일지.

흥미 본위로, 혹은 약간이라도 다가가고 싶다는 마음에 물어본 적이 있다.

『거기 갔을 때, 난 처음으로 몬스터가…… 던전이, 무섭다고 생각했어.』

푸른 하늘에 에워싸인 시벽 위에서.

꿰뚫어볼 수 없는 금색 눈으로.

몇 번이고 목숨을 위협당했던 모험자의 눈빛을 하며, 그녀는 말했다.

『입으로 말해도, 아마 모를 거야…… 하지만 가보면, 알아.』

그녀는 나에게 그렇게 단언했다.

『만약…… 나중에, 아주 나중에, 네가 거기 갈 수 있게 된다면, 그때는──.』

그때.

그 사람은 내게, 뭐라고 했더라.

그 말이 어째서인지, 지금은, 도저히 떠오르지 않았다.

귓속이 울렸다.

무서운 꿈을 꾼 어린아이처럼 드높은 울음소리가.

현재 상황의 인식을 거부하려는 이성의 비명이.

머릿속까지 침범하는 본능의 절규가.

"『심층』······."

입술에서 툭 떨어진 중얼거림이 어둠 속에 녹아들어 사라졌다.

정적이 귀를 꿰뚫고 있었다.

심장 소리가 온몸에 울려 퍼졌다.

미궁의 암담한 어둠이 우리를 옥죄듯 끌어안고 있었다.

으스스하게 희뿌연 색으로 물든 벽면, 끝이 보이지 않을 정도로 높은 천장, 기존의 계층에는 있을 수 없는, 너무나도 거대한 미궁구조.

현재 위치, 제37계층.

모든 모험자가 두려워하는 던전의 심연──『심층』.

"············."

얼어붙은 것처럼 조금도 움직이지 않는 머리를 대신해 안구의 움직임만으로 주위를 살폈다.

다가오는 몬스터의 그림자는, 없다. 기척도, 소리도.

간신히 내다볼 수 있는 어둠 속에서 필사적으로 눈에 힘을 주었다.

장소는 무시무시할 정도로 넓은 룸이었다. 내가 있는 중심지에서 안쪽의 벽까지 400M은 되지 않을까. 제17계층에 있는『통곡의 대벽』이나 팬트리 같은 고유 지대를 제외하면 이런 특대형 룸에는 들어와본 적이 없다. 벽면에서 빛나는 인광은 마치 촛불 같아 매우 힘없어 보였다.

　바로 곁에 드러누워 있는 것은 거대한 뱀의 주검.

　갈라진 긴 몸에서 피웅덩이가 퍼져나오는, 이미 숨이 끊어진 흉조──『웜 웰』이었다.

　제27계층에서 우리를 삼키고는 우물을 파 이 장소로 끌고 온 장본인.

　"……, ……우, ……아."

　한쪽 눈을 크게 뜬 채, 거대한 뱀의 주검을 멍하니 바라보았다.

　입이 의식을 벗어나 저절로 열렸다 닫혔다 했다.

　하지만 혀가 마비되어 언어의 형태를 이루지 못했다.

　호흡에 실패한 것처럼 메마른 숨소리만이 새어나올 뿐.

　──거짓말이야. 그럴 리가, 말도 안 돼.

　『웜 웰』의 원래 출현 계층은 제37계층.

　하필이면 우리를 삼킨『웜 웰』이 자기『둥지』까지 돌아오다니?

　제27계층에서 10층 분량이나 암반을 뚫고?

　빈사상태의 육체가 귀소본능에 따르듯── 이곳『심층』으로?!

이상하잖아!

말도 안 돼!

이런 전례는 없었어!

이런『가혹』한 상황은——— 들어본 적도 없어!!

'위험해, 위험해………… 위험해위험해위험해……?!'

머릿속을 가득 메운 위험신호.

왈칵 땀이 솟아나고, 이상할 정도로 몸이 뜨거워졌다.

심층 영역.

『길드』가 규정한 진정한 사선.

나에게는 아직 지나치게 이른 모험의 무대이며, 솔로 탐색은 절대 용납되지 않는『던전의 최대 위험 영역』.

무엇보다 지금 우리의 상태로는……!

"류 씨……!"

품속에서 힘을 잃고 축 늘어진 엘프의 몸을 내려다보았다. 『웜 웰』에게 먹혀 독성 위산에 그슬린 그녀는 만신창이였다. 롱 케이프나 배틀클로스는 곳곳이 불타 새하얀 맨살이 엿보였으며 싱그럽던 팔다리도 화상투성이였다. 특히 롱 부츠에 싸여 있던 오른발은 부자연스러운 각도로 뒤틀린 채 부러져 있었다.

이렇게 말하는 나도, 온 피부가 강산에 그슬리고 온몸에 부상을 입었다.

눈꺼풀이 녹아 들러붙는 바람에 오른쪽 눈을 뜰 수 없었다.

한쪽 눈만으로 보는 뿌연 시야 속에서, 지키고자 —

―혹은 매달리려는 듯―― 류 씨를 끌어안은 손에 힘을 주었다.

말을 듣지 않고 떨리기만 하는 손가락이 그녀의 가녀린 어깨에 파고들 정도로 힘을 주었다.

"류 씨, 류 씨……! 류 씨……!!"

누나에게 울며 매달리는 어린아이처럼, 작은 목소리로 몇 번이나 그녀의 이름을 불렀다.

사고가 정지되었다. 머릿속이 새하얗다.

최악의 『이상사태』. 제37계층에 내팽개쳐지고 말았다는 현실. 어둠에 희롱당할 수밖에 없다.

고독, 고립, 고군, 고혈. 너무나도 불안하다. 춥다. 외롭다. 슬프다. 아프다. 이제는 감정이 엉망진창이었다.

조용히, 그리고 치명적일 정도로 공황을 일으키고 있었다.

나는 유일한 길동무가 된 엘프에게 일어나라고 호소할 수밖에 없었다.

그리고 그때였다.

후둑후둑.

돌 파편이 떨어진 것은.

"―――."

머리카락에 그 파편을 맞은 나는 움직임을 멈추었다.

끌려가듯 머리 위를 올려다본다.

어둠 너머에서 지금도 떨어지는 돌조각. 암흑에 가려진 천장에서는 아무것도 보이지 않는다. 시각으로는 아무것도 판단할 수 없었다.

하지만 청각은 달랐다.

분명 그 소리를 들었다.

그렇다. 이를테면『무언가』가 이 계층을 향해 맹렬히 달려오는 듯한 소리.

활짝 열린 우물 속에서 고속으로 튀어나오려는 듯한——.

그 가능성에 이른 순간, 얼굴에서 핏기가 가셨다.

뇌리에 되살아나는 거대한 그림자.

마법을 튕겨내는『껍데기』.

모든 것을 파괴하는『발톱』.

그리고 선혈처럼 빛나는 진홍의 눈.

'설마——.'

제27계층에서 싸웠던 그『괴물』이,『웜 웰』이 파놓은 구멍을 따라, 쫓아왔나?

우리를 해치우려고?!

전율이 엄습하는 가운데, 마음속 어디선가 확신이 들었다.

쥬라라 불렸던 남자가 마지막으로 남긴 말이, 그 테이머가 터뜨렸던 집념의 명령이『괴물』을 우리에게 인도했을 것이라고.

괴물의 몸에 채워져 있었던『서클』과『붉은 돌』을 떠올리자 심장 고동 소리가 더욱 빨라졌다.

"으윽…… 아아아아아아아아……!"

공백이 새겨졌던 머릿속에 초조함이라는 연료가 쏟아졌다.

──도망쳐, 도망쳐!

──그 『괴물』에게서!

오직 그 마음만으로, 정지했던 생각과 육체는 움직이기 시작했다.

온몸에 힘을 담아, 류 씨를 부축하며 일어났다. 그 순간 마치 불이 지펴진 것 같은 감각에 사로잡혔다. 급격히 움직이는 바람에 마비되었던 정신이 통각이라는 지옥을 되찾았다.

상처가 벌어져 피가 땅바닥에 뚝뚝 떨어졌다. 강산에 타짓물렀던 피부가 신음했다.

무엇보다 왼팔이 무시무시한 격통을 호소했다.

골라이아스 머플러가 감긴 왼팔──『괴물』의 『발톱』을 막아냈던 팔──을 기점으로 온몸이 과열되었다. 구역질이 치밀고 눈꼬리에는 눈물이 떠올랐으며 두 다리가 떨렸다. 마음이 꺾이려 했다.

그래도 온 힘을 다해 이를 악물고 나는 부츠를 밀어냈다.

나아갔다.

한 걸음, 한 걸음, 한 걸음마다 피로와 격통을 뿌리치며 몸을 앞으로 전진시켰다.

아직은 움직일 수 있어.

아직은 달릴 수 있어.

아직은, 아직은!

머리 위에서 떨어지는 돌조각을 맞으며, 없는 힘을 쥐어짜내 이탈을 개시했다.

의식을 잃은 류 씨의 몸을 어깨로 부축하며, 정신없이 룸을 가로질렀다.

하지만 룸을 빠져나가는 통로로 접어들기 직전——

쿠웅!

『무언가』가 힘차게 구멍에서 튀어나왔다.

"!!"

남보라색 광채를 뿌리며, 까마득한 머리 위에서 낙하해 지면에 격돌했다.

충격과 굉음이 발생했다.

돌아본 시선 너머에서 일렁이는 것은, 오른팔을 잃은 이형의 실루엣이었다.

역관절 다리에 긴 꼬리, 뼈가 우툴두툴한 몸에는 남보라색으로 빛나는 장갑각.

『갑옷을 두른 공룡 화석』이라는 말을 떠올리게 하는 거구는 몸길이 3M 정도. 가늘고 긴 외팔 끝에 달린 것은 송곳니와 분간이 가지 않는 파괴의 『발톱』.

어둠 속에서 요사스럽게 번뜩이는 붉은 두 눈.

틀림없다.

그 파괴자, 그 몬스터였다.

『————.』

휘릭.

마치 이쪽의 존재를 포착한 것처럼, 그 괴물의 목이 회전했다.

붉게 빛나는 안광과 내 눈이 마주쳤다.

『――워어어어어어어어어어어어어어!!』

"으윽?!"

적의 포효가 날아들자마자 나는 온 힘을 다해 등을 돌렸다. 통로로 뛰어들어 룸을 빠져나왔다.

즉시 뒤를 따라오는 맹렬한 발소리가 이어졌다.

"크윽……?!"

미로 구조를 가진 복잡한 통로를 마구잡이로 나아갔다.

뒤에서 따라잡혔다간 끝장. 막다른 길에 접어들어도 끝장. 다른 몬스터와 조우해도 끝장. 최악의 궁지. 나는 그저 기도할 수밖에 없었다.

방향전환을 되풀이하고 옆길로 들어가며 적의 추적을 따돌리려 했다.

하지만 『괴물』의 발소리는 멀어지질 않았다.

오히려…… 점점 다가오고 있어!

"허억, 허억, 허어억……?!"

폐가 불타고 있었다. 땀이 그치질 않았다. 목이 타들어간다.

중상자를 부축하는 지금, 진행속도는 눈물이 날 정도로 느렸다. 다리가 전혀 올라가질 않았다. 온몸이 고통의 비명을 질렀다. 그래도 온 힘을 다해 도망쳤다.

제대로 된 사고력 따위 이미 잃어버린 가운데, 머릿속에서 떠올랐다가는 사라지는 거품처럼 수많은 자문의 목소리가 들려왔다.

한번은 궁지에 몰아넣었던 상대니, 덤벼든다면 맞서 싸워서 화근을 없애야 하지 않을까?

지금 도망친다고 뭐가 되지?

분명 땅 끝까지라도 쫓아올 저 몬스터에게서 도망치는 건 악수가 아닐까?

이건 판단을 미루는 것 아닐까?

하지만 안 된다.

지금만은 안 된다.

지금만은 도망쳐야 해!

내기해도 좋다. 이대로 저 몬스터와 교전한다면 나와 류씨 둘 중 하나는 죽는다.

몬스터와의 사투에서 얻은 반동에 더해, 『웜 웰』의 독기 어린 위산에 그슬린 이 몸으로는 도저히 제대로 싸울 수 없다. 제27계층에서 한 방 먹였을 때와는 상황이 완전히 다르다.

지금 저 몬스터와 싸워서는 안 돼!

오직 끝까지 도망치겠다는 일념으로 나는 왼손을 꼭 쥐고, 무의식중에 『차임』 소리를 내기 시작했다.

『——————————————우우!!』

미궁 내에서 길을 꺾어지기를 몇 차례, 마침내 몬스터가 눈에 보일 정도의 거리까지 따라왔다.

지면을, 벽을, 천장을, 미로 내를 종횡무진 튀며 달려오는 고속이동. 자신도 몸이 너덜너덜해졌으면서 사냥감을 끝장내려 하는 괴물의 본능.

진홍의 안광이 내 등을 꿰뚫고, 파괴의 『발톱』이 따닥따닥 소리를 냈다.

나는 뒤에서 부풀어오르는 살기에 한계를 깨닫고, 돌아서면서 반신 자세로 왼손을 내밀었다.

『!!』

파괴자도 알아차렸다. 그 『차임』 소리를.

왼팔에 감긴 골라이아스 머플러에서 새어나오는 차지의 『빛』을.

진홍의 두 눈이 경악으로 물들고, 다음 순간에는 분노의 포효를 터뜨렸다.

20초 분량의 차지.

낯을 일그러뜨리며 나는 포성을 질렀다.

"【파이어볼트】!!"

지형 따위 아랑곳 않고 발사한 대염뢰.

폐쇄공간이나 다를 바 없는 외길에서, 불꽃의 급류는 벽과 천장을 파괴하며 약진했다.

대포격에 휩쓸리려던 순간, 괴물의 거구가 왼쪽 다리의 역관절을 콱 접더니 바로 옆의 통로로 뛰어드는 것을 시야 한구석으로 포착했다.

그 직후, 포격이 던전 내에 작렬했다.

발사의 반동을 상쇄하지 못한 채, 발사각이 약간 위로 치우쳤던【파이어볼트】는 천장을 터뜨려 통로를 붕괴시켰다.

"으윽?!"

나도 폭풍과 모래먼지에 휩쓸려버렸다. 류 씨와 함께 허공을 날아가는 동안에도 암반은 소리를 내며 잇달아 쏟아졌다. 산사태 같은 격렬한 소리가 하염없이 메아리쳤다.

이윽고…… 무시무시한 붕괴의 소리가 끊겨졌을 무렵.

지면에 널브러진 채 엎드려 있었던 나는 간신히 고개를 들었다.

모래먼지가 걷히자, 그곳에는 희뿌연 색의 바윗덩어리에 가로막힌 통로가 펼쳐져 있었다.

넓은 통로가 완전히 막혀버렸다. 왔던 길을 돌아갈 수도 없고, 몬스터가 우리를 쫓아올 수도 없다.

적어도 길을 우회해 멀리 돌아와야 할 것이다.

드디어, 따돌렸나……?

"허억, 헉…… 으아아아……!"

이런 건 운이다.

붕괴에 말려들지 않았던 것도 그저 운. 다음에도 이렇게 잘 풀릴 수는 없다.

거칠어진 호흡을 한동안 그대로 둔 채, 떨리는 손으로 땅에서 몸을 떼어내려 했지만 몇 번이나 실패했다. 스킬【아르고노트】의 반동에 체력과 마인드가 송두리째 날아가 힘이 들어가질 않았다. 그 정도가 아니라 당장이라도 의식이 끊어질 것 같았다.

아파, 힘들어—— 괴로워.

한순간 여기서 힘이 다했으면 하는 충동에 시달렸다.

이대로 땅에 엎드려 눈을 감아버리고 싶다는 욕구에.

터무니없는 허탈감에 시달리며, 욕망의 틈새를 헤매고 있으려니.

"……크라, 넬…… 씨?"

"!"

속삭이는 듯한 목소리에 흠칫했다.

눈을 돌리자, 지면에 드러누운 채 쓰러져 있던 류 씨가 살짝 눈을 뜨고 있었다.

뿌옇게 흐려진 하늘색 눈이 주위를 둘러보고 나를 발견했다.

"류 씨……!"

나는 그 순간 달콤한 목소리로 꼬드기는 욕망을 걷어차 버렸다. 걷어찰 수 있었다.

아무도 죽게 해서는 안 된다. 아무도 죽게 하고 싶지 않다.

비네 같은 모습은, 이제 두 번 다시 보고 싶지 않다.

그러기 위해 강해지겠다고 『약속』했잖아……!

한순간이라도 약한 소리에 지배당했던 자신을 욕하며 입술을 깨물고, 이번에야말로 몸을 일으켰다.

몸을 질질 끌며 그녀에게 다가가, 반쯤 허물어지듯 지면에 두 무릎을 꿇었다.

너덜너덜해진 류 씨의 몸을 안아올렸다.

"……여긴……?"

"여긴…… 37계층……『심층』이에요."

힘없이 묻는 류 씨에게 절망의 감정을 숨기지 못한 채 대답했다.

『웜 웰』에게 삼켜져 계층을 이동해버렸음을. 그 몬스터가 우리를 쫓아왔고, 지금은 일단 화를 면했음을. 몇 번이나 말문이 막히면서도 간결하게 설명했다.

제27계층의 기억이 되살아났는지, 류 씨의 눈에도 이해의 빛이 깃들었다.

그리고 최악의 상황임을 깨닫고 눈은 다시 가늘어졌다.

경악할 체력도, 전율할 기력도 남지 않은 것이리라.

그저 한쪽 눈이 감겨버린 내 얼굴을 빤히 바라볼 뿐이었다.

"웃……!"

"류 씨?!"

낯을 찡그리며 류 씨는 자신의 몸을 끌어안듯 신음했다.

나 못지않게 류 씨도 힘을 소모하고 부상을 입었다. 뼈가 부러진 오른쪽 다리까지 포함하면 나보다도 심각할지 모른다. 피부에는 구슬 같은 땀이 맺혔다.

"치료하세요! 류 씨 몸에, 어서 『마법』을……!"

가진 아이템은 없다. 몬스터와 교전하면서 렉 홀스터와 함께 잃어버렸다.

류 씨가 쓸 수 있는 『회복마법』을 쓰도록 호소했다.

"……."

의식이 몽롱해졌는지, 희미하게 눈을 뜬 류 씨는 내 얼굴을 올려다본 채…… 천천히 입을 열었다.

"【지금은 머나먼, 숲의 노래…… 그리운, 생명의 선율……】."

띄엄띄엄, 갈라진 목소리로 주문을 잇기 시작했다.

그리고 마지막 힘을 쥐어짜내듯, 그녀는 내 얼굴에 손을 가져다댔다.

"【노아…… 힐】."

내가 눈을 크게 뜨거나 말거나, 나뭇잎 사이로 새 들어오는 햇살처럼 따뜻한 빛이 내 얼굴을 감쌌다.

나는 소리를 지르고 있었다.

"아니에요!! 내가 아니고! 자기를 치료하라고요! 치료하지 않으면 류 씨가!"

고함을 지르는 사이에도 얼굴의 상처는 아물고, 감겼던 한쪽 눈에서도 아픔이 사라졌다.

몸의 상처와 불타 짓무른 피부도 얼굴을 중심으로 치유되었으며 텅 비었던 체력도 살짝 돌아왔다.

내 오른쪽 눈이 뜨이는 모습을 지켜본 류 씨는 실이 끊어진 인형처럼 손을 툭 늘어뜨렸다.

"왜 저를!"

"……지금 저는, 이제…… 스스로는 움직이지 못합니다……. 짐만 될, 뿐이에요……."

"윽……!"

"마인드도, 이것이 마지막……."

괴로운 듯 숨을 토해내며, 부러진 오른쪽 다리에 손을 가져다대고 류 씨는 대답했다.

"그렇다면, 당신을 살리기 위해, 치유하는 것이…… 합리적."

"뭐가 합리적이에요!"

이런 상황인데도 웃음을 짓는 류 씨에게 나는 고함을 터뜨렸다.

그런 덧없는 웃음은 싫다고 거부했다. 이런 때에도 고결한 그녀에게 화를 냈다. 그 입술이 하려는 말 따위 듣고 싶지 않았다.

류 씨는 올바르게 상황을 이해하고 있으리라.

만신창이에, 누적된 피로. 그리고 고립무원.

체력도 마인드도, 아이템도 남지 않은 절체절명의 국면. 『죽음』이라는 이름의 어둠이 당장이라도 우리를 삼키려 한다.

그녀는 나를 살리는 대신 『무언가』를 버리려 한다.

"크라넬 씨…… 저를 두고……."

류 씨가 결정적인 말을 하려던, 그때.

달각달각달각————

소리가 울려 퍼졌다.

마치 망가진 마리오네트가 갑자기 웃음을 터뜨리기 시작한 것처럼, 메마른 소리가.

"" ——————— ."

분명히 이질적인 소리.

인간의 목소리도 아니거니와, 던전에서 발생할 만한 소리도 아니었다.

소리가 울린 전방, 붕괴된 통로의 반대쪽, 인광이 미치지 않는 어둠 너머로 시선이 빨려 들어갔다.

무언가가, 있다.

어둠 속에 도사린 무언가.

나의 턱에서 방울져 맺힌 땀이 류 씨의 굳은 얼굴에 떨어졌다.

곧.

그것은 소리도 없이 나타났다.

"헉——."

그 존재를 본 순간, 눈을 의심했다.

어둠 속에 떠오른 것은 하얀 『가면』이었다.

뒤틀린 두 개의 뿔. 두 개의 새까만 구멍이 뚫린 채 허공에 떠 있다.

그것은 마치.

『사신』……?

가공의 이야기에 나오는 『죽음』의 사도. 해골 몸을 검은 옷으로 감싸고, 낫으로 목숨을 빼앗는다.

『가혹』에 시달린 우리를 『죽음』이 맞이하러 왔구나. 그런 착각이 들고 말았다.

하지만 다시 —— 달각달각달각.

마치 울음소리를 내듯, 가면이 위아래로 흔들렸다.

사냥감을 발견하고 기뻐하는 『괴물』처럼.

"————."

나는 숨을 멈추었다.

아니야.

『가면』이 아니야.

저건 뼈다.

아니야.

『사신』이 아니야.

저건 몬스터다.

"으윽?!"

허리춤의 칼집에서 칼자루를 움켜쥐고 단숨에 뽑았다.

움직이지 못하는 류 씨를 감싸며 앞으로 나와 《주신님 나이프》를 겨누었다.

그런 나에게, 사신 같은 몬스터는 달각달각달각 비웃음을 짓듯 가면을 울렸다.

기념비적인 첫 조우.

나의 『심층』 데뷔전이자 마지막이 될지도 모를 싸움의 상대는——『양』이었다.

『스컬 쉽』.

심층영역에 출현하는 양처럼 생긴 몬스터. 몸높이는 140C 정도 되는 중형급. 두 개의 공허한 눈구멍이 뚫린 안면과 온몸은 이름 그대로 『뼈』로 되어 있다.

속칭 스켈톤 계열. 살도 가죽도 장기도 없으면서 여기저기 배회하는, 던전 내에서도 이질적진 이 종족은 이곳 제37계층에 자주 출현한다.

대표적인 것이 『스파르토이』다. 온몸이 뼈로 이루어진 해골 전사로, 워낙 임팩트 있게 생겼다 보니, 중층 아래로는 진출하지 못하는 하급 모험자들에게도 널리 알려졌을 정도다.

제37계층에 출현하는 『계층 터주』도 이 스켈톤 계열이라고 들었다.

이 희뿌연 색의 미궁은 『언데드』의 소굴이라 해도 과언이 아니다.

"으윽……?!"

원정 전에 에이나 누나의 이론 강좌에서 배웠던 몬스터의 정보를 모조리 되새기면서, 생물의 섭리에 반하는 뼈 몬스터를 눈으로 훑었다.

어둠 속에 떠 있듯 존재하는 양의 두개골. 목 아래쪽은 보이지 않는다. 왜냐하면 뒷머리에서 뻗어나간 『가죽』이 뼈로 된 몸을 덮고 있기 때문이다.

『스컬 쉽』은 다른 스켈톤 계열과는 달리 길고 커다란 한 장의『가죽』을 가졌다.

이 가죽은 놈의 몸을 발끝까지 덮어 뼈로 된 발굽이 간신히 드러날 정도다. 청결함이라고는 전혀 느껴지지 않는 피부는 어둠색이며, 군데군데 해져서 마치 너덜너덜한 로브를 걸친 것처럼 보인다. 내가『사신』을 연상했던 것도 무리는 아니다.

목덜미에도 여분의『가죽』이 후드처럼 걸려 좌우로 늘어졌다.

시야의 정보는 어둠 속을 으스스하게 떠다니는 두개골 하나뿐.

『……』

몬스터는 어둠에 잠긴 눈구멍을 나에게 돌렸을 뿐이었다. 이따금 두개골을 흔들어 달각달각달각, 기분 나쁜 선율을 미궁 내에 울렸다.

어떻게 나올지 살펴볼까. 아니면 내가 먼저 공격할까. 극도의 긴장이 판단을 망설이게 만들고 말았다.

으스스한 소리가 우뚝 멈춘 직후.

해골의 얼굴은 눈앞까지 다가와 있었다.

"읏?!"

땅을 박찬 소리가 울리는가 싶었던 순간『스컬 쉽』의 접근을 허용하고 말았다.

원인은 어디까지나 『가죽』이 적의 몸을 가리기 때문. 다리를 움츠리는 동작, 전진의 예비동작 같은 것들을 시인하지 못했기에 저지른 실수였다. 시각정보에 지나치게 의존해 돌격의 전조를 놓치고 말았다.

　밀려오는 두 개의 뒤틀린 뿔, 그리고 크게 벌어진 턱.

　아무런 정보도 읽어낼 수 없는 뼈 가면에서 드러나는 무수한 송곳니는 추악하기 그지없었다.

　눈을 크게 뜬 나는 얼른 몸을 옆으로 날렸다.

　"크윽?!"

　지면으로 도망친 내 머리 위를 해골 양이 뛰어넘었다.

　기습이 실패로 끝난 몬스터가 착지하는 소리가 울렸다. 나는 얼른 몸을 일으켜, 아직도 쓰러져 있는 류 씨를 감싸고자 앞으로 나섰다.

　이번에야말로 몬스터에게 공격을 감행하려 했지만,

　"어…… 없잖아?!"

　적의 모습이 없었다. 그림자조차.

　보이는 것이라고는 아직도 흙먼지가 피어나는 붕괴의 흔적뿐. 펼쳐진 것은 시커먼 어둠뿐이

　그럴 수가, 설마…… 사라졌나?

　"아닙니다……! 『스컬 쉽의 로브』……!"

　그때 발밑에서 신음하듯 류 씨가 어떤 『드롭 아이템』의 이름을 말했다.

　나는 흠칫했다.

그렇다. 『스컬 쉽』의 『가죽』은 단순히 몸을 가리기만 하는 것이 아니다.

이 계층 전체에 만연한 어둠과 동화되어 모습을 감추는 『보호색』. 말하자면 모험자가 사냥할 때 이용하는 『은폐천』과 마찬가지다. 『스컬 쉽』은 어둠에 몸을 숨길 수 있다.

으스스한 뼈 소리를 울리며 사냥감에게 공포를 주고, 조용히 다가와서는 목숨을 앗아간다.

모험자들이 붙인 『스컬 쉽』의 별명은——『죽음의 은자』!

'어디야, 어디 있어…… 어디서 오지?!'

고개를 몇 번이고 좌우로 돌렸다. 어디를 봐도 존재하는 것은 오직 어둠뿐. 적은 늘어진 가죽을 얼굴에도 뒤집어썼는지 전혀 보이질 않았다. 적의 『은밀행동』에 완전히 놀아나고 있었다.

요란하게 울리는 심장 소리가 유일한 단서인 청각을 차단해 평정심마저 앗아갔다.

동요만 하고 있을 때, 류 씨가 다시 날카롭게 말했다.

"오른쪽……!"

"!"

로브가 펄럭이는 소리, 그리고 뼈끼리 서로 부딪치는 소리.

아슬아슬하게 피했지만 조금 늦었다.

몰아친 바람이 오른팔을 스치자 무시무시한 열감이 느껴졌다.

살짝이라고는 하지만 팔의 일부를 물어뜯겼다. 나는 눈

을 크게 떴고, 『스컬 쉽』은 로브를 펄럭이며 네 개의 다리로 착지했다.

"으_으_윽……?!"

오른쪽 아래팔을 붙들고 돌아본 순간…… 보지 말았으면 좋았다고 후회했다.

몬스터의 이빨 사이에서 울리는 질겅질겅 씹는 소리.

빼앗긴 나의 혈육이, 해골의 이음매, 나아가서는 목뼈에서 뚝뚝 흘러 떨어졌다.

턱에서 목까지 붉게 물든 『스컬 쉽』의 몸.

그 끔찍한 모습에, 나는 정말로 몬스터에게—— 아니, 심층에, 던전에 공포를 느꼈다.

『——!』

이제는 맹렬한 살의를 감추지도 않는 『스컬 쉽』은 몸을 몇 번이고 흔드는가 싶더니 두개골의 위치를 지면에 닿을 정도로 낮추었다.

자세를 낮추고, 마치 로브 안에서 앞다리를 단단히 디디는 듯한 자세.

모험자의 본능이 시뻘겋게 경고를 울려대는 불길한 기척.

다음 순간, 불룩불룩!! 몬스터의 『가죽』이 부풀어올랐다.

"앗?!"

그 정체는 융기한 몸의 일부.

부풀어오른 『가죽』을 안쪽에서 관통하며 사냥감을 향해 날아드는 원거리 무기. 그것이 세 개.

나에게 육박하는 그것은 『뼈창』이었다.

돌기── 아니, 『말뚝』!

몸의 일부를 늘려 쏘아낸 적의 원거리 공격을, 나는 미처 피하지 못했다.

오른쪽 어깨 위, 왼쪽 옆구리 사이, 두 곳을 깊이 찔렸다.

"으악?!"

관통은 면했지만 자세가 허물어진 나에게 『스컬 쉽』은 숨통을 끊겠다는 양 달려왔다.

늘어난 뿔을 되돌리며 달려와서는 땅을 박차고 덤벼든다.

붉게 물든 날카로운 이빨이 내 목덜미로 빨려든다!

"크, ㅇㅇㅇㅇㅇㅇㅇㅇㅇ윽?!"

『!』

목을 물어뜯기 직전, 목 대신 내가 내민 것은 왼팔.

팔을 문 『스컬 쉽』에게 그대로 밀려 쓰러져 등을 지면에 거세게 부딪쳤다.

"크라넬 씨!"

류 씨의 외침이 엎치락뒤치락하는 나와 몬스터에게 얽혔다.

하지만 이내 그녀의 흠칫하는 기척이 전해졌다.

몬스터의 이빨은 내 피부에 박혀있지 않았다.

나는 일부러 왼팔을 물게 했다.

까만 띠를 몇 겹으로 감은 이 왼팔을.

《골라이아스의 머플러》. 파괴자 몬스터의 『발톱』도 받아 흘려냈던 이 초경도 방어구는 어떤 적의 공격도 막아낸다. 날카로운 이빨이 까득까득 소리를 내며 몇 번이나 씹어 부수려 하지만 결코 찢어지지 않는다. 이때 처음으로 『스컬 쉽』의 감정── 곤혹감이 전해졌다.

왼팔이 뿜어내는 격통에 신음하며, 나는 팔다리를 휘둘러 필사적으로 저항했다.

격렬하게 격투했던 것은 몇 초뿐이었다.

『스컬 쉽』이 움찔 경련하더니 행동을 멈추었다.

로브 안을 드러내는 괴물의 배 안쪽. 오른손에 든 《주신님 나이프》가 늑골 틈새를 누비고 텅 빈 몸속에 떠 있는 자남색 광채를…… 『마석』을 부수고 있었다.

『스컬 쉽』은 이내 소리를 내며 재로 변해 허공 속으로 사라졌다.

"허억, 허억, 헉……?!"

쏴르르 몸 위로 흘러 떨어지는 대량의 재를 방치하고, 미궁 천장을 올려다보며 허덕였다.

겨우 한 번의 전투.

그것만으로도 이렇게나 지쳐버렸다.

이것이…… 『심층』.

"으윽……!"

이러면 위험해, 안 돼.

이대로 다른 몬스터와 맞닥뜨린다면, 그때야말로── .

본능에 사로잡혀 잿더미 속에서 벗어나, 쓰러져 있는 류씨의 몸을 안아들었다.

다시 그녀를 부축하며 이동을 개시했다.

'여기서 멀어져야 해……!'

얼른 이동하지 않는다면 지금의 교전 소리를 듣고 다른 몬스터가 올 것이다.

다시 몬스터를 상대하라고 해도 절대 불가능했다. 『회복 마법』 덕에 돌아왔던 체력도 금세 바닥이 나버렸다. 어디론가 도망쳐 조우를 피해야만 했다.

정신없이 발을 놀렸다.

『스컬 쉽』에게 입은 새로운 상처에서 피가 흘러내렸다.

아까보다 훨씬 출혈이 심했다. 자칫 마음을 놓으면 머리가 현기증에 굴복해버릴 것 같았다. 【랭크 업】해 초인적으로 올라간 Lv.4의 『내구』가 아니었다면 난 옛날에 쓰러져버렸을 것이다.

한 걸음씩 나아갈 때마다 체력도, 기력도 잔혹하게 깎여나갔다.

왼팔이 아프다. 차라리 잘라내버리고 싶다. 마치 내 말로를 이야기하듯 파멸이라는 두 글자가 깜빡거린다.

그래도, 앞으로.

살아남기 위해, 앞으로.

이제는 망가져버린 인형처럼 행군을 이어나갔다.

"……크라넬 씨…… 이젠, 됐습니다……."

고통에 시달리는 그 행군을 보다 못했는지, 내게 매달려 있기만 하던 류 씨가 입을 움직였다.

"저를…… 두고 가십시오."

"큭!"

지금의 자신은 그저 짐일 뿐이라고.

진행 속도를 더디게 만드는 족쇄일 뿐이라고.

행간으로 그렇게 말하며 속삭인다.

나는 미간에 한껏 주름을 지었다.

"싫어, 싫어!"

"크라넬 씨……."

"절대 두고 가지 않을 거예요!"

생떼를 부리는 어린아이처럼 말을 듣지 않았다. 류 씨가 괴로워하며 눈을 내리깔았다.

이 사람을 버린다는 선택지는 처음부터 없었다.

이곳에서 그녀를 버려버린다면 나는 두 번 다시 벨 크라넬로 돌아올 수 없을 거야.

두 번 다시 아무도 구하지 못할 거야!

마음속으로 으르렁거리는 격정에 사로잡힌 채 외쳤다.

"내가 혼자 『심층』을 헤매면서 어떻게 혼자 살아남겠어요!"

"윽……."

"아까 싸웠을 때도, 류 씨가 없었으면 위험했어요!"

머리에 피가 솟구쳤다. 몬스터가 들을지도 모르지만 말

이 멈추질 않았다.

하지만 동시에, 본능이 무의식중에 이해하고 있는 듯했다. 살아남으려면 이 사람을『설득』해야만 한다고.

류 씨의 존재가 필요하다고.

귀중한 체력을 깎아가면서까지, 생각 없이 목소리를 높여 말을 이었다.

"『심층』을 아는 류 씨가 필요해요! 류 씨의 경험이!"

고함을 지른 후에야 나 자신도 깨달았다. 지금 한 말은 틀림없다고.

나에게도 분명 에이나 누나와 공부하며 얻은『심층』의 『지식』이 있다. 하지만『지식』과『경험』에는 종종 큰 골이 있다. 지금 이 상황에 한해 말한다면, 그 골은 생사를 좌우할 정도로 깊다.『스컬 쉽』과의 전투가 증거다.

처음 보는 계층의 두려움은 모험자라면 누구나 안다.

지금 나는『심층』이라는 흉흉한 바다에서 나침반도 뭣도 없이 혼자 서 있다.

살아남으려면 빛의 길을 제시할 등대, 혹은 앞길을 인도해줄『선장』이 반드시 필요하다.

"……!"

류 씨도 다시 눈을 크게 떴다. 그리고 이내 입을 다물며 침묵에 잠겼다.

아마 그녀는 지금 저울질을 하고 있을 것이다.

족쇄가 된 자신을 버리는 이점과, 내 두뇌가 되어 인도를 해줄 필요성을.

침묵을 거쳐, 번민의 시간을 들인 류 씨는 천천히 말했다.

"……제가, 몬스터의 기척을 찾겠습니다. 크라넬 씨는 진행에 집중해 주십시오……."

"류 씨……!"

"당신의 말대로…… 저에게는 아직, 쓸모가 있는 것 같습니다……."

체념에 물들었던 하늘색 눈에 빛이 돌아왔다.

정말로 자신이 섣부른 판단을 내렸다, 냉정함을 잃었던 것 같다고, 조그만 입술이 얄궂은 웃음을 지었다.

류 씨가 버텨주었다. 그것만으로도 나는 나도 모르게 기쁨의 목소리를 냈다.

"크라넬 씨…… 룸으로 가 주십시오……. 통로가 하나뿐인, 될 수 있는 대로 작은 곳으로……."

"룸……?"

"그곳에서, 일단 『농성』을 하는 겁니다……. 벽을 파괴해 버리면…… 몬스터는 태어나지 않지요……. 거기서, 어떻게든 휴식을 취하고……."

"……!"

역전의 제2급 모험자가 적확한 지시를 내려주었다.

흠칫 놀랄 만한 생각이었다. 정말로 룸에서 『농성』을 하면, 임시방편이라고는 하지만 언제 전멸해도 이상하지 않을 만큼 죽어가는 지금의 행진에서는 해방된다.

방침을 얻었다. 항로가 열렸다.

나는 류 씨를 전혀 의심하지 않고 좁은 통로를 고르기 시작했다.

'……하지만 상황 자체는 전혀 호전되지 않았어……!'

몬스터의 무리에게 습격당하면 전멸하는 것은 여전하다. 지금 눈앞의 벽에서 몬스터가 태어났다간 끝장이다. 몸의 모소는 끈덕지게 남아있어 방심하면 다리에서 힘을 빼앗아가려 한다.

룸에 도착한다고 해도 그 다음에는? 용케 휴식을 취했다 해도, 그 다음에는?

『심층』에서 귀환할 전망은? 생환할 방법은 있을까?

마음을 잠식하려 드는 어두운 속삭임에 등을 돌리고, 귀를 막고, 필사적으로 도망쳤다.

류 씨의 말만을 바라보며 실행했다. 그렇지 않고서는 움직일 수 없었다.

희미한 인광을 옆얼굴로 받으며, 말없는 희뿌연 색의 벽에 손을 짚고 앞으로 나아갔다.

류 씨는 내 어깨에서 전해지는 진동조차 괴로운 것처럼 버들잎처럼 예쁜 눈썹을 찡그렸다.

2인분의 호흡을 읽으며 던전 안을 헤맸다.

"……?"

얼마나 시간이 흘렀을까. 어쩌면 전혀 흐르지 않았는지도 모르지만.

나는 문득 눈을 가늘게 떴다.

진행방향에서 봤을 때 왼쪽.

좁은 통로가 뿌옇게 빛을 냈다가는 어두워지곤 했다.

처음에는 몬스터가 오가면서 벽면의 인광을 가리는 것일까 싶어 경계했다.

하지만 빛과 어둠이 오가는 간격이 주기적임을 깨달은 순간, 나는 눈을 크게 떴다.

이건…… 깜빡이고 있잖아?

"설마……『마석등』의 빛?"

던전에는 있을 수 없는 빛의 강약.

반짝, 반짝 점멸하는 불빛. 지상에서 익숙하게 보았던 조명수단.

내 입에서 새나오던 중얼거림은 확신으로 바뀌었다.

틀림없다. 이 광원은 천연의 인광이 아닌…… 인공물!

"류 씨,『마석등』이에요! 사람이, 모험자가 있어요!"

"……이 불빛은…… 정말 그렇군요……."

기쁨에 성조가 엇나가는 내 목소리에 류 씨도 아연실색 중얼거리며 인정했다.

마석등을 다루는 몬스터는 존재하지 않아! 이 너머에 사람이 있어!

나는 환희하며 몸을 왼쪽 옆길로 비집어넣었다.

그렇게나 온몸을 괴롭히던 아픔도 잊고, 발은 깡총깡총 뛰듯 나아갔다.

전멸의 위기에 몰렸던 모험자가 같은 모험자에게 구조된 사례는 얼마든지 있다. 보통은 사이가 나빠도 긴급상황에는 힘을 합쳐 궁지를 벗어나는, 무법자들의 얼마 안 되는 미담 중 하나. 우리도 그런 행운을 만날 수 있었다.

　운이 좋아, 운이 좋아!

　이런 데서 모험자를 만나다니!

　이런 『심층』에 있다면 상급 모험자 파티가 틀림없어. 혹시 【로키 파밀리아】? 아니면 【프레이야 파밀리아】? 어디든 좋아! 누구든 좋아!

　이제 살 수 있어! 해방될 수 있어!

　나도, 류 씨도!

　"거기 누구, 누구 있어요?! 도와주세요!!"

　힘을 쥐어짜내, 지금도 계속해서 깜빡거리는 통로 저편에 외쳤다.

　외길의 모퉁이를 꺾었다. 이제 얼마 안 남았다. 깜빡이는 불빛이 강해진다. 이제 코앞이다. 룸으로 이어지는 통로가 보인다. 저기가 골이다!

　긴장으로 굳었던 뺨이 풀어지기 시작했다. 안도감이 멈추지 않았다. 류 씨는 기쁨을 감추는지 입을 다물고만 있었다. 깜빡이는 불빛 너머에 비치는 사람의 실루엣을 발견하고 나는 힘껏 팔을 뻗었다.

　"부탁이니 저희 좀——!"

　나는 웃음을 지으며 그곳으로 발을 들였다.

그리고 내 웃음은 소리를 내며 균열을 일으켰다.

숨을 멈추는 소리가 들렸다.

그것이 류 씨의 것임을 깨달은 것은 한동안 시간이 흐른 후.

나의 시간이 멎어버렸다.

"_____."

분명 사람은 있었다.

룸의 한복판, 바닥에 쓰러져 깜빡거리는 마석등을 에워싼 사람들이.

분명 직업은 모험자. 장비한 무기와 방어구가 그 사실을 가르쳐주었다.

하지만 종족은 알 수 없다. 얼굴도, 나이도. 왜냐하면 얼굴에는 살점도 가죽도 없었으므로.

조각처럼 새하얗고 가녀린 손가락.

원래의 아름다운 색을 잊어버리고 퇴색되어버린 금발.

살짝 감도는 특유의 썩은 냄새.

백골로 변한…… 모험자의 『시신』.

벽에 기대앉은 사람은 새까만 눈구멍으로 우리를 바라보고 있었다. 플레어 롱스커트를 입은 사람은 금발을 바닥에 펼친 채 쓰러져 있었다. 나머지 한 사람은 두 손을 가슴 앞에 놓은 채 몸을 앞으로 숙이고 있었다. 붉게 물들어 말라붙은 옷에 꽂힌 것은 단검으로, 마치 스스로 가슴을 찌른 것처럼 보였다.

분명, 사람은 있었다.

정확하게는, 사람이었던 것이.

『심층』에 굴복한 모험자의 말로가 있었다.

"……………………어?"

비틀비틀, 이끌리듯 룸 안으로 나아갔다.

연신 깜빡거리는 마석등은 고장 나기 직전이었다. 마치 오랜 세월 동안 방치되었던 것처럼. 말 못하는 세 구의 시신도 시간의 흐름을 말해주었다.

우리를 도와줄 모험자는, 없다. 당연하다. 어떻게 도움을 받을 생각이었을까. 불러도 대답하지 않는, 도움을 청해도 움직이지 않는, 그런 주검에게 뭘 바랐단 말인가. 손을 잡고 춤이라도 추자고? 너무 우스꽝스러워서 눈물이 다 났다.

잠자코 있던 류 씨의 표정은 변함이 없었다.

마치 『이럴 가능성』도 고려했던 것처럼, 아직도 입을 다물고만 있었다.

문득 벽에 기대앉은 주검과 눈이 마주쳤다.

잘 왔어. 어서 오렴.

그렇게 환영하는 환청을 들었다.

이곳이 너희가 염원하던 종점이란다, 라고.

"…………………………아."

공교롭게도 그곳은, 우리가 처음에 찾고 있던, 입구가

하나밖에 없는 룸이었다.

어디로도 나아갈 수 없는, 막다른 골목길.

눈앞이 아찔해지며 세상이 무너지는 감각.

나는 류 씨를 부축한 채 땅에 무릎을 꿇고 있었다.

"그럴, 수가……."

치명적인, 마음이 꺾이는 소리가 들렸다.

기껏 류 씨와 둘이서 이 난관을 이겨내겠다고 결심하자 마자 생긴 일.

눈앞에 희망의 실을 드리워놓고는 밀어 떨어뜨리다니.

이것이 미궁의 소행이라면, 역시 던전은 교활하고 악랄하다.

더할 나위 없는 방법으로 나의 의지를 짓밟으려 든다.

비웃는 미궁의 목소리가 귓속에서 메아리쳤다.

——너희도 이렇게 될 거야.

——꿈에 패배하고, 운에 버림받은 그들처럼.

"크라넬 씨……."

초연한 류 씨의 목소리.

반응할 수 없었다. 지금 내가 얼마나 못난 얼굴을 하고 있을지 상상이 가지 않았다.

깜빡거리던 마석등이 『역할을 다 했다』는 것처럼 빛을 꺼뜨렸다.

소유자들의 곁으로 우리를 인도해주었던 도구가 목숨을 다한 것이다.

룸에 어둠이 찾아왔다.

몇 번째인지 모를, 절망이라는 이름의 어둠이.

그리고.

절망의 어둠에 잠긴 우리를, 그대로 죽음의 나락으로 끌어들이려는 것처럼——

달각달각달각.

"————."

나는 목에 낫이 와 닿는 듯한 착각을 느끼며 돌아보았다.

룸에 존재하는 유일한 통로의 어둠 저편에서 떠오르는, 양의 두개골이 셋.

사냥감의 발자국을 쫓아온『스컬 쉽』.

달각달각달각. 달각달각달각.

사신들이 어둠 저편에서 우리를 부르고 있었다.

"……지 마……."

얼굴을 일그러뜨리는 류 씨를 힘껏 끌어안으며 눈을 떨었다.

어둠 속에 떠오른 가면이 천천히 다가온다.

"오지 마……."

꺼져 들어가려 하는 목소리를 쥐어짜냈다.

거부하듯, 겁을 내듯, 간청하듯.

"오지 마……!"

자비는 없었다. 나의 기도는 냉혹하게 짓밟히고 말았다.

죽음의 양이 어둠 속에서 발을 내디뎠다.

한계까지 팽팽해졌던 실이 끊어졌다.

"오지 마!!"

파열한 공포에 굴해 소리를 지른 순간,『스컬 쉽』이 땅을 박찼다.

뼈로 이루어진 세 마리의 짐승이 가공할 기세로 룸에 쳐들어오려 한다.

나는 오른손을 들어 내밀었다.

"【파이어볼트】!!"

온몸의 마인드를 긁어모아 포성을 터뜨렸다.

밀려드는『죽음』을 쳐내고자 무턱대고 쏘아댄 염뢰는 다섯 줄기.

불꽃의 창은 두 발이 빗나가 미궁 벽을 파괴하고 나머지 세 발이『스컬 쉽』에게 꽂혔다.

『——————?!』

『속공마법』의 직결에 절규가 솟았다.

어둠의 로브를 꿰뚫고 뼈를 부수는 염뢰. 몬스터들은 땅에 쓰러져 몸부림을 쳤다.

미친 듯이 춤을 추는 불똥에 겁을 먹은 것처럼 우리 앞에서 도망쳤다.

"——아."

그와 동시에 내 몸에서도 힘이 사라졌다.

『마인드다운』. 마법의 혹사에서 오는 반동.

마침내 마인드도 바닥이 나고 말았다.

간신히 의식을 붙들어놓기는 했지만, 이제는 손가락 하나 움직일 수 없었다.

위협을 물리쳤다는 안도감에도 잠기지 못한 채, 결정타가 될 절망을 맛보았다.

"크라넬 씨⋯⋯."

누군가의 목소리가 들렸다.

하지만, 누구였더라? 곁에 있던 게.

야단났어.

이젠 아무것도 들리지 않아. 아무 생각도 나지 않아. 아무 느낌도 들지 않아.

어째서 내가 여기 있지?

뭘 해야 하더라?

"크라넬 씨⋯⋯!"

미로를 헤매고 있었다. 출구가 없는 미궁을. 어둠에 잠긴 무한한 교차로를.

앞도 뒤도 알 수 없다. 왼쪽도 오른쪽도 확실치 않다. 내가 있는 곳도 어디인지 알 수 없다.

팔다리의 감각이 사라져간다.

헉헉거리는 짧은 숨소리도 멀어져간다.

현실과 환영의 경계가 사라진다.

"크라넬 씨──!"

빛이 들지 않는 어둠이 내 존재를 지워나간다.

어둠이 몸도 마음도 물들여간다.

나 자신을 잃어가고——

그 직후.

——짜악.

메마른 소리가 울렸다.

그것이 자신의 뺨에서 터진 소리임을 깨닫는 데에는 시간이 걸렸다.

"진정하십시오."

시큰시큰 울리는 오른쪽 뺨이 어둠 속에서 자아를 도로 데리고 와주었다.

나는 멍하니 고개를 들었다.

눈앞에는 하늘색 눈동자가 있었다.

눈앞에는, 나를 늠름하게 바라보는 그녀가 있었다.

"⋯⋯⋯⋯류, 씨."

소리를 되찾았다. 감각을 되찾았다. 현실을 되찾았다.

그녀의 이름을 되찾아, 불렀다.

내 뺨을 때린 류 씨는 고개를 끄덕이며 대답했다.

"괴로우시겠지만, 들으십시오. 일단은 진정하고. 천천히 심호흡을 하십시오."

손을 얹은 어깨에 온기를 느끼며, 그녀의 말에 따랐다.

숨을 들이마시고, 뱉는다.

다시 한 번.

과호흡에 빠질 뻔했던 폐가 차츰 가라앉기 시작했다.

싸늘한 공기가 스며들어 머리를 식혀주었다.

사고에 끼어 덜 안개가 서서히 걷혔다.

"크라넬 씨. 이 이상 탄식할 필요는 없습니다."

그런 내 모습을 조용히 지켜보던 류 씨는, 때를 가늠해 그렇게 말했다.

"설령 같은 모험자들의 주검과 맞닥뜨렸다 해도 상황은 전혀 달라진 것이 없습니다. 그러니 비탄할 필요도 없습니다."

그렇게 단언해, 나는 눈을 크게 떴다.

처음부터 최악의 상황이었다. 밑바닥의 밑바닥이었다. 호전되지도 않았고, 악화되지도 않았다.

오히려 당초의 목적지였던 룸에 도착했다. 이것은 전진이다.

실망할 필요성은 전혀 없다. 류 씨는 그렇게 단언했다.

……그녀의 말은, 사실이다. 옳다.

하지만 나는 류 씨가 제정신인가 싶었다. 아니, 의지가 너무나도 강해 믿겨지지 않을 정도였다.

같은 모험자의 썩어가는 모습을 직접 보고도 이렇게까지 마음이 흔들리지 않다니.

"크라넬 씨, 『5분』입니다."

"네……?"

"『5분』, 주무십시오."

아연실색하는 나에게 류 씨가 잇달아 말했다.

펼친 손바닥을 내 눈앞에 들어올리며.

"자, 잠깐만요, 그게 무슨……?!"

"제가 보초를 서겠습니다. 그동안 잠깐 눈을 붙이라는 겁니다."

"……?!"

"그리고 그『5분』동안, 될 수 있는 한 몸을 회복시키십시오."

또렷한 목소리 덕에 나도 겨우 지시 내용을 이해할 수 있었다.

류 씨는 이 상황에서 휴식을 취하라고 한 것이다.

하지만,『5분』이라니……?

"이곳『심층』에서, 그리고 우리의 현재 상황으로 미루어 보면……『5분』이 한계입니다."

그 이상은 불가능하다.

몬스터를 경계해야 하는 이 상황에서는『5분』이상의 휴식은 허용되지 않는다.

가차 없는 그녀의 어조에 숨을 멈추었다.

말도 안 되는 소리라는 자각은 있었다. 대체『5분』가지고 얼마나 쉴 수 있단 말인가. 【랭크 업】한 모험자가 아무리 초인적이라 해도 그런 휴식에 의미가 있을까.

내가 가슴속의 생각을 도저히 말로 꺼내지 못하고 있으려니, 류 씨가 먼저 대답했다.

"어떤 순간, 어떤 장소에서도 잠을 자고 회복하도록 노력하는 것…… 이것도 모험자의 재능입니다."

"!"

흠칫했다.

그 말을 듣고 떠오르는 것이 있었다. 시벽 위에서 나를 단련시켜주었던, 동경하는 그 사람의 말.

『던전에서는 언제든 어디서든 잘 수 있어야 해.』

『빠르게 체력을 회복시키는 건 중요해.』

그렇구나…… 지금 나는 모험자의 소질을 시험받고 있는 거야.

솔직하게 고백하자면 이제까지 계속 반신반의했는데…… 굉장해. 그 사람이 한 말은 옳았던 거야. 역시 대단해요, 아이즈 씨.

한층 깊은 동경심을 품는 나와는 달리, 어째서인지 엄청나게 양심의 가책을 느끼는 것처럼 눈을 돌려버리는 아이즈 씨의 환영이 머릿속에 보였다. 이 망상은 뭐람.

"다행히 조금 전 당신의 『마법』 덕에 룸이 약간 파괴되었습니다. 이 정도라면 5분 동안은 몬스터가 태어나지 않을 겁니다."

그런 내 속내를 아는지 모르는지 류 씨는 주위를 둘러보았다.

『스컬 쉽』을 쫓아내면서 연발했던 【파이어볼트】가 룸의 통로 부근을 파괴했다. 깊이 도려져나간 벽면은 바위덩어리가 되어 바닥에 널브러져, 조금 낮기는 하지만 즉석 엄폐물이 되었다.

룸 출입구는 이곳 하나뿐이다. 파괴된 던전이 수복을 우선시해 몬스터를 낳지 않게 되었다면, 이제는 출입구만 경계하면 된다.

"이『5분』동안 심신을 회복시킬 수 있을지. 그것이 당신의, 아니, 우리의 생사를 갈라놓을 겁니다."

원래 끝이 보이지 않는 결사행이었다.

임시방편밖에 되지 않는다 해도, 이를 거듭 쌓아나가는 것 외에 우리가 생환할 방법은 없다.

겨우 5분. 그래도 5분. 쉴 수 있다.

그것을 지옥으로 볼지 천국으로 볼지는 그 사람에게 달렸다. 그런 생각이 들었다.

지금의 나는 어떨까? 솔직히 모르겠다. 하지만 조금 전처럼 절망하거나 비탄하지는 않았다.

이런 생각을 할 여유가 생긴 것도 모두 류 씨 덕이다.

한 마디 한 마디가 힘찼다. 곤경에 처했으면서도 늠름하게 울려 퍼지는 그녀의 목소리가 나에게 용기를 나누어주었다. 아주 희미한 희망일지라도.

"……."

"……."

땅에 무릎을 꿇은 같은 자세로, 같은 눈높이로, 류 씨와 시선을 나누며 고개를 끄덕였다.

나는 그녀를 믿으면 된다.

마지막 힘을 쥐어짜내 몸을 움직여, 같은 모험자의 시신을 피해, 룸의 벽 부근까지 이동했다.

털썩, 제대로 몸도 추스르지 않고 주저앉아 서늘한 벽에 몸을 기댔다.

"먼저 주무십시오. 저는 나중에 잘 테니."

"……알겠어요."

류 씨의 말을 받아들여 눈을 감으려 했다.

동종업자들의 시체가 있는 장소. 이런 곳에서 잠을 잘 수 있을지, 솔직히 모르겠다.

하지만 눈을 감기 직전, 이쪽을 조용히 바라보는 하늘색 눈과 시선이 마주쳤다.

"푹 쉬십시오……."

조그만 입술에 떠오르는 소소한 미소.

그것만으로도 나는 마음을 놓고, 수마에 몸을 맡길 수 있었다.

나는 천천히 의식을 떨어뜨렸다.

'5분…… 부족하겠지.'

소년이 눈을 감은 순간, 류는 그동안 쓰고 있던 미소의 가면을 벗었다.

그 순간 피부에는 수없는 땀방울이 솟아났다.

『5분』이라는 숫자.

그것은 정확히 말하자면 벨을 최소한도로 휴식시키기 위한 시간이었다.

류의 예상으로 보자면『5분』은 아슬아슬했다.

분명 벨의【파이어볼트】가 룸의 입구에 흠을 내기는 했다. 그러나 범위가 부족하다. 최소한의 안전선을 만족하지 못했다. 보통은 사방의 벽을 두들겨 부숴야 하지만, 다리가 부러져 제대로 움직이지 못하는 류에게는 불가능한 이야기였다. 애초에 그럴 체력도 남지 않았다.

『심층』의 룸에 농성하며 한 번도 습격을 당하지 않은 채『5분』을 버틸 수 있을까. 그것도 힘들다.

이미 수복이 시작된 던전을 노려보며, 류는 의구심을 가슴속으로 밀어넣었다.

'쓸데없는 정신적 피로를 주어서는 안 된다…… 이제까지 나를 감싸준 그에게. 쉽게 하지 않는다면 망가지고 말거야…….'

어째서 류는 벨에게 거짓말을 했을까.

그럴 수밖에 없었기 때문이다.

마인드가 바닥난 벨은 움직일 수 없었다. 체력도 텅 비었다. 쉴 새 없이 밀려드는『가혹』에 자기 자신조차 잃어버릴 것 같았다. 앞으로 행동하기 위해서는 아무리 소소하다 해도 휴식이 불가피했다.『먼저 룸을 망가뜨린 다음 자라』고 어떻게 말할 수 있겠는가.

선택지는 하나뿐이었다.

이곳에서 목숨을 건 휴식을 단행한다는 이판사판의 도박 말고는.

'여기가 첫 번째 고비가 되겠지…….'

이 고비를 넘어선다 해도 앞으로 얼마나 많은 산이 있을지. 상상도 가지 않는 류는 자신의 생각을 자조하려다 실패했다. 자조할 여유도 존재하지 않았다.

앞으로 5분 동안 류는 홀로 싸워야만 한다.

만신창이가 된 몸으로, 소년을 지키며, 어둠이 만연한 미궁과.

'무기는 《쌍엽》뿐……. 투척할 수 있는 기회는 두 번. 다시 말해 쫓아낼 수 있는 몬스터는 두 마리……. 그 후에는 내 몸을 던져서라도 막을 수밖에…….'

허리에 찬 두 자루의 소태도를 곁의 지면에 꽂았다.

어둠에 잠긴 출입구 너머에서 침입자가 나타난 순간 언제든 던질 수 있도록.

오른발이 부러져 움직이지 못하는 류는 이 무기를 쓰지 않고도 버틸 수 있기를 기도했다.

── 오오오오오오오…….

어디선가 포효가 들렸다.

류의 어깨가 떨렸다.

무의미하다는 것을 알면서도 숨을 죽였다.

어둠 저편을 노려보며, 오지 말라고, 나타나지 말라고

연신 빌었다.

　몸을 움직일 때마다 부러진 오른발이 신음하며 고통스러운 숨이 입술에서 새나왔다.

　'……크라넬 씨와 말을 나누지 못하는 것만으로도…… 이렇게나 불안에 사로잡히다니.'

　『심층』의 어둠은【질풍】이라 불리며 두려움의 대상이 되었던 류의 마음까지도 잠식했다.

　이 층역의 싫은 점이 이것이다.『중층』과는 비교도 되지 않을 정도로 빛이 적어 곳곳에 어둠이 도사리고 있다. 그리고 어둠이 한없이 사람을 불안하게 만드는 것이다. 인격을 망가뜨리고, 정서를 불안정하게 한다. 특히 궁지에 몰린 상황——바로 지금 같은 국면——에서는 더더욱. 시간의 감각마저 마비시킨다.

　지나치게 긴 300초.

　지금 얼마나 지났지?

　앞으로 얼마나 버티면 되지?

　『원정』을 거치며 발달한 체내시계에 물었다. 그리고 돌아온 대답에 입술을 깨물었다. 길다. 너무 길다. 아직 반도 지나지 않았다.

　자신의 눈이 움푹 꺼져들어가는 것을 알 수 있었다.

　소년의 휴식을 방해하지 않도록, 거칠어지려 하는 호흡을 가다듬는 것만도 괴로웠다.

　룸에 고인 으스스한 정적이 스멀스멀 불길한 상상을 부

추겼다.

등을 대고 있는 벽면. 당장이라도 이곳에 균열이 일어나는 것은 아닐까.

괴물이 산성을 지르며 류의 머리를 물어뜯는 것은 아닐까.

혹은 통로 저편. 저곳에서 몬스터의 대군이 밀려들지는 않을까.

류는 아래팔에 손톱을 박으며 그런 망상과 싸웠다.

"……."

잠시 어둠에서 눈을 돌리고, 현실에서 도피하듯 가만히 옆을 보았다.

소년은 지금도 자고 있다. 목을 푹 꺾은 자세여서 눈가가 잘 보이지 않았다. 마치 숨을 거둔 것 같다. 하지만 살아있다. 분명히.

고분고분 류의 지시에 따라 한순간의 잠에 몸을 맡긴다.

'자아를 잃어버릴 뻔했지……. 그것도 당연해. 이 상황이라면.'

한번은 무너질 뻔했던 벨을 한심하다고는 생각하지 않았다. 오히려 이 극한상태에서 용케 자아를 유지했다고 생각했다. 첫 『심층』인 데다, 절망에서 시작했다. 돌파구도 없고 희망도 없다. 심지어 체력도 마인드도 바닥이 났다. 이러고도 의지가 흔들리지 않을 사람이 있을까.

평범한 모험자였다면 고통을 허용하지 못하고 스스로 목숨을 끊었어도 이상하지 않다.

류는 가슴에 단검을 꽂은 주검을 흘끔 보았다.

"……정말 강해졌구나……."

가느다란 목소리가 입술에서 새나왔다.

피와 먼지에 찌든 하얀 머리카락을 만져보고 싶다는 충동에 사로잡혔다. 그의 노고를 위로하며 머리를 빗겨주고 싶었다. 하지만 그럴 수 없었다. 지금 그런 짓을 할 여력은 없다.

그 대신 에누리 없는 칭송을 보냈다. 감개무량할 정도였다.

그리고 그와 동시에 양심이 아파오기도 했다.

휴식이 끝난 후에도 류는 소년에게 『가혹』을 명령하고 강요해야만 한다.

『만행』과 『모험』을 짊어지워야만 한다.

그를 구하기 위해.

"당신만은, 살릴 테니까……."

그 속삭임을 듣는 이는 썩어가는 모험자들뿐이었다.

벨은 오해하고 있었다.

류는 죽음을 거부했던 것이 아니다.

『자기희생』.

자신의 목숨을 이용해 벨만이라도 살리려 하는 것이다.

그것이 지금 류를 지탱하는 각오.

'하다못해 『심층』만 벗어날 수 있다면……. 그래도 곤경에 빠진 것은 마찬가지지만, 그의 실력이라면 벗어날 가능성이 있어……. 역시 36계층 연결통로를 찾아야 해.'

생각한다. 소년이 어떻게 하면 이 던전에서 생환할 수 있을지.

『심층』과 『하층』의 척도는 다르다. 아이템이 고갈된 최악의 상태임에는 변함이 없지만, 적어도 벨의 생존률은 크게 오른다.

이 마굴만 탈출할 수 있다면——.

'——알리제, 모두들, 부탁해. 내가 어떻게 하면 좋을까. 죄를 씻기 위해 너희의 뒤를 따르겠어. 그러니 크라넬 씨만은 살려줘…….'

고개를 숙이고, 지금은 사라진 동료들에게 기도했다.

고결하고 강한 그녀에게도 존재하는 약한 자신을, 기억 속의 환영으로만 드러냈다.

힘이 없는 소녀처럼 눈을 질끈 감은 그때.

룸의 입구에서 소리가 들렸다.

"!!"

고개를 들었다. 어둠 속에 떠오른 세 개의 해골 가면.

새로운 『스컬 쉽』. 죽음을 탐식하는 은자가 다시 나타났다.

이제는 존재하지도 않는 죽은 이에게 매달려 봤자 허사라고, 현실이 절망을 환기시켜주었다.

류는 입술을 깨물며 땅에 꽂아두었던 소태도를 들었다.

'세 마리가 동시에——.'

안 돼. 물리칠 수 없어. 놈들이 룸에 들어온다.

씁쓸한 목소리를 내뱉으며, 그래도 돌격하는 죽음의 양

을 향해 두 자루의 소태도를 투척했다.

한 마리에게 멋지게 명중했다. 찰나의 간격을 두고 또 한 마리도 관통했다. 두 개의 그림자가 허물어졌다.

그러나 그것으로 끝.

남은 한 마리가 달려와 룸에 돌입하려 했을 때—— 이마에 새하얀 칼날이 돋아났다.

"!!"

은백색으로 빛나는 나이프가 투척되었다. 던진 사람은 류의 바로 옆.

벨이 눈을 뜨고 《하쿠겐》을 던졌던 것이다.

덜커덕. 힘을 잃은 뼈가 쓰러지는 소리가 울렸다.

놀란 류의 눈길을 받으며, 투척을 위해 오른팔을 뻗은 자세를 유지했던 벨은 천천히 손을 내렸다.

"……류 씨."

불쑥 들려오는 목소리에 가느다란 귀가 떨렸다.

"5분, 지났어요."

단적으로 들려온 말에 류는 뒤늦게 이해했다.

정말로 류의 체내시계도 그만한 시간이 지났음을 말해주었다.

보아하니 잠에 빠졌으면서도 벨의 몸은 무의식중에 시간을 쟀던 모양이다. 동시에 주위도 경계했던 것이리라. 분명 수면 중의 경계행동은 모험자의 기능이기는 하지만, 벨이 이를 익혔다니 놀라웠다.

어쩌면『그를 단련시켜준 인물』이 심어놓은 것인지도.

"……죄송합니다. 역할을 제대로 맡지 못해서. 집중력이 떨어졌습니다."

"아뇨, 괜찮아요."

고분고분 사과하자 벨은 뻣뻣하게 미소를 지었다. 그 얼굴에서는 아직도 피로가 배어나왔지만, 5분 전과는 완전히 달랐다. 목소리도 또렷했다.

머릿가 맑아진 것이리라. 이렇게 짧은 시간 동안에 회복할 수 있는 체력과 마인드는 미미하지만, 그래도 큰 의미가 있었다.

"이번에는 류 씨가 주무세요."

"……죄송합니다. 그러면 말씀대로 따르지요."

『5분』을 버텼다. 그 사실이 류를 중압감에서 해방시켜주었다.

이어서 보이지 않았던 피로가 왈칵 몰려들었다. 눈꺼풀이 납처럼 무거워졌다.

이젠 류도 견딜 수 없을 듯했다.

"크라넬 씨…… 벽을 파괴해 주십시오. 몬스터가, 태어나지 않도록."

"알았어요."

벨에게 지시를 남기고, 류는 벽에 등을 기댔다.

수마가 요람처럼 몸을 깊이 감쌌다. 류는 여기에 저항할 수 없었다.

의식이 새하얗게 물들어간다.

──류. 리온.

벗의 목소리가 들린다.

【파밀리아】 동료들의 목소리가 들린다.

류는 그 목소리에 이끌리듯 잠의 세계로 빠져들었다.

⟨✳⟩

"──리온! 내 얘기 듣고 있어?!"

그 목소리에 류는 흠칫했다.

고개를 들자 매끄러운 붉은색 머리카락에 녹색 눈을 가진 아름다운 소녀가 눈앞에서 가느다란 눈썹을 치켜세우고 있었다.

"단장인 내가 이야기하는데 넋을 놓다니, 요즘 너 아주 배짱이 두둑해졌어!"

발랄한 목소리로 검지를 척 내미는 붉은머리 소녀를 빤히 바라보던 류는 천천히 입을 움직였다.

"죄송합니다, 알리제. 집중을 못하고 있었습니다."

고분고분 사과했다. 잘못을 인정하고 미안해하며.

소녀가 눈앞에 있다는 데에 아무런 의심도 품지 않고, 그것이 당연하다는 듯.

"알면 됐어!"

알리제라 불린 소녀는 밝게 웃으며 대답했다.

──아아, 이건 꿈이구나.

류는 금세 그 사실을 이해했다.

그 증거로 몸이 말을 듣지 않았다. 입술도 류의 의식을 떠나 말을 잇는다. 마치 옛날의 기억을 따라가듯.

꿈은 5년 전의 과거를 비추고 있었다.

류의 소중했던 보금자리를.

류가 사랑했던 【파밀리아】가 있는, 무엇과도 바꿀 수 없는 시간을.

"고결한 엘프님은 언제부터 잠꾸러기가 되셨던 걸까요. 심지어 선 채로 주무시다니…… 저는 도저히 흉내 낼 수도 없는 재주인걸요."

"……카구야. 나는 잤던 게 아니다. 그리고 그런 식으로 말하지 마라. 매우 속이 뒤틀리니."

"괴롭히지 마, 카구야. 아무리 강한 모험자라도 '그날'은 어쩔 수 없지~. 여자니까~."

"라일라, 천박합니다! 게다가 저는…… 그, 그, 그날이 아닙니다!"

흑발 휴먼, 분홍색 머리카락의 파룸.

두 동료에게 류는 낯을 찡그리며 거친 목소리로 말했다.

아마, 지금의 류밖에 모르는 벨이 보면 분명 놀랐을 만한 표정.

어린 자신이 보이던 허점투성이 얼굴.

동료들에게만 보이던, 융통성 없는 엘프의, 어린 나이에 어울리는 모습.

현재의 류가 잃어버렸던 것이 그곳에 있었다.

"어머, 리온! 생리였구나? 미안해, 내가 몰라서! 하지만 던전이었으면 그런 소리는 통하지 않으니까 지금도 참아 줘!"

"당신도 진지하게 받아들이지 마십시오, 알리제!"

찡긋—☆ 하고 한쪽 눈을 감으며 멋들어지게 웃고 거기에 엄지까지 척 내미는 알리제에게 류는 마침내 비명을 질렀다. 귀까지 새빨갛게 물들인 엘프의 모습에 주위의 다른 여성 단원들도 소리를 내 웃었다.

【아스트레아 파밀리아】.

정의의 검과 날개를 내건 여신 아스트레아의 파벌.

『악』이 만연하던 오라리오의 암흑시대에 【로키 파밀리아】나 【가네샤 파밀리아】와 함께 도시의 평화를 지키며 싸웠다.

여성만으로 구성된 단원의 수는 11명.

그러나 모두가 『여걸』이니 『호걸』이라 불리며 두려움의 대상이 되었을 정도로 매우 기질이 강한 자들뿐이라, 어지간한 남자 모험자는 맨발로 도망칠 정도의 소수정예 【파밀리아】였다.

"자자, 다시 분위기 돌려서. 오늘은 『정의』에 대해 이야기해보자! 이블스와의 싸움도 드디어 고비에 접어들었으니까, 여기서 다시 한 번 초심으로 돌아가는 거야!"

그 중에서 가장 빛나던 것이 알리제 로벨.

파벌의 단장이자, 류를 이【파밀리아】에 끌어들인 친구.

환하게 빛나는 태양처럼 붉은 머리카락은 뒷머리에서 한데 묶은 포니테일이다. 마치 쾌활한 그녀의 성격을 드러내는 듯했다. 그녀의 언동은 좋게 말하자면 솔직하고 순수했으며, 나쁘게 말하자면 배려가 없고 생각이 없었다. 처음 만났을 때부터 류의 깊은 곳까지 성큼성큼 들어와서는,

"이름은 류? 발음하기 힘드네. 오늘부터 널 리온이라고 부를게!"

그런 소리를 지껄였을 정도였다. 그녀 덕에【파밀리아】 내에서의 호칭도 주신 아스트레아를 제외하면『리온』이 되고 말았다.

그러나 류는 그런 알리제를 존경했다.

소녀는 언제나 앞을 보며, 어떤 사람에게도 격의 없이 대하는 다정함을 가졌으며, 누구보다도 올곧았으니까.

누가 뭐라 해도 알리제는 류의 첫 친구였으며, 단짝이었다.

"『정의』에 대해서라……."

"대가를 바라지 않는 선행이 정의라고 하면 제일 이해하기는 쉽지만……."

"목적이 없는 선행은 그냥 자기만족이랑 다를 거 없잖아?"

"목적이 있다면 그건 타산이 되지. 진짜 정의하곤 거리가 멀어."

"결국『정의』는 허울 좋은 도구일 뿐이야. 대의명분을 언

기 위한 무기, 혹은 언동의 폭력을 정당화하기 위한 색깔 없는 깃발."

"잠깐만, 그 말 정정하십시오. 우리가 맹세한 정의의 검과 날개는 결코 그런 것이 아닙니다."

"나왔다~ 리온은 역시 융통성이 없어."

알리제의 제안에 따라 룸에 모인 모든 단원들이 저마다 목소리를 냈다.

격렬한 논의. 뜨겁게 달아올라 일촉즉발의 분위기까지 풍기기 시작했다.

그런 광경을 둘러보며 단장은 느긋하게 고개를 끄덕이고 말했다.

"——응, 역시 관두자, 이런 화제는! 신들에게 물어봐도 완벽한 대답은 돌아오지 않으니까 우리가 암만 고민해도 답이 나올 수는 없겠지! 응, 무리무리!"

알리제는 적당히 건성이었고 적당히 무책임했다.

스스로 화제를 던져놓고는 끊어버리는 단장에게 류를 포함한 【파밀리아】의 짜증난다는 시선이 모여들었다.

"정의는 누구나 말할 수 있고 얼마든지 속일 수 있는 거야. 하늘의 별만큼 많은 정의 속에서 『정답』을 찾는 게 아니라, 『가짜』를 내건 악당들을 해치우자!"

"!"

"가짜라는 이름의 『악』이 사라지면, 그 다음에는 조화와 질서가 태어나겠지. 많은 사람들의 웃음도! 그러니까 분명 그게 우리【아스트레아 파밀리아】의 정의일 거야!"

그리고 놀랄 만큼 천연덕스럽게 말하는 소녀이기도 했다.

"정의는 짊어지는 게 아니야. 언젠가 짓눌려버릴걸. 하물며 정의는 들이대는 것도 아니야. 그런 건 악의를 강요하는 거나 다를 게 없으니까!"

"알리제……."

"정의는 숨기는 거야!"

눈을 크게 떴던 단원들이 어깨에서 힘을 빼며 못 말리겠다는 양 웃음을 지었다.

주신 아스트레아와 마찬가지로, 알리제 로벨은 누구보다도 단원들의 인망과 신뢰를 모으는 존재였다.

"오늘도 다들 나의 정론에 무릎을 꿇었구나! 흐흥, 역시 난 대단해!"

그리고 쓸데없는 소리를 하는 것도 그녀의 특징이었다.

가슴에 한손을 척 얹고 두 눈을 감은 채 자랑스러워하는 소녀에게 이번에는 진저리치는 시선이 쇄도했다.

──아아, 그립구나.

눈앞에 펼쳐진 꿈의 광경을 보며 류는 생각했다.

류가 바라던 것이 모두 이곳에 있었다.

그럴 수만 있다면 돌아가고 싶다고 생각할 정도로.

"그러면 본론으로 넘어가자. 『하층』에서 이블스의 움직임이 있다는 정보가 『길드』를 통해 들어왔어."

그리고 그 말을 들은 순간 류의 의식이 얼어붙었다.

"이블스…… 【루드라 파밀리아】야?"

"응. 1년 전에 『27계층의 악몽』 때는 길드 측의 【파밀리아】에도 큰 피해가 나왔지만, 그 이상으로 이블스에게 입힌 타격은 컸어. 이블스 중에서 제대로 움직일 수 있는 곳은 이제 거기밖에 없을 거야."

"그때의 방식은 잔인했지만, 반격작전을 주도했던 【로키 파밀리아】 덕이었지~. 역시 우리 일족의 용사님이라니까."

알리제와 동료들의 이야기가 류의 의식을 뒤흔들었다.

이것은 전날이다.

그 【재앙】이 찾아오기 직전의 광경.

당시의 류는 앞으로 무슨 일이 기다리고 있을지를 모른다.

하지만 지금의 류는 모든 것을 안다.

"우리 【아스트레아 파밀리아】는 『하층』을 조사하러 갈 거야. 뭔가 발견하면 좋고, 적의 꿍꿍이를 저지할 수 있으면 더 좋고, 【루드라 파밀리아】를 잡을 수 있다면 만만세지."

아니야. 아니야.

그 정보는 쥬라가 속한 【루드라 파밀리아】가 고의로 흘려, 그들과 이어졌던 길드 직원이 유출시킨 것.

그리고 【아스트레아 파밀리아】는 던전으로 향했다가 그 【재앙】과 맞닥뜨리고 만다.

"또 함정 냄새가 나는데~? 『27계층의 악몽』 때처럼."

파룸 단원의 말에 알리제가 고개를 가로저었다.

"그렇다고 해도 갈 수밖에 없어. 그런 참극을 두 번 다시 일으키지 않기 위해 우리가 가는 거야."

그 올곧은 눈빛은 류가 존경하던 자긍심 높은 정의의 눈빛이었으며, 지금의 류를 절망에 빠뜨릴 숙명이었다.

──안 돼, 알리제!

류가 아무리 외쳐도 목소리는 닿지 않았다.

손도 발도 움직일 수 없는 자신의 몸으로 열심히 불렀지만, 꿈은 기억대로 진행되고, 동료들을 절망으로 몰아넣었다.

"잠시 후에 출발하겠어. 다들 준비해둬."

안 돼, 안 돼!

멈춰, 카구야, 라일라!

다들, 가서는 안 돼!

류의 외침도 허무하게, 알리제는 등을 돌리고 방을 나갔다.

다른【파밀리아】단원들도, 꿈속의 류도 그 뒤를 따른다.

그저 홀로, 류의 의식만이 그 자리에 남았다.

──기다려.

홈의 정경이 천천히 녹아들고, 하얀 빛에 매몰되었다.

남은 것은 시선 너머에 있는 소녀들의 등뿐.

돌아보지 않는 등은 앞으로 가버리고 만다.

빛 너머로. 빛의 반대편으로.

조각상처럼 움직이지 못하는 류를 놓아두고.

──기다려.

──카구야, 라일라, 노잉, 네제.

――아스타, 랴나, 셸티, 이스카, 마류.

동료들의 이름을 불러도 닿지 않는다.

모두 류에게서 멀어져간다.

류만이 그녀들의 뒤에 남았다.

정신이 들고 보니 류는 붉은머리 소녀의 뒷모습을 향해 필사적으로 손을 뻗고 있었다.

――알리제.

빛 너머에 보이는 소녀의 등은 결코 돌아봐주지 않았다.

"알리제……."

언어의 파편이 그 조그만 입술에서 새나왔다.

나는 조용히 들려오는 속삭임을 듣고 말았다.

동종업자들의 주검이 잠든 룸.

류 씨가 시킨 대로 나는 사방의 벽을 파괴해두었다. 《주신님 나이프》를 몇 번씩 찌르고 깎고 도려냈다. 이제 룸에서 몬스터가 태어날 일은 없을 것이다. 류 씨의 소태도와 내 《하쿠겐》도 회수했다.

류 씨의 조그만 목소리를 들었던 것은 작업을 모두 마치고 그녀의 곁에 앉았을 때였다.

나는 입을 다문 채 가만히 그녀의 얼굴을 보았다.

꿈에서 누군가와 만나고 있는, 슬퍼하는 듯한 그녀의 옆얼굴을.

"……."

시선을 앞으로 돌렸다.

기척과 소리. 쳐다보니 출입구의 어둠 속에『해골 가면』이 떠 있었다.

목숨을 탐식하고자 다시 죽음의 양이 룸에 나타났다. 아니, 어쩌면 무리가 주위를 배회하는 것인지도 모른다.

수는 하나. ……그렇다면.

"……들어오면, 쏜다."

나는 오른팔을 들어 내밀었다.

휴식을 취해 살짝 회복된 마인드를 끌어모아『마력』을 오른손에 모았다.

피폐해졌다는 기색은 보일 수 없다. 앉은 자세로, 그래도 오만하게 보이도록 한껏 허세를 부렸다.

포신을 겨눈 나를 공허한 눈으로 바라보던『스컬 쉽』은 이윽고 후퇴하듯 어둠 속으로 사라졌다. 나의『마법』을 위협이라고 간주한 걸까.

『상층』이나『중층』이었다면 괴물은 본능에 사로잡혀 가차 없이 덤벼들었겠지만, 지금만큼은『심층』의 몬스터가 가진 높은 지성에 감사했다. 그냥 싸울 때는 성가시기 그지없지만 이런『허허실실』도 통하는 모양이다.

무거운 숨을 토해내고 손을 내린 다음, 다시 한 번 곁에서 잠든 그녀에게 시선을 돌렸다.

'……류 씨의 이런 무방비한 모습은 처음 보는지도…….'

감긴 눈. 너덜너덜해진 몸. 피와 얼룩에 찌든 얼굴은 이런 때여서 그런지 덧없는 아름다움을 띠었다. 마치 상처 입은 요정이 달빛 아래 샘 기슭에서 잠든 것 같은.

곁에서 보초를 서야만 한다. 그러니 거리는 가깝다.

조금만 움직이면 맞닿을 것 같은 어깨에서 전해지는 체온을, 나는 이런 때임에도…… 애처롭다고 생각하고 말았다.

이렇게 가느다란 어깨로, 이 사람은 계속 싸웠던 거구나.

피에 찌들어, 【질풍】이라 불리며 두려움의 대상이 되면서도, 격렬한 싸움 속에 몸을 던지며.

"알리제……."

다시 중얼거리는 누군가의 이름. 내가 모르는 사람의 이름.

조그만 어린아이처럼 부른다.

그렇게나 늠름하고, 나보다도 강하면서, 지금은 이렇게나 약하다니.

어느 쪽이 진짜 류 씨인지 알 수가 없었다.

그저…… 지켜주고 싶었다.

내 앞에서는 결코 약한 모습을 보이려 하지 않는 이 사람을.

지금은 그 마음만으로 힘이 차오르는 것 같았다.

"……알리제…… 기다려…….."

이미 5분은 지났다.

하지만 조금만 더.

앞으로 조금쯤은 분명 괜찮을 것이다.

그러니 나는 그녀를 깨우지 않고 보초를 섰다.

이 사람이 조금이라도 꿈속의 주민들에게 말을 건넬 수 있도록.

＊

그리고 잠시 후, 류 씨는 깨어났다.

눈을 뜬 그녀는 평소의 늠름한 엘프로 돌아와, 나는 잠들었을 때 보았던 모습에 대해서는 한 마디도 꺼내지 않았다.

나와 마찬가지로 조금이나마 피로가 풀렸는지, 전에 비해서는 낯빛도 좋아졌다.

이제부터는 행동을 할 차례다.

"【그대를 바라는 자에게 부디 치유의 자비를】⋯⋯【노아 힐】."

손에서 넘쳐난 따뜻한 빛이 류 씨의 오른쪽 다리를 감쌌다.

부목으로 나이프의 칼집을 묶어놓았던 다리가, 복원까지는 가지 않았지만 조금씩 치유되었다. 류 씨는 그런 모습을 원통하다는 듯 바라보고 있었다.

조금이나마 마인드가 회복되어 우리는 즉시 류 씨의『회복마법』을 쓰기로 했다. 그리고 나는 한사코 자신의 치유를 거부하던 그녀를 어떻게든 설득했다.

하다못해 부러진 다리만이라도 치유해야 한다. 부축해서 옮기는 데에도 부담이 간다. 그렇게 타이른 후에야 류 씨는 겨우 자신에게 『마법』을 걸었다.

나를 계속 우선시했던 점에서 이 사람도 상당히 고집스럽다는 사실을 새삼 다시 인식하고 말았다.

아무튼 재빨리 움직일 수는 없어도 이것으로 류 씨도 혼자 움직일 수는 있게 되었다.

"일단은 현재의 상황을 확인하겠습니다."

"네."

우리는 지면에 한쪽 무릎을 꿇고 마주 앉아 서로 얼굴을 보았다.

몬스터의 습격을 경계해 룸의 출입구에도 의식을 할애하며 소곤소곤 이야기를 나누었다.

"현재 위치는 불명. 제37계층의 어느 지대에 있는지 파악할 수 없습니다. 우리는 부상도 입었고 지쳤습니다. 상황은 한없이 절망적입니다."

방심해서는 안 된다고 말하는 류 씨에게 나는 무겁게 고개를 끄덕였다.

말할 필요도 없지만, 미궁 내에서 현재의 위치를 파악할 수 없다는 것은 치명적이다. 전진하는지 후퇴하는지도 모르는 상황에서 던전을 헤매는 것은 원래 죽음으로 가는 지름길이다.

휴식을 취했다고는 하지만 여전히 최악의 상태라는 데

에는 변함이 없다. 『심층』몬스터를 상대하기에는 지나치게 지쳤다. 가능하다면 지금 당장 엘릭서가 가득 담긴 목욕탕에 몸을 푹 담갔다가 침대에 뛰어들고 싶을 정도였다.

"치료도 제대로 할 수 없습니다. 임시방편으로 저의『마법』을 쓰는 수밖에는."

『회복마법』은 이미 류 씨의 오른발에 썼다. 한동안은 쓰지 못한다.

덧붙이자면 가장 부상이 심각한 내 왼팔의 치료는 이미 포기했다.

류 씨의 오른발이냐 내 왼팔이냐로 옥신각신했을 때, 감아놓았던 목도리를 억지로 푼 류 씨가 흠칫 숨을 멈추었을 정도로 내 왼쪽 팔꿈치 아래쪽은 엉망진창이었으니까. 뼈니 살점이니, 아무튼 나 자신도 눈을 돌리고 싶어질 정도였다.

하지만 아직은 움직인다.

움직이면 어떻게든 된다.

죽을 정도로 아프고 지금도 비지땀이 뻘뻘 솟아나지만.

어쩌면 지상에 돌아가면 내 팔도 의수가 되어야 할지도.

……도저히 웃음이 안 나오네.

"장비도 부족합니다. 솔직히 말씀드려『심층』을 탐색하기에는 너무나도 불안합니다. 아이템도 턱없이 모자라지요."

『웜 웰』의 위산에 너덜너덜해지면서도 그나마 녹지 않은 파우치를 만지며 류 씨는 비관적인 요소를 열거했다.

무기는 《주신님 나이프》와 《하쿠겐》, 류 씨가 가진 두 자루의 소태도.

그리고 일단 《골라이아스 머플러》가 있기는 하다. 붕대 대신 왼팔에 감아놓은 이상 아마도 방어구 이상의 역할은 기대하지 못하겠지만.

파괴자 몬스터의 『발톱』에 파괴되고 램톤의 독산에 녹기도 해 갑옷은 없는 거나 마찬가지다.

현기증이 날 정도의 경장이었다. 류 씨는 멈추지 않고 현재의 상황을 말했다.

"외부에서 구조대가 오리라고는…… 기대하지 않는 편이 좋을 겁니다. 설령 크라넬 씨의 파티가 우리의 흔적을 파악한다 해도 이곳 『심층』까지 오기란 불가능합니다."

제27계층에서 제37계층으로 이동하다니, 이런 『이상사태』를 내다볼 수 있는 모험자는 없다.

만약 희망이 있다고 한다면, 그것은 우리의 전투를 모두 지켜보았던 인어 마리 뿐이다. 그러나 그녀가 운이 좋아 릴리네나 다른 모험자들과 접촉한다 해도 구조대가 『심층』에 도달하기까지 대체 시간이 얼마나 걸릴까.

며칠? 아니, 일주일?

다른 모험자가 『심층』을 탐색하고 있을 가능성은…… 생각하지 말자.

그런 희망도 아닌 낙관적 예상은 마음을 꺾는 독소밖에 되지 않는다.

백골로 변한 모험자들을 흘끔 보고, 나는 체념과도 같은 각오를 다졌다.

'다른 사람들은 무사할까…….'

문득 동료들을 떠올렸다. 제25계층에 머물렀으니 그 파괴자 몬스터의 살육에는 말려들지 않았겠지만.

생각하면 생각할수록 커져만 가는 불안의 싹을, 지금만큼은 뽑아버리기로 했다.

일단은 우리가 이곳에서 생환해야 한다. 그렇지 않고서는 동료들이 무사한지를 확인할 방법도 없다.

"이런 상황을 고려해…… 우리가 취해야 할 선택은 36계층으로 올라가는 연결통로를 찾는 것입니다."

불안요소를 모조리 확인한 후, 류 씨는 앞으로의 방침을 언급했다.

"『하층』으로 피난한단 말씀이죠? 하지만 만약 도달한다 해도……."

"예. 안전이 보장되는 것은 아닙니다. 그곳에서도 『하층』을 탐색해야만 하지요."

심층영역 첫 세이프티 포인트는 제39계층. 여기서 두 계층이나 가야 한다.

말할 것도 없지만 던전은 하부 계층으로 갈수록 광대해진다. 이 제37계층은 오라리오 전역이 고스란히 들어갈 만한 규모라고 할 정도다. 『심층』부터는 1계층을 내려가는 것보다 『하층』으로 돌아가는 편이 훨씬 힘이 덜 든다고 들었다. 전에 『중층』까지 갔던 결사행 때처럼 세이프티 포인트를 목표 삼아 다음 층역으로 내려가는 짓은 할 수 없다.

애초에 그것은 『수직굴』이라는 미궁구조가 있었기에 가능했던 일이다.

"하지만 『심층』에 머무는 것보다는 생존확률이 높습니다. 『하층』에는 우리가 먹을 수 있는 나무열매나 과일…… 던전의 채집물이 존재합니다. 물과 식량 면에서도 훨씬 유리하지요."

그렇구나.

나는 류 씨의 말을 이해하고 고개를 끄덕였다.

적어도 영양 걱정은 사라진다. 게다가 몬스터의 질도 달라진다.

이곳 『심층』과 비교하면 『하층』은 그나마 착한 편이다.

"여기서부터는 마인드가 우리의 생명줄이 될 겁니다. 몬스터와의 전투를 최대한 피하는 것은 당연하지만, 『마법』은 최대한 몸을 지키는 데 써야 합니다."

류 씨의 마인드가 자연회복되는 대로 『회복마법』을 쓴다 해도 여기서부터는 최대한 힘을 아끼면서 쓸 수 있는 카드를 절약해야만 한다. 『마법』이나 『스킬』을 남발하는 것은 논외다.

『심층』이 그런 절약을 허락해준다면 말이지만.

"당장 『심층』을 나아가면서 필요한 장비와 도구를…… 반드시 입수해야만 합니다."

가능하다면 물도.

류 씨는 그렇게 마무리를 지었다.

나도 이의는 없었다. 그렇다기보다는 그 외에 선택의 여지는 없었다.

그렇다면 그런 물자는 어떻게 보급하나요?

그렇게 되물으려다가…… 나는 깨닫고 말았다.

류 씨의 얼굴에서 표정이 사라져버렸음을.

"류 씨……?"

벌어지려던 그녀의 입술이 다시 닫혔다.

차분하던 표정 속에 언뜻 보이는 망설임과 갈등.

한순간, 막 꺼내려던 말을 도로 삼킨 것처럼 보였다.

마치 금기를 저지르려는 것처럼.

하늘색 눈이 한 차례 나에게서 시점을 돌렸다.

"……?"

그녀가 쳐다본 것은 모험자들의 시신.

어째서인지 그 순간 나는 불길한 예감을 느꼈다.

어째서인지 그때 나는 모골이 송연해졌다.

그리고 류 씨가 입을 열었다.

"그들의 장비를 벗길 겁니다."

그 말이 귀를 관통했다.

"…………네?"

무슨 말을 들었는지 이해할 수 없었다. 말의 의미를 알아들을 수 없었다.

멍청한 표정을 짓는 나에게 류 씨가 다시 말했다.

"……시체의 장비를 벗겨서, 우리가 쓰겠다는 겁니다."

그 나직한 목소리는 나는 물론이고 그녀 자신도 타이르는 듯했다.

"자, 잠깐만요?! 그건, 그건 다시 말해, 시신을 뒤지겠다는……?!"

죽은 이에 대한 『모독』.

원래 같으면 동종업자로서 지상에 시신을 가지고 돌아가야만 하는 모험자의 암묵적인 규칙이 있다. 그것을 어기고, 시체에서 유품을 『빼앗는』, 최악의 『만행』.

도굴, 시체 도적질, 흉적. 기피해야 할 단어가 머릿속을 몇 번이고 오갔다.

그 순간 온몸에서 땀이 솟아났다. 눈이 부자연스럽게 굳어버렸다. 혀가 순식간에 말라버렸다.

내가 언어를 이루지 못하는 말로 대답하려 하자, 류 씨는 잔혹할 정도로 가로막았다.

"던전에 패배한 그들을 이용할 겁니다. 우리보다 먼저 죽은 선배들에게 이곳을 탈출할 방법을 청하겠습니다. ……수단을 가릴 때가 아니니까요."

어두운 결의가 미궁 내에 울려 퍼졌다.

나는 숨을 멈추었다.

류 씨는 진심이다.

"……여성 쪽은 제가 하지요. 크라넬 씨는 저들을 맡아 주십시오."

그렇게 말하고 내 앞에서 일어났다.

완치되지 않은 오른발을 절며, 플레어 롱스커트를 입은 『그녀』 앞에 무릎을 꿇고는, 정말로 물색을 시작했다.

"아아……?!"

손상이 심한 배틀클로스를 무참히 찢고, 방해가 되는 벨트를 소태도로 자르고, 붉은 파우치 안을 뒤진다.

백골이 울부짖듯 옷소매 속에서 팔뼈를 떨어뜨리고 금발을 지면에 흐트러뜨렸다.

——그만하세요!

——류 씨의 그런 모습은 보고 싶지 않아!

나의 그런 마음속 외침은 목소리가 되지 못했다.

크게 뜨인 두 눈을 뜨는 류 씨의 옆얼굴을 보며 깨닫고 말았다.

망설이지 않을 리가 없다. 기피하지 않을 리가 없다. 류 씨는 나보다도 더 양심에 가책을 받아 보이지 않는 피를 토하고 있다.

결벽성이 있는 엘프에게 『죽은 이에 대한 모독』은 가장 끔찍한 행위일 것이다. 이 사람은 스스로 자신의 자긍심을 짓밟으며 잔혹한 가면을 쓰고 죽은 이를 욕보이고 있었다.

살아남기 위해. 자신을 위해. ——아니, 나를 위해?

선배 모험자로서 책무를 다하려고?

일사불란 시체에서 소지품을 거둬들이는 류 씨의 모습에, 엉망진창이 된 감정이 멈추질 않았다.

나는 울음을 터뜨리듯 눈꼬리를 세우며 온 힘을 다해 주먹을 쥐었다.

"으으윽!!"

한심한 다리를 질타하며, 달려가듯, 시체로 변한 동종업자에게 다가갔다.

벽에 기대 주저앉아 있던 사람. 새까만 눈구멍과 시선이 마주쳐 나는 눈을 질끈 감았다.

손을 대고, 단숨에 갑옷을 벗겼다.

그것만으로도 시야가 휘청 흔들렸다.

숨이 거칠었다. 머리가 빙글빙글 돌았다. 배에서 목으로 뜨거운 것이 치밀어 올랐다.

안 돼. 토하지 마. 이미 상황은 생존투쟁의 양상을 띠었다. 몸 밖으로 쓸데없이 무언가를 내보내면 그만큼 죽음에 다가간다. 얼른 손으로 입을 막은 나는 목이 타들어가는 것을 느끼며 치밀어 올랐던 것을 삼켰다.

시야가 뿌옇게 흐려졌다. 눈물도 안 된다. 수분은 한 방울도 낭비할 수 없다.

그러니까, 그러니까, 그러니까, 이를 악물며 죽은 이를 『모독』한다.

미안해요. 용서해주세요. 아직 죽을 수 없어요. 그런 우는 소리를 마음속으로 몇 번이고 반복하며 동종업자의 장비를 뜯어냈다. 가느다란 백골 손가락을 건드렸다가, 전류가 흐른 것처럼 펄쩍 튀어오르는 자신의 팔을 억누르고, 검을, 방어구를 빼앗았다.

이것이, 모험자.

이것도, 모험자.

사느냐 죽느냐의 국면에 몰렸을 때는 시신마저도 더럽힌다.

미사여구만 늘어놓을 수 있는 직업이 아니라는 것은 알고 있었다. 이미 이해했다고 생각했다. 그래도 나는 아직도 어디선가 이 일을 만만하게 생각했는지도 모른다.

'지금부터 할 각오는…… 그냥 궤변이야…….'

하지만, 그래도—— 살아남자고.

약탈한 그들의 몫까지 살아남자고, 그렇게 마음속으로 맹세했다.

위로도 되지 않는 말을 필사적으로 자신에게 들려주었다. 주검이 된 동종업자들은 아무 대답도 하지 않았다.

그저 그들에게 빼앗은 검만이, 모험자라면 넘어서라고.

그렇게 말해주듯 어둠 속에서 날카로운 빛을 뿜어냈다.

"헉, 헉……!"

거친 숨을 몰아쉬며 두 손을 짚은 지면에서 고개를 들었다. 눈앞에 늘어선 것은 죽은 모험자들의 유품—— 장비와 아이템.

칼날이 일부 빠진 장검과 카타나, 금이 간 완드, 여러 자루의 단검. 유일한 방어구는 한쪽 가슴을 가리는 사이드아머. 매직 아이템인 깃털 펜, 으스스하게 변색된 여러 개의 포션, 곰팡이가 가득 핀 흑빵, 그 외의 잡다한 물건들…… 가짓수는 많았지만, 가장 우리의 눈길을 끌었던 아이템은, 이것이었다.

"매핑 도중인 계층 지도……."

두루마리처럼 생긴 튼튼한 천은 벽에 기대 앉아있던 시신의 손에 쥐어져 있었다.

구석에 표시된 ×는 아마 거점일 것이다. 다시 말해 현재의 위치인 이 룸. 그곳에서부터 복잡한 미로가 붉은 선으로 그려져 있었다.

작성된 범위는 매우 넓었다. 수많은 막다른 길에 부딪쳐 좌절할 뻔하면서도 그리고 또 그렸을 것이다. 맵에서는 그런 느낌이 들었다.

분명 이 사람들도 우리처럼 조난해 출구를 찾아 헤맸겠지.

그리고 그 뜻을 다 이루지 못하고 힘이 다했던 거야.

"그들의 억울함은 헤아릴 수도 없으나…… 이 지도는 우리에게 큰 도움이 될 겁니다."

지도를 지면에 펼치고 함께 내려다보던 류 씨의 말에 나는 힘차게 긍정했다.

우리는 끊어진 지도 너머—— 이 매핑을 이어받아 길을

기록해야만 한다.

귀환의 경로를.

"……류 씨, 이 맵의 정보 중에 혹시 기억나시는 것 있나요……?"

하다못해 계층 내에서 현재의 위치를 산출할 수는 없을까 물어보았지만 돌아온 대답은 역시 전망이 그리 밝지 못한 말이었다.

"아니오…… 37계층은 너무나도 광대합니다. 구석구석까지 망라되지 않았지요. 적어도 이 미로의 형상은 제 기억에 없습니다."

그러나.

"그러나『심층』에는 몇 번이나 와봤으니, 정규 루트는 기억하고 있습니다."

"그렇다면……."

"예. 정규 루트 부근까지 간다면…… 그 후에는 제가 연결통로까지 안내할 수 있습니다."

가까운 곳에서 시선을 나누는 류 씨의 눈에 한 줄기 빛이 어렸다.

조금, 아주 조금이지만.

희망이 보였다.

"그들의 짐은…… 될 수 있는 한 들고 가지요. 무엇이 필요하게 될지 모르니."

"네……."

펼쳐놓은 맵에서 고개를 들고 장비와 아이템을 보았다.

썩어가는 백팩을 부츠 끈으로 수리하고 그 안에 짐을 넣었다. 정말로 쓸 수 있을지 의심이 갈 정도로 열화된 아이템도 욱여넣었다. 움푹 들어간 그을음투성이 물통, 텅 빈 시험관도 잊지 않았다. 류 씨는 여성에게서 찢은 배틀클로스를 너덜너덜해진 옷 대신 동여맸다. 그럴 때가 아닌데도 나는 얼굴을 붉히며 황급히 눈을 돌렸다.

하지만 이렇게 새삼 그들의 소지품을 보니…… 곰팡이가 피고 부패되기는 했지만 식량이 남아있다.

아사나 탈수가 직접적인 죽음의 원인이라고는 생각하기 힘들다. 다만 포션은 남아있어도 해독제 같은 것은 보이지 않았다. 『심층』을 탐색하는 파티가 해독제를 준비하지 않았으리라고는 생각하기 힘들다…… 그렇다면 전부 소비했을까? 혹시 사인은 『독』을 비롯한 『상태이상』?

가능성이 있다고 생각했다. 무언가가 원인이 되어 조난당한 후, 그들은 이 룸을 거점으로 돌파구를 찾았을 것이다. 하지만 중간에 몬스터의 『독』에 당해, 어떻게든 이곳으로 돌아오기는 했지만, 소지한 아이템으로는 해독을 다 하지 못하고…….

한 사람, 또 한 사람 숨을 거두는 가운데 홀로 남은 한 사람은 『심층』의 어둠에 마음이 피폐해져 스스로 목숨을 끊었던 것 아닐까.

조금 전까지 가슴에 단검을 꽂고 있던 시신을 나도 모르게 다시 바라보았다.

"……크라넬 씨."

무언가를 깨달은 류 씨가 맵을 뒤집어 건네주었다.

천의 정체는 【파밀리아】의 엠블럼이었다. 아마도 단기(團旗). 매핑을 하기 위한 종이도 없었던 그들은 파벌의 긍지에 지도를 그릴 수밖에 없었으리라.

심하게 닳아 해져서 이 휘장이 어느 【파밀리아】의 것인지는 확실치 않았다.

하지만 구석에는 붉은 글씨로 코이네 공통어가 적혀 있었다.

"『죄송합………… 레…… 님………… 미안…… 마……엄마………… 돌아가지 못해서……』."

군데군데 지저분해져 보이지 않는 유언을 읽었다.

이 3인조 파티의 마지막을 상상하고, 나와 류 씨는 침통한 마음을 함께 나누었다.

"……."

"……."

양도받은 무기와 방어구를 걸치고, 룸에서 떠나가기 직전.

룸 한복판에 눕혀 손을 가슴에 모은 세 동종업자 앞에서 류 씨는 눈을 감았다.

그들에게 했던 짓에 대한 사죄와 함께 기도를 올렸다.

기도의 시간은 아주 짧았다.

이곳은 던전. 몬스터의 소굴. 느긋하게 감상에 젖는 허점은 보일 수 없다.

　이번에야말로 우리는 룸을 떠났다.

　이름 모를 모험자들에게 작별과 감사를 남기고.

14장 백새 마궁

© Suzuhito Yasuda

백색 궁전——『화이트 팰리스』.

제37계층은 그렇게 불린다.

으스스하도록 희뿌연 색의 벽면에, 기존 계층과 비교도 되지 않을 정도로 거대한 미궁구조. 예외는 존재하지만 통로나 룸은 하나같이 크며, 대부분의 지대가 폭 10M을 거뜬히 넘는다. 어둡기도 해서 눈으로 확인할 수는 없지만 천장의 높이는 어이없을 정도로 높다.

특징적인 것은 『대원벽』.

계층 중심에 존재하는, 다음 층으로 가는 계단을 옥좌로 삼듯 『성벽』이라 부를 만큼 거대한 원형의 벽이 모두 다섯 겹으로 펼쳐져 있다. 다른 층역에서는 볼 수 없는 미궁구조로, 모험자들은 이 거대한 벽 앞에 뒤얽힌 미로를 나아가거나 무수한 단차를 오르내리며 계층 중심부로 향해야만 한다.

계층 전체의 범위영역에 오라리오가 고스란히 들어간다는 말은 결코 과장이 아니다.

아직 매핑되지 않은 『미개척영역』이 많이 존재해, 길을 잘못 잃고 흘러 들어가면 두 번 다시 나오지 못한다고 한다. 그야말로 그 상황에 직면한 우리는 너무나도 거대한 이 『화이트 팰리스』를 돌파해야만 하는 것이다.

『가혹』으로 가득한 이 미궁을.

『샤아아아아아아아아아아아!!』

푸른 비늘에 덮인 굴강한 팔이 검을 번뜩인다.

잘려나가는 몇 가닥의 머리카락, 피부에서 튀는 식은땀. 아슬아슬하게 회피한 나에게 강력한 참격을 퍼부는 도마뱀 전사는 위압성을 터뜨렸다.

『리저드맨 엘리트』.

이름 그대로 『거목미궁』에 출현하는 『리저드맨』의 상위종으로, 능력은 차원이 다르다. 붉은색에서 푸른색으로 변하는 비늘은 갑옷처럼 단단하며 공수 양면에 허점이 없다.

두 손으로는 네이처 웨폰, 뼈처럼 생긴 희뿌연 색의 바위도끼 두 자루를 능숙하게 다루었다. 개체의 차이는 존재하지만 『길드』가 위협도를 Lv.3에서 Lv.4로 규정한, 백병전 특화형이다.

『크르어어!』

『샤아아아아!』

전장은 정사각형의 룸. 적의 수는 둘.

만족스럽게 움직이지 못하는 류 씨가 접근전을 펼칠 수는 없다. 후열 위치에서 무릎을 낮추고 대기하는 그녀를 감싸며 나는 두 마리를 동시에 상대했다.

심층종 몬스터의 퍼텐셜을 피부로 느끼는 가운데, 함부로 반격에 나서지도 못했다. 오른손에 롱 소드를 장비한 반신 자세로 슬금슬금 후퇴하며 적의 공격을 끈덕지게 버텼다.

뒤에서 지켜보는 하늘색 눈을 느끼며 적의 움직임을 주시하고 힘을 모아나갔다.

『심층』을 탐색하면서 류 씨는 나에게『어떤 조건』을 제시했다.

가장 우선시해야 할 사항은 체력 온존. 쓸데없는 낭비를 피하며 될 수 있는 대로 적을 한 번의 공격으로 해치울 것.

다시 말해『일격필살』.

노려야 할 곳은 몬스터의 가슴 속에 담긴『마석』!

"——흐읍!!"

답답해졌는지 한 마리가 바위도끼를 높은 상단으로 든 순간, 수세에서 급속도로 전환해 전광석화처럼 공격했다. 오른발을 앞으로 디디며 오른팔을——『창』처럼 내지른다!!

『꺼억?!』

텅 빈 흉부 정중앙에 꽂히는, 이름 모를 모험자의 유품이었던 검.

단단한 마석을 꿰뚫는 감촉.

안구를 까뒤집은 리저드맨은 크게 경련한 직후 재가 되어 허물어졌다.

"하아아아아아!"

동료를 잃고 동요하는 나머지 한 마리에게 달려들었다.

허점을 놓치지 않겠노라고 조바심을 낸 나는 잇달아 찌르기를 펼쳤다.

칼끝이 적의 가슴을 관통했다. 그러나.

"?!"

『끅…… 카아아악!』

피를 토한 몬스터는 재로 변하지는 않고 핏발 선 눈으로 나를 노려보았다.

『마석』이 부서지지 않았다. 노린 곳이 빗나갔어!

조바심, 무엇보다도 미숙한 기술이 초래한 실수. 비늘과 근육에 낀 장검은 빠지지 않고, 오히려 몬스터가 날뛰는 바람에 내 손에서 벗어나고 말았다. 『리저드맨 엘리트』는 무섭게도 검에 꿰뚫린 채 반격했다.

"으윽?!"

몸을 반회전시켜 펼치는 굵은 꼬리의 일격.

왼쪽에서 날아드는 꼬리를 《골라이아스 머플러》를 장착한 왼팔로 방어했다.

그 직후 왼팔에서 뇌수까지 저릿저릿해지는 충격이 찾아왔다.

이미 왼팔은 내 급소가 되었다. 적의 공격은 막아냈지만 몇 배로 늘어난 고통이 몸을 굳게 만드는 치명적인 허점을 드러내고 말았다. 그리고 그것을 놓칠 『심층』 몬스터가 아니었다.

분노의 포효를 지르며 바위도끼가 내리꽂혔다.

"어딜."

그러나 내 머리를 쪼개기 직전, 날아든 단검이 리저드맨의 오른쪽 눈에 꽂혔다.

『끄갸아아아아아악?!』

"!"

류 씨의 지원사격.

눈을 크게 뜬 내 몸은 다음 순간 반사적으로 움직이고 있었다.

허리에서 《하쿠겐》을 뽑아, 몸을 휘저으며 고통에 몸부림치는 『리저드맨 엘리트』의 품으로 파고들었다.

『?!』

가슴으로 빨려 들어가는 휘백색 롱 나이프.

가슴을 검에 꿰뚫린 채 나이프에 찔린 『리저드맨 엘리트』는 겨우 소멸했다.

허물어지는 재와 함께 단검과 롱 소드가 땅에 떨어졌다.

"크라넬 씨, 또 옵니다!"

"……윽?!"

숨 쉴 틈도 없었다.

통로 안쪽에서 울려 퍼지는 다수의 발소리. 수가 너무 많다. 여기서 싸우면 포위당해!

흘러 떨어지는 땀을 닦는 나는 눈을 찡그리며 억지로 의식을 전투에서 도주로 전환했다.

발밑의 장검과 단검도 잊지 않고 회수한 다음 단검은 류 씨에게 패스해주었다. 이 상황에서는 무기 하나라도 낭비해서는 안 된다. 단검을 받아든 류 씨에게 합류해, 서로 어깨를 빌리며 서둘러 이동을 개시했다.

모험자의 시신이 잠든 룸에서 출발한 후, 몬스터를 잘 피해다녔던 것은 처음뿐이었다. 맵에 따라 막다른 길을 피하고 큰 통로로 나간 것과 동시에, 한 번의 전투를 치렀던 것을 시작으로 몬스터와의 노도 같은 조우전이 막을 열었다.

광대한 영역을 자랑하는 제37계층은 몬스터의 전체 숫자도—— 출현하는 절대량도 많았다. 몬스터가 태어나는 인터벌까지 짧아, 모험자들에게 시간을 주지 않는다. 계층이 지나치게 넓다 보니 몬스터가 미궁 전역에 퍼져 있는 것이 그나마 다행이었지만, 운 나쁘게『뭉쳐 있는』몬스터에게 한번 걸려들면 지금 우리처럼 된다.

『오오오오오오오오!』

"!"

리저드맨 엘리트가, 스컬 쉽이, 많은 몬스터가 쫓아왔다.

전투가 전투를 부른다. 포효가 포효를 초래한다. 조금이라도 오래 끌면 오감이 날카로운 심층종 몬스터는 즉시 감지하고 사냥감에게 몰려든다.

류 씨가 전투는 최대한 피하라고 했지만…… 이건 무리야!

이미 교전 횟수는 14회. 나타난 몬스터의 수는 서른을 넘어섰을 때부터 세지 않았다.

이것이『심층』에서는 일상다반사?

장난이 아니잖아!

『——워어어!』

시야를 빠르게 가로지르며 돌칼 네이처 웨폰을 휘두르는 몬스터는『루 가루』였다.

120~130C의 중형급에 속하는, 체구가 작은 짐승 머리 인간 몸의 몬스터. 언뜻 『코볼트』의 상위종으로 착각하기 쉽지만 머리의 모양은 『개』가 아니라 『늑대』다.

상층영역의 저급 몬스터보다 훨씬 다부지고 근골이 우락부락해 작은 체구에 어울리지 않을 만큼 강렬한 공격을 펼친다.

웨어울프의 몬스터판—— 같은 소리를 지상에서 했다가는 수인들에게 몰매를 맞는다.

『심층』몬스터이면서도 『루 가루』는 악명이 높다.

지상에 진출한 몬스터 중에서도 자주 참사를 벌이는 종족이기 때문이다. 달이 뜬 밤에 마을을 궤멸시켰다는 흉보는 대부분 『루 가루』의 무리가 벌인 것이다. 나도 어렸을 때부터 이름을 알고 떨었을 정도다.

웨어울프에게서는 사갈처럼 미움을 받는, 호전적인 늑대 몬스터!

『크어어어어어!』

『워어어어어엉!』

"윽……?!"

벽을 박차고 머리 위에서, 땅을 기는 짐승처럼 발밑에서.

나이프와 분간이 가지 않는 희뿌연 색의 돌칼을 휘둘러대며 두 마리의 몬스터가 교란하듯 난타를 가했다. 이마 위로 든 장검에서 튀는 불똥, 얕게 베인 왼쪽 허벅지. 심층 몬스터 중에서도 특히 높은 『민첩』이 나를 방어전으로 몰아붙인다. 적의 가슴에 필살의 일격을 꽂기란 힘들었다.

――격렬한 백병전.

제37계층이 궁전이라 불리는 또 다른 이유.

『언데드』외에도 소위『워리어』라 불리는 전사계 몬스터가 다수 출현하는 것이다.

『리저드맨 엘리트』를 비롯해『루 가루』나『스파르토이』등, 네이처 웨폰을 구사하며 뛰어난 완력이나 민첩을 발휘해 공격하는『워리어』는 모두 백병전 특화형이다.『기술과 허허실실』이 뛰어난 모험자조차 피바다 속에 가라앉히고 만다.

'아이즈 씨네는, 늘 이런 데를 지나다니는구나……!'

빠르다. 강하다.

『하층』몬스터와는 비교도 되지 않을 만큼.

한 마리 한 마리는 결코 이기지 못할 상대가 아니다. 하지만 적의 가장 큰 무기는『물량』.

쓰러뜨리기 위해서는 최소 3합이 필요했다. 적의 공격을 쳐내고, 찔러서 자세를 무너뜨리고, 나이프를 꽂는다. 이 흐름으로 겨우 한 마리. 그리고 그만한 수고를 들이면 다른 몬스터가 시체를 밟고 잇달아 잇달아 밀려든다.

안 돼―― 다 해치울 수가 없어!

"크라넬 씨, 이쪽으로!"

나의 한계를 알아차렸는지 류 씨가 큰 목소리로 불렀다.

다음 순간 귀 양옆으로 지나간 단검이『루 가루』의 이마를 꿰뚫었다. 그 틈을 노려 나는 전속력으로 몸을 돌렸다. 리저드맨의 바위검이 등에 거의 스칠 듯이 지나가 식은땀을 왈칵 쏟으면서 류 씨가 있는 곳으로 도망쳤다.

『워어어어어어어어어어어어어어어어어어어!』

물론 몬스터의 무리도 따라온다.

벗어날 수는 없다. 분명 밀리고 만다. 류 씨는 어떻게 할 생각이지?!

통로에 있던 그녀는 한심하게 도망쳐온 나에게는 아무 말도 하지 않고 모퉁이 너머로 몸을 숨기며 속삭였다.

"어쩔 수 없으니…… 써야겠습니다."

그 독백에 네? 하며 눈을 돌렸다.

허리에 손을 돌린 류 씨가 자신의 파우치에서 꺼낸 것은 새빨간 홍옥.

눈에 익은 그것을 보고 나는 흠칫 놀랐다.

"크라넬 씨, 불을."

──『화염석』!

모퉁이에서 고개를 내밀고, 몰려오는 몬스터들을 향해 그 돌이 던져진 순간, 나는 반사적으로 오른팔을 내밀고 있었다.

"【파이어볼트】!"

염뢰가 날아간 것과 동시에 류 씨가 그 가녀린 팔로 ──Lv.4의 완력으로──나를 모퉁이 안으로 끌어당겼다.

그 직후, 염뢰가 작렬한 화염석은 대폭발을 일으켰다.

"~~~~~~으아아?!"

몸을 숨긴 모퉁이 너머까지 밀려오는 충격과 폭풍.

몇 겹으로 들려와야 할 몬스터의 비명조차 짓이겨버렸다.

겨우 열파가 가신 후, 내가 가만히 모퉁이에서 고개를 내미니…… 연기가 걷힌 자리에는 터져나간 통로와 한꺼번에 폭사한 몬스터들의 주검만이 남았다.

"……류 씨, 지금 그건…….'

"네. 그 드워프에게 압수했던 『화염석』입니다."

고기 타는 냄새에 몸을 떠는 내가 쭈뼛쭈뼛 돌아보자, 류 씨는 미간을 찡그리며 긍정했다.

제27계층에서 나와 처음 마주쳤을 때.

류 씨는 무력화한 드워프—— 쥬라라 불렸던 테이머의 동료에게서 『무언가』를 빼앗고 있었다.

그것이 계층 폭파를 위해 준비했던 『화염석』, 지금의 폭탄이었을 것이다.

"쥬라 일당에게 빼앗은 『화염석』에 도움을 받다니……."

참으로 얄궂은 일이라며, 류 씨는 이때만큼은 혐오감을 감추지 않고 내뱉었다.

그녀 자신도 수단은 가리지 않겠다고 했으니 어쩔 수 없다고는 하지만 마음은 복잡할 것이다.

아무튼…… 그 덕분에 습격은 끊어진 듯했다.

근처에 있던 몬스터가 전멸했는지 통로에는 정적만이

찾아왔다.

"......『화염석』은 몇 개나 남았나요?"

"앞으로 다섯 개입니다."

다시 말해 앞으로 다섯 번만 쓰면 그때는 궁지를 벗어나지 못하게 된다는 뜻......

나는 입을 다물었다.

그것은 무력감의 발로이기도 했다.

"크라넬 씨, 시간을 주십시오. 지금부터 매핑을 하겠습니다."

"네......."

"크라넬 씨는 주위를 경계해 주십시오."

류 씨는 신중하게 주위를 살핀 후, 벽을 피해 통로 한가운데에 자리를 잡고는 맵을 꺼냈다.

자신의 상처에 깃털 펜—— 피를 잉크 대신 삼는 마도구 『블러드 페더』를 가져다대 피를 먹인 후, 끊어진 맵의 다음 부분을 기록하기 시작했다. 거듭되는 전투에 내몰리는 바람에 맵에 기록된 통로에서 크게 벗어나버렸다. 하지만 류 씨는 이제까지 지나온 복잡한 경로를 기억하는지 손은 막힘이 없었다.

"매핑까지 하실 수 있군요......."

"간이적인 것입니다. 전문 시프나 매퍼에게는 못 미치지요."

내가 못하는 일을 엘프 제2급 모험자는 쉽게 해냈다.

……류 씨에게 자꾸만 기대게 된다.

이 사람을 지키기는커녕, 내가 계속 도움을 받고 있었다.

정말로 이 사람이 없었다면 나는 지금쯤 어떻게 됐을까.

정확하게 그어나가는 붉은 선을 바라보며, 털썩, 조금 난폭하게 주저앉았다.

이제는 허세를 부릴 여유도 없었다.

이 연속전투에서 그나마 회복시켰던 체력을 모두 쓰고 말았다.

이런 꼬락서니로『심층』탐색을 계속할 수 있을까……?

"크라넬 씨, 아직도 군더더기가 많습니다. 더 효율을 올리십시오."

"……우."

매핑을 진행하며 류 씨가 지적했다.

맵에서 고개를 들지 않는 그녀의 담담한 말에 나는 머리가 확 뜨거워졌다.

자신이 한심하고도 미안해서.

"……저도 알아요, 저도 안다고요! 하지만 못하겠는걸요!"

현재의 상황도 잊고 나는 고함을 질렀다.

"이래서는 안 되는데! 몬스터가 강하고 빨라서! 조바심을 내면 낼수록 잘 되질 않아요!"

오른손으로 얼굴 한쪽을 가리고 짜증과 실의에 빠져들었다.

류 씨는 잠자코 고개를 들었다.

"이대로 가다간……!"

나 자신도, 류 씨도 지킬 수 없어……!

"…………죄송해요."

마지막에 툭 떨어진 것은 처량한 사죄의 말이었다.

고개를 푹 숙이며 끙끙거렸다.

미간에서 고뇌를 내비치며 지면에 시선을 떨구고 있으려니…… 류 씨가 입을 열었다.

"크라넬 씨. 당신은 역시 모험자답지 않군요."

덤덤한 목소리로, 그런 뜬금없는 말을 꺼냈다.

"네……?"

"당신은 잘 하고 있습니다. 당신의 입장에서 이곳『심층』은『미지』의 연속……. 당황하는 것도, 잘 되지 않는 것도 당연하지요. 설령 Lv.4에 이러 한 꺼풀 벗었다고 해도."

"……!"

"평범한 모험자였다면 말이 되는 소리를 하라면서 제게 화를 냈을 겁니다."

나무라지도 실망하지도 않고, 류 씨는 그저 조용히 말했다.

그녀의 지금 생각 있는 그대로를.

"당신은 지나치게 자신을 책망하는 경향이 있습니다. 그러니, 모험자답지 않지요."

"아…….."

"반대로 조금이라도 자신을 가지면…… 당신은 더 강한 모험자가 될 수 있을 겁니다."

그리고 류 씨는 살짝 입술을 구부려 웃었다.

어둠 속에서도 또렷이 보이는 그 미소에 눈이 못 박히고 말았다.

그녀는 깃털 펜을 놓고, 조금 망설이는 기색을 보이더니, 내 새끼손가락을 꼭 쥐어주었다.

"적의 움직임을 잘 보고 계산하십시오. 『심층』 몬스터는 지성이 높습니다. 이제까지의 몬스터보다도 고도한 『허허실실』이 통할 것입니다."

"……네."

"크라넬 씨는 조바심을 내면 오른팔이 뜨는 버릇이 있더군요. 어깨에서 힘을 빼고 『마석』을 노리십시오."

"……네."

"후열에 있는 저를 더 의지하십시오. 지금 우리는, 파티입니다."

"……네!"

상대의 새끼손가락을 자신의 검지와 엄지로 감싼다. 그것은 엘프에게 전해지는 풍습일까.

파도가 물러나는 것처럼 침착함이 돌아오고, 류 씨의 말이 언제까지고 머릿속에 남았다.

새끼손가락에서 전해지는 온기가 내 마음을 투명하게 해주었다.

"『마석』을 노리는 것 외에, 제가 드렸던 말씀을 기억합니까?"

"……지형을 이용하라고 했죠."

그 말이 맞다며 고개를 끄덕인 류 씨는 내 눈을 똑바로 바라보았다.

"지금 드린 말씀을 잊지 마시고, 다시 한 번 싸워보지요. 당신이라면 할 수 있습니다."

이런 상황에서도 류 씨의 말은 마법 같았다.

나에게 여러 가지를 깨우쳐준다. 나에게 많은 것을 떠올리게 해준다.

나는 다시 한 번 자신을 인식해야 한다.

『제노스』와 만나고, 『라이벌』에게 패배하며, 분명히 나는 바뀌었는지도 모른다.

하지만 그것은 결코 『제 몫을 하는 사람』이 되었다는 뜻은 아니다.

아무리 성장해도, 아무리 【스테이터스】나 Lv.이 올랐다 해도, 모험자가 된 지 이제 겨우 5개월이 지난 나는 언제까지고 노비스(미숙자)다. 뭐든지 할 수 있는 모험자가 아니다.

아직도 미숙하다.

하지만 그것은 뒤집어 말하자면, 더 강해질 수 있다는 뜻이다.

앞으로도, 언제까지고.

'역시 이 사람은 대단해…….'

모험자들의 주검을 보았을 때도 그렇다.

나의 불안을 없애주고 이끌어주었다.

그러니 그녀에게 이끌려가는 나는, 『심층』에서 그녀를 지킬 수 있도록 강해져야 한다.

"……어쩐지 류 씨가 제 선생님 같네요."

정신이 들고 보니 문득 생각난 것을 말하고 있었다.

싸우는 방법이 비슷하다고 어떤 제1급 모험자가 지적했을 정도로 아이즈 씨에게 사사하기는 했지만.

어쩌면 그런 관계가 됐을 가능성도 있었을지 모르겠다고, 웃으며 말했다.

"……그럴 수도, 있었겠지요."

눈을 살짝 뜬 류 씨도 얼굴에 웃음을 지었다.

여전히 상황은 호전되지 않았다. 그래도 우리는 웃음을 나누었다.

"크라넬 씨, 회복을 해두지요."

잠시 후.

류 씨는 의식을 전환하고 평소의 빈틈없는 표정을 지었다.

나도 고개를 끄덕였다. 망설임은 사라졌지만 지금의 체력으로는 몬스터의 맹공에 대항할 수 없다.

주위의 기적을 살피며, 류 씨는 매핑을 마친 맵을 집어넣고 대신 어떤 것을 꺼냈다.

진한 보라색 액체가 으스스하게 출렁거리는 시험관.

"드십시오."

"…………."

모험자들에게서 가져온, 세월이 얼마나 흘렀을지도 알

수 없는 포션.

완전히 변색돼버린 그것을 진지하기 그지없는 표정으로 들이대는 그녀를 보며, 나는 땀을 한 방울 흘렸다.

역시 마셔야 하는 걸까…… 내가 그렇게 생각하고 있으려니.

"배부른 소리를 할 때가 아닙니다. 드십시오."

생각을 읽은 것처럼 가차 없이 말했다.

정말, 엄하고 진지한 면도, 융통성 없는 선생님 같아…….

"포션은 썩어도 문제가 없습니다."

"류 씨……."

"효과는 사라지지 않습니다…… 아마도."

"류 씨이?!"

은근슬쩍 무서운 말을 하는 그녀에게 다시 비명을 지르고 말았다.

하지만 아무리 맛이 없어도 마셔야만 한다. 류 씨의『회복마법』은 여차할 때를 위해 아껴놔야만 하니까. 게다가 썩은 음식이나 아이템을 먹는 건 분명 던전이나 유적에서 조난당한 모험자가 헤치고 나아가야 할 길일 거야……!

나는 얼굴을 찡그리면서도『썩은 포션』을 마셨다.

"크억……?!"

입을 마비시키고 코를 뚫어버리는 자극적인 냄새에 이상한 소리를 내고 말았다.

포션은 달다. 그『단맛』을 한참 넘어서 쓰기까지 해……!

구르르륵. 기괴한 소리를 내며 이상하게 움직이기 시작하는 내장.

웅크리고 앉은 나는 손으로 입을 막고 배의 변조에 견뎌야만 했다.

"당신에게『내성』어빌리티가 있다면 괜찮습니다…… 아마도."

『아마도』는 빼주세요……!

머리 위에서 들려오는 류 씨의 목소리에 눈물을 머금으며, 남은 용액도 단숨에 들이켰다.

다행히 배탈이 나거나 구토를 일으키는 증상은 없었다.

『내성』어빌리티는, 아니, 모험자는 대단해…….

'그래도…… 체력은 회복됐어.'

『심층』에 온 후로 가장 몸이 개운해졌다. 어마어마한 자극과 불쾌감 덕에 정신은 깎여나갔지만. 시험관 바닥에 남아있던 용액을 뿌리니 상처도 아물었다.

이제는 다시 싸울 수 있다.

"가죠."

"네."

재빨리 장비를 점검한 후 일어났다.

경계를 계속하면서, 폭사한 몬스터들의 주검에서『마석』을 처분하는 것도 잊지 않았다. 이것은『강화종』을 만들 가능성을 없애기 위해서다. 불에 그슬린 단검도, 하나는 이미 쓸 수 없게 되었지만 회수해두었다.

포션이나 식량과는 달리 장비에는 열화가 거의 없었다.

심층 영역을 탐색하는 상급 모험자의 무장이니 이름난 하이 스미스가 만든 것이리라. 오랜 세월을 거쳐도 성능을 유감없이 발휘했다.

오른손의 장검을 꽉 쥐고 사이드아머의 감촉을 느끼며, 나는 류 씨를 부축해 걸어나갔다.

『화이트 팰리스』의 미로는 혼돈 그 자체였다.

통로 하나하나가 너무나도 거대해 놓치기 일쑤지만, 교차로나 위아래로 뻗은 계단의 숫자도 막대했다. 선택지가 넘쳐난다는 점에서 지상의 미궁거리를 방불케 했다.

그런 의미에서 본다면, 이상한 말이 되기는 하겠지만 제37계층의 구조는 『정통파』일지도 모른다.

『거목미궁』이나 『물의 미로도시』와는 다른 순수한 미로형.

던전이라는 이름의 왕궁에 침입한 도적에게 혼란을 주어 함정에 빠뜨리는 대리석 라비린스.

"류 씨…… 37계층에서 위험한 몬스터는 뭐가 있을까요?"

"지금 우리에게는 이 계층의 몬스터가 모두 위협적이지만…… 굳이 열거한다면 『스파르토이』, 그리고 『펠루다』가 있습니다."

어두운 통로 속에서, 주위를 경계하며 소곤소곤 이야기를 나누었다.

조금 전의 치열한 전투가 거짓말이었던 것처럼, 미궁은 정적을 유지했다. 몬스터의 포효도 기척도 전혀 느껴지지 않았다. 그 후로 조우는 한동안 끊어졌다.

이 시간이 이어지기를 기도하는 한편, 이것이 폭풍 전의 고요함에 불과하다는 것을 나도 류 씨도 잘 알았다.

"『스파르토이』는 레어 몬스터를 제외하면 출현하는 전사계 몬스터 중에서는 가장 백병전 능력이 높습니다. 뼈로 된 무기를 들고 태어나는 것도 성가신 점이지요. 개중에는 투창을 장비하는 개체도 있습니다."

나도 몬스터의 기척에 주의를 기울이며 자신의 『지식』과 류 씨의 『경험』을 대조해보았다. 『심층』을 뚫고 나가면서 불안요소는 철저하게 제거해야만 한다고 생각했기 때문이다.

"『펠루다』는 독성이 있는 공격을 펼칩니다. 그 룸에 있던 모험자들의 직접적인 사인도…… 아마 『펠루다』의 독침이었을 겁니다."

"……!"

"이 두 종류의 몬스터와 조우할 경우, 상황이 허락된다면 무조건 도망치는 것이 좋겠습니다."

적잖은 충격에 당황하면서도 류 씨의 의견을 마음에 새겨두었다.

나는 적극적으로 류 씨의 모험자 시절 이야기를 물었다. 류 씨도 가능한 한 이야기를 들려주었다.

탐욕스럽게, 필사적으로 정보를 머릿속에 채워넣는 한

편 나는 천천히 주위를 둘러보았다.

『화이트 팰리스』라······.'

으스스하고 기분 나쁜 희뿌연 색의 벽과 바닥은 궁전 같은 장엄함과는 거리가 멀었지만, 인간의 상식을 넘어서는 스케일은 그야말로 천연의 성, 지하세계의 궁전이라 불려도 손색이 없을지 모른다.

『화이트 팰리스』의 공략 난이도──『길드』가 규정한 제37계층의 도달 기준은 Lv.4.

그 점을 생각한다면 나와 류 씨도 일단은 기준을 만족하는 셈이다. 게다가 류 씨의 【스테이터스】는 Lv.4에서도 최상급에 속할 거라고 보르스 씨도 말한 적이 있다. 그녀가 들려주었던 【아스트레아 파밀리아】의 도달 계층이 제41계층이라는 점에서도 결코 우리의 실력이 부족하지는 않았다.

이런 상황만 아니라면.

"류 씨. 『심층』을 탐색하는 파티 중에서, 지금 우리처럼 겨우 둘이 온 사람들은······"

"있을 리가 있나요. 그 유명한 【맹자】를 제외하면, 설령 제1급 모험자라 해도 솔로 탐색은 절대 하지 않을 겁니다. 이곳은 그런 영역입니다."

"······【로키 파밀리아】도요?"

"Lv.6쯤 되면 이야기가 다를 수도 있겠지만······ 파티로는 최악의 경우에도 3인 1조, 아니, 4인 1조. 욕심을 부린다면 여기에 힐러가 있어야 합니다."

류 씨는 내가 물으려 했던 질문을 앞질러 대답하듯 말했다.

【로키 파밀리아】나【프레이야 파밀리아】도 섣부른 짓은 할 수 없다.

【검희】라 해도.

그 사실이 폐부를 싸늘하게 만드는 것 같았다.

"크라넬 씨, 37계층의 전모는 파악하고 있나요?"

나의 침묵을 끊듯 이번에는 류 씨가 말을 걸었다. 나는 고개를 끄덕였다. 에이나 누나에게 애원해 열람 허가를 받아 읽었던『심층』의 맵을 머릿속에 그려보았다.

제37계층을 상상할 때 딱 좋은 것은 상자에 든 홀케이크다.

상자가 계층 그 자체고, 홀케이크가 미궁구역, 이『화이트 팰리스』에 해당한다.

안쪽의 벽부터 제1원벽, 제2원벽 하는 식으로 불리며, 이 다섯 개의 원벽에 싸인 다섯 개의 미궁구역에도 각각 명칭이 존재한다.

제1원벽의 안쪽, 다음 층으로 이어지는 계단과『계층 터주』가 출현하는 계층 중심부가『옥좌의 방』.

그곳으로부터 순서대로『기사의 방』,『전사의 방』,『병사의 방』,『짐승의 방』이라 불린다.

『기사』나『전사』같은 이름이 붙기는 했지만 출현하는 몬스터의 종류가 다르다거나 하는 차이는 그렇게까지 크지 않다. 다만 안쪽으로 갈수록 면적도 좁아지고, 미궁의 구조도 복잡해지기 때문에 몬스터의 기습이나 조우가 필연적으로 늘어난다. 몬스터도 이동하기 때문에 반드시라고 할 수는 없겠지만, 바깥쪽으로 갈수록 교전의 간격은 넓어진다는 데이터가 있다는 말이다.

우리에게 가장 중요한 제36계층으로 가는 계단은 제5원벽의 밖에 있다. 『상자』를 이루는 계층의 최남단이다.

다시 말해 우리는 『화이트 팰리스』의 바깥쪽으로 나아가야만 한다.

우리가 상정한 진로에서는 만에 하나라오 계층 가장 안쪽에 도사린 『계층 터주』와 만날 일이 없다. 그것이 이 가혹한 상황에서의 유일한 구원이었다. 만약 『몬스터렉스』하고 맞닥뜨리기라도 한다면…… 역시 의지가 꺾여버릴지도 모른다.

"이건……."

류 씨의 지시에 따라, 배회하는 몬스터를 피해가기를 몇 차례.

손에 넣은 맵에 실리지 않은 루트로 벗어나버린 우리는 탁 트인 공간으로 나왔다.

시야 앞에 우뚝 솟은 거대한 벽.

"……『대원벽』."

이제까지 실물을 본 적이 없는 나도 한 눈에 알 수 있었다.

희뿌연 색을 띤 미궁 속에서 그 원벽만은 티 한 점 없는 순백색을 띠었다.

투명한 얼음, 아니, 백수정으로 착각할 것 같았다. 『골라이아스』가 출현하는 제17계층의 『통곡의 대벽』과도 비슷한 것 같았다. 크기는 비교도 안 되지만.

천연의 것이라고는 여겨지지 않을 정도로 반듯한 초거대벽은 시야가 닿는 곳 좌우 끝까지 이어져 있었다. 머리 위를 뒤덮은 어둠 탓에 높이도 파악하기 힘들다. 지상의 어떤 나라와 도시를 뒤져보아도 이만한 성벽은 존재하지 않을 것이다.

"……틀림없이 제3원벽입니다."

그 위용에 숨을 멈추고 있던 나는 바로 곁에서 속삭이는 목소리에 흠칫했다.

부축을 받고 있던 류 씨는 눈을 가늘게 뜨고 정면의 벽을 올려다보고 있었다.

"대원벽에는 저마다 미묘한 색감의 차이가 있습니다. 순백색은 원벽 중에서도 중간에 위치한 제3원벽뿐……."

류 씨는 확신하며 단언했다.

그녀는 나를 채근해 원벽 쪽으로 다가가게 했다. 모험자에게 미궁벽 근처는 기습을 두려워할 만한 곳이다. 벽에서 몬스터가 태어나지는 않을까 간담이 서늘해진 나와는 달리 류 씨는 조용히 손바닥을 벽에 가져다댔다.

벽에 손을 짚으며 옆으로 이동한다.

"……미미하지만 우리 쪽을 향해 구부러지는군요."

"……! 그러면……!"

"예. 우리가 있는 이곳은 제3원벽과 제2원벽 사이……

다시 말해『전사의 방』입니다."

벽이 우리 쪽으로 구부러진다── 다시 말해 원을 그리는 벽에 싸여 있다.

그 사실을 통해 우리는 우리가 어디에 있는지 범위를 좁힐 수 있었다.

『화이트 팰리스』내에서도 중간지대에 위치한『전사의 방』!

"정확한 현재의 위치까지는 알 수 없지만…… 37계층에서 우리가 있는 지대를 밝혀낸 것만으로도 큰 도움이 되지요."

류 씨의 말에 나는 흥분을 억누르지 못하고 고개를 끄덕였다.

곁에 있는 하늘색 눈과 시선을 나누며, 승낙을 얻은 나는 즉시 그 자리를 떠났다. 기뻐할 틈은 없다. 몬스터에게 감지당하기 전에 다음 길로 가야만 한다.

이제 겨우 범위를 좁혔을 뿐이다. 아직 정확한 위치는 모른다.

그래도 이것은『전진』이다.『전진』인 것이다.

미궁의 끝없는 어둠에 드리워진 한 줄기 빛. 그렇게 자신을 타일러라.

이 결과가 희망으로 이어지리라 믿고 발을 앞으로 내딛는다.

'살아남아서…… 돌아갈 거야, 지상으로! 우리 둘이서……!'

나는 류 씨의 가녀린 몸을 지탱하는 손에 힘을 주었다.

의지의 『모순』은 아직도 이어지고 있었다.

'──내가 없어지기 전에 얼마나 더 그의 『성장』을 촉진시킬 수 있을까.'

류는 생환의 마음을 새로이 다지는 벨의 옆얼굴을 몰래 바라보며 깊이 생각했다.

소년에게 들키지 않고, 자신이 『제물』이 된 후를 고민했다.

'처음부터 희생을 고려하는 것은 좋은 방법이 아니지만…… 언제라도 희생을 치를 수 있도록 각오는 해두어야지. ……망설였다가는 둘 다 함께 쓰러질 테니.'

류도 벨과 함께 살아남기를 바란다. 당연하다. 함께 생환할 수 있다면 그보다 좋을 것이 없다.

그러나 『심층』은 이를 용납하지 않으리라는 사실도 잘 알았다.

죽은 이를 모독하면서까지 상황을 호전시켰다고는 하지만, 장비가 불안하다는 점에는 변함이 없다. 상처 입은 나약한 사냥감을 던전이 놓아줄 리가 있겠는가.

아마도 『선택』을 강요할 것이다.

희생을 치러야만 하는 『국면』이 반드시 온다.

'그 전에…… 그에게 생존의 기술을 주입시켜야 해.'

그때까지 류는 자신의 모든 것을 벨에게 전수할 생각이었다.

혼자서『심층』을 벗어난 후에도 구조대가 올 때까지 살아남을 수 있도록.

자신에게 적극적으로 지식을 묻는 그의 자세는 좋은 경향이라고 생각했다. 싫어도 실전을 겪을 수밖에 없는 미궁 내의 환경은 전수한 지식이 몸에 뿌리를 내리는 것도 한없이 빠르게 해준다.

'크라넬 씨는 강해졌어. 전보다도 훨씬. 지금은 이『심층』에서 고전하지만…… 경험을 쌓고『미지』를『기지』로 바꾸기만 하면 순응할 거야.'

류는 그 점은 의심하지 않았다.

소년은 정말로 강해졌다. 몰라볼 정도로.

파괴자를 단독으로 몰아붙이고 물리치기 직전까지 갔다. 온갖 요소가 한데 얽힌 결과라고는 하지만『위업』이라 해도 좋을 정도의 공적이었다.

【절망】에 저항하고 또 저항하며 난관을 타파해나가는 그의 뒷모습에서 류는 희망을 보았다.

'……지금은 그도『이상』을 좇고 있어. 나와 함께 살아남는 미래를.'

소년은 눈부시다. 류의 눈을 멀게 할 정도로.

자신도 전에는 이런 올곧은 눈을 하고 더 나은 미래를 믿으며 매진했을까. 그런 생각이 들었다.

이제 류는 이제『이상』을 좇을 수 없을 것이다.

'기뻐해라, 카구야…… 나도 이제는 네 쪽에 있다.'

어둠에 싸인 희뿌연 색의 미궁을 나아가며, 이제는 없는 전우에게 자조의 웃음을 지었다.

뇌리에 떠오르는 것은 추억의 광경.

모험자인 자신이 끊임없이 주위를 경계하는 가운데, 소녀였던 자신의 의식은 분리되어 과거로 날아갔다.

간장 정의의 추억

Suzuhito Yasuda

"정정해라, 카구야!"

그것은 어떤 과거에 있었던 일이었다.

류는 격앙하고 있었다.

오라리오 한구석에 세워진【아스트레아 파밀리아】의 홈, 『별무리의 정원』. 그 저택의 어떤 방에서, 어떤 단원과 충돌하고 있었다.

"왜 제가 한 번 입에 담았던 말을 뒤집어야만 할까요?"

방글방글 웃는 사람은 똑바로 흘러내리는 긴 흑발을 가진 아름다운 소녀였다.

섬나라의 의복과 머리에 꽂은 비녀는 그녀가 극동 출신임을 말해주었다.

말투나 행동거지가 나긋나긋해 규방의 아가씨를 방불케 하는 소녀는 힐문하는 류의 격렬한 어조에도 아랑곳 않고 미소를 지은 채 고개를 갸웃했다.

"대국을 위해 소수를 버리라고? 그것이 아스트레아 님이 바라시는 『정의』인가! 희생을 치러 손에 넣은 평화에 무슨 의미가 있나!"

지금보다도 어려, 엘프라는 종족의 결벽성이 드러나는 류의 그 말에.

카구야라 불린 소녀는 활처럼 구부린 눈을 뜨는가 싶더니, 마치 여우처럼 가늘게 떴다.

"――부아~~보오~~같으니이~~. 생각이 짧아도 너무 짧아 허탈해지는걸."

"뭐……!!"

"그러니까 네가 못난이 엘프라는 소리를 듣는 거야아~."

태도가 갑자기 바뀌며 예의 따위 내팽개친 것처럼 코웃음을 친다.

속이 뒤틀릴 만큼 질질 끄는 어조로 사람을 놀리는 소녀에게 류는 분화할 뻔했다.

고죠노 카구야.

【아스트레아 파밀리아】의 Lv.4이자 부단장. 파벌 내에서도 손꼽히는 백병전 실력을 가진 카타나 검사였다. 당시 성장이 현저하던【질풍】과는 항상 경쟁하는 사이였다.

자신에 대해서는 별로 이야기하고 싶어하지 않지만, 카구야는 극동에서는 고귀한 신분이었다고 한다.

앞머리는 이마 위치에서 가지런히 잘랐으며 허리까지 늘어진 긴 흑발도 비단처럼 매끄럽다. 기모노를 입고 미소를 지으면 그야말로 극동에서 추앙하는 『그윽하고도 심지 있는 여성』 그 자체였다.

하지만 한번 입을 열면 환상은 산산이 깨져버린다.

입버릇이 매우 나쁜 것이다. 게다가 천박하기까지 하다.

옷자락 속이 보이는 것도 아랑곳 않고 책상다리로 앉으며, 남성이 있음에도 덥다면서 속옷 한 벌만 입고 돌아다니질 않나, 엘프인 류가 보기에는 졸도할 만한 모습이었다.

【헤파이스토스 파밀리아】의【키클롭스】도 그렇고, 극동에는 이런 여성밖에 없느냐고 몇 번이나 투덜거리고 싶어

겠는지 모른다.

"나도 아스트레아 님에게 감명을 받고 심취했어. 안 그러면 여기 오지도 않았는걸. 그분의 가치관은 존엄하고 훌륭해."

"그렇다면……!"

"하지만 아스트레아 님의 『정의』와 현실에서의 실천은 이야기가 달라."

카구야는 반론하려는 류의 기세를 꺾고는, "이렇게 말하면 이해하기 쉬울까?" 하며 말을 이었다.

"우리 정도의 실력으로 모든 것을 구할 수 있을 거라곤 생각하지 마."

날카로운 눈과 냉담한 어조로.

"리온, 넌 강해. 내 호적수라 할 만큼. 하지만 우리 【파밀리아】에선 네가 제일 애송이야."

"뭐……!"

"엘프라서 뭐라고 그러는 게 아니야. 네 마음이 제일 약하다는 소리지."

갑작스러운 모욕에 류는 눈썹을 틀어올리며 카구야의 멱살을 잡으려 했으나.

"네 말대로라면 샥티의 여동생, 아디는 왜 죽었을까?"

그 말에, 뻗으려던 손을 멈추었다.

"걔 우리 눈앞에서 죽었잖아. 그 망할 자폭장치 때문에, 이블스한테."

당시의 미궁도시는 『암흑기』였다.

테이머 쥬라가 속한 【루드라 파밀리아】를 비롯해 수많은 『악』이 대두해 오라리오에 파괴와 비명을 가져왔다.

미쳐 날뛰는 악적들에 의해 질서는 사라지고, 혼돈만이 소용돌이치는 무법의 도시. 힘없는 민초의 피와 눈물이 멎을 날은 없었으며, 『악』을 막고자 하는 힘 있는 자들도 희생될 수밖에 없었다.

"도시를 봐. 아직도 우는 소리가 끊이질 않지. 희생을 치러서야 겨우 이 정도가 됐는데, 어떻게 우리가 한 점의 오점도 없는 『정의』를 부르짖을 수 있어?"

"⋯⋯!"

"모두 구한다고? 못 구하잖아, 바보 멍청아."

카구야는 허리에 찬 두 자루의 소태도를 매만지며 내뱉었다.

그녀에게서 느껴지는 것은 분노도 실망도 아닌, 엄연한 사실을 들이대는 냉담함뿐이었다.

"네가 말하는 『정의』는 허울 좋은 『이상』일 뿐이야. 누구나 언젠가 『선택』할 날을 맞게 돼. 나도, 너도."

소녀의 까만 두 눈은 흥미를 잃은 듯 류에게서 시선을 떼었다.

"――당신은 좀 더 세상이 어떤 곳인지를 알 필요가 있어요."

마지막에는 놀리듯 그런 말을 남기고 등을 돌려버렸다.

홀로 남은 류는 주먹을 꽉 쥐고 있을 수밖에 없었다.

그것은 카구야에 대한 분노가 아니라, 한 마디도 받아치지 못했던 자신에 대한 분노였다.

"또 싸웠구나, 너희."

그때, 불쑥.

우연히 지나가던 것처럼 단장 알리제가 복도에서 고개를 내밀었다.

방에 들어온 붉은머리 소녀를 보고 류는 눈을 돌려버리고 말았다.

"서로 기탄없는 의견을 제시하는 건 좋지만, 목소리는 좀 낮추는 게 어떨까? 지나가던 나는 그렇다 쳐도 아스트레아 님한테도 들렸는걸. 그분의 마음고생이 늘겠어."

"……."

"뭐, 아스트레아 님도 서로 많이 이야기하라고 하셨다지만. 그래서 이번에도 말싸움은 카구야의 승리? 리온은 너무 곧아서 그래. 정말 말꼬리를 잘 잡힌다니까."

농담처럼 말하며, 알리제는 부루퉁한 류에게 웃음을 지었다.

류는 바닥에 시선을 고정한 채 말했다.

"나는…… 용납할 수 없습니다. 설령 내가 어리석고 카구야의 말이 옳다 해도, 처음부터 희생을 내다보는 방식은……. 그런 건『악』에 굴하는 것과 마찬가지지. 무력함을 내세워『정의』에 진력하는 것을 잊어버렸을 뿐!"

말을 이어나가는 사이에 감정이 다시 고개를 들어 류가 목소리를 높이자,

"진정해, 리온."

알리제는 그렇게 말하며 새끼손가락을 잡아주었다.

검지와 엄지가 류의 가느다란 손가락을 꼭 감쌌다.

그렇게 하자 신기하게도 류의 마음이 투명해졌다.

언제나 그렇다.

알리제라는 소녀는 류의 마음을 잔잔한 호수처럼 가라앉혀준다.

눈앞에 있는 녹색 눈에 빨려 들어가는 듯한 기분이었다.

"……알리제, 카구야의 말을 들은 적이 있나요?"

"아, 뭔가를 잘라내야만 한다는 그거? 들어봤지."

"당신은 어떻게 생각합니까? 알리제도, 희생은 치러야만 한다고…… 그렇게 생각하나요?"

정신이 들고 보니 그렇게 묻고 있었다.

그 말에 알리제는 금방 대답했다.

얄팍한 가슴을 펴며, 망설임 없이.

"그야 당연히 모두 다 구하는 게 좋지. 난 리온이 한 말이 더 좋아!"

류는 잠시 정신이 멍해졌다.

망설임이 생겼던 자신의 뜻을 너무나도 쉽게 긍정받았으므로.

연신 눈을 깜빡이는 류에게 알리제의 말이 이어졌다.

"하지만 옳은지는 모르겠어."

"네……?"

"나도 『이상』을 우직하게 따라가서 모든 게 잘 풀릴 거라고는 생각하지 않거든."

오히려 그것이 대가가 되어 더 큰 희생이 생겨날지도 모른다면서.

알리제는 류도 카구야도 부정하지 않고, 개인이 아닌 섭리의 위치에 서서 그렇게 말했다.

"카구야는 극동에 있을 때 여러 가지 경험을 했다나봐. 그야말로 우리는 상상도 못할 만한 세계를 보지 않았을까?"

"……극동의 정치 다툼 말입니까?"

"응. 그걸 아는 만큼 카구야는 냉정한 말을…… 아니, 정말로 소중한 걸 지키기 위해 그런 식으로 말하는 걸지도 몰라."

단장 소녀는 카구야의 속내를 헤아리듯 그렇게 타일렀다.

"아마 있지, 정답은 없을 거야. 있는 거라곤 바람을 이루기 위해 뭘 했는가, 얼마나 노력했는가. 그리고 이루지 못했던 『이상』 앞에 뭘 남길 수 있었는가. 맑고 밝고 총명하고 완벽한 나도 그 정도밖에는 말 못하겠어."

진심인지 농담인지 알 수 없는 말을 덧붙인 후.

알리제는 미소를 지었다.

"하지만 있지, 『이상』은 소중하잖아?"

무구한 꽃처럼 우아하게.

"덧없는 미사여구라 해도 추구해야 한다고 봐. 아무리 비웃음을 사도, 아무리 모욕당하더라도. 안 그러면 우리는 어떤 결과든 받아들여버리는 약한 생물이 되고 마는걸."

그때 알리제의 말을, 올곧은 눈을.

류는 지금도 기억한다.

"『이상』을 좇지 않는다면 타협 끝에 손에 넣은 것도 분명 작아지고 말 거야."

나는 그렇게 생각해.

나는 그렇게 믿어.

알리제는 또박또박 그렇게 말했다.

"옳은지는 알 수 없어. 하지만 체념하는 건 안 돼. 자신이 추구했던 『이상』은 행복으로 가득 찬 것일 테니까."

"……"

"그러니까 『이상』을 추구하는 데에는 의미가 있어."

알리제의 말 한 마디 한 마디가 당시 류의 가슴을 두드렸다.

『정의』를 하염없이 추구하던 마음에 많은 파문이 퍼져나갔다.

"……만약, 『이상』을 이뤄버린 사람이 있다면?"

류는 다시 묻고 있었다.

그 말에 알리제는 어린아이처럼 웃으며 대답했다.

"몰라? 그런 사람을 말야──『영웅』이라고 하는 거야."

11장 살의의 행방

© Suzuhito Yasuda

괴물의 포효가 쩌렁쩌렁 울린다.

몇 겹으로 겹치는 위협의 목소리에, 뚝뚝 떨어지는 땀을 내버려둔 채 나는 냉정하게 참격을 날려 대답했다.

『심층』 한곳에 펼쳐진 전투지대.

미궁을 이동하던 우리가 자리를 잡은 곳은 위로 뻗어나가는 계단의 꼭대기였다.

류 씨가 말했던 전투조건 중 하나.

지형을 이용하는 것.

각각의 『대원벽』 사이에 존재하는 제37계층 미궁구역은 『물의 미로도시』와 마찬가지로 다층구조를 이룬다. 룸 하나만 봐도 천장은 까마득히 높으며, 앞으로 나아가려면 하염없이 이어진 계단을 올라가거나 내려가야만 한다. 이번에는 그런 높은 계단의 꼭대기에서 몬스터들을 상대했다.

말할 것도 없지만, 아래에서 올라오는 몬스터는 공격하기 힘들며, 반대로 눈높이가 높아진 내 공격은 막기 힘들어진다.

계단에서 싸우면서 얻은 지리적 이점. 다시 말해 고저차의 이용.

"하아앗!"

『꺼윽?!』

허점을 드러낸 『루 가루』에게, 놈에게서 빼앗은 네이처 웨폰인 돌 곤봉을 내리쳤다.

아랫단에 있던 늑대머리 몬스터에게 그것은 높은 상단

에서 꽂힌 일격이나 다를 바 없었다. 창졸간에 든 팔도 머리와 함께 가슴까지 압쇄되었다.

『마석』이 산산이 부서져 재로 변하는 광경을 지켜보지 않고 부서진 돌 곤봉을 버리며 즉시 허리에서 《모험자의 검》을 뽑았다.

지체하지 않고 달려든 해골 양의 『마석』을, 미리 읽은 것처럼 정확하게 꿰뚫었다.

'움직임을 관찰해라——.'

류 씨가 말했다.

적의 움직임을 잘 관찰하고 계산하라고.

몬스터와 『허허실실』이 통하는 이상 부상을 비롯한 육체면의 부담은 계산과 임기응변으로 보완할 수 있다.

『오오, 오오오!』

『우우우우⋯⋯!』

동향을 주시하면, 아랫단 쪽에 있는 몬스터들이 어떻게 공격할지 몰라 애를 먹고 있다는 사실이 잘 느껴졌다.

계단도 그렇고, 내가 서 있는 통로의 폭은 제37계층 내에서도 보기 드물 정도로 좁다. 이 정도라면 한 번에 쳐들어오는 적의 수는 많아야 두 마리밖에 안 된다. 숫자의 우세를 살리지 못하고 높은 위치를 빼앗겨버린 몬스터들은 짖어대기만 할 뿐 주검을 쌓아나갔다.

함부로 다가온 몬스터는 한 방 걷어차주면 그만이다.

짜증 섞인 포효를 지르며 덤벼들었지만 나에게 차여 턱

이 부서진 『리저드맨 엘리트』는 다른 개체에게 부딪치며 함께 추락해 계단 제일 밑에서 목이 부러져 죽었다.

'난 오른팔이 떠오른다——.'

이것도 류 씨가 했던 말이다.

그러므로 계단을 올라오는 몬스터의 파도를 두려워하지 않고, 조바심을 내지 않고, 힘을 들이지 않고, 의식해가며, 기회를 노려—— 찌른다!

『꾸갸악?!』

적의 몸 중추에 날카로운 찌르기가 꽂힌다.

허를 찔려 비명을 터뜨린 『루 가루』가 재의 안개로 변했다.

'할 수 있다. 보인다. 이길 수 있다—— 날 수 있다.'

류 씨의 가르침을 살리면, 싸울 수 있다.

지형효과 덕에 몬스터의 움직임은 평지에서 싸울 때보다 훨씬 제한되었다.

그래서 나는 생각을 『비약』시켰다.

움직임을 제한한다는 것은 나의 의도대로 상대를 유도할 수 있다는 뜻.

유도할 수 있다는 것은, 나의 예측이 미래예지에도 육박할 수 있다는 뜻.

나는 돌격하고자 혈안이 된 모든 몬스터들을 시야에 포착하며, 조준하고, 움직였다.

"——흐읍!!"

선두의 리저드맨을 끌어들이며 목을 대각선으로 날렸다.

지체하지 않고, 목을 잃은 시체를 피해 좌우에서 밀려드는 루 가루 중 오른쪽 개체는 검을 되돌리며 가슴을 찌르고, 왼쪽에서 날아드는 날카로운 발톱은 팔에 감은 《골리아이스 머플러》로 별 어려움 없이 튕겨냈다.

왼팔을 통해 뇌수까지 뚫고 올라오는 아픔의 격류.

그것을 떨치고 반원을 그리는 작은 참격.

일격에 해치우지 못하더라도 움직임은 최소한으로. 정면을 피해 비스듬히 덤벼든 루 가루의 다리를 베어 균형을 잃게 만들었을 때 즉시 그립으로 후려쳤다.

허공에서 안면을 강타당해 코피를 흘린 루가루는 내 대신 꼬치에 꿰였다.

후방에서 날린 『스컬 쉽』의 원거리 공격, 뿔 말뚝이었다.

동족이 방패가 되어 움직임이 멈춰버린 스컬 쉽에게 즉시 검을 투척했다. 두개골과 함께 『마석』을 관통한 것을 시야 끄트머리로 보며 빈손에 《하쿠겐》을 장비한다.

소리도 없이 머리 위로 도약했던 루 가루에게 『다 보고 있었다』고 눈빛으로 말해주고 ——유인당한 루 가루가 눈에 경악을 띠거나 말거나—— 베어버렸다.

물 흐르듯, 예정조화와도 같이, 도합 다섯 마리의 몬스터를 재로 만들었다.

『우워어어어어어어!』

여섯.

이 『루 가루』는 나의 움직임만으로는 대처할 수 없다. 그러므로.

『──꾸게엑?!』

그 사람에게 맡긴다.

내가 등진 통로 후방, 대기하고 있던 류 씨가 단검을 투척해준 것이다.

사선에서 비켜난 내 움직임에 맞춘 최고의 타이밍. 든든하기 그지없는 파티에게 지원을 받으며, 단검에 눈을 꿰뚫려 괴로워하는 몬스터의 가슴을 단숨에 관통했다.

'날 수 있었어── 응용할 수 있었어.'

적의 유도.

이것은 전에 아이즈 씨에게 배운 것이다.

『결정타는 방심과 가장 가깝다』.

『궁지에 몰렸을 때가 가장 좋은 기회이기도 하다』.

결정타를 유발하는 움직임.

그때는 대인전, 그 중에서도 1대 1을 전제로 했다.

그 전제를 지금, 나는 류 씨의 가르침을 통해『적 전체』로 확대했다.

일격필살이라는 목적지에서 역산해, 적 하나하나의 움직임을 보고 계산했다.

지형을 활용해, 일부러 몬스터를 끌어들이는 거동을 보이면서 선택지를 한정짓게 만들었다.

나는 지금『전장』그 자체의 움직임을 읽으며 제어하고 있다.

'아이즈 씨와의 단련과 류 씨의 조언이 이어졌어.'

【검희】와【질풍】의 가르침이.

이를 이해한 순간 세상이 확 넓어진 기분이 들었다.

찰나의 전능감이 힘을 주는 것 같은 기분이 들었다.

애석하게도 감동을 느낄 틈은 없었다.

그러나 앞으로도 더 강해질 수 있다고.

그 실감만은 가슴에 맺혀, 나는 깨닫고 보니 목을 울리고 있었다.

"아아아아아아아아아아아아아아아아아!!"

"……훌륭해."

몬스터에게도 꿀리지 않는 흉흉한 포효를 들으며.

류는 소년의 전투양상을 보고 중얼거렸다.

'성장…… 아니, 『비약』이지. 이 상황에서 아직도 더 자라난다니.'

흡수가 빠른 것만은 결코 아니었다.

류의 눈으로 보기에도 벨 크라넬이라는 소년은 조언이나 충고에 솔직하고, 우직하게 반복하는 경향이 있었다. 약점의 개선은 우수한 반면, 시키는 것 이상은 하지 못한다고 생각했다.

그랬는데, 지금은 어떤가.

지금의 소년은 가르침을 듣고 응용까지 한다.

몸에 익힌 기초를 기초 그대로 끝내지 않고 스스로 생각해 발전시킨다.

류는 모르는 일이지만, 그것은 벨이 자신의 『스킬』을 돌이켜보고 필살기 『아르고 베스타』를 창안해냈던 사례와도 흡사했다. 스스로 생각해 실천한다. 시행착오를 겪는다. 모험자로서 중요한 요소 중 하나다.

조짐은 있었을 것이다. Lv.4에 이르기까지의 격동이, 『제노스』와의 만남, 『라이벌』과의 해후가 그에게 변혁을 가져다주었다.

하필이면 『심층』이라는 극한상태가 소년에게 더 큰 『비약』을 강요하고 있었다.

강해지지 않으면 죽을 뿐.

나락에 떨어진 소년은 더할 나위 없는 사지에서 성장하지 않을 수 없었던 것이다.

류는 눈부신 것을 보듯 눈을 가늘게 뜨고 말했다.

『————!!』

"!"

몬스터를 해치운 소년을 지켜보던 때였다.

후열 위치에 있던 류의 등 뒤, 다시 말해 통로의 안쪽에서 몬스터의 포효가 울려 퍼졌다.

『리저드맨 엘리트』의 무리였다.

"류 씨!!"

흠칫한 벨이 돌아보며 외쳤다.

현재의 통로는 외길. 협공당하면 류와 벨에게 도망칠 곳은 없다.

지금도 무릎을 꿇고 있어 제대로 움직이지 못하는 류를 걱정해 도우러 오려 하지만.

"크라넬 씨, 당신은 자기 적에게만 집중하십시오!"

류의 날카로운 목소리가 이를 막았다.

"하지만!"

"저는 지금부터 원호를 할 수가 없습니다. 한눈을 팔 틈이 없을 텐데요."

이곳은 『심층』. 전열인 벨에게 전투를 맡긴 채 언제까지고 원호만 하고 있을 수는 없다.

2인 1조인 이상 후열도 적과 맞서야 할 때가 온다는 사실을 잘 알았다. 지금이 그 때였다.

오른쪽 다리의 아픔 때문에 비지땀을 흘리면서도 류의 얼굴은 의연했다.

"짐만 될 수는 없지. ──나도 싸워야 해."

류는 벨에게 등을 돌리고 자세를 잡았다.

몬스터가 덤벼들어, 망설일 시간도 없는 벨은 류를 믿고 계단 위의 전투를 속행할 수밖에 없었다.

『워어어어어어어어어어어어어어!』

밀러드는 리저드맨을 보며 류는 허리에 찼던 카타나를 뽑았다.

모험자들의 주검에서 가져온 강검. 아마도 극동의 무기에 매료된 스미스가 만들었으리라 여겨지는 대륙산 명품. 미궁에서 유래된 소재로 만들어진 칼날은 날카롭기 그지없었으며 아직도 날 하나 빠지지 않았다.

그것을 왼쪽 허리에 가져다댄 류는 적의 무리를 정면으로 마주보며 한쪽 무릎을 지면에 댔다.

『……?』

한쪽 무릎으로 선 엘프를 보고 리저드맨의 무리는 의아한 감정을 두 눈에 드러냈다.

칼집을 꽂은 허리에 두 손을 가져다댄 부동의 자세. 몬스터의 눈에는 그것이 기괴하게만 비쳤다.

리저드맨들은 석상처럼 정적을 두른 사냥감을 보고 한번은 걸음을 멈추었지만, 이내 단숨에 덤벼들었다.

선두에 선 한 마리가 큰 걸음으로 파고들어 네이처 웨폰인 장검으로 류를 가르려 했다.

──검에 정통하지 않더라도, 사람이 보았다면 류의 모습은 어떤 『자세』임을 눈치 챘을 것이다.

함부로 덤벼든 괴물에게, 류는 『대답』을 선보였다.

"──흐읍!!"

『꼐아아아악?!』

류의 몸이 뿌옇게 잔상을 일으키더니 은색 광채가 번뜩였다.

무기의 사정거리에 몬스터가 들어오자마자 고속으로 발

도하며 참격을 펼친 것이다.

대량의 재가 흩날리는 가운데, 가슴과 함께 깔끔하게 『마석』을 양단당한 동료의 말로를 보고 『리저드맨 엘리트』 들은 동요했다.

"카구야…… 기술을 빌리겠습니다."

류가 펼친 것은 『거합』. 지금은 죽은 극동의 전우가 자랑하던 『태도 기술』이었다.

오른쪽 다리에 부상을 입은 지금의 류는 제대로 움직이지 못한다. 그렇기에 이동을 포기하고 카운터에만 전념한다. 현재의 류에게 남은 전법이었다.

다시 검을 납도하는 엘프를 보고, 당황하던 리저드맨들은 소리를 내며 돌진할 수밖에 없었다.

눈을 가늘게 뜬 류는 다시 발도해 적의 돌검이 피부에 닿기 전에 『마석』을 갈라버렸다.

몇 번 공격을 시도해도 결말은 마찬가지였다. 카타나의 사정거리에 발을 들인 개체부터 절단당한다. 동시에 덤비려 해도 좁은 통로 탓에 동시에 공격할 수 있는 것은 두 마리뿐. 류의 실력이라면 검을 되돌려 두 마리 분량의 잿더미를 만들어버릴 수 있다.

오른발을 제외한 온몸을 써서 펼치는 은색 검광의 궤적은 『참격』의 결계였다.

"본인이 있었다면 그게 뭐냐고 비웃었겠지만……."

전우에게 배운 태도 기술이라고는 하지만 원조 본가에

는 도저히 미치지 못한다.

하지만 『심층』 몬스터들에게는 충분히 위협적이었다. 돌파하고자 다가온 순간 베이는 광경은 『마법』이라도 구사하는 것처럼 여겨졌을 것이다. 확실하게 필살의 공격을 펼치는 류에게 당황하며 공격을 망설였다.

망설일수록 좋다. 시간을 끌기만 하면 벨의 전투가 끝난다. 지금의 소년이라면 류의 지원 없이도 몬스터를 물리칠 수 있을 터.

이것 또한 지성이 높은 심층 영역 몬스터이기에 성립할 수 있는 『허허실실』이었다.

하지만 그때──

쩌적.

"!!"

류의 심장 고동을 빨라지게 만드는 불길한 소리가 울려 퍼졌다.

바로 옆면의 벽에 내달리는 균열. 류는 그것을 보자마자 경종에 따라 그 자리에서 뛰어 물러났다.

그 직후 벽에서 굵은 팔이 돋아나더니, 한순간 후에는 류가 있던 공간을 수평으로 훑었다.

"윽……! 『바바리안』!"

벽면에서 돋아난 대형급 몬스터를 보고 류의 얼굴이 일그러졌다.

뒤틀린 두 개의 뿔과 날카로운 발톱, 이빨. 『리저드맨 엘리트』나 『루 가루』와 함께 전사계에 속하는 몬스터다.

악의마저 느껴지는 타이밍에 미궁에서 태어난 『바바리안』은 기습으로 거합의 자세를 무너뜨린 류에게 추가공격을 가했다.

『하아아!』

"큭?!"

입에서 튀어나오는 긴 혀.

만족스럽게 움직일 수 없어 혀 공격을 피하지 못한 류는 검을 떨어뜨리고 말았다.

이어서 솟는 몬스터의 포효.

『바바리안』을 필두로 리저드맨의 무리가 류에게 돌진했다.

인광을 받는 괴물들의 그림자가 엘프의 그림자를 집어삼키려던, 바로 그때.

"으아아아아아아아아아아아아아아아아아아아아아!"

『꺽?!』

소년의 질주가 이를 가로막았다.

계단에서의 전투를 끝내고 달려온 소년은 혼신의 힘을 실어 날아차기를 펼쳤다.

흉골이 으스러질 정도의 위력에 『바바리안』은 등부터 쓰러지면서 뒤를 따라오던 『리저드맨 엘리트』들을 깔아뭉갰다.

벨은 멈추지 않았다. 《하쿠겐》을 뽑아 쓰러진 몬스터들에게 덤볐다.

놀란 류도 떨어뜨렸던 카타나를 들고 짐승처럼 적을 덮쳤다.

『끼야아아아아아악?!』

『꺽?! 끅?! 끼익?!』

『……, ……, ……?!』

피안개로 치장된 괴물들의 비극이 펼쳐졌다.

끊임없이 울리는 절규에도 아랑곳 않고 예리한 칼날을 몇 번이고 몬스터의 몸에 내리쳤다.

벨과 류는 절대 일어나지 못하게 하겠다는 양 난도질을 했다. 그 모습은 전혀 세련되지 못해 원시적이었으며, 숫제 엽기적일 정도였다.

적에게서 튄 피를 뺨에 묻혀가며, 눈을 뜬 얼굴로 혈안이 되어 검을 휘두른다.

생사를 건 싸움에 체면을 차릴 여유가 있을 리 만무했다.

마지막 몬스터가 꿈틀, 커다란 팔을 경련시키며 축 늘어진 후…… 통로에 울려 퍼지는 것은 두 사람의 거칠어진 숨소리뿐이었다.

하늘색 눈과 루벨라이트색 눈이 너덜너덜해진 서로의 모습을 비추었다.

류는 느릿느릿 입을 열었다.

"일단, 쉬지요……."

"『저거노트』?"

벽 앞에 쪼그리고 앉아있던 나는 그 이름을 되물었다.

출입구가 하나밖에 없는 조그만 룸.

우툴두툴한 형태는 정사각형과는 거리가 멀어 바위동굴이라 표현하는 편이 적합하지 않을까.

주위의 벽을 모두 파괴한 나와 류 씨는 두 번째 휴식을 취하는 데 성공했다.

"네. 저는 그놈의 호칭을 그렇게 들었습니다. ……모든 것이 끝난 후에 말이지만요."

주위를 경계하는 한편, 우리는 예의 그 몬스터에 대해 이야기했다.

우리를 쫓아왔던, 살육의 『발톱』을 가진 그 『괴물』에 대해.

"동료를 잃고 복수를 마치고…… 시르가 저를 건져주었을 때쯤이었습니다. 제 앞에, 아마도 메이거스로 보이는…… 검은 옷을 입은 인물이 나타났습니다."

류 씨의 그 말에 나는 가슴이 철렁했다.

메이거스, 검은 옷을 입은 인물…… 분명 펠즈 씨일 것이다.

그 사람은 오래 전에 류 씨와 접촉했던 걸까?

『【질풍】…… 던전에서 조우했던 저거노트에 관한 모든 정보를 절대 입 밖에 내지 말아줘.』

비가 내리는 어두운 하늘 아래, 두 사람뿐인 골목길에서.

그 누구에게도 정체를 들키지 않았던 류를 별명으로 부른 펠즈 씨는 그렇게『경고』했다는 것이다.

『두 번 다시 놈이 소환되어서는 안 돼. 이 약속을 지켜 준다면…… 우리는 네게서 완전히 손을 떼지.【아스트레아 파밀리아】에 속해 이루었던 공적을 감안해 죄는 묻지 않겠어.』

『우리』라면 길드의 상층부…… 나아가서는 우라노스 님까지 말하는 걸까?

우라노스 님의 칙명이 내려져, 길드는 블랙리스트 등록 같은 의무만 수행하고【질풍】을 추적하지는 않았던 걸까.

그『경고』에 류 씨가 말없이 고개를 끄덕이자, 펠즈 씨는 어둠에 녹아들듯 사라졌다고 한다.

"그 메이거스가 길드의 사병이라고 한다면, 길드 측은 그『괴물』의 존재를 인지했다는 뜻이 됩니다. 아마 던전에 『기도』를 올리고 있다는 신 우라노스의 권능이었겠지만 요…….."

류 씨도 펠즈 씨의 정체를 어느 정도 눈치챈 듯했다.

벽에 기대앉았지만 피로가 느껴지지 않는 그녀의 옆얼굴을 바라보며 나는 생각에 잠겼다.

펠즈 씨와 우라노스 님조차 우려했던『괴물』…… 류 씨의 앞에 다시 나타난『재앙』.

"저거노트……."

너덜너덜해진 왼팔을 만지며 그 이름을 중얼거렸다.

이제까지 만난 어떤 몬스터보다도 무서웠던 존재를 떠올린 나는, 가슴속에서 커지는 『물음』을 도저히 감출 수 없었다.

"……류 씨. 그, 쥬라라는 사람이 했던 말은…….."

계속, 마음에 걸렸다.

그 테이머가 했던 말을 들은 후로, 계속.

『너는 그때!』

『자기 목숨이 아까워서!』

『동료를 희생해 겨우 그 『괴물』을 뿌리칠 수 있었으니까!!』

분명 그 테이머는 그렇게 말했다.

류 씨를 제외한 【아스트레아 파밀리아】가 전멸했던 그날, 무슨 일이 있었을까?

류 씨는 어떻게 살아남았을까? 그녀가 처음에 맞닥뜨렸던 『저거노트』는 대체 어떻게 됐을까? 쓰러뜨렸을까? 『쫓아냈다』면 아직 살아있을 가능성이 있을까?

온갖 의문이 맴도는 가운데—— 당신에게 무슨 일이 있었느냐고.

나는 그렇게 묻고 말았다.

"…………."

류 씨는 대답해주지 않았다.

꽉 다문 입술은 침묵만을 이어나갔다.

주먹만이 조용히 떨릴 정도로 꽉 쥐어져 있었다.

"……크라넬 씨. 적입니다."

통로 입구 저편에서 울리는 여러 울음소리.

일어나는 류 씨의 뒷모습을 바라보며, 말없이 뒤를 따른 나는 더 이상 같은 질문을 거듭할 수는 없었다.

『그』는 배회하고 있었다.

열기가 깃든 숨을 토해내며, 몸에서 박리된 장갑각의 파편을 땅에 떨어뜨렸다.

벽면에 희미하게 맺힌 인광을 받아 왼팔에 달린『발톱』이 요사스러운 자남색 광채를 뿜어냈다.

어둠에 싸인 미궁은 조용했다.

다른 몬스터는『그』를 두려워하듯 숨을 죽이고 결코 눈앞에 나타나려 들지 않는다. 어둠을 떨게 만드는 발소리만이 울려 퍼졌다.

신과 모험자들에게『저거노트』라 불리는 괴물은 제37계층을 방황하고 있었다.

──몸의 손상이 깊다.

그에게도 사고라 부를 만한 지성의 총체가 존재했다.

그렇기에 그는 조용히 자신의 몸을 돌아보았다.

검에 맞았던 오른쪽 다리의 역관절. 도약은 가능하지

만 만전의 상태와 비교하면 기동력은 크게 떨어졌다. 모험자들을 두려움에 빠뜨렸던 고속이동은 이제 불가능할 것이다.

극대의 플레어에 날아가버린 오른팔. 흔적도 없다. 소멸 말고는 길이 없던 필살의 위력은 우반신에까지 미쳐, 『갑옷』인 『매직 리플렉션』 효과를 가진 장갑각도 절반쯤 부서져버렸다. 꼬리도 반을 잃었다.

온몸이 깎여나가고 있다.

치명상을 입었다.

언젠가 움직이지 못하게 될 것이다.

──알 게 뭐야.

어쨌거나 자신은 『자괴』한다.

누가 가르쳐준 것도 아니지만 그는 그렇게 알고 있었다. 인식하고 있었다.

『저거노트』는 단명한다.

다른 몬스터에게는 없는 특이성이지만, 일단 『마석』이 존재하지 않는다.

온몸이 하나의 거대한 『마석』이라고 하면 될까. 규격을 벗어날 정도로 철저하게 추구한 『힘』과 『민첩』은 그에 따른 산물이었다. 출현하는 계층에 따라 퍼텐셜도 변동하며, 계층이 깊어지면 깊어질수록 더욱 강인한 개체가 된다. 【아스트레아 파밀리아】를 전멸시킬 정도로, 혹은 제1급 모험자 파티조차 유린해버릴 정도로. 따라서 전투에서는 『저거노트』는 머리를 잃든 가슴을 꿰뚫리든 끝까지 활동하며, 온몸을 완전히 분쇄당해야 겨우 최후를 맞는다.

그렇게 강화된 『대가』로, 시간이 흐르면 자연히 붕괴된다.

소리를 내며, 덧없이 부서져나가는 얼음 조각처럼.

선대 저거노트. 『그』였을지도 모르고 『그녀』였을지도 모른다. 아무튼 그 재앙의 자식도 【아스트레아 파밀리아】를 살육한 후에 남몰래 던전 깊은 곳에서 재로 변했다. 제한시간이 붙은 목숨, 찰나의 종족, 유성과도 같이 타오르도록 약속된 괴물—— 그렇기에 저거노트를 부하로 두려 했던 테이머의 의도는 어떻게 전개되더라도 이루어질 수 없었다.

『마석』도 『드롭 아이템』도 남기지 않는다. 죽은 후에는 어떤 흔적도 없다. 『어머니』를 위해 태어나 위험인자를 없애고, 누구 하나 지켜보지 않은 채 사라진다.

그렇기에 『살육』은 그의 존재의의 그 자체였다.

『저거노트』는 자신의 존재가 덧없다고는 여기지 않았다. 가엾다고도 생각하지 않았다. 막 태어난 그에게는 그런 생각을 할 감정이 존재하지 않았다.

다만—— 그의 몸은 타오르는 업화에 싸인 것처럼 초조함에 불탔다.

그 하얀 사냥감.

망가뜨려도 망가뜨려도 일어나던 존재.

피와 살을 적잖이 잃었으면서도 오히려 그를 망가뜨리기 시작한 수컷.

그에게『공포』를 가르쳐준 하얀 불꽃.

그것은 용납할 수 없었다. 인정할 수 없었다. 그것을 허용해버리면 자신이 태어난 존재의의를 부정하게 된다. 이 세계에 있었다는 이유조차 잃어버리고 만다.『그』도 그것만큼은 본능으로 이해했다.

그것은 싫다. 그것은 싫다. 그것은 싫다.

그것만은 견딜 수 없다. 누구 하나 기억하는 이가 없더라도, 금세 사라질 목숨이라 해도, 자신이 태어났던 의미는 남겨야만 한다.

일그러진 선망, 뒤틀린 기도.

그러나 그것이 바로『저거노트』의 전부였다.

그리고 그 상념에 동조하듯 목에 채워진『서클』이 빛을 뿜었다.

그의 감정을 떠밀어주듯, 혹은 폭주시키듯 파괴충동을 드높인다. 이제는『어머니』의 목소리가 멀게 느껴졌다. 무언가를 연신 호소하는 목소리를 무시하고 있었다. 자신의『의지』를 우선시했다.

그것은 테이머 쥬라의 매직 아이템이 낳은 부산물.

바이러스의 면역인 그에게 싹틀 리 없는 강렬한 자아.

살육할 뿐이었던『말살의 사도』는 지금의 자신을 지배하는 것이『욕망』임을 깨닫지 못했다. 유일한 사냥감에게 수렴되는 확고한 살의는 그를 독립시키기에 충분했다. 이번『저거노트』는 이미 어머니의 의지에 따르는 순교자가 아니었다.

그는 해방된 것이다.

테이머 쥬라의 의지 따위는 물론이고, 던전의 목소리에서도.

미궁의 이물질을 섬멸하는 『말살의 사도』가 아니라, 단 한 사람의 인간을 미칠 듯이 쫓아가는, 죽이기 위한 『괴물』로서 다시 태어났다.

그렇기에.

『놈』만은 죽인다.

반드시 해치운다.

그 한 가지 마음만으로 저거노트는 천천히, 확실하게 사냥감에게 다가갔다.

동시에 그 『마음』은 던전도 예기치 못했던 『미지』를 일으켰다.

주어진 능력을 넘어 『진화』할 정도로.

——오른팔이 없다. 이래서는 그 『하얀 사냥감』을 죽일 수 없다.

——『팔』이 필요하다. 놈을 말살하기 위한 『발톱』이.

저거노트의 진홍색 두 눈이 희미하게 깜빡였다.

다음 순간, 시야를 가로지른 동족들에게 그는 달려들었다.

몇 겹으로 겹쳐 솟아나는 절규와 파괴의 충격, 그리고 『씹어먹는 소리』.

꿈틀거리는 미궁의 어둠에 사위스러운 음색이 메아리쳤다.

간장 정의의 추상

"이상과 현실? 뭔데 리온. 또 알리제나 카구야한테 이상한 소리 들었구나?"

한 소녀가 의자에 앉아 바닥에 닿지 않는 다리를 신나게 흔들었다.

카구야와 다투었던 사건으로부터 며칠 후.

고민하고 또 고민하던 류는 【아스트레아 파밀리아】의 일원, 파룸 라일라에게 의논을 청했다.

키가 120C도 되지 않는 동료는 아까부터 탁자 위에 수상한 도구들을 펼쳐놓고 만지작거렸다. 능숙한 손재주로 분해했다가는 정비하는 작업을 이어나가던 그녀는 고개를 들고 경박한 웃음을 지었다.

"그럴 땐 그냥 심각한 표정 지어주면서 응응 고개만 끄덕이면 돼~. 알았다고 생각하고 침대에 누우면, 어머나 신기해라, 고민은 깔끔쌈빡하게 잊어버릴 수 있거든."

"나는 진지하게 의논하는 겁니다, 라일라. 카구야에게는 반감이 끊이질 않지만 그렇다고 일축하면 시야를 좁힐 뿐입니다. 알리제가 한 말도 마음에 걸리고. 좀 더 다양한 의견을 받아들여 맞서나가지 않는다면 이 문제에 해답을 찾아내기란……"

"아이고~ 엘프들은 진짜 귀찮다니깐~."

라일라는 건성으로 대꾸하며 류의 말을 흘려넘겼다.

파룸답게 앳되고 사랑스럽게 생겼지만 입에서 튀어나오는 말은 용모와 매우 어울리지 않는다. 나이는 놀랍게도 류보다 두 살 많다. 본인은 '죽여주지 않냐'면서 물들인 쇼트컷 머리카락은 핑크색이며, 얼굴에서 떠나지 않는 웃음은 이지적이다.

그런 외견과 행동으로도 알 수 있듯, 라일라라는 파룸은 매우 비뚜름했다.

"딱히 무리해서 대답을 찾을 필요는 없는 거 아냐? 심지어 남이 찾는 정답이라면."

언뜻 결벽성의 표본과도 같은 엘프와는 궁합이 좋지 않을 것 같지만, 의외로 무언가 고민할 때 류가 의논하러 찾아가는 경로는 알리제, 라일라 순서였다.

라일라의 의견은 솔직하고 기탄없으며 때로는 엘프인 류는 생각도 못했던 사상을 던져주곤 한다. 그녀의 날카로운 발언은 【파밀리아】의 다른 동료들도 쉽게 무시하지 못할 정도다.

류는 불성실해 보이면서도 가슴을 철렁하게 만들고 핵심을 찌르는 라일라에게 무의식적으로 의존하는 경우가 많았다.

"전~부 반만 듣고 흘려버리면 돼. 카구야 얘기도, 알리제 얘기도."

"라일라, 아무리 그래도 그건……."

"진실이란 건 사람에 따라 얼마든지 바뀌는 법이야."

"!"

"결국 뭘 『진짜』로 삼을지는 자기한테 달렸어. 자기만이 자신의『진짜』를 만드는 거야. 그러니까 여러 가지 이야기를 반만 듣고, 생각하고, 자신이 수긍할 수 있는『진짜』를 만들어."

그것은 평소의 라일라답지 않은, 마치 격언과도 같은 말이었다.

그러므로 어쩌면 그것은 거짓말도 잘 하는 그녀의『진짜』였는지도 모른다.

"……늘 그렇게 행동하시면 좋을 텐데."

"왜 그래, 리온~ 난 언제나 완전 성실하고 친절하잖아~."

"가슴에 손을 대고 당신이 제게 가르쳐주었던 것들을 잘 떠올려 보십시오……."

그렇다.

이 파룸은 류에게 터무니없는 것들만 가르쳤다.

거짓말을 간파하는 법 같은 것은 그나마 낫다 치고, 협박으로 시작하는 교섭술, 공갈의 모범적인 시범, 더불어 도박의 필승법에 속임수까지.

『쓰레기들을 단속하려면 상대의 생각이나 카드를 알고 있어야지.』

『번드르르한 말만 늘어놓아선 정의의 사도는 못 해먹어~.』

그런 말에도 일리가 있기는 하지만, 아무튼 정의의 파벌에 어울리지 않는 지저분한 잔재주뿐이었다. 【파밀리아】에 입단하고 5년의 세월이 지난 이때, 류는 정말로 공연한 지식을 잔뜩 익히고 말았다.

"리온은 세상 물정 모르는 엘프 아가씨니까 내가 잘 챙겨준 거지."

"……당신과 비교하면 그야 세상 물정을 모르겠지만요……."

라일라는 짓궂게 입가를 틀어올리며 웃는가 싶더니, 겨우 고개를 들고 곁에 서 있던 류를 올려다보았다.

"이봐, 리온. 지식은 무기야. 정보는 밥줄. 사도가 됐든 시시한 잡학이 됐든, 배우고 익혀놓으면 전부 널 구할 힘이 돼. 그러니까 뭐든 익히고 뭐든 써먹어."

뭐든 익히고, 뭐든 써먹어라.

그것이 라일라의 입버릇이었다.

"귀에서 피를 흘릴 정도로 머리를 쓰는 거야. 장비나 아이템이 없으면 던전의 채집물, 그것도 없으면 드롭 아이템, 뭐든 갖다 써. 하나로는 의미가 없는 것도 합치면 용도의 가능성이 쭉쭉 늘어난다고."

"머리를 쓴다……."

"너는 싫어할지도 모르겠지만 사람의 감정 변화란 것도 공부해. 교섭은 물론이고 던전에서도 엄청나게 중요해."

몬스터의 성질, 무기의 급조, 생존기술, 파티의 심리 동향.

모든 것을 알고 모든 것을 보완하면 그것은 던전에 맞설 때의 재산이 된다. 이때 라일라는 그렇게 호언장담했다.

류에게 무언가를 심어주려는 듯, 장난을 치면서도 진지하게.

"쓸데없는 지식은 널 고민하게 만들어서 시간을 빼앗아 갈지도 모르지만, 무지보단 낫지. 훨씬 낫지. 그리고 시간을 들여도 좋으니까 지식을 『지혜』로 바꿔."

"지식을, 『지혜』로……?"

"그렇게 하면 넌 너 이외의 누군가를 도와줄 수 있게 돼. 덤으로 모두가 동경하는 무적의 엘프가 될 수 있지. 카구야도 널 애송이라고는 못 할걸."

그때 라일라의 표정은 장난꾸러기 아이 같기도, 여동생을 지켜보는 작은 언니 같기도 했다.

"……당신도 그렇게 해서 강해졌나요?"

"그러엄. 애초에 난 머리 안 쓰면 죽어. 파룸이니까."

"……."

"뭐, 이것도 반만 듣고 흘려넘기면 돼. 자기한테 필요한 것만 쪼끔씩 배워."

마지막에는 조그만 두 어깨를 으쓱하며 류보다 약한 파룸 소녀는 말을 마무리했다.

류는 이날 그녀가 했던 말을 한 마디도 잊지 않았다.

"증거라고 할 것도 없지만 나를 봐. 너 같은 호구를 뜯어먹을 말재간하고 잔꾀만 가지고 살아남아서 지금은 어엿한 Lv.3. 파룸들 사이에서도 기대의 별이야."

"지금 흘려들을 수 없는 말을 들은 것 같습니다만."

"일족의 영웅을 목표로 삼은 핀 디무나한테 슬슬 결혼해 달라고 신청이 올 때가 됐다고. 큭큭큭……."

"제 기억이 옳다면 【브레이버】는 당신을 피했던 것 같은데요……."

류는 사악하게 웃으며 결혼으로 팔자를 고칠 날을 꿈꾸는 라일라를 보며 탄식했다.

그것 또한 언젠가 있었던 일.

류의 뇌리에 되살아나는 소중한 기억이자 『감상』.

라일라의 말이, 가르침이 류의 마음에 뿌리를 내리고 있다.

동료의 말이, 【아스트레아 파밀리아】의 재산이 모두 류의 안에서 살아있다.

하지만.

그녀들의 『의지』만은 물려받았는지 어떤지 알 수 없었다.

커다란 상실감을 거쳐 『정의』를 잃어버린 그녀는 알 수 없었다.

12장
진·미궁결사행

© Suzuhito Yasuda

무기 부딪치는 소리가 끊이질 않는다.

밤과도 같은 어둠에 물든 미궁에 무수한 불똥이 튄다.

모험자의 흐트러진 호흡과 몬스터의 포효가 울려 퍼진다.

『—————————!!』

"으윽……?!"

던전의 색과 같은 희뿌연 색의 검이 맹렬히 내리꽂혔다.

벨은 해골 전사가 펼친 일격을 간신히 막아냈다.

"『스파르토이』……!"

스컬 쉽에 이어 두 번째로 만난 스켈톤 몬스터.

백골 몸은 벨의 키와 비슷하거나 그 이상. 하나같이 뼈로 만들어진 무기를 들었으며, 검이나 창을 격렬하게 찔러 댄다. 『스파르토이』의 무리는 다른 전사계 몬스터와 함께 벨과 류를 에워싸고 있었다.

그것은 갑작스러운 기습이었다.

몬스터의 기척에 주의를 기울이던 두 사람의 귀에 들려온 균열의 소리. 그것은 벽이 아니라 지면에서 들려왔다. 경악하는 벨과 류의 발밑에서 솟아난 해골 전사들은 그야말로 무덤에서 되살아난 『언데드』와도 같이 덤벼들었던 것이다.

『스파르토이』의 무리에 기습 포위당한 벨과 류는 도망칠 수도 없었다. 반대로 오히려 깨뜨리는 전투의 소리를 듣고 다른 몬스터까지 몰려오는 형편이었다.

이제 벨과 류의 주위에는 포위망이 형성되어 있었다.

『워어어어어어어어어어어어어어!!』

카이트 실드와 분간이 가지 않을 정도로 거대한 방패를 들고 검을 격렬히 휘둘러대는 『스파르토이』. 벨은 조바심을 감추지 못했다.

이제까지 만난 몬스터보다 강하다.

근육 같은 것은 전혀 없음에도 『힘』은 리저드맨이나 루가루를 능가했으며, 『민첩』은 대형급인 바바리안과는 비교도 되지 않았다. 몸놀림은 몬스터라기보다는 모험자를 방불케 해, 벨은 그들이 강적의 부류에 속한다고 확신했다. 갈비뼈 틈으로 보이는 『마석』을 노리고 《모험자의 검》을 내질러도 뼈칼을 재빠르게 울려 치명상을 막아낸다.

일격필살을 성공시킬 수 없었다.

류의 가르침을 몇 번이나 불발로 끝냈는지 모른다.

몬스터와 1대 1로 싸운다면 Lv.4인 벨은 확실하게 이긴다. 그러나 이곳은 던전. 최대의 무기는 『숫자』. 한 마리에게 시간을 들였다간 금세 다른 여러 몬스터와 연속전투를 벌이게 된다.

제37계층의 【스테이터스】 도달 기준은 Lv.4, 『기본 어빌리티』 평가는 D 이상.

그리고 그것은 파티 플레이를 전제로 했을 때.

공교롭게도 다른 동료들이 『하층』에서 한껏 맛보았던 감정—— 길드가 설정한 계층 기준의 의미를 벨도 이곳 『심층』에서 맛보게 되었다.

'적의 움직임을 유도할 수가 없어……!!'

무엇보다『허허실실』이 잘 통하지 않았다.

전장의 움직임을 한정짓고자 벨이『유인하는 움직임』을 보여도『스파르토이』사이의 연계 플레이가 이를 차단했다. 검과 방패, 창과 도끼 등등 각자가 든 무기의 용도에 따라 전술을 구사하는 것이다. 벨이 파고들려 하면 방패를, 후퇴하려 하면 창을.『상층』에서『하층』까지 탐색했던 벨의 눈으로 보더라도 이만한 연계를 구사하는 몬스터는 없었다. 싸우는 장소는 폭이 넓은 통로여서 이용할 수 있는 지형은 없는 것이나 마찬가지였다.

생각처럼『전장을 움직일』수가 없었다.

"큭……?!"

"류 씨?!"

『스파르토이』는 등을 마주대고 싸우던 류에게도 이를 드러냈다.

만전의 상태로 싸울 수 없는 그녀가 벨보다도 위험하다.『거합』을 구사해 어떻게든 공격을 막아내고는 있지만 미처 피하지 못한 공격이 그녀의 흰 피부에 상처를 냈다.

"으윽──【파이어볼트】!"

벨은 견디지 못하고『마법』구사에 나섰다.

귀중한 마인드를 깎아 쏜【파이어볼트】.

적의 무리 한쪽을 날려 일단은 포위망에서 탈출하려는 작전.

마인드를 아낀다는 선택지가 어른거리는 가운데 행한 결단은 용기 있는 행위이며, 사실 류조차 적확한 판단이었다고 도장을 찍어줄 정도였다.

『그 몬스터』만 무리 내에 섞여있지 않았다면.

"앗?!"

시야의 사각, 다른 몬스터의 뒤에서 시커먼 암석이 불쑥 튀어나오는가 싶더니 염뢰가 작렬하기 직전, 분명히 위력을 낮추었다.

그야말로 포탄이 총탄 정도의 위력으로 떨어져버렸다.

"아차──『옵시디언 솔저』?!"

놈의 형상은 우툴두툴하면서도 보석과 구분이 가지 않은 칠흑의 광택을 띠었다. 머리에 해당하는 부위에는 외눈과도 같이 요사스러운 보라색 빛이 깃들어 있었다.

『옵시디언 솔저』. 흑요석 몸을 가진 암석계 몬스터.

전사계에 비하면 움직임은 둔중하고, 뛰어난 점이라면 방어력 정도. 제37계층에 출현하는 몬스터 중에서도 전투력은 낮다고 평가되는 이 몬스터의 특성은──『마력』의 감쇄였다.

우수한 드롭 아이템으로 고가에 거래되는 흑요석 몸은 『액막이 돌』과도 같이 『마법』을 없애버린다.

터뜨려버리지 못하고 그저 후퇴시키는 데에서 그쳐버린 몬스터의 무리를 보고 류는 눈을 찡그리고 벨은 얼굴을 굳혔다.

그것은 마치 벨의 『성장』에 맞춰 던전이 전법을 바꾼 것처럼 보였다. 힘으로는 밟아버릴 수 없음을 깨달은 순간 간계를 사용하기 시작한 듯했다.

미궁이 일개 모험자로는 대적할 수 없는 심연을 드러냈다.

『으러러러러러어어어엉!』

여기에 결정타를 가하듯.

새로운 몬스터가 나타났다.

"『펠루다』?!"

비명에 가까운 목소리를 낸 사람은 류였다.

그 몬스터는 뱀처럼 생긴 가늘고 긴 몸에 네 개의 팔다리를 가졌다.

피부색은 으스스한 진녹색. 등에는 고슴도치를 방불케 하는 무수한 바늘이 달렸다. 언뜻 도마뱀처럼 보이지만 종족은 어엿한 『용종』이다.

『펠루다』라면 류 씨가 말했던──?!'

그녀가 『스파르토이』와 함께 꼽았던, 제37계층의 위험종.

놈이 가진 능력은──『맹독』.

"저 바늘을 맞아선 안 됩니다!!"

류의 온 힘을 다한 경고가 그 몬스터의 위협성을 말해주었다.

눈을 크게 뜨는 벨의 시선 너머에서 모두 세 마리 나타난 『펠루다』는 마치 힘을 모으는 것처럼 등에 돋아난 무수한 바늘을 진동시키고—— 한꺼번에 쏘아냈다.

"으윽?!"

탄막처럼 사출된 바늘의 난사. 벨은 류의 몸을 끌어안았다.

그리고 카이트 실드 같은 방패를 든 『스파르토이』에게 달려들었다.

몬스터의 검에 피부가 찢기는 것도 아랑곳 않고 방패 뒤로 피난했다.

그 직후 두두두두! 힘차게 바늘이 방패 표면에 박혔다.

한편 주위에서는 귀를 찢는 절규가 솟아났다.

『끄아아아아아아아아아아악?!』

『꿱, 꾸에엑——?!』

독침에 몸이 꿰뚫린 리저드맨이며 루 가루였다. 같은 몬스터의 공격을 받은 리저드맨들은 눈 깜짝할 사이에 쓰러져 피부를 시커멓게 변색시키며 경련을 되풀이하더니, 온몸의 구멍이란 구멍에서 피를 쏟아냈다. 흘러나온 피조차 시커먼 색으로 물들었다. 그 광경을 본 벨의 얼굴에서 핏기가 가셨다.

『펠루다』의 독침은 상급 모험자의 『내성』 어빌리티조차 쉽게 꿰뚫는다.

파괴력도 높아 바늘에 스치기만 해도 지옥 같은 고통과 각혈을 유발할 정도다. 치료하려면 반드시 상위의 해독마법 내지는 해독제가 필요하다. 장비도 제대로 갖추지 못한 벨과 류가 맞았다간 그것은 곧 『죽음』을 뜻한다.

"크윽?!"

잇달아 날아드는 독침의 비. 류는 카타나로 재빨리 『스파르토이』의 팔을 자르고, 벨은 놈의 손에서 대형 방패를 빼앗았다.

속사포와도 같이 쏟아지는 바늘은 몬스터의 포위망을 혼란에 빠뜨렸다. 벨과 류는 방패를 들고 거북처럼 몸을 웅크릴 수밖에 없었다. 한편 독침을 맞아도 움직일 수 있는 몬스터는 『옵시디언 솔저』와 『스파르토이』뿐. 숫자가 줄어든 몬스터의 무리도 관절이나 시커면 눈구멍을 바늘에 찔려 마음먹은 대로 벨과 류에게 다가오지 못했다.

두두두두! 무수한 바늘이 돋아난 방패에서 전해지는 진동.

류와 몸을 밀착시킨 벨은 이를 악물며 독침의 폭풍에 견뎌냈다.

『콰아아아아아아아아아아아아아!』

이윽고 이대로는 끝이 나지 않겠다고 조바심을 냈는지, 혹은 독침을 다 썼는지, 『펠루다』의 무리는 이번엔 브레스를 토했다.

『용종』답게 작열하는 숨결을 뿜어 주위를 불바다로 만들었다.

모험자도 『언데드』도 불길에 휩쓸린 가운데, 류가 파우치에 손을 집어넣었다.

"크라넬 씨, 이걸 쓰겠습니다!"

그녀가 꺼낸 것은『화염석』.

순식간에 형성된 불바다 속에 집어넣는다.

벨이 반사적으로 자세를 낮추고 방패를 든 두 손에 힘을 준 직후, 대폭발이 일어났다.

『～～～～～～～～～～～～～～～～～～～～～～～～～～
～～～～～～오오오?!』

폭탄이 작렬해 몬스터가 지르는 단말마의 비명이 울려 퍼졌다.

벨과 류가 방패와 함께 날아가버리는 가운데, 폭심지에 있던『스파르토이』도『옵시디언 솔저』도 박살이 났다. 폭염은 브레스를 토한 세 마리의『펠루다』까지도 휩쓸었다.

지면을 몇 번이고 굴러간 두 사람은 몸이 너덜너덜해지기는 했지만 천천히 일어났다.

"해치웠, 나요……?"

"……적어도 근처에 있는 몬스터는."

산산이 부서진 뼈 방패가 손 안에서 허물어지자 붉은 빛이 두 사람의 얼굴을 비추었다.

폭발로 발생한 크레이터에서는 아직도 꺼지지 않은 불길이 날뛰고 있었다.『드롭 아이템』으로 보이는 무수한 뼈와 흑요석 덩어리가 데굴데굴 굴러다녔다.

시야 너머에서 불에 타고 있는 세 마리의 용을 보며 벨은 겨우 숨을 돌리려 했다.

그 순간.

"━━으으윽?!"

퍼억.

둔중한 소리를 내며 벨의 왼쪽 어깨에서 긴 바늘이 돋아
났다.

곁에 있던 류와 함께 놀라 굳어버린 벨은 등 뒤를 돌아
보았다.

시야에 비친 것은, 도마뱀처럼 미궁 벽에 달라붙은『펠
루다』가 독침을 사출한 등에서 연기를 뿜고 있는 모습이
었다.

━━네 마리였어.

『펠루다』가 세 마리만이 아니었음을 알았을 때는 이미
한 발 늦었다.

"으으윽!!"

『꾸게엑?!』

경직에서 풀려난 류가 즉시 카타나를 투척했다.

직도에 표본처럼 벽에 꿰인『펠루다』는『마석』을 정확하
게 꿰뚫려 단번에 재가 되어 허물어졌다.

그와 거의 동시에 벨의 몸도 무릎부터 풀렸다.

"크라넬 씨?!"

류의 입술에서 터져나오는 비명. 그 목소리가 절망에 물
들었다는 사실을 벨도 알 수 있었다.

꿰뚫린 왼쪽 어깨가 독의 소용돌이에 일그러졌다. 압도

적인 속도로 온몸을 유린하고 온 내장을 썩히려 한다.

벨은 우연히 만났던 모험자들의 시신과 같은 말로를 걸으려 하고 있었다.

창백해진 류가 무릎을 꿇은 다음 순간—— 눈을 한껏 크게 뜬 벨은 힘차게 독침을 뽑아냈다.

"아니?!"

그리고 오른손에 든 나이프를 상처에 꽂았다.

독침에 뚫린 상처에 나이프를 꽂는 자해 행위. 눈앞에 있는 류는 벨의 제정신을 의심했으나—— 이내 하늘색 눈을 크게 떴다.

"나이프가 검게 물들다니…… 설마 『독』을?!"

류의 눈앞에서, 왼쪽 어깨에 박힌 휘백색 나이프는 검신을 시커멓게 물들이고 있었다.

벨프가 작성한 롱 나이프 《하쿠겐》.

귀중한 회복계 아이템을 만들 수 있다는 환수 『유니콘』의 외뿔은 모든 『독』을 없애준다. 그렇다면 같은 소재로 만든 《하쿠겐》에도 당연히 『해독효과』가 있을 것이다. 휘백색 나이프의 기원을 떠올린 벨은 얼른 칼날을 상처에 꽂았던 것이다.

실제로 유니콘의 뿔로 만들어진 나이프는 시커멓게 물들며 독소를 흡수했다.

검댕처럼 까만 입자가 검신의 중심에 모여들고, 이윽고 녹아드는 것처럼 정화되었다. 이에 따라 죽음으로 떠밀리려 하던 벨의 몸에서 고통이 파도처럼 물러났다.

이윽고 독소를 완전히 소멸시킨 나이프가 휘백색 빛을 되찾고 어둠 속에서 광택을 뿜었다.

"아……!"

푸슉, 소리를 내며 《하쿠겐》을 뽑은 벨은 힘없이 옆으로 쓰러졌다.

아연실색한 류가 내려다보는 가운데, 나이프를 쥔 오른손을 이마에 가져다댔다.

'아아, 벨프, 벨프……!!'

무기를 만들어준 파트너의 이름을 마음속으로 몇 번이고 불렀다.

청년이 지금 이 자리에 있었다면 끌어안고 싶었다. 형 같은 그의 품에 안겨 꼴사납게 울고 싶었다. 자신의 위기를 구해준 스미스 청년에게 벨은 목을 떨며 한없이 감사했다.

"……크라넬 씨, 치료를 하지요."

몸을 떠는 벨을 한동안 바라보던 류는 냉정하게 말했다.

독소는 없앴지만 피가 멈추지 않고 울컥울컥 솟아나는 왼쪽 어깨를 지혈하고 마지막 포션을 써야 한다. 여기서 쓰지 않으면 일어나지 못할 거라고 판단했다.

벨은 힘없이 앉아있던 자세에서 어깨를 손으로 누르며 필사적으로 호흡을 가다듬으려 했다.

다행히 몬스터의 조우는 끊어졌다. 타오르는 불바다가

주위를 지켜주는 가운데, 한동안 회복에 시간을 들일 수 있었다.

"……."

벨이 회복에 전념할 동안 류는 의식을 전환해야만 했다.

마지막 아이템을 써버린 지금, 다음 행동으로 나서야만 한다.

그녀는 허리에 꽂아놓았던 두루마리를 꺼냈다. 모험자들의 주검에서 받아온 맵이었다.

류와 벨이 지나온 경로를 추가로 표시하고 보완해 매핑하면서, 이제는 여백이 부족할 정도로 복잡한 미로가 그려졌다.

'벌써 몇 번이나 막다른 길에 부딪혔어……. 크라넬 씨의 체력 때문에라도, 당장 정규 루트를 찾지 못하면 위험해.'

벨의 용태를 곁눈질로 살피며 지도를 응시했다.

이 지도의 소유자들이 매핑을 해주었다지만 주위 일대 전체를 망라할 수 있었던 것은 아니다. 지도에 실리지 않은 새로운 갈림길을 만날 때마다 두 사람은 막다른 통로나 몬스터의 대군과 맞닥뜨렸으며, 어쩔 수 없이 돌아가야 했다.

'지나가지 못했던 갈림길까지 돌아가는 것은 거리를 보더라도 좋지 못한 생각이야. 남은 건 그들이 기록했던 루트뿐…….'

류의 손가락이 짚은 곳은, 자신의 것이 아닌 필적이 그린 길 너머.

선배들이 열어주었던 루트에 의존할 수밖에 없다.

'하지만 이 루트……. 왜 그들은 한번 돌아왔을까?'

모험자들의 사인은 『독』. 류도 벨과 마찬가지로 그렇게 판단했다.

남겨진 이 루트를 나아가는 도중, 모험자들은 『맹독』을 입어서 일단 이탈해 거점인 그 작은 룸까지 돌아갔다. 류는 이제까지 그렇게 생각했다.

하지만 가만히 생각해보면 부자연스러웠다.

『맹독』에 당해 해독할 방법이 없는 상급 모험자가, 정말로 의미도 없이 멀리 떨어진 거점까지 돌아가려 할까?

류라면 『전진』한다. 아이템이 없다면 『독』이 육체를 죽이는 시간과의 싸움이 되어, 돌아가는 행위는 퇴로를 차단하는 선택과 거의 같은 뜻이 된다. 구조대를 기대하지 못하는 상황이라면 더더욱.

이판사판으로 나머지 루트를 개척해 정규 루트를 찾아야 한다.

이 심층영역까지 도달했을 정도의 상급 모험자라면, 그런 『모험』에 도박을 해보지 않았을까?

'……아니면, 이 루트 너머에 그들이 포기할 수밖에 없었던 『무언가』가 있었을까……?'

고찰을 되풀이하는 류의 뇌리에 일말의 우려가 스치고

지나갔다.

"류 씨, 이제부터는……."

"……지도대로, 이 너머의 루트를 따라가겠습니다."

겨우 호흡이 가라앉아 고개를 든 벨에게 류는 짧게 대답했다.

원래 다른 선택의 여지는 존재하지 않았다.

벨을 부축하며 진행을 재개했다.

"……?"

한동안 나아갔을 때였다.

류와 벨이 나아가던 통로의 양상이 바뀌었다.

오르막만 있는 계단. 이제까지는 올라왔던 만큼 내려가던 상하의 움직임이 있었는데, 그것이 사라지고 하염없이 위로만 이어지는 단차를 몇 번이나 만났다. 제37계층이 다층구조를 띠었다지만 이 정도로 위로만 가야 하는 구조는 보기 드물다.

의아해하던 류는 시시각각『의심』에 사로잡히게 되었다.

'이 지형은…… 설마…….'

계단은 끊어지지 않았다. 위로, 위로.

마치 교수대로 올라가는 듯, 혹은 처형대로 인도당하는 듯하다.

『의심』은 강한『확신』으로 바뀌고 말았다.

『심층』에 떨어진 후로 이렇게나 많은 식은땀을 흘린 적이 없었다.

——이럴 수가.

던전은 어지간히 자신들을 없애버리고 싶은 모양이었다.

지금 자신들이 나아가는 루트—— 현재 위치를 깨달아버린 류는 너무나 큰 절망에 웃음을 터뜨리고 싶어졌다.

"류 씨?"

"……아니, 아무것도 아닙니다."

자신의 분위기를 알아차린 벨에게, 절망이 전해지지 않도록 노력했다.

지금의 류에게는 절망을 표정 속으로 감추는 것이 고작이었다.

"지금 우리의 현재 위치를 알았습니다."

"……! 정말요?!"

"예. 길을 따라 나아가십시오. 커다란 계단이 나올 겁니다."

사실만을 고했다.

이윽고 류의 말대로 우툴두툴한 단차를 가진 희뿌연 색의 큰 계단이 나타났다.

"이곳을 올라가, 『이 다음』 지대를 넘어가면…… 정규 루트가 나오지요."

류의 말을 들은 벨의 얼굴에 빛이 들었다.

갑자기 힘차게 계단을 올라가기 시작하는 소년에게, 류는 지시해야만 할 한 가지 선택지에는 입을 다물 수밖에 없었다.

벨은 생각해야만 한다.

아직 정규 루트에 도달하지 않았음에도 류가 어떻게 현재의 위치를 알아낼 수 있었는지를. 오라리오 전역에 필적하는 광대한 제37계층 내에서 무엇을 알아냈는지를.

그것은 다름이 아니라 미궁을 나아가는 데 중요한 포인트가—— 혹은 최대한 경계해야만 할 지대와 맞닥뜨려버렸기 때문이다.

반드시 피해가야만 할 『위험지대』로 류가 기억하고 있었다는 사실을 간파하지 못한 벨은 최후의 계단을 다 오른 순간, 몇 번째인지 모를 전율을 맛보게 되었다.

"——————."

그것은 특대의 룸이었다.

하지만 분명, 다른 지대와는 구조 그 자체가 달랐다.

우선 벨과 류가 있는 현재의 위치, 통로의 위치부터 룸의 바닥까지는 50M 정도 차이가 있었다. 까마득한 아래의 바닥에는 날카로운 바위 돌기가 빼곡하게 돋아나 있었다. 떨어지면 상급 모험자라 해도 죽음을 의미했다.

유일한 발판으로 걸려 있는 것은 벨 일행의 눈앞에서 뻗어나가는 장대한 다리.

그것이 어둠 너머, 공간의 중심에 놓인 거대한 『구조물』 아래까지 이어졌다.

그 『구조물』 가장자리에서는 몬스터로 보이는 여러 마리의 그림자가 일렁거렸다.

그리고 지금도 솟아나는 포효 속에는 이미 판별할 수 없을 정도의 『숫자』가 켜켜이 겹쳐져 있었다. 『절망』을 느낄 정도의 『물량』을 벨에게 알려주었다.

선 채로 굳어버린 그의 곁에서, 감정을 억누른 류가 말했다.

"『콜로세움』…… 몬스터를 무한히 낳는 살육의 공간입니다."

✦

『콜로세움』.

제37계층의 단 한 곳에서만 확인된 대형 공간.

대형 공간인 만큼 그 영역은 제37계층 내에서도 손꼽힐 만큼 규모가 어마어마하지만, 정확한 면적은 계측된 적이 없다. 너무나도 위험해 측량 자체를 포기했기 때문이다.

벨이 보고 느낀 대로라면 룸의 크기는 제25계층의 대공동과 같거나 그 이상인 것 같았다. 천장은 여전히 어둠에 잠겨 높이가 확실하지 않다. 공기의 흐름이 발생하고 있지만 바위 돌기가 돋아난 까마득한 아래의 바닥에서는 휘오오오, 하고 계곡 틈새에 부는 메마른 냉기의 소리가 울려퍼졌다. 압도적인 규모에 벨은 목을 떨었다.

특히 중요한 것은 광대한 룸 중앙에 떡하니 놓인 저 거대한『구조물』일 것이다.

그 형상은 오라리오에도 존재하는 어떤『시설』을 방불케 했다.

"암피테아트룸……?"

거대한 원형을 그리는 구조물은 바로 그것이었다.

뿌연 인광을 뿜어내 어둠 속에 두드러져 보였다.

눈앞에서 뻗어나가는 다리와 접속된 희뿌연 색의 덩어리에서는 아직도 몬스터의 것으로 여겨지는 포효가 연신 솟아났다.

"『콜로세움』이란, 정확하게는 이 영역이 아니라 룸 중심에 솟아난 저 구조물을 가리킵니다. 이름의 유래는…… 아무리 죽여도 몬스터가 끊이지 않는 특이성."

룸에 있는 몬스터들에게 들키지 않도록 바닥에 엎드리도록 지시를 받은 벨의 곁에서, 류가 같은 자세를 취하고 입을 열었다.

"이 공간에서는 몬스터의 수가 줄어든 순간 즉시 저『콜로세움』에서 태어납니다. 정해진 상한을 결코 줄이지 않지요. 다시 말해, 무한입니다."

"……!!"

"작게 응축된 던전 그 자체…… 이 공간을 그렇게 말할 수 있을지도 모르겠군요."

벨도 알고는 있었다.

일정한 수를 상한으로 삼아, 무한한 것처럼 몬스터가 솟아나는『그러한 영역』이『심층』에 있다는 사실은, 에이나와 공부하면서 배웠다.

하지만 현실에서 직접 맞닥뜨리고 류에게 그 사실을 들은 순간, 벨은 분명히 마음이 절망에 잠식당하는 것을 느꼈다. 그 사실이 얼마만한 의미를 가지는지, 상급 모험자가 된 소년은 이해하고 말았다.

인터벌이 빨라 연속전투를 강요하는『심층』에서도 몬스터와의 조우가 끊어지는 순간은 반드시 있다. 하지만 이『콜로세움』은 다르다. 보통의 룸이나 통로와는 달리, 쓰러뜨려도 쓰러뜨려도 한이 없다. 무한한 전투가, 모험자가 힘이 다해 쓰러질 그 순간까지 이어지는 것이다.

괴물을 낳고 또 낳는『무한의 잔』.

전율과 외경심을 담아 모험자들이 붙인『콜로세움』의 또 다른 이름이었다.

"제1급 모험자 파티조차 다가온 적이 없는…… 제37계층의 위험영역이, 이곳입니다."

그 말에 벨은 이번에야말로 입을 다물었다.

제1급 모험자—— 아이즈 같은 이들조차 발을 들일 수 없는 영역?

같은 계층에 잠든『계층 터주』와 같거나 혹은 그 이상의 위험도를 자랑하는 최대의 사지.

——이곳을 넘어가면 정규 루트로 나갈 수 있다.

벨은 조금 전에 류가 했던 그 말의 진의를 겨우 깨달았다.

『희망을 얻기 위해서는 심연과도 같은 이 절망을 넘어서야만 한다』.

땀샘이 왈칵 열렸다.

그와 함께 머리를 쥐어뜯고 싶은 충동이 솟아났다.

룸에서 숨이 끊어졌던 모험자들의 주검. 그들의 마음을 꺾었던 절망이 벨과 류의 앞에도 똑같이 밀려들었다. 시선을 떠는 벨의 입에서는 억제할 수 없는 호흡의 파편이 새나오고, 뺨에서는 무수한 땀방울이 흘러 떨어졌다.

"……."

류는 그런 벨의 옆얼굴을 훔쳐보고 있었다.

롱 케이프를 두른 엘프는 머리에 뒤집어쓴 후드 안에서 각오를 다진 듯 눈꼬리를 세웠다.

"『콜로세움』을 지날 수밖에 없습니다."

룸의 통로에서 잠시 물러난 후.

류는 딱 잘라 말했다.

"류 씨, 그건……!"

"애초에 이곳에서 물러난다는 선택지는 없었습니다. 우리에게는 그만한 힘도, 장비도 남아있지 않습니다."

장소는 『콜로세움』으로 이어지는 계단의 중간.

류는 시간을 아끼려는 듯 백팩에서 몇 개의 아이템을 꺼내, 벨 쪽으로는 눈도 돌리지 않고 바쁘게 손을 움직였다.

류가 했던 말은 사실이었다.

벨과 류에게, 이곳을 떠나 다른 루트를 탐색할 힘은 남아 있지 않다. 적어도 여기서 정규 루트에 도달하지 않는다면 제37계층 탈출은 지극히 비현실적이다.

살아남기 위해서는 눈앞을 가로막은 『콜로세움』을 넘을 수밖에 없다.

"여기가 고비…… 아니, 피할 수 없는 『모험』에 나설, 바로 그 순간입니다."

고개를 들고 지긋이 바라보는 하늘색 눈.

벨은 그 눈을 보며 목을 떨고는…… 고개를 끄덕였다.

땀이 치솟고 심장이 마구 뛰어댔지만, 자신을 구해준 류를 믿은 것이다.

벨이 보내는 전폭적인 신뢰에 류도 고개를 끄덕여 대답했다.

"하지만 어떻게 『콜로세움』을 넘나요? 쓰러뜨려도 무한히 나타나는 몬스터를 상대하다간……."

"당연히 전투는 모두 피할 것입니다. 몬스터에게 들키지 않도록 『은밀행동』을 하며 저 영역을 지나야 합니다."

그렇게 말하고, 류는 준비를 진행하던 손을 멈추었다.

두 손으로 펼친 물건은 새까만 한 장의 천이었다.

"이건……."

"예, 『스컬 쉽의 로브』를 꿰매 이은 것입니다."

놀라는 벨에게 류가 설명했다.

류는 이제까지 몬스터와 전투하면서 발생한 『드롭 아이

템』 중 몇 가지를 살펴보고 백팩에 모아두었다. 이 『스컬 쉽의 로브』도 그렇다.

예비 로브를 찢어 만든 실과 뼈바늘을 이용해 꿰매 로브 두 장을 하나로 이었다.

피복면적은 딱 두 사람이 들어갈 정도였다.

"……혹시 이걸 『은폐천』 대신 쓰는 건가요?"

계층 전체에 펼쳐진 어둠과 동화해 공격을 펼치는 『스 컬 쉽』.

그동안 두 사람을 괴롭혔던 『죽음의 은자』의 『은밀 특성』 을 이번에는 자신들이 흉내 내겠다는 것이다. 그 효과를 뼈저리게 맛보았던 벨이 보기에도, 이거라면 정말 몬스터 의 시각을 속일 수 있을지 모르겠다는 생각이 들었다.

"냄새를 지울 방법도 있습니다. 몬스터의 내장을 짓이겨 머리부터 뒤집어써야 합니다."

"욱……?!"

"마음은 이해하지만 참으십시오."

손에 든 자루를 든 류를 보며 벨은 자기도 모르게 코를 움켜쥐었다.

자루 바닥을 검붉은 색으로 물들인 것은 『바바리안의 심 장』을 비롯한 몬스터의 내장이었다. 원래는 강력한 흥분제 의 원료 같은 데에 쓰이는 『드롭 아이템』이지만, 가공 전의 실물은 엄중히 밀폐된 자루 너머로도 악취를 풍긴다. 몬스 터의 후각에 감지당하지 않기 위한 조치라고는 해도 견디기 힘들었다. 눈꼬리에는 눈물이 솟아났으며, 류의 얼굴에서도 가면 같은 표정이 사라지고 말았다.

그렇다고는 하지만 벨도 더할 나위 없는 작전이라는 생각이 들었다.

로브가 가진 『보호색』의 위력은 몸소 체험했다. 냄새도 지울 수 있다.

이제 소리에만 주의를 기울여 움직이면 몬스터의 지각 능력도 속일 수 있을 것이다.

"『콜로세움』에 도착한 덕에 현재의 위치를 파악할 수 있었습니다."

이어서 류는 맵을 꺼냈다.

"37계층에 하나뿐인 『콜로세움』은 제2원벽과 제3원벽의 사이, 『전사의 방』에 존재하지요. 그 중에서도 가장 동쪽의 에이리어입니다."

몬스터의 습격을 경계하며, 한쪽 무릎을 꿇은 벨의 앞에 지도를 펼쳤다. 『블러드 페더』로 적어넣은 정보는 『콜로세움』을 나타내는 커다란 사각형.

"『콜로세움』의 대형 공간에는 동서남북 네 곳의 출입구가 있습니다. 그 중 정규 루트로 이어지는 것은 남쪽 출구."

"그러면 남쪽으로 빠져나가기만 하면…… 아, 하지만 방위를 모르는데 어디가 남쪽인지……."

"룸 중심에 놓인 『콜로세움』의 북서쪽에만 복잡하고 울통불통한 모양의 기둥이 있습니다. 아까 모양을 보고 방위도 파악해두었습니다. 지금 우리가 있는 곳은 북쪽 입구…… 다시 말해 맞은편이 남쪽입니다."

『콜로세움』에서 조금 떨어진 곳에 기록된 정규 루트의 맞은편 공간 출입구에 벨과 류의 현재 위치가 추가되었다. 류는 기억 속에 있는『콜로세움』의 풍경과 자신의 머릿속에 잠들어있던 지식으로 지금의 상황과 나아가야 할 길을 논리정연하게 설명했다.

벨은 혀를 내둘렀다.

마음이 꺾여도 이상하지 않을 상황을 앞두고 차근차근 올바른 판단을 내리는 엘프의 이지적인 얼굴에 눈길을 빼앗기고 말았다.

"류 씨는…… 역시, 대단하네요."

갑자기 입술에서 그런 말이 불쑥 흘러나왔다.

"네……?"

"이런 상황에서도 냉정하게 생각하고 옳은 선택을 할 수 있다니…… 저는 도움만 받고 있는걸요. 류 씨가 없었다면 이『심층』에서 빠져나가기란 도저히…….

잠자코 듣던 류는 벨의 말에 한순간 양심의 가책을 받는 듯한 표정을 지었다.

여전히 미숙한 자신이 안타까웠던 벨은 그 표정을 미처 보지 못했다.

"……크라넬 씨. 지식을『지혜』로 바꾸십시오."

"지식을, 지혜로……?"

"예. 지식이 행동으로 이어져 응용하게 되면 더 많은 사람을 도와줄 수 있습니다. 더 강한 모험자가 될 수 있습니다."

잠시 후 류가 했던 말은, 마치 하늘색 눈에 비친 벨에게 과거의 자신을 겹쳐 보는 듯했다.

그것은 류에게 뿌리내린 가르침인 것 같기도 했다.

벨이 깊이 고개를 끄덕이자 류는 한순간 미소를 보였다.

"정규 루트의 모양, 그리고 매핑 방법은 기억하고 있습니까?"

"⋯⋯? 네, 정규 루트는 대형 통로, 옆길로만 새나가지 않으면 연결통로까지 도착할 수 있고⋯⋯ 매핑 방법은 열 걸음에서 스무 걸음으로 환산해서 기록해나가는 거⋯⋯."

벨은 류에게 전수받은 지식을 곱씹어보았다.

"좋습니다."

매핑도 벼락치기이기는 하지만 잠깐씩 쉴 때마다 배웠다.

만족스러운 표정으로 눈을 가늘게 뜬 류는 허리에 찬 파우치를 꺼냈다.

"『화염석』은 세 개가 남았습니다. 하나는 크라넬 씨가 가지고 계십시오.."

"네? 하지만⋯⋯."

"여기서부터는 무슨 일이 일어날지 알 수 없으니까요."

이제까지는 류가 후열에서 아이템을 관리하고 벨을 지

원해주었다. 그런데 이 타이밍에 분담을 하다니.

유사시에 대비해 위험성을 반감시키고 싶다, 어떤 상황에 빠져도 한쪽이 대처할 수 있도록. 류가 그렇게 타이르니 벨은 의아해하면서도 파우치를 받아들었다. 류가 딱히 잘못된 말을 하지는 않았으므로.

파우치 안에는 희미하게 붉은색으로 빛을 내는『화염석』외에도『콜로세움』과 남쪽 이후의 정규 루트가 기록된 지도도 들어 있었다.

"……."

벨은 가슴에 도사린『위화감』을 말로 표현할 수 없었다.

그런 그에게는 아랑곳 않고 류는 일어나 말했다.

"가지요."

『콜로세움』에는 네 개의 다리가 걸려 있다.

동서남북에서 뻗은 다리가 룸의 중심에 있는『콜로세움』과 이어져 마치 십자가 같은 형상을 그린다.

희뿌연 색의 돌로 지어진 다리의 폭은 6M 정도. 난간 같은 것은 물론 없다. 발을 잘못 디뎠다간 50M 아래의 지면에 곤두박질치게 된다.

즉사를 면할 수 없는 무수한 바위창 위로.

"윽……."

류와 몸을 맞대고 머리에 『스컬 쉽의 로브』를 뒤집어쓴 벨은 숨을 죽이고 다리 위를 지났다.

몬스터들이 있는 『콜로세움』에 도착한 후가 진짜다. 절대 태평한 마음가짐으로 있을 수는 없다. 이 공간에 침입자가 있다는 사실이 들통 난 순간, 벨과 류는 『끝장』인 것이다. 무한의 물량이 단 두 명의 모험자에게 쇄도한다. 긴장하지 않을 수가 없었다. 룸 바닥에 돋아난 암석의 돌기들이 올려다보는 가운데, 천천히 나아갔다.

눈 아래를 자세히 보니 돌기 사이를 꿈틀거리는 무수한 그림자가 존재했다.

『펠루다』였다. 도마뱀처럼 돌기에 달라붙어선 슈륵슈륵 소리를 내며 이동한다. 이래서는 로프를 써서 지면에 내려가 콜로세움을 우회하는 수단도 쓸 수 없을 것이다. 오히려 맹독에 당하고 불에 휩싸이는 지옥이 기다리고 있다.

돌기에 꿰뚫린 갑옷과 해골을 다리 밑의 광경 속에서 발견해버린 벨은 목을 꼴깍 울렸다.

룸 중심에 우뚝 솟은 『콜로세움』과는 달리 돌다리 위는 조용했다.

그리고 그 정적은 오히려 벨과 류를 위협하는 『독』이었다.

존재를 들키면 그 순간 끝장. 발소리는 물론 숨소리에도 세심한 주의를 기울여 슬금슬금 기어가듯 돌다리를 건넜다. 로브에 바늘로 무수한 구멍을 뚫어 앞을 볼 수 있게 해놓기는 했지만 좁은 시야는 두 사람의 신경을 압박했다. 느릿느릿한 속도와도 맞물려 영원히 끝나지 않는 행보에 몸을 맡겨야 하는 것은 아닐까, 그런 착각마저 들 것 같다.

벨의 떨리는 호흡이 류의 귀에 몇 번이나 와 닿았다.

류의 미지근한 숨결 또한 벨의 목덜미를 몇 번이고 건드렸다.

문득 작은 돌멩이가 후둑후둑 소리를 내며 다리에서 떨어졌다. 자연적으로 떨어져나간 파편이었다.

벨과 류는 얼어붙은 것처럼 발을 멈추고 숨을 죽였다.

돌다리 밑의 『펠루다』들에게 불온한 기척은 보이지 않는다.

문제없다.

감지당했다면 금세 요란한 포효가 정적을 깨고 죽음을 선고했을 것이다.

그러니 괜찮다.

아직 괜찮다.

아직, 우리의 목숨은 끝나지 않았다.

조각상처럼 굳어버렸던 다리를 그렇게 필사적으로 타이르며, 벨은 다시 나아가기 시작했다.

"저것이……『콜로세움』."

영원처럼 느껴졌던 다리를 넘어 바로 앞까지 다가온 백색 건조물을 보고 숨을 멈추었다.

위용과 박력을 갖춘 압도적인 질량의 덩어리. 한 치의

오차도 없는 원을 그리는 이 건조물의 직경은 마천루 바벨과 비슷할지도 모른다.

"……가시지요."

"……네."

류의 채근에, 남은 다리를 마저 건넜다.

벨과 류가 발을 디딘 곳은 돌다리와 접속된『콜로세움』의 바깥쪽.

그곳에 선 후에야 벨은 밖에서는 볼 수 없었던『콜로세움』의 구조를 볼 수 있었다.

우선 안쪽은 암피테아트룸과 마찬가지로 주발 같은 형태였다.

여섯 층의 광대한 플레이트가 단차를 두고 계단형으로 펼쳐져, 가장 밑바닥에는 필드가 존재했다. 암피테아트룸식으로 말하자면 계단이『관객석』, 필드가 검투사들이 싸우는『아레나』가 된다. 필드는『콜로세움』의 바깥쪽 바위창 바닥과 같은 높이였다.

"————으읔."

『콜로세움』의 구조를 인식한 것과 동시에.

눈 아래의『광경』을 본 벨은『콜로세움』이라는 이름이 어디에서 유래되었는지를 진정한 의미에서 이해했다.

『오오오오오오오오오오오오오오오오오오오오오오!』

『————————————아아!』

『콜로세움』내에는 구역질을 유발할 정도로 많은 몬스터

가 들끓었다.

하지만 그것이 아니다. 벨은 악몽 같은 괴물의 도가니를 보고 충격에 사로잡혔던 것이 아니었다.

몬스터들이, 서로 싸우고 있었다.

한시도 끊이지 않았던 분노의 포효를 지르며, 가차 없이, 동족을 물어뜯고 찢어발긴다.

"……이 영역의 몬스터는 침입자가 들어온 순간을 제외하면 매일 동족과 싸우고 또 싸운다고 들었습니다."

전율을 감추지 못하는 류의 속삭임니 벨의 귀를 그냥 지나갔다.

가장 밑바닥의 『아레나』에는 물론이고 『관객석』에 해당하는 플레이트 위에도 무수한 몬스터들이 존재했으며, 격렬하게 교전을 벌였다.

벨과 류의 근처, 5단째 플레이트에서 맞붙은 『리저드맨 엘리트』와 『스파르토이』의 무리. 해골 전사들이 도마뱀 전사들을 도태시키고 있었다.

대각선 너머에서는 『루 가루』의 머리를 쪼갠 『바바리안』이 포효를 터뜨렸다. 솟구치는 핏줄기에 젖은 그 개체의 체모는 곤두섰으며 뿔도 훨씬 굵고 강인해 분명히 『강화종』임을 알 수 있었다. 하지만 그런 대형급도 뒤에서 『스컬 쉽』의 대군에게 습격을 당해 단말마의 비명을 지르며 갈기갈기 찢겼다.

그리고 몬스터가 시체로 바뀔 때마다 『콜로세움』 곳곳에서 균열이 일어났다.

플레이트의 바닥에서, 『아레나』에 인접한 벽면에서, 종족이 서로 다른 몬스터들이 자리를 바꾸듯 태어났다. 숨이 끊어지자마자 탄생하는 몬스터의 순환은 그야말로 끊어지지 않는 『보충』이라는 표현이 어울렸다.

눈 아래에 펼쳐진 모든 광경이 이 영역의 특이성을 말해주고 있었다.

『콜로세움』이라는 위험성과 이단성을.

"……큭."

입을 손으로 막았다.

새나올 것 같은 동요와 열심히 싸워야 했다.

되풀이되는 영원한 삶과 죽음.

벨이 이제까지 본 것 중에서 가장 던전의 『신비』를 느꼈던 순간이었다.

아니, 재확인한 것인지도 모른다.

상상을 초월하고, 인간의 상식을 초월하는, 끔찍한 『초상의 힘』을.

"가시지요…… 넋을 놓고 있을 때가 아닙니다."

"……네."

소용돌이치는 열기가, 흉흉한 살의의 폭풍이 자신들에게 향한 순간, 반드시 죽는다. 그렇게 확신하기에 충분한 광경. 류의 속삭임에 벨은 간신히 고개를 끄덕였다.

눈 아래의 광경에서 간신히 눈을 떼어내고, 나아가기 시작했다.

벨과 류의 현재 위치는『콜로세움』의 북쪽 가장자리. 북쪽의 돌다리와 이어진 접속부분이다. 최상층이자 제일 가장자리인 제6층 플레이트였다.

이제부터 나아가야 할 곳은 반대쪽인『콜로세움』남쪽 끝. 일직선으로 나아가면 쉽겠지만, 지금도 몬스터들이 격렬하게 싸우는 필드를 가로지르는 것은 자살행위다. 따라서 이 제6층 플레이트를 따라 남쪽의 다리로 향한다.

벨과 류가 보기에 오른쪽,『콜로세움』의 북서쪽에는 사전에 류가 말했던 대로 여러 개의 우툴두툴한 기둥――거대한 바위 돌기가 우뚝 솟아나 있었다. 제일 가장자리에 해당하는 제6층 플레이트는 존재하지 않는다. 제3층 플레이트까지는 있지만 그곳까지 내려가면 아무리『은밀 상태』라 해도 몬스터에게 감지당할 것이다. 전투의 여파를 받아 로브가 날아가기라도 했다간 웃어넘길 수 없다.

따라서 진로는 북쪽에서 동쪽으로 나아가는 제6층 플레이트의 왼쪽 길.

'몬스터와 거리가 가까워……! 포효를 온몸에 뒤집어쓰는 것 같아!'

시큰거리는 긴장감은 여전했다. 아니, 몬스터들의 기척이 바로 근처까지 다가온 만큼 이곳이 생사의 경계라는 인식이 강했다. 인접한 제5층 플레이트에서 몬스터가 오갈 때마다 벨과 류는 완전히 걸음을 멈춰야만 했다.

다만, 다행이라고 해도 될지는 모르겠지만, 『콜로세움』에서는 악취도 풍기고 있었다.

동족간의 무제한 살육이 주위에 시체를 뿌려대고 그대로 방치되는 것이다. 『마석』을 잃어도 드롭 아이템──몬스터의 살점이 풍기는 자극적인 냄새가 광대한 공간 전체에 배어 있다. 벨을 비롯한 모험자의 냄새가 탄로 나는 일은 없을 것이다. 오히려 그 냄새를 견디기가 힘들 것 같았다.

──이 악취 속에는 죽은 모험자의 것도 섞여 있을까.

──우리도 몬스터에게 들켰다간 벽면을 더럽힌 저 피얼룩의 일부가 되고 마는 걸까.

벨은 솟아나는 의문에서 최선을 다해 눈을 돌렸다.

지금만은 자신과 류의 생존에만 집중해야 한다.

끊어지지 않는 몬스터들의 함성이 온 머리를 감싼 로브 너머에서도 벨과 류를 흔들어댔다.

'……던전은…… 무엇을 위해, 이런 공간을 만들었을까……?'

소리를 내지 않고, 극한상태의 『은밀 행동』을 이어나가며 벨은 생각했다.

길드의 기록에 따르면 이 『콜로세움』은 30년쯤 전에 갑자기 나타났다고 한다.

원래는 수많은 거대한 암반이 겹겹이 쌓여있을 뿐 그저 거대한 룸이었는데, 어느 샌가 이런 특수지형으로 변화했다는 사실이 모험자들의 보고에 따라 드러난 것이다.

무한의 잔. 무한의 투쟁. 시작과 끝이 같은 점에 있는 괴물의 윤회.

이 『콜로세움』은 침입자인 모험자들을 함정에 빠뜨려 죽이기 위한 던전 기믹일까?

혹은 몬스터들을 서로 죽이게 하기 위한 무대?

아니면 아무런 의지도 개입되지 않은, 단순한 우연의 산물?

만연한 어둠은 아무런 대답도 주지 않았다.

일개 모험자의 의문 따위 하잘것없다는 듯한 포효만이 들려올 뿐이었다.

"동쪽 다리⋯⋯."

이윽고 벨과 류의 왼쪽 전방에 뻗은 다리 기슭까지 도착했다.

두 사람이 건너왔던 북쪽 다리와 같은 구조의 돌다리가 룸의 벽면까지 이어져 있었다.

"류 씨⋯⋯ 이 동쪽 다리를 건너서 『콜로세움』을 나가면, 동쪽은 정규 루트하곤 이어져 있지 않나요? 만약 이어져 있다면 남쪽 다리까지 갈 것 없이⋯⋯."

"유감이지만 동쪽 출입구에서는 정규 루트로 나갈 수 없습니다. 남쪽과 서쪽은 『콜로세움』을 우회해 미궁이 이어져 있지만⋯⋯ 우리의 진로는 남쪽 말고는 없습니다."

극도의 긴장감을 견디지 못해 저도 모르게 희망을 품고

말해보았지만, 류에게 허무하게 부정당했다. 북서쪽에 솟은 거대한 기둥들만 없다면 서쪽 출구를 통해 『콜로세움』을 빠져나갈 수 있었다는 사실이 벨을 답답하게 만들었다.

어쨌거나 이제 겨우 절반을 왔다.

부채꼴을 그리며 동쪽에서 남쪽으로 가장자리를 따라 나아가면 목적지인 다리에 도달할 수 있다.

──그렇게 생각한 직후.

"……!!"

『루 가루』 두 마리가 벨과 류가 있는 제6층 플레이트로 뛰어나왔다.

거리가 가까웠다. 10M도 되지 않았다. 창졸간에 몸을 움츠린 벨과 류의 호흡이 멈추었다.

가슴속에서 심장 소리가 크게 뛰었다.

『으르르…….』

늑대머리 몬스터는 주위를 살피고 있었다.

발밑에 얼굴을 들이대고, 그러는가 싶으면 고개를 몇 번이고 꼬며 코를 연신 울려댔다.

아무래도 무언가의 『냄새』를 맡은 듯했다. 벨의 체온이 초조함에 타들어가듯 상승했다. 류가 낯을 찌푸리는 것을 알 수 있었다.

'가라, 가, 가……!'

어둠과 동화된 로브 밑에서 빌고 애원하고 기도했다.

그리고.

고개를 돌린 짐승의 눈과 로브 너머로 시선이 마주쳤다.

'_____.'

벨의 심장이 파열될 듯이 뛴 순간.

『……그르르.』

몬스터는 등을 돌리고 벨과 류에게서 멀어졌다.

5초, 10초가 지나도 더 이상은 돌아볼 기척이 없었다. 몬스터들은 류와 벨의『은밀 상태』를 간파하지 못했다. 완전히 위기를 모면한 것이다.

그 순간 한계까지 굳었던 근육이 풀렸다.

너무나 힘이 빠지는 바람에 숨소리가 크게 날 것 같아 류가 벨의 입을 손으로 막아주었다.

'벗어났다…….'

높아졌던 심장 소리가 원래의 율동으로 돌아왔다.

벨의 온몸을 안도감이 지배했다.

『키야아아아아아아아……!!』

그때.

벨과 류가 감지하지 못했던『콜로세움』어디선가 몬스터 한 마리가 숨이 끊어졌다.

『마석』까지 부서진 그 개체는 재로 변했다.

그와 자리를 바꾸듯, 당연하게도, 새로운 생명이 태어났다.

산성의 위치는, 인간들의 바로 아래였다.

"_____."

쩌적.

자신의 발밑에 내달린 균열을 보고 벨은 시간이 멈춘 것처럼 얼어붙었다.

류 또한 마찬가지였다.

그들의 반응을 용납하지 않고── 균열이 내달렸던 플레이트에서 백골의 팔이 튀어나왔다.

『으으으으으으으으으으으으으으으으!!』

벨의 발을 붙드는 다섯 개의 손가락뼈.

힘차게 바닥에서 온몸을 드러낸 백골 전사의 이름은『스파르토이』.

발목을 붙든 몬스터는 그대로 소년을 허공에 매달고는 그들이 뒤집어썼던『은폐천』을 벗겨냈다.

『콜로세움』곳곳에 있던 무수한 눈이, 괴물들의 살의가.

드러나버린 인간들에게 모여들었다.

"──으아아아아아아아아아아아아아아아?!"

공포 때문인지 무엇 때문인지 모를 고함을 지르며, 자신의 발목을 붙든 뼈 팔을《헤스티아 나이프》로 갈라버렸다.

벨이 지면에 떨어질 동안 류는 재빨리 어깨로 상대를 들이받아『스파르토이』를『콜로세움』밖으로 날려버렸다. 비명에 이어 무언가가 부서지는 소리가 들렸다.

하지만 이미 모든 것이 늦었다.

『으으

오오오오오오오오오오오오오오오오오오오오오오오오오오
오오오오오오오!!』

　룸 전체를 뒤흔들 정도의 거센 포효를 터뜨리며 몬스터
들이 벨과 류에게 향했다.

　"뛰어어어!!"

　앞뒤 가리지 않고 류가 고함을 지르고, 그와 동시에 벨
의 두 다리가 땅을 박찼다.

　류의 손을 잡고 온 힘을 다한 도주극에 몸을 던졌다.

　"헉, 헉, 허억?!"

　최악의 상황을 맞고 만 벨의 호흡이 거칠어졌다.

　손만은 절대 놓지 않겠노라고 꽉 움켜쥐며, 부채꼴을 그
리는 『콜로세움』의 남동쪽을 질주했다. 남은 활로를 돌파
하기 위해.

　끊임없는 몬스터의 포효가, 적의가, 살의가 벨의 옆얼굴
에, 류의 등에, 두 사람의 그림자를 붙잡으려 했다.

　견디지 못하고 뒤를 돌아본 벨은 뺨을 경련시켰다.

　인광을 받으며 꿈틀대는 헤아릴 수 없는 그림자, 몬스터
들의 윤곽이 마치 거대한 검은색 혜성이 된 것처럼 벨과
류에게 모여들고 있었다.

　비유가 아니라 정말로 『콜로세움』의 모든 몬스터가 두
사람을 표적으로 삼고 있었다.

　괴물들의 대군이 모험자들에게 쇄도했다.

　말려들었다가는 그 순간 뼈조차 남지 않을, 미친 듯이

날뛰는 급류였다.

『크아아아아아아아아아!』

『오오오오오오오오오!』

제5층, 제4층 플레이트에 있던 몬스터들이 도약하거나 벽을 기어올라 제6층 플레이트에 나타났다.

자신들의 앞을 가로막는, 몬스터라는 이름의 숲.

삼삼오오 자신들의 진로를 가로막고자 모여든다.

"비켜어어어어어어어어어어어어어어어어어어어어?!"

터져나온 벨의 고함은 비명 같기도, 애원 같기도 했다.

돌칼을 치켜들고 다가온 『리저드맨 엘리트』의 가슴에 《하쿠겐》을 꽂았다. 대량의 재가 허물어지기도 전에 달려든 세 마리의 『루 가루』에게는 골라이아스 머플러를 감은 왼팔을 휘둘렀다. 마구잡이로 휘두르는 철퇴와도 같은 주먹질에 발톱과 이빨이 부서진 몬스터들이 뒤로 날아갔다.

하지만 그런 벨을 비웃듯 『스파르토이』의 무리가 검과 창을 내질렀다.

"으윽……?!"

"싸우려 들지 마!! 진로만 확보해!!"

벨은 피부가 갈라져 뒤로 쓰러질 뻔했지만 여유가 없는 류는 아랑곳 않고 짐승처럼 몸을 앞으로 날리듯 달려나가 사브르를 번뜩였다. 부상을 입은 오른발을 감싸며 쓰러지듯 날린 일격은 지면을 스칠 듯이 날아가 『스파르토이』들의 다리뼈를 절단했다.

세 마리가 한데 겹쳐져 쓰러졌다. 눈을 크게 뜬 벨은 호흡을 딱 맞춰 그녀가 뻗은 손을 잡고 홱 잡아 끌어당긴 다음 그대로 질주했다.

부츠가 『스파르토이』의 머리를 밟아 부쉈지만 돌아보지도 않고, 속속 앞을 가로막는 몬스터의 벽에 왼팔을 내밀었다.

"【파이어볼트】!!"

아껴두었던 마인드마저 써가며 날린 4연발의 『속공 마법』이 적의 돌격을 밀어내는 가운데, 벨은 솟구치는 불바람에도 아랑곳 않고 류와 함께 뛰어들었다.

몬스터의 무리 속에 몸을 비집고 들어가 강행돌파. 괴로움에 몸부림치는 발톱이, 무턱대고 휘둘러대는 네이처 웨폰이 두 사람의 피부를 가르고 헤집고 상처 입혔다.

수많은 분노의 포효와 엇갈려 지나가며 몬스터의 숲을 빠져나간다. 무리를 이루지도 않고 끊임없이 덤벼드는 개체는 발로 걷어차거나 《모험자의 검》을 휘둘러 쳐내고 『콜로세움』 밖으로 날려 떨어뜨렸다.

등 뒤에서 밀려드는 노도와도 같은 적의 무리에게는, 따라잡혔음을 깨닫자마자——

"크라넬 씨!"

"!!"

류가 붉은 광채를 투척했다.

비장의 무기인『화염석』등 뒤로 호를 그리며 날아간 폭탄을 벨이 돌아서며 저격한다.

멋들어지게 착탄한 염뢰가 대폭발을 일으켰다.

『~~~~~~~~~~~~~~~~~~~~~~~~~~~아아아?!』

몬스터는 물론이고『콜로세움』가장자리까지 터뜨려버린 커다란 불꽃이 수많은 몬스터를 깊은 계곡으로 떨어뜨렸다. 후방의 제6층 플레이트 일부가 산사태처럼 굉음을 내며 무너져, 벨과 류는 아슬아슬하게 추격을 뿌리쳤다.

그러나——

『아아아아아아아아아아아아아아!』

두 사람이 몬스터를 쓰러뜨릴 때마다 새로운 몬스터가 태어났다.

제1급 모험자들에게도 두려움의 대상이 되는『콜로세움』의 진수. 멈추지 않는 출산. 벨과 류의 진로 앞에 몇 번이나 거미집 같은 균열이 발생해, 근소한 차이를 두고 통과하나 싶으면 몬스터가 뛰어들었다.

격파에 의미는 없다.

몬스터의 추격에는 끝이 오지 않는다.

'——틀렸어.'

제5층 플레이트를 뛰어넘어 바로 옆에서 덤벼드는 몬스터를 필사적으로 흘려보내며, 머리 한구석으로 이성이 냉혹하게 중얼거렸다. 끓어오르던 머리에 싸늘한 피가 흐른 순간 회색으로 물든 사고가 허덕였다.

지금도 손을 잡고 있는 류는 만족스럽게 달리지 못했다.

부상을 입은 그녀를 데리고 있는 이상 언젠가는 따라잡힌다.

게다가 만약 다리를 건너 밖으로 탈출한다 해도, 『콜로세움』의 몬스터들이 그곳까지 쫓아오면 끝장이다. 무한이라는 이름의 퍼레이드가 죽을 때까지 벨과 류를 쫓아온다.

틀렸어. 끝났어. 류 씨도 그랬잖아. 들켰다간 그 순간 끝장이라고.

이제 이 도주에 의미는 없다.

이제 살아남을 길은——

"——아직 멀었어!!"

약한 마음의 목소리를 밀쳐내듯 벨이 외쳤다.

이대로 자신이 혼신의 힘을 다해 전력으로 도망치면 된다.

남쪽 다리를 다 건넌 후 마법으로 다리를 끊어버리면 된다.

추격을 피할 방법은 얼마든지 있다. 아무리 불가능하다 해도 실현하고 말겠다. 황당무계하든, 망상이든, 어린아이의 생떼든 상관없다. 그렇게 하지 않고서는 벨과 류의 목숨은 사라져버릴 테니까.

"아직, 아직!"

고함을 지르며 류의 손을 놓고 전방을 가로막은 『바바리

『안』에게 달려들었다. 굵은 팔 밑을 빠져나가 한쪽 다리를 절단하고, 비명을 지르며 자세를 무너뜨리는 거구를 왼팔로 밀쳐내고, 그 뒤에 있던 『옵시디언 솔저』들을 해체해버렸다.

──그런 분전을 이어나가는 소년의 뒷모습을 보며, 류의 표정은 씁쓸함으로 물들었다.

『미래』를 하염없이 추구하는 루벨라이트색 눈과는 달리 하늘색 눈은 『현실』만을 노려보았다. 잔혹한 세계에서 눈을 돌리지 않고 냉혹한 선택을 내리려 했다.

소년이 모르는 곳에서, 『천칭』이 삐걱거리는 소리를 내고 있었다.

"허억, 허억……! 남쪽 다리……!!"

체력과 마인드, 그리고 많은 부상과 맞바꾸어 벨과 류는 마침내 『콜로세움』의 남쪽 끝에 도달했다.

남쪽을 향해 일직선으로 뻗어나가는 다리를 보며 벨은 희망을 얻으려 했으나.

『오오오오오오──────!』

"……?! 『콜로세움』 밖에서?!"

몇 겹으로 겹쳐진 포효를 들었는지, 정규 루트에 이어진 『콜로세움』의 출입구에서도 몬스터의 집단이 나타났다.

"그럴 수가……?!"

생각지도 못했던 협공.

지금도 다리를 건너 이쪽으로 달려오는 전방의 적, 후방에서 밀려오는 무한한 적. 이대로 돌다리에 돌입해봤자 앞뒤의 파도에 끼어버릴 것은 분명했다. 설령 지금부터 차지를 시작해 전방의 몬스터를 향해 【파이어볼트】를 날린다 해도 모조리 없앨 수 있는 숫자는 아니었다.

다리를 다 건너기 전에, 다리를 끊기 전에 앞뒤로 휩쓸리고 만다.

그리고 도망칠 곳이 없는 다리 위에서 협공을 당한다는 것은 확실한 죽음을 뜻한다.

벨의 얼굴이 초조함으로 타올랐다.

"…………"

그러므로 벨은 깨닫지 못했다.

자신의 바로 뒤에서, 류의 눈빛이 먼 곳을 향했던 것을.

『천칭』이 천천히 기울어졌음을.

"——크라넬 씨! 다리로 들어가십시오!"

"네?!"

"전방의 적을 섬멸하십시오! 후방의 적은 제 『마법』으로 어떻게든 해보겠습니다!"

갑자기 터져나온 류의 지시에 벨은 귀를 의심했다.

실제로 협공당할 때는 두 사람이 앞뒤의 적에게 대처할 수밖에 없다. 하지만 이 경우 류는 가장 위험한 최후방을 맡아야 한다. 무한한 적에게 맞서겠다면 차라리 아직 움직일 수 있는 벨이 맡는 편이 생환할 가능성이 높다.

벨은 얼른 이의를 제기하려 했으나,

"【지금은 머나먼 숲의 하늘. 무궁한 밤하늘에 뿌려진 무한한 별빛】——."

류가 시작한 영창에 차단당하고 말았다.

고속영창에 집중하기 위해 멈춰선 류의 행동은 바꿀 수가 없다. 그것은 치명적인 시간 손실로 이어진다.

이 시점에서 벨의 선택지는 앞의 적에게 맞서는 것만이 남았다.

"큭……?! 금방 돌아올게요!"

홍수처럼 밀려드는 몬스터의 대군, 그리고 이쪽에 등을 돌린 류를 한 번 쳐다본 벨은 남쪽 다리로 나아갔다.

다리의 연결부분에 류를 남기고, 돌진하는 몬스터의 덩어리와 부딪쳤다.

"아아아아아아아아아아아아아아아아아아아아아아아아!"

혼신의 힘으로 몬스터들을 물리친다.

류에게 배운 대로 몇 번이고 『마석』에 일격필살을 펼치고, 다리 기술까지 섞어 돌다리 아래로 걷어차 떨어뜨린다. 『마법』도 망설임 없이 사용하며 그저 하염없이 날뛰었다.

"【어리석은 나의 목소리에 호응하여, 이 자리에 한 차례 유성의 가호를. 그대를 버린 자에게 빛의 자비를】."

속공 영창을 등으로 들었다.

바람처럼 빠른 노래를. 『위력』을 도외시한 선율을.

"【오라, 방랑하는 바람, 유랑하는 나그네. 하늘을 건너

황야를 달려, 무엇보다도 빠르게 달려라】."

울려 퍼지는 충격, 귀를 찢는 굉음.

『펠루다』가 토한 브레스를 불씨 삼아 마지막 『화염석』을 쓴 것이리라. 몰려들던 몬스터의 홍수를 밀어낸 것이다. 어쩌면 폭발의 연기 속에 몸을 숨겨 몬스터의 손아귀에서 벗어났는지도 모른다. 어쨌거나 교묘한 활약을 펼치고 있을 것이 분명했다.

역시 류 씨. 역시【질풍】이야.

나는 생각도 못할 백전연마의 전술로 사지를 열어주고 있어.

류 씨를 믿으면 어떤 위기도 벗어날 수 있어. 이『심층』에서도 탈출할 수 있어.

그녀만 믿으면.

"【별빛을 담아 적을 쳐라――】."

『마법』의 완성을 알리는 마지막 영창문.

다리 위에 있는 몬스터는 아직도 많아 길을 확보할 수 없었지만, 류를 데리러 가야만 하는 타이밍이었다. 그렇지 않으면 늦는다.

벨은 답답해하면서도 다리의 중간지점에서 돌아가려 했다.

돌아가기 위해, 돌아섰다.

"――――――――."

그리고 하늘색 눈과 눈이 마주쳐, 머릿속이 굳어버렸다.

자신과 마주보고 있던 류를 보고 시간이 얼어붙어버렸다.

류는 교묘히 싸우고 있지 않았다.

류는 최소한의 공방만을 펼칠 뿐이라 온몸이 상처투성이였다.

그녀는 지금, 막아야 할 몬스터에게 등을 돌리고 있었다.

그녀는 이때 발동할 『마법』의 포구를 어째서인지 다리 쪽으로 겨누고 있었다.

몸이 너덜너덜해져, 날개가 꺾여버린 요정은, 벨에게 웃고 있었다.

——뭐 하는 거예요?!

벨의 목에서 그 목소리가 터져나오기도 전에.

류는 이제까지 들어본 적이 없는 부드러운 음성으로 『마법』을 자아냈다.

"【루미노스 윈드】."

바람을 두른 빛의 덩어리가 류의 등 뒤에서 나타나 사출되었다.

먼저 날아온 광탄 하나가 아래에서 위로 떠올리듯, 빳빳이 선 벨의 갑옷에 부딪쳤다.

충격에 신음하기도 전에 느꼈던 것은 몸을 감싸는 듯한 바람이었다.

빛의 덩어리가 두른 바람이 벨의 발을 다리에서 띄우고 솟구치게 했다.

몬스터들이 올려다보는 가운데, 호를 그리며 후방으로, 다리 저편으로 날아갔다.

다시 말해『콜로세움』의 밖으로.

"————."

이어서 별빛의 마법이 쏟아진 곳은, 다리.

남은 광탄이 몇 연발이나 터져, 연기를 뿜으며 돌다리를 파괴했다. 무너져가는 다리 위에 있던 나머지 몬스터들은 계곡 밑바닥으로 추락했다.

허공에 뜬 벨은 모두 보았다.

눈을 크게 뜬 채, 닿지 않는 오른팔을 뻗었다.

희망의 다리를 무너뜨린 채 절망의 기슭에 남아있던 엘프에게.

"——류 씨이——?!"

지면에 등이 격돌한 순간, 멈췄던 시간이 깨져나갔다.

『콜로세움』밖, 통로 입구까지 날아간 벨은 그녀를 불렀다. 몸을 붙들고 몇 번이나 기침을 하며 이름을 불렀다.

——왜! 어째서! 이런 짓을!!

벨의 격정이, 비분이, 언어의 형태도 갖추지 못하고 가슴속에서 날뛰는 가운데 그녀는 입을 열었다.

"이러면 되는 겁니다……."

닿을 리 없는 목소리 대신 입술의 움직임이 그렇게 말하고 있었다.

벨은 이해하고 말았다.

류는『선택』한 것이다.

아무런 타개책도 없이 사지를 돌파하고자 했던 벨과는 달리, 냉정하게 현실을 바라보며.

어떻게 발버둥쳐도 함께 죽을 수밖에 없는 상황에서, 자신을 버리며.

벨을 살리기 위해.

"싫어, 싫어!!"

스스로를 저버린 류에게 어린아이처럼 울부짖었다.

어머니처럼, 누나처럼 자신을 지켜주었던 그녀의 손에 고함을 질렀다.

하지만 아무리 발버둥을 쳐도 류에게 가기 위한 다리는 이제 없었다. 아무리 도움닫기를 해도 그녀가 있는 맞은편 기슭까지는 닿지 않았다.

"세요……."

마지막으로 그 목소리가 들렸다.

가세요? 살아남으세요?

벨이 살기를 바라는 하늘색 눈이 마지막까지 자신을 바라보고 있었다.

곧 밀려드는 몬스터의 그림자를 짊어진 그녀의 모습은 치솟는 연기 너머로 사라졌다.

"──으아아아아아아아아아아아아아아아아아아아아아

아아아아아!!"

　몸을 에는 듯한 통곡을 터뜨리며, 벨은 『콜로세움』에 등을 돌리고 달려나갔다.

　"그러면 돼⋯⋯."

　멀어져가는 소년의 고함을 들으며 류는 눈을 가늘게 떴다.

　역시 던전은 류와 벨에게 『선택』을 들이댔다.

　희생을 치르지 않으면 모든 것을 잃고 마는 『국면』을, 기로를.

　그렇기에 류는 결단했다.

　자신을 버리고, 벨을 구하기 위한 선택을.

　벨의 신뢰를 역이용해서.

　자신의 지시를 의심하지 않고 맹목적으로 믿어준 소년의 순수한 마음을 이용한 것이다.

　원래부터 각오한 바였다. 미련은 없다.

　다만 죄책감은 있었다. 소년을 속여버린 것, 그것만이 그저 가슴 아팠다.

　'지도도, 도구도 넘겨주었지⋯⋯. 가르칠 수 있는 것들은 모두 가르쳤어⋯⋯. 이젠 내가 없어도, 아니, 나 같은 짐만 사라지면 그는 『심층』에서 탈출할 수 있을 거야⋯⋯.'

　류는 이 행동이 소년을 괴롭게 만들 것을 이해했다.

그래도 소년이 살기를 바랐다.

『죄』를 짊어진 자신보다 훨씬 더.

『오오오오오오오오오오오오오오오오오오오오!』

감상에 젖을 틈도 주지 않고 등 뒤에서 몬스터들의 고함
이 밀려들었다.

벨은 이미 피신시켰다. 『콜로세움』에서는 아무리 몬스
터를 죽여봤자 부활한다. 류에게는 이제 싸울 의미가 없
었다.

하지만 류는 마지막까지 저항하기로 했다.

일개 모험자로서, 그냥 목숨을 내주지는 않겠노라고.

"게다가…… 마지막까지 괴로워하지 않는다면 알리제와
동료들에게 면목이 없으니까."

다리가 사라진 제6층 플레이트의 접속부, 『콜로세움』의
남쪽 끝에서 눈앞까지 밀려든 몬스터들을 돌아보며, 다리
를 구부리고 박찼다.

부상을 입은 오른발을 감싸는 불완전한 도약. 하지만 충
분한 고도. 일제히 달려들었던 일부 몬스터가 낭떠러지 아
래로 추락하는 가운데 수많은 눈이 머리 위를 나는 류를
올려다보았다.

제5층 플레이트에 착지한다. 실패. 쓰러진 류를 즉시 뒤
덮는 그림자.

수직으로 꽂히는 『스파르토이』의 곤봉.

몸을 굴려 이를 피하고 손을 뿌리치며 일어났다.

『콜로세움』내부에 떨어진 류를 몬스터의 무리는 여전히 거대한 뱀처럼 대열을 지어 쫓아왔다. 그것은 가엾은 한 마리의 제물을 가둬놓은 괴물의 소용돌이이기도 했다.

덤벼드는 『루 가루』를 모험자의 시신에서 가져온 카타나로 베어버렸다.

배를 가르기는 했지만 마침내 검신이 부러졌다. 이제까지의 조력에 감사를 표하며 손에서 놓았다.

새로운 적이 왔다. 그야말로 가차 없다. 견디지 못하고 4층으로 피난. 그곳에도 도망칠 곳이 없어 포위되었다. 『마법』을 사용할 만한 마인드조차 남지 않아 『리저드맨 엘리트』의 육탄공격을 받았다.

그리고 3층으로 떨어져, 그곳에 기다리고 있던 한 마리의 『바바리안』에게 공격을 받았다.

"커억——?!"

통나무처럼 굵은 다리에 걷어차여 류의 몸은 허공으로.

그대로 단숨에 『콜로세움』의 중심지이자 가장 밑바닥인 원형 필드까지 떨어졌다.

등을 강타당해 폐에서 공기가 뽑혀나온 류는 갓난아기처럼 몸을 둥글게 말고 괴로워했다.

그런 그녀를 몬스터들이 자비 없이 에워쌌다.

그것은 절망적인 광경이었다. 몇 겹으로 겹쳐진 두터운 포위망. 수만의 군세가 상처투성이 적장을 궁지에 몰아붙인 것과도 같이. 극상의 수급을 거두기 위해 수많은 이빨과 발톱이 으르렁거리는 소리를 냈다. 만약 같은 모험자가 밖에서 이 광경을 목격했다면 즉시 포기하고 이탈했을 것이다.

날개가 뜯긴 요정에게 몬스터들은 흥분을 감추려고도 하지 않았다.

앞을 다투어 물어뜯으려다, 다른 동족을 밀어 넘어뜨리고, 피와 비명이 솟는 내부 분열이 일어났다.

하지만 그것조차도 사소한 일이었다. 포위망은 점점 좁아져 당장이라도 류의 몸을 유린하려 했다.

"……아아…… 이곳이…….."

이곳이 내가 죽을 곳.

류는 이번에야말로 깨달았다.

아쉬움은 있다. 이런 몬스터들의 소굴에서 죽고 싶지 않다고 엘프의 긍지가 외친다. 자긍심도 주검도 남기지 못하고 괴물들에게 치욕스럽게 죽고 싶지는 않다고.

하지만 소중한 존재는 살렸다.

모험자 선배로서, 최후에 자신의 역할을 다했다.

그렇다면 된 것 아닌가. 그렇지?

얄팍하고도 숭고한 자기희생을 거쳐 그를 구했으니까.

무엇과도 바꿀 수 없는 존재를 잃지 않았으니까.

그렇게 속삭여주자 마음속이 뜨거워졌다. 성가신 엘프의 긍지도 만족한 듯했다.

류는 덧없는 웃음을 지었다.

'시르…… 모두들.'

뇌리에 떠오르는 『풍요의 여주인』의 풍경.

보금자리를 마련해주었는데도 멋대로 떠나온 불의를 사과했다.

──미안합니다. 기껏 구해준 목숨을 이렇게 버려서.

'아스트레아 님…….'

아직 살아있는, 한때의 주신이었던 이를 떠올리자 마음이 시큰거렸다.

이제는 기억도 나지 않는 그녀의 눈빛에, 슬픈 목소리에 고개를 숙였다.

──죄송합니다. 마지막까지 당신의 이름을 더럽히는 권속이어서.

'알리제…….'

그리고 고대하던 재회.

마음속 가장 깊은 곳에서 늘 바라던 단죄의 순간이, 속죄의 순간이 마침내 찾아온다.

──부디, 부디 나를 심판해줘.

밀려드는 몬스터의 포위망에도 아랑곳 않고 류는 뺨을 지면에 댄 채 웃었다.

죽음을 각오하고 언젠가 어느 뒷골목에서 그랬듯.

최후의 순간을 맞이하고자, 천천히 눈을 감으려 했다.

하지만── 류는 잘못 생각했다.

잠시 잊고 말았다.

자신이 밀쳐냈던 생명이 어떤 『존재』였는지를.

　달려나가는 그 하얀 머리카락이, 몇 번을 속더라도, 몇 번을 상처 입더라도, 사람만이 아니라 괴물까지도 구해버리는 『착해빠진 인간』이었음을.

　불굴이 깃든 그 루벨라이트색 눈동자가, 누군가를 저버리거나 포기하지 못해, 선택의 천칭을 부수고 마는 『어리석은 이』였음을.

　복수를 완수한 후, 회색 머리카락의 소녀가 류를 구해주었던 그때와 마찬가지로.

　그녀의 손을 잡을 수 있는 사람이 그런 최후를 용납할 리가 없다는 사실을.

　"아아아아아아아아아아아아아아아아아아아아아아아아아아아아아아아!!"

　다음 순간, 『콜로세움』에 염뢰가 솟구쳤다.

　"————."

　불꽃의 굉음이 쩌렁쩌렁 울려 퍼지고, 솟구친 불똥이 원형 필드 중앙에 쓰러져 있는 류의 곁까지 떨어졌다.

　경악하는 몬스터들의 기척. 크게 뜨인 류의 눈은 그쪽으로 빨려 들어갔다.

　그리고 보인 것은 새하얀 불꽃.

　【가혹】 속에서 소용돌이치는 새하얀 불꽃.

백발을 이리저리 출렁이며, 불꽃의 파편을 두른 채, 한 소년이 몬스터의 무리 앞에 나타나고 있었다.

"류 씨이이이이이이이이이이이이이이이이이이이이이이이이이이이이이이이이!!"

『콜로세움』의 가장자리, 제6층 플레이트.

허를 찔려 혼란에 빠진 몬스터를 날려버리며 벨은 돌진했다.

괴물의 포위망 한쪽, 까마득한 아래쪽에 쓰러져 있는 류를 향해, 똑바로.

"……왜."

처음에는 무슨 일이 일어났는지 이해하지 못했다.

하지만 혼란과 노성이 교차하는 몬스터의 벽 너머, 소년의 눈과 눈이 마주친 순간, 목이 터져라 소리를 지르고 있었다.

"왜?! 어떻게?!"

지금의 류에게는 악몽 같은 광경을 보고, 떨리는 손을 짚으며 고개를 들었다.

류의 마음속에선 온갖 감정과 의문이 엉망진창으로 뒤섞였다.

분명 벨은 남쪽 통로를 통해 『콜로세움』을 떠났을 텐데. 그런데 어떻게 여기 있지? 어떻게 이곳에 도착할 수 있었지? 다리도 이미 무너졌는데. 상급 모험자라 해도 뛰어넘을 수 있는 거리가 아닌데. 5분도 지나지 않아 돌아오다니——

그런 의문의 목소리에 휩쓸리던 류는 문득 깨닫고 아연실색했다.

"설마—— 서쪽 다리로?"

룸 남쪽의 출구에서 달려나간 벨은 류의 구출을 포기하지 않았다.

그녀를 구하기 위해『콜로세움』과 이어진 서쪽 출입구로 돌아온 것이다.

네 개 있는 출입구의 위치상『콜로세움』부근의 지형은 모두 위로 올라가는 계단. 자세한 길을 모르더라도 그저 위로 올라가는 루트만 선택하면 된다. 이 에이리어 특유의 지형이『콜로세움』까지 인도해준 것이다. 그리고『콜로세움』과 남쪽 입구와 서쪽 입구는 미궁구역을 경유해 이어져 있다. 모두 벨이 사전에 입수한 지식이었다.

류가『심층』탈출을 위해 가르쳐준 조언을, 그녀를 구하기 위해 사용했다.

"바보같이…… 바보같이!!"

제5층, 제4층, 멈추지 않고 제3층 플레이트까지 접어들며『콜로세움』을 똑바로 가로지르는 소년은 류의 마음 따위 무시하고 다가왔다.

——왜! 어째서! 이런 짓을!!

이번에는 류가 격정에 사로잡힐 차례였다.

왜 자신의 바람을 헛되이 하는가. 왜 류의 말을 들어주질 않는가.

이대로는 둘 다 죽는다. 개죽음이다.

당신만은, 살았으면 했는데.

『워어어어어어어어어!』

"윽——!"

류에게 일직선으로 향하고자 달려오는 벨의 몸을 『스파르토이』와 『바바리안』이 옆에서 타격했다. 흰 머리카락이 피를 토하고 다리가 헛발을 디뎠다.

막무가내의 돌격으로 벨의 몸은 순식간에 너덜너덜해졌다.

피에 젖은 몸. 나이프도 장비하지 않은 채여서 몬스터에게 당장이라도 목숨을 잃을 지경이다. 이제는 부서져가는 인형 같았다.

이제 됐습니다. 도망치세요. 지금이라도.

입술이 비통한 외침을 터뜨리려 하지만 이미 늦었다.

솟구치는 피도, 흉악한 몬스터의 벽도, 소년은 완전히 무시한 채 마침내 류가 있는 원형 필드에 내려서고 말았다.

"————————————

————아아아!!"

이제는 의미도 없는 피의 포효를 터뜨리며 소년의 몸이 약진했다.

짐승처럼 땅을 기어 몬스터들의 발치를, 공격당할 것 같으면 즉시 땅을 박차 머리 위를, 빠져나갈 틈도 없는 철벽이 가로막으면 염뢰로 구멍을 뚫고.

제대로 싸우려 하지도 않았다. 몬스터들의 노성도, 자신의 몸을 깎는 발톱과 이빨도 모두 무시하고 포위망의 중심에 있는 류를 향해 돌진했다.

괴물의 벽을 가르고, 자기 자신을 쐐기 삼아, 한 줄기 흰 불꽃이 되어.

──이젠 무리야. 이젠 소용없어. 이젠 의미 따위 없어.

벨이 류에게 도달한다 해도 이 무한의 감옥에서 탈출할 방법은 없다. 영웅담의 일막처럼 남자가 여자에게 도달해 봤자 그 후에 기다리는 것은 포식이라는 이름의 능욕이다. 벨과 류는 마지막 말을 나눌 틈도 없이 비참하게 살점을 뿌릴 것이다. 이제 류의 바람은 재가 되고 만 것이다.

끔찍한 배신. 끔찍한 자기만족. 이 얼마나 잔혹한 다정함이란 말인가.

자신의 가슴속을 오가는 감정을 제어하지 못한 채 류는 고함을 지르려 했다.

그렇게 지극히 어리석은 용기를 있는 힘껏 매도하려 했다.

"────."

그러나 그때 문득 깨닫고 말았다.

벨의 오른손이 뿜어내는 희미한 빛을.

종소리와 함께 수렴되는 백광의 입자를.

손에 꽉 쥔, 빛의 입자를 모으고 있는 새빨간 홍옥을.

그 루벨라이트색 눈빛이 아무것도 단념하지 않았음을.

'설마——.'

나이프도 장비하지 않은 오른손이 쥐고 있던 것은, 『폭탄』.

류가 소년에게 맡겼던 마지막 『화염석』.

벨은 그 『화염석』에 차지를 감행하고 있었다.

그것은 『지혜』였다. 류의 조언을 받아들여 자신의 지식을 『이판사판의 도박』으로 연결시킨 벨의 『지혜』.

오래 전부터 거듭했던 스킬 【아르고노트】의 검증. 차지의 최대 지속시간은 4분. 두 곳에 차지하는 것은 불가능. 효과는 공격에 관한 액션뿐. 그리고 차지는 마법에도 자신의 주먹에도, 나이프를 비롯한 『무기』도 대상으로 삼을 수 있다.

대검이나 《헤스티아 나이프》 등, 장비한 『무기』에 차지하는 모습은 이제까지 전투하면서도 몇 번이나 시험했다. 자신의 손이 닿기만 하면 『무기 위력』의 부스트가 가능함을 벨은 알고 있었다.

그렇기에 손이 꽉 쥐고 있는 『화염석』에도 【스킬】의 힘은 담을 수 있다.

원래부터 처절한 폭염을 발생시키는 드롭 아이템에, 차지를 집행할 수 있다.

한 엘프를 구하기 위해, 이판사판의 『모험』을 저지를 수 있다.

"아아아아아아아아아아아아아아아아아아아아아아아아

아아아아아아아아아아!!"

특대의 『폭탄』을 든 피에 젖은 토끼는 포효와 함께 몬스터들의 벽을 강행돌파했다.

『콜로세움』 남쪽 통로에서 서쪽으로 우회하며, 이제까지의 포위망을 돌파하는 약 5분의 행보 동안 행해진 『병행 차지』.

울려 퍼지는 종소리── 경과시간은 이미 240초.

풀 차지.

흰 입자의 무리가 집속된 홍옥이, 으르렁거리듯 안쪽부터 둔중한 광채를 뿜어냈다.

그리고.

"류 씨이!!"

빠져나왔다.

몸을 버린 돌격, 피와 상처를 대가로 삼은 혼신의 주파로, 몬스터들의 벽을.

달려나가는 곳은 원형 필드의 중심지.

인광에 비친 요정이 쓰러진 장소.

머플러를 감은 왼팔이 뻗어나왔다.

가혹한 『현실』에 저항하는 소년의 손이 류에게 뻗어나왔다.

"─────."

시간이 얼어붙었던 류의 뇌리를 추억의 단편이 가로질렀다.

전우와 논쟁하던 『정의』의 보금자리.

『이상』이라고 잘못 생각했던『정의의 의미』.

어느 샌가 지금의 류는 진정한 의미에서 좇을 수 없게 되었던『한결같은 이상』.

『……만약,『이상』을 이뤄버린 사람이 있다면?』

언젠가의 기억.

언젠가의 물음.

『몰라?』

그때, 그녀는.

무엇과도 바꿀 수 없는 벗은, 분명히 말했다.

『그런 사람을 말야──『영웅』이라고 하는 거야.』

눈앞에 뻗어나온 소년의 손에, 류는 자신의 손을 겹치고 있었다.

"우우우!!"

품에 안겼다.

소년의 가슴 속으로, 괴물의 포효가 모이는 무한한 감옥의 중심으로.

사방에서 밀려드는 몬스터들, 사라진 도주로, 류와 벨의 눈앞까지 밀려오는 발톱과 이빨.

시간의 흐름이 한계까지 늘어나는 가운데, 소년의 손에서 임계를 고하는 종소리가 울렸다.

다음 순간, 투척.

머리 위, 『콜로세움』의 중심으로 날아오르는 홍옥.

보옥과 분간이 가지 않는 그것을, 모든 몬스터가 반사적으로 올려다보았다.

——스킬 【아르고노트】의 성질상, 벨의 손에서 떠난 『무기』는 눈 깜짝할 사이에 차지의 효력을 잃고, 한껏 담아놓았던 빛의 입자를 확산시키며 무산되고 만다.

그러나 그에게는 그 한순간을 따라잡을 『도화선』이 있었다.

"【파이어볼트】."

터져나오는 『속공마법』.

빛의 입자가 무산되도록 내버려두지 않는 염뢰가 홍옥을 향해 달려나갔다.

순식간에—— 착탄.

류는 보았다.

부풀어오르는 폭염을.

이 『콜로세움』에서 몇 번이고 솟아났던 붉은색 화염이 아닌, 아름다운 흰색 섬광을.

모든 것을 날려버리는 『순백의 극광』을.

머리 위를 올려다보던 몬스터들도, 크게 뜨인 류의 눈도, 『콜로세움』조차도 무시무시한 광채에 휩싸였다.

하얀 태양과 분간이 가지 않는 광채가, 작렬했다.

『────────────────────

──────────────?!?!?!』

모든 것을 집어삼키는 화이트 플레어.

괭음 속에 스러져가는 몬스터의 절규, 견디지 못하고 무너져내리는『콜로세움』의 플레이트.

빛과 광채가 찾아오기 직전, 소년에게 끌어안겨 바닥에 쓰러진 류의 시야도 새하얗게 물들었다.

가공할 괭음과 열파가 솟아나고, 강한 충격이 몸을 엄습했다.

의식 또한 새하얗게 물들어버린 것과 거의 동시에, 류의 몸은 부유감에 휩싸였다.

13장 일천 어둠을 넘어서

그때도 그랬다.

그날도 무시무시한 폭발에서 시작되었다.

【재앙】의 시작을 알리던 그 운명의 날도.

가라앉지 않는 진동. 멀리서 메아리치는 붕괴의 소리.

그런 것들을 들으며 류는 몸을 일으켰다.

"큭……!"

룸은 끔찍한 양상이었다. 크게 헤집어진 벽면, 바닥에
뚫린 무수한 크레이터. 곳곳에 내달린 파괴의 상흔으로 인
광은 사라져버려, 마치 밤이 찾아온 것 같은 어둠이 미궁
을 뒤덮었다.

"다들 무사해?!"

"위험해라~!"

"역시 『함정』이었구나……. 폭탄으로 생매장이라니, 너
무 천박해서 웃음이 다 나네……."

주위에서는 알리제, 라일라, 카구야, 그리고 【아스트레
아 파밀리아】의 단원들이 한 마디씩 하고 있었다. 잔해를
걷어차며 일어나는 그녀들 중에는 부상을 입은 사람도 있
었지만 모두 무사했다.

그날, 숙적 【루드라 파밀리아】를 몰아넣기 위해 『하층』에
내려온 【아스트레아 파밀리아】는 유인당해 『함정』에 빠졌
다. 상대는 대량으로 설치한 『화염석』으로 광범위한 무차
별 폭격행위를 저질렀던 것이다.

그러나 『함정』의 냄새를 가장 먼저 감지한 파룸 라일라가 경고해 아슬아슬하게 화를 면할 수 있었다.

"왜 살아있냐…… 【아스트레아 파밀리아】의 망할 년들아! 얼마나 많은 『화염석』을 쏟아부었는지 알기나 해?!"

방대한 불똥이 흩날리는 연기 속에서 고함을 질러대던 것은 【루드라 파밀리아】의 쥬라 할머.

한쪽 팔과 한쪽 귀를 잃지 않았던 젊은 시절의 테이머는 가증스러운 적의 모습을 보고 분노와 증오로 가득 찼다. 그와 동시에 공포에도 물들려 했다.

생각지도 못한 사태까지 예상해 던전 곳곳에 뿌려놓은 폭탄의 수는 100개 이상. 폭발의 규모로 보더라도 【루드라 파밀리아】의 마지막 함정이었다.

그것으로도 해치우지 못했던 정의의 권속들을 보고, 쥬라를 비롯한 【루드라 파밀리아】의 단원들은 분명히 겁을 먹었다.

"제법인데, 쥬라. 하지만 너희의 잔꾀도 이제는 끝났어."

"윽……?!"

"끝내버리겠어. 이블스도, 『악』의 시대도."

알리제의 말이 남자들의 죄상을 읽어내리고자 당당히 울려 퍼졌다. 그녀의 뒤에 있던 류와 다른 단원들의 날카로운 눈빛이 뒷걸음질을 치는 쥬라와 다른 간부들을 꿰뚫어보았다.

마침내 궁지에 몰린 【루드라 파밀리아】에게 【아스트레아 파밀리아]가 정의의 철퇴를 내리려던── 그때였다.

던전이 울었던 것은.

"_____."

몬스터를 낳는 균열음도, 이상사태를 일으키는 지진도
아니었다.

팽팽하게 당긴 은실에 칼날을 미끄러뜨리는 듯한, 지독
히도 무기질적인 고음역.

모든 모험자의 본능을 새빨갛게 자극하는, 틀림없는 던
전의『통곡』.

조우한 적이 없는 사태에 류는 물론이고 알리제와 동료
들, 쥬라 일당까지도 움직임을 멈춘 가운데, 그것이 찾아
왔다.

──쩌적.

무너진 거대한 벽면 안쪽에 내달린, 넓고 길고 깊은 균열.

세로로 내달린 균열에서 튀어나온 것은 끔찍한 보라색
액체.

고열이 깃든 수증기를 뿜어내면서, 마치 스스로 자궁을
비집고 나오듯, 무언가가 준동했다.

류의 눈이 균열 너머에서 번뜩인 진홍색 안광을 본 다음

순간.

맹렬한 사선이 내달리며, 【아스트레아 파밀리아】의 단원이 절단되었다.

"——아?"

아무도 지각하지 못한 채, 본인조차 깨닫지 못한 채 목숨 하나가 사라졌다.

자남색의 『발톱』이 무자비하게 번뜩여, 소녀의 몸이 세 부위로 분해되었던 것이다.

누군가의 입술에서 흘러나온 중얼거림. 살점이 갈라지는 비릿한 소리.

허공에 떠오른 머리와 몸통이 막 생각났다는 듯 단면에서 피를 뿜어내고, 쓰러지는 하반신과 함께 땅에 내팽개쳐졌다.

참극의 개연을 알리는 비명의 종이 울려 퍼졌다.

"노, 노잉?! ——끄으윽?!"

두 명.

죽은 소녀의 이름을 외친 수인 네제의 상반신이 퉁겨져 날아갔다. 자남색으로 빛나는 『발톱』의 소행이었다.

세 명.

창졸간에 내민 방패와 함께 전열 드워프 아스타가 일그러졌다. 허공으로 뛰어오른 거구가 짓밟았던 것이다.

세 죽음이 눈 깜짝할 한순간에 잇달아 이어졌다.

"——."

철퍽.

류의 뺨과 긴 귀에 뜨뜻한 액체가 튀었다.

친구의 몸에서 흘러나온 고결한 피가, 류에게 매달리듯 말했다.

이것이 현실임을 인정하는 데 한순간.

그녀들이 이제는 돌아갈 수 없음을 깨닫는 데 찰나.

새하얗게 물들었던 류의 머리는 친구의 피처럼 새빨간 분노로 물들었다.

"——아아아아아아아아아아아아아아아아아아아아 아아아아아?!"

동료의 죽음을 이해하고 폭주한 류는 그『괴물』에게 달려들었다.

"안 돼, 리온!!"

알리제의 목소리도 몸을 묶는 사슬은 되지 못해, 분노한 류는 검을 들고 달려들었다.

동료의 선혈에 젖은 사위스러운『발톱』, 어둠 속에서 빛나는 진홍색 안광,『갑옷을 입은 공룡의 화석』이라는 표현이 떠오르는 가늘고 거대한 체구.

그【재앙】의 이름은『저거노트』.

던전의 이물질을 없애기 위해 사역되는『말살의 사도』에게, 류는 의미를 이루지 못하는 포효를 지르며 목검을 휘둘렀다.

"?!"

그리고 그 혼신의 일격은 어이없이 허공을 갈랐다.

역관절을 튕겨 바닥을 터뜨리며 도약해 사라져버린 몬스터는 수십 미터는 되는 천장에 착지한 후였다. 그리고 시작되는 연속도약. 류에게 경악할 틈도 주지 않는 초고속 이동.

무수한 사선이 내달리고, 룸에 있던 모험자들을 예외 없이 공포로 움츠러들게 만들었다.

있을 리 없는 대형급의 『초고속 이동』을 보고 류의 눈동자가 굳어버렸다.

그리고 사냥감의 지각능력을 한참 웃도는 괴물은, 너무나도 쉽게 류의 등 뒤를 차지했다.

『!!』

분노가 전율로 뒤덮이는 가운데, 죽은 동료의 유언이 그 『발톱』만은 맞아서는 안 된다고 가르쳐주었다.

자남색으로 번뜩이는 『발톱』을 긴급회피한 류는 다음 순간 어마어마한 충격에 사로잡혔다.

"크억?!"

일격필살을 회피하는 것이 고작이었던 류에게 세 번째의 팔과도 같은 꼬리가 날아들었다.

곤봉 같은 『저거노트』의 꼬리는 그것만으로도 충분한 필살의 위력을 가졌으며, 직격당한 류는 온몸의 뼈에 금이 가는 것을 깨달았다. 각혈로 입가가 피에 물들었다.

던전의 무너진 잔해에 등을 부딪쳐 시야에 섬광이 번뜩

이고, 의지를 꺾는 격류의 소용돌이가 발생했다.

그대로 지면에 쓰러지려던 류에게 괴물은 금세 다가와 가차 없이 『발톱』을 내리치려 했다.

"──멍청아!"

류를 구해주었던 것은 카구야.

그 대가는 한쪽 팔이었다.

오른팔이 허공에 솟고, 눈을 크게 뜬 류의 얼굴에 선혈이 쏟아지는 가운데 바닥을 박살낸 『발톱』의 충격이 두 사람을 날려버렸다.

"셀티, 포격! 내 타이밍에 맞춰!!"

【파밀리아】 최고의 실력가인 류가 오히려 당하고 카구야도 팔을 잃었다. 하지만 【아스트레아 파밀리아】의 마음은 꺾이지 않았다. 그뿐이랴, 동료의 원수에게 분노의 불꽃을 태우면서 영창을 거쳐 『마법』을 사용했다.

그러나 역시, 그것도 참극의 재료만 될 뿐이었다.

"?!"

『매직 리플렉션』.

어떤 마법도 반사하는 저거노트의 유일한 『방패』에 포격이 튕겨나가, 두 명의 마도사── 랴나와 셀티가 어이없이 타올랐다.

상급 모험자를 일격에 없애는 『파괴손톱』, 몬스터의 섭리에 어긋나는 기동성, 그리고 『마법』을 반사하는 장갑각.

『말살』에만 특화된 괴물의 전모를 이해한 순간, 【아스트레아 파밀리아】소녀들의 마음은 이번에야말로 절망에 굴복했다.

『———————————————아아!!』

포효의 음색은 어떤 괴물보다도 무섭고 끔찍했다.

최저 최악의『초견필살』.

기동력은 통상의 백병전을 펼칠 수 없을 정도이며,『마법』조차 결정타가 되지 못한다. 제1급 모험자 파티조차 전멸로 몰 가능성을 내포한 퍼텐셜은 그야말로 죽음의 상징이었다.

첫 번째 습격을 버텨내고『발톱』을 막을 수 있는 적절한『방어구』를 갖추어서야 겨우 반반의 승산.

이 싸움 속에서 그 조건에 들어맞는 모험자는 누구도 존재하지 않았다.

"안돼에에에에에에에에에에!!"

"날 먹지 마아아아아아아아!!"

살육, 유린, 포식.

전의에 균열이 일어난 사람부터 처참하게 학살당했다.

"이스카, 마류!!"

알리제의 목소리가 울려 퍼진다.

그 음성은 그녀가 한 번도 보여준 적이 없는 눈물의 기척을 머금고 있었다.

그리고 류는.

허덕이는 카구야 옆에서, 동료의 숨이 끊어지는 순간을

모두 보고 말았다.

"아, 아아아……."

멋 부리기 좋아하던 아마조네스가 갈기갈기 찢겼다.

요리가 특기였던, 모두의 언니 같던 휴먼이 머리부터 잡아먹혔다.

그렇게나 고결했던 동료가, 누구보다도 다정했던 소녀들이, 이렇게나 무참하게.

류는 그때 자신의 안에서 무언가가 부서지는 소리를 들었다.

비참한 단말마의 포효가, 생사고락을 함께 하고 웃음을 나누었던 벗의 무정한 시체가, 모든 것을 앗아가는 재앙의 상징이 류의 마음을 꺾어버렸다.

결벽하고 자긍심 높은 엘프는 한번 마음이 꺾이면 쉽게 부서진다. 적어도 다른 종족에 비하면 그런 경향이 있다. 류 또한 예외는 아니었다. 그리고 그것은 카구야가 류를 『약하다』고 매도하는 까닭이기도 했다.

무엇보다 류에게 【아스트레아 파밀리아】는 마음의 보금자리였다.

류의 내면에서, 처음으로 얻은 다른 종족의 벗이라는 존재는 너무나도 컸던 것이다.

"아아아아아아아……?!"

무너져가는 동료가.

무기를 잃고 터져나가는 벗이.

비명을 지르며 잡아먹히는 전우가.

류의 마음을 더욱 깊이, 더욱 처참하게 잠식했다.

처음으로 직면하는 무력감.

터무니없는 상실감.

엘프의 자존심을 때려부수는 절망.

류는 처음으로 『무섭다』고 생각했다.

어떤 악마를 상대해도, 어떤 『악』과 대치해도 결코 굴하지 않았던 그녀가, 괴물 한 마리를 두려워하고 말았다.

그녀의 마음에 깊은 『상처』가 새겨진 순간.

"끄아아아아아아아아아아아아아아아아아아아아아아아아아아아악?!"

이윽고 피해는 【루드라 파밀리아】에도 미쳤다.

쥬라를 따라왔던 간부진이 고깃덩어리로 바뀌고, 사태를 제대로 파악하지도 못한 무수한 단원들도 놈의 『발톱』과 꼬리의 먹이가 되었다.

숫자가 많은 【루드라 파밀리아】에게 공격을 돌려, 누구하나 놓치지 않겠노라고 기계적으로 섬멸해나간다.

"……카구야, 무사해?"

"이게 무사해 보인다면 단장의 눈은 아마 옹이구멍이겠군……."

남은 【아스트레아 파밀리아】는 넷. 이미 만신창이였다.

참살당한 동료와 함께 습격을 받은 알리제는 목숨을 부지한 것이 고작이었다. 이미 그녀의 몸은 너덜너덜했다.

한 팔을 잃은 카구야는 말할 것도 없다. 배틀클로스를 찢어 입까지 써가며 지혈하는 그녀의 얼굴에는 비지땀이 가득했다.

파룸 라일라는,

"……미안, 알리제, 카구야. 눈을, 당했어……."

"라일라……."

"이젠 아무것도 안 보여……."

장갑각에 반사된 『마법』을 받아 라일라의 두 눈은 굳게 감겨 있었다. 앞머리로 눈가를 가리고 있었다. 회복될 여지는 없다. 안구와 함께 눈의 피부가 녹아버린 것이다. 신경이 타들어가 격통에 시달리는지 두 손이 떨렸다.

"저놈 대체 뭐야……. 빌어먹을, 내 악운도 이제 끝났나봐……."

파룸의 푸념이 어둠에 울려 퍼졌다.

바닥에 쓰러진 류는 몽롱해진 의식 속에서 그녀들의 대화를 듣고 있었다.

몇 번이나 기침을 해 핏방울을 토한 후, 떨면서도 고개를 들었다.

"――――."

그때, 눈이 마주치고 말았다.

눈앞에 있던 세 명 중에서, 자신을 한순간 돌아보았던 녹색 눈동자와.

결의를 담은, 덧없고도 다정한 알리제의 눈빛과 시선을

마주치고 말았다.

"미안해—— 카구야, 라일라. 너희의 목숨을 내게 줘."

시선을 앞으로 되돌린 알리제가 말한 것이다.

눈을 크게 뜬 류의 앞에서.

"난 리온을 살리고 싶어."

그때의 절망을 무어라 형용하면 좋을까.

재앙의 괴물에게 품었던 것을 아득히 넘어서는 감정의 소용돌이가 류의 호흡을 막았다.

"……처음부터 『누굴 남길까』 하는 싸움이었지. 우리는 이미 망가져가는 인형이고, 죽을 장소는 여기면 돼."

얼어붙은 류를 내버려둔 채 카구야가 선선히 인정했다.

"……난 말야, 내 목숨이 제일 소중하다고. 알리제랑 카구야도 알잖아? 하지만 난 이 중에서 제일 약하니까 제일 먼저 죽겠지…… 그러니 좋아."

이길 수 없는 도박에는 베팅하지 않는 게 내 원칙이니까. 그렇게 덧붙이며 꿋꿋하게 웃었다.

"하지만 단장…… 네가 살아야 해. 너와 아스트레아 님만 있으면 정의는 살아남아."

"아니야, 카구야. 내가 말했잖아. 사람의 수만큼 정의가 존재한다고. 그러니까 분명 정의에 정답은 없는 거야."

그리고 알리제의 옆얼굴은 미소를 짓고 있었다.

"하지만 리온이라면 분명 계속해서 올바른 선택을 내릴 거야."

──아니야!!

류의 『의식』은 부르짖고 있었다.

추억의 광경 밖, 어둠 속에 서 있던 현재의 류는 알리제의 말을 부정했다.

──그게 아니야, 알리제!

──난 복수의 불꽃에 몸을 던졌어! 정의를 잃고 일탈했어!

──네가 살아야 해!!

비참하게 쓰러진 채 아무것도 못하는 과거의 자신을 가리키며 고개를 미친 듯이 가로저었다.

그 격렬한 외침에도, 알리제는 돌아보며 추억 속의 류 앞에서 무릎을 꿇었다.

"리온…… 들어봐. 저놈을 해치우기 위해 네 『마법』이 필요해."

류를 바라보는 그녀의 마지막 눈빛은 어디까지나 다정했다.

"그러니까 넌 여기서 노래를 해줘."

류에게 속삭이는 그녀의 마지막 말은 어디까지나 잔혹했다.

"우리가 저놈의 『껍데기』를 벗길 테니까.

류는 더 이상 싸울 수 없으므로. 마음이 부서진 엘프는 짐만 되니까.

무엇보다도 그녀는 알리제 로벨이니까.

자신의 목숨보다도 벗의 목숨을 구하는 고결한 소녀는 류를 내쳤다.

"부탁이야…… 『약속』해, 리온."

그것은 저주의 말이었다.

류의 몸을 이 자리에 묶어놓고, 재기의 가능성마저 빼앗는 맹세의 검.

류는 살아야만 한다는 서약.

부디 자신들의 희생을 헛되이 하지 말아달라는 부탁.

류는 떨면서 눈물을 흘릴 수밖에 없었다.

"리온, 거기 있어? 넌…… 살아야 해."

──기다려.

"내 소태도…… 줄게. 유품처럼 소중히 간직하진 말고 마음껏 휘둘러. ──부디 강해지기를 바라나이다. 저의 첫 라이벌."

──가지 마.

"그럼 안녕, 리온."

──부탁이야.

무덤에 마치는 꽃처럼 소녀들은 밝게 웃었다.

과거의 자신과 지금 류의 눈물이 겹쳐졌다.

"————————————————————

————!!"

【루드라 파밀리아】를 모조리 유린한 저거노트가 재개의 포효를 터뜨렸다.

그 울음소리를 받아 달려나간 동료들은 두 번 다시 돌아보지 않았다.

"……【지금은 머나먼, 숲의 하늘……】."

류는 떨리는 목소리로 노래하기 시작했다.

멀어져가는 소녀들의 뒷모습을 향해, 공포와 절망과 함께.

가장 먼저 희생된 것은 라일라.

시각을 잃어버려 제대로 움직이지 못하는 그녀를, 저거노트는 『발톱』으로 단숨에 갈라버렸다.

"【무궁한 밤하늘에 뿌려진, 무한한 별빛……】."

죽는 순간, 라일라는 손을 뒤로 돌려 들고 있던 폭탄을 기폭시켰다.

손재주가 뛰어난 그녀가 준비했던 특제 폭탄.

그것이 『저거노트』의 오른팔을 빼앗았다.

"【어리석은 나의 목소리에 호응하여, 이 자리에 한 차례 유성의 가호를……】."

통곡하는 몬스터에게 즉시 카구야가 장도를 들고 돌진했다.

라일라가 얻어낸 허점을 타고 고속의 참격을 적의 다리에 꽂는다.

『저거노트』는 분노의 고함을 지르며 손을 수평으로 휘둘러 카구야의 몸을 해체하고 날려버렸다.

"【그대를 저버린 자에게……! 빛의 자비를】……!"

류는 노래할 수밖에 없었다.

부서진 마음의 파편을 긁어모으지도 못하고, 일어나지도 못한 채, 오열하며, 스러져가는 동료들의 모습을 눈에 새기는 것 말고는.

그 모습을 한 사내가 보고 있었다.

운 좋게 학살을 면한 쥬라는 가증스러운 엘프가 눈물을 흘리며 노래하고 동료를 죽게 내버려두는 모습을 비웃고 있었다. 공포에 질려버린 나직한 웃음소리로.

"【오라, 방랑하는 바람…… 유랑하는 나그네……】!"

마지막은, 알리제.

"【아갈리스 알베신스】!"

소녀의 마법명 포효와 함께 불꽃이 그녀의 몸에 깃들었다.

알리제 로벨.

보기 드문 『스킬』을 보유해, 제2급 모험자이면서도 제1급 모험자에 뒤지지 않는 힘을 가진 소녀. 강력한 불 속성 인챈트를 구사해 다리, 팔, 그리고 검에 불꽃의 갑옷을 두른 그녀의 모습에 신들이 갈채를 보내며 붙여준 별명은 【스칼렛 하넬】.

부츠에 수렴되었던 불꽃으로 지면을 터뜨리며 붉은 검사가 맹렬한 가속으로 뛰쳐나간다.

"【허공을 건너, 황야를 달려, 무엇보다도 빠르게 달려라……】!"

카구야가 몸을 버리는 일격으로 빼앗았던 적의 『무릎』, 역관절. 잃어버린 고속이동.

당황하는 『저거노트』에게 알리제는 진정 생애 최후의 육박을 감행했다.

"【별빛을 담아, 적을 쳐라】!"

이에 맞서는 『저거노트』의 처참한 일격.

류가 본 것은 『발톱』에 꿰뚫린 벗의 등.

한순간, 시간이 멎어버렸다.

그런 절망에 빠진 류에게, 알리제는, 자신의 목숨을 한 점까지 불태우고자 했다.

"으윽!!"

일부러 자신을 꿰뚫게 해 적의 손을 고정하고.

카운터의 요령으로 미스릴 검을 『저거노트』의 몸에 꽂으며 포효를 터뜨렸다.

"【알베리아】!!"

인챈트를 폭산시키는 스펠 키.

그녀의 타오르는 듯한 붉은 머리와 같은, 붉은 꽃.

껍데기 표면이 아닌 몸속으로 보낸 불꽃의 탁류가 안쪽부터 장갑각을 튕겨내고, 깨뜨리고, 터뜨렸다.

『저거노트』의 절규가 울려 퍼지는 가운데, 발톱에 꿰뚫린 소녀는 돌아보지 않은 채——

——류.

꺼져들어가는 목소리로, 이름을 불렀다.

"──아아아아아아아아아아아아아아아아아아아아아
아아아아아?!"

눈물을 흘리며, 목을 떨며, 류는 마법을 해방시켰다.

"【루미노스 윈드】!"

빛의 홍수. 거대한 빛덩어리의 폭풍.

쥬라의 얼굴을 비추며 류의 눈물을 빛냈다.

바람의 광채가 놀란 저거노트와 함께 소녀의 뒷모습까
지도 집어삼켰다.

노도의 작열음이 울려 퍼지고, 충격이 룸을 뒤흔들었다.

그리고 모든 것이 빛에 휩싸이기 직전, 류는 보았다.

괴물의 거구가 빠르게 움직인 것을.

『방패』를 잃어 마법을 막을 방법이 없어진 『저거노트』는
대포격 앞에 후퇴를 선택한 것이다. 남은 한쪽 다리의 역
관절을 크게 울려 가속력을 해방시켜서. 몇 발이나 되는
거대한 광탄이 명중해 튕겨지고, 부서지고, 몸의 곳곳이
떨어져 나가는데도, 고통과 원한의 비명을 지른 몬스터는
룸 밖으로 도망쳤다.

온갖 충격과 굉음이 사라진 후, 거친 호흡을 내뱉던 류
의 시야에는 크게 파괴된 지면만이 남았다.

"아, 아아…… 아아아아……!"

상대를 격퇴한 류에게는 감동도 안도도 존재하지 않

았다.

주위에는 동료와 악당의 주검만이 남았다.

알리제는 없었다. 류가 없앴다.

목숨을 마지막까지 불태웠던 소녀를, 류가 빛 속에서 없애버린 것이다.

"아아아아아아아아아아아아아아아아아아……!"

터져나오듯 범람하는 통곡.

온갖 감정이 뒤섞인 그 절규는 류에게 무능의 낙인을 찍는 것이었다.

후회와 참회조차 용납되지 않았다.

『정의』의 마음이 천 갈래 만 갈래로 찢겨져나간 것과 같았다.

그때 이미 쥬라는 사라지고 없었다. 신경도 쓰이지 않았다. 그저 감정의 소용돌이에 휩쓸렸다.

고함을 질러대던 류는 다가오는 몬스터의 기척 앞에 도주할 수밖에 없었다.

여기서 헛되이 죽는 것은 무참하게 쓰러진 라일라와 카구야의 주검이 용납하지 않았다.

너덜너덜해진 몸을 끌고, 동료의 시신도 수습하지 못한 채, 하늘색 눈으로 눈물을 흘리며, 류는 그 참극의 방으로부터 도망쳤다.

그것이 사건의 전모. 류의『죄』.

살아남기 위해 동료를 희생했다. 알리제를 자신의 손으로 빛 속에 없애고, 죽였다.

지금도 마음 깊은 곳에 도사린 어둠의 정체였다.

사건이 있은 후, 느껴본 적이 없는 상실감과 죄책감의 무게에 시달리던 류는 여신의 곁으로 돌아가지 못하고 지상에서 상처를 치유한 다음, 즉시 던전으로 돌아갔다.

참극이 있었던 룸에는 동료의 시체는 없어, 몬스터에게 남김없이 먹혔다는 사실만이 널브러져 있었다. 바닥에 꽂힌 소녀들의 피에 젖은 무기만이 모든 것을 말해주었다. 류는 그곳에서도 울부짖었다.

그리고 몸을 어린아이처럼 떨며, 깊이 새겨진 마음의 상처와 필사적으로 싸우며 그『괴물』을 찾았다. 동료의 원수이자 사실상의 자살행위였으나, 결판을 내야만 했다. 동료의 원한을 갚기 위해. 자신을 단죄하기 위해.

그러나 결국 그것도 이루어지지 않았다.

미궁 깊은 곳에서 주검으로 여겨지는 대량의 재── 마치『마석』그 자체를 분말로 만든 것 같은 자남색 재를 발견한 류는 그것이 그『괴물』의 것임을 깨닫고 말았다.

류는 절망했다.

류의『마법』이 원인이 되어 죽은 것은 아니리라. 자신과는 관계없는 무언가가 있었던 것이다. 공포도, 격정도, 선망도 갈 곳을 잃었다. 매듭조차 짓지 못했던 류는 두 손으로 얼굴을 움켜쥐고 주저앉았다. 몸과 마음이 온통 균열로 가득 찬, 망가져가는 요정만이 남았다.

　그 후, 류는『하층』에서 동료들의 유품을 가지고 돌아왔다.

　마르지 않는 눈물을 뺨에 흘리며, 인형처럼, 그녀들이 좋아했던 제18계층에 묘를 만들었다. 자기들이 죽으면 그곳에 묻히고 싶다고 농담을 나누었던 미궁의 낙원에.

　동료를 잃고, 실의와 절망의 밑바닥에 떠밀린 류는 묘비처럼 꽂힌 무기 앞에서 길고 긴 자신의 시간을 보냈다.

　혼자서만 살아남고 말았다.

　자신은 어떻게 하면 좋을까?

　사라지고 싶다. 사라지고 싶다. 사라지고 싶다.

　죽음을 받아들인 채 사라져버리고 싶다.

　하지만 어떻게 이 목숨을 끊을 수 있겠는가.

　알리제와 동료들이 살려준 이 목숨을, 어떻게 무의미하게 버릴 수 있겠는가?

　그것은 그녀들의 죽음을 헛되이 하는 일——.

　살아야만 한다는 사명. 죽고 싶다는 갈망.

　두 감정이 맞버티는 그 틈새에서, 문득 시커먼 불똥이 튀었다.

『——용서하지 않겠다.』

순식간에 달군 물엿처럼 일그러지는 시야.

갈 곳을 잃은 감정이, 남아있는 『원수』를 떠올리고 자신의 것이라고는 여겨지지 않는 어두운 목소리를 입술 사이로 밀어냈다.

쥬라. 【루드라 파밀리아】. 절대적인 『악』.

재앙을 가져와 알리제와 동료들을 죽음으로 몰아넣었던 원인. 미웠다. 용서할 수 없었다. 놈들만 없었다면. 그런 생각이 자리를 잡는 데에 시간은 필요하지 않았다. 거무죽죽하게 물든 분노가 업화처럼 타올랐다.

『복수』라는 대의명분.

분노와 증오의 불꽃에 몸을 맡겨, 류는 자신을 정당화했다. 놈들만은 살려둘 수 없다. 놓쳤다간 새로운 【재앙】을 부를지도 모른다. 놓아둘 이유가 없다. 놓아둔다는 선택 따위 있을 리가 없다. 목숨을 던져 『악』을 멸하기로 결심한 것이다.

그것은 도시를 위해서가 아니었다. 고통에 허덕이는 사람들을 위해서가 아니었다. 얼굴도 모르는 누군가를 지키고 싶다는 숭고한 사명 때문이 아니었다.

자신을 위해.

비장한 죽음을 맞은 알리제와 동료들의 목숨에 대가를 치르게 하기 위해.

그녀들이 구해주었던 목숨을 쓸 방법은 그것 말고는 떠

오르지 않았다. 당시의 류는 그랬다. 아니, 그런 척했다.

류는 마지막 『정의』를 집행했다.

알리제가 말했던 수많은 『정의』 중에서도 아마 가장 추악한 『정의』를.

아니, 사실상 그것은 『정의』라고 할 수도 없었으리라.

끊임없이 울부짖으며, 금이 간 몸에서는 날개가 썩어 문드러진 요정의 말로.

류가 들었던 『정의의 검과 날개』는 이때 시커먼 불꽃에 타 사라져버렸던 것이다.

파멸의 길을 걷기로 결심한 후, 류는 주신 아스트레아를 멀리 했다.

격정에 사로잡힌 추한 자신을 보이고 싶지 않았다. 이제는 자신조차 파악하지 못하는 마음을, 신인 그녀에게 보이고 싶지 않았다. 무엇보다 그녀가 이 『복수』를 막게 해서는 안 되었다.

눈길도 마주치지 않고, 이마를 바닥에 문지르며 하염없이 애원하는 류에게 아스트레아가 무엇을 생각했는지는 알 수 없다. 끝나지 않는 비극과 증오의 연쇄에 지쳤는지도 모르고, 싸움을 멈추지 못하는 아이들에게 실망했는지도 모른다.

분노와 슬픔, 증오와 원한에 눈이 흐려진 류는 그때 아스트레아가 어떤 표정이었는지 떠올릴 수가 없었다.

그저 슬픔의 음색을 띠고, 그녀는 떠나가며 말했다.

『류……『정의』를 버리렴.』

복수는 신속하게 진행되었다.

처음에는 사람으로부터. 다음으로는 건물. 마지막은 거점. 다른 적과 아군의 【파밀리아】가 개입할 여지도 주지 않았다. 암습, 기습, 함정. 엘프에게는 있을 수 없는 방법으로 『악』의 종자들을 어둠에 묻어나갔다.

류는 수단을 가리지 않았다. 악한 자들을 벌하고, 의심스러운 자도 베어버렸다. 여기에 상인이나 길드 사람이 포함되어 있어도 상관이 없었다. 지나친 보복행위였으며, 자신에 대한 『단죄』였다.

『복수할 거면 좀 더 스마트하게 해야지.』

그 당시로부터 시간이 조금 흐른 후, 동료 클로에게 그런 말을 들은 적이 있다.

류는 아무 대답도 못했다. 대신 마음 깊은 곳이 자조의 웃음을 띠고 있었다. 원래부터 죽음의 선망이 있었다고는 말할 수 없었다.

용서할 수 없었다. 재앙을 가져온 쥬라 일당을.

용서하지 않았다. 동료를 죽인 자신을.

그것은 어두운 폭주였다.

류는 그때, 분명 죽을 장소를 원하고 있었던 것이다.

그리고 『복수』가 결말에 이른, 【루드라 파밀리아】 아지트 습격 당시.

그곳에는 아직 많은 단원이 남아있었다. 그곳에는 공포에 얼어붙은 쥬라도 있었다.

그때의 일은 이제 어렴풋하게만 기억한다. 짐승처럼 포효를 터뜨리며, 살아남았던 테이머 사내를 몇 번이나 베어 댔는지. 냉정함 따위 깡그리 버려버린 채, 격정이 시키는 대로 팔을 자르고 귀를 가르고, 몇 번이나 소태도를 번뜩였다는 것 말고는 기억하지 못한다.

누구 하나 놓치지 않고 마지막으로 두령을 해치운 후 『마법』을 터뜨렸다. 수많은 주검과 함께 적의 아지트를 태워버렸다.

모든 것이 끝난 직후. 요란하게 타오르는 폐허 속에서, 어딘가에 숨어있었는지 남신 루드라가 류 앞에 나타났다.

당시의 류도 신까지는 죽이지 못했다. 그러나 그를 지키는 권속은 없었다. 류가 떠나간 후, 길드에 사로잡혀 송환이 결정되었던 하계의 탈락자는 붉게 타오르는 불꽃에 휩싸인 채 홍소를 터뜨리고 있었다.

깔깔 웃으며 류에게 말했다.

『지금 그 얼굴을 한 너를 내 권속으로 맞이했으면 좋았을 텐데 말야.』

남신의 눈에 비친 류의 얼굴은 닮아 해진 복수귀의 얼굴이었다.

류가 없앤 조직은 상회나 무법자들의 용병단까지 포함해, 27개.

류의 행위를 계기로 하늘에 올라간 신의 수는, 넷.

류의 어두운 충동이 온갖 이들을 길동무로 삼았다.

아이러니하게도 그것은 도시의 『암흑기』에 종언을 가져오는 방아쇠가 되었다.

그러나 류는 살아남고 말았다.

『복수』를 다하고자, 모든 것을 이루고 말았다.

동료를 앗아간 【파밀리아】와 그들을 도왔던 자들을 모조리 없애버린 후에 얻은 것은 달성감이라고는 부를 수 없는 것이었다. 그저 허무만이 있을 뿐이었다.

동료의 웃음도, 그녀들의 처참한 마지막 표정도, 이제는 떠오르지 않았다.

눈에서 넘쳐나던 눈물도, 목에서 솟아나던 통곡도 어디론가 사라지고 말았다.

아무도 다가오지 않는 어두운 뒷골목. 텅 빈 류는 힘이 다해 죽음을 맞으려 했다.

『──괜찮아요?』

그 후로는 소년에게 들려준 대로.

비가 내리는 어두운 뒷골목에서, 시르가 구해주었다. 구원을 받고 말았다. 시르가 삶의 길을 되찾아주었다.

──우리를 위해 싸워줘서 고맙습니다.

시르에게 그 말을 들었을 때, 용서받은 기분이 들었다.

동시에 살아야만 한다는 마음도. 알리제와 동료들의 몫까지. 모두 시르와 『풍요의 여주인』 덕이었다.

하지만 깊은 곳에 담아둔 마음만은 결코 씻을 수 없어서.

단죄에 대한 갈망은 계속해서 타올랐다.

자신이 저지른 『죄』만은 시르와 주점 동료들에게도 이야기하지 못한 채.

무엇과도 바꿀 수 없는 동료를 잃은 아픔과 상실감은 결코 치유할 수 없었다.

꽉 틀어막았다 해도, 무언가를 계기로 시큰거리는 둔통이 되어 쓸쓸함을 가져온다.

그리고 사라지지 않는 죄는 살아갈 길을 선택한 그녀의 마음을 책망해댔다.

지금까지도, 줄곧.

기억의 숲을 빠져나온 류는 어둠 속에 홀로 서 있었다.

문득 눈부신 빛이 비치는 방향으로 고개를 돌렸다.

그곳에는 변함없는 경치가 있었다.

새하얀 빛 너머에 서 있는 동료들의 뒷모습. 그리고 붉은 머리 소녀의 등.

류가 그녀들을 쫓아갔던 빛의 반대편 기슭. 죽은 자들이 있는 빛의 피안.

목이 터져라 외쳐도, 아무리 애를 태워도 그녀들은 결코 돌아보지 않는다.

그것이 너의 『벌』이라고 하듯.

그녀들에게 도달해 받아들여졌을 때, 자신은 비로소 용서를 받을 것이다.

그렇게 믿고 있던 류는, 이번에도 또 도달하지 못했음을 슬퍼하며, 모든 것이 보이지 않게 되는 흰 빛에 휩싸였다.

🔥

의식이 깨어났다.

하지만 이곳이 현실인지 아직도 꿈인지, 지금의 류는 알 수 없었다.

느껴지는 것이라고는 늪 같은 어둠뿐. 오감이 제대로 돌아가질 않았다.

과거의 잔재에 제대로 된 판단력을 빼앗긴 채 눈꺼풀을 떨었다.

눈을 뜨니—— 눈앞에는 핏발 선 눈이 있었다.

"!"

경악에 지배당해 순식간에 제정신을 차린 류와는 달리, 눈의 주인은 어둠 속에서 몸을 움직였다.

몸 주위에서 일어나는 덜그럭덜그럭 소리.

돌더미 속에 묻혀있던 자신을 파내려는 것임을 깨닫는 데에는 시간이 걸렸다.

핏발이 선 눈의 색이, 새빨간 빛이 깃든 루벨라이트색임을 깨닫는 데에 한순간이 필요했다.

이윽고 차가운 바깥공기에 드러난 류의 상처투성이 피부를 피에 젖은 손이 감쌌다.

가차 없이 끌어당기는 힘에, 류의 몸은 그 가녀린 등에 업혔다.

"……크라, 넬…… 씨……?"

"……네."

돌아온 소년의 목소리는 토해내는 숨에 섞여 들리지 않을 정도로 작았다.

무슨 일이 있었는지 급격히 기억이 재생된 류는 눈을 크게 뜨고 주위를 돌아보았다.

대량의 토사가 산을 이룬 외길. 등 뒤는 완전히 매몰되어 나아갈 길은 전방밖에 없었다.

고개를 드니 수복이 진행 중인 암반이 완전히 아물려 하고 있었다.

천장이 보이지 않는 막막한 어둠이——『콜로세움』에 펼쳐진 어둠이 아주 잠깐 보였다.

'『콜로세움』 바닥이 꺼져서…… 크라넬 씨와 함께, 떨어진 건가?'

류의 고찰을 긍정하듯, 토사 더미 속에는 숨이 끊어진 몬스터들이 언뜻 보였다. 암석에 짓이겨진 리저드맨, 목뼈가 부러진 루 가루, 산산이 부서진 스파르토이. 바닥의 붕괴에 말려들었는지, 곳곳에 주검을 드러냈다.

제37계층은 『물의 미로도시』와 마찬가지로 다층구조.

벨이 풀 차지한 『폭탄』의 위력을 이기지 못한 계층 바닥
이, 『바로 아래에 존재했던 통로』에 몬스터와 함께 꺼져버
렸던 것이다.

　『콜로세움』 바닥에 이런 통로가 있었다니……. 아니, 지
금은 그보다도……!'

　흠칫 놀란 류는 지금도 자신을 업고 있는 소년에게 눈을
돌렸다.

　소년은── 벨은, 빈사상태였다.

　움직이고 있는 것이 신기할 정도로 기진맥진한 상태였다.

　얕은 숨소리는 귀를 막고 싶어질 정도로 불규칙했으며,
망가진 악기처럼, 혹은 죽어가는 짐승의 신음소리처럼 들
렸다. 입가에 조그만 피거품이 솟아나는가 하면 틈만 나면
붉은 덩어리를 토해낸다.

　몸은 구멍투성이였다.

　지금도 생명의 물방울이 흘러 떨어졌으며, 미지근한 붉
은 액체가 그의 등에 밀착한 류의 가슴을 적셨다.

　차지의 반동을 입은 것은 물론이고, 발밑이 무너져 추락
하는 순간에도 류를 감쌌으리라. 온몸을 피로 물들이고,
모험자의 시신에서 가져왔던 방어구는 이제 원형을 유지
하지 못했다.

　류를 지탱하는 손가락도 많은 손톱이 깨지거나 벗겨져
없었다.

　"바보같이…… 바보같이!!"

류는 고함을 지르고 있었다.

등에 업힌 채, 지금도 자신을 옮기고 있는 소년에게 비명을 질렀다.

"크라넬 씨, 왜 저를 구했습니까?! 왜 저를 버리지 않았나요?!"

『콜로세움』에 돌아왔던 사실을 언급하며 규탄했다.

류의 바로 코앞에 있는, 첫눈처럼 새하얀 머리카락이──류가 멀리서 바라보는 것이 좋았던 소년의 흰 머리가, 때문은 것처럼 붉게 물들어 있었다.

그것을 보고 하늘색 눈이 영문 모를 눈물에 젖으려 했다.

"대답하세요!"

"……류 씨, 그야……."

벨은 얕은 숨소리와 함께 쥐어짜내듯 입을 열었다.

"류 씨도…… 분명…… 똑같이 했을 걸요."

그 대답에 류는 말을 잃었다.

입장이 반대였다면 같은 짓을 저지르리라고 확신하는 소년의 목소리에, 입술이 떨렸다.

"……안 합니다! 나는 당신을 구하지…… 않아요!"

"……거짓말."

내장이 끊어지는 듯한 심정으로 내뱉은 말을, 벨은 부정했다.

소년의 입술이 살짝 구부러지는 것을 알 수 있었다.

웃음의 형태로.

류는 거짓말을 싫어한다. 류는 거짓말을 용납하지 않는 엘프다.

그런 자신이 소년을 위해 거짓말을 했으니, 그는 입술에 기쁨을 띤 것이다.

류의 얼굴이 울음을 터뜨리는 아이처럼 일그러졌다.

"됐습니다! 나를 당장 내버려두고……!"

"……싫어, 요."

벨은 확실하게 거부했다.

"류 씨를, 죽게 하지 않아……."

"당신이 죽는단 말입니다!"

속삭이는 듯한 목소리를 비명 같은 목소리로 덮어버렸다.

류는 그의 등에서 벗어나고자 날뛰려 했다.

날뛰려 했지만, 그러지 못했다.

소년이 지금 『누구를 위해』 발버둥을 치고 있는지 ── 알리제와 동료들처럼 『누구를 구하기 위해』 싸웠는지, 알고 말았으므로.

지금도 걸음을 멈추지 않는 두 다리에는 힘이 없다.

몇 번이고 쓰러질 뻔했다. 이제는 의식이 제대로 남아있는지조차 알 수 없었다.

그럼에도, 무언가에 홀린 것처럼 벨은 류를 업은 채 계속 나아갔다.

류를 위해, 벨은 발버둥을 쳐댔으며, 목숨을 불태운다.

"제발 그만 하십시오……!"

그만.

그만!

왜 동료들처럼 자신을 구한단 말인가.

자신에게는 그럴 가치가 없는데도.

아무도 구하지 못했던 자신 같은 사람을.

"……크라넬 씨."

외칠 기력도 잃은 류는 기대듯 벨의 목에 얼굴을 묻었다.

마치 희망은 물론 모든 것을 잃어버린, 살아있는 시체
처럼.

"저는, 친구를…… 【파밀리아】 동료를, 죽게 내버려두고
말았습니다……."

"……!"

"쥬라의 말대로…… 제 목숨이 아까워서, 알리제를……
제 손으로 죽였습니다……."

귓가에 속삭이듯, 자신의 『죄』를 고백했다.

물어보아도 대답해주지 않았던 이야기를 털어놓았다.

자신을 버리도록 만들기 위해.

떨리는 벨의 몸이 처음으로 동요를 보였다.

"저는, 당신이 생각하는 것처럼 깨끗한 엘프가 아닙니
다……. 더 지저분한, 죄인이지요……."

토로했다.

마음속 가장 깊은 곳에 있던 앙금을. 몸에 새겨져있던

어두운 낙인을.

"당신이 구해주려 하는 엘프에게…… 살아갈 가치 따위, 없단 말입니다……."

그것은 류의 거짓 없는 본심이었다.

눈을 감으면 지금도 떠오른다.

동료들의 최후가. 비참한 자신이. 자신의 손으로 죽였던 알리제의 등이.

꿈에서 보았던 슬픔과 절망의 연속이 류의 몸을 잠식했다.

"저에게는 이제『정의』를 말할 자격이 없습니다……. 『정의』는, 잃어버리고 말았으니까요……."

정신이 들고 보니 류는 헛소리처럼 중얼거리고 있었다.

유일한 보금자리였던【파밀리아】의 규칙. 무엇과도 바꿀 수 없는 동료들과의 유대. 그 5년 동안의 세월부터 지금까지 류의 몸은 줄곧 텅 비어 있었다.

아무리 시르가 치유해주어도, 아무리 풍요의 주점이 북적거려도, 결코 메워지지 않았던 마지막 구멍. 류가 그저 감추기만 했던 마지막 상실.

지금도 등에 새겨져있는 정의의『은혜』가 마치 저주처럼 시큰거렸다.

너에게『정의』를 짊어질 자격 따위 없다고── 환청이 아스트레아의 목소리를 빌려 울려 퍼졌다.

류의 얼굴에서 표정이 사라졌다.

그 대신 싸늘하게 얼어붙은 마음이 조용히 눈물을 흘렸다.

눈을 내리깔고 그 사실을 고했다.

"저에게는, 이제……『정의』는 없습니다."

초연한 중얼거림이 어둠에 울려 퍼졌다.

벨의 걸음이 둔해졌다.

한계를 맞은 듯, 류를 지탱하는 손에서 힘이 빠져나가기 시작했다.

쿨럭 토한 피가 늘어져 있던 그녀의 팔을 더럽혔다.

"저는……『정의』가 뭔지, 몰라요."

그러나.

"하지만 류 씨에게 받은 게…… 많아요."

꺾이려 하던 두 다리는 다시 한 번 지면을 힘차게 디뎠다.

떨리는 손은 류를 결코 놓지 않았다.

붉게 물든 입가가 이를 악문다.

"그러니까……!"

벨은 류의 존재를 증명하듯 —— 그녀의 어둠을 불식시키듯, 말했다.

"『정의』는, 있어요."

"_____."

류의 눈이 한껏 크게 뜨였다.

"류 씨가 구해준 모험자들이 있어요……."

그것은 제18계층.

골라이아스를 앞에 두고 몸을 바쳐 싸웠던 요정의 싸움이, 많은 목숨을 지켰다.

"주신님이…… 릴리가, 벨프가 있어요……."

그것은 워 게임.

부조리한 아폴론의 신의에도 【질풍】은 달려와주었다.

"내가, 있어요……!"

그것은 헤아릴 수도 없는 궁지.

류의 손이, 상처 입고 망설이고 걸음을 멈춘 벨을 몇 번이고 인도해주었다.

류의 조언에, 그녀의 말에, 벨은 언제고 용기를 얻었다.

"류 씨는 언제나, 영웅처럼……『정의의 사도』처럼, 옳았어요……!"

소년이 토해내는 순수한 말이 류의 가슴을 흔들어댔다.

떨리는 하늘색 눈이 열기를 뿜어냈다.

있는 그대로의 올곧은 목소리가 알리제의 말처럼 류의 가슴에 구멍을 뚫었다.

"아닙니다…… 아니라고요?! 나는 길을 잘못 들었던 겁니다! 그런 나에게『정의』란……!"

동료들을 죽게 내버려둔 자신을 긍정할 수가 없어서, 류는 필사적으로 부정했다.

하지만.

"류 씨가, 길을 잘못 들었다니…… 아무도 그런 소리는 못 해요……!"

"!"

"류 씨 자신이라 해도……!"

류의 부정을 벨이 부정했다.

뚝뚝 떨어지는 붉은 물방울이 발치에 피웅덩이를 퍼뜨렸다.

하지만 반대로, 벨의 걸음은 더욱 또렷해졌으며 말에는 열기를 띠었다.

"……난, 옛날 류 씨는 몰라요…… 하지만."

벨의 목소리가 복숨의 불꽃에 사로잡혔던 요정을 상기시켰다.

그래도 그는 『정의』가 있다고 호소한다.

"누구보다도 옳은 류 씨는, 알아요……."

벨은 변했다. 류가 몇 번이고 느꼈듯, 몰라볼 정도로 성장했다.

그를 바꾼 『제노스』와의 만남. 『어리석은 이』와 위선. 옳은 일과 악한 일.

그런 것들의 틈바구니에 끼어, 상처 입고 고뇌해왔던 소년은 이번에는 류에게 가르쳐주려 하고 있었다.

그를 구해주었던 류에게, 『어떤 것』을 돌려주려 했다.

"아……."

류는 이제 알고 있었다.

엘프인 자신이 뿌리치지 않고 손을 잡을 수 있었던 세

명의 인물.

그들은 그녀의 마음이 거부하지 않고 존경해 마땅한, 『올바른 자들』이었음을.

알리제는 이끌어주었다.

시르는 치유해주었다.

그리고 벨은——

"류 씨의 안에, 『정의』는…… 계속 살아있어요."

거울처럼, 류에게서 받은 『정의』를 돌려주었다.

벨이 옳다고 한다면.

그에게 많은 것을 전수해준 류 또한, 옳다.

"그러니까……! 『정의』는 있어요! 류 씨 마음속에!"

류의 눈에서 눈물이 흘러 떨어졌다.

소년이 깨닫게 해준, 류의 마음속에 남아있던 『정의』의 잔재.

류는 길을 한 번 잘못 들었다. 그것은 틀림없는 일이다.

복수의 불꽃에 타올라, 몸도 마음로 새까맣게 불태우고 말았다.

하지만 다 타버렸던 『검과 날개』 속에는 남아있었다.

『정의의 재』가.

많은 이들을 버리지 못한 채 구해주었던 그녀의 기원이.

——하지만 리온이라면 분명 계속해서 올바른 선택을 내릴 거야.

되살아나는 벗의 말.

그것을 벨이, 많은 이들이 증명해준다.

돌아보면 알 수 있을 것이다.

류가 그어왔던 궤적에, 많은 이들의 웃음이 피어있음을.

그것은 류의 성과다.

『재』가 되어서도 올바르게 살아왔던 『정의』의 성과다.

마음속 밑바닥에 묻혀있던 『재』가 피어오르며 류의 빈 구멍을 메워주었다.

텅 비었던 요정의 마음은 이때, 가득 차올랐다.

수면처럼 출렁이던 눈에서 하염없이 눈물이 넘쳐났다.

"나는…… 나는……!"

부정할 방법을 잃고, 흘러 떨어지는 눈물도 닦지 못한 채, 류는 몇 번이고 말을 더듬었다.

가슴에서 넘쳐나려 하는 이 마음이 무엇인지 류는 알 수 없었다.

앞만을 보며 걸어가는 소년의 뒷모습이, 바로 곁에 있는 소년의 온기가 류에게 무엇을 가져다주려 하는지 전혀 알 수 없었다.

"지금 저의 『정의』는…… 류 씨와, 살아서 돌아가는 거예요."

던전에 선악은 존재하지 않는다.

그저 약육강식. 삶과 죽음이 있을 뿐이다.

그러니 그곳에 만약 『정의』가 있다고 한다면, 그것은 살아남는 것.

이 무한한 미궁에서 살아 돌아가는 것이야말로 모험자의 『왕도』이자 『정의』다.

"지상으로 올라가서…… 주신님하고, 시르 씨네가 있는 곳으로, 돌아가는 거예요……!"

『정의』를 말하자.

『정의』를 이루자.

지금 소년과 그녀만을 위한 유일한 『정의』를.

"그러니까…… 절대 놓지 않을 거예요!"

비에 맞은 잎에서 이슬이 굴러 떨어지듯, 말라붙었던 류의 마음에 물방울이 떨어졌다. 류의 마음에 몇 번이고 파문이 퍼졌다.

이 『가혹』이, 『심층』이 자신들을 놓치지 않을 이유는 없다. 류는 알고 있다.

하지만 지나치리만치 미미하다 해도, 한순간에 불과하더라도—— 살고 싶다고.

소년과 함께 시르에게 살아서 돌아가고 싶다고, 그런 생각이 들고 말았다.

『우우우……!』

그러나그 마음을 짓밟듯——

류와 벨의 희망을 비웃는 검은 그림자가 두 사람 앞에 나타났다.

"읏……?! 바바리안……!"

거친 숨을 토해내며 앞을 가로막는 대형급 몬스터를 보

고 류도, 벨도 목소리를 잃었다.

『바바리안』은 상처를 입었다. 두 사람과 마찬가지로『콜로세움』에서 추락해 살아남은 개체일 것이다. 근육이 불거진 어깨와 팔에 바위 파편이 비늘처럼 박혀 있고 머리의 뿔도 부러졌다.

피투성이 몬스터는 두 눈을 분노로 물들인 채 원수처럼 두 사람을 노려보았다.

"큭……?!"

장소는 좁은 외길. 도망칠 곳은 없다.

뻣뻣이 선 벨을 향해『바바리안』은 두 눈을 번뜩 빛냈다.

『크아아아!』

"으앗?!"

곤봉을 쳐들며 돌진하는 거구.

지금의 벨에게는 이를 흘려보낼 방법도 없었다.

아슬아슬하게 류를 바닥에 던진 직후, 지면을 분쇄하는 일격에 종잇장처럼 날아가버렸다.

"윽……?! 크라넬 씨!"

류가 바닥에 나뒹구는 한편, 충격에 휩쓸려 날아간 벨은 허공에 떴다가 지면에 퉝겨 굴러간 후에야 정지했다.

몸은 꼼짝도 하지 않는다. 구멍투성이 팔다리에 싸울 힘 따위 이미 남지 않았다. 앞머리로 가려진 눈가는 어두운 그림자로 뒤덮여 숨을 쉬지 않는 것처럼 보이기까지 했다.

다시 절망의 늪에 떨어진 류의 얼굴이 비장하게 일그러

졌다.

"──크라넬 씨! 일어나십시오!"

류는 외치고 있었다.

없는 힘을 쥐어짜내 일어나려 해도 자신은 아직 움직일
수 없다. 부상을 입은 오른쪽 다리가 미끄러져 비참하게
쓰러졌다. 지면에서 몸을 떼어낼 수가 없었다.

그렇게 날개가 뜯겨나간 요정은 내버려둔 채, 『바바리
안』은 쓰러진 벨에게 향했다.

"크라넬 씨…… 벨!! 대답해!!"

소년을 부르는 목소리의 변화를 류는 알아차리지 못했다.

자신이 당황하고 있음을 알아차리지 못했다.

평소의 침착함을 깡그리 버린 채 그의 이름을 불러댔다.

하지만 지면에 엎드린 채 쓰러진 소년의 몸은 아무런 대
답도 해주지 않았다.

몬스터가 숨통을 끊고자 무자비하게, 천천히 그에게 다
가간다.

"벨, 벨……! ……부탁이니…… 대답을……!"

소년의 이름을 부르는 목소리에서 힘이 빠져나갔다.

하늘색 눈 속에서, 쓰러진 벨과 죽어가던 동료의 모습이
겹쳐져 보이고 말았다.

싫어. 싫어.

이젠 잃고 싶지 않아.

가슴 속에 찾아온 이 마음을 놓고 싶지 않아.

저 사람만은 잃고 싶지 않아.

기껏 마음속에서 무언가가 바뀌려 했는데——.

류의 마음도 허무하게 『바바리안』이 벨의 앞에 섰다.

그대로 먹어치우려는 것인지, 벨의 머리를 한손으로 움켜쥐더니 들어올린다.

"안 돼, 싫어, 하지 마……."

느릿느릿 고개를 가로젓고 눈에 눈물을 머금으며 떨리는 팔을 뻗는다.

절망에 희롱당한【질풍】의 가면이 벗겨져 떨어졌다.

그 모습은 있는 그대로의 류였다.

【질풍】이라 두려움의 대상이 되었던 엘프가 아니었다. 잃어버리려 하는 소중한 존재에 눈물을 흘리는 힘없는 소녀. 모험자라는 갑옷과 가면에 감추어졌던, 있는 그대로의 류.

평소의 어조조차 잊고, 약한 소녀의 말로, 무의미한 선망을 거듭했다.

"부탁이야…… 안 돼……."

지면에서 다리가 떨어진 소년의 몸이 출렁 흔들렸다.

괴물의 턱이 크게 벌어지고 추악한 이를 드러냈다.

"벨!!"

그리고.

류의 눈에서 눈물이 넘쳐났을 때.

"——아아아!!"

앞머리에 가려져있던 루벨라이트색 눈이 힘차게 뜨이더

니, 허리의 무기를 발도했다.

휘백색의 롱 나이프《하쿠겐》을 몬스터의 가슴에 꽂는다.

『께에악?!』

지근거리에서 펼쳐진, 생각지도 못한 찌르기.

흉부 중심, 『마석』을 정확하게 꿰뚫린 『바바리안』은 경악을 마지막 목소리로 바꾸었다.

대량의 『재』가 허물어지며, 그에게 붙들렸던 벨도 그 속으로 떨어졌다.

그 광경에 류의 시간이 얼어붙고 말았다.

"어……?"

재가 흩날리고, 희미하게 연기가 피어나는 가운데, 소년의 그림자가 떨면서 일어났다.

상황을 이해하지 못하고 있는 류에게, 벨은 천천히 다가왔다.

"미안해요, 류 씨……. 몬스터를 유인하기 위해……."

"아……."

그 말에 류는 깨달았다.

모두 몬스터를 쓰러뜨리기 위한 『책략』이었음을.

류가 가르쳐준 『마석』을 노리는 『일격필살』. 팔을 들 힘도 남지 않았던 벨은 대형급 몬스터가 제 발로 다가오기를 기다렸던 것이다.

『마석』이 존재하는 적의 가슴에 일격을 꽂기 위해 죽어가는 사냥감을 연기했다.

문자 그대로 마지막 도박을 걸고.

"류 씨의 목소리, 계속 들렸지만…… 저기, 미안해요."

눈앞에서 두 무릎을 꿇고, 벨은 쓰러진 류의 몸을 일으켜주었다.

쪼그려 앉은 자세가 되어 눈높이가 같아진 류는 한동안 망연자실했으나……

화끈.

이 자리에는 어울리지 않을 만큼 얼굴을 새빨갛게 물들이고 말았다.

소녀 같은 목소리를 내고 말았다.

그렇게 한심한 목소리를.

벨은 어딘가 민망해하고 있었다.

류는 수치심도 한몫 해, 눈물이 맺힌 눈꼬리를 한껏 틀어올리며 손을 쳐들었다.

눈을 감은 벨의 뺨을 때리려다가…… 결국 손을 내렸다.

안도에 굴복해, 마치 울다 지친 것처럼 벨의 품에 얼굴을 묻었다.

"부탁이니…… 이제 두 번 다시 그런 짓, 하지 말아요……."

"……미안해요."

가슴에 이마를 대며 중얼거렸다.

걱정을 끼쳤던 벨은 류의 머리카락에 사죄의 말을 떨어뜨렸다. 귀를 타고 전해지는 심장 소리가, 소년이 살아있음을 확실하게 가르쳐주었다. 류는 그것만으로도 모든 것을 용서했다.

잠시 후, 벨은 움직이지 못하는 류를 다시 업었다.

어두운 외길을 따라 나아간다.

그 걸음은 매우 미덥지 못했지만, 지금의 류를 크게 안심시켜주었다.

설령 그것이 결사행의 연장이라 해도.

'……몬스터의 기척이 없잖아? 주위에는 없는 건가……?'

희미한 빛이 비추는 통로에는 잔해와 몬스터의 시체가 굴러다니기는 했지만, 이쪽을 노려보는 시선, 적의나 살의 같은 것은 존재하지 않았다. 조금 전에 교전했던 『바바리안』도 어디까지나 『콜로세움』에서 떨어졌던 몬스터다. 운 좋게 이 주위에서는 몬스터가 태어나지 않는 것일까. 류는 피곤에 젖은 머리로 생각했다.

그때 벨의 발이 한 차례 멈추었다.

전방, 어둠 안쪽, 외길이었던 통로가 모퉁이를 이루고 있었다.

그 모퉁이 너머에서 희미한 푸른 빛이 새나왔다.

던전 내에서 광원의 변화는 경계대상이다. 그렇다고 해서 지금은 길을 돌아갈 수도 없었다. 후방의 길은 붕괴에 막혀버렸으니까.

긴장감을 띠며, 벨과 류는 꺾인 길 너머로 나갔다.

그리고.

"──!!"

시야에 들어온 광경을 보고 류는 숨을 멈추었다.

이제까지와 다를 바 없는 폭의 외길에는 중앙을 달리는 『물』의 흐름이 있었던 것이다.

"냇물……?"

중얼거린 벨의 말대로, 바로 그들의 눈앞에서부터 시작되는 푸르고 맑은 물.

좌대처럼 솟아오른 바위너설에서 물이 솟아나, 직선을 이루는 통로 저편, 시야 깊은 곳까지 이어지고 있었다.

"37계층에 수원지가……?"

그런 말은 류도 들어본 적이 없었다.

희뿌연 색의 암석으로 이루어진 『화이트 팰리스』에서는 식량과 물을 얻기가 어렵다. 그렇기에 류도 『하층』으로 탈출하는 것을 최우선 명제로 삼았다. 【아스트레아 파밀리아】의 동료들과 함께 제41계층까지 답파했던 경험이 있는 류조차 이런 에어리어가 있다는 사실은 몰랐다.

"『콜로세움』 밑에, 이런 곳이 있었다니……. 아니, 아무도 다가오지 않는 곳이라 이제까지 발견되지 않았던 걸까……?"

류의 고찰이 중얼거리는 목소리가 되어 새어 나오는 가운데, 벨은 마음을 굳힌 것처럼 발을 내디뎠다.

어쨌거나 염원하던 수분이다. 바짝 말라버린 목을 적셔주기 위해 강가로 다가가려 했다.

"……윽!"

그러나 그때, 마침내 벨의 무릎이 꺾였다.

부자연스럽게 힘을 잃은 두 다리는 균형을 잃고 류와 함께 푸른 물속에 뛰어들고 말았다.

넘어진 충격으로 녹색 롱 케이프가 벗겨져 허공에 나부꼈다.

"……베, 벨!"

물에 젖은 류는 손을 짚고 고개를 들었다.

바로 곁, 물속에 가라앉아 있는 벨에게서는 대답이 없었다. 투명한 물속에서 소년은 마지막 힘을 잃은 것처럼 두 눈을 감고, 기포만이 수면에 떠올랐다.

다행히 수심은 얕다. 그러나 벨의 몸에서 피가 흘러나와 눈 깜짝할 사이에 맑은 물을 옅은 붉은색으로 물들였다. 동요한 류는 벨에게 손을 뻗었다.

부상을 입은 다리로는 일어나는 것도 힘들어, 물 밑바닥에 발을 담근 자세로 옆으로 안으며 그의 몸을 꺼냈다.

"──【지금은 머나먼, 숲의 노래…… 그리운, 생명의 선율……】."

창백하게 질린 소년의 얼굴에 류는 매달리는 심정으로 영창을 시작했다.

없는 마인드를 모조리 쥐어짜내는 마지막 도박. 마인드다운을 일으켜 함께 쓰러질 가능성도 잘 알면서 회복마법을 단행했다.

"【노아 힐】……!"

녹색의 따뜻한 빛이 벨의 몸을 감쌌다.

손끝에서부터 급격히 사라져가는 힘에 의식이 끊어지려 했지만 입술을 깨물며 견뎠다.

역시 치유가 느렸다. 상처가 아물질 않는다. 지금도 벨의 몸에서 생명의 물방울이 한 방울, 또 한 방울 흘러 내려간다.

안 돼. 막아야 해. 절대 죽게 만들 수 없어.

반쯤 자기 자신을 욕하듯, 몸 구석구석에서 쥐어짜낸 『마력』을 모조리 쏟아부었다.

퍼져가는 녹색 빛의 윤곽에, 나뭇가지 사이로 스며드는 햇살처럼 따뜻한 온기가 생겨났다.

이윽고 빛이 수렴되었다.

소년의 상처는 모두 아물었다.

"⋯⋯⋯⋯벨."

불면 꺼질 듯한 음성으로 소년의 이름을 속삭였다.

의식을 필사적으로 붙들어놓은 류는 물을 떠 자신의 입에 머금었다.

인체에 유해하지 않음을 확인한 후, 손으로 다시 물을 떴다.

"드십, 시오⋯⋯ 마셔봐요."

다시 한 번 속삭였다.

소년을 살리기 위해.

왼손으로 머리를 받치고, 오른손을 벨의 입가로.

손바닥에 담긴 투명한 수면이 흔들렸다. 피가 굳은 소년의 입술에 손가락이 닿았다.

류는 기도하듯 물로 입술을 계속 적셨다. 몇 번이고, 몇 번이고.

머리 위에서 드리워지는 어둠에 안긴 채, 맑은 물의 푸른 광채를 받는 그 모습은 덧없고도 조용하고 숭고해, 마치 자비의 조각상처럼 보였다.

그런 요정의 모습을, 침묵에 잠긴 던전만이 지켜보았다.

이윽고.

소년은 목을 울리며, 살짝 눈을 떴다.

✻

조용한 물소리가 울렸다.

제37계층의 유일한 수원지는 전장과는 무관한 여울의 소리를 냈다.

주위 일대에는 인광이 없었다. 벽면에도, 천장에도.

그러나 통로 한복판을 흐르는 맑은 물이 빛을 내며 광원을 대신했다.

신비로운 푸른색 빛을 받는 통로. 시냇물을 끼고 좌우 기슭의 폭은 각각 4M 정도. 표면은 우툴두툴한 바위너설과는 달리 얼음판처럼 매끄러웠다.

한쪽 기슭에 앉은 류와 벨은 이제까지의 휴식에서 그랬

듯 벽에 등을 대고 기대 앉아 있었다.

"······몸은?"

"네, 괜찮아요. 푹 잤고······ 물도 마셔서."

옷깃 스치는 소리를 내며 움찔거리는 류의 질문에 벨의 목소리가 대답했다.

물의 은총은 류와 벨에게 구사일생을 가져다주었다.

가혹한 환경과 던전의 가차 없는 연속전투로 벨은 가벼운 탈수 증상을 일으키고 있었다. 시선 너머에서 흐르는 시냇물은 말 그대로 생명수가 되어 두 사람을 구해주었다.

게다가 이곳에 도착한 지 이미 약 1시간.

몬스터와 싸우는 일도 없이, 마음껏 쉴 수 있었다.

이제까지의 겨우 몇 분밖에 되지 않았던 휴식과 비교한다면 파격적이었다.

"······."

"······."

류와 벨은 말이 없었다.

정확하게는 무언가를 말해도 오래 가지 못하고, 입을 열었다가는 다물기를 반복했다.

시선을 마주치지도 못하고, 전방을 가로지르는 물의 흐름만을 바라보았다.

냇물만을 바라보고자 애를 썼다.

까놓고 말해.

류와 벨은, 옷을 벗고 있었다.

"…………."

"…………."

흠뻑 젖은 장비와 의복은 금방 체온을 빼앗는다. 피폐해진 두 사람이라면 더욱 그렇다.

그렇기에 어쩔 수 없는 조치였다. 당연한 일이었다.

하지만 머리로는 이해해도 감정은 다른 문제다.

구체적으로 말하자면, 매사에 진지하고 결벽성이 있는 엘프와 앳된 휴먼 소년, 두 사람 모두 동요하고 당황하며 얼굴을 붉힌 채 서로를 의식하지 않을 수 없어, 심장 고동 소리만을 필사적으로 가라앉히려 할 정도로 다른 문제다.

다시 말해 그런 일이었다.

"……………."

"……………."

류는 상반신을 벗은 채, 몸에 걸친 것은 수몰을 면했던 롱 케이프뿐. 안에 입은 것은 얇은 속옷 하나뿐이다.

벨 또한 위에는 아무것도 입지 않았으며, 아래는 무릎까지 걷은 까만 바지 한 벌뿐.

되풀이된 불충분한 치료로 옷과 다리의 부상이 완전히 달라붙어, 억지로 벗기면 상처가 벌어지고 만다. 그러기에 타협한 것이었다. 하지만 이를 제외하고서라도 걸칠 것이 없기 때문에 벨이 노출은 더 많았다.

가슴을 가리고, 눈을 이리저리 돌리고, 새빨개진 얼굴로 자신의 케이프를 입혀주려 하는 류와 한바탕 옥신각신하기는 했지만, 어떻게든 설득해 현재의 차림으로 타협을 보았다.

"……윽."

가슴속에서 솟아나는 감정을 견디지 못하고 류가 조금씩, 그러나 연신 몸을 꿈질거리는 바람에 피부와 케이프 사이에서 옷깃 스치는 소리가 계속 울렸다.

그때마다 벨은 숨을 멈추고 몸을 굳혔다.

'창피하다…………는 소리나 할 때가 아닌데.'

나긋나긋한 두 다리를 가슴에 끌어안으며 류는 가느다란 목소리로 중얼거렸다.

곁을 몰래 살펴보니, 이 어둠 속에서도 벨의 얼굴이 발갛게 물든 것을 알 수 있었다. 류도 그렇다. 긴 귀 끝까지 열기를 띤 것이 느껴졌다.

지면에는 벗어놓은 장비와 옷이 널려 있다.

류가 착용했던 배틀클로스와 롱 부츠. 말리기 위해 윗도리는 깨끗하게 접어놓지는 못하고, 부츠는 축 늘어져 있었다.

어쩐지, 어째서인지 정말 잘은 알 수 없었지만, 은근히 배덕감이 들었다. 견딜 수 없는 무언가가 있었다. 그것은 엘프인 류의 옷이기 때문일 수도 있다. 벨은 곁에 있는 류 본인은 물론 그녀의 옷도 필사적으로 보지 않으려 했다.

그러는 류도 류대로 벗어놓은 벨의 옷에 눈을 돌리지 못했다.

서로의 긴장감이 서로에게 전해지는 악순환.

어깨와 어깨 사이, 미묘하게 벌어진 거리가 두 사람의 수치심을 여실히 말해주었다.

'이렇게나, 그를 의식해버리다니…… 어째서?'

순수한 의문을 가슴에 던져보았지만 답은 돌아오지 않았다.

그가 구해주어서? 유대감이 깊어져서? 류가 『옳다』고 가르쳐주어서?

자문하는 목소리가 되풀이되었다.

대답은 역시 없었으며, 그저 불규칙한 심장 소리만이 의연히 울려 퍼졌다.

애초에 전에 목욕하던 모습을 들켰을 때에도 이렇게는——

"으으으……!!"

거기까지 생각하고 류는 자멸했다.

제18계층에서 있었던 사건이 뇌리에 되살아나 급속히 혈액이 얼굴에 몰렸다.

그 추태를 벨에게 보이지 않고자 열심히 고개를 숙였다.

대신 소년을 깜짝 놀라게 만들기는 했지만.

'던전에서…… 『심층』에서, 이런 사태에 빠지다니…….'

원래 같으면 이런 촌극 같은 일은 할 틈이 없다.

차림도 그렇지만 지금의 류와 벨에게는 힘이 남아있지 않다. 몬스터에게 습격이라도 당했다간 끝장이다. 수치 따위 내팽개치고 지금 할 수 있는 일을 해야 한다.

그러나── 류는 이곳에 몬스터가 나타나지 않을 것 같았다.

벨도 같은 생각을 하고 있으리라.

잘은 설명할 수 없지만, 이 냇가 일대에는 던전 특유의 팽팽한 공기가 없었다. 몬스터의 기척도, 숨결도, 시선조차 전혀 느껴지지 않는 것이다. 졸졸거리는 물소리 이외에는 아무 소리도 들리지 않았다.

1시간 이상 휴식을 취하고 있다는 것도 류의 직감을 뒷받침해주었다.

이 공간만 시간의 흐름이 느린 것처럼 느껴지기까지 했다.

"……."

이대로는 안 돼.

기껏 휴식을 취하고 있는데 긴장을 하면 회복될 것도 회복되지 않는다.

류는 자신을 그렇게 타이르며 입을 열었다.

"……확인해두어야만 할 것이 있습니다."

"어…… 아, 네. 뭔가요?"

이 분위기를 어떻게든 해보려는 의도도 있지만, 류는 계속 묻고 싶은 것이 있었다.

류는 벨 쪽을 보며 물었다.

"그때, 왜 돌아왔지요?"

물론『콜로세움』에서의 일을 이야기하는 것이다.

류의 판단은 틀리지 않았다. 자기희생이 옳다고 말할 마음은 없지만, 그 상황은 『선택해야만 하는』 국면이었다. 『천칭에 올려야만 하는』 순간이었다. 지금 이렇게 있을 수 있는 것은 결과론일 뿐이다.

"자칫 잘못하면, 아니, 잘못하지 않더라도 둘 다 죽을 수 있었습니다."

"……."

"당신은 『콜로세움』 밑에 이 공간이 있다는 걸 알았나요?"

"아뇨……."

"그러면 왜 그런 짓을 했나요."

이제까지의 감정을 잘라버리고, 모험자로서 물었다.

진지한 표정으로 노려보는 류에게, 벨은 시선을 돌리지 않은 채 대답했다.

"이제는, 아무도 죽게 하고 싶지 않다고…… 그렇게 생각했으니까요."

벨의 말은 간결했다.

그 마음은 그저 희고 올곧았다.

정말로 그뿐이었을 것이다. 그것만으로 류를 구하러 온 것이다.

류는 그 사실을 알 수 있었다. 계산도 타산도 목적도 없이, 류의 목숨을 되찾기 위해.

벨은 자신의 『이상』을 위해, 선택을 강요하는 천칭을 부숴버렸다.

혼신의 힘을 다해, 임기응변을 기울여, 부상을 대가로, 세상에 저항했다.

"……."

모두 그저 운에 맡긴 행동.

우연히 『콜로세움』 바닥이 꺼져버렸기에 망정이지, 만약 그렇지 않았더라면——.

……그렇지 않다면, 남은 몬스터와 싸워, 류를 안아들고 나와, 구해버렸을 것이다.

이 소년이라면, 분명.

지금의 류는 그런 생각을 할 수밖에 없었다.

"벨…… 내 이야기, 들어주겠어요?"

정신이 들고 보니 류는 그렇게 말하고 있었다.

언젠가 미궁의 낙원에서 그랬듯, 곁에 있는 소년에게 모든 사실을 이야기했다.

자신에게 무슨 일이 있었는지, 【아스트레아 파밀리아】가 어떻게 됐는지, 아무에게도 들려주지 않고 숨겼던 것들을 상세히, 모두 다.

자신의 죄도, 과오도, 후회도, 모든 것들을 털어놓았다.

"——쥬라가 말한 희생이란, 그런 것이었습니다."

"……."

말을 마친 류는 도망치듯 시선을 바닥에 떨구었다.

스스로 폭로한 과거의 상처가 시큰시큰 쑤셨다.

소년의 입술에서 무슨 말이 떨어질지 크게 두려워했다.

벨은 천천히 입을 열었다.

"그럼…… 역시 살아야겠네요……."

눈썹을 늘어뜨리고, 웃으며.

"류 씨의 소중한 사람들은…… 류 씨가 살기를 원해서, 싸웠으니까요."

"아……."

"바보 같은 저도, 알 수 있는걸요. 류 씨가 이런 곳에서 죽는다면…… 알리제 씨랑 다른 동료 분들은, 분명 화를 낼 거예요."

왜 그 사람들 마음을 모르냐고.

어린아이를 타이르듯, 조곤조곤 말을 잇는다.

벨은 경멸하지도 않았다. 욕하지도 않았다. 그저, 약간 화를 냈다.

마치 다음에 또 그런 일을 하면 용서하지 않겠다고 하듯, 류를 말리듯.

시르와도 비슷한 분위기로, 알리제 같은 눈빛으로.

소년의 눈이 다시 쓴웃음을 머금듯 구부러졌다.

그 루벨라이트색에 빨려 들어가던 류는, 가슴을 가리고 있던 손을 놓았다.

심장이 크게 뛰었다.

그런 기분이 들었다. 어디까지나 기분이 들었을 뿐이다.

그러므로 소년을 만져보고 싶다고 생각하는 지금 이 마음도 기분 탓이다.

류는 눈을 내리깔고 주먹을 꽉 쥐었다.

"베, 벨."

"......?"

"여, 역시·························· 피부를, 맞대야겠
습니다."

"......네?"

류의 분위기를 의아해하며 살피던 벨은 그 말을 듣고 굳
어버렸다.

시간을 꼬박 들여 말의 의미를 이해했는지, 서서히 얼굴
을 붉혔다.

류도 뺨만이 아니라 귀 끝까지 붉히며, 꼬이려 하는 혀
를 움직였다.

"지, 지금, 우리가 하고 있는 일은…… 비, 비효율적이
죠. 벨이 정말로, 나랑 생환할 생각이라면…… 피, 피부로,
서로에게 체온을 전해주어야……!"

"넥, 억, 그, 그치만……?!"

"창피하다는 말을 하고 있을 때가 아닙니다……. 이렇게
나, 몸이 식었는데."

더듬거리던 벨은 류에게 손을 잡히자 눈을 크게 떴다.

그의 손은 얼음처럼 차가웠다. 색깔도 하얗다. 벨의 경
우에는 피를 지나치게 흘린 탓도 있었다. 상급 모험자의
생명력으로 버티고 있는 지금의 상황이 좋을 리 없다.

류는 부끄러워하면서도 옳은 말을 하고 있다.

소년의 몸을 걱정하는 마음은 진짜였다.

"하, 하지만 역시, 류 씨는 엘프고, 그러니까……."

"그런 건 생각하지 않아도 됩니다. 비상시라면 엘프라 한들…… 드워프하고도, 안을 수, 있을 터……."

종족 문제를 거론하는 벨의 우려를 차단해버렸다.

입을 뻐끔거리면서도 소년의 반론은 끊어지고 말았다.

"하, 하지만, 벨…… 그, 삿된 마음은, 품어서는 안 됩니다."

"……네?"

"나는 그걸 알면, 분명 손을 대서, 다, 당신을 혼낼 테니까……."

스스로 말해놓고는 수치심에 죽어가는 류는 주의사항을 열거하기 시작했다.

벨은 입을 딱 벌렸다.

"아니 그, 나 같은 몸에 욕정을 일으키리라고는 생각하지 않지만…… 그, 그러니까……!"

결벽성이 있는 엘프의 성질을 버리지 못하는 류가 더할 나위 없을 정도로 혼란에 빠져 이제까지 본 적이 없을 정도로 얼굴을 붉히고 있으려니.

"쿡…… 아하하하! 아, 아야야……."

"왜, 왜 웃는 겁니까……!"

벨은 웃음을 터뜨렸다. 웃는 바람에 욱신거리는 몸을 붙드는 그 모습에 류는 당황했다.

자신은 진지하게 말하고 있는데.

분개하고 있으려니, 벨은 여전히 웃음을 지은 채 말했다.

"미안해요, 어쩐지 마음이 놓여서. ……류 씨는, 류 씨니까요."

변해버린 모습을 보여도 자신이 아는 엘프라는 데에 안도했다.

그런 말을 들은 류는 살짝 눈을 크게 뜬 후, 입을 다물었다.

다시 얼굴에 열기가 모이는 듯한, 어딘가가 간지러운 듯한, 그런 감각에 사로잡혔다.

이윽고 결심한 벨은 쭈뼛쭈뼛 물었다.

"어, 그러면…… 어떻게 할까요……?"

"…….."

"서로 안는 건, 옷을 입은 다음이 아니면, 여러 모로 좀 그렇달까, 어……."

그 말에.

류는 한참 침묵한 후, 말없이 일어났다.

한쪽 다리로 어떻게든 걸으며, 벨의 눈앞에서 멈추더니, 등을 돌렸다.

그리고 몸에 걸쳤던 케이프를, 벗었다.

"_____."

훌렁. 몸을 타고 지면에 떨어지는 케이프.

새하얀 목덜미와 싱그러운 등이 드러났다.

흘러 떨어지는 물방울이 목에서 가녀린 허리까지 이어

져, 유일하게 남은 속옷으로 빨려 들어갔다.

벨이 숨을 멈추고 몸을 뻣뻣하게 긴장시키는 것을 알 수 있었다. 그에게 등을 돌린 류도 얼굴이 새빨갛다.

뒤에서는 보일 리가 없는데도 두 팔로 가슴을 감추며 지면에 앉았다.

미미한 침묵이 흘렀다. 하지만 지금의 류에게는 매우 긴 침묵이었다.

하늘색 눈을 자기도 모르게 내리깔고 있으려니, 그녀의 의도가 전해졌는지, 등 뒤에서 결심하는 기척이 전해졌다.

벨이 몸을 일으켰다.

류의 심장이 벌컥 뛰었다.

벨이 조심조심, 뒤에서 두 팔을 감는다.

류의 어깨가 떨렸다.

그리고 서로의 거리가 사라졌다.

"……."

"……."

벨이 뒤에서 팔을 감아 류를 가슴에 안았다.

밀착하는 류의 등과 얇은 가슴판.

소년의 두 팔이, 태어난 그대로의 모습을 한 류의 가슴 앞에서 교차했다.

타오르는 듯한 수치심을 느꼈던 것은 처음뿐이었다.

서로의 몸이 서로의 체온을 교환한다.

싸늘한 피부의 감촉은 온기로 바뀌어 류를 감싼다.

처음에는 격렬했던 고동이, 시간을 들여 천천히 줄어들고, 류의 등을 몇 번이고 노크했다. 기분 좋은 리듬이 요람처럼 류의 마음을 풀어주었다.

두 사람의 몸에서 긴장이 사라졌다.

두 사람의 가슴 소리는 한데 녹아 하나가 되었다.

그렇게 되는 것이 당연한 것처럼, 서로에게 몸을 맡겼다.

벨은 류의 등에 기대고, 류는 벨의 가슴에 등을 기댔다.

"따뜻, 한가요?"

"네, 아주……."

"다행이네요……."

"네……."

"…………."

"…………."

말은 역시 길게 이어지지 못했다.

하지만 결코 싫은 침묵은 아니었다.

맑은 물소리가 이를 긍정해주었다.

벨이 약간 다리를 벌려 그 사이에 류가 쏙 들어가는 형태. 류는 굉장히 따뜻했지만, 감싸주고 있는 벨은 분명 춥지 않을까.

말을 걸어, 떨어진 케이프를 손끝으로 끌어당겼다. 벨이 이를 등에 걸치고 류의 몸과 함께 감쌌다.

벨의 얼굴이 류의 얼굴 바로 옆에 있었다.

귓가와 목덜미에 느껴지는 안온한 숨결이 조금 간지러

웠다.

엘프의 가느다란 귀를 몇 번이나 쓰다듬었다.

"류 씨는……."

"……?"

"류 씨는, 이렇게나 작았네요……."

"……키는, 당신과 별로 다르지 않을 텐데요."

"어, 그렇긴 하지만…… 뭐랄까."

"뭐죠?"

"……아무것도 아니에요."

"……말하세요."

"아뇨, 하지만……."

"말하세요."

"그, 그치만——."

"어서."

"…………몸이 가녀리고, 부드러워서. 그…… 여자분이
구나, 하고."

"……."

"남자가, 여자를 지켜주고 싶어하는 마음…… 좀, 알 것
같아서요."

"……당신은, 비겁합니다."

가녀린 목소리로 중얼거렸다.

몸을 움찔거리며, 마치 그를 원하듯 등을 꽉 밀어붙였다.

벨도 그에 응하듯 팔에 힘을 주었다.

떨리는 호흡이 새나왔다.

그것이 어째서인지 달콤하게 느껴졌다.

'……비겁해.'

류는 지금만은 회색머리 소녀의 얼굴을 떠올리지 않으려 했다.

그런 자신을 마음속 한구석에 있는 엘프인 자신이 간사하다고 비난했다.

용서해다오.

지금만은, 부디 지금만은——.

무엇에 대해 용서를 구하는지도 알지 못한 채, 누구에게 사죄하는지도 이해하지 못한 채, 그저 류는 자신의 감정에 솔직해졌다.

뒤를 돌아보고 싶다고 마음이 속삭였다.

바로 곁에 있는 예쁜 루벨라이트색 눈과 시선을 나누고 싶다고, 마음이 애를 태웠다.

움직이면 간단히 닿아버릴 거리에서 서로 바라보고 싶다고.

하지만 류는 두려웠다.

두 사람의 무언가가 결정적으로 바뀌어버릴 것만 같아, 그것을 두려워했다.

두 번 다시 돌아갈 수 없을 것 같았다.

그러므로 참았다.

가느다란 아래팔을 붙잡아, 청렴한 엘프인 자신에게 도

움을 청했다.

엘프도, 주점 점원도, 【질풍】도 아닌, 그저 평범한 류를 다잡아달라고.

그것이 슬프고 애절하면서도, 마음이 놓였다.

"류 씨⋯⋯."

"네⋯⋯."

"돌아가면, 뭘 하고 싶나요⋯⋯?"

"⋯⋯미아 어머님의, 따뜻한 밥을 먹고 싶군요."

"아, 저도⋯⋯. 그럼, 같이 가요."

"하지만 그 전에 저는, 시르와 동료들에게 오랫동안 꾸지람을 듣겠지요⋯⋯."

"아하하⋯⋯."

"⋯⋯당신은?"

"저는, 벨프랑 동료들이랑 같이 돌아가서, 주신님께 『다녀왔습니다』하고 싶어요⋯⋯."

"네, 그게 좋겠지요. 【파밀리아】를, 소중히 해주세요⋯⋯."

"네. 류 씨네처럼, 오랫동안, 소중히 할게요⋯⋯."

"⋯⋯고맙습니다."

몸을 맞대고, 서로에게 몸을 기대고, 속삭임을 나누었다.

그것은 연인의 달콤한 밀회와도 같았다.

그와 동시에 씻을 수 없는 덧없는 무언가가 있었다.

입술을 살짝 구부리고 웃는 두 사람의 얼굴에 깃든 안온한 위태로움. 당장이라도 사라져버릴 것 같은 가느다란 음성. 마치 수명이 다하려는 촛불과도 같은.

조용히 눈을 감고, 하늘로 떠나가는 여행자처럼 잠이 들었다.

서로를 안은 채, 몸을 맞대고, 단 둘이.

곁을 흐르는 냇물만이 조용한 한순간을 주듯 푸른 광채를 뿜어내고 있었다.

⌐•⌐

휴식 개시로부터 다시 몇 시간.

푹 곯아떨어졌던 벨과 류의 심신은 크게 회복되었다.

몸의 상처는 그렇다 쳐도 마인드의 회복이 컸다.

특히 머리에 달라붙어 있던 통증과 권태감이 사라졌다. 이것만으로도 휴식 전의 컨디션과는 천지차이였다.

눈을 뜬 두 사람은 재빨리 행동을 개시했다.

"미안해요, 벨……. 귀중한 마인드를 써서 불을 피우게 하다니."

"아뇨, 푹 쉬었으니까…… 그 정도 화력이라면."

냇물 소리에 섞여 불이 튀는 소리가 들렸다. 류와 벨의 얼굴을 비추는 것은 모닥불의 빛이다.

체력이 어느 정도 돌아온 류가 재료를 모으고, 여기에 벨이【파이어볼트】를 쏘았다. 적절한 연료도 도구도 없이 물기가 많은 이 장소에서 자력으로 불을 피우기란 지극히 어려웠기 때문이다.

　그들이 준비한 재료는『드롭 아이템』. 외길을 따라 돌아가, 수많은 잔해와 주검이 널브러진 콜로세움 밑의 통로에서 몬스터의 가죽── 특히 유분을 많이 머금은『바바리안의 체모』를 모아왔다.

　벨이 침입했던 다이달로스 거리의『비밀 지하통로』, 고아원 아이들과 맞닥뜨렸던『제노스』바바리안 때와 마찬가지로 이 체모는 불이 잘 붙었다.

　"벨, 체력은요?"

　"굉장히 좋아졌지만…… 긴장을 풀면 이렇게 손이 떨리네요……."

　불을 피우면서 벨과 류는 포옹을 풀었다.

　지금은 모닥불 앞에 나란히 앉아있다.

　가슴 앞에 들어올린, 떨리는 소년의 손을 류는 가만히 바라보았다.

　이 냇물은 세이프티 포인트다.

　류는 그렇게 확신했다.

　이 푸른 물이 마치 삿된 기운을 밀어내주는 것처럼, 몬스터의 습격은 없었다. 아마 제37계층의 유일한『낙원』일 것이다. 이곳에만 있으면 피를 토하는 일도 없이 원하는 만큼 체력을 회복할 수 있다.

　'여기에서『농성』하는 것도 한 가지 방법이기는 해…….하지만 우리에게는 정작 중요한『병량』에 해당하는 것이

없지.'

물은 얼마든지 솟아난다. 하지만 식량이 전혀 없다.

아무리 초인적인 제2급 모험자라 해도, 활동의 원천이 되는 영양이 없으면 행동할 수 없다. 여기서 아무리 휴식을 취해도 근본적인 회복으로 이어지지는 않을 것이다.

이대로는 완만하게 죽어갈 뿐. 벨의 떨리는 손은 이를 암시했다.

만약 구조대가 파견된다 해도, 류와 벨의 목숨이 사라지는 쪽이 분명히 빠를 것이다. 단언할 수 있다.

애초에 오라리오의 면적에 필적하는 제37계층에서 운 좋게 류와 벨을 발견할 가능성은 거의 없는 거나 마찬가지다. 『심층』에서 소식이 끊어진 모험자란 곧 죽은 자와 동의어다. 적어도 길드의 인식은 그렇다.

'던전은, 『정체』를 선택한 자들도 살려서 돌려보내지 않지······.'

두 번 다시 『가혹』을 맛보고 싶지 않다.

그런 마음의 욕구를 받아들이는 것은 던전에게 패배한다는 말과 같다.

뇌리에 스치는, 백골이 되었던 동종업자들의 말로. 이 안락한 『낙원』을 향수하면 류와 벨도 같은 길을 걷게 된다.

전진해야 한다.

앞으로 나아가, 『모험』을 해야만 한다.

모험자라면.

류는 결단을 내렸다.

"벨…… 조금만 더 쉬고 이곳을 떠나겠어요."

"……알았어요."

나직한 류의 목소리에 벨은 고개를 끄덕였다.

회복된 마인드로 【노아 힐】을 발동해 벨을 육체 면에서는 완쾌시켰다. 잃어버린 혈액과, 더 이상 임시방편 치료로는 재생이 불가능한 왼팔은 제외하고.

동시에 류는 자신의 오른발을 완치시켰다.

충분한 마인드만 있으면 류의 『마법』은 골절도 치유한다. 다만 나이프의 칼날을 부목 대신 고정시켜 놓았다고는 해도, 무리한 운동이 화근이 되었는지 뼈가 약간 엇나가 붙은 것을 알 수 있었다. 정규 힐러가 아닌 자의 폐해였다.

움직임에는 지장이 남을지도 모르지만, 아무튼 이로써 류도 혼자 이동할 수 있게 되었다. 계속 부축해주었던 벨의 부담이 줄어든 것은 분명하다. 엇나간 뼈는 지상에서 힐러의 신세를 져 복원하면 된다.

한바탕 치료를 마치고, 마인드 회복을 위해 다시 한 번 휴식을 취한 류와 벨은 옷을 손에 들었다. 모닥불 덕에 배틀클로스는 거의 말랐다.

서로 등을 돌리고 옷을 입었다.

이쯤 되니 더 이상 강한 동요는 없었지만, 그래도 옷깃 스치는 소리에 익숙해지지는 않았다.

장비도 착용하고, 모닥불을 껐다.

그리고 출발하기 직전, 류는 이곳을 떠나는 것을 아쉬워하는 자신의 마음을 깨달았다.

'……한순간의 망설임이다. 피로 때문에 어떻게 된 거겠지.'

소년의 온기에 안겨 몸도 마음도 이어졌다는 착각을 맛보았다. 그것은 류가 이제까지 느낀 적이 없었던 안락이었다.

하지만 여기에 빠져들 수는 없었다. 류가 그것을 허락하지 않았다. 그녀는 어디까지나 고결한 엘프였다.

가슴에 싹트려 하는 마음을 보고도 못 본 척하며, 미련 따위 허상이라고 단언했다.

"가시지요."

"네."

벨과 나란히 걸어나갔다.

한때의 휴식을 주었던 장소에 등을 돌리고, 두 사람은 앞으로 나아가기 시작했다.

맑은 물이 흐르는 외길을 하염없이 걸었다.

역시 몬스터는 없는지, 벨과 류는 안전하게 길을 갈 수 있었다.

"이곳은 『미개척영역』이 될까요……?"

"매핑되지 않았다는 의미에서는 틀림없이 그럴 겁니다. 하지만 이 장소는…… 무언가 특별하다는 생각이 드는군요."

벨은 류와 대화를 나누며 주위를 둘러보았다.

발 밑과 벽면은 다른 곳과 마찬가지로 희뿌연 색의 암석이지만 중앙을 내달리는 맑은 물의 빛을 받아 통로 그 자체는 푸르스름한 색을 띤 것처럼 보였다. 냇물 덕에 통로는 싱그럽고 청량했다.

벽면과 지면의 경계에는 조그만 백합 같은 풀꽃이 피어 있었다.

수많은 흰색의 작은 꽃이 물소리에 찰랑거렸다.

길드의 미궁도감에도 실리지 않은 미발견 꽃은 『화이트 팰리스』에 피는 유일한 식물이라 해도 과언이 아니었다. 벨에게 말을 걸어 잠시 발을 멈춘 류는 꽃을 따 입에 머금어보았다.

달다. 그렇게 말하며 류는 벨에게도 먹였다. 분명 혀 위에 녹아드는 미미한 꿀의 맛이 났다. 설령 입 안 가득 머금어도 회복되는 체력은 얼마 되지 않지만, 위안이 됐든 뭐가 됐든 없는 것보다는 낫다. 그야말로 벨에게는 오랜만에 입에 넣는 당분이어서, 뺨이 시큰거릴 정도의 진수성찬처럼 여겨졌다.

머리 위를 올려다보면 제37계층의 어떤 에이리어보다도 천장이 낮았다.

암굴을 방불케 하는 요철이 뚜렷이 보였다.

지하수맥.

혹은 하늘이 차단된 계곡.

지금 걷고 있는 통로에 벨은 그런 인상을 품었다.

"길이 계속 이어지네요…… . 물소리밖에 안 들리고…… ."

맑은 물과 함께 그저 일직선으로 뻗어나가는 통로는 푸른 길이었다.

제18계층의 『언더 리조트』나 제25계층부터 시작되는 『물의 미로도시』와 비교하면, 그 광경은 조용하고 수수했다.

하지만 『심층』 내에서 푸르게 빛나는 냇물은 어둠 속을 헤매던 두 사람에게 무엇보다도 존엄하고 신비롭게 보였다.

이것도 던전.

모험자들에게 가차 없이 송곳니를 들이대는 한편, 이런 환상적인 풍경을 펼쳐준다.

끝없는 어둠 속에서 보여준 던전의 유일한 자비. 벨에게는 그런 생각이 들었다.

"…… ."

"…… ."

푸른 길이 하염없이 이어진다.

필연적으로 벨과 류 사이에서 대화는 사라졌다.

기나긴 길. 어디까지 이어지는 걸까. 이 너머에 무엇이 기다리고 있을까. 이따금 비틀거리는 벨의 다리는 잃어버린 피의 대가. 이렇게 해 『심층』을 벗어날 수 있을까. 불안은 항상 따라왔다.

하지만 벨과 류는 희망을 버리지 않고 푸른 길을 계속 나아갔다.

그리고.

"막다른 길……."

길이 사라진 곳에는 작은 샘이 있었다.

우툴두툴한 원형을 그리는 공간이 종점을 알렸다. 중앙에 있는 맑은 샘은 용천과는 반대로 물이 바닥에 빨려 들어갔다. 마치 던전 안을 순환하듯.

주위에는 동굴도 없고, 위나 아래로 뻗은 계단 같은 것도 없었다.

설마 돌아가야만 하는 걸까 싶어 주위를 둘러보고 있으려니, 문득 류가 깨달았다.

"그 바위…… 다른 곳과는 조성이 다르군요."

암석이라기보다는 석영과도 같은 순백색 광석.

벨은 긴장한 표정으로 《헤스티아 나이프》를 뽑아 류가 가리키는 바위에 검신을 꽂았다.

균열이 일어나는가 싶더니 금세 깨져나가는 바위. 그 안쪽에 나타난 동굴과 위로 이어지는 계단.

시선을 나눈 벨과 류는 고개를 끄덕이고 동굴을 지났다. 등 뒤에서는 광석이 소리를 내며 수복되었다.

사람 둘이 나란히 걸어가는 것이 고작인 동굴은 완벽한 어둠에 싸여 있었다. 류가 물을 떠놓았던 병을 꺼냈다. 용기 안에서도 희미하게 빛나는 푸른 물을 램프 대신 삼아 계단을 한 단 한 단 올랐다.

그리고 발을 디딘 단차가 백을 넘었을 무렵.

들어오기 전과 같은 광석이 가로막은 천장을, 벨이 단숨에 파괴했다.

"이곳은……."

계단을 오른 곳은 제37계층의 어떤 룸이었다.

통로가 하나밖에 없는 막다른 길. 벨의 키보다도 더 큰 바위가 여기저기 널린 바워너설이었다. 냇물이 있는 길에 이어진 광석은 그 속에 숨겨지듯 묻혀 있었다.

미궁 저편에서 몬스터의 기척이 감돌았다.

『가혹』 속으로 돌아왔다고 의식을 전환한 두 사람은 신경을 날카롭게 가다듬으며 바워너설 룸을 출발했다.

갈림길 없는 외길은 예상과는 달리 몬스터와의 조우도 없었다.

잠시 후, 커다란 통로로 나왔다.

그곳에서 시야에 들어온 것은, 거대한 벽이었다.

"……류 씨, 설마 저건……."

"네…… 대원벽이군요."

우뚝 솟은 벽면을 올려다본 벨의 목소리를 류가 긍정했다.

이음매가 없는 거벽은 틀림없이 『화이트 팰리스』에 다섯 장 존재하는 대원벽 중 하나. 옆길에서 대통로로 나온 벨 일행에게서 약 100M 정도 거리에 있었다.

게다가.

"이 통로는…… 틀림없습니다. 정규 루트예요."

"!"

"저 대원벽의 색은 회색. 다시 말해 저것이『제4원벽』."

기억의 퍼즐을 맞추듯, 주위를 몇 번이고 둘러보던 류가 단정했다.

【아스트레아 파밀리아】가 존재할 당시, 류는『심층』에 여러 차례 와보았다. 광대한 계층의 전역을 망라하지는 않았지만 지상과 왕복하면서 몇 번이나 지나야 했던 정규 루트만은 몸이 기억한다.

제3원벽 쪽에 존재하는 콜로세움, 그 바로 아래 존재한 시냇물의 통로『푸른 길』은 제4원벽 바로 앞까지 이어져 있었다는 뜻이다.

『가혹』에 시달리던 벨과 류가 얻은 크나큰 행운이었다.

"그, 그럼 저 벽만 넘으면……!"

"예, 남은 것은 제5원벽뿐. 게다가 제5원벽을 지나면 36계층 연결통로까지 미로는 없습니다."

제5원벽 밖은 황야처럼 펼쳐진 공간이다. 계층 최남단에 존재하는 연결통로까지 상당한 거리가 있기는 하지만 그곳까지 나가버리면 길을 잃을 염려도 없다. 미로 구조를 띤 것은 어디까지나 대원벽에 에워싸인『화이트 팰리스』뿐이다.

『심층』이라는 나락으로 떠밀린 이후 벨의 얼굴에 처음으로 진짜 희망이 깃들었다. 표정을 다잡고는 있지만 류도 마찬가지였다.

거친 파도와 폭풍에 말려들었던 난파선을 비추는 등대

의 불빛.

그 한 줄기 빛은 지금 두 사람이 매달리기에 충분했다.

"가요! 몬스터가 없을 때!"

"……예!"

벨의 말대로 주위에 몬스터의 그림자는 없었다. 절호의 기회였다.

천장이 보이지 않는 까마득한 머리 위의 어둠이 내려다 보는 가운데, 일직선으로 대원벽을 향해 달려갔다.

'운이 좋아. 이런『행운』이……! 아니, 그게 아니지. 포기하지 않고 계속 나아가면서 거머쥔 거야!'

서두른 나머지 소리를 내는 어리석은 짓을 범하지는 않았다.

이제까지보다도 신중하게, 그러면서도 대담하게 나아갔다.

벨에게서 한 걸음 물러난 위치에 있던 류도 연신 주위를 살피며 지면을 디디는 발에 힘을 주었다.

'제4원벽과 제5원벽 사이의 미궁구역은 속칭『짐승의 방』……! 이곳만 돌파하면……!'

『콜로세움』이 있었던 제2원벽과 제3원벽 사이의 구역은 『전사의 방』.

그렇다면 벨과 류의 현재 위치는 자연스럽게 『병사의 방』이라는 뜻이 된다.

제37계층 정규 루트는 일부의 에이리어를 제외하면 폭

이 수십 M이나 되는 대형 통로다. 한번 정규 루트로 들어가버리면『이상사태』와 맞닥뜨리지 않는 한 길을 잃을 일은 없다.

에이나와 공부하면서 얻은 지식을 끄집어낸 벨은 힘을 쥐어짜내려는 것처럼 이를 악물었다.

'돌아갈 수 있어…… 돌아가고 말 거야! 모두가 있는 곳으로! 류 씨와 함께……!'

뇌리에 떠오르는 미래로 향해 계속 전진했다.

어둠 속에 잠긴 것처럼 근처에 숨어있는 몬스터의 기척으로부터 멀어졌다.

벨은 경계를 게을리하지 않았다.

류도 방심하지 않았다.

그러나 알아차렸어야 했다.

갑자기 찾아온 행운을 놓치지 않고자 혈안이 된 그들은, 생각했어야 했다.

왜 몬스터와 조우하지 않는지를.

시냇물이 흐르던『푸른 길』에서 이곳『병사의 방』으로 나왔을 때 느꼈던 몬스터들의 기척이 왜 벨과 류에게 다가오지 않았는지를.

마치『무언가』를 두려워하듯 숨을 죽인 그 이유를.

"제4원벽……! 이제 곧……!"

거벽까지 도달한 두 사람은 사각형으로 뚫린 구멍을 나섰다.

완전한 어둠에 휩싸인 가운데, 전방에 희미하게 보이는 인광을 향해 단숨에 나아갔다.

그리고 발을 디뎠다.

제4원벽 너머로.

『하층』으로 가는 연결통로 사이에 남은 하나뿐인 미궁구역으로.

『짐승의 방』이라 불리는, 최후의 전장으로.

"＿＿＿＿＿＿＿＿＿."

벨은 느꼈다.

대원벽을 지난 직후.

그『경계』에 발을 들은 순간.

달각 소리를 내며 머리 위에서 쏟아진 돌조각을.

자신의 머리에 날아와 박히는 조용한 시선을.

진홍색으로 물들고 살의에 젖은【재앙】의 눈빛을.

『＿＿＿＿＿＿＿＿＿.』

그『괴물』이 있었다.

벨과 류의 까마득한 머리 위.

우뚝 솟은 대원벽에 『발톱』을 박아 달라붙은 채.

단 하나뿐인 목표가 자신의 바로 아래 오기를 기다리고 있었다.

사냥감이 제4원벽을 넘어 이곳 『짐승의 방』으로 오기를.

이형의 그림자가 벽에서 『발톱』을 뽑고 소리도 없이 낙하한다.

모험자는 쳐다볼 시간까지 아껴가며 지면을 박찼다.

밀려드는 『파괴손톱』에 대처하기 위해 벨은 류의 손을 잡고 온 힘을 다해 땅을 박찼다.

『——워어어어어어어어어어어어어어어어어!!』

폭쇄.

운석과도 같은 위력과 충격이 벨과 류가 한순간 전까지 있던 지면이 터져나갔다.

암반이 부서지고 무수한 돌조각이 솟았으며 흉포한 모래먼지가 발생하는 가운데, 벨과 류는 낙법도 제대로 취하지 못하고 데굴데굴 굴러갔다.

겨우 기세가 멈추었을 때, 벌떡 튕기듯 고개를 든 벨은 말을 잃었다.

『오오오······!』

희미하게 빛을 내는 자남색 갑각.

공룡의 화석을 방불케 하는 특이한 체구.

그것은 놓쳤던 사냥감을 찾아 헤매다 이곳에서 매복했던 『재앙의 괴물』이었다.

"저거노트······!"

잊을 리도 없는 그 악몽을 향해, 처음으로 이름을 불렀다.

벨의 목소리에 호응하듯 몬스터는 어둠을 두른 왼쪽 몸을 이쪽으로 향했다. 연기를 피우는 지면에서 자남색으로 빛나는 『파괴손톱』을 뽑으며.

상처 입고도 여전히 압도적인 존재감을 뿜어내는 놈의
몸은 지금의 벨과 류에게는 더할 나위 없는 죽음의 상징이
었다.

"아, 아아아……!"

그 괴물의 위용을 보고 류에게 도사린 트라우마가 되살
아났다.

필사적으로 공포와 싸우는 그녀를 옆에 두고 벨은 낯을
일그러뜨렸다.

하필 이럴 때……!

범람하는 감정이 가슴을 헤집고, 왼팔이 지옥의 기억을
떠올린다. 감아놓은 머플러 안의 팔이 열을 띠고 욱신욱신
아파오는 가운데, 벨은 《헤스티아 나이프》를 뽑았다.

부조리에 분노하지도 탄식하지도 않고, 살아남기 위해
『응전』의 태세를 취했다.

투쟁의 의지를 잃지 않은 사냥감을 보며 『저거노트』는
마치 눈을 가늘게 뜨듯 어둠속에 떠오른 안광을 깜빡거
렸다.

발톱으로 미궁의 바닥에 뿌드득 소리를 내며 천천히 몸
을 돌리고, 벨을 정면으로 바라보았다.

"어——?"

그 직후, 벨은 자신의 눈을 의심했다.

"오른팔이 있잖아?!"

자신과 대치한『저거노트』의 우반신.

몸에 두른 시커먼 어둠의 베일 안에, 분명히 오른팔의 윤곽이 존재했다.

어떻게 된 일일까. 제27계층에서 사투를 거치면서 벨은 목숨을 걸고『저거노트』의 오른팔을 빼앗았다. 필살의『아르고 베스타』가『파괴손톱』과 함께 소멸시켰을 텐데.

게다가 자세히 보니 절반 정도 사라졌던 꼬리까지 원래의 길이를 되찾았다.

자기재생? 적은『칠흑의 골라이아스』와 같은 능력을 가진 걸까?

결사의 심정으로 빼앗은 팔이 부활해 벨이 동요를 보이고 있으려니.

"아⋯⋯?"

베일의 어둠 속에서 무언가가 꿈틀거렸다.

바로 오른팔의 위치, 어깨에서 팔에 걸쳐.

『저거노트』가 내는 것인지, 까득까득 기분 나쁜 소리가 울렸다.

항아리 속에 모아놓은 벌레들이 서로를 잡아먹는 듯한.

결코 맞물릴 수 없는 두 개의 톱니바퀴에 살덩어리를 끼워넣어 억지로 돌리는 듯한 소리.

벨의 머리는 무의식중에 경종을 올리고 있었다.

이윽고 재앙의 이름을 가진 괴물은 큰 소리와 함께 한 발을 내디뎠다.

모여드는 인광을 받아 몸에 두른 어둠이 걷혔다.

"_____."

벨은 시간이 얼어붙는 것을 느꼈다.

류도 마찬가지였다.

어둠 속에서 드러난 괴물의 오른팔은—— 무수한 뼈의 가면으로 이루어져 있었다.

"……스컬 쉽……?"

어깨에서 팔의 바깥쪽으로 이어지며 달각거리는 양의 두개골.

벨이 이 계층에서 몇 번이나 교전했던 죽음의 양은 『저거노트』의 육체 일부가 되어 있었다.

"설마……"

전율에 사로잡힌 류의 입술이 떨렸다.

끔찍한 그 다음 말을 벨의 입술이 이었다.

"몬스터를, 먹었나……?"

그것이 『답』이었다.

『강화종』과는 다르다.

『마석』만을 먹은 것이 아니다.

살아있는 몬스터 그 자체를 섭취한 것이다.

몬스터를 직접 먹어, 몬스터의 육체를 얻는다.

그런 일이 있을 수는 없다. 그런 건 생각도 할 수 없다.

하지만 그렇게 생각하지 않는다면 눈앞의 『괴물』은 설명이 되지 않았다.

그러므로 이것은 이제까지 본 적이 없었던 『이상사태』.

던전조차 예상하지 못했던 『미지』.

모험자, 괴물, 미궁.

이 영역에 있는 모든 존재의 전율을 류가 대변했다.

"말도 안 돼…… 그런 일이 어떻게……?!"

『저거노트』는 그저 보여주려는 듯 이형의 한쪽 팔을 들었다.

하얀 뼈로 이루어진 오른팔은 자남색 갑각을 두른 몸과는 으스스한 대비를 그렸다.

양의 갈비뼈와 다리뼈, 뒤틀린 뿔. 무수한 뼈가 퍼즐처럼 얼기설기 이어져 우툴두툴한 곡선을 그렸다. 게다가 오른팔 속에는 연홍색을 띤 근육도 고스란히 보였다.

피의 광택을 띤 거대한 근섬유의 정체는, 아마도 바바리안.

수많은 뼈의 파츠 속에 섞인 인간형의 해골은 틀림없는 스파르토이.

꿈틀거리는 긴 꼬리를 덮은 수많은 비늘은 리저드맨의 것이 아닐까.

『마법』을 튕겨내던 주름투성이 장갑각을 보강한 것은 옵시디언 솔저의 체석.

놈의 몸에 담긴 것은 스컬 쉽만이 아니었다. 『마석』이 없는 저거노트는 『심층』에 서식하는 모든 종류의 동족을 먹어 그들의 육체를 자신의 것으로 삼고 있었다.

벨이 이 계층에서 싸웠던 모든 강적이 집합체가 되어 앞을 가로막고 있었다.

'──『키메라』.'

벨은 창작물 속에서나 등장하는 괴물을 연상하고 말았다.

수많은 짐승의 육체를 가진 옛날이야기 속의 괴물. 상상의 산물에 불과했던 강대한 괴물.

그것이 재앙의 괴물을 숙주 삼아 최악의 형태로 나타났다.

『하아아아……!』

흰 안개가 되어 뿜어져 나오는 『저거노트』의 호흡은 증기와 분간이 가지 않을 정도였다. 마치 체내에서 발생한 막대한 열을 억제하지 못하는 듯했다.

주르륵 소리를 내며 오른팔의 파츠 일부가 녹아 떨어졌다.

점액과 함께 굴러나온 스컬 쉽의 두개골을 보고 벨과 류의 뺨이 경련했다.

강한 거부반응.

원래는 있을 수 없는 『융합』에 각 몬스터의 조성이 서로 반발을 일으키고 있었다.

부품끼리 서로 마찰하고 신음하면서 까득까득 우는 소리가 벨에게는 비명처럼 들렸다. 아직 살아있는 몬스터들이 흘리는 고통의 오열이었다. 『저거노트』 본체에도 고통을 주고 있을 것이다.

그것은 틀림없는 『집념의 갑옷』이었다.

동족을 먹어 잃어버린 육체를 대체하면서 괴물은 새로이 『무장』을 얻은 것이다.

하얀 사냥감을―― 벨을 물리치기 위해.

『워어어어어어어어어어어어어어어어어어어어!!』

벨과 류의 전율을 때려부수며 『저거노트』가 개전의 포효를 올렸다.

역관절이 있는 왼발을 구부렸다가 벨을 향해 단숨에 도약했다.

"큭?!"

탄환처럼 허공을 가르고 날아오는 『저거노트』를 보고 벨은 류를 등 뒤로 감싸며 적의 『발톱』을 아슬아슬하게 튕겨냈다.

방어에 사용한 것은 골라이아스 머플러. 발톱에 부딪치며 불꽃이 치솟고 왼팔의 격통이 정수리까지 꿰뚫었지만 이제는 앞뒤 가릴 때가 아니었다.

그러나 지금의 공방을 통해 벨은 확신했다. 적의 기동력은 떨어졌다.

벨이 부순 역관절 『무릎』도 그렇고, 『아르고 베스타』가 몸의 절반에 입힌 깊은 대미지는 저거노트의 도약 속도를 저하시켰다. 피폐해진 지금의 벨도 눈으로 좇고 흘려낼 수 있을 정도였다.

그러나──

『하아아아!』

통로 벽에 달라붙은『저거노트』는 뼈로 이루어진 오른팔을 내질렀다.

마치 벨의【파이어볼트】를 흉내 내듯, 뾰족한 흰 뼈를 쏘아냈다.

"────."

오른팔의 각 부위에서 사출되는 도합 네 개의 흰색 창.

원을 그리며 밀려드는 날카로운 무기를 보고 벨은 눈을 크게 떴다.

"『말뚝』──?!"

육박하는 죽음의 가시를 류와 함께 아슬아슬하게 회피했다.

투과과곽! 격렬한 소리를 내며 지면에 박히는 네 개의 말뚝.

살짝 도려져나간 오른쪽 어깨에서 피를 흘린 벨은 동요를 감출 수 없었다.

"저건『스컬 쉽』의⋯⋯?!"

자신을 한참 괴롭혔던 양의『말뚝』.

믿을 수 없었다.『저거노트』는 자신이 먹은 몬스터의 공격수단까지도 획득한 것이다.

자신을 노려보는 재앙의 괴물에게 벨은 전율의 시선을 보냈다.

『━━━━━━━━━━━━━━━아아!!』

저거노트의 격렬한 공세가 시작되었다.

잇달아 울려 퍼지는 핑음. 벽에 달라붙은 채『파일』을 연사한다. 수는 열여섯.

크고 작은 온갖 뼈말뚝이 저마다의 궤도를 그리며 사냥감을 향해 약진했다. 앞뒤 가릴 새 없이 몸을 날리는 벨과 류에게 뾰족한 끄트머리가 연사포와도 같이 몇 번이나 지면을 부수며 돌의 파편을 비처럼 쏟았다.

진홍색 안광은 이에 따라 발생하는 연기를 가르고 이리저리 도망치는 두 사람을 따라왔다.

무릎을 콱 구부린『저거노트』는 즉시 도약했다.

"?!"

사격한 후 접근. 자신을 포탄으로 바꾼 돌격.

급속도로 달려드는 거구를 본 벨과 류는 방어운동을 취했다.『기술과 허허실실』로 기습을 간신히 회피하기는 했지만 몬스터는 요란하게 착지한 것과 동시에 다시『파일』을 사출했다.

숨을 쉴 시간도, 경악할 틈조차 주지 않는다.

지상에서, 혹은 도약한 허공에서.

길게 늘어난『파일』을 잇달아 찔러대는 모습은 마치 창병 부대와도 같았다.

그 기세는 숫제 노도와도 같았다. 일격필살의『발톱』으로 항상 목숨을 위협받으며『파일』에 꿰뚫으려 하는『저거노트』에게 벨은 수세에 몰렸다.

『마력반사』가 두려워 【파이어볼트】를 쏠 수도 없었다.

"『저거노트』가 원거리 공격을……!"

류도 그 광경에 눈을 크게 떴다.

원래 같으면 그『파일』은 저거노트에게는 쓸모가 없는 공격이었다. 자신의 발보다도 느린『원거리 공격수단』은 짐밖에 되지 않는다. 그러나 벨에게 역관절을 잃은 지금의 몬스터에게는 잃어버린 기동성을 보완하는 데 더할 나위 없는 무기였다.

되풀이되는 사격과 육박. 예상도 못했던 히트 앤 어웨이.

모험자들의 주가를 빼앗는, 몬스터가 창안해낸 전술.

『저거노트』의 본체가 발톱으로 거대한 검광을 그어대고, 여기에 셀 수도 없는『파일』의 사선이 모험자들의 시야에 교차한다.

'너무 빠르잖아?!'

'다 포착할 수가 없어——!!'

빛의 꼬리를 끌며 어둠 속을 고속으로 날아가는 진홍색 안광을 보며 벨이, 류가 마음속으로 비명을 질렀다.

머리 위를 포함한 모든 방향에서 날아드는『파일』. 빼앗은 줄로만 알았던 극심한 3차원 기동.

반격해야만 하는 벨과 류의 얼굴이, 시야가 몇 번이고 상하좌우로 휘둘렸다.

벨과 류에게는 지형도 좋지 못했다.

아무런 장애물도 존재하지 않는 넓은 대형 통로. 룸의 규모에 맞먹는 정규 루트 안에서 『저거노트』는 종횡무진 뛰어다니며 마음대로 교란했다. 적의 경이로운 도약속도가 떨어진 지금은 그나마 폐쇄공간에 있는 편이 벨에게도 유리했다.

　모험자를 시시각각 몰아붙이는 파상공세. 도약할 때마다 몸에서 갑각의 파편이 흘리고 녹아버린 몬스터의 부품을 떨어뜨리면서도 『저거노트』는 공세를 늦추지 않았다. 흉악한 포효와 『파괴손톱』이 번뜩이는 선을 긋고 살의의 의지를 내세웠다.

　만전의 기동력을 잃고서도 『저거노트』는 살육자였다.

　수많은 괴물로 이루어진 『집념의 갑옷』을 두르고, 이제까지 없었던 새로운 유린에 나섰다.

　모험자들에게 【절망】을 일깨워주는 죽음의 재앙. 희망의 빛을 짓이겨버리는 『말살의 사도』.

　'손이 떨리고 있어. 무서워. 저 『재앙』이……!'

　가장 먼저 마음이 짓이겨진 것은 류였다.

　종류는 다르다지만 일반 몬스터와는 차원이 달라, 숫제 엉터리라고까지 여겨지는 모습은 그녀에게 회색으로 물든 광경을 환기시켜주었다. 유린당하고 박탈당하고 상실했던 【아스트레아 파밀리아】의 모습을. 지금도 류를 잠식하는 트라우마를.

　『과거』가 쫓아온다. 그 『악몽』이 다시 부활하려 했다.

그것만은 안 돼. 벨만은 잃고 싶지 않아.

참극이 다시 찾아오는 것만은 어떻게든 거부하고자 류는 움츠러든 팔다리에 필사적으로 전의를 호소했다.

『하아아아아아!!』

그러나 저거노트는 기다려주지 않았다.

자신의 살육에서 벗어난 적을 이번에야말로 해치우겠다고 가학의 극을 달렸다.

그리고.

"으윽?!"

낙하와 동시에 비늘에 싸인 꼬리를 내리쳐 류와 벨을 한꺼번에 크게 뒤로 후퇴시킨 순간이었다.

이탈하느라 자세가 흐트러진 흰토끼에게 승리의 함성과도 같은 포효를 터뜨렸다.

그 직후 『저거노트』는 뼈로 된 오른팔을 땅에 내리쳤다.

지면에 박히는 손바닥.

그곳에서부터 시작된 충격과 진동은 이내 몇 줄기나 되는 균열이 되어 달려나갔다.

후퇴의 기세보다도 더욱 빠르게 달려온 균열은 벨과 류의 발밑에 이르러, 폭발했다.

"————."

벨과 류의 바로 아래 지면에서 출현하는 어마어마한 수의 뼈말뚝.

대지를 폭쇄하고 나타난 거대한 바늘 무더기에 루벨라

이트색 눈이 얼어붙었다.

땅속을 지나 솟아나온『저거노트』의 뼈창.

발밑에서 사출되는 헤아릴 수도 없는 그것은 굳이 이름을 붙인다면『역말뚝』.

공중에서 이따금 이루어지는 사격으로 벨과 류의 시선을 위로 붙들어놓은 후,『아래』에서 공격했다.

모험자들의 허를 찌르는 기습이었다.

자세가 좋지 못한 데다, 상공의 공격에 눈이 익숙해졌던 두 사람은 이를 피할 방법이 없었다.

"큭, 으아아아아아아아아아아아아아아아아아아아아아아아아아아아아아아아?!"

특대『지뢰』가 폭발했다.

요란한 소리를 내며 사출되는 무수한『역말뚝』.

수많은 쐐기가 벨의 사이드아머를, 팔을, 뺨을 갈랐다.

류의 망토를, 오른쪽 다리를, 귀를 헤집었다.

흉악한 바늘무더기가 두 모험자를 집어삼켰다.

'이럴 수가—— 이 공격은 계층 터주 우다이오스의——.'

주마등처럼 체감시간이 극한까지 늘어난 가운데 류는 전율했다.

적은『심층』의『계층 터주』에도 비견될 만한 존재냐는, 전에 없던 절망의 소리가 들려왔다.

묘비처럼 잇달아 솟아나는『역말뚝』의 무리가 지금도 류의 피부를 가르며 쇄도한다.

『——————————
————!!』

　가공할 굉음을 터뜨리는『저거노트』는 공세를 늦추지 않았다.

　지면에 몇 번이고 연속으로 말뚝을 쏘아 공격을 속행했다.

　『그』는 추악한『갑옷』속에서 독백했다.

　——그것 봐.

　저 사냥감들은 발버둥을 치듯 몸을 뒤틀어 남은 방어구로 튕겨내고, 붉은 땀을 흘려가면서도 꼬치에 꿰이려 하질 않는다. 마지막까지 저항한다.

　알고 있다. 알고 있다. 그들은 그런『존재』다.

　아무리 망가뜨려도 죽지 않는 최고의『적』이다. 그렇기에, 그렇기에——.

　재앙의 괴물은 포효를 거듭하며 죽음의 말뚝을 양산해댔다.

　청각이 의미를 잃는 사출음의 연쇄.

　피와 살점을 흩뿌리는 말뚝의 연속.

　목숨이 깎여나가는 사냥감의 모든 것을 앗아가겠노라며, 모든『파일』을 쏟아부었다.

　그리고.

　"——크으으윽!"

　마지막으로 쏜『역말뚝』이 소년을 포착했다.

잠금쇠가 파괴되어 산산이 떨어져나간 라이트아머의 배 부분.

새빨갛게 물든 가늘고 긴 돌기가 그곳을 뚫고 있었다.

벨에게 집중포화가 시작되었다.

자신의 오른팔을 빼앗았던 하얀 사냥감에게 기울인 말뚝의 무더기는 그를 절대 놓치지 않았다.

온몸에 부상을 입은 류의 시간이 얼어붙었다.

꿰뚫린 반동으로 부자연스럽게 허공에 떠오른 소년의 배에서『파일』이 빠져나가는 모습을 보며 자기도 모르게 그를 향해 팔을 내밀고 있었다.

하지만 시간은 되돌아가지 않았다.

반대로 정지했던 시간의 흐름을 끊듯, 배의 구멍에서 울컥 피가 넘쳐났다.

피를 토하는 입술도 새빨갛게 물들었다.

완벽한 치명상.

뒤집을 수 없는 결정타.

'_____.'

그런 최악의 상황을 올바르게 받아들인 벨은.

꼴사납게 내장이 쏟아져나오기 전에.

창졸간의 판단으로 배의 구멍을 막았다.

"——【파이어볼트】!!"

구멍에 가져다댄 왼손, 솟아나는 소폭발.

배를 지진다.

시야에 내달리는 섬광. 표면은 고사하고 몸 안쪽까지도 태워버리는 지옥의 고통.

눈이 석류 열매로 변한 것처럼 한계까지 충혈되었다.

류가 눈을 크게 뜨고, 몬스터마저 경직되었다.

배에서 연기를 뿜은 벨은 이번에는 반대로 왼손을 들고—— 난사했다.

"하아아아아아아아아아아아아아아아아아아아아아아앗!!"

제1사, 제2사는 지면으로.

제3사 이후에는 눈앞의 허공으로.

터져나가는 지면, 솟구치는 열파와 폭풍. 원래는 포화의 반동을 견뎌내야 할 다리로 땅을 디디는 것을 포기하고, 자신에게 뻗은 류의 손을 잡으며 스스로 뒤로 날아간다.

경악하는 류와 함께 말뚝지대에서 이탈을 시도하듯, 후방으로.

『!!』

『저거노트』는 한순간 허를 찔렸다.

솟구치는 폭풍이 일으킨 막대한 연기는 시야를 가로막고 사냥감의 모습을 감추는 『연막』이었다.

게다가 조준도 하지 않고 마구잡이로 쏘는 화포의 연사가 연기 뒤에서 날아왔다. 사냥감의 위치를 알지 못하면 『매직 리플렉션』의 의미가 없다. 오히려 마법을 반사시키기 위해 그 자리에 못 박혀 있어야만 했다.

몬스터의 추격에 공백이 생겼다.

"──아아아아아아아아아아아아아아아아아아?!"

포격의 반동으로 허공에 뜬 벨은 여전히 가리지 않고 【파이어볼트】를 난사했다.

배를 지진 대가로 제대로 된 저격은 불가능했다. 시야가 새하얗게 물들었다. 그저 적을 이쪽으로 접근시키지 않고 자, 거리를 벌리고자 미친 듯이 『마법』을 퍼부었다.

몇 초의 간격을 두고 지면에 힘차게 격돌한 다음 류와 함께 몇 번이고 굴러갔다.

"벨?!"

그들이 떨어진 곳은 대통로의 가장자리였다.

몸을 일으킨 류는 말문이 막혔다.

통증이 큰 나머지 벨의 몸은 경련을 일으켰으며, 의식이 날아갔다가는 다시 깨어나는 지옥을 되풀이했다.

"……크윽!"

류가 몸을 멈춘 시간은 얼마 되지 않았다.

시야 너머에 펼쳐진 폭연, 목숨을 건 도주. 이를 올바르게 이해한 그녀는 벨을 끌고 시야 저 멀리 있는 옆길로 서둘러 나아갔다.

『─────────────────우우우!!』

염뢰가 끊어진 순간 『저거노트』의 분노 어린 함성이 터져나왔다.

자남색 거구가 모험자들을 맹렬히 추격했다.

연기를 뚫고 후방에서 달려오는 몬스터. 류는 혼신의 힘을 다해 지면을 박찼다. 그리고 이쪽으로 뻗은 몬스터의 『발톱』이 롱 케이프에 닿아 천을 찢은 것과 동시에 옆길로 뛰어들었다.

옆길의 폭은 약 2M. 모험자라면 두 사람은 나란히 지나갈 정도의 길이지만 초대형급은 그럴 수 없다. 몸이 키가 3M 정도 되는 『저거노트』는 통로에 침입하지 못했다. 또한 동족을 잡아먹어 이어붙인 몸의 여러 부위가 비대해진 것도 화근이었다.

『워어어어어어어!』

"으……?!"

그래도 『저거노트』는 몸을 옆으로 비집어넣으며 모험자들을 잡으려 했다.

뻗어나온 왼팔이 벨과 함께 쓰러진 류를 베려 한다. 그러나 『발톱』은 아슬아슬하게 모험자들에게 닿지 않았다.

마치 구멍 속으로 숨어든 난쟁이를 길길이 날뛰는 거인의 손이 잡으려 하는 것 같았다. 자남색 『발톱』이 류의 부츠 바로 앞을 몇 번이고 긁어댔다.

무시무시한 소리를 내며 지면과 벽면을 부숴나가는 『발톱』에 전율하며, 류는 자신의 몸에 채찍질을 해 일어났다. 이번에는 그녀가 벨의 몸을 지탱했다. 정신을 놓으면 금세 주저앉을 것 같은 온몸에 땀이 솟지만, 숨은 턱까지 차올랐지만, 이쪽을 노려보는 진홍색 안광에서 도망치듯 통로 안쪽으로 서둘러 이동했다.

　류와 벨이 도망친 통로는 직선이었다. 좌우의 벽은 밀려 드는 듯한 압박감을 풍겼다.

　머리 위는 끝이 보이지 않는 통로까지 이어져 마치 한밤 의 뒷골목 같기도 했다.

　『크아아아아아아아!』

　『오오오, 오오오!』

　전방에 『리저드맨 엘리트』며 『루 가루』, 『스파르토이』가 나타났다.

　재앙의 괴물을 본능으로 두려워해 몸을 숨겼던 몬스터 들도 모험자가 자기 발로 뛰어들었다면 봐주지 않는다.

　퇴로는 없었으며 살아날 길은 전진뿐. 낯을 일그러뜨린 류는 소태도로 응전하려 했다.

　『————!!』

　하지만 그 순간, 왼손을 집어넣었던 저거노트가 몸을 떼 더니 백골로 이루어진 오른손을 통로 옆의 벽에 꽂았다. 무시무시한 진동과 깊은 균열이 발생했다.

　그 직후, 류와 벨의 오른쪽 벽에서 수많은 『말뚝』이 출현 했다.

　『?!』

　"크윽——?!"

　덤벼들던 몬스터들과 함께 류와 벨을 노리는 창날 지옥. 모든 몬스터가 뼈말뚝에 꿰뚫려 갈라졌다. 류도 소태도

를 든 오른손과 오른발을 뚫리고, 목덜미 바로 뒤의 살점
이 도려져나갔다. 시야가 온통 붉은 반점 무늬로 바뀌는
것을 느끼며, 갈기갈기 찢긴 몬스터들과 함께 땅바닥에 쓰
러졌다.

통로 벽에 튄 선혈의 얼룩과 지면에 퍼지는 피웅덩이.

파열된 피주머니를 뒤집어쓴 것처럼 류와 벨도 붉게 물
들었다.

그것은 숫제 음산한 살해현장이었다. 두 사람은 강한 악
취와 굴러다니는 몬스터의 주검. 무수한 살점, 처참한 내
장 속에 널브러졌다.

마치 숨이 끊어진 시체처럼.

『......!』

오른쪽 후방의 벽에서는 지금도 『말뚝』이 몇 번이나 벽
에서 튀어나와 왼쪽 벽면을 엉망진창으로 만들고 있었다.

하지만 힘없이 쓰러진 류와 벨에게는 닿지 않았다. 사정
거리의 한계였다.

이윽고 『역말뚝』이 닿지 않음을 깨달았는지 『저거노트』
는 공격을 해제했다.

진홍색 눈이 통로를 빤히 바라보았다.

아무것도 움직이지 않는 피웅덩이를 한동안 관찰한 후,
스윽 물러나 어둠 속으로 사라졌다.

“.......................으, 아.”

꼼짝도 하지 않던 엘프의 몸이 신음하듯 입술 사이로 숨

을 토해냈다.

류는 아직 살아있었다.

아이러니하게도, 그녀를 공격하고자 덮쳐들던 몬스터의 무리가 벽이 되어 치명상을 막아주었던 것이다.

시체 시늉을 그만두고 눈을 억지로 떴다. 시야에 비친 것은 온통 붉은색. 미지근하고 기분 나쁜 액체와 부드러운 고형물의 감촉이 온몸을 침범했다. 구역질을 유발하는 끔찍한 냄새가 텅 빈 줄 알았던 위장을 자극했다.

아물었던 상처가 다시 벌어지고 있었다. 온몸이 연신 신호를 보냈다. 이대로 가다간 죽는다고.

회복마법을—— 아니, 이제는 소용이 없다.

근본적으로 피를 너무 흘렸다. 류의 『마법』은 잃어버린 혈액을 보충해주지는 않는다.

여기서 살아남는다 해도 류와 벨은 이제——

"……벨."

괴물의 시체가 난잡하게 흩어진 지옥과 같은 광경 속에서 류는 괴로움과 혐오를 견뎌가며 얼굴을 벽으로 돌렸다.

곁에서 천장을 향한 채 쓰러져 있는 소년을 시야에 담았다.

그리고 그 목소리가 들렸는지, 소년의 손가락이 꿈틀 움직였다.

"커헉, 콜록, 커헉……! ……류, 씨?"

"네……. 여기, 있어요……."

생각났다는 듯 경련을 되풀이하며 격렬한 기침을 하기를 몇 차례.

천장을 향했던 얼굴이 옆으로 누워, 엎드린 채 쓰러진 류와 시선을 마주했다.

루벨라이트색 눈과 하늘색 눈이 바로 옆에서 서로를 마주보았다.

"……저거노트는, 요……?"

"사라졌어요…… 여기에는, 없습니다…….."

붉게 물든 세상에서, 불면 날아갈 것처럼 가느다란 목소리의 조각을 나누었다.

시선을 얽고 있던 벨은 천천히 입가를 살짝 틀어올렸다.

웃음으로도 보이지 않는 웃음을 지었다.

"그럼…… 포기한 거네요…… 우리를."

"……네."

아니다.

포기한 것이 아니라 기회를 노리는 것이리라.

그 괴물은 자신의 손으로 숨통을 끊기 전까지는 류와 벨의 추격을 단념하지 않는다.

몬스터의 집념을 느끼고 있던 류는 그 사실을 잘 알았다.

"이제…… 돌아갈 수 있겠네요, 우리…….."

벨도 알고 있을 것이다.

하지만 그는 모르는 척하며 류에게 『거짓말』을 했다.

이로써 지상에 돌아갈 수 있다고.

이 미궁의 어둠을 넘어, 따뜻한 햇살을 받을 수 있다고.

"시르 씨랑, 모두가 기다리고 있는 곳으로…… 돌아갈 수 있겠네요……."

이제 지상으로 돌아가기란 절망적이다.

『저거노트』가 있는 한 두 사람은 아무리 발버둥 쳐도 제 37계층에서 탈출할 수 없다.

그것을 알면서도 벨은 착한『거짓말』을 했다.

둘이서 함께『풍요의 여주인』문을 지나, 버럭버럭 화를 내는 시르와 점원들과 재회해, 약간 벌을 받은 다음, 다 같이 웃음을 나누는 미래를 약속한다.

【아스트레아 파밀리아】를 빼앗겼던 류가 두려워하지 않도록.

이 얼마나 착한『거짓말』인가.

이 얼마나 행복한『꿈』인가.

류는 웃었다.

눈가에 희미하게 눈물을 맺으며, 안온하게.

"네…… 우리는, 돌아갈 수 있지요……."

그러므로 류도 그『거짓말』에 속아주었다.

어두운 어둠이 내려다보는 가운데, 피웅덩이에 잠겨, 생사의 갈림길에 드러누워 있으면서도, 행복한『꿈』에 잠겼다.

소년과 요정은 웃음을 나누었다.

"벨……."

"네……."

"……안아, 주겠어요?"

최후의 최후, 그야말로 최후에.

류는 솔직해질 수 있었다.

친구에 대한 마음과 엘프의 긍지, 그런 것들로 계속 뚜껑을 덮어놓았던 마음을 고스란히 드러낼 수 있었다.

조금 놀란 기척에 이어, 떨리는 소년의 팔이 뻗어왔다.

류도 팔을 뻗어 그의 품으로 빨려 들어갔다.

'따뜻해…….'

서로 몸을 겹치며, 서로를 안으며, 품속에서 입술에 웃음을 지었다.

온기를 서로 나누면서 눈물을 흘렸다.

세상은 정말로 잔혹하다.

류는 벨만이라도 살았으면 하는데, 던전은 류의 길동무로 그를 떠밀어주었다.

마음이 꺾이고, 재앙에게 희망이 잠식당해버린 류는 이제 저항할 수 없었다.

이 온기를 놓아버릴 수는 없었다.

얼굴을 피투성이 가슴에 비벼댔다. 쇠비린내가 난다. 새하얀 눈의 환영도 보았다. 그 속에 묻힌 채, 지금과 마찬가지로 서로를 끌어안고 있는 두 사람의 모습도.

고개를 들면 아름다운 설원 따위 존재하지 않으며, 그저 류와 벨의 피가 뒤섞여 있을 뿐이었다.

'아무것도 이루지 못했는데, 이런 최후가…… 이렇게나 사랑스럽다니.'

류는 그런 생각을 하고 말았다.

류는 지금 누구보다도 소년과 함께 있을 수 있으므로.

누가 뭐라 하더라도 자신 있게 말할 수 있었으므로.

지금 이 순간만은 자신과 그가 누구보다도 이어져 있노라고.

그것이 기쁘고도 기쁘고 또한 슬퍼서.

행복하고도 행복하고 또한 쓸쓸해서.

류는 눈물을 흘리며 웃었다.

"벨…… 조금만, 잘게요……."

무거운 눈꺼풀을 천천히 닫았다.

이것이 영원한 이별이 되려나.

눈을 떴을 때, 그곳은 여전히 어둡고 차가운 현실이며 곁에 있는 온기는 사라진 뒤일까.

아니면 다음에 눈을 떴을 때, 류는 벨과 재회할 수 있을까.

빛의 건너편에 있던 옛 동료들의 곁에서.

"네…… 금방, 깨울게요."

벨의 목소리가 류의 도려져나간 귓전을 부드럽게 어루만졌다.

이 온기를 잊지 않도록.

류는 두 손을 가슴에 안고, 갓난아이 같은 자세로 의식을 잃었다.

"……."

류가 잠들었다.

그 모습을 지켜본 벨은 희미한 미소를 지었다.

류는 벨에게 속아주었다.

이것으로 악몽에 시달리지는 않기를.

벨은 그저 그것만을 바랐다.

그녀가 모든 것이 끝날 때까지 행복한 꿈을 꾸었으면 했으므로.

'이 사람은 그동안 너무나 큰 상처를 입었으니까…….'

류가 알아차린 것처럼, 벨은 『거짓말』을 했다.

하지만 그것은 착한 『거짓말』이 아니었다. 어쩌면 지독한 배신이며, 벨의 독선적인 아집일 수도 있다.

벨은 『생환』을 절대 포기하지 않았다.

'류 씨가 과거를 들려주었을 때의 표정을 기억하니까…….'

동료를 죽게 만들었던 이야기를 하면서 줄곧 괴로워하던 옆얼굴을 기억한다.

그러므로.

"……크윽!"

꼴사납던 경련은 이미 가라앉았다. 대신 존재하는 것은 터무니없는 아픔.

지져서 막았던 배를 만져보니, 눈앞에 불꽃이 튀었다.

아파. 아파. 아파.

차라리 울부짖으며 망가져버리고 싶었다.

몸속에서 절규를 쥐어짜내며 힘을 다 소진해버리고 싶었다.

하지만 아픔을 느낄 수 있다면 움직일 수 있다.

몸이 죽음의 경고를 보내고 있다면 삶에 매달릴 만한 여력이 있다.

죽음에서 멀어지라고 심장이 경종을 울려댄다면, 죽음에서 도망칠 만한 힘이 이 몸에 남아있다는 뜻이다.

그 힘을, 죽음에서 멀어지기 위해서가 아니라—— 죽음을 깨부수기 위해 사용할 수 있다.

"크으윽!!"

본능의 절규가 들려온다. ——무시한다.

온몸의 경고가 울려 퍼진다. ——무시한다.

이제는 무리라고 마음이 흐느껴 우는 소리가 들린다.
——무시한다.

온몸 구석구석이, 벨 크라넬이라는 휴먼을 구성하는 모든 요소가 벨의 결단을 전력으로 부결한다. ——무시한다.

일어나라는 영혼의 외침이 들려왔다. ——긍정한다.

"아아아아아아아아아아아아……!!"

그것은 짐승의 포효였다.

한 모험자가 한 마리의 짐승으로 전락해, 일어나기 위해 목숨의 파편을 짓씹어 삼킨다.

　시야 가득 불똥이 튀는 가운데, 얼마 남지 않은 인간의 이성이 어떤 이야기를 떠올렸다.

　머릿속에 떠오르는 동경의 존재는 『수호자 베리아스』.

　호수의 요정에게 사랑받은 탄식과 불굴의 기사. 마지막까지 사랑을 관철하고, 그녀의 품에서 생애를 마쳤던 요정의 수호자.

　엘프들이 숭상하는 영웅에게, 소중한 이를 지키기 위한 힘을 빌었다.

　……모여드는 빛 따위 없다. 가능한 차지는 아마도 앞으로 한 번. 지금 『영웅의 일격』을 소환할 수는 없었다.

　그러나 영웅을 선망하는 마음은 여기, 마음속에 있다.

　잠든 그녀의 머리카락을 가만히 빗어주며 웃음을 지었다.

　한 마리의 수컷이 일어났다.

　『저거노트』는 이동하고 있었다.

　류와 벨이 도망쳤던 통로의 입구는 포기하고 출구 쪽으로 돌아가고 있었다.

　『저거노트』에게는 우수한 『지각망』이 있었다. 그것은 외부에서 온 병원균을 신속하게 섬멸하기 위해 어머니 던전이 내려준 『면역』의 능력이다.

자신이 존재하는 계층 내부라면『저거노트』는 생존 중인 모험자를 곧바로 추적할 수 있다. 제27계층에서 눈 깜빡할 사이에 펼쳐졌던 【재난의 연회】도 이 힘에서 비롯되었다.

이곳 제37계층에서도 그는 벨과 류의 위치를 포착하고 있었다.『짐승의 방』에서 매복했던 것도 자신의 거구로는 지나갈 수 없는 통로를 피하고, 놓쳐버릴 가능성을 배제하기 위해서였다.

그리고 지금『저거노트』는——『그』는 벨과 류가 아직 살아있다는 사실 또한 느끼고 있었다.

자신이 떠나갔다고 지레짐작하고 출구 쪽으로 빠져나오는 놈들을 없애버릴 것이다. 그는 사냥꾼의 본능으로 그렇게 계획했다.

대형급답지 않은 속도로 달려나가 도착한 곳은 정규 루트에 존재하는 광대한 룸.

네 개의 출입구 중에서 사냥감이 도망쳐 들어올 통로 옆에 몸을 숨겼다.

생명반응은 아직 있다. 이 위치라면 벽을 경유해『말뚝』으로 공격할 수 있다. 사냥감을 색출해낼 수 있다.

열기가 깃든 숨을 내뱉으며 그가 진홍의 눈으로 통로를 노려다보려 했을 때.

"——【파이어볼트】."

어둠 속에서 불줄기가 뿜어져 나왔다.

『!!』

입을 벌리고 밀려드는 불꽃을 긴급회피했다.

왼쪽 다리의 역관절을 울리며 고속으로 뛰어 물러나자, 통로에서 솟구친 염뢰는 룸의 한복판까지 도달하는 맹렬한 불길을 그렸다.

그 궤적을 따라, 천천히.

솟아나는 불똥을 이끌며, 흰 머리카락을 휘날리며, 그 모험자가 나타났다.

『저거노트』라면 순식간에 좁힐 수 있는 거리에서 발을 멈추고 대치했다.

포효를 지르며 먹이를 덮치려 했다.

『————————.』

그리고 덮치려다가, 우뚝 몸을 멈추었다.

고개를 든 사냥감은 웃고 있었다.

나직하고도 덧없는 웃음.

이제는 상처가 없는 곳을 찾기가 어려운 몸으로, 당장이라도 꺼져버릴 것 같은 웃음을 짓고 있었다.

소년의 얼굴에는 죽음의 상이 떠 있었다.

사신이 달라붙어 그의 등에『은총』을 내려주고 있었다.

그것은 곧 약속된『결말』이었다.

승리도 패배도, 이제는 눈앞의 존재에게는 관계가 없었다.

자신이 죽음을 내리지 않더라도 이 인간은——

『——워어어어어!!』

상관없다.

아무것도 하지 않아도 죽어가는 생명이라 한들, 온 힘을 다해 살육한다.

이 사냥감의 목숨을 빼앗는 것은 사신의 낫이 아니다. 자신의 『발톱』이다.

이 인간에게 자신의 모든 것을 부딪칠 것이다.

그것이 미궁에서 해방되었던 그의 존재이유.

"……널 쓰러뜨리겠어."

그리고 소년도, 아무것도 남기지 못하는 죽음 따위 받아들이지 않았다.

"류 씨와…… 지상으로 돌아갈 거야……."

이기지 못하면, 돌아가지 않으면 그 사람이 죽어버린다.

그렇기에 반드시 승리한다. 절대 질 수 없다.

목소리를 이루지 않는 마음을 내걸고 칠흑의 나이프를 들었다.

그 말도, 그 마음도 괴물은 알지 못한다.

그러나 『의지』만은 알 수 있었다.

자신을 죽이려 한다. 꺾으려 한다.

소년의 모든 것을 하얀 불꽃으로 바꾸어 태워버리려 한다.

『저거노트』는 가슴이 떨리는 것을 느꼈다.

그것은 무기질적으로 학살을 자행하던 재앙의 괴물이 결코 품을 수 없었던 감정.

『환희』였다.

그는, 『저거노트』는 이 만남에 감사했다.

『자아』를 만들어준 이 수컷에게 진심으로 감동을 느꼈다.

"──승부를 내자."

괴물은 하늘까지 닿을 환희와 함께 그 말을 받아들였다.

정신이 들고 보니, 류는 어둠 속에 홀로 남아 있었다.

그것은 낯익은 어둠이었다.

지난 5년 동안 류를 괴롭혔던 어둠이자, 그녀를 붙들어 맸던 삶과 죽음의 경계였다.

곁에는 아무도 없었다. 누군가가, 없다. 류는 그것이 아쉬웠다.

이유는 알 수 없다. 아무것도 떠오르지 않는다. 그저 차가운 자신의 손이 슬펐다.

문득 어둠에 빛이 드리워졌다.

돌아보니 그곳은 하얀 빛에 싸여 있었다.

그리고 빛 너머에는 무엇과도 바꿀 수 없는 동료들의 뒷모습이 보였다.

【아스트레아 파밀리아】.

알리제가, 카구야가, 라일라가, 다른 동료들이 등을 돌린 채 서 있었다.

아무리 불러도 그들의 등은 결코 돌아봐주지 않는다. 류는 알고 있었다. 어둠 속에 있는 자신과 빛의 기슭에 있는 그녀들은 멀리 떨어져 있었으므로.

류는 문득 앞으로 나아갈 수 있다는 사실을 깨달았다.

어둠 밖으로. 빛이 있는 곳으로. 그렇게나 갈망했던 동료들이 있는 곳으로.

류는 환희했다.

아무리 불러도, 아무리 울어도 알리제와 동료들은 돌아봐주지 않았다. 하지만 류가 다가갈 수 있다면 그녀들은 환영해주겠지.

처음에는 분명 화를 낼 것이다. 카구야는 한껏 비아냥거리고, 라일라는 귀를 잡아당길지도 모른다. 마류나 다른 동료들에게도 한껏 혼이 나겠지. 알리제는 손가락을 세우며 되는 대로 설교를 늘어놓을 것이 틀림없다.

그리고 분명, 마지막에는 활짝 웃어줄 것이다.

다 함께 류를 에워싸고, 어깨를 안고 머리를 쓰다듬으며 말해줄 것이다.

어서 와. 고생했어.

드디어 바람이 이루어진다.

드디어 죄를 씻을 수 있다.

드디어, 떠날 수 있다.

류는 구원을 바라듯 빛이 있는 쪽으로 걸어나갔다.

한 걸음, 한 걸음, 또 한 걸음.

어둠의 경계를 넘어, 이제 빛의 기슭까지는 얼마 남지 않았——

『——못써.』

　그때.
　한사코 돌아보지 않던 동료들의 뒷모습이, 자신을 돌아보았다.
　"————."
　붉은 머리카락을 찰랑이며 녹색 눈이 류를 꿰뚫어보았다.
　빛을 향해 걸어가던 류의 발은 어느 새 멈춰버렸다.
　『오면 못써, 리온. 절대 안 돼. 그러면 용서하지 않을 거야.』
　치켜 올라간 두 눈이 류를 거부했다.
　늘 옳은 말을 하던 입술이 류를 부정했다.
　무언가를 일깨워주려는 듯 말을 건다.
　『도망치면 못써.』
　알리제의 시선은 류를 건너뛰어 어둠 저편으로 향하고 있었다.
　그 직후, 류의 등을 두드리는 무시무시한 괴물의 포효.
　류를 공포에 떨게 해, 질풍의 가면을 빼앗고 비참한 엘프로 바꿔놓는 절망의 포효.
　모골이 송연해지는 그 포효 속에서 저항하는 소리가 들

렸다.

솟구치는 불꽃처럼 용맹한 누군가의 함성이.

『이쪽으로 오면, 넌 분명 후회할 거야!』

그 강한 목소리에 류의 손이 떨렸다.

그토록 바랐던 빛의 기슭으로 갈 수 있는데, 망설임이 생겨났다.

동료들을 애타게 바라는 메마른 마음과, 불꽃의 함성을 바라는 미칠 듯한 충동이 서로 격렬하게 맞부딪치고 있었다.

"이젠 무리예요……."

어느 샌가 류는 말을 하고 있었다.

망설임을 끊어버리기 위해, 모든 것을 포기하기 위해 거짓 없는 마음의 목소리를 터뜨렸다.

"이젠 무리란 말입니다, 알리제……. 나는 싸울 수 없어요. 『과거』에 거역할 수 없어요."

『저거노트』. 모든 일의 시작이자 화근. 류를 괴롭히는 『과거』의 상징.

다시 어둠 속으로 돌아가면 『가혹』이 기다리고 있다는 사실은 뻔히 알고 있다. 그것이 두려웠다. 『과거』와 대치해야만 한다는 사실이 무서워서 견딜 수 없었다.

류는 처량한 목소리로 말하며 고개를 숙였다.

『거짓말.』

하지만.

알리제는 단 한 마디로 대답했다.

"_____."

하늘색 눈을 크게 뜨고 고개를 들자, 그곳에는 류가 잘 아는 얼굴이 있었다.

류에 대해서는 뭐든 다 꿰뚫어보던 소녀의 의연한 눈 빛이.

『네『정의』는 사라지고 싶지 않다고 소리를 지르는걸.』

알리제는 타이르지 않는다. 다독이지 않는다. 이끌어주 지 않는다.

그저 사실을 들이댔다.

『네『정의』는 아직 살아있는걸!』

무엇이『정의』인지, 무엇이『옳은』일인지.

줄곧 알지 못했다. 답이 나오질 않았다.

그저 아스트레아에게『정의를 버려라』는 말을 들었던 것만이 사실이었으며,『정의』의 자격을 잃었다고만 생각 했다.

하지만 벨은 부정했다.

류의 마음속에『정의는 있다』고 호소해서.

그리고 지금, 소녀 또한 류의『정의』를 긍정했다.

소년의 말이 소녀의 말과 이어져, 류에게 그 의미를 일 깨워주려 하고 있었다.

『네『정의』는——『희망』은 아직 죽지 않았어!』

——그랬다.

알리제와 동료들을 잃었던 그 날로부터, 류가 추구하던 『정의』는——『희망』이었다.

시르의 손을 잡았을 때, 옛 동료들의 『정의』가 이룬 성과를 지켜보기 위해 살고자 했다.

【아스트레아 파밀리아】가 남긴 것이 『희망』으로 이어졌다고 믿고 싶었다.

오라리오에 질서와 평온을 가져다주고 사람들에게 웃음을 꽃피워 주었다고.

류는 그날부터 계속 그것만을 찾아 헤맸다.

소년이 했던 것도 같은 말.

류는 그들을 돕고, 구하고, 『희망』을 가져다주었다.

류의 행위는 누군가의 『희망』으로 이어졌다.

소년은 줄곧 그 사실을 호소했던 것이다.

분명 평범한 『정의』는 아닐 것이다.

그렇기에 이것은 류만의 『정의』.

『과거』가 아니라 『미래』를 비추기 위한 『희망』.

류는 그제야, 정말로 그제야, 자신의 마음속에서 살아있던 『정의』의 의미를 깨달았다.

그때, 마치 그녀의 변화에 동조한 듯 알리제의 좌우에 서 있던 【아스트레아 파밀리아】의 멤버들도 돌아보았다.

『얼른 가』.

알리제의 곁에서 카구야가 쉿쉿 손을 내저었다.

『도망치면 안 돼~.』

머리 뒤에 두 손을 깍지 낀 라일라가 짓궂게 웃었다.

『힘내..』

『지지 마!』

저마다의 말로, 무엇과도 바꿀 수 없는 친구들이 격려해주었다.

그 말에, 그 다정한 눈빛에 견디지 못하고 류는 표정을 흐트러뜨리며 외쳤다.

"나는…… 나는, 줄곧 사과하고 싶었단 말입니다! 여러분에게, 계속 사과하고 싶었어요!"

속내를 터뜨렸다.

모든 것을 잃어버렸던 그때부터, 줄곧 담아두었던 진짜 이기심을.

"여러분을 죽게 내버려둔 나를, 아무것도 못했던 나를 단죄해주길 바랐어요! 책망하고 욕하고 심판해주길 바랐단 말이에요!"

빛 너머에 있던 동료들은 아무 대답도 하지 않았다.

그저, 역시 다정한 눈빛으로 돌아볼 뿐. ──사실은 알고 있는 주제에, 라면서.

그렇다, 맞다. 알고 있었다.

그녀들이 류를 책망할 리가 없다는 것쯤은.

류는 자신의 죄를 스스로 용서할 수 없었을 뿐이다. 과거를 인정하고 싶지 않았을 뿐이다.

죄라고 생각해 스스로에게 벌을 주어 편해지려 했을 뿐

이다.

류의 부르쥔 주먹이 풀리고 축 늘어졌다.

『리온!』

류가 좋아하는 소녀의 목소리가 낭랑히 울려 퍼졌다.

『지금 네 정의는 뭐야?!』

류의 목이 떨렸다.

어느 사이엔가 눈물이 끊임없이 넘쳐나고 있었다.

터져나올 것 같은 오열을 필사적으로 참으며, 천천히,
『진짜 바람』을 말했다.

"그를…… 구하고 싶어요……."

이 다정한 빛의 기슭에서가 아니라, 가혹이 기다리고 있
는 저 어둠 속으로.

알리제와 동료들의 곁이 아닌, 지금을 살아가는 소년의
곁으로.

"그와 함께, 그 주점으로…… 시르가 있는 곳으로, 돌아
가고 싶어요!"

과거의 동료들이 있는 곳이 아닌, 미래로.

알리제는 웃었다.

참 잘 했어요. 그렇게 말하며, 태양처럼 활짝 웃었다.

『리온, 도망치면 못써! ──놓치면 못써!』

류는 웃었다.

울면서, 눈물로 뺨을 적시며.

그 눈물에는 비장함도, 그늘도 없었다.

그녀들에게 등을 돌린 채 어둠을 향해 달려나갔다.

——다녀와, 리온.

동료들의 작별 인사가 류의 등을 부드럽게 밀어주었다.

다녀오겠습니다.

사랑하던 소중한 사람들.

🔥

"——!!"

류는 눈을 떴다.

처음 몸에 찾아온 것은 타는 듯한 전신의 아픔과, 의지를 꺾으려는 권태감. 그리고 혼자 남겨졌다는 고독감. 류를 안아주었던 온기는 눈앞에서 사라졌다.

소년은 없었다. 대신 통로 저편, 어둠 속에서 격렬한 투쟁의 노래가 쩌렁쩌렁 들려왔다.

벨은 아무것도 포기하지 않았다.

류를 생각하고, 류의 『희망』을 이루어주려 한다.

류의 『정의』를 잃지 않겠노라며.

"벨……!"

류는 힘을 긁어모아 주먹을 쥐었다.

이제는 자신이 무엇을 해야만 하는지 잘 알았다.

환영은 사라졌다. 환영은 떠났다. 알리제와 동료들은 이제 없다. 빛의 기슭에서 보았던 그 광경은 모두 류의 허울 좋은 망상이었는지도 모른다.

하지만 동료들은 분명히 가르쳐주었다.

지금 자신의 마음속에『정의』가 살아있음을.

『희망』을 추구하고, 놓쳐서는 안 된다는 것을.

류는 떨리는 손을 짚고 지면에서 몸을 떼어냈다.

"으아아아아……!!"

피웅덩이 속에서 갓 태어난 아이처럼 산성을 올렸다.

언제까지고 동료들의 잔영에 안주하며 과거에 사로잡혀 있었던 자신과 결별하고, 새로운 자신을 낳았다.

류는 마주해야만 한다.

계속 눈을 돌렸던『과거』와.

류는 싸워야만 한다.

계속 겁을 먹었던『과거의 상징』과.

재앙의 괴물『저거노트』는 류의 과거 그 자체였다.

그러나『미래』를 원한다면 류는 그『과거』를 뛰어넘어야만 한다.

이제는 아무도 잃지 않겠노라고, 자신의『정의』를,『희망』을 관철해야만 한다.

"아아아아아아아!!"

일어났다.

피웅덩이에 잠겨 있던 몬스터의 무기——『스파르토이』의 뼈칼을 쥐고 땅에 꽂았다.

고통을 떨쳐내고 앞으로 내디딘 한 걸음은 힘찬 첫 걸음을 낳았다. 전진할 힘을 불러 일으켰다.

　비명을 지르는 몸을 무시하고 류는 어두운 길을 나아
갔다.

　들려오는 소리의 곁으로.

　괴물의 포효와 인간의 함성이 충돌하는 저 너머로.

　재앙과 가혹이 기다리는, 어둠을 비추는 인광 밑으로 류
는 몸을 던졌다.

　"——————————————————————아아아!!"

　『워어어어어어어어어어어어어어어어어어어어!!』

　통로를 빠져나가니, 사투가 펼쳐지고 있었다.

　룸의 중심에서 서로를 베고 서로를 깎아내고 서로를 죽
이려 하는 사람과 괴물. 어디에 그런 힘이 남아 있었는
지—— 말 그대로 자신에게 남은 마지막 힘을 모조리 쏟
아붓고 있는지, 벨은『저거노트』와 호각으로 맞섰다.

　벨은 정면승부를 펼치고 있었다.

　3차원을 그리는『저거노트』의 연속도약과 여기에서 펼쳐
지는 연속『말뚝』공격을 오른손에 든 휘백색 나이프로 모
두 쳐냈다.

　적의『파일』은『이구아수』보다 느리다. 그렇다면 쳐낼 수
있다고 호언장담하듯. 살인 제비의 폭풍에 휘말렸던 소년
은 밀려오는 흉흉한 뼈의 창을《하쿠겐》으로 하나하나 쳐
내고 있었다.

　가증스러워하면서도 기쁨의 포효를 터뜨리는『저거노

트』가 접근전을 시도하려 들면 장비를 재빨리 《헤스티아 나이프》로 바꿔 참격의 희곡을 펼친다. 고속의 쌍검전환. 자남색과 휘백색 칼날을 오른손으로 번갈아 사용하며 몬스터의 일격이탈을 봉쇄한다. 그뿐이랴, 허점을 노리고 적의 꼬리를 베어 리저드맨의 비늘을 날려버리기까지 했다.

충분한 기동성을 갖추지 못한 적의 연속도약에는 『규칙성』이 있었다. 착지 직후의 각도와 힘을 모으는 시간, 그 정보를 모험자의 본능으로 이해한 벨은 맹렬한 공격에도 견뎌냈다.

첫 번째의 패전을 승리의 초석으로 삼겠노라며 포효를 지르고 역습을 감행했다.

나이프와 『파괴손톱』이 그리는 자남색 검광, 무수한 원호. 격렬한 소리와 함께 뿌려지는 무수한 불똥. 몇 차례나 교차하는 처절한 빛의 윤무.

류에게는 그것이 꾸밈없는 생명과 생명의 충돌처럼 보였다.

"——! 류 씨?!"

싸우던 벨이 류를 알아보았다.

그와 동시에 몸을 홱 돌린 『저거노트』의 눈이 이쪽을 꿰뚫어본다.

가슴이 떨렸다. 그 사실을 감출 수도 없었다. 류의 트라우마는 공포에 삐걱거렸다.

그러나 지금의 류에게는 과거의 상처가 도려져나가는

것보다도 두려운 것이 있다.

무엇과도 바꿀 수 없는 존재를 다시 잃어버린다는 것.

응축된 시간 속에서 마음이 고요해졌다. 그것은 지극히 짧은 한순간이었다.

파도 한 점 일지 않는 마음의 수면에 다음으로 찾아온 것은, 격렬한 질풍.

류를 떠미는 의지의 바람이었다.

"──아아아!!"

몸을 앞으로 숙이며 류는 달려나갔다.

질주하고, 발을 디뎌, 허공으로 도약해, 경악하는 『저거노트』에게 일격을 가했다.

놈이 방어를 위해 든 오른팔 위에 뼈로 된 흰 칼날이 꽂혔다.

"벨! 나는…… 호수의 요정은 될 수 없습니다."

적의 앞팔에 밀려나 회전하며 착지한 류는 아연실색한 벨에게 외쳤다.

영웅담을 좋아하는 소년이라면 분명 이해할 거라고, 이야기를 인용해서.

엘프가 숭상하는 영웅담. 요정 소녀들이 한번은 동경했던 이야기. 류는 이를 부정했다.

소년의 두 눈이 크게 뜨였다.

"소중한 이에게 보호만 받는 요정은, 결코 되지 않겠습니다! 당신을 혼자 사지로 보내지는 않을 겁니다!"

그런 류의 강한 말을 듣고, 소년의 입술이 웃음을 그렸다.

피와 상처밖에 보이지 않는 얼굴로 고개를 끄덕여 대답한 그의 검푸른 칼날도 다시 전의를 불태우듯【히에로글리프】를 빛냈다.

휴먼과 엘프는 어깨를 나란히 하고 반격에 나섰다.

『아아아아아!!』

『저거노트』는 미친 듯이 분노했다.

벨과의 결전에 찬물을 끼얹는 존재에 그는 매우 기분이 상했다.

많은 동족을 먹고, 원래는 있을 수 없는『집념의 갑옷』을 입은 그에게도 제한시간이 육박했다. 그렇기에 얼마 남지 않은 목숨의 시간을 이 수컷과의 일전에 모두 쏟아붓기로 결심했다. 백발 소년을 반드시 죽이겠노라고.

자신의 존재이유를 방해하려는 자는 거슬리기만 한다. 『저거노트』는 분노를 날파리에게 돌려 짓이겨버리고자 했다.

"하앗!!"

『!』

그러나 류는『저거노트』의 공격을 피했다. 피했을 뿐만 아니라 반격까지 펼쳤다.

그 움직임은 조금 전의 싸움과는 비교도 되지 않을 정도로 날카로웠다. 같은 사람이 맞나 의심스러울 정도였다.

지금도 오른팔과 오른쪽 다리, 아니, 온몸에서 붉은 물방울을 떨어뜨리며 만신창이가 되었음에도.

『과거의 상징』과, 트라우마와 마주할 용기를 얻은 【질풍】은 원래의 빛을 되찾았다. 아니, 이제까지의 한계마저 초극하려 했다.

아름답게 싸우는 그 모습은 『저거노트』가 없애버렸던 어중이떠중이와는 모든 점에서 달랐다.

"너를 쓰러뜨리겠다!"

하얀 소년과 같은 말, 같은 눈빛, 같은 의지.

그것을 본 『저거노트』는 인정했다.

이 요정도 소년과 마찬가지로 사냥할 만한 존재라고.

자신의 전심전력을 쏟아 섬멸할 가치가 있다고.

그렇기에 둘을 한꺼번에 살육한다.

『저거노트』는 포효를 터뜨리고 전력을 기울여 두 사람을 죽이려 했다.

"크윽……?!"

가속하는 적의 맹공, 연속도약에서 이어지는 습격과 『말뚝』의 폭풍이 벨을 괴롭혔다.

류가 더해져야 전황은 겨우 호각. 그러나 만신창이인 벨과 류의 균형은 언제 무너져도 이상하지 않았다. 몸은 이미 한계를 넘어섰다. 생명의 연료를 다 쓰면 어이없이 종막이 찾아올 것이다. 키메라로 변한 대가로 반발작용에 시달린다고는 하지만 규격이 다른 몬스터의 체력은 상급 모험자를 웃돈다. 지구전 너머에는 파멸만이 기다리고 있다.

혼자 싸우던 벨은 줄곧 필살의 카운터를 날릴 기회를 노리고 있었다.

그러나 이제는 『저거노트』도 그 노림수를 눈치 챘다. 이따금 『파괴손톱』을 얽으면서도 『말뚝』을 주요 공격수단으로 삼아 싸우는 것이 그 증거였다.

지금의 전황에는 결정타가 존재하지 않았다.

"——【지금은 머나먼 숲의 하늘. 무궁한 밤하늘에 뿌려진 무한한 별빛】."

그런 가운데.

류가 노래를 자아냈다.

"!"

『!』

끊임없이 달리고 검을 휘두르면서도 노래를 시작하는 엘프를 보고 벨과 『저거노트』가 반응했다.

『병행영창』.

공격, 이동, 회피, 영창 네 행동을 동시에 전개하며 다가올 필살의 순간을 불러내려 한다.

"【어리석은 나의 목소리에 호응하여 이 자리에 한 차례 유성의 가호를】."

그것은 후회의 노래이기도 했다.

알리제와 동료들을 구하지 못하고 지키지 못했던 그때에도 류는 이 노래를 불렀다.

절망과 공포에 굴복해, 한 걸음도 움직이지 못하고 입술을 떨 수밖에 없었다..

"【그대를 버린 자에게 빛의 자비를】."

그런 가증스러운 노래를, 이번에는 싸우며 부른다.

이번에야말로 잃지 않기 위해.

이번에야말로, 보호만 받지 않고 지키기 위해.

"……!"

그 진의가 벨에게도 전해졌다. 『작전의 이면』 또한.

『저거노트의 껍데기를 벗긴다』.

좌반신에 남은 장갑각 『매직 리플렉션』은 물론이고, 수 많은 몬스터를 먹어 만들어낸 적의 몸에는 『옵시디언 솔저의 체석』도 담겨 있다. 『마법』의 위력을 떨어뜨리는 적의 갑옷 앞에서는 류의 【루미노스 윈드】도 필살의 위력을 낼 수 없다. 남은 마인드를 고려해봐도 두 번째 포격은 있을 수 없었다.

몬스터를 사이에 끼고 시선을 나눈 벨과 류는 그 한순간 서로의 뜻을 이해했다.

『……!』

동시에 류의 빠른 영창속도는 『저거노트』에게 위협적으로 비쳤다.

불완전한 이 『갑옷』으로는, 만에 하나이기는 하지만 패배에 다가설 가능성이 남아있다.

『마력』이 고양되듯 부풀어오르는 기색에, 『저거노트』는 류를 먼저 없애고자 했다.

"——【파이어볼트】!"

그때 벨이 포성을 터뜨렸다.

몬스터가 아니라, 칠흑의 나이프를 향해.

『!』

작열한 염뢰가 수렴되고, 이어서 울려 퍼지는 차임 소리.

『아르고 베스타』의 발동 준비. 없는 힘을 모조리 불러 일으킨 소년의 마지막 차지가 단행되었다.

자기 자신의 오른팔을 소멸시켰던 일격의 조짐. 『저거노트』는 반응할 수밖에 없었다. 자신을 죽일 뻔했던 최대의 기술을 무시할 수는 없었다.

그것은 벨이 펼친 『허허실실』이었다.

앞과 뒤. 병행 차지를 감행한 휴먼과, 달려가며 영창을 이어나가는 엘프.

전자는 명백히 미끼. 그러나 간과할 수는 없다.

의식이 분산된 『저거노트』는 한순간 움직임을 멈추고 말았다.

"【오라, 방랑하는 바람, 유랑하는 나그네】!"

몬스터의 후방에서 류의 영창이 드높이 울려 퍼진다.

그와 동시에 전방에서는 불꽃의 광채가 깃든 나이프를 들고 벨이 돌격한다.

껍데기를 떼어내고 그 즉시 『마법』을 꽂겠다는 작전.

모험자들의 연계 플레이에 재앙의 괴물은—— 오른팔을 지면에 꽂았다.

『━━━━━━━━━━━!!』

지면에서 솟구치는 『역말뚝』.

심지어 한 방향이, 아니라 반명 10M에 이르는 전방위.

"크윽?!"

"으윽━━!"

뼈창을 땅속으로 보내 전방과 후방에 있는 벨과 류를 동시에 공격한다.

몬스터를 기점으로 소환된 대량의 칼날은 두 사람을 상처 입혔다. 류의 어깨를 찢고 벨의 허벅지를 도려냈다. 남은 두 사람의 목숨을 단숨에 깎아냈다.

『저거노트』는 그대로 단숨에 다시 한 번 『말뚝』으로 두 사람을 꿰뚫고자 했다.

"━━【하늘을 건너…… 황야를 달려……】!"

그러나.

류의 영창은 끊어지지 않았다.

불굴의 정신력으로 마력의 컨트롤을 붙들고 놓지 않았다. 승산을 이어나갔다.

그러므로 벨도.

피를 토하며 눈꼬리를 치켜세우고, 오른손을 지면에 꽂았다.

"아르고 베스타!!"

7초 분량의 차지.

해방된 필살의 공격은 『저거노트』 본체가 아닌 ━━ 땅속에 구멍을 뚫고 있는 뼈창을 파괴했다.

『?!』

굉음과 함께 폭발하는 대지. 『저거노트』의 시야를 뒤흔드는 충격.

지면에 작렬한 플레어의 광채로 땅속에 사출되었던 모든 뼈창이 산산이 분쇄되었다. 『말뚝』의 공급이 끊겨졌다.

여기에서 그치지 않고, 성화의 위력과 충격은 뼈창을 타고 흘러 『저거노트』의 오른팔까지 미쳤다.

동족의 육체로 만들었던 오른팔이 터져나갔다.

『────────────────────우우우?!』

내부에서 폭발한 것처럼 산산이 흩어지는 오른쪽 앞팔. 『저거노트』는 절규를 터뜨렸다.

아르고 베스타의 위력에 균열이 일어난 지면, 룸 전체를 뒤흔드는 진동, 자세가 흐트러진 몬스터. 그렇게 갈취해낸 한순간의 허점.

벨은 그 기회를 놓치지 않고 돌격했다.

악력이 거의 남지 않아 《헤스티아 나이프》를 허공에 날려버린 가운데, 대신 주먹을 부르쥐고 몬스터의 품으로 육박하고자 했다.

"크윽──?!"

하지만 그 접근은 너무나도 느렸다.

【아르고노트】의 반동. 소년에게 허용된 마지막 병행 차지는 가차 없이 얼마 남지 않은 체력과 마인드를 앗아갔다.

꺾이려는 무릎을 질타하며 감행한 육박 따위, 『민첩』에 특화된 『저거노트』에게는 위협이 될 수 없었다. 최후의 최후에 육체의 한계가 벨의 계산을 배신했다.

자신의 품으로 뛰어드는 너덜너덜해진 토끼에게 별 어려움 없이 일격을 날리려 한다.

높이 올라가는 왼팔, 그곳에 달린 자남색의 여섯 발톱.

비스듬히 대각선 위에서 내리꽂혀, 틀림없이 벨의 몸을 꿰뚫어버릴 필살의 『발톱』이다.

가슴을 꿰뚫고 등으로 튀어나온 『발톱』이 사위를 붉게 물들일 것이다.

주마등이 휩쓰는 벨의 상상대로.

5년 전, 요정의 벗을 앗아갔던 광경과 마찬가지로.

"──아아아아아아아아아아아아아아아아아아아아아아아아아!!"

말뚝에 입은 대미지, 그리고 플레어의 충격에 자세도 제대로 잡지 못했던 류는, 울부짖었다.

눈에 새겨졌던 비극을 초월하기 위해, 바람이 되어 허공을 달려나갔다.

지면에 왼발을 내리찍어, 한 줄기 섬광과도 같이 허공을 관통하는 육박.

측면에서의 육박은 높이 쳐들었던 『저거노트』의 왼팔을 포착했다.

『?!』

칼집에서 해방된 두 자루의 소태도《쌍엽》이 필살의『발톱』을 해체했다.

손목과 손가락 관절. 흡사 이빨처럼 생긴『발톱』을 뿌리째 잃어버린『저거노트』는 최강의 무기를 빼앗겼다는 사실에 시간이 얼어붙었다.

'그때 이렇게 했더라면——.'

정지한 시간 속에서 과거의 정경이 되살아났다.

꿰뚫린 소녀, 류를 지키기 위해『발톱』의 일격을 받아냈던 비장한 뒷모습.

그때 만일 류가 일어났더라면.

지금 이 순간처럼 류도 함께 싸웠더라면.

'——알리제는 지지 않았어!'

몸을 태우는 후회와 통념, 가슴을 가르는 마음의 외침.

『과거』는 두 번 다시 돌아오지 않지만.

그래도 류는 자신이 구해냈던 지금 이 순간을 노려보고, 모든 감정이 담긴 마음의 포효를 터뜨렸다.

아연실색한 파괴자와 스쳐 지나가며.

"——아아아아아아아아아아아아아아아아아아아아아아아아아!"

그 직후, 벨이 돌격했다.

류의 지원을 받아『저거노트』의 품에 꽂힌 최후의 한 걸음.

간격이 사라지고, 얼어붙은 몬스터의 왼쪽 반신에 굳게

쥔 오른쪽 주먹이 처박혔다.

"【파이어볼트】ooooooooooooooo!"

잇달아 터지는 포성.

주먹에서 몸속에 직접 쏜 속공마법.

그 수는 겨우 한 발.

그러나 충분한 한 방.

모든 힘을 다 써버린 벨에게 허용된 마지막 『마법』은 『내구』가 현저히 떨어지는 『저거노트』의 육체를 휩쓸며 안쪽부터 가차 없이 파괴했다.

『우우우우?!』

좌반신에 남아있던 장갑각이 작렬하는 염뢰에 튕겨져 날아갔다.

내부의 충격에 우반신을 보강했던 『옵시디언 솔저의 체석』 또한 대량의 불똥과 함께 산산이 깨져나갔다.

위력이 떨어지는 『속공마법』 단발로는 아직 쓰러지지 않았다.

깨뜨릴 『마석』도 존재하지 않는 특수한 몬스터는 아직 무너질 줄을 모른다.

그러나 『갑옷』을 잃은 거구는 이미 알몸뚱이였다.

"──【무엇보다도 빠르게 달려라】."

울려 퍼지는 요정의 노래.

아름다운 바람의 선율.

『저거노트』의 오른쪽. 『파괴손톱』을 빼앗고 쓰러지듯

지면에 착지했던 요정은 두 다리로 지면을 굳게 딛고 있었다.

굳어버린 『저거노트』에게 오른팔을 내밀고 『마력』의 분류를 해방시키며.

"【별빛을 담아, 적을 쳐라】!"

완성을 알리는 마지막 주문.

접사 포격의 반동으로 벨이 멀리 날아가고, 몬스터가 진홍의 두 눈에 경악을 깃들인 찰나.

류는 그 일격을 해방시켰다.

"【루미노스 윈드】!"

발동하는 『마법』.

녹색 바람을 두른 거대한 빛의 덩어리.

그 수는 47개.

요정의 모든 마인드가 담긴 포격마법이 시작되었다.

『━━━━!!』

밀려드는 광탄의 급류.

도망칠 곳 따위 존재하지 않는 포격의 폭풍.

『저거노트』는 여기에 반응하는 데 성공했다.

"에엑?!"

벨의 두 눈이 크게 뜨였다.

쩌적, 오른쪽 무릎을 스스로 완전히 파괴해버릴 정도의 전력도약.

비늘에 싸인 꼬리가 빛에 휩쓸리고 오른쪽 정강이 아래

쪽이 날아가버리기는 했지만, 허공으로 대피했다.

갈 곳을 잃은 광탄의 폭풍이 절규하는 벨의 눈앞을 가로지르고 룸의 벽에 꽂혔다.

필살의 공격이 빗나갔다.

벨이 낯을 일그러뜨리고, 공간에 무시무시한 진동이 발생하는 가운데, 류는——

"——너의 속도는 내가 가장 잘 알지."

47개 중 10개의 광탄을, 자신의 곁에 남겨두고 있었다.

읽고 있었다.

더할 나위 없는 타이밍으로 쏜 혼신의 포격조차, 저 재앙의 괴물에게는 꽂히지 않으리란 것을.

벗을 희생하고도 선대『저거노트』를 물리치지 못했던 류는 냉철한 눈으로 적이 회피하리라 믿고 있었던 것이다.

룸 벽면에 달라붙었던『저거노트』는 지상에 있는 벨과 마찬가지로 열 개의 광채를 보고 눈을 크게 떴다.

열.

그것은 류에게는 각별한 숫자.

잃어버린, 무엇과도 바꿀 수 없는 전우들과 같은 수.

발동한【루미노스 윈드】속에서도 한층 커다란 빛의 탄환들이, 류의 등에 달라붙듯 떠 있었다.

"——가자."

그 목소리와 함께 류는 질주했다.

『?!』

『마법』의 『대기 상태』로 남겨둔 거대 광탄을 사출하지 않은 채, 열 개의 광휘를 이끌며 류는 『저거노트』에게 달려갔다.

중거리나 원거리에서는 맞지 않는다.

제27계층에서 벨이 『아르고 베스타』를 작렬시키기 직전, 한번 허공으로 도망치는 바람에 머플러까지 구사하고서야 필살의 공격을 성공시켰던 때와 마찬가지로, 『저거노트』를 분쇄하기 위한 일격은 초근거리에서 쏘아야만 한다.

거듭되는 【재앙】과의 전투에서 류가 내린 결단은 『밀착거리 공격』.

『말뚝』에 허벅지가 찢겨 만족스럽게 가속도 하지 못하는 가운데, 류는 도약하며 외쳤다.

"노잉, 네제!"

스러져간 동료의 이름을 외친 순간, 이에 호응하듯 등 뒤에 떠 있던 거대 광탄 두 개가 땅을 박찬 류의 발바닥에서 작렬했다.

"어엉?!"

고막을 뚫고 빠져나가는 섬광의 소리. 폭발적인 가속.

바람을 두른 빛의 덩어리가 준 막대한 『추진력』.

벨의 전율도, 『저거노트』의 경악도 아랑곳 않고 류는 허공을 질주하는 한 줄기 질풍이 되었다.

사출한 광탄을 박차고 몬스터를 향해 일직선으로 돌진한다.

『우우?!』

경악할 틈도 주지 않는 속도로 날아오는 요정을 향해, 『저거노트』는 창졸간에 아래팔을 잃은 오른팔을 내질렀다.

팔꿈치 관절에서 튀어나오는 『말뚝』 일제사격.

"아스타, 랴나!"

여기에 류는 새로운 동료의 이름을 외치며 대형 광탄을 사출했다.

남은 8사 중 2개를 사용하고 하나는 측면에서 발사해 몸 옆에 내밀었던 왼팔에 착탄시켜——

수평으로 날아 궤도를 억지로 전환했다.

『?!』

거의 직각으로 진로를 바꾸어 말뚝의 비를 긴급회피.

지체하지 않고 광탄 하나를 오른쪽 발등에서 작렬시켜 다시 앞으로.

그렇게 그려진 궤도는 마치 번개를 방불케 했다.

거리를 눈 깜짝할 사이에 없애버리며 급속도로 밀려드는 전광석화에 『저거노트』는 왼발만으로 벽면을 박차 도망치려 했다.

"흐읍!!"

따라간다.

무시무시한 풍압과 관성을 무시하고, 삐걱거리는 육체를 의지의 힘으로 굴복시키며, 바로 조금 전까지 몬스터가 달라붙어 있던 벽면을 밟고 다시 날아오른다.

밀려드는 포효에『저거노트』의 눈이 동요로 떨렸다.

말도 안 되는 방식으로 마법을 구사해 억지로 펼치는
『공중기동』.

몬스터가 경악할 만한,『저거노트』의 주가를 빼앗는『고
속도약』.

마법의 위력을 그대로 추진제로 바꾼 무모한 행위에 대
가가 따르지 않을 리 없었다. 광탄을 발바닥에 착탄시킨
부츠는 너덜너덜하게 터져나갔으며 껍질을 잃은 시뻘건
발바닥을 노출시켰다. 방향전환을 위해 광탄을 작렬시켰
던 왼팔도 뼈에 금이 갔다.

그러나 류의 몸은 망가지지 않았다.

『마방』어빌리티까지 총동원해 흉악한 위력을 견뎌내며,
괴물을 꿰뚫을 때까지 결코 무너지지 않는다.

자신의『마법』으로 자신을 쏘아 연기를 피우고 피부를
지지면서도 돌진하는『요정의 비상』.

──모두들, 나에게 힘을.

바람을 두른 광탄에 동료의 모습을 겹쳐보며 류는 미친
듯이 기세를 올렸다.

【아스트레아 파밀리아】의 동료들과 함께── 원수를 갚
겠노라고.

『워어어어어어어어어어어어어어어어어어어어어어어
어어어어?!』

류의『노림수』를 깨달은 파괴자가 최대급의 경고를 머금

은 절규를 터뜨렸다.

앞뒤 가리지 않고 모든 『말뚝』을 쏜다.

충분한 기동력을 잃은 자신을 따라잡는 요정의 접근을 저지하고자 했다.

"셀티, 이스카, 마류!"

이름을 부여받은 세 개의 광탄이 손을 빌려주듯 류의 몸을 대각선 뒤쪽으로 밀어내고 밀려드는 뼈창을 방패처럼 박살냈다.

격렬한 풍압 속에서 허공을 나는 류의 눈에 비친 것은 전우들의 옆모습.

자신의 곁에 나란히 서서 함께 포효하는, 정의의 권속 열 명.

망상이다. 감상이다. 환상이다.

류의 허울 좋은 환영이다.

자신도 안다.

그렇기에 그런 『마음』조차 힘으로 바꾸어—— 앞으로!

"——아아아아아아아아아아아아아아아아아아아아아아아아아아아아아아!!"

울려 퍼지는 요정의 포효.

날개 없는 이와 날개 없는 이가 펼치는 공중전투.

어둠을 가르는 별무리와도 같은 그 광경에, 소년은 빨려 들어가듯 일어나고 있었다.

눈을 크게 뜨고, 별가루가 뿌려진 밤하늘을 올려다볼 수밖에 없는 지승의 짐승처럼.

벨은 보았다.

열 개의 광휘에 이끌려 허공을 춤추는 요정의 궤적을.

몸에 걸친 롱 케이프가 나부끼며 날개처럼 펼쳐진 그 모습은, 마치.

"──『정의의 날개』."

그리고 『검』은, 괴물에게 육박하고자 하는 그녀 자신이었다.

정의의 여신 아스트레아의 이름을 등에 새긴 류는, 마침내 재앙의 괴물을 포착했다.

『아아아아아아?!』

공교롭게도 룸 중앙의 상공.

도망칠 곳 없는 공중에서 따라잡히고도 여전히 뼈로 이루어진 오른팔을 쳐들고 반격하려 드는 『저거노트』에게, 류는 마지막으로 남은 세 개의 광탄 중 하나를 쏘았다.

"카구야!"

전우의 이름에 호응하듯 마치 검객과도 같이 질주한 광탄은 날카로운 바람을 뿜어냈다.

몬스터에게 남아있던 마지막 오른팔, 마지막 무기를 분쇄한다.

『──────────────.』

작렬의 충격으로 괴물의 몸이 상공에 떠오르는 가운데, 류는 그 바로 옆을 스치고 지나가.

추월하듯 몬스터의 머리 위로 날아오르며, 약진의 기세가 사라진 순간…… 마치 그곳에서만 시간의 흐름이 끊긴 것처럼, 천천히 몸을 반전시켰다.

두 다리를 하늘로, 머리를 대지로.

거구를 뒤틀어 자신을 올려다보는『저거노트』를 바로 아래에 두고.

"라일라."

조용히 부른 광탄이 낙하를 개시하는 류의 발에 다가왔다.

마치 조그만 언니가 미소를 머금고 등을 밀어주는 듯했다.

눈이 눈물을 머금은 직후, 충격이 발을 후려치고 유성이 되어 떨어진다.

그리고 마지막으로——

"——알리제."

하나 남은 대형 광탄이 류의 손바닥 위에 다가왔다.

단죄를 원했다.

속죄를 원했다.

동료들의 곁으로 떠나고 싶었다.

『과거』를 넘어서는 것이 무서웠다.

『과거』를 잊는 것이 두려웠다.

가능하다면『과거』를 되찾아 다시 시작해보고 싶었다.

그러나 지금은.

『미래』를 원했다.

그러기 위해서라도——.

밀려드는 괴물의 거구. 두 팔을 잃고 멍하니 올려다보는 진홍의 눈동자.

자신과 마찬가지로 온몸이 너덜너덜해진『과거의 상징』에, 류는 광탄을 손에 든 오른팔을 쳐들었다.

아름다운 광탄의 빛을 받으며, 자신의 오른손에 겹쳐진 벗의 손을 류는 똑똑히 보았다.

하늘색 눈에서 눈물을 흘리며, 입술을 떨며, 고했다.

"——안녕히."

벗의 잔영에.

그리운 날들에.

넘어서야만 하는『과거』에.

모든 것에 작별을 고하며, 류는 포효했다.

"성화(星華)!!"

작렬.

『＿＿＿＿＿＿＿＿＿＿＿＿＿＿＿＿＿＿＿＿＿＿＿＿＿＿.』

흉부에 꽂히는 대형 광탄.

류를 지키고 류를 구했던 소녀의 기술을 물려받은 것처럼 광륜을 꽃피웠다.

속절없이 일격을 받은『저거노트』는 단말마의 비명도, 분노나 원한의 목소리도 남기지 못하고 그저 조용히—— 폭발했다.

드높은 빛과 바람의 선율이 울려 퍼지고, 괴물의 온몸을 무수한 파편으로 바꾸었다.

낙하하는 파편이 다른 동족과 마찬가지로 재가 되어 스러져가는 모습을 지켜본 후, 모든 힘을 다 쓴 류는 눈을 감았다.

넘쳐나는 눈물을 허공에 뿌리며.

"류 씨?!"

파괴자를 이루었던 것들과 류가 유성우처럼 룸 한복판에 쏟아졌다.

몬스터의 재가 자욱한 연기가 되어 흩날리는 가운데, 만신창이가 된 벨은 낙하지점으로 달려가지도 못했다.

몸을 질질 끌듯 중앙지대로 향해, 보라색으로 물든 연기가 솟아나는 모습을 뻣뻣이 선 채 바라보고 있으려니.

"아⋯⋯!"

시야 저편에 일어나는 그림자가 있었다.

그것은 서서히 뚜렷한 윤곽을 그리며 연기 속에서 모습을 나타냈다.

몸이 너덜너덜해진, 류였다.

눈이 마주치고, 입술을 살짝 구부리며 웃음을 짓는 그녀의 모습에 벨도 안도의 웃음을 지었다.

그들 외에 이미 움직이는 그림자는 없었다.

그들은 【재앙】을 타도한 것이다.

벨과 류는 웃음을 지은 채 서로를 갈구하듯 서서히 다가갔다.

하지만 그때, 휘청.

벨의 몸이 기울어졌다.

류도 마찬가지였다.

얼마 남지 않은 거리를 두고, 서로 무릎을 꿇은 채, 소리를 내며 땅에 쓰러졌다.

"…………."

상처밖에 남지 않은 몸은 지금도 피를 흘렸다.

두 사람 모두 호흡이 가빴다.

팔다리의 감각이 싸늘해져간다.

시야가 뿌옇다.

벨의 오른손에 류의 오른손이 겹쳐지는 거리.

그런 장소에서, 두 사람은 싸늘한 미궁 바닥에 쓰러졌다.

"……이겼네요, 우리."

"……예."

"……이제, 돌아갈 수 있겠네요."

"……예."

가느다란 목소리.

이제는 서로의 얼굴도 눈에 비치지 않은 채, 두 사람 모두 웃음이라 할 수도 없는 웃음을 짓고 있었다.

지상에 돌아갈 미래를, 현실과의 경계를 잃어버린 꿈속에서만 공유했다.

이곳에 이제 모험자는 없었다.

불타버린 재만이 남았다.

마치 어디까지고 끝없이 날다 날개를 잃은 새처럼.

하얀 잔불과 꺼져가는 요정의 잔재.

그것만이 전부였다.

괴물의 울음소리가 멀리서 들려왔다. 재앙의 괴물이 지켰던 미궁의 정적이 거짓말이었던 것처럼 어둠이 웅성거리기 시작했다. 수많은 격렬한 포효와 겹쳐진 발소리가 이룸으로 육박했다.

일어나지도 못하고 꼼짝도 못한 채, 어둠만이 벨과 류를 내려다보았다.

"……벨."

"……네."

"……난…… 당신에게……"

"………….."

그 다음 말이 이어지질 않았다.

옆을 향한 두 사람의 눈에서 빛이 사라져간다.

누가 먼저랄 것도 없이, 잠들듯, 두 사람의 눈이 감겼다.

몬스터들의 포효가 드디어 룸까지 육박했지만 몸은 더이상 움직이지 않았다.

두 사람의 『모험』은 끝났다.

【재앙】에게는 이겼지만, 던전에게는 패배했다.

미궁 탈출은 실패.

수많은 모험자들이 그러했듯, 그녀들 또한 『심층』의 어둠에 잠겨버렸다——.

"——————, ——————, ——찡!!"

그렇게 생각했던 순간.

"——벨찡!!"

요란하게 울려 퍼지던 괴물들의 울음소리가 ——마치
멀리 떨어진 동포와 교신하듯 터져나오던 포효가—— 인
간의 언어를 이루었다.

자신의 몸에 겹쳐진 그림자를, 벨은 어두워진 시야 속에
서 느꼈다.

떨리는 눈꺼풀을 희미하게 떠보니, 누군가가 자신의 몸
을 안아 일으켰다.

"살아있어, 살아있어!!"

"인간들에게 알려라!"

환성처럼 들리는 괴물의 포효가 폭발한 후, 귀에 익은
목소리가 몇 번이나 귓전에 메아리쳤다.

몸이 위를 향해 누웠음을 이해한 벨을 한 쌍의 눈동자가
들여다보고 있었다.

너무나 보고 싶었던, 동그란 호박색 눈.

"벨! 벨!"

호박색 눈이 뚝뚝 떨어뜨린 눈물이 벨의 뺨을 적셨다.

이마의 위치에서 빛나는 붉은 돌도 우는 것처럼 빛을 흘

렸다.

벨은 소녀의 뺨을 타고 흐르는 눈물을 닦아주려다가, 몸이 전혀 말을 듣지 않음을 떠올렸다. 하다못해 웃어주려고 했지만 그것조차 잘 되지 않았다.

겨우 뺨의 근육을 떨며 입술을 살짝 틀어올리자, 눈앞에 있던 소녀의 얼굴이 확 구겨졌다.

"벨 니임!"

"벨!"

"류—!"

"저기 있다냐!"

그리운 사람들의 목소리가 멀리서 들려온다.

벨과 류를 발견한 동료들의 목소리가.

두 사람의 『모험』은 막을 내리고, 던전에 패배했다.

하지만 요정의 『희망』은 사라지지 않았다.

『희망』을 버리지 않고 마지막까지 포기하지 않았던 류와 벨의 결사행이 동료들의 목소리를 불러들였다.

손으로 더듬어 쥐고 있던 『인연』이 던전에도 승리했던 것이다.

이윽고 곁에 있던 괴물들의 그림자가 물러났다.

할 일은 다 했다. 하지만 앞으로도 그림자 속에서 지켜보고 있다. 그렇게 속삭이는 듯한 기척이 가까이 머물러 있었다.

그 자리에 남은 것은 후드와 로브로 몸을 감춘 용종 소녀와, 마찬가지로 변장한 하피 소녀.

필사적으로 이름을 부르는 그녀의 품속에서, 류가 누군
가의 부축을 받아 몸을 일으킨 것이 보였다.

"……벨."

"……네."

자신들의 이름을 부르는 동료들의 목소리가 눈물에 젖
은 환호성이 이쪽으로 다가온다.

벨과 눈을 마주친 류는, 분명히 미소를 짓고 있었다.

"우린…… 돌아갈 수 있어요."

Epilogue You'll be back II

너는 다시 돌아갈 수 있어.

누군가가 나에게 그렇게 말했다.

그렇다.

그 『과거』를 넘어서── 빛이 드는 곳으로.

"…………."

류는 눈꺼풀 속에 고였던 눈물을 느꼈다.

그것을 흘리지 않으려고 속눈썹을 떨었다.

"여긴……."

희미하게 눈을 뜨려고는 했지만 눈부신 빛에 금방 감고

말았다.

미궁의 어둠에 지나치게 익숙해졌던 하늘색 눈에는 단

순한 마석등의 빛조차 힘겨웠다.

눈도 깜빡이지 못한 채 낯을 찡그리고 있으려니 흠칫하

는 목소리가 바로 곁에서 들렸다.

"류, 괜찮아?!"

자신을 덮는 그림자를 올려다본다.

뿌연 실루엣은 이윽고 초점을 맺고, 색을 띠어, 회색 머

리카락과 눈을 비추었다.

피로가 엿보이는 얼굴로 자신을 들여다보는 소녀에게,

류는 입을 벌렸다.

"시르……."

목소리는 말하는 법을 잊은 것처럼 지독히 갈라져 나왔다.

하지만 소녀의 이름을 부른 순간, 눈앞의 얼굴에 기쁨의 웃음이 피어났다.

시르는 감개무량한 듯 류의 몸을 자신의 몸으로 덮었다.

"류! 아아, 류!! 다행이야……!"

목덜미에 얼굴을 묻고, 마치 언니나 어머니가 그렇게 하듯 부드럽게 안아주었다.

이불 너머로 느껴지는 소녀의 체온이 그립고 다정해서.

가슴이 벅차오른 류는 말을 이을 수가 없었다.

"냐ㅡ! 류가 눈을 떴다냐!"

"사흘이나 쳐 자놓고 우리한테 있는 대로 민폐 끼친 소감을 말해라옹!"

"이번에는 얼마나 걱정했는지 알아!"

그 순간 소란스러워진 류의 주위.

두 팔을 쳐들고 어린아이처럼 떠들어대는 아냐가, 냐옹다옹 웃어대며 농담을 하는 클로에가, 말보다도 훨씬 기뻐하는 듯한 루노아가 침대에 누운 류를 에워싸고 있었다.

그녀들의 모습에. 지금의 류에게는 무엇과도 바꿀 수 없는 친구들의 미소에.

꾹 참고 있던 눈물이 하늘색 눈에서 넘쳐나 흘러내렸다.

"……류가 우는 거, 처음 봤다냐."

활짝 웃는 아냐에게 류도 희미한 웃음을 지어주었다.

아직 새하얀 머릿속에 떠오르는 말을── 소녀들에 대한 감사를, 속삭이는 듯한 목소리로 바꾸어 말했다. '고맙습니다'라고.

"머리가 잘 안 돌아가는 류한테 친절하게 설명해주자면, 여긴 『바벨』이고 길드가 운영하는 치료시설이다웅."

"지상으로 돌아오자마자 여기로 끌고 온 거야."

"던전에서 오는 길에 아이템이랑 마법을 암만 써도 안 깨어나서 완전 걱정했다냐~!"

반창고를 붙인 귀를 질근질근 주물러대는 클로에를 시작으로 루노아와 아냐가 말을 이었다. 깨어난 직후라 제대로 머리가 돌아가지 않았지만 특유의 소독약 냄새와 청결이 유지되고 있는 흰 방을 보고 이해했다.

그만 하라며 시르가 클로에의 손을 때리고 몸을 일으키는 가운데, 아냐가 몸을 내밀며 말했다.

"류, 어디까지 기억해냐?"

"……심층에서, 여러분의 목소리가 들려오고…… 이제 돌아갈 수 있겠다고, 그와 함께……."

여기까지 말을 이었을 때였다.

소년의 눈이 뇌리에 떠올라 하늘색 눈이 번쩍 뜨였다.

순식간에 머릿속에서 하얀 안개가 사라지고 맑은 정신을 되찾은 류는 벌떡 일어났다.

"그는?! 벨은?!"

"냐아?! 지, 진정해라옹?!"

"류, 무리하면 안 돼!"

낯빛을 바꾼 류를보며 클로에가 당황하고 시르가 필사적으로 달랬다.

갑자기 일어나는 바람에 온몸이 비명을 질러 견디지 못하고 상체를 꺾었지만, 아랑곳하지 않고 곁에 있던 시르의 어깨를 붙들었다.

"시르, 가르쳐 주십시오! 그는 무사한가요?!"

"벨 씨는 괜찮으니까! 류보다도 먼저 깼어!"

"그, 그랬다냐! 백발은 저쪽 방에서 쌩쌩하게 있다냐! 그러니까 류는 안심하고 낮잠이나 자라냐!"

"멍청아, 그 말을 하면……!"

시르가 다독일 동안 아냐가 쓸데없는 정보를 누설해버리는 바람에 루노아가 당황해 갈팡질팡했다. 그녀의 예상대로, 소년의 소재를 알아낸 류는 재빨리 침대에서 뛰어내렸다.

부상자라 방심했던 소녀들이 놀랄 만한 몸놀림으로, 배정받은 병실에서 뛰쳐나갔다.

"류, 류?! 그 차림으로 가면 안 돼──!!"

말리려 하는 시르의 목소리에도 아랑곳 않고 하얀 복도를 나아갔다.

복도의 창문 밖, 그렇게나 그리워하던 푸른 하늘도 류의 걸음을 붙들 수는 없었다. 맞은편에서 걸어오던 수인 여성이 ──아마도 길드의 의뢰를 받아 출장을 나온 【파밀리아】의 힐러── 류의 모습을 보고 깜짝 놀랐지만 그것조차 시야에 들어오지 않았다.

'벨…… 벨!'

지금 류의 머리를 채운 것은 소년의 안부뿐.

이따금 다리가 푹 꺾이려 했지만, 붕대에 감긴 팔을 벽에 짚고 복도를 따라 나아갔다.

그리고 아냐가 말했던 전용 치료실을 통로 막다른 곳에서 발견하고 뛰어들듯 문을 열었다.

"벨!"

그리고, 정말로 소년이 있었다.

벽 쪽의 침대 위에 앉아, 소매 없는 옷을 입고 엄중하게 붕대에 감긴 왼팔을 진찰받고 있었다.

맞은편에 앉아 진찰하던 사람은 은백색 머리카락의 미소녀.

벨을 끼고 침대 양쪽에 앉은 사람은 헤스티아와 릴리.

그 곁에서는 신 미아흐와 권속 나자가 서서 진찰을 지켜보고 있었다.

놀란 표정을 짓는 소년을 보고, 류의 얼굴이 안도로 물들었다.

"류 씨! ──어."

그리고.

마찬가지로 기쁨의 표정을 지으려던 벨의 얼굴이 새빨

갛게 물들었다.

달려가려던 류는 반사적으로 벨의 시선을 따라 자신의 몸을 내려다보고── 겨우 깨달았다.

류가 몸에 걸친 것은 옷이라 할 수도 없는 것이었다.

얇은 천이었다. 단적으로 말하자면 치료복 대신 입은 속옷이었다.

새하얀 팬티와, 배꼽이 고스란히 보이는 짧은 옷.

한쪽 허벅지와 팔에 감긴 붕대만으로는 그 싱그러운 육체와 피부를 모두 가릴 수도 없어.

눈을 크게 뜬 채 점점 얼굴을 붉히는 류의 시선 너머에서 다시 비명이 겹쳐졌다.

격렬하게 움직인 탓인지 어깨 위에 묶었던 끈이 풀려──

훌렁, 소리를 내며 상의가 바닥에 떨어진 순간, 류는 마치 소녀 같은 비명을 질렀다.

"꺄아아아아아아아아아아아아아아아아아아아!"

""보지 마!!""

"꾸웨엑?!"

가슴을 가리며 바닥에 주저앉는 류를 내버려둔 채 얼굴을 새빨갛게 붉힌 헤스티아와 릴리의 더블 래리어트, 혹은 크로스봄버가 벨의 목에 꽂혔다. 덤으로 나자의 날카로운 팔꿈치가 "미아흐 님도요!" 하는 질타와 함께 남신의 명치에 박혀 "꾸후욱?!" 하는 신음소리가 터졌다.

"중상자를 때리다니 이게 무슨 짓이에요오오오오오오오

<u>오오오오오오</u>!!"

그리고 은백색 머리의 미소녀―― 【디안 케흐트 파밀리아】의 힐러, 아미드 테아사날레의 특대 벼락이 떨어졌다.

그런 소동이 있은 후.

화를 내는 아미드에게 병실로 강제송환되어 안정을 취할 것을 엄중히 당부받은 류는, 매일매일 번갈아 찾아오는 문병인들에게 사태의 전말을 들었다.

"정말 용케 살아났어. ……라고 『제노스』들이 그러더라."

그런 말을 해준 것은 벨프였다.

"류 공, 무사해서 천만다행입니다!"

"벨 님을 구해주시어서…… 정말로 고맙사옵니다."

완쾌된 미코토, 그리고 하루히메와 함께 찾아온 벨프는 리저드맨 리드와의 대화를 들려주었다.

"제대로 장비도 없는 상태로 그런 곳에서 며칠이나 살아남다니…… 몬스터인 우리도 섬뜩하더라."

벨과 류를 회수하고 전속력으로 『하층』의 세이프티 포인트까지 피난한 후.

『제노스』들은 벨프에게 입을 모아 비슷한 소리를 했다고 한다.

나흘.

벨과 류가 『웜 웰』에게 끌려가 『심층』을 헤맸던 시간이다.

벨프 일행이 계층 터주 『암피스바에나』와 싸우고 『제노스』와 합류해 제37계층으로 내려가기까지 그만한 시간이 필요했다는 뜻이기도 하다.

"펠즈가 그러더라고. 우라노스 님이 37계층으로 가라고 했다고. 그 말을 들었을 땐…… 솔직히 벨찡은 틀렸겠구나 싶었어."

세이프티 포인트에서 임시 휴식을 취하면서 그들과 『풍요의 여주인』 점원들이 달려들어 벨과 류의 치료에 전념하는 가운데, 벨프와 리드 일행은 보르스 일당의 눈에 뜨이지 않는 곳에서 만났다고 한다.

그들이 벨과 류가 있는 계층을 알아냈던 것은 리드가 가진 『오쿨루스』 너머로 전해진 노신 우라노스의 지시 덕이었다. 던전조차 감당할 수 없었다는 『저거노트』의 이상반응── 독립의 『포효』를 느끼고 제37계층으로 구조대를 급파한 것이었다.

"그 계층은 호락호락하지 않은 데다 엄청 넓고 동족들도 흉포해. 우리도 어지간해선 거기 있으려고 안 해. 그류나마리 같은 마을의 『파수꾼』도 없고……."

"그렇겠지……. 통로도 벽도 전부 다 너무 커서 나도 현기증이 나더라. 이래서야 그 녀석들을 어떻게 찾나 하고."

"모험자들이 말하는『정규 루트』에 있었던 덕이야. 어딘지도 모르는 미로에 있었으면 우리도 못 찾았어."

벨과 류가 있던 계층은 알아냈어도 정확한 위치는 알 수 없었다.『제노스』는 무턱대고 정규 루트를 나아갈 수밖에 없었다. 그리고『저거노트』와 싸우는 격렬한 소리를 들었으며, 결과적으로 벨과 류를 발견할 수 있었던 셈이다.

그것은 어디까지나 마지막까지 생환을 포기하지 않았던 모험자들의 의지 덕이었다.

"너희 덕에 벨을 구했어. 그 머메이드라는 애한테도 고맙다고 전해줘."

응급처치에는 포션만이 아니라 드롭 아이템인『머메이드의 생혈』도 쓰였다. 물가를 떠날 수 없는 머메이드 마리가 스스로 몸을 베어 리드에게 전해주었던 것이다.

제27계층에서 벨을 치유해주기 위해 피를 계속 흘렸으므로 양은 얼마 되지 않았지만 ——의식을 잃을 뻔하면서도 마리는 한사코 피를 더 흘리겠다고 해 리드가 말렸다—— 만신창이가 된 벨과 류의 목숨을 부지하는 데 큰 공헌을 했다.

병에 담긴『생혈』을 리드가 몰래 벨프에게 건네주어, 계층을 이동하는 동안에도 계속해서 처방하지 않았으면 위험할 뻔했다는 것이 릴리와 아이샤의 견해였다.

"뭐, 그건 괜찮지만. ……우리『제노스』에 대해 모르는 사람들도 거기 있었잖아? 뭐랄까, 그거, 괜찮았어?"

"뭐, 리빌라의 두령이나 주점 아가씨들은 그렇다 쳐도 덩치네 【파밀리아】에는 들킨 거나 마찬가지…… 하지만 그 녀석들의 주신님이 착하거든. 앞으로 어떻게 대할지는 걔들이 어떻게 나오느냐에 달렸어."

제27계층에서의 대활약을 비롯해 몬스터가 벨프 일행을 구해주었던 사실을 깨달은 자들이 있었을 것이다. 그러나 "꿈의 계시가~" 어쩌고저쩌고 영문 모를 소리를 하는 카산드라를 비롯해, 오우카와 치구사는 다이달로스 공방전 때부터 생각하는 바가 있었던 듯했다.

아이샤와 츠바키는 원래부터 『제노스』의 존재를 알았다. 가장 성가신 존재가 될 만한 사람은 다프네지만, 벨프는 미아흐와 타케미카즈치에게 뒷일을 다 떠넘길 생각이었다.

그렇기에 이번 건에서 『제노스』의 존재가 공공연히 드러나는 일은 아마 없을 테고, 【헤스티아 파밀리아】가 『공공의 적』이라는 소문이 퍼질 염려도 없었다.

"……저기, 벨프. 그 요정님이랑 벨은…… 괜찮아?"

마지막으로, 세이프티 포인트를 떠나기 직전에 용종 소녀 비네가 걱정을 감추지 못하고 물었다고 한다.

"……그래. 반드시 치료해서, 꼭 벨이랑 너희가 다시 만날 수 있게 해줄게. 그때는 그 엘프도 호위병 대신 같이 데리고."

마음 착한 용종 소녀에게 벨프는 그런 약속을 해버렸다고 한다.

붕괴의 상흔이 채 수복되지 않은 제25계층을 어떻게든 넘어선 후, 『제노스』들과 헤어져, 그 후에는 쉬지 않고 지상으로 달려왔다고. 스미스 청년은 그렇게 마무리를 지었다.

"뭐, 얘도 아까 했던 말이지만…… 벨을 지켜줘서 정말 고마워."

하루히메를 가리키며, 침대에 앉아 이야기를 듣던 류에게 벨프는 멋쩍어하며 감사를 표했다.

그들보다도 먼저 찾아왔던 헤스티아와 릴리에게도 같은 말을 들었다.

따지고 보면 자신이 끌어들였고, 벨이야말로 자신을 구해주었다고 대답했지만.

"너한테 도움을 받은 게 어디 한두 번이어야지. 제대로 고맙다고 인사한 건 이번이 처음이니까…… 전부 포함해서, 솔직히 받아들여."

벨이 말한 류의 『정의』가 어디 있는지를 다시 한 번 증명하듯.

벨프를 비롯한 【헤스티아 파밀리아】는 진심으로 감사의 마음을 전했다.

"테이머 쥬라 할머…… 【루드라 파밀리아】의 생존자는

전부 뒈졌어. 덤으로 【질풍】도 죽은 걸로 됐고."

그 사실을 가르쳐준 사람은 혼자 찾아온 아이샤였다.

그녀는 이번 사건이 어떻게 결론이 났는지를 들려주었다.

"『리빌라 마을』 살인사건에 대해선 네 혐의가 풀렸어. 뭐, 그거야 원래부터 누명이었지만…… 27계층에서 일어난 『이상사태』도 쥬라 할머의 소행이었던 걸로 결론이 났지. 어떤 덩치 큰 놈이 고래고래 고함을 지르고 다닌 덕에 말야."

류와 벨이 치료시설에 호송된 후, 길드 본부에서는 이런 소동이 있었다고 한다.

"잘 들어봐! 【질풍】이 나타났다고! 근데 그 여자는 우릴 감싸려다 죽었어! 【질풍】은 이번에야말로 죽었다니까!"

"저, 저기, 부디 저희가 좀 이해할 수 있도록 설명을……!"

"뭐라고 하는지 하나도 모르겠어요~?!"

부상도 제대로 치료하지 않은 채 보르스가 길드 본부의 창구로 쳐들어갔다는 것이다.

얼른 담당 모험자의 안부를 확인하러 가고 싶은 하프엘프와 그녀의 친구 접수원을 붙든 채, 다른 모험자들에게까지 들리는 큰 목소리로 떠들어댔다나.

"이번 사건에서 모험자들이 어이없을 정도로 많이 죽었어! 근데 그건 【질풍】의 소행이 아니고! 전부 【루드라 파밀리아】의 개자식들 짓이야! 그 엘프는 우릴 끝까지 지켜줬고!"

【질풍】의 무기――파괴된 목검의 일부를 카운터에 내팽개치며 보르스는 계속 그렇게 장담했다고 한다.

아이샤의 말로는, 류 덕에 살아난 보르스 나름의 보은이라나.

현상수배범인 류의 신상, 그리고【질풍】의 명예를 지켜주고자 했던 것이다.

제2급 모험자이자 『리빌라 마을』의 두령인 보르스의 발언력은 아이샤의 생각보다도 강했던 모양이다. 수많은 무법자들이 이를 받아들였다.

애초에 류의 상금을 노렸던 보르스가 갑자기 태세를 전환하는 바람에 리빌라 마을 주민들을 비롯한 모험자들도 의심을 품었다지만, 마지막에는 얼마 안 되는 생존자 중 하나인 그의 말을 믿어주었다고 한다.

오히려 보르스의 언동에서는 빚을 갚으려 하는 모험자의 『책임감』이 엿보였으므로 다들 이의를 제기하지 않았으리라. 리빌라 측에서는 『칠흑의 골라이아스』 토벌에 진력했던 엘프가【질풍】이었다는 사실도 알려져버렸다고 한다.

이제【질풍】은 『악』의 음모를 막으려던 『정의의 권속』이 되어가고 있었다.

허풍이라고 믿지 않는 자도 많지만, 믿고 감사하는 자들도 있다.

류는 자기도 모르게 연신 눈을 깜빡였지만, 다시 말해 그런 것이었다.

"그런데…… 어쨌거나 명색이 현상수배범이었던 여자고, 여기 유품도 있거든. 쥬라 할머의 현상금도 포함해서 3할, 아니, 1할만이라도 내 품에 들어오는 일은……?"

"어, 그건 절대로, 있을 수 없을 것 같습니다만……."

"저도 그 논리는 너무 그렇다고 생각하는데요~……."

"망하아아아아아아아아아아아아아아아아아알?!"

야무지게 돈까지 뜯어내고자 접수원들과 한바탕 소동을 벌였다는 말을 듣고 류는 오히려 안심했다.

또한 길드 상부도 너무 이해가 빠르다 싶을 정도로 순순히 ──마치 주신의 신의가 작용한 것처럼── 【질풍】의 사망을 받아들여주었다. 훗날 공식 발표가 이루어질 예정이라고 한다.

수많은 상급 모험자들에게 피해를 준 『저거노트』, 그리고 인터벌을 무시한 채 출현한 『암피스바에나』에 관해서는 엄격한 함구령이 내려졌다. 전자에 관해서는 존재를 인지한 자가 거의 없었으므로 이번 『참극』은 리빌라에 있던 모험자들 사이에서도 계층 터주의 짓인 것으로 전해졌다고 한다.

아무튼 【질풍】에 관한 류의 족쇄는 이로써 거의 사라진 셈이다.

"잘 됐지~ 전(前)『정의의 사도』양반? 너한테 원한을 가진 사람은 이번에야말로 포기할 거고, 전에 저질렀던 폭주도 미화되지 않을까?"

아마조네스 여걸은 느물느물 웃으면서 놀려댔지만, 안정을 취할 의무가 있었던 류는 무뚝뚝한 표정으로 꾹 참을 수밖에 없었다.

그리고 『풍요의 여주인』은.

"미아 어머님이 엄청 화내셨어. 류를 구해주려고 아냐랑 클로에랑 루노아까지 가게를 비웠으니까."

따로 시간을 내 찾아온 시르의 말로는, 현재 가게는 휴일 없이 돌아가고 있다나.

자신이 눈을 뜬 날 이후로는 그녀들이 보이지 않았던 이유를 이해한 것과 동시에, 머지않은 미래에 같은 꼴을 당할 거라 생각해 류는 조금 공포에 떨었다.

"그리고 있지, 이건 전달사항."

울며불며 노동에 종사하는 동료들을 두고 몰래 빠져나온 회색 머리칼의 소녀는 활짝 웃었다.

"너무 많이 만드는 바람에 리조토가 남았으니까, 얼른 먹으러 돌아오래."

주점 어머니의 그런 말에.

류는 조금, 아주 조금 눈물이 날 것 같았다.

푸른 하늘 아래를 걷는다.

류는 그저 그것만으로도 사치스러운 일이며 행복하다는 생각이 들었다.

햇살을 받으며 이렇게 바람을 느낄 수 있다는 것이.

"햇빛……."

"예. 굉장히 기분 좋고…… 따뜻하군요."

손으로 햇살을 가리며 하늘을 올려다보고 있으려니 곁에서 목소리가 들렸다.

자신과 마찬가지로 상공을 우러러보던 소년은 류의 시선을 느끼고 멋쩍어하듯 웃었다.

류는 벨과 나란히 시내를 걷고 있었다.

퇴원이라는 표현은 조금 이상하지만, 치료를 마치고 『바벨』을 나와도 된다는 허락을 받았던 것이다.

며칠이나 던전에서 단 둘이 헤매기도 했으므로 아무래도 헤스티아나 시르가 신경을 써준 듯했다. 오랜만의 지상은 가혹한 시련을 넘어선 사람들끼리 느껴보는 게 좋겠다고.

그 배려가 지금의 류에게는 정말로 기뻤다.

곁에 있는 벨도 같은 마음이라면 더욱 기쁠 텐데.

"류 씨, 그 옷은 혹시……."

"네, 시르 것입니다. ……이상한가요?"

"아뇨! 엄청 잘 어울려요."

"……시, 시르 것이니, 당연하지요."

류는 시르의 옷을 입고 있었다. 아무리 그래도 주점 제복 차림으로 퇴원할 수는 없지 않느냐고 배려해준 그녀가 병문안을 왔을 때 두고 간 옷이었다.

엘프인 류에게 정말 잘 어울리는, 꽃무늬 레이스로 장식된 청순한 순백색 원피스였다.

류는 무릎 언저리에서 찰랑거리는 옷자락을 누르며 자기도 모르게 무뚝뚝하게 대답해버렸다.

목소리는 살짝 들떴지만.

"왼팔은, 이제 괜찮나요?"

"네. 운동은 절대 금지라고 했지만, 전처럼 움직일 수 있어요. 다친 적이 없었던 것처럼……."

걸으면서 벨의 왼팔을 흘끔 보았다.

끔찍한 몰골이었던 소년의 팔은 완전히 예전 모습을 되찾았다. 적어도 류가 보기에는 완벽하게 수복된 것 같았다.

붕대는 풀었지만 대신 팔꿈치와 손목, 손가락 관절 같은 곳에 금속 부목을 대놓았다. 어떻게 보면 일부의 장갑판이 없는 건틀렛이나 미완성 의수 같았다.

"사실은 원래대로 되돌리는 건 불가능했다고…… 거의 다시 만들었대요."

"……그런 일이, 가능한가요?"

"가능한가봐요……."

붕대 대신 감았던 목도리 속에 뼈를 비롯한 모든 『조직』

이 남아있었기에 가능했다고 한다. 만약 사라진 부위라도 있었다면 나자처럼 의수를 착용할 뻔했다.

"팔의 길이 같은 것도 달라지지 않았지만요."

두 팔을 비교하는 벨을 바라보며 류는 아미드의 얼굴을 떠올렸다. 도시 최고위의 힐러라는 명성은 헛것이 아니었구나.

"그런데 치료에 든 비용은 어느 정도였습니까?"

"그게…… 0이 8개 정도……."

"……!!"

"어, 아뇨, 괜찮아요! 길드가, 라기보다는 아마 우라노스 님 쪽일 거라고 생각하지만요! 『긴급시를 위해』라고 하면서 돈을 대주셨어요! 게다가 헤르메스 님네도 이 치료용 마도구에 필요한 재료를 모아 주셨고요……!"

입을 딱 벌리는 류에게 벨이 황급히 설명했다.

그렇게 두 사람은 도시 안을 걸어나갔다.

뺨을 간질이는 바람이 기분 좋다.

태양의 빛이, 어둠에 잠겨만 있던 몸을 씻어주는 듯했다.

류와 벨의 바로 곁을 지나가는 아이들의 웃음소리가 두 사람의 입술에도 웃음을 가져다주었다.

평온한 소란. 다정한 지상의 공기.

그런 것들을 피부로 가득 느끼며 마음 내키는 대로 걸었다.

대로의 인파 사이를 빠져나가, 수로가 흐르는 다리를 건너, 뒷골목의 계단을 오르며, 이윽고 높은 지대로 올라갔다.

야트막한 언덕 같은 분위기의 그 장소에서는 오라리오 서쪽 지구를 한눈에 내려다볼 수 있었다.

"이런 곳이 있었네요……."

"예……. 알리제나 다른 동료들과 함께 온 적이 있습니다."

알리제 로벨은 높은 곳을 좋아했다.

류를 데리고 이런 높은 지대로 나오거나, 적당한 건물의 옥상에 올라가 푸른 하늘에 에워싸인 채 곧잘 이야기를 나누곤 했다.

지금의 두 사람처럼.

"……5년 전, 아스트레아 님께 이런 말을 들었습니다. 『정의를 버려라』라고."

난간 옆에서 거리의 경치를 내려다보며 류는 천천히 입을 열었다.

잠자코 귀를 기울이는 벨과 투명할 정도로 푸른 하늘을 향해, 목소리를 바람에 싣는다.

"저는 그것을 파문이라고 생각했지요. 복수에 몸을 던진 저에게 실망한 그분이 『정의』의 이름을 가져가신 것이라고……. 『은혜』를 등에 남겨주신 것은 최소한의 자비였을 뿐이라고."

당시의 류는 그렇게 이해하고 여신의 신의를 받아들이려 했다.

도시를 떠난 주신에게 일방적인 짧은 편지만을 보낼 뿐 아직까지도 만나지 못하고 있는 이유도 마찬가지였다. 이미 자신은『정의』의 자격을 박탈당했다고 생각했으므로.

벨은 무언가 말하려는 듯 몸을 내밀려 했으나, 류의 말이 이어져 그 움직임을 멈추었다.

"하지만…… 그렇지 않았습니다."

눈빛을 먼 곳으로 돌리며 입에 웃음을 머금었다.

그렇다.

아스트레아는 류를 추방했던 것이 아니었다.

류의 몸과 마음을 지켜주려 했던 것이었다.

『복수』는 절대로『정의』가 될 수 없을 것이다.

반면『복수』를 그만두려 하는 의지는 증오의 연쇄를 끊는『정의』가 될 수 있다.

그러나 그때 아스트레아가『복수는 아무것도 낳지 않는다』고 말했다면 류는 어떻게 됐을까?

틀림없이 망가졌으리라.

원수를 갚지도 못하고, 자신도 용서하지 못한 채, 마지막에는 욕망에 굴복해 스스로 목숨을 끊었을 것이다.

여신은 당사자인 류보다도 이 사실을 더 잘 알았기에, 자신이 관장하는『정의』라는 사상에 거스르면서까지 류를 지켜주었던 것이다.

"그분은 저를 위해 정의를 버리라고 말씀해주셨던 겁니다……."

여신 한 사람이, 권속 하나를 위해, 스스로 신봉하는 진리에 등을 돌렸다.

그녀는 류의 『복수』를 스스로 일말이나마 짊어졌던 것이다.

그리고.

복수의 불꽃에 활활 타올라 재만 남은 후 날개를 펼치고 되살아날 요정처럼, 다시 일어서리라 믿어주었으리라.

다시 『정의』를 가슴에 품어주리라고.

"전부 당신 덕입니다."

"네?"

난간을 잡은 채 천천히 그를 돌아보았다.

눈을 동그랗게 뜨는 벨에게 류는 눈을 가늘게 떴다.

"저에게 『정의』가 있다고 말해주었으니까요. 제 안에 남은 아스트레아 님과의 유대를…… 알리제와 동료들이 남겨주었던 것을, 당신이 가르쳐주었으니까요."

그렇게 깨달았다.

자신의 안에 남아있던 『정의』가, 아직 아스트레아나 동료들과 이어져 있음을.

그렇게 떠올렸다.

5년 전 이별의 날, 후회의 안개가 걷힌 기억 너머에서 여신이 분명 눈물을 흘리고 웃음을 지어주었음을.

그러므로 분명 틀림없을 것이다.

"알리제가 지켜주고, 시르가 가르쳐주고…… 당신이 일깨워주었던 겁니다."

알리제는 자신을 이끌어주었다.

시르는 복수의 불꽃에 타들어가던 자신을 구해낸 동료들이 남긴 미래를 제시해주었다.

그리고 벨은.

류가 끊어버릴 수 없었던 『과거』와 마주할 용기를 주었다. 이 몸을 곁에서 계속 지탱해주었다.

모두 이어져 있다.

류의 손을 잡아주었던 자들이, 류를 살아있게 해주었다.

가슴에 넘쳐나는 감사의 마음에 류는 솔직해지기로 했다.

"아직…… 당신에게는 말하지 않았지요."

따뜻한 빛과 맑고 푸른 하늘을 등지고, 류는 벨과 마주 보았다.

"고마워요, 벨."

그리고 미소를 지었다.

"당신은 존경할 만한 휴먼입니다."

조그만 입술에 웃음을 지으며, 아름다운 흰 꽃처럼.

벨은 눈을 크게 뜨고 있었다.

엘프가 보인 미소에 빨려 들어가듯.

이윽고 두 사람 사이에 바람이 불고, 순백색 옷자락과 하얀 머리카락이 흔들리는가 싶더니 소년의 얼굴에도 웃음이 번졌다.

멋쩍었는지 뺨을 붉히면서도 매우 기뻐하듯 활짝 웃었다.

"지금 류 씨의 웃음, 굉장히 예쁘네요."

"네……?"

"이제까지 본 것보다도 더. 그때보다도 훨씬요."

【아스트레아 파밀리아】의 묘 앞에서.

숲과 수정에 에워싸인 날의 기억을 루벨라이트색 눈이 떠올렸다.

추억에 잠긴 소년은 천진난만한 아이처럼 웃었다.

"류 씨가 그렇게 웃을 수 있게 돼서── 다행이에요."

그 말이 하얀 눈처럼 순수해서.

마치 자신의 일처럼 기뻐해주어서.

그런 그의 얼굴을 보고 있으려니 류는── 자신의 가슴이 뛰는 것을 지각했다.

얼굴에 열기가 피어오르는 것도.

영문도 몰라 고개를 숙이고 말았다.

"어, 류 씨……?"

그런 분위기를 알아차렸는지 벨이 다가와 걱정스러워하는 목소리를 귓가에 떨어뜨렸다.

그것만으로도 류의 심장은 한층 더 크게 뛰었다.

이상하다. 심장이 자꾸 뛰는데. 이건 뭘까.

스스로도 제어할 수 없는 감정에 혼란스러워진 류는 생각이 정리되지 않은 채 솔직히 대답하고 말았다.

"다, 당신의 얼굴을, 볼 수가 없어서……."

"어, 왜요?!"

"모, 모르겠어요……."

그렇다. 알 수 없었다.

왜 소년의 얼굴을 보면 얼굴이 달아오르는지.

왜 이다지도 가슴이 술렁거리는지.

왜 루벨라이트색 눈을 바라볼 수가 없는지, 도무지 알 수 없었다.

"베, 벨! 이만 실례하겠습니다!"

"네에~?! 류, 류 씨──?!"

마침내 견디지 못하고 류는 달려나갔다.

놀란 벨을 남겨놓은 채 그 자리를 서둘러 떠났다.

하지만 역시 마찬가지였다.

뛰어도 뛰어도, 소녀처럼 두 손으로 가슴을 억눌러도.

가슴속의 고양감을 얼버무릴 수가 없었다.

"대체 뭐가……!"

류는 깨닫지 못했다.

자신의 입술이 언제부터 소년의 이름을 부르고 있었는지를.

백옥 같은 피부가 완전히 붉게 달아올랐음을.

가슴에 싹트기 시작한 그 마음의 형태를.

"아아, 알리제. 나는 대체 어떻게 해야……!"

뺨을 새빨갛게 물들이며, 북적거리는 거리의 소리를 실

어다주는 조용한 바람과 함께 달렸다.

　류는 자기도 모르게 소중한 벗에게 도움을 청하고 말았다.

　『──놓치면 못써!』

　푸른 하늘 너머.

　자신만만한 표정으로 웃는 소녀의 밝은 목소리가 들린
것만 같았다.

© Suzuhito Yasuda

스테이터스

Lv.**4**

힘: l0 내구: l0 기교: l0 민첩: l0 마력: l0

행운: G 내성: H 도주: l

《마법》

【파이어볼트】   · 속공마법.

《스킬》

【리아리스 프레제】   · 조숙한다.

                                 · 마음이 이어지는 한 효과 지속.

                                 · 강도에 따라 효과 향상.

【영웅선망 아르고노트】 · 액티브 액션에 대한 차지 실행권.

【옥스 슬레이어】   · 맹우 계열과 전투 시 모든 능력 초고보정.

《모험자의 약》

· 썩었다.

· 원래는 하이포션. 체력이 크게 회복된다.

· 『내성』 어빌리티가 없을 경우 틀림없이 구토, 설사의 증상이 발생했을 것이다.

· 만약 헤스티아가 마신다면 7일 밤낮동안 지옥의 단식생활에 돌입한다.

【벨 크라넬】

소속: 【헤스티아 파밀리아】

종족: 휴먼

직업: 모험자

도달계층: 제37계층

무기: 《헤스티아 나이프》, 《하쿠겐》

소지금: 340발리스

《모험자의 검》

· 90C 길이의 한손검.

· 날이 군데군데 빠지기는 했지만 『심층』을 탐색했던 상급 모험자의 장비였으므로 충분한 성능을 유지하고 있었다.

· 피에 젖어 확실치는 않지만 【파밀리아】의 엠블럼으로 여겨지는 각인이 있었다.

© Suzuhito Yasuda

후기

원고를 집필하기 전, GA 문고의 아와무라 아카미츠 선생님에게 여러 모로 상담을 청했습니다.

"거대 몬스터하고 전투하는 묘사가 늘 어려워요……. 적 보스의 성가신 공격이란 뭐가 있을까요?"

"몬○터 헌터 같으면 커다란 놈이 이리저리 날아다니고 뚝 떨어지고 하는 게 힘든데 말이죠!"

'아, 이거 써먹자.'

방글방글 웃으며 설명해주시는 선배님을 내버려둔 채 마음의 페이지에 아이디어를 휘갈겨 쓰고 있었습니다.

본편 제14권입니다. 우선 간행이 늦어져버려 대단히 죄송합니다. 어디까지나 작가의 책임입니다. 동시에 오랫동안 기다려주신 책을 손에 들어주신 여러분께는 진심으로 감사를.

이번에는 후기에 쓰고 싶은 말이 너무나 많습니다.

그런고로 대량으로 스포일러를 투하할 것 같으니 부디 주의해주시길.

일단은 전반전.

모 왕도 만화에서 가장 좋아하는 무기는 "아무드!"를 할 수 있는 갑옷의 마검인데요, 다음으로 좋아했던 것이 모 대마왕님이 쓰던 광○의 지팡이였습니다. 초 강력한 대마

왕님이 들면 최강의 무기로 바뀌지만, 반대로 신출내기 모험자가 들면? 하는 생각이 들었죠.(『타이의 대모험』을 말한다. 최종보스의 무기인 『광마의 지팡이』에는 사용자의 마력에 따라 위력이 강해지는 효과가 있다.)

사용자의 역량에 따라 함께 강해지는 무기. 굉장히 로망이 있달까, 멋지구나 싶었습니다. 이 이야기의 주인공이 쓰는 무기로 주신님 나이프가 채용된 이유에는 그런 배경이 있었답니다.

그리고 단짝인 마검 대장장이가 도달한 해답도 『분명 이럴 것이다』 하고 제 마음속에서는 결론이 나 있었습니다.

본편 제4권에서 '무기는 쓰는 사람의 분신'이라고 말했던 게 결정타였던 것 같아요. 분신이니까 함께 강해져야지, 하고. 이번에 단짝 대장장이가 내린 결론은 분명 여러 가지 답 중 하나일 테니, 주인공처럼 작가의 예상을 배신하고 앞으로도 대단한 무기를 만들어내리라 기대합니다.

또 하나 언급하고 싶은 것이 비극의 예언자님. 많은 분들께서 눈치를 채셨으리라 생각합니다만 그리스 신화의 유명한 왕녀님이 원전으로, 무슨 말을 해도 어떤 행동을 해도 믿어주지 않는다는 불우한 캐릭터인데요. 전에 『바카노!』나 『듀라라라!』를 쓰신 나리타 료고 선생님께 영광스러운 칭찬을 받았습니다. 그리고.

"카산드라와 다프네 좋더라고요! 분명 마지막에는 다프네만은 카산드라를 믿어주는 전개가 기다리고 있겠죠!"

"네?"

"네?"

그런 대화를 나눈 적이 있었더랬죠.

물론 처음부터 그럴 생각이었거든요! 그래서 이번이 딱 그 때다 싶어 예언자님과 친구의 우정을 그렸답니다!! ……농담은 둘째 치고, 비극의 예언자를 언젠가 자세히 다뤄보겠다고 결심했던 것도 말하자면 『만남』 덕이었습니다. 후기의 첫 부분과도 합쳐서 이 『던전만남』이라는 작품은 많은 분들에게 힘을 받은 작품이지요. 언제나 부담없이 의논을 받아주시는 작가 여러분, 정말 고맙습니다.

이어서 후반전.

모 대모험 왕도 만화와 비슷할 정도로 모 소방 만화를 좋아하는데요.

어렸을 때 소방사 아버지가 사주셨던 만화책을 읽고 "뭐야 이거!" 하고 흥분해 "다이고!"라든가 "아마카스!"라든가 "고미 씨~!"하고 소란을 떤 적이 있습니다. 그리고 "칸다 씨?!"라든가. (소다 마사히토의 작품 『출동! 119 구조대』를 말한다.)

본편을 처음에 구상할 때는 동료와 떨어져버린 주인공과 요정이 뱀을 재포획해 일부러 잡아먹혀 심층을 탈출하고자 한다는, 여러 가지 의미에서 엄청난 플롯을 생각했는데요. 전반전의 동료들 묘사를 진행하다 보니 『119 구조대를 하자』 싶어서 방향을 전환했습니다.

탁월한 주인공이 주위를 휘둘러대는 이야기가 아니라, 주인공이 죽을 정도로 애를 쓰고, 소중한 사람들을 구해내고, 도움을 받는 그런 이야기로 해보자고. 던전물……이라기보다 모험물은 원래 그런 이야기지, 하는 생각이 들었습니다. 그런 만큼 주인공이 한계를 세 번 정도 뛰어넘어 완전히 너덜너덜해지고 말았지만요. 강해졌다 싶으면 금방 시련만 줘서 미안해, 주인공.

그리고『119 구조대를 하자』고 생각했던 이유이자 또 한 가지 원인은, 그 만화를 좋아해서 곧잘 함께 신나게 이야기를 나누던 절친이 죽었던 일이었습니다. 심부전이었죠. 이 후기를 쓰는 2018년 현재, 저와 그 친구는 아직 서른도 되지 않았습니다. 다시 말해 그런 일이었습니다.

이미 5년도 넘게 만나지 못했으니 절친이라고는 할 수 없지 않을까, 왜 13권을 쓴 후였을까, 너무 갑작스러워서 머릿속이 새하얗게 물든다는 게 이런 거구나 등등 여러 가지 생각을 했지만, 아무튼 정말 많이 울었습니다. 친구 말고도 올해는 친척 분들이 많이 돌아가셔서, 정말 13권의 저주가 아닐까, 14권의 엘프 과거는 쓰고 싶지 않구나, 그런 생각을 구질구질하게 하던 못난 사람이 되고 말았습니다. 이제는 괜찮으니 안심하세요. 엘프 히로인과 친구의 장면에서도 작가 자신의 말과 사적인 감정은 전혀 담기지 않았으니 안심하세요. 단 한 가지, 이번 14권만은 우리가 가장 좋아했던 소재로 도망쳤습니다. 그 점에서는 역시 사적인 감정이 담겼을지도 모르겠네요. 죄송합니다.

결국 무슨 말을 하고 싶었는가 하면, 여러분, 몸을 소중히 여겨주세요.

이야기가 옆길로 했지만, 마지막에는 엘프 히로인.

그녀의 메인편이기도 해서 결사의 러브코미디에 도전했습니다만, 진심으로 좌절할 뻔했습니다. 작가는 사실 미소녀 게임을 해본 적이 없는데요, 이번에는 여러 가지 루트를 시도해보고 전멸했어요. 엘프 히로인이 웃어주질 않아요. 울어주질 않아요. 전혀 데레하질 않아요. 유명한 전설의 나무 밑으로 와줄 기미가 전혀 없었어요.

플래그 어딨어?! 선택지는?! 호감도 이 이상 올라가나?! 하는 경지에서 정말로 30루트 정도는 시도하고 깨졌습니다. 그러저러해서 엄청나게 고전한 끝에 도달한 굿 엔딩 되겠습니다.

솔직히 말해 집필하던 도중 엘프 히로인 트루 엔딩에 돌입하고 싶은 기분도 들었습니다만, 참았습니다. 아직 주인공에게는 구해내야만 하는 여자애들이 있는 것 같아요. 미안해요, 엘프 히로인님. GA 문고에 허락을 받으면 언젠가 써보고 싶네요. 그보다 엘프 히로인을 쓰면서 이렇게 고전을 면치 못하면 앞으로 뒤에 남은 캐릭터들은 어떻게 되는 건가 싶은 우려에서는 최선을 다해 눈을 피하고 있습니다.

길어졌지만, 마지막으로 사죄와 감사의 인사로 넘어가

겠습니다.

이번에도 큰 폐를 끼친 담당자 마츠모토 님, 키타무라 편집장님, 지탱해주셔서 정말 고맙습니다. 멋진 일러스트를 그려주신 야스다 스즈히토 선생님, 페이지 수가 너무 늘어 죄송합니다……. 관계자 여러분께도 깊이 감사드립니다.

그리고 독자 여러분, 여기까지 읽어주셔서 고맙습니다. 여러 모로 정서가 불안정한 시기가 많았지만 여러분의 팬레터를 읽고 기운을 되찾았습니다. 정말로 감사드립니다.

다음 권은 일상편이 될 예정입니다. 빨리 전해드릴 수 있도록 노력할 테니 기다려주시면 기쁘겠습니다.

고맙습니다.

그러면 실례합니다.

오모리 후지노

던전에서 만남을 추구하면 안 되는 걸까 14

2019년 3월 14일 1판 1쇄 발행
2021년 8월 14일 1판 2쇄 발행

저 자	오모리 후지노
일 러 스 트	야스다 스즈히토
옮 긴 이	김민재
발 행 인	유재옥
본 부 장	조병권
담당편집자	정영길
편 집 1 팀	이준환 박소연
편 집 2 팀	정영길 조찬희 박치우 조현진
편 집 3 팀	오준영 곽혜민 이해빈
미 술	김보라 서정원
라이츠담당	한주원 이다정
디 지 털	박상섭 이성호 최서윤
인쇄제작처	코리아피앤피
발 행 처	㈜소미미디어
등 록	제2015-000008호
주 소	서울시 마포구 토정로222, 403호 (신수동, 한국출판콘텐츠센터)
판 매	㈜소미미디어
마 케 팅	한민지
물 류	허석용
전 화	편집부 (070)4164-3962, 3963 기획실 (02)567-3388
	판매 및 마케팅 (070)4165-6888, Fax (02)322-7665

ISBN 979-11-6389-345-5 04830
ISBN 979-11-950162-0-4 (세트)